ATRIUM

Christopher New

Die Kaminsky-Taktik

Roman

Aus dem Englischen von Monika Schmalz

Atrium Verlag · Zürich

Deutsche Erstausgabe

Die Originalausgabe erschien 2005 unter dem Titel
The Kaminsky Cure bei Saqi Books, London

Aus dem Englischen von Monika Schmalz
Umschlaggestaltung: Nina Rothfos und Patrick Gabler, Hamburg
Umschlagmotive: © plainpicture / Wein, D. und © Maurice Ambler / Hulton Archive / gettyimages
Satz: Dörlemann Satz, Lemförde
Druck und Bindung: Clausen & Bosse, Leck
Printed in Germany
ISBN-13: 978-3-85535-970-7
ISBN-10: 3-85535-970-9

www.atrium-verlag.com

1

Da bin ich also, mit fünf drei viertel Jahren.

Es ist Weihnachten 1939 in einem kleinen österreichischen Dorf, das jetzt zu Hitlers Drittem Reich gehört, und ich fange gerade an, etwas mitzubekommen. Zum Beispiel, was mit meinen Geschwistern ist und wieso meine Eltern oft weinen, und dass mein Vater, wenn er gerade mal nicht weint, meistens über irgendetwas schimpft. Ich glaube, es hat mit dem Krieg zu tun, den wir jetzt führen und an dem, wie es im Radio heißt, die internationale Verschwörung der Juden schuld sei, was immer das sein soll. Aber damit nicht genug. Ich kann es noch nicht wissen, aber ich wurde zur falschen Zeit und am falschen Ort geboren.

Dabei war es schon eine Leistung, mich überhaupt auf die Welt zu bringen. Ich kam zu früh und mit dem falschen Ende zuerst (wollte ich zurück? Man hätte es mir kaum verübeln können), es gab keinen Arzt, und die Hebamme musste mich rausziehen wie einen Korken aus der Flasche. Kein Wunder, dass ich protestierte. Kein Wunder auch, dass meine Mutter danach nie wieder ein Kind bekam – wir hatten beide genug. Jedenfalls war ich jetzt da, eine halbe Portion, das Nesthäkchen, und das sollte ich auch bleiben.

Leistung hin oder her, man kann sagen, mein Geborenwerden – oder vielmehr Gezeugtwerden – war im Grunde ein großer Fehler. Erstens ist da die bisher noch ungestellte Frage nach meinem wahren Erzeuger (Vaterschaft wird in meiner Familie noch zu einem Lieblingsthema werden). Und obwohl ich auch davon noch nichts weiß, wäre da noch der gesicherte Umstand, dass meine Mutter Gabi Jüdin ist (auch wenn sie als Heranwachsende zum Christentum übergetreten war), während mein sehr arischer Vater Willibald Brinkmann – falls er mein Vater *ist* – lutherischer Pastor und verkappter Hitler-Fan ist. (Das sind viele lutherische Pastoren, und manche machen nicht mal ein Hehl daraus – sie behaupten sogar ganz unverblümt, dass Jesus kein echter Jude gewesen sei.) Und die Krönung des Ganzen ist, dass sich die beiden nicht ausstehen können.

Aus diesen Gründen wäre es ihnen viel lieber, nicht miteinander verheiratet zu sein. Eine Trennung aber wäre undenkbar. Zum einen stellt die Ehe für Lutheraner einen heiligen Bund dar. Zum anderen ist ein arischer Partner das Einzige, was meine Mutter und möglicherweise auch uns Kinder schützen kann. Und Willibalds Bewunderung für den kleinen Gefreiten reicht dann doch nicht so weit, dass er uns den Nazi-Wölfen zum Fraß vorwerfen würde.

Wenn ihm überhaupt jemand nahe steht, dann meine Schwester Ilse, das älteste Kind. Sie lebt in ständiger Angst vor dem jüdischen Fluch (das heißt dem Fluch unserer Mutter) und würde am liebsten Nonne werden. Mein Bruder Martin ist das Lieblingskind meiner Mutter. Er will Panzerführer werden, wenn er groß ist, was ihm im Grunde nie gelingen wird. Sara ist mir vom Alter her am nächsten. Sie hat nur den einen Wunsch, in unserer Dorfschule ihre Bank mit einem der anderen Mädchen zu teilen (wenn's sein muss, sogar mit Leni, die Kopfläuse hat und vor ihr sitzt), anstatt ganz hinten alleine in der halbjüdischen Verbannung.

Keiner dieser Wünsche wird in Erfüllung gehen.

Heimstatt, das Dorf, in dem wir leben, liegt tief in den

Alpen, eingezwängt zwischen schroffen Bergen und einem schwarzen Gletschersee, der viele Tote und viele Geheimnisse birgt, und von beidem werden demnächst noch ein paar hinzukommen. Fünf Monate im Jahr schafft es die Sonne nicht über die umliegenden Berggipfel, und wenn im Frühling zum ersten Mal wieder der winzigste Splitter kurz und hell leuchtend in Erscheinung tritt, kommen die Dorfbewohner aus ihren Häusern, um zu schauen und zu feiern. Die uralte Gegend lebt vorwiegend von ihrem uralten Steinbruch, die Bevölkerung vorwiegend mit Inzest und Kröpfen. Hier lebten schon Menschen in der Steinzeit, und viele tun es noch heute.

Bei meiner Geburt soll es geschneit haben, und das glaube ich gern, denn hier in Heimstatt schneit es immer im Februar. Dicke Flocken hüllen das trübe Tageslicht in Schweigen. Die Berge, die das sargförmige Tal wie grimmige Totengräber umgeben, verschwinden aus dem Blick, und auch der See ist kaum mehr zu erkennen, mit seiner dicken Eisschicht und der einzelnen Schneise, die die Fähre knirschend durchs Eis auf die andere Seite zur Bahnstation schlägt. Dunkelheit und Kälte – mein Start ins Leben ist wenig verheißungsvoll.

Kurz nachdem ich mich mit Protestgeschrei als geboren meldete, kam mich Ilse im Ehebett meiner Eltern besuchen. Sie schenkte mir die Andeutung eines zärtlichen Lächelns, mehr zumindest als meine Mutter, um sich sogleich wie ein Schatten in die klösterliche Abgeschiedenheit ihres Zimmers zurückzuziehen. Ilse war für ein stilles Leben gemacht, ein stilles Leben aber nicht für sie.

Als Martin hereinschauen durfte, oder vielmehr dazu überredet wurde, bedachte er mich mit einem noch flüchtigeren Blick. Mein Erscheinen auf der Welt interessierte ihn genauso wenig wie mein Fortbestehen darin. Im Grunde interessiert er sich für die wenigsten Dinge, außer sich selbst.

Sara kam als Letzte. Sie sah über das Bett hinweg, wo ich im Arm meiner erschöpften Mutter lag wie ein ausgequetschter Streifen Zahncreme, streckte die Hand aus, nicht etwa, um mir über das zerknitterte, entrüstete Gesicht zu streichen, sondern über das meiner Mutter, deren eine Gesichtshälfte immer steif und unbewegt ist, als könnte sie nur noch zur Hälfte lächeln. Was ja auch stimmt. Danach setzte sie sich neben den großen grünen Kachelofen in der Küche, um sich eine neue Geschichte zu erzählen. Schon jetzt enttäuscht von der wirklichen Welt, hatte sie angefangen, sich eine Fantasiewelt auszudenken, einen Rückzugsort, um ihr Leben neu zu gestalten, ehe sie in die Realität zurückkehrte.

Dick eingepackt, brach die Hebamme bald wieder auf, um das nächste Baby zur Welt zu bringen, und wenn Frau Kogler Skrupel hatte, einer Jüdin bei der Fortpflanzung zu assistieren, dann hielt sie sich mit ihrer Meinung zurück (allerdings waren zu der Zeit die Nazis auch noch nicht an der Macht). Ihr Leben lang wird sie damit prahlen, sie habe in den drei Dörfern, für die sie zuständig war, niemals zwei Babys auf einmal entbinden müssen, ein Zufall, den sie eher der Gnade der Vorsehung zuschrieb als dem beiläufigen und unzeitgleichen Paarungsverhalten der Alpenbewohner. Oder schrieb sie auch *das* der Vorsehung zu?

Willibald neigt zu heftigen Gefühlsausbrüchen, aus Freude und Wut gleichermaßen, und nachdem er am Tag meiner Geburt unter Tränen nicht etwa Frau Kogler, sondern Gott für die gelungene Entbindung gedankt hatte, verbrachte er die nächsten Stunden in seinem Arbeitszimmer und dichtete Knittelverse über das Wunder des Lebens und die Gottesgabe eines neuen Kindes. Er ist über zwei

Meter groß (oder wäre es zumindest in aufgerichtetem Zustand), hält sich aber gebückt, mit einer Hühnerbrust und schmalen Schultern. Außerdem trägt er ein Katzenfell, ein gewöhnliches getigertes, direkt auf der Haut – gegen Rheuma, behauptet er. Er trennt sich nie von seiner prophylaktischen Mieze, und die beiden baden sogar einmal die Woche zusammen in der Zinkwanne, worauf die Mieze neben dem Handtuch auf dem Kachelofen in der Küche zum Trocknen ausgelegt wird. Wenn die Mieze tatsächlich bei der Hochzeitsnacht schon mit dabei war, ist es kein Wunder, dass sich meine Mutter nach kurzer Zeit wieder entliebte.

Wenn ihn jemand anstarrt, rutschen Willibalds große braune Augen weg wie rohe Eier von einem schräg gehaltenen Teller. In der Kirche aber entfalten sie durchaus ihre Wirkung, wo er als hochdramatischer Prediger auftritt und auf Blickkontakt mit den Seelen verzichten kann. In Heimstatt versteht niemand seine Predigten, und es kommt auch fast niemand, um sie sich anzuhören. Das war früher mal besser und wird auch wieder besser werden. Dennoch ist er sich selbst das beste Publikum.

Als evangelischer Pastor in einem katholischen Land besteht seine Pfarrgemeinde aus einem guten Dutzend strenggläubiger alter Leute, die fast jeden Gottesdienst besuchen, und einigen Hundert laschen Abtrünnigen, die sich so gut wie nie blicken lassen. Die katholische Kirche hingegen, ein Stück den Berg hoch gelegen, ist größer und immer voll, und anfangs muss sich Willibald beim Anblick der Dorfbewohner, die am Heiligabend zur Messe gehen – siebenhundert Mann mit brennenden Kerzen –, gefühlt haben wie ein Schlangenölhändler, der die falsche Marke anbietet. Allerdings hat er seit einiger Zeit ganz andere Sorgen, und das wird auch eine Weile so bleiben.

Die anderen im Pfarrhaus, in dem ich zur Welt kam, sind Frau Jäger, die bei uns putzt und klaut, ein Bernhardiner namens Brutus, mehrere Kaninchen und ein paar Ratten im Keller. Alles waschechte Österreicher mit ellenlangem Stammbaum. Wir hingegen kommen von woanders, wir sind anders als die Leute hier. Denn meine Eltern sind Deutsche, geborene Berliner. Sie sprechen Hochdeutsch, und sosehr sie sich auch bemühen, das Jodeln passt so wenig in ihre Kehle wie ihre Arme und Beine in die hiesigen Trachten – was zusätzlich gegen sie spricht, als gäbe es nicht schon genug.

Ich weiß noch nichts davon, aber wir sind nur deshalb hier, weil der Bund meines Vaters mit seiner inzwischen ungeliebten und auch wenig liebenden Frau ihn sein komfortables Pfarramt in Deutschland gekostet hat. Kaum waren die Nazis an die Macht gewählt worden, erschien auch schon ein Trio muskelbepackter Braunhemden vor seiner Tür und riet ihm, sich schleunigst eine neue Herde zu suchen. Der Bischof von Chichester bot ihm Zuflucht in England an, doch sein Patriotismus hielt ihn davon ab, in ein Land zu ziehen, das eines Tages gegen sein Vaterland Krieg führen könnte (Patriotismus wird in meiner Familie das zweite Lieblingsthema sein). Und so fand er eine Pfarrgemeinde im benachbarten pränationalsozialistischen Österreich, wobei ihm eigentlich hätte klar sein müssen, dass er damit vom Regen in die Traufe kam. Es dauerte auch nicht lange, bis wir die Feuchtigkeit spürten. Ich war gerade vier Jahre alt geworden, da marschierten unsere deutschen Brüder unter allgemeinem Jubel auch schon in Österreich ein, um uns mit dem Vaterland zu einen und vom bösen Juden zu befreien, was immer das sein mochte. (So etwas wie die Ratten im Kohlenkeller, dachte ich.)

An diesem Tag im März wachte ich auf und stellte fest,

dass ganz Heimstatt in Feierstimmung war; an jedem Haus flatterte ein Hakenkreuz – nur nicht an unserem. »Jetzt sind wir mit dem Vaterland vereint«, sagte Willibald stolz und furchtsam zugleich. Dann schloss er sich in seinem Arbeitszimmer ein, und ich hörte ihn abwechselnd weinen und schimpfen. Rasch machten Frau Jäger und meine Mutter die Fenster zu; keine Ahnung, wieso – kalt war es draußen nicht an diesem Tag.

Wir Kinder durften nicht auf die Straße. Aber das durften wir ohnehin nie. Vom Balkon des riesigen verwinkelten Pfarrhauses aus beobachteten wir die Paraden wie verdutzte Gefangene einen römischen Triumphzug – oder in meinem Fall wie ein Kind, das nicht auf die Geburtstagsfeier des Nachbarkindes eingeladen wurde. Als ich mit den restlichen Dorfbewohnern winkte und jubelte, befahl mir meine Mutter, sofort damit aufzuhören; und als ich anfing zu johlen, befahl sie mir dasselbe noch mal. Was sollte ich also tun? Einfach die Klappe halten, sagte Martin, und ich gehorchte.

Bestimmt durften wir deshalb nicht mitfeiern, weil wir, anders als die Österreicher, echte Deutsche waren – wie hätte ich ahnen sollen, dass genau umgekehrt die Österreicher jetzt die echten Deutschen waren? Niemand klärte mich auf, was wirklich los war und was das alles zu bedeuten hatte – anscheinend hielten sie es für klüger, mich im Unklaren zu lassen. Wie auch immer, mein irregeleiteter Hochmut tat das seine, um mein Selbstbewusstsein zu stärken.

Und so hielt ich uns Brinkmanns für etwas Besseres, für das auserwählte Volk. Und das waren wir in der Tat. Nur wusste ich noch nicht, zu welchem Zweck wir auserwählt waren. Jedenfalls machte es Spaß, an diesem Abend brav eine Kerze in meinem Fenster anzuzünden, um die Rückkehr des Führers in seine Heimat zu feiern. Das entschädigte mich fast wieder dafür, dass wir kein Hakenkreuz an unserem Haus hatten.

Wie anders wir waren, bekam Gabi natürlich als Erste zu spüren. Schon einige Zeit vor dem Anschluss hatte der gescheiterte Kunstmaler in Berlin sein Augenmerk erneut auf sein Geburtsland gerichtet, und ein schäumender Strom Antisemitismus hatte sich seinen Weg ins Dorf gebahnt wie Unrat aus einem verstopften Gully – nur dass es damals noch keine Gullys gab. Mit jedem neuen Monat hatte sie immer mehr das Gefühl, dass sich die Leute von ihr abwandten. Zunächst war ihre »Rassenzugehörigkeit« etwas wie ein Buckel oder ein Silberblick. Die Leute zeigten sich verunsichert, und bei ihren Kranken- und Kondolenzbesuchen als Pfarrersfrau begann sie sich nicht mehr ganz so willkommen zu fühlen. Dennoch setzte sie ihre Besuche fort, und es verweigerte ihr auch niemand den Zutritt zu seinem Haus. Irgendwann aber nahm ihr Defekt etwas verschwommen Finsteres an, ähnlich einem Zigeunerfluch. Von da an schlug man ihr auch mal die Tür vor der Nase zu, oder sie wurde nur widerwillig geöffnet. Nach dem Anschluss aber behandelte man sie wie eine Leprakranke, und jeder, der noch halbwegs bei Verstand war, ging ihr aus dem Weg.

Anfangs noch, bevor sie sich daran gewöhnte, sprach sie die Leute in den Straßen und Gassen an und fragte nach, warum sie ihr ausgewichen seien, und ob sie jemanden unwissentlich gekränkt habe – Taktgefühl gehörte nicht zu ihren Stärken, das war ihr bewusst, wobei sie nicht genug Durchblick hatte, um zu erkennen, dass auch der Durchblick nicht zu ihren Stärken zählte. Eine Arbeiterfrau mit faulenden Zähnen und entsprechendem Atem klärte sie unumwunden auf. »Weil jüdisches Blut stinkt!«, fauchte sie, drehte sich um und stapfte auf dem grimmigen Pfad der Selbstgerechtigkeit davon.

Als hätte es Gabi mit ihrer unglücklichen Ehe nicht schon schwer genug. Doch der Anschluss machte ihr das Leben als Pfarrersfrau genauso madig wie die Dorfkneipe, den Park und die Bänke (das öffentliche Badehaus sowieso).

Die wenigsten Leute im Dorf sprechen jetzt noch mit ihr, die allerwenigsten, die ihren eigenen Weg gehen und sie nehmen, wie sie ist. Frau Jäger, Analphabetin, Amateurdichterin und Lebensmitteldiebin. Fräulein Hofer, die Näherin. Frau Kogler, die Hebamme, die mich unter nachvollziehbarem Wehgeschrei auf die Welt zerrte. Und Tante Helga, die blinde Erdkundelehrerin, die eigentlich nicht zählt, weil sie aus Wien kommt und hier genauso fremd ist wie wir. Sie ist blind wie ein Maulwurf, aber wenn sie ihren Atlas aufklappt und die Seitenränder abtastet, kann sie zielgenau auf Moskau, Paris oder London zeigen. Sie könnte ohne weiteres als Ausbilderin zur Luftwaffe gehen. Sie findet blind ihren Weg.

Von den Männern im Dorf gibt es kaum noch jemand, der sich mit Gabi blicken lässt. Einer dieser wenigen ist der katholische Priester, der eigentlich auch ein Fremder ist, ein Zugereister wie Tante Helga. Außerdem grüßt er ohnehin jeden, weil er so kurzsichtig ist, dass er nicht sieht, wen er vor sich hat. Und Dr. Danninger, der Dorfarzt, der, obwohl er Gabi nicht behandeln darf, schüchtern grüß Gott zu ihr sagt, wenn sie sich in der Gasse begegnen. Und Dr. Großfurtner, der kein Menschenarzt ist und dessen Frau eine Perücke trägt – auch der nickt allen zu, wobei er nie ein Wort sagt. Aber auch die sind Außenseiter.

Nicht lange nach dem Anschluss wurde Frau Jäger in die Amtsstube des neuen Ortsgruppenleiters, Franzi Wimmer, bestellt, der zugleich auch Pensionswirt war, und angehalten, sofort ihren Dienst in einem jüdischen Haushalt zu quittieren. Dem »Gesetz zum Schutz deutschen Blutes und deutscher Ehre« zufolge sei das illegal: *»Juden dürfen weibliche Staatsangehörige deutschen oder artverwandten Blutes unter 45 Jahren in ihrem Haushalt nicht beschäftigen.«*

Doch Jägerlein, wie wir sie nennen, hat ihren eigenen Kopf. »Das ist kein jüdischer Haushalt«, sagte sie keinen Widerspruch duldend, »sondern ein lutherischer Haushalt. Und der ist immer noch deutscher als *Sie*.«

Das stimmte natürlich und traf ins Schwarze. Österreicher hegen gelegentlich den Verdacht, andere dächten, sie verhielten sich zu Deutschland wie die Operette zu Wagner; so dachte auch Franzi Wimmer – obwohl er noch nie in der Oper war. Ist das der Grund, warum einige der glühendsten Nazis Österreicher sind, angefangen mit dem Führer selbst? Wollen sie damit beweisen, dass sie nicht nur Staffage der leichten Muse sind, sondern durchaus in der Lage, die Arien der *Götterdämmerung* mitzuschmettern?

»Seine *Frau* ist Jüdin«, entgegnete Ortsgruppenleiter Wimmer pedantisch. Er kannte Frau Jäger schon sein ganzes Leben und hielt sie für etwas schlicht – wobei er selbst nicht gerade eine Leuchte war.

»Meinetwegen halbjüdisch«, erwiderte Jägerlein. »Sie können ja sagen, ich arbeite nur für die arische Hälfte. Geben *Sie* mir Arbeit, wenn ich dort aufhöre? Und außerdem«, fügte sie hinzu, »was hat Ihnen die Frau denn getan? Sie zieht doch nur ihre Kinder groß, genau wie alle anderen. Warum lassen Sie sie nicht in Frieden?« Und damit marschierte sie aus dem Raum.

Die meisten Leute tragen ihre Bosheit wie einen Anzug

von der Stange. Die Passform ist irgendwie nicht optimal. Bei allem Brust raus, Bauch rein, er sitzt einfach nicht wie maßgeschneidert. Franzi Wimmer bildet da keine Ausnahme. Er kann sich nie richtig an seinen Anzug gewöhnen, füllt ihn nie richtig aus. In Wirklichkeit ist ihm schon die ganz normale Bosheit zu groß, von Übergrößen wollen wir gar nicht erst reden. Außerdem hat er ja gar nichts gegen den Pfarrer, warum soll man dem Mann also keinen Gefallen tun? Wer weiß, wozu das mal gut sein kann.

Und so beschloss Franzi, die Sache mit Jägerlein erst einmal auf sich beruhen zu lassen, bis ihn jemand in den Hintern trat. Sollte er zur Rechenschaft gezogen werden, könnte er immer noch wie Jägerlein sagen, dass es sich im buchstäblichen Sinne nicht um einen rein jüdischen Haushalt handele. Und das Gesetz will er schon buchstäblich nehmen, auch wenn es eine Weile dauert, das Gesetz überhaupt auszumachen. So kommt es, dass Jägerlein bei uns geblieben ist.

Genau wie Brutus, der Bernhardiner. Von Jägerlein abgesehen, ist er mein bester Freund. Er zieht mich immer in einem kleinen Karren auf den wackligen Rädern unseres ausgedienten Kinderwagens durch den Garten. Jägerlein oder meine Mutter schnallen den treuen, geduldigen Brutus in sein Geschirr, ich klettere in das Wägelchen – und los geht's. Und wenn wir Tiefschnee haben wie zurzeit, zieht er mich stattdessen in einem selbst gebauten Schlitten. Ich liebe diesen Hund, und er liebt mich. Ich liebe ihn wahrscheinlich mehr als alles auf der Welt, wobei man nicht genau weiß, ob er meine Gefühle erwidert. Er liebt nämlich auch seinen Knochen mehr als alles auf der Welt.

Auch die Kaninchen sind noch in ihren Verschlägen. Die liebe ich nicht so sehr. Und die Ratten im Keller. Die liebe ich gar nicht.

Aber meinen Großvater mütterlicherseits, den ich nie kennen gelernt habe und deshalb auch nicht liebe – den gibt es nicht mehr. Vor ein paar Monaten, bevor der Krieg ausbrach, ist er in Berlin gestorben. Als der Brief mit der Nachricht seines Todes eintraf, sah ich Gabi zwar nicht zum ersten Mal weinen, aber zum ersten Mal nannte sie mir dafür den Grund. »Dein Großvater war mal ziemlich wohlhabend«, sagte sie und tupfte sich mit ihrer Schürze die Augen. »Aber dann wurde alles anders, und …« Und sie schickte mich hinaus, mit Brutus spielen.

Ich fragte Ilse, die mit ihrer Bibel im Garten saß, ob der Großvater, den ich nie kennen gelernt hatte, in den Himmel kommen werde, aber Ilse machte ein skeptisches Gesicht und sagte, das wisse sie nicht. Eigentlich war mir der Himmel auch ziemlich egal, also spielte ich mit Brutus und dachte nicht mehr an meinen Großvater. Eigentlich waren mir Großväter ohnehin egal, genau wie Großmütter, Onkel und Tanten, weil ich sie alle nicht kannte, und im Himmel war ich auch noch nie gewesen. Und dann zerrte Martin Brutus von mir weg und sagte, dass ich sie wahrscheinlich auch nie kennen lernen würde, weil die eine Hälfte tot sei und die andere Hälfte … Da blickte Ilse von ihrer Bibel auf und sagte: »Martin, nicht!« Er lachte und sagte: »Wieso denn nicht?«, und er zog Brutus mit sich weg.

Das war alles sehr verwirrend, und ich hätte als Nächstes Sara fragen können, da Sara und ich uns vom Alter her und auch sonst näher sind, aber Sara war nicht zu Hause. Brutus kam zurückgesprungen, weil er mich lieber mochte als Martin, und ich dachte bis zum Abend nicht mehr darüber nach. Beim Zubettgehen fragte ich Sara, ob mein anderer Großvater auch wohlhabend sei, und sie sagte, auch er sei schon tot, aber nein, soweit sie wisse, sei er ziemlich arm gewesen, deswegen sei er auch Nazi geworden, eine Information, mit der ich wenig anfangen konnte. Gabis Schwester, unsere Tante Frieda, die ich auch nie kennen gelernt hatte, sei ebenfalls tot, fügte sie verträumt hinzu. »Sie war Krankenschwester, aber dann …«

Wieder so ein Satz, der mittendrin aufhört – aber allmählich gewöhne ich mich daran. Irgendwann werde ich die Sätze selbst vervollständigen können, aber vorerst habe ich andere Sorgen, genau wie Sara, Ilse und Martin. *Meine* größte Sorge ist unser Plumpsklo mit dem Holzsitz und der gruselig tiefen, dunklen und stinkenden Grube, die nur zwei Mal im Jahr geleert wird. Diese finstere Grube übrigens, und nicht die Fahnen schwenkenden Nazis im Gänsemarsch, stellte bisher meine größte Angst dar. Die Nazis mit ihren Uniformen und Musikkapellen und ihrem stolzen Gleichschritt fand ich sogar toll, und ich finde sie noch immer toll – könnte ich doch nur mitlaufen wie die anderen Jungen, wenn sie durch unser Dorf marschieren! Aber die schwarze Grube – schrecklich, und nachts noch mal doppelt schlimm! Am Ende falle ich noch durch die Öffnung! Groß genug ist sie ja. Oder es kommt eine schwarze schleimige Schlange aus Scheiße aus dem Loch hervor, windet sich behutsam um meine nackten, zitternden Beine und zieht mich in die Tiefe!

Aber niemand kann meine Sorge nachvollziehen. Die anderen können ohne Skrupel in finsterster Nacht nach draußen trotten. Nein, meine Geschwister haben Schulprobleme, oder vielmehr, Gabi hat Schulprobleme. Auf das nächstgelegene Lyzeum in Plinden dürfen sie nicht. Nicht weil sie nicht dürften – von amtlicher Seite spricht zurzeit noch nichts dagegen, als Halbjuden ein beschränktes Maß an Bildung zu genießen, um sie auf ihre beschränkte Rolle als Halbjuden im Tausendjährigen Reich vorzubereiten. Nein, es geht darum, dass Plinden zu weit ist, um jeden

Tag mit dem Zug hinzufahren (drei Stunden hin und drei Stunden zurück). Die Behörden haben zwar vorsorglich in der Nähe der Schule für Schüler von außerhalb Unterkünfte eingerichtet, nur dürfen halbjüdische Kinder nicht bei Ariern wohnen. (Genauso wenig dürfen sie bei halbjüdischen oder gar volljüdischen Familien unterkommen. Zumal die Plindener Juden entweder weggezogen oder vom Bürgermeister und anderen dienstbeflissenen Nazis zusammengetrieben und deportiert worden sind. Halbjuden gibt es dort keine – wir sind eine einsame Spezies.)

Da wackelt doch etwas im sonst so stabilen Gefüge des Tausendjährigen Reichs: halbjüdische Kinder dürfen mit blaublütigen Ariern zur Schule gehen (zumindest im Moment noch), aber nicht mit ihnen unter einem Dach wohnen. Was stellen sich die Nazis eigentlich vor? Sodomie und Unzucht mit den Vertretern der Herrenrasse? Wer, glauben sie, muss eigentlich vor wem beschützt werden? Wie auch immer, Mischlingsköter und Rassehunde dürfen nicht in denselben Zwinger.

Also gibt es jetzt ein Gesetz, das besagt, dass alle nichtjüdischen Schüler zur Schule müssen – also auch wir, denn wir sind keine koscheren Juden, auch wenn wir ebenso wenig koschere Deutsche sind. Und dann haben wir eine städtische Verordnung, die Ilse, Martin und Sara (die gerade aufs Lyzeum kommt) genau das verbietet. Als Willibald kleinlaut mit diesem Widerspruch vor die Behörde trat, zeigten sich die weniger hohen Funktionäre gewohnt unwillig zu diskutieren.

»Wer eine Jüdin heiratet, Herr Pfarrer«, bemerkte einer mit hochgezogener Augenbraue, »der darf sich nicht wundern, wenn's Ärger gibt.«

Aber irgendeiner aus den höheren Rängen, der die Akte

schließlich auf den Schreibtisch bekam, muss sich wohl etwas ausgedacht haben. Wozu sind Bürokraten sonst gut, wenn nicht dazu, ihre eigenen Knoten wieder zu entwirren? Den halbjüdischen Brinkmann-Kindern, allesamt im Oberschulalter, wurde also gestattet, vorläufig Privatstunden zu nehmen, vorausgesetzt, sie schafften die Aufnahmeprüfung fürs Lyzeum; diese Erlaubnis sollte jedes Jahr aufs Neue revidiert werden. Unter nationalsozialistischem Gesetz darf man normalerweise nur aus medizinischen Gründen Privatstunden nehmen – ein Hauslehrer kann schließlich allerhand subversives Gedankengut verbreiten. Aber dadurch, dass die Privatstunden den Kontakt zwischen Halbjuden und reinrassigen Ariern sogar unterbinden würden, gab es gute rassenhygienische Gründe, das Gesetz nicht anzuwenden.

»Und woher sollen wir das Geld nehmen?«, jammerte Willibald und ließ seiner Frau den Brief in den Schoß fallen. »Ich unterrichte sie selbst. Ich kann ihnen genauso viel beibringen! Wieso sollen wir einem Privatlehrer das Geld in den Rachen werfen – selbst wenn wir's hätten.«

Seine didaktischen Fähigkeiten lassen mit Sicherheit zu wünschen übrig, im Sparen aber ist Willibald unschlagbar. Also konnte Gabi zwar sehen, wie gespart wurde, der Unterricht aber ließ auf sich warten. Es verging ein Monat, ohne dass sich etwas tat, außer, dass Willibald weiter an seinem epischen Drama *König Saulus* arbeitete. Er schrieb schon seit einigen Jahren an dem Stück, aber irgendwie wurde es nie fertig. Wenn die Arbeit gut lief, waren kleine Lacher und fröhliche Kläfflaute hinter der verschlossenen Tür des Arbeitszimmers zu hören, begleitet von Tabakduft aus seiner langen Kirchenvorsteherpfeife. Wenn die Arbeit nicht gut lief, ging er aus dem Haus, um seine Schäfchen zu besuchen, und wenn er zurückkam, stank er nach Schnaps und noch mehr Tabakrauch. Jedes Mal, wenn Gabi fragte, wann er vorhabe, mit dem Unterricht der Kinder anzufangen, sagte er, bald, bald, beschwichtigend oder gereizt,

2

je nach Stimmung.
Am Ende nahm Gabi die Sache also selbst in die Hand. Sie fand eine junge Frau, frisch von der Wiener Universität, eine gestandene Doktorin der Geschichte, die sich bereit erklärte, eine Zeit lang im Hause eines Pastors auf dem Land zu leben und dessen Kinder zu unterrichten.

Frau Doktor Helene Saur war mit einem Regierungsbeamten verlobt, eine Verbindung, die ihre Eltern für vielversprechend hielten. Ihr Verlobter arbeitete in jenem Jahr in Graz, und ihr Vater wollte, dass sie sich bis zu ihrer Hochzeit mit etwas Sinnvollem beschäftigte. Die Alternative wäre gewesen, in Wien zu unterrichten, und dagegen klang Heimstatt doch ungleich romantischer. Der von ihr geforderte Lohn bestand aus Kost und Logis und einem so bescheidenen Taschengeld, dass sich nicht einmal Willibald beschweren konnte, zumal Gabi die Summe selbst aufbrachte, indem sie in Plinden den Pelzmantel ihrer verstorbenen Schwester Frieda verkaufte – der Gedanke, die Kleider ihrer toten Schwester aufzutragen, hatte ihr ohnehin nie behagt –, wobei sie die Kleiderfrage bald nicht mehr ganz so eng sehen wird. Also war es abgemacht, und Frau Doktor Saur traf pünktlich in Heimstatt ein.

Eine Sache hatte man dabei allerdings übersehen: Frau Doktor Saur war glühende Nationalsozialistin, und Gabi hatte versäumt, ihr mitzuteilen, dass sie Jüdin sei. Inzwischen wusste Gabi, dass sie sich irgendwie durchmogeln musste, und dieses Mogeln setzte sie jetzt in die Praxis um. Doch es verging nicht einmal eine Woche, da kam die Frau Doktor hinter die bittere Wahrheit. Aber inzwischen – wie raffiniert von Gabi! – waren ihr die Kinder schon ans Herz gewachsen, sogar oder vor allem Martin, der durchaus charmant sein konnte, wenn er wollte, und sie beschloss zu bleiben.

»Mir war gar nicht klar, dass es so nette Juden gibt!«, vertraute sie Gabi im Flüsterton an. Im Flüsterton deshalb, weil sie erkannt hatte, dass das Thema bei uns tabu war. Die anderen sprachen nie darüber, weil sie sich schämten. Und ich sprach nie darüber, weil ich nicht anders konnte – ich wusste ja nichts davon. Auch jetzt, 1939, weiß ich noch immer nichts davon. Juden, das sind dreckige Menschen ganz weit weg, und im Radio heißt es, sie seien böse – das ist alles, was ich weiß. Sie interessieren mich nicht. Anders als Brutus oder die Kaninchen.

»Und ich dachte, alle Juden seien Gauner und Halunken«, flüsterte Frau Doktor Saur weiter. »Aber *Sie* sind ja ganz anders!«

Und was sagte Pensionswirt und Ortsgruppenleiter Franzi Wimmer dazu, dass sich ein reines deutsches – oder vielmehr österreichisches – Mädel in einem halbjüdischen Haushalt aufhielt? Dazu noch Mitglied der Partei! Wieder saß er in der Zwickmühle – aber da Jägerlein im Pfarrhaus hatte bleiben dürfen, konnte er bei Frau Doktor Saur schwerlich anders vorgehen. Konsequenz war das A und O des Bürokraten! Er löste das Problem und beruhigte sein Gewissen mit einem weiteren Kniff und bahnte sich zwischen den sperrigen Verordnungen einen Weg wie eine Ameise zwischen den Stacheln eines Igels. Für normale Arier, selbst für Parteimitglieder wie Frau Doktor Saur, war es zulässig, im Haus des Pfarrers zu sein, da es sich zur Hälfte um ein arisches Haus handelte. Für Staatsbeamte hingegen war es unzulässig, weil es sich zur Hälfte um ein jüdisches Haus handelte. Der Mann verfügte wahrlich über salomonische Weisheit – auch wenn er das kaum als Kompliment aufgefasst hätte.

Am nächsten Tag stattete er dem Pfarrhaus einen Besuch ab, wobei er auf der zweiten Treppenstufe stehen blieb, um Willibald über diese Regelung in Kenntnis zu setzen und ihm zu raten, sich strengstens daran zu halten. Und am folgenden Tag fand sich auf derselben Treppenstufe der Schulleiter der Volksschule ein, um zu erklären, weshalb auch er als Staatsbeamter das Pfarrhaus nicht mehr betreten dürfe. Fast hätte er sich an dem Wort »Staatsbeamter« verschluckt. Er hatte ja selbst Blut und Wasser geschwitzt wegen seines Ariernachweises, ohne den er weder arische Kinder hätte unterrichten, noch in die Partei hätte eintreten dürfen, aber jetzt durfte er beides und war dementsprechend stolz auf seinen mühsam erarbeiteten Status. Sein Stammbaum war nämlich nicht ganz lupenrein gewesen: Ein Urgroßvater trug den Taufnamen Jakob und einen nicht minder verdächtigen Nachnamen. Augenbrauen gingen hoch, Fragezeichen kamen an den Rand, und wochenlang wanderte die Akte von Schreibtisch zu Schreibtisch. Zu guter Letzt aber wurde sie doch abgesegnet. Wie zart und umsichtig der Uniformstiefel doch bisweilen auftritt!

Übrigens hat Willibald ganz schön viel Arbeit mit diesen Ariernachweisen. Ehrbare Bürger, die weiterhin in ihrem erlernten Beruf arbeiten oder in die Partei eintreten wollen, müssen manchmal kreuz und quer durchs Reich fahren, um die Taufurkunden ihrer Eltern und Großeltern und Urgroßeltern aufzutreiben, die wiederum vom örtlichen Pastor beglaubigt werden müssen – und das alles ohne Entgelt, klagt der arme Willibald. Eine bittere Pille ist das, und an die unzulänglichen Vorfahren seiner eigenen Kinder darf er gar nicht erst denken – doch auch für die Arieranwärter ist es kein Zuckerschlecken. Man muss sich vorstellen, wie diese armen Menschen durchs ganze Land gondeln müssen, von Stadt zu Stadt, von Dorf zu Dorf! Und dann die Angst, im letzten gottverlassenen Nest auf einen Salomon oder David zu stoßen, nachdem alle anderen ohne Fehl und Tadel waren! Diese ganze Fahrerei zum Geburtsort des Vaters und zum Geburtsort der Mutter und dann zu den Geburtsorten all *derer* Eltern – es erinnert fast an die Volkszählung der Juden nach Jesu Geburt, nur diesmal soll der Kindermord zu Bethlehem eine etwas umfassendere Angelegenheit werden.

Frau Doktor Saur entpuppte sich als lebhafte Lehrerin, und meine Geschwister mochten sie gern, sogar die stille Ilse, deren eigener Vorrat an Lebhaftigkeit bereits aufgezehrt ist. Denn Ilse ist gerade im Begriff, in religiöse Melancholie zu versinken. Wenn sie nicht stundenlang in der Bibel liest oder betend in der düsteren Kirche hockt, spaziert sie über den Friedhof und legt Blumen auf die Gräber der unbekannten Verstorbenen – die Toten sagen ihr mehr zu als die Lebenden. Sie trägt ein goldenes Kreuz an einer Kette um den Hals. Sie spielt nie, sie rennt nie, sie redet kaum, allenfalls, wenn sie etwas gefragt wird. Und wenn sie isst, tut sie es mit langsamer, nach innen gekehrter Konzentration, als spräche sie vor jedem Bissen ein Tischgebet. In ihrem melancholisch strengen Leben gönnt sich Ilse einen einzigen Luxus: Sie besitzt lauter bunte Schleifen – rote, blaue, gelbe, grüne und schwarze – und bindet sich jeden Tag eine andere Farbe um die Enden ihrer langen schwarz glänzenden Zöpfe.

Noch merkt es niemand, aber allmählich bricht sie entzwei. Ihre Seele ist zweigeteilt wie das Gesicht meiner Mutter, wobei Ilses Gesicht bis zum Tag ihres Todes glatt und madonnenhaft bleiben wird. Sie glaubt nämlich daran, was die Nazis über die Juden sagen. Und sie glaubt dem Neuen Testament. Haben die Juden etwa nicht Unseren Herrn ermordet? Es steht doch alles in der Bibel. Sind sie etwa nicht degeneriert und gefährlich? Das weiß man doch alles aus den Schulbüchern, aus den Zeitungen, aus dem Radio (ein Kino gibt es noch nicht in Heimstatt). Hat nicht ihre eigene Mutter durch ihre Konversion versucht, dem Judentum zu entfliehen? Aber sie ist keine echte Christin; Ilse sieht genau, dass sie nicht mehr gläubig ist. Wie auch – ihrem minderwertigen Blut kann sie schließlich nicht entkommen, weswegen ja auch Ilses Blut unrein ist. Manchmal, wenn sie ihrer Mutter in die Augen blickt – in diese Augen unter den befremdend schweren Lidern –, läuft es ihr kalt den Rücken hinunter. Sieht das Gesicht ihrer Mutter etwa nicht genauso durchtrieben und finster aus wie die Gesichter in den Zeitungen und auf den Plakaten? Oh ja, Ilses Seele ist zweigeteilt. Sie weiß, die Juden sind böse, obwohl sie selbst halbe Jüdin ist.

Und hat nicht sogar ihr Vater Angst vor ihrer Mutter? Hasst er sie nicht sogar manchmal? War Ilse, das älteste Kind, nicht oft genug stille und heimliche Zeugin eines jähen zischenden Geräusches, eines leisen empörten Tadels, eines gefauchten Vorwurfs, weil dieses versäumt und jenes verpfuscht worden war, war sie nicht die Zeugin der fortschreitenden Zerrüttung zweier verbitterter Eheleute in bitteren Zeiten? Seit jenem Tag, an dem die Braunhemden vor der Tür standen, um sie aus ihrer komfortablen Gemeinde in Deutschland zu vertreiben, da köchelt es – manchmal kocht der Topf über, manchmal brodelt er nur bedrohlich vor sich hin. Hörte sie durch die dünne Wand zwischen Kinderzimmer und Elternschlafzimmer nicht einmal sogar, wie ihre Mutter plötzlich kreischend ihren Vater einen Schwächling und Feigling nannte? Und dann das Allerschlimmste – bezichtigte ihr Vater, ein Diener Gottes, ihre Mutter nicht der Unzucht »mit dieser Judensau Josef«? Und brach da nicht etwas heraus und driftete aus Ilses überfrorenem Gedächtnis an die Oberfläche, eine vage, wogende, kaum zu greifende Erinnerung an einen Blick oder ein Wort zwischen Dr. Josef Stern und ihrer Mutter bei einem der Besuche wegen eines kranken Kindes, damals, als sie noch in Deutschland lebten und Ilse angeblich noch zu klein war, um etwas mitzubekommen?

Kein Wunder, dass sie alle von der Schule und vom Dorf und vom Leben selbst zurückgewiesen und ausgeschlossen wurden. Gott selbst hatte sie zurückgewiesen.

Ja, Ilse ist ein stilles Wasser; doch das Wasser ist tief und aufgewühlt.

Auch Martins Wasser scheint aufgewühlt zu sein, aber nicht deshalb, weil er wie Ilse über das minderwertige Blut in unseren Adern nachgrübelt, und viel weniger noch aus Empörung über die Abscheulichkeit und den Irrsinn des Dritten Reichs. Er ist aufgewühlt, weil er einen Groll hegt – einen Groll gegen die Dummheit derjenigen Menschen, die ihm nicht genug Wertschätzung entgegenbringen. Hitler und die Nazis lassen Martin deshalb nicht los, weil er sich persönlich angesprochen fühlt. Er kreist nur um sich selbst und seine eigene Moral, und so wird es auch immer bleiben. Er hält sich für ein Genie, denn genau das haben ihm seine Eltern von frühester Kindheit an weisgemacht, womit sie ihn für immer verdarben. Er brauchte nur in sein Töpfchen zu pinkeln oder ein neues Wort zu brabbeln, und schon warfen Willibald und Gabi vor Entzückung die Arme in die Luft. Kein Wunder, dass er sich selbst so toll findet – er kennt es nicht anders. Jetzt müssen nur noch alle anderen seine Überlegenheit anerkennen. Sein ganzes restliches Leben lang wird er auf die ihm gebührende Bestätigung warten, oder vielmehr bestehen.

Die junge Frau Doktor Saur fasste diese Prahlerei als Ausprägung eines noblen arischen Charakters auf, und schnell avancierte Martin zu ihrem Liebling. (Ilse galt bei ihr als etwas schwerfällig, und diese Zuschreibung sollte sie nie mehr loswerden. Alle waren sich einig und nickten, ja, Ilse sei wirklich etwas schwerfällig. Und Ilse stimmte zu und nickte selbst mit dem Kopf.) Unsere nächste Hauslehrerin, Fräulein von Kaminsky, wird Martins Charakter etwas besser einzuschätzen wissen. Wobei er trotz allem keineswegs dumm ist. Allein seine Panzerentwürfe – in jeder freien Minute brütet er am Esstisch über seinen Skizzen, eine genialer als die nächste.

Und wie geht es Sara, die durch Zufall denselben Namen trägt, den die Nazis allen jüdischen Frauen verordnet haben? Frau Doktor Saur sagt zu meiner Mutter, bei Sara blicke sie einfach nicht durch. In einigen Dingen ist auch sie schwerfällig, in anderen wiederum sehr schnell. Sara ist mal so, mal so.

Wen wundert's. Sie musste als Einzige hier in Heimstatt die letzte Klasse der Volksschule besuchen – die anderen waren schon zu alt, und ich war bisher zu jung. Logischerweise musste sie allein in der letzten Bank sitzen und wurde nur ein einziges Mal nach vorn gerufen, und zwar während einer Stunde beim Schulleiter zu den Grundzügen der Rassenkunde. Dabei musste ihr Kopf als Beispiel für einen degenerierten Schädel herhalten, wobei er nicht degeneriert genug war, um als volljüdisch zu gelten. Da stand sie also vor der ganzen feixenden Klasse, Greifzirkel und Messband wurden ausgepackt, und die Verurteilung in Form von Zentimetern landete im Schulheft eines jeden anwesenden Zehnjährigen.

»Du kannst nichts dafür«, sagte der Schulleiter tröstend, bevor er Sara zurück auf ihren Platz hinter Leni mit den Kopfläusen schickte. »Und du bist ja nur eine *halbe* Jüdin.« Trotzdem wollten die Mädchen auf dem Pausenhof nicht mehr mit ihr spielen, trotzdem war sie das Opfer von Hohn und Spott. Selbst Leni wurde angemahnt, als die beiden Mädchen zufällig zusammen durch dieselbe Gasse nach Hause gingen. »Halt Abstand, sie ist schmutzig«, rief Lenis Mutter laut. Ausgerechnet Lenis Mutter, die schon seit einem ganzen Jahr nicht mehr im öffentlichen Badehaus war! (Jägerlein meint das genau zu wissen, und wenn jemand etwas weiß, dann Jägerlein. Sie sitzt nämlich an der Kasse und teilt die Seife aus – sie verdient bei uns nicht genug, um davon zu leben.)

Darüber hinaus ist Sara wider Willen zur Vertrauten meiner Mutter geworden. Die anderen sind dafür ungeeignet. Martin ist ein Junge, Ilse ist meist nicht ansprechbar, und ich bin sowohl ein Junge als auch zu jung. Ich bin sogar zu jung, um von meinem jüdischen Makel zu wissen. Mitfühlend, aber widerstrebend muss sich also Sara die Ängste und Sorgen anhören, die Gabi nicht für sich behalten kann. Ist ihr dabei auch mal ein Wort über Dr. Josef Stern rausgerutscht? Noch nicht – aber gut möglich, dass es bald passieren wird. Es gab schon die eine oder andere Anspielung, ein angedeutetes traurig-glückliches Lächeln. Ihr Gesicht sei nicht immer so schief gewesen, sagt Gabi. Ein gebrochenes Herz sei schuld an der leichten einseitigen Lähmung. Und hat Gabi nicht schon öfters eine Bemerkung fallen lassen, wie sehr Sara »ihrem Onkel Josef« ähnele – von dem Sara nur eine vage Erinnerung hat, wie er in einem großen prächtigen Behandlungszimmer irgendwo im fernen Deutschland leise mit ihrer Mutter spricht. Und hat nicht sogar Willibald selbst schon darauf hingewiesen, indem er sie am Kinn nahm und ihren Kopf unsanft hin und her drehte, um ihr Gesicht zu betrachten, und zwar mit ernster Miene, keineswegs erfreut über die zufällige Ähnlichkeit – vielmehr misstrauisch und mit unterdrückter Wut? Und hat er dasselbe nicht auch schon ein paar Mal bei mir gemacht?

In dieser Zeit weiß Sara ebenso gut wie Ilse und Martin, was es heißt, zurückgewiesen zu werden (ich werde auch noch in den Genuss kommen), aber sie weiß um einiges genauer, was ihre Mutter fühlt und was ihr Vater nicht fühlt. Doch Sara ist zu jung, um auch noch diese Last zu schultern. Also erzählt sie sich Geschichten. Und wenn Frau Doktor Saur sieht, wie sie im Unterricht träumt, dann kann es sein, dass Sara gar nicht geistesabwesend, sondern bloß mit einer neuen Geschichte beschäftigt ist. Alles daran ist streng geheim; sie hat bereits gelernt, für sich und im Verborgenen zu bleiben. Unten in ihrem Kleiderschrank liegt ein altes Schulheft, in dem sie langsam und quälend ihre Geschichten festhält.

Sara behauptet, sie würde nie träumen. Und wenn andere von ihren Träumen erzählen, tut sie verwirrt und verständnislos. Dabei träumt sie sehr wohl. Sie träumt im Wachzustand. Ihre Geschichten sind ihre Träume. Und ihre Träume sind Albträume.

Aber jetzt hat der Zweite Weltkrieg begonnen, und Polen hat kapituliert, genau wie Frau Doktor Saur, weil sie jetzt ihren Regierungsbeamten heiraten wird. Sie verlässt uns mit arglos heiterem Lächeln. Sie werde uns immer wohlgesonnen bleiben, sagt sie und winkt uns an der Tür des Pfarrhauses zum Abschied. Und das stimmt. Vor allem wird sie Gabi wohlgesonnen bleiben. Nur so heiter wird sie nicht bleiben. Schon bald wird sie feststellen, dass ihre ehelichen Pflichten unter anderem daraus bestehen, die Teppichfransen zu kämmen und die Morgenzeitung sowie die Geldscheine aus der Brieftasche ihres Mannes zu bügeln. Bei Verstößen muss sie sich aufs Kaminholz knien und Schläge einstecken.

Gabi hat sich bereits um Ersatz bemüht. Sie hat die Wiener Zeitungen durchforstet und eine Dame mit besten Referenzen gefunden, die anbietet, Kinder aus guter Familie in verschiedenen Fächern zu unterrichten. Nach einem Briefwechsel stellt sich heraus, dass diese Dame, Fräulein Hertha von Kaminsky, Gouvernante bei einem entfernten Zweig der Habsburger war, und Gabi ist nach Wien gefahren (wo sie verbotenerweise bei Frau Doktor Saur wohnt, deren Hochzeit noch bevorsteht), um die Dame anzuheuern.

Gabi weiß genau, dass ihre Familie nicht unbedingt das ist, was ein Fräulein von Kaminsky als gut bezeichnen würde, also spielt sie gleich mit offenen Karten. In der Hoffnung, dass es sich bei dieser Bediensteten der königlichen Familie nicht um eine Freundin der aufstrebenden Nationalsozialisten handelt, legt sie Fräulein von Kaminsky, die ungefähr so breit ist wie hoch, in deren behaglichen Wohnung am Ring ihr Anliegen unverblümt und in aller Demut vor. Sie schließt mit den Worten: »Ich fühle mich so schuldig. Es ist alles meine Schuld, dass meine Kinder das durchmachen müssen.« Ja, Gabi fühlt sich schuldig, genau wie Ilse. Sie fühlt sich schuldig, weil sie ein Opfer ist und damit auch ihre Kinder zu Opfern gemacht hat, während der Führer und seine Gefährten, die ihr das alles eingebrockt haben, sich gegenseitig Medaillen an die Brust heften und von einem neuen Berlin träumen – Germania, die judenreine Hauptstadt ihres judenreinen Reiches. (Die meisten sind außerdem große Hundefreunde.)

Fräulein von Kaminsky ist ihre Dienstzeit bei den Habsburgern deutlich anzumerken. Sie weiß, dass Adel verpflichtet, und pflegt tatsächlich genau jene aristokratische Verachtung für die Nazis, auf die Gabi gehofft hatte. Also wird sie im neuen Jahr bei uns anfangen und die älteren Kinder unterrichten. Was Ortsgruppenleiter Wimmer wohl davon halten wird? Hertha von Kaminsky ist keine normale Wienerin wie Frau Doktor Saur, sondern im weitesten Sinne eine Habsburgerin; und Königshaus bleibt Königshaus, wenn auch entthront und um mehrere Ecken. Was immer er darüber denken wird, zumindest kann sich Franzi Wimmer auf seine Präzedenzfälle berufen. Erst Jägerlein, dann Frau Doktor Saur. Franzi wird mit diesem Problem also umzugehen wissen. Der kurzsichtige katholische Pater wird allerdings noch sein blaues Wunder erleben. Fräulein von Kaminsky ist glühende Katholikin (zweifellos war das die Voraussetzung für ihre vormalige Stellung bei den Königskindern), und bei der Beichte wird sie ihm einiges zu erzählen haben.

Dieses Jahr Weihnachten fällt mir zum ersten Mal etwas auf, was mir vorher nicht aufgefallen war. Wenn mich meine Mutter zum Beispiel zum Einkaufen mitnimmt, was immer nur zwischen drei und fünf Uhr nachmittags geschieht, gibt es bestimmte Läden im Dorf, in die sie geht, und bestimmte Läden, in die sie nicht geht. Und die Läden, in die sie nicht geht, sind meist die besseren Läden, also das Fischgeschäft und der Genossenschaftsladen, die in der Nähe der besseren Pensionen liegen, wie die Pension von

Franzi Wimmer, in denen bunte Bilder vom Führer hängen – während die Läden, in die sie sehr wohl geht, die billigeren und sogar die schmutzigeren sind, zum Beispiel die Bäckerei, wo das Brot oftmals alt ist, und der Milchladen, wo die Milch oftmals sauer ist. Natürlich hängt auch hier ein Bild vom Führer an der Wand, aber es ist kleiner und wird nicht so oft abgestaubt. Manchmal hat er sogar etwas Fliegenschiss im Gesicht.

Das Einkaufen mit meiner Mutter verstehe ich nicht. Da wir aus Berlin kommen, müssen wir doch was Besseres sein, aber warum kaufen wir dann in den schlechtesten Läden ein und nicht in den besseren? Und warum gehen wir immer nur am späten Nachmittag einkaufen? Andere Leute wie Jägerlein gehen meines Wissens einkaufen, wann immer sie wollen. Meine Mutter erklärt mir nicht, warum, und ich habe das Gefühl, dass ich den wahren Grund nicht erfahren darf. Dennoch bin ich überzeugt, dass es damit zu tun hat, dass wir echte Deutsche sind, und die Leute im Ort nicht. Niemand sagt mir, worin mein Denkfehler liegt. Niemand erklärt mir, dass Gabi eine böse und degenerierte Jüdin ist, dass man ihr in den besseren Geschäften nichts verkaufen will, und dass sie nur zwischen drei und fünf Uhr nachmittags einkaufen darf, damit sich die arischen Kunden ihrem widerlichen Anblick nicht aussetzen müssen.

Schon immer streiten sich und weinen meine Eltern (ich halte das für normal – ich kenne es schließlich nicht anders), aber sie sprechen nie über das, was sie plagt. Tatsächlich kann ich mich nicht erinnern, jemals als Halbjude oder gar als Jude beschimpft worden zu sein. Vielleicht *bin* ich ja nie so beschimpft worden. Ich weiß ja nicht einmal, was ein Jude oder Halbjude ist. Sara schon; sie weiß es sehr genau. Die anderen auch. Nur ich nicht. Wie auch?

Mit den Dorfkindern darf ich nicht spielen, also werde ich es von ihnen kaum erfahren. Genauso wenig wie von meiner Mutter oder Jägerlein. Und was meine Geschwister angeht – sie werden mir mit Sicherheit nicht verraten, wie es ist, wenn man als Halbjude oder Jude beschimpft wird. Wie Vergewaltigungsopfer schweigen sie, weil sie sich schuldig fühlen.

Das heißt, ich weiß noch immer nicht, was ich bin. Aber dieses Jahr zu Weihnachten fällt mir etwas auf, nämlich, wie seltsam Willibald aussieht, wie er da neben dem Baum sitzt. Er hat ganz komische Sachen an, er ist verkleidet. Nicht als Nikolaus, nicht einmal als österreichischer Krampus, nein, er trägt die graue Wehrmachtsuniform – und zwar eine ziemlich schlecht sitzende.

Ja, Willibald, mit seinen 44 Jahren, ist in die Armee eingetreten, an der Ostfront stationiert und über die Feiertage beurlaubt! Er ist Obergefreiter, genau wie damals der Führer, stolzes Mitglied der heldenhaften Truppen (und offenbar selbst kein geringer Held), der tapfer den heimtückischen Angriff der Polen auf das Tausendjährige Reich abgewehrt und den finsteren verschlagenen Slawen mit aller Macht bezwungen hat.

Frau Doktor Saur war da, und dann wieder weg. Fräulein von Kaminskys Ankunft stand bevor. Und mein Vater – auf einmal ein Soldat des Deutschen Reichs? Was geht hier vor sich? Nie sagt mir einer etwas. Kein Wunder, dass ich durcheinander bin.

Dabei ist es eigentlich ganz einfach, auch wenn ich viel später erst durchblicke. Willibalds jüdische »Verbindung« holt ihn immer mehr ein, und er setzt jetzt alles daran, der Schnellere zu sein. Er rennt um seine Existenz, und vielleicht auch um das Leben seiner Frau und Kinder. Und wenn man bedenkt, was er für seine Frau empfindet, ist das ziemlich großzügig von ihm. Das Bildungsministerium hat inzwischen nicht nur Nichtarier, sondern auch Personen mit nichtarischen Verbindungen vom Schuldienst suspendiert. Und nichtarische Verbindungen, die hat Willibald – fünf Stück, um genau zu sein. Dabei gehört es zu den Aufgaben des Pfarrers, an lutherischen Schulen Religionsunterricht zu erteilen – dafür bezahlt ihn die Kirche. Und das will die Regierung nun verhindern.

Die Kirchenaufsicht in Wien ist in der Zwickmühle. Die lutherischen Kinder müssen also von jemand anderem unterrichtet werden. Nur wer soll diesen Mann bezahlen? Kürzten sie Pfarrer Brinkmanns Gehalt, würde seine Familie körperlich verhungern, und das wollen nicht mal die Nazi-Sympathisanten unter ihnen. Kürzten sie aber nicht Pfarrer Brinkmanns Gehalt, würden die Schüler geistig verhungern, und auch das können sie nicht zulassen. Also schlagen sie Pfarrer Brinkmann vor, in die Wehrmacht einzutreten, die ihn bislang seines Alters und seiner Berufung wegen außen vor gelassen hatte. Dort würde er einen Sold beziehen, und seine Familie könnte weiterhin im Pfarrhaus wohnen, während ein Teil seines Gehalts für anderweitigen Schulunterricht abgezweigt werden könnte.

Pfarrer Brinkmann packt die Gelegenheit am Schopf. Und zwar deshalb, weil er sich davon noch etwas anderes erhofft: Vielleicht hilft ihm der Dienst an der Waffe ja, seine Kinder später zu Ariern zu machen. (Wenn man seine Zweifel hinsichtlich der Vaterschaft einiger dieser Kinder bedenkt, ist es ziemlich edel von ihm, alle mit einzubeziehen.) Nur die Kinder, wohlgemerkt; für seine Frau schwebt ihm nichts dergleichen vor. Seltsam, dass Willibald nicht nur gewillt, sondern geradezu wild darauf ist, in die Uniform der Wehrmacht zu schlüpfen und den Treueeid auf den Führer abzulegen, wo der doch so darauf erpicht ist, das Reich von Ungeziefer wie seiner Frau und Halbungeziefern wie seinen Kindern zu befreien. Aber Willibald liebt noch immer sein Vaterland und will unbedingt, dass Deutschland den Krieg gewinnt. Den Gedanken, dass der Endsieg mit ziemlicher Sicherheit die Endniederlage für uns bedeuten würde, verdrängt er. Und so schwelgt er in diesem Jahr zu Weihnachten gedankenlos und skrupellos in den Kriegsabenteuern, die er erlebt hat oder erlebt zu haben glaubt.

Seltsam auch, dass ihn seine nichtarische Verbindung zwar für den Dienst an den Schulen des Führers untauglich macht, nicht aber für den Dienst an den Waffen des Führers. Wieder läuft im strengen Rhythmus des Dritten Reichs etwas gegen den Takt und hätte die Behörden eigentlich aufmerken lassen müssen. Wie können sie erwarten, den Krieg zu gewinnen, wenn sie nicht einmal solche Kleinigkeiten in den Griff kriegen? Eigentlich wäre das eine Sache für Eichmann, aber der ist gerade damit beschäftigt, Wien von den Juden zu befreien.

Und wie eigenartig auch, dass ich mich weder erinnern kann, wie Willibald vor einigen Monaten in den Krieg zog, noch daran, wie er ein Jahr später nach Hause kommen wird. (Als Soldat wird er nicht alt werden; die Wehrmacht kommt ziemlich schnell dahinter, dass der Endsieg und Willibald Brinkmann einfach nicht zusammenpassen.) Insgesamt wird er über ein Jahr weg sein, ohne dass es mir sonderlich auffällt. Vielleicht liegt es daran, dass er selbst dann, wenn er da ist, abwesend wirkt.

Was macht er also bei der Wehrmacht? Das Oberkommando in Polen setzt ihn wohlweislich nicht als Frontsoldat ein (obwohl er das später anders umschreiben wird), und so landet er als Ordner in der Offiziersmesse. Die

Buchhaltung für seine Vorgesetzten erledigen, das kann er, und es besteht immer die Chance, dass dabei etwas für ihn abfällt, ein Gläschen Schnaps oder ein Stück Butter. Sein letzter Posten liegt in einem flachen Waldstück nahe einer abgelegenen, desolaten Ortschaft namens Oswiecim.

In Oswiecim, dem ehemaligen Standort polnischer Heeresbaracken, wird an einer Einrichtung getüftelt, die im Sommer 1940 ihre Tore öffnen wird. Willibald hat also Muße, auf einem Pferd zu posieren, während er eine Gruppe polnischer Kriegsgefangener bewacht, die sich, wie er später behauptet, gerade für das Dritte Reich abrackern. Er wird uns erzählen, wie er sie bewacht habe, er, der einsame Reiter, der allein mit seiner teutonischen Anwesenheit tausend rebellische Polen in Schach hält. Wirft man aber einen genaueren Blick auf das Foto, erkennt man unschwer, dass das Humbug ist. Erstens sind weit und breit keine polnischen Gefangenen zu sehen, und schon gar keine rebellischen. Zweitens kann er sich auf seinem ausgemergelten Klepper kaum im Sattel halten. Drittens hat er keine Waffe und hätte nicht einmal einen einzigen der vermeintlich vorhandenen Polen an der Flucht hindern können – er hätte sich höchstens aus dem Sattel fallen lassen und die Leute unter sich zerquetschen können. Und zu guter und wichtigster Letzt wird die Ortschaft bald schon unter ihrem deutschen Namen Auschwitz Bekanntheit erlangen; und die Wachen in Auschwitz sind keine Feld-, Wald- und Wiesensoldaten wie Willibald, sondern SS-Elitetruppen, knallharte Männer mit hohen Idealen und einem Herz aus Stahl. Es stimmt zwar, dass Willibald in der Nähe von Auschwitz postiert ist, doch das Einzige, was er bewacht, sind die Salz- und Pfefferstreuer in der ruhmlosen Offiziersmesse eines Reserveregiments. Vor diesem Hintergrund ist er lediglich Tourist, das Pferd gehört dem Fotografen, und Willibald muss ihm für das Foto auch noch Geld geben.

Vielleicht ist es sein Unbehagen angesichts dessen, was er während seines Aufenthalts nahe Auschwitz gesehen oder gehört hat, das Willibald dazu verleitet, sich eine (erst nach Kriegsende zum Einsatz kommende) Geschichte auszudenken, wie er einen Offizier an der Exekution eines flüchtigen Gefangenen gehindert habe. Der nüchternsten Version dieser Geschichte nach hat der Offizier seine Luger bereits entsichert und zielt damit auf den Kopf des Gefangenen, da wirft sich Obergefreiter Brinkmann dazwischen (und an dieser Stelle wird er, egal, wo er ist, die Stimme erheben und mit finsterem Blick ins Publikum sehen) und ruft: »Erschießen Sie ihn, Herr Major, aber erst müssen Sie mich erschießen!« Nach einer anderen Version lässt der Major den zitternden Arm sinken und schleicht sich beschämt davon, und wiederum nach einer anderen kommt er zur Vernunft, dankt dem tapferen Obergefreiten und drückt ihm die vierschrötige Hand. Es wird sogar eine Version geben, in der der Major zum Oberst aufsteigt, dem kühnen Obergefreiten Willibald salutiert und in salbungsvollen Worten (und salbungsvolle Worte sprechen, das kann Willibald) zu ihm sagt: »Heute haben Sie einen deutschen Offizier seine Pflicht gelehrt.«

Aber das alles muss warten, bis der Krieg vorbei ist, und noch haben wir nicht einmal die Hälfte geschafft. Nicht, dass wir nicht daran arbeiten würden. Weihnachten liegt hinter uns, der Frühling auch. Auf den Frühling folgte der Sommer, und im Radio wurde von unseren ruhmreichen deutschen Truppen berichtet, die sich, kaum dass Polen erledigt war, nun auch die Franzosen und Briten zur Brust genommen haben. Im Juni war fast wöchentlich zu hören, wie in der Dorfschule wieder ein deutscher Sieg gefeiert wurde, und im Juli genauso. Wahrscheinlich würde man auch jetzt im August so weitermachen, hätten wir nicht Sommerferien. Aber bald sind die Ferien vorbei, und das Feiern

3

geht wieder los.

Frankreich ist gefallen, und fast alle anderen Länder auch. Belgien, Holland, Dänemark, Norwegen – eingenommen von unseren siegreichen Truppen. Die Engländer werden die Nächsten sein, vor allem, wenn unsere unschlagbare Wehrmacht beschließt, den gewaltigen Panzer zu bauen, den Martin am Esstisch entwirft und der ungefähr die Ausmaße eines Schlachtschiffes hat. Es ist noch immer Hochsommer, der Krieg wird bald vorbei sein und Willibald als strahlender Kriegsheld heimkehren. Aber noch weilt er mit unserer tapferen Besatzungsmacht im Osten. Ist das der Grund, weshalb wir trotz allem so glücklich sind? So schlecht stehen momentan die Dinge nicht für Gabi als Jüdin. Ihr arischer Mann ist bei der Wehrmacht, und sie glaubt, dass sie und ihre Mischlingsbrut dadurch fürs Erste geschützt sind. Fräulein von Kaminsky unterrichtet mit vornehmer kehliger Stimme die älteren Kinder, und ich komme in ein paar Wochen in die Volksschule. Wir sind arm, aber wir müssen nicht hungern, wir kommen über die Runden, sagt meine Mutter.

Und so kommen auch die Prediger, einer nach dem anderen, um an Willibalds Stelle den Gottesdienst abzuhalten und die lutherischen Kinder in den örtlichen Schulen zu unterrichten. Sie machen jeden Sonntag ihre Runden und kommen auch ins Pfarrhaus, um mit uns zu Mittag und manchmal auch zu Abend zu essen. Und auch einige ungewöhnliche Frauen machen die Runde, aber sie kommen aus anderen Gründen und in unregelmäßigen Abständen, um ein paar Tage oder Wochen zu bleiben und dann wieder abzureisen. Es sind ledige Frauen aus Hamburg, Witwen aus Frankfurt, Frau von Soundso aus Soundso und sogar eine Frau von und zu Soundso. Und dann sind da Frau Hoffmann und Gabis beste Freundin Maria aus Berlin, die beide Lehrerin sind und Gabi schon seit der Kindheit kennen. Als ich Ilse frage, warum uns die Damen so oft besuchen, sagt sie, sie kämen, um zu helfen und uns Mut zu machen, und sie hätten irgendetwas mit der Bekennenden Kirche zu tun, wobei ich mir lustigerweise eine Kirche vorstelle, die das Glaubensbekenntnis vor sich hin murmelt. Aber da mir noch nicht klar ist, weshalb man uns Mut machen muss, und da mich niemand aufklärt, nehme ich an, dass auch das zu den Dingen gehört, von denen ich nichts wissen darf. Diese Damen essen nicht nur mit uns zu Abend, sie nehmen jede Mahlzeit mit uns ein, und manchmal sprechen sie mit gedämpften Stimmen, wieder deshalb, weil ich nichts mitbekommen darf, und ich will auch gar nichts mitbekommen.

Und dann ist da noch Fräulein von Adler, die Pfeife raucht und extra aus dem fernen Graunau kommt. Ihr Großvater war hier in Heimstatt lutherischer Pastor, und ihr Vater auch. Doch als sie in unserem Pfarrhaus zur Welt gekommen sei (und sie stocherte mit dem Pfeifenstiel in Richtung Zimmerdecke und Ehebett), sei sie so ein kümmerlicher Säugling gewesen, dass sie beinahe draufgegangen wäre. Da ihr Vater gerade im Krankenhaus lag, ließ ihre Mutter den katholischen Priester kommen, um sie taufen zu lassen und somit vor der Deportation ins Fegefeuer oder in die Vorhölle, oder wo immer man als ungetauftes totes Baby landet, zu bewahren. Lieber einen Fahrschein für den falschen Zug als gar keinen. Schließlich sei sie doch wieder zu Kräften gekommen (ihr Vater ebenso) und habe den Fahrschein nicht mehr ganz so dringend gebraucht. Aber da sie nun mal einen hatte, beschloss Fräulein von Adler, ihn zu nutzen, und aus diesem Grund sei sie noch heute Katholikin. Das erzählte sie zumindest, nuckelte dabei am kurzen Stiel ihrer Pfeife und spähte aus zusammengekniffenen Augen durch den bläulichen Rauch, der unbeachtet vor ihrem herben Gesicht vorbeizog, in die Runde. Und Ilse kann uns bestätigen, dass Fräulein von Adlers Vater tatsächlich einmal in Heimstatt lutherischer Pastor war.

Ich frage mich, was eigentlich dieses »von« zu bedeuten hat, und warum wir auf einmal so viele Leute mit »von« im Namen kennen. Und ich frage mich auch, was »von und zu« bedeutet, wobei das eher nach einer Reise klingt als nach einem Titel. Naiv, wie ich bin, wende ich mich mit meinen Fragen an Martin, aber der sagt nur, ich soll mich nicht blöder stellen, als ich bin, als wäre die Sache damit klar, und außerdem seien es doch allenfalls zwei oder drei. Wieder nehme ich an, dass es irgendetwas damit zu tun hat, dass wir echte Deutsche sind. Wie auch immer, diese vielen eigenartigen Besucher finde ich ungemein spannend, und ich beobachte fasziniert ihr Kommen und Gehen.

Die Prediger zum Beispiel, die uns besuchen, haben den Damen von der Bekennenden Kirche nicht viel zu sagen, und Fräulein von Kaminsky haben sie auch nicht viel zu sagen, obwohl sie stramm stehen und sich verneigen, sobald sie auftaucht. Wenig zu sagen haben sie auch Fräulein von Adler, die gerne höhnisch gackernd mit dem angesabberten Mundstück ihrer Pfeife in ihre Richtung zeigt, sobald sie den Raum betreten, als ob sie Clowns wären, die in den Zirkusring purzeln. Und Gabi haben einige der Prediger überhaupt nichts zu sagen, obwohl sie ihnen das Essen serviert, das sie in der andächtigen Stille des Arbeitszimmers einzunehmen vorziehen, anstatt mit uns zusammen in unserem unaufgeräumten Esszimmer. Einer, Pfarrer Kretschmann, ein langer dünner Mann mit steil abfallenden Schultern wie bei einem gotischen Kirchturm, verlangt sogar, dass ihm die arische Frau Jäger das Essen kocht und serviert, und das, obwohl sie sonntags frei hat, wie es sich für Christen gehört, wie meine Mutter sinnfällig bemerkt.

»Ein deutscher Pastor braucht keine Nachhilfe in Religion!«, gibt der Streiter Christi in barschem Ton zurück. »Und schon gar nicht von so einer wie Ihnen!«

Meine Mutter nimmt einen Schluck Wasser, aber ohne zu trinken; fast eine Minute lang behält sie das Wasser im Mund. Das ist ein Trick von Fräulein von Kaminsky, um zu verhindern, dass man etwas ausspricht, was man später bereuen könnte. Diese Taktik, versicherte Fräulein von Kaminsky, sei bei den Habsburgern gang und gäbe, und immer wenn ich an die Habsburger denke, stelle ich mir eine königliche Familie vor, die mit Krone auf dem Kopf und eimerweise Wasser im Mund durch die Gegend läuft.

Pfarrer Kretschmann ist Deutscher Christ, wie wir später von Gabi erfahren, und deshalb steht er mit den Damen von der Bekennenden Kirche auf Kriegsfuß. Dass er Deutscher Christ ist, wundert mich wenig, da er sowohl Deutscher als auch Christ ist, aber was er gegen die Damen von der Bekennenden Kirche hat, verstehe ich nicht, zumal auch diese Damen sowohl Deutsche als auch Christen sind. Offenbar spielt Gabi auf etwas anderes an, was allen irgendwie einzuleuchten scheint, nur mir nicht. Es wird noch

Jahre dauern, bis ich begreife, dass er zu jenen Nazi-Christen gehört, die das Alte Testament aus ihrer Lehre ausklammern, weil es sich dabei um jüdische Geschichte handelt, und weil jüdische Geschichte nichts ist für arische Ohren. Das Neue Testament geht in Ordnung, auch wenn die Frage ungeklärt bleibt, warum das auf einmal keine jüdische Geschichte sein soll. Vielleicht denken manche ja, wenn es Gott war, der Maria den Braten in die Röhre geschoben hat, kann Jesus allenfalls Halbjude gewesen sein, da Gott selbst natürlich Arier ist. So gilt Jesus vielleicht als ehrenamtlicher Vollarier – trotz der vielen Versuche seiner Kirche im Laufe der Jahrhunderte, die Juden auszurotten, welches zu übertreffen und zum Abschluss zu bringen der Führer ausersehen ist. Andere wollen vielleicht Nägel mit Köpfen machen und Jesus gleich zum Arier erheben. War er nicht der bleiche Galiläer, und geht es nicht im Matthäusevangelium um das Galiläa der Heiden?

Ich habe keine Ahnung, welcher obskuren Lehre Pfarrer Kretschmann anhängt, da ich noch von gar keiner Lehre etwas weiß, wobei ich auch später mit Theologie nichts am Hut haben werde. Ich weiß nur, dass die Damen von der Bekennenden Kirche dagegen sind, womit auch sie aus der Sicht der Behörden auf der falschen Seite stehen. Soweit ich sehe, sind die Damen von der Bekennenden Kirche friedlich und die Deutschen Christen aggressiv. Pfarrer Kretschmann jedenfalls legt es darauf an. Kurz nach Kriegsbeginn predigte er seiner Wiener Gemeinde, dass Gott auf der Seite der deutschen Nation unter ihrem großen Führer Adolf Hitler stehe, und dass er (Gott oder Adolf?) die deutschen Truppen zum Sieg führen werde. Pfarrer Kretschmann war so stolz auf sich, dass er die Predigt drucken ließ und unter seinen christlichen Brüdern verteilte – auch Willibald bekam ein Exemplar, mit brüderlicher Widmung versehen. Es steht in seinem Bücherregal neben einem Buch namens *Rassenkunde,* das aus der Feder eines deutschen Gelehrten stammt und Bilder von allen möglichen Schädeln enthält, dekadente Schädel bis hin zu arischen Schädeln. Ich denke, meine Mutter hat weder das eine noch das andere Werk gelesen. Für solcherlei Lektüre fehlt ihr die Muße. Vielleicht fehlt ihr auch der Mut. Ich indessen kann noch nicht lesen, ich kenne ja nicht einmal das Alphabet. Also geht das alles an mir vorbei, oder es spielt sich hinter meinem Rücken ab.

In der letzten Augustwoche machen wir eine Bergtour und übernachten in einer Hütte auf einem Felshang in zweitausend Metern Höhe, wo die Heimstätter ihr bisschen Weideland haben. Sobald wir wieder zu Hause sind, sagt Gabi, komme ich in die Schule. Sara sieht mich an und schaut gleich wieder weg. Mir ist die Lust schon vergangen, aber erst einmal machen wir Ferien in der Berghütte, also versuche ich nicht daran zu denken, was mir auch ganz gut gelingt.

Wie sich zeigen wird, werden wir eine Woche lang schönsten Altweibersommer haben, auch wenn ich noch keine Ahnung habe, was das ist. Fräulein von Kaminsky begleitet uns nicht. Sie kommt ja schon bei uns zu Hause kaum die Treppe hoch, wie soll sie es da auf den Berg schaffen. Höchstens, indem wir sie hochrollen, hören wir Martin murmeln. Nein, sie fährt stattdessen ein paar Wochen nach Bad Neusee, um jenen entfernten Habsburger Zweig zu besuchen, bei dem sie Gouvernante war und dessen Name – von Haltenstein – sie nur selten erwähnt. Vor ihrer Abreise aber nimmt sie Gabi zur Seite, um ein ernstes Wörtchen mit ihr zu reden.

»Ich beobachte schon die ganze Zeit, dass Martin bei Ihnen absolute Narrenfreiheit genießt«, sagt sie. »Und ich weiß, es liegt daran, dass Sie sich schuldig fühlen. Was ich nicht verstehe, ist, *warum* Sie sich schuldig fühlen, und ich verstehe auch nicht, warum Sie sich *ihm* gegenüber schuldiger fühlen sollten als den anderen gegenüber, nur weil er Ihr ältester Sohn ist. Aber glauben Sie mir, Frau Pfarrer, wenn Sie so weitermachen, wird er denken, dass er sich alles erlauben kann. Noch geht es nur um ein Stück Schokolade oder eine freche Bemerkung« – hier muss Gabi schlucken, und sie merkt, wie sie rot wird, denn es ist klar, auf welche freche Bemerkung hier angespielt wird, über die sie ja selbst hatte schmunzeln müssen –, »aber irgendwann wird es eine junge Frau sein. Ein Junge, der nicht einmal gelernt hat, auf ein Stück Schokolade zu verzichten, wird auf andere Dinge erst recht nicht verzichten. Glauben Sie mir, nicht umsonst war ich Gouvernante bei der königlichen Familie.«

Darüber, welche Rückschlüsse das auf die königliche Familie zulässt, kann Gabi nur spekulieren, aber was Martin anbelangt, sind Fräulein von Kaminskys warnende Worte geradezu prophetisch. Gabi wird sich weiter schuldig fühlen und Martin selbst in diesen harten Zeiten der Rationierung und Judenfeindlichkeit keinen Leckerbissen verwehren, und dementsprechend wird Martin tatsächlich lernen, jedem seiner Gelüste nachzugeben. Sobald er dem Schokoladenalter entwachsen ist, sind es vor allem junge Frauen – man könnte eine Fußballmannschaft zusammenstellen aus der Zahl der künftigen Herzensdamen, die sich übrigens ausschließlich auf blonde und blauäugige arische Mädchen beschränken werden.

Wie dem auch sei, jetzt ist erst einmal unsere Bergtour dran. Jeder von uns trägt einen Rucksack (wobei Martin natürlich nicht nur den größten, sondern auch den besten hat, oder vielmehr den am wenigsten schlechten), und wir stapfen den Pfad hinauf, vorbei am Haus, wo Dr. Großfurtner zusammen mit seiner glatzköpfigen Frau und einer blond gelockten Dame mit Baby wohnt. Ich weiß schon, Dr. Großfurtner ist kein Menschenarzt wie Dr. Danninger, der Dorfarzt, zu dem wir nie gehen und der auch nie zu uns kommt, aber jetzt erfahre ich, dass er Fachmann für Steine ist. Ich weiß, es gibt Tierärzte und Menschenärzte, warum also nicht auch Steinärzte. Und noch Monate später sehe ich vor meinem inneren Auge, wie Dr. Großfurtner mit dem Stethoskop an einem Stein horcht, um sein Herz schlagen zu hören. Außerdem ist der Doktor ein weit gereister Forscher, hat Jägerlein mal gesagt. Er soll sogar eingelegte Schlangen im Schlafzimmer haben, wobei sie nicht gesagt hat, woher sie das weiß. Und jetzt posaunt Martin heraus, die blond gelockte Dame, die bei den Großfurtners wohnt, sei die Hausfreundin von Dr. Großfurtner, was ich kaum der Rede wert finde, da sie ja offensichtlich in seinem Haus wohnt und schon deshalb eine Freundin sein muss – aber Gabi sieht aus, als wäre ihr das peinlich, und sie blinzelt Martin wütend an, der schließlich mit großen Schritten vorausläuft.

Die Frau von Dr. Großfurtner wirft uns aus einem Fenster im oberen Stock nur einen ausdruckslosen Blick zu und rückt sich für den Tag ihre Perücke zurecht, während uns die Hausfreundin, die mit ihrem Kind im Garten ist, ein angedeutetes Lächeln schenkt. Meine Mutter sagt im Vorbeigehen guten Morgen, aber viel zu zaghaft, und der Blondschopf hat sich auch schon weggedreht. Vielleicht reagiert er nur auf Heil Hitler! oder grüß Gott.

Gabis wütendes Blinzeln hat mein Interesse entfacht, und ich würde am liebsten noch ein paar Fragen zur Hausfreundin von Dr. Großfurtner stellen, da taucht etwas

Unvorhergesehenes neben mir auf dem steilen Pfad auf. Plötzlich ist da noch ein anderer Junge, außer meinem herrischen Bruder und mir selbst. Wer kann das sein? Dieser Junge ist ungefähr ein Jahr älter als Martin, trägt eine braune Lederhose und grüßt mich mit Heil Hitler! und einem fröhlichen Lächeln. Noch nie hat jemand zu mir Heil Hitler! gesagt, obwohl ich es im Dorf schon oft gehört habe und immer schon einmal selbst sagen wollte, und mein kläglicher Versuch verrät, wie wenig Übung ich habe. Aber das scheint ihn nicht zu stören, und er sagt jetzt grüß Gott, wie oftmals die Leute im Dorf, wenn sie aufgehört haben, die Arme in die Luft zu recken und Heil Hitler! zu sagen. Der Junge nickt freundlich mit dem Kopf, schlüpft an mir vorbei und schließt mit Martin auf, der – wo sonst – an der Kolonnenspitze läuft.

Als ich sie einhole, erfahre ich von Ilse, dass der Junge Heinrich Schmidt heißt und der Sohn eines Chefarztes im Krankenhaus in Plinden ist. Aber was macht er hier? »Er ist als Freund für Martin gedacht«, sagt Ilse, als wäre Heinrich ein neues Spielzeug. Meine Brüder und Schwestern haben normalerweise keine Freunde. Freunde und Freundinnen sind etwas für die Dorfbewohner und für Dr. Großfurtner, aber nicht für echte Deutsche wie uns. Aber wenn Ilse sagt, er sei ein Freund für Martin, dann wird das schon stimmen, denn Ilse kann nicht lügen. Sie kann auch nicht sehr schnell gehen; sie hinkt sogar ein wenig. Bald laufe ich vor, in der Hoffnung, Martin und Heinrich einzuholen – diese Sache mit der Freundschaft verstehe ich nicht. Aber die beiden streben hinauf wie unsere Panzer durch Frankreich, und ich muss sie gehen lassen.

Hoch oben auf einer mit Dotterblumen gesprenkelten Weide steht eine Holzhütte, und es ist Heinrich, dem es gelingt, die Tür aufzuschließen, nachdem alle ein Mal probiert haben. Von hier oben können wir Heimstatt nicht sehen, aber wir können den vereisten Gletscher sehen, der vor langer Zeit das ganze Land unter sich begrub, und den Steinbruch, wo die Dorfbewohner arbeiten, und die anderen schroffen düsteren Berge ringsum, die von hier genauso unwirtlich und grimmig wirken wie vom Dorf aus, wo wir vor vier Stunden aufgebrochen sind.

»Wo ist das Klo?«, so lautet meine erste bange Frage. Die Angst windet sich in meinem Magen wie ein kleiner Wurm, wenn ich an die Grube denke, die garantiert irgendwo im Nebel der Berge liegt und bestimmt noch tiefer ist als bei uns zu Hause. Nicht auszudenken, was da für Ungeheuer lauern könnten! Nachts werden mich jedenfalls keine zehn Pferde auf dieses Klo kriegen. Doch wie sich zeigen wird, habe ich mich ganz umsonst verrückt gemacht. Das Klo steht gar nicht im Freien und erst recht nicht an einem abgelegenen Berghang. Stattdessen befindet es sich in einer kleinen Kabine in der Ecke der Hütte, mit einer Schüssel aus Porzellan, aus der alles nach draußen in eine Jauchegrube geleitet wird, die mit ganz weichem, leuchtend grünem Rasen bedeckt ist, weicher noch als die Weide selbst. Jetzt bin ich sicher, dass es mir hier oben gefallen wird.

Heinrich ist lustig und waghalsig und hat die besten Spielideen, und er bringt sogar Gabi zum Lachen. Da fällt mir auf, wie selten ich meine Mutter lächeln sehe, geschweige denn lachen, nicht einmal auf ihre schiefe, zweigeteilte Art. Und Martin teilt die allgemeine Bewunderung, als hätte er erkannt, dass er seinen Meister gefunden hat. Da er Heinrich nicht den Rang ablaufen kann, gibt er sich mit der Rolle seines Leutnants und Sekundanten zufrieden. Heinrich führt uns über Schwindel erregende Bergkämme, die nur er kennt, weil er, wie er sagt, einmal einen ganzen Sommer hier oben verbracht hat. Er hilft Ilse über die Felsbrocken (während Martin längst vorgelaufen wäre und sich über die Unfähigkeit von Mädchen im Allgemeinen aufgeregt hätte) und nimmt mich Huckepack, als ich müde werde. Abends erzählt er uns Geschichten von den Bergen, Geschichten, die er von seinem Vater kennt, der offenbar ein großer Bergsteiger war. Einmal, erzählt er, seien zwei Engländer auf den höchsten Berg der Welt geklettert, und man habe sie nie wieder gesehen. Möglich, dass sie bis zum Gipfel gekommen seien und immer noch da oben lägen, einbalsamiert im Eis. Und zwar bis in alle Ewigkeit. Ich bin mir nicht sicher, ob mir die Geschichte gefällt, zumindest im Moment nicht, wo wir uns selbst auf einem ziemlich hohen Berg befinden. Doch dann lächelt Heinrich. »Bis sie von einem Deutschen gefunden werden«, fügt er hinzu. Das klingt beruhigend. Hier oben sind wir in guten Händen.

»Ist Heinrich wirklich Martins Freund?«, frage ich meine Mutter, als ich am letzten Abend dieser sorglosen Woche erschöpft im Bett liege. Wahrscheinlich kommt er mir zu gut für Martin vor, und ich hätte ihn lieber selbst zum Freund.

»Na ja, sein Vater war Arzt in einem Krankenhaus, in dem ich während des Weltkriegs gearbeitet habe«, erwidert Gabi ausweichend. »Wir sind uns vor ein paar Wochen in Plinden über den Weg gelaufen, als ich beim Zahnarzt war. Und so …«

»Kannte er Onkel Josef?«, fragt Sara, die gerade den Tisch deckt.

»Na ja … das wohl weniger«, erwidert Mutter zögernd, in einem Tonfall, den Sara als unsicher empfindet – ich habe dafür noch kein Ohr. »Sie waren ein bisschen anders …« Erst schweift ihre Stimme ab, dann ist sie auch in Gedanken woanders, und sie geht zur Leiter und ruft Ilse zu, noch eine Decke aus dem Dachzimmer zu holen, obwohl wir hier unten schon reichlich Decken haben.

»Was hast du im Krankenhaus gemacht?«, frage ich Gabi. »Warst du auch Arzt?«

»Nein, ich war Krankenschwester. Genau wie Tante Frieda.«

»Warum ist Tante Frieda dann gestorben, wenn sie Krankenschwester war?« Diese Sache mit dem Sterben ist mir nicht geheuer. So etwas sollten Krankenschwestern eigentlich verhindern können.

»Tja, das war nun mal so«, seufzt Mutter achselzuckend, und schon steuert sie wieder auf die Küche zu.

Sara blickt ihr vieldeutig hinterher, während ich an unseren Plindener Zahnarzt denken muss. Ein Mal die Woche kommt zwar ein Zahnarzt nach Heimstatt, aber zu dem gehen wir nie, so wie wir nie zum Dorfarzt Dr. Danninger gehen, sondern immer zu Dr. Wagner nach Plinden. Das liegt vermutlich daran, dass es nur in Plinden anständige Zahnärzte und Ärzte gibt; nur *sie* sind gut genug, um sich unserer echten deutschen Zähne und unserer echten deutschen Körper annehmen zu dürfen. Plinden ist schließlich eine richtige Stadt mit Straßen und Autos und Autobussen. Ganz klar, dass es da die besseren Ärzte und Zahnärzte gibt. Also denke ich, dass Plinden einfach die bessere ärztliche Versorgung bietet, was ja zum Teil auch stimmt.

Sara weiß natürlich, dass es noch einen anderen Grund gibt: Plinden ist weit genug weg und groß genug, und dort weiß niemand, dass meine Mutter Jüdin ist. Aber davon sagt Sara nichts. Wahrscheinlich denkt sie, dass ich all das an meinem ersten Schultag noch früh genug erfahren werde. Als die anderen schon auf ihren Strohmatratzen schlafen, schreibt sie hastig im Schein der Taschenlampe in ihr Heft. Beim Schreiben runzelt sie die Stirn und legt eine Konzentration an den Tag, nach der sich Frau Doktor Saur letztes Jahr alle zehn Finger geleckt hätte.

In dieser Nacht geht direkt über uns das lauteste und heftigste Gewitter nieder, das ich jemals erlebt habe. Erst werden wir von tiefem Donnergrollen und hellem Leuchten geweckt, und das Gewitter ist bestimmt noch zwanzig Kilometer entfernt, aber das ist erst der Auftakt, und es dauert nicht lange, da geht die Oper richtig los. Das Unwetter rückt immer näher, das düstere Grollen verwandelt sich in ein Brüllen und das Leuchten in flimmernde gezahnte Blitze. Dann auf einmal sitzen wir direkt in der ersten Reihe, wir hocken zusammen vor dem Fenster und sehen zu, wie es auf der Bühne hin und her stolziert. Gewaltige blitzende Gabeln stechen ringsum auf die dunkle Weide ein und bringen die finstere Luft zum Zischen. Sofort folgt das Krachen des Donners, der den Boden erbeben lässt. Kurz darauf knallen golfballgroße Hagelkörner aufs Dach. Da Heinrich keine Angst hat, habe ich auch keine Angst, selbst dann, als ich sehe, wie Ilse das goldene Kreuz an ihrem Hals betastet und ein Gebet murmelt.

Heinrich erzählt, dass die Bomben, die auf London fallen, zehnmal lauter seien, und bald werde die ganze Stadt in Schutt und Asche gelegt. »Ach Gott!«, sagt Gabi und klingt schockiert, aber mehr sagt sie nicht. Martin sagt, er wolle unbedingt einmal einen richtigen Luftangriff erleben, und Gabi schweigt noch immer. Offenbar hat sie genug gehört, denn sie schickt uns alle zurück ins Bett, das Unwetter sei vorbei und wir hätten morgen einen anstrengenden Abstieg vor uns.

Am Tag darauf rutsche ich unterwegs auf einem mit Moos bewachsenen Stein aus und verstauche mir den Knöchel. Gabi verbindet ihn und Martin und Heinrich nehmen mich abwechselnd Huckepack. Jedes Mal, wenn Martin dran ist, sagt er, ich solle aufhören zu zappeln und stillsitzen, Heinrich hingegen schüttelt mich durch und hüpft mit mir herum und spielt Pferdchen. Als ich sage, dass mir Heinrich als Bruder lieber wäre, lachen alle, bis auf Martin.

Als wir unser Dorf erreichen, nimmt Heinrich die Fähre über den See, um mit dem Zug zurück nach Plinden zu fahren, und wir alle stehen an der Anlegestelle und winken ihm zum Abschied. Sein blonder Haarschopf flattert ihm wie eine Fahne in die gebräunte Stirn, und er macht ein lustiges Gesicht, als er sich über die Reling beugt und langsam von der Fähre davongetragen wird. Die Abendluft ist frisch, das heißt, der Sommer wird bald vorbei sein.

Sehr bald.

Als wir müde und glücklich nach Hause kommen – alle bis auf Ilse, die nur müde ist –, finden wir einen offiziell aussehenden Umschlag im Briefkasten. Während Mutter den Brief aufreißt und stirnrunzelnd liest, wobei ihre eine Gesichtshälfte leicht vor sich hin zuckt, da fällt mir auf, dass aus unserem Haus drei Sachen fehlen. Brutus, unser Bernhardiner, fehlt aus seinem Zwinger, die Kaninchen fehlen aus ihrem Verschlag und das Radio fehlt aus der Wohnstube. Jägerlein steht in der Küche, befestigt ihr Kopftuch neu, presst die Lippen zusammen und sagt nur: »Frag deine Mutter«, als ich von ihr wissen will, wo der Hund und die Kaninchen seien (das Radio ist mir egal). Doch meine Mutter liest noch immer den Brief, oder besser, sie liest ihn ein zweites Mal, und immer wieder schnappt sie entrüstet, ungläubig und verzweifelt nach Luft. Ungeduldig fragt Martin, was denn nun drinstehe in dem Brief, Sara beobachtet Gabi, als wisse sie es längst, und Ilse geht mit langsamen

Schritten die Treppe hinauf, um sich in ihr stilles Zimmer zurückzuziehen.

»Wo ist Brutus?«, frage ich immer wieder. »Wo sind die Kaninchen?« Gabi weiß, dass sie uns einige Erklärungen schuldet, aber sie bringt gerade kein Wort heraus. Vielleicht sollte sie einen Schluck Wasser trinken und einen Augenblick warten, aber auch dazu ist sie nicht imstande. Aus den wütenden Schreien (Jägerlein hat vorsorglich die Fenster geschlossen), dem Sturzbach bitterer Tränen und Selbstanklagen muss ich mir also mal wieder zusammenreimen, was los ist. Sie zeigt mir den Brief, wedelt damit unter meiner Nase herum, aber da ich nicht in der Lage bin, auch nur ein Wort vom anderen zu unterscheiden, nützt mir das wenig. Sara will die Lücken schließen, aber sie handelt sich damit nur einen Rüffel ein – offensichtlich schließt sie sie mit den falschen Informationen, oder sie schließt die falschen Lücken. Zunächst erfahre ich nur, dass der Ortsgruppenleiter uns den Hund, die Kaninchen und das Radio weggenommen hat, und dass wir sie nicht wiederbekommen werden. Es steht alles in dem Brief, aber jedes Mal, wenn Gabi anfängt zu erklären, bricht sie voller Wut und Beschämung in Tränen aus. Erst am Ende eines langen traurigen Abends weiß ich Bescheid, und die Last dieses Wissens, mit der ich mich schlafen lege, ist so schwer, dass sie meinen Kopf tief ins Kissen drückt. Ich liege da und starre hinaus auf die Berge, die sich dunkel vor meinem Fenster erheben, und ich kann nichts anderes denken und nichts anderes fühlen als die Verzweiflung über den unwiederbringlichen Verlust nicht nur des Hundes und der Kaninchen, sondern der Unschuld selbst. Und dann sickert langsam ein dumpfes, lähmendes Gefühl durch meine Adern wie flüssiges Blei.

Meine Mutter ist also *so eine,* sie gehört zu dieser minderwertigen Rasse, von der andauernd im Radio die Rede ist oder vielmehr war, da wir ja kein Radio mehr haben, sie ist das Ungeziefer Europas, eine heimtückische, dreckige, habgierige Jüdin. Und das bedeutet, dass ich zur Hälfte dasselbe bin, und Sara und Ilse und Martin auch. Deshalb hat man uns den Hund und die Kaninchen und das Radio weggenommen; solche Dinge darf man uns nicht überlassen; man darf uns gar nichts überlassen. Bestimmt hören wir im Radio die wehrkraftzersetzenden Lügen des Feindes mit, und ganz bestimmt quälen wir unsere Tiere und lassen alles verdrecken. Als Willibald zu Hause war, hat man offenbar ein Auge zugedrückt; als strenger Arier wird er uns zu bändigen gewusst haben. Doch jetzt, da er dem Führer dient, sind wir aufsässig geworden, ein typisches Phänomen der degenerierten Rassen, und daher müssen die Gesetze, die für volljüdische Familien gelten, auch auf unsere halbjüdische Familie angewendet werden, und zwar mit aller zu Gebote stehenden Härte.

Franzi Wimmer trifft keine Schuld. Der will eigentlich nur seine Ruhe haben, leben und leben lassen. Er wäre vollauf damit zufrieden, bei dem einen oder anderen Aufmarsch herumzustolzieren und den Frauen zu imponieren. Nein, dies ist das Werk jenes Ersatzpastors, den Gabi in Harnisch brachte, als es um Jägerleins freien Tag ging – Pfarrer Kretschmann mit den hängenden Schultern. Während wir auf der Berghütte waren, ist er auf dem Pfad zu unserer Haustür in einen Haufen getreten, den Brutus dort hingesetzt hatte, und das war der Tropfen, der das Fass zum Überlaufen brachte. Ich muss zugeben, Brutus macht hin und wieder ziemlich dicke Haufen. Der empörte Pastor legte umgehend sowohl beim Ortsgruppenleiter als auch bei der Kirchenaufsicht in Wien Beschwerde ein. Das Pfarrhaus sei der reinste polnisch-jüdische Saustall (nicht, dass er jemals einen solchen gesehen hätte – zumal ein Saustall ja auch eher unwahrscheinlich wäre, wenn man die Speisevorschriften koscherer Juden bedenkt). Alles stinke nach Hunde- und Kaninchenkot und nach nicht weggekehrtem Dreck. Offensichtlich werde in Abwesenheit des arischen Pfarrers den jüdischen Unsitten freier Lauf gelassen, und das Haus sei eine Schande für das ganze Dorf und für die Kirche. Ein Wunder, fügte er gegenüber dem Ortsgruppenleiter hinzu, dass die hiesige Behörde noch nichts unternommen habe. Man könnte fast meinen, betonte er mit vielsagendem Blick, dass hier jemand seine Pflichten vernachlässige.

Was tut man als Ortsgruppenleiter in einer solchen Zwangslage? Natürlich alles, um seinen Kopf aus der Schlinge zu ziehen. Jägerlein stellte sich quer und wollte ihn erst nicht ins Haus lassen, bis er damit drohte, sie verhaften zu lassen. Aber sie war ja schließlich nur eine einfache Bauersfrau. Die Tiere und das Radio wurden beschlagnahmt. Die Kaninchen wurden verspeist; keine Ahnung, was mit Brutus geschah, aber man weiß ja, dass reinrassige Hunde bei den Nazis einen guten Stand haben. Die einzigen Tiere, die uns bleiben, sind die Ratten, die ich manchmal im Keller quieken und scharren höre, wenn ich nach unten muss, um Kohlen zu holen. Ich könnte gut auf sie verzichten, aber offenbar gehören wir zusammen.

Ich weiß nicht genau, wie sehr ich mich auf meinen ersten Schultag freute, bevor ich unauslöschlich erfuhr, dass ich Halbjude bin – jetzt ist die Vorfreude jedenfalls gleich null. Also bin ich gar kein echter Deutscher, sage ich mir immer wieder; die Dorfbewohner sind echte Deutsche, ich aber nicht. Ich bin ein Versehen, ein degenerierter Mischling, ich gehöre zur Hälfte zu denjenigen, die von den echten

Deutschen verachtet werden. Deswegen kaufen wir dort ein, wo wir einkaufen, und kaufen nicht dort ein, wo wir nicht einkaufen. Und zwar nicht deshalb, weil wir echte Deutsche sind, sondern weil wir keine echten Deutschen sind. Wären wir doch bloß nicht zu der Zeit auf der Berghütte gewesen, dann wäre Pfarrer Kretschmann nicht in den Haufen getreten, und die schreckliche Wahrheit wäre mir erspart geblieben, zumindest bis ich in der Schule damit konfrontiert worden wäre. So hätte ich meine letzten Tage im seligen Zustand der Ahnungslosigkeit verbringen können. Aber wir waren auf der Hütte, und bevor mir Geschichte überhaupt ein Begriff war, hatte ich schon meine erste Lektion gelernt: Die Vergangenheit lässt sich nicht ungeschehen machen.

Jetzt denke ich jeden Abend beim Zubettgehen an Brutus, der mir schrecklich fehlt, und an die Kaninchen, die mir ein bisschen fehlen. Und irgendwie hoffe ich, dass ich am nächsten Morgen aufwachen und feststellen werde, dass ich nur schlecht geträumt habe, dass Brutus und die Kaninchen wieder da sind und ich genau so ein Arier bin wie mein großes Vorbild, Heinrich Schmidt. Aber vergebens. Brutus und die Kaninchen kommen nicht wieder und ich bin nach wie vor Halbjude, und dann kommt mein erster Schultag und ich quäle mich mit Anstandsfragen herum. Im Grunde quälen mich diese Fragen mehr als die Beschämung über mein minderwertiges Blut – ich denke, ich kann damit leben, ein halber Untermensch zu sein, solange mich niemand deswegen auslacht. Ausgelacht zu werden finde ich schlimmer als den Grund dafür. Wo soll ich sitzen? Wie soll ich mich verhalten? Soll ich wie die anderen Heil Hitler! sagen, oder lieber nicht? Jede Alternative scheint ihre Gefahren zu bergen. Wenn ich es sage, obwohl ich es nicht sagen darf, werde ich bestimmt ausgelacht, oder noch schlimmer. Aber wenn ich es nicht sage, obwohl ich es sagen müsste, werde ich bestimmt auch ausgelacht, oder noch schlimmer. Wie verhält man sich bloß als Halbjude? Sara wüsste es bestimmt, aber ich komme gar nicht auf die Idee, sie zu fragen. Sie hat sich schon so sehr daran gewöhnt, Gabis Geheimnisse zu hüten, dass ihr das Hüten ihrer eigenen Geheimnisse zur zweiten Natur geworden ist. Aber es ist nicht nur Sara. Auch die anderen haben ihre Geheimnisse, sie alle schämen sich.

Hier stehe ich nun also auf dem Pausenhof und beobachte die anderen Kinder und habe Angst davor, selbst beobachtet zu werden. Sie wissen ganz genau, wer ich bin, aber ich weiß noch nicht, wer sie sind. Was soll ich jetzt tun? Sie spielen zusammen, rennen herum und schreien, und ich stehe da und versuche so zu tun, als wäre ich gerade am Schultor vorbeigekommen, um erst einmal die Lage zu sondieren, bevor ich mitspiele. Und während ich so tue als ob, vermeide ich jeden Blickkontakt und beobachte die Gesichter. Erst jetzt fällt mir auf, dass ich ganz anders angezogen bin als die Kinder aus dem Dorf. Ich trage aus der Mode gekommene Kleider aus Berlin, zum Teil uralte Sachen von Martin. Die anderen tragen nagelneue Trachten, auch wenn Österreich keine eigenständige Nation mehr ist; die Nazis sagen Ostmark, was in meinen Ohren wie eine neue Währung klingt. Kein Wunder also, dass ich komisch angesehen werde. In diesen Sachen würde ich bescheuert aussehen, auch ohne *so einer* zu sein. Ich grolle meiner Mutter, mich in diesen seltsamen Klamotten in die Schule geschickt zu haben – Klamotten, die ich vor kurzem noch als Merkmal unserer germanischen Überlegenheit aufgefasst hatte. Als hätte ich nicht schon genug Probleme, muss ich mir jetzt auch noch Sorgen machen, dass ich wie eine Vogelscheuche aussehe.

Wir müssen alle warten, bis wir dran sind, um zum Dorfarzt hineingelassen zu werden, der gerade auf seinem großen Motorrad mit dem Seitenwagen eingetroffen ist und uns untersuchen soll, um zu sehen, ob wir ansteckend oder taub oder blind oder geistig zurückgeblieben sind. Wenn nicht, dürfen wir zur Schule gehen; wenn ja, dürfen wir nicht zur Schule gehen. Ich hoffe inständig, dass Dr. Danninger etwas an mir findet, damit ich wieder nach Hause gehen und mir diese schreckliche Schule ersparen kann. Und da ich zur Hälfte *so einer* bin, ist das nicht unwahrscheinlich. Es wäre aber auch denkbar, dass er die Nase rümpft und sich weigert, mich überhaupt zu untersuchen. Immerhin kenne ich jetzt den wahren Grund, weshalb wir nie zu ihm oder zum örtlichen Zahnarzt gehen, und auch ihm wird der Grund nicht unbekannt sein.

Aber dann werde ich aufgerufen, und ich gehe hinein. »Mach mal dein Hemd auf«, sagt Dr. Danninger, weil er mir die Brust abhören will. Er sitzt auf einem Holzstuhl, den ledernen Helm daneben, die Schutzbrille um den Hals. Das Stethoskop baumelt zwischen seinen Knien. Ich betrachte die Sommersprossen auf seinen Händen und die blauen Adern, dick wie Kordeln, während er die kleine Metallscheibe nimmt und erst die eine Mischlingslunge abhört, dann die andere. Kleine schwarze Härchen wachsen aus den Poren auf seinem Handrücken, und als ich sehe, wie lose und runzlig seine Haut ist, denke ich, er muss schon sehr alt sein. »Dreh dich um«, sagt er und rührt mit dem Finger in der Luft, und jetzt spüre ich die Scheibe auf dem Rücken. Sie fühlt sich flach und schwer an, ähnlich wie die Eisengewichte, die man auf die Waagschale legt. Ich weiß genau, jetzt wird er gleich sagen: »Wie ich sehe, bist du Halbjude«, und mich angewidert wegschieben, aber nein, er seufzt nur und hält mir seine große silberne Taschenuhr ans Ohr, und ich soll sagen, wann ich sie nicht mehr hören kann, während er sie langsam immer weiter von meinem Ohr wegzieht. Danach will er sehen, ob ich auf der Karte an der Wand die Zahlen erkennen kann. Dann tätschelt er mir die Schulter und schickt mich wieder hinaus.

Ich hab's geschafft, und noch hat keiner was gesagt! Vielleicht wird es ja doch nicht so schlimm. Doch dann …

»He, Judenbub, was willst du hier?«, fragt hinter mir eine Stimme, und mein Magen krampft sich zusammen.

Auftritt Fritzi Wimmer, Sohn des Ortsgruppenleiters. Mit starrem Blick sieht er mich an, die Augen kalt und gnadenlos wie blassblauer Marmor. Die Zukunft spult sich vor meinem inneren Auge ab wie ein Film, obwohl ich noch nie einen Film gesehen habe. Er wird mich herumkommandieren, die anderen gegen mich aufhetzen, und ich werde nie mitspielen dürfen. Am Ende wird er mich noch in den See schubsen, der im Sommer eiskalt und zu allen anderen Jahreszeiten zugefroren ist. Klein-Fritzchen wird mir das Leben zur Hölle machen. Und dasselbe sieht auch er in dem Film, der zur gleichen Zeit vor seinem starren Blick abläuft. Er hat ein sehr blasses Gesicht, ein spitzes Kinn und böse schmale Lippen. Zumindest ist das mein Eindruck. Kein perfekter Arier, aber es geht in die Richtung, zumal sein winziges Hirn seit Säuglingstagen stetig mit Judenfeindlichkeit vergiftet wird. Vielleicht sogar schon länger, was weiß ich. Er ist nicht sehr groß gewachsen, aber dafür heult er umso lauter mit den Wölfen, unter denen er der unangefochtene Rudelführer ist.

Das ist uns beiden sofort klar, und diese Erkenntnis ist uns beiden ins Gesicht geschrieben. Aber erst einmal passiert nichts, weil wir alle im Gänsemarsch in unser Klassenzimmer müssen, wo ein gütig lächelnder und doch bedrohlicher Adolf mit magnetisch-schwülem Blick von der Wand auf uns herunterblickt. Hier soll ich also lesen und schreiben lernen. Aber erst will ich eines wissen: Auf welcher Seite steht die Lehrerin?

Die Lehrerin heißt Fräulein Meissner, Parteimitglied genau wie der Schulleiter – aber hat sie eine Wahl? Hätte sie gern eine Wahl? Da ich halb Deutscher und halb Jude bin, nimmt sie mir gegenüber eine entsprechend ausgewogene Haltung ein. Vielleicht wurde das vor dem Beginn des neuen Schuljahrs in der Lehrerkonferenz so besprochen – *Punkt 3: Korrektes Verhalten gegenüber Mischlingsschülern ersten Grades.* Das sind wir nämlich, Ilse, Martin, Sara und ich – Mischlinge ersten Grades. Hätte Gabi nur ein jüdisches Elternteil gehabt, wären wir Mischlinge zweiten Grades (die Nazis haben diese Grade bis zum letzten Dezimalstrich ausgearbeitet), was nicht ganz so schlimm ist. Aber so, wie es ist, tragen wir die Last zweier jüdischer Großeltern und einer jüdischen Mutter, und es gibt nur zwei Dinge, die schlimmer sind: einen jüdischen Vater zu haben oder koschere, also waschechte Juden zu sein. Fräulein Meissner wird mich zwar nicht tyrannisieren wie Fritzi Wimmer und seine Clique, aber sie wird mich genau wie Sara allein in die letzte Bank setzen. Anders als Sara werde ich aber nicht hinter einem Kind mit Läusen sitzen müssen. Dieses Jahr hat niemand Läuse. So viel muss man unserem Adolf lassen, er hat den Leuten gründlich den Kopf gewaschen.

Fräulein Meissner hat unsagbar blondes Haar. Es ist so blond, dass es schon anämisch wirkt. Sie trägt einen Mittelscheitel und im Nacken einen strengen Dutt. Ihr Gesicht und ihre Figur haben aber überhaupt nichts Strenges, sie hat weibliche Kurven und scheint geradezu darauf zu brennen, dem Vaterland einen Sohn zu schenken, wie es der Führer von den deutschen Frauen erwartet. Wer weiß, vielleicht wird sie's tun, sobald ihr Verlobter aus Frankreich zurückkommt, denn sie scheint wirklich zur Mutter geboren. Doch im Augenblick interessiert mich eigentlich nur, wie viel Mütterlichkeit sie *mir* gegenüber an den Tag zu legen vorhat. Sie nennt mich nie vor der Klasse Mischling, sie sieht mich weder mit unverhohlener noch unterschwelliger Verachtung an, sie nimmt mich genauso oft dran wie die anderen, und ich darf sogar Heil Hitler! zu unserem Wandbild sagen und vor Schulbeginn das Gebet für Führer und Vaterland mitsprechen, genau wie die anderen, genau wie die echten Deutschen. Selbst *wenn* sie Nationalsozialistin ist (vielleicht ist sie's ja nur, um weiter als Lehrerin arbeiten zu können?), scheint sie einen Sinn für Gerechtigkeit zu haben. Und wer weiß, vielleicht ist ihre mütterliche Ader ja sogar stärker als ihre ideologische Überzeugung. Jedenfalls werde ich sie tunlichst ausnutzen (die Ader, meine ich – die Überzeugung werde ich wohl kaum beeinflussen können). Vielleicht wird ja alles gut, wenn ich mich nach der letzten Stunde so schnell wie möglich aus dem Staub mache und Fritzi Wimmer einfach abhänge.

Und es gelingt mir tatsächlich. Als es klingelt, werfe ich mir meinen Ranzen über und renne los. Entweder bin ich Klein-Fritzchen schon langweilig geworden, oder er wartet noch auf die richtige Gelegenheit. Wie auch immer, fürs Erste bin ich gerettet.

Am nächsten Morgen nimmt er keine Notiz von mir, bis ich dummerweise in der Pause auf dem Weg zur Jungentoilette zu dicht an ihm vorbeigehe. »Verschwinde, Judenbub!«, rät er mir mit eiskalter Stimme, die seinem kalten blauen Blick in nichts nachsteht. Ich folge seinem Rat, und es passiert nichts, außer, dass ich mir fast in die Hose mache. Keiner von den anderen spricht mich an. Fast alle tun, als wäre ich unsichtbar, die Jungen wie die Mädchen. Mir soll's recht sein, zumal ich mehr von Fräulein Meissners Fragen beantworten kann als die anderen, was ihr zu gefallen scheint. Aber eine innere Stimme warnt mich, den Bogen bloß nicht zu überspannen, also achte ich darauf, mich nicht bei jeder Frage zu melden, bei der ich die Antwort weiß. Vielleicht ist das irgendetwas Genetisches.

Und so läuft es eine Weile weiter. Ich werde als Außenseiter wahrgenommen, als Nichts, als eine Art Schatten, auf dem jeder herumtrampeln kann, aber nicht muss, denn ich verhalte mich unauffällig und komme niemandem in die Quere. Wenn mich meine Ahnung nicht täuscht und Fritzi tatsächlich etwas mit mir vorhat, muss ich ziemlich weit unten auf seiner Abschussliste stehen. Was man

4

von einigen unserer Verwandten nicht behaupten kann.

Die meisten wollten mit Gabi nichts mehr zu tun haben, nachdem sie von ihrer besten, wenn nicht einzigen Schulfreundin Maria überredet wurde, zum Christentum überzutreten. Und als sie später auch noch einen lutherischen Pastor heiratete, zogen fast alle anderen nach. Sie war zu den Ungläubigen übergelaufen und gehörte nicht länger zu ihnen. Alle bis auf ihren Vater und ihre Schwester Frieda, die Agnostikerin und insofern gleichgültig war, und ihre Mutter, die schon tot und insofern auch gleichgültig war. Und die leicht verlotterte, gutmütige Tante Hedwig, die Schwester ihrer Mutter. Abgesehen von ihrem Vater und ihrer Schwester war Tante Hedwig die Einzige aus der Verwandtschaft, die Gabi nach ihrer Hochzeit noch Besuche abstattete und Briefe schrieb. Mit der Zeit und der größeren Entfernung wurden Hedwigs Briefe natürlich seltener. Und nachdem die Nazis ihre Klauen in die Juden Deutschlands versenkt hatten, noch seltener. Doch ein Rinnsal blieb, erratisch wie ein Regentropfen, der über eine schmutzige Scheibe läuft. Glückwünsche zur Geburt der Kinder zum Beispiel. Ein Beileidsbrief, als Frieda starb. Ein zweiter nach dem Tod ihres Vaters. Ein Brief, in dem sie Gabi mitteilt, dass ein entfernter Vetter in Amerika gestorben sei oder eine noch entferntere Kusine geheiratet habe. Aber dann kam der Krieg, und Gabi hörte lange nichts mehr von ihr, bis am Ende meiner ersten Schulwoche dieser Brief eintraf, geschrieben auf schlechtem Papier voller Holzspäne.

Meine liebe Gabi,
jetzt haben wir so lange nichts mehr voneinander gehört, aber dein Onkel Moritz und ich waren sehr beschäftigt. Wir sind immer so müde, wenn wir nach Hause kommen, so dass wir kaum noch die Kraft aufbringen, den Verwandten zu schreiben – denjenigen, die noch da sind. Moritz muss um 5 Uhr morgens aus dem Haus und kommt erst zwischen 20 und 21 Uhr wieder, und die ungewohnte körperliche Arbeit setzt ihm zu. Er hat einen langen Weg zur Arbeit, und wenn er nach Hause kommt, ist er immer völlig erschöpft. Mir geht es nicht schlecht, ich bin jetzt in einer Fabrik bei uns in der Nähe, also kann ich zu Fuß gehen, aber die Arbeitszeiten sind von 6 bis 18 Uhr, und es ist anstrengend für mich, wo ich doch keine Maschinen gewohnt bin. Und dann muss ich zurücklaufen, kochen und

putzen usw. Und zum nächsten Kaufladen für unsereins sind es zwei Kilometer.

Viele unserer Berliner Freunde sind nicht mehr hier, und wir wären ziemlich einsam, wenn wir nicht ohnehin zu müde wären, um Bekannte zu besuchen. Deine Kusine Lotte und Salomon mussten umziehen. Ihre Wohnung wurde beschlagnahmt, und sie wohnen jetzt in einer Einzimmerwohnung in einem Haus nur für unsereins. Es steht in Prenzlauer Berg, nicht weit von der alten Wohnung deines Vaters. Es muss wohl so sein. Wenn sie mehr Geld hätten, wäre es vielleicht anders.

Gestern Abend haben wir mal gezählt. Über die Hälfte unserer Freunde und Verwandten sind abgereist, manche an Orte, für die man ein Visum braucht, andere an einen Ort, für den man kein Visum braucht. Wir leben in ständiger Angst, wer wohl der Nächste sein wird. Ständig ändern sich die Gesetze, und man weiß nie, was als Nächstes kommt.

Lass doch mal von dir hören, wenn du kannst. Du hast vor langer Zeit einen anderen Weg eingeschlagen als wir, und sicherlich hat sich inzwischen viel verändert. Man fragt sich, wie lange das alles noch gut geht.

PS Gerade haben wir erfahren, dass auch wir umziehen müssen, in eine Einzimmerwohnung im selben Haus wie Salomon und Lotte. Mehr ist wohl nicht drin. Aber wenigstens sind wir zusammen. Wo soll das alles nur hinführen? Dies ist die Anschrift, falls du schreiben kannst …

Bei aller Naivität (sie hat in ihrem ganzen Leben keine Zeitung von vorne bis hinten gelesen und weiß nichts von der Welt da draußen, es sei denn, es wirkt sich in irgendeiner Weise auf ihr Privatleben aus) begreift Gabi, was sich hinter den verdrucksten Anspielungen wie »unsereins« und der Sache mit dem Kaufladen verbirgt. Aber dieses »an einen Ort, für den man kein Visum braucht« – was wollte Hedwig nur damit sagen?

Der knapp 15-jährige Martin hingegen, der sofort erkennt, dass der Umschlag geöffnet wurde, kann durchaus zwischen den Zeilen lesen, was Gabi nicht einmal buchstäblich sieht, und er spricht die Wahrheit aus. Aber *so etwas* will Gabi einfach nicht glauben, also glaubt sie es nicht, zumindest gibt sie sich alle Mühe. Nein, erwidert sie sofort, gemeint seien die Arbeitslager in den besetzten Gebieten im Osten – nicht das, was Martin sagt. *Das* glaube sie einfach nicht. Einerseits ist sie wütend auf Martin und verbietet ihm, jemals wieder so schreckliche Dinge zu sagen. Vor allem aber ist sie auf sich selbst wütend; sie schreit gegen das ansteigende Grummeln ihrer eigenen Ängste an. Doch sosehr sie auch tagsüber, beschäftigt, wie sie ist, dagegen anschreien mag, in einsamer Nacht grummelt es wieder leise und beharrlich. Die Ängste fluten herein und stoßen unerbittlich gegen ihr dämmerndes Ufer. Und wenn sie sie nicht mehr für sich behalten kann, vertraut sie sich Sara an; und Sara hört zu und schweigt. Sie behält alles für sich – *sie* kann es keinem weitererzählen, außer ihren Heften.

Und wir anderen? Martin ist überzeugt, dass das, was er behauptet, selbst wenn es wahr sein sollte, mit ihm nichts zu tun hat. Erstens ist er Halbarier, und zweitens wird er schon noch irgendwie beweisen, dass er dazugehört. Und Ilse? Sie vertraut auf Gott, was immer ihr das nützen soll. Und ich? Gerade scheint mir Fritzi Wimmer die akuteste Gefahr zu sein, weniger das, was irgendwelchen Leuten, die ich nicht einmal kenne, im fernen Berlin passiert.

Wenn Gabi Bestätigung für ihren Tagesoptimismus

sucht, findet sie sie in den munteren Briefen von Willibalds Neffen Erwin, den ich auch nicht kenne. Erwins Vater Harald, Willibalds älterer Bruder, ist ein mittlerer Parteifunktionär und lebt in der Nähe von Lüneburg. Er und seine dienstbeflissene Frau haben den persönlichen Kontakt mit Gabi natürlich schon lange abgebrochen. Doch Partei hin oder her, immerhin schicken sie ihr Grußkarten zum Geburtstag und zu Weihnachten, und was sie wirklich über die Judenfrage denken, weiß keiner so genau. Erwin aber gehört zu den kühnen Kampffliegern der Luftwaffe, den Rittern der Lüfte, und er schickt uns ab und zu eine Postkarte oder einen Brief aus dem besetzten Frankreich. Er ist damit beschäftigt, über englischen Städten wie Coventry und London Bomben abzuwerfen. Das findet Gabi nicht gerade schön, aber andererseits haben die Briten doch auch Berlin bombardiert, nicht wahr? Unerfreulich, aber längst nicht so schlimm wie … wie das, was Martin angedeutet hat. Etwas so Barbarisches kann sich unmöglich im Deutschen Reich abspielen, solange es Männer wie Erwin gibt! Nein, etwas so Schlimmes ist völlig undenkbar! Man nehme nur einmal diesen Brief von Erwin, der einen Monat nach Tante Hedwigs Brief bei uns eintrifft.

Ihr Lieben in Heimstatt,
ganz herzlichen Dank für eure Geburtstagsgrüße und das Päckchen. Ich habe mich sehr darüber gefreut.

Zurzeit bin ich ziemlich eingespannt in meine Nachtflieger-Ausbildung. Die Arbeit ist sehr interessant und macht mir viel Spaß.

In meiner Freizeit, die leider ziemlich begrenzt ist, habe ich mit einer sehr netten Mademoiselle Bekanntschaft geschlossen, der Tochter eines französischen Fliegeroffiziers.

Wir haben uns so viel wie möglich angesehen von diesem Teil Frankreichs, und das Land ist gewiss so schön wie meine Begleitung. Mein Französisch macht auch schon Fortschritte. Was nicht heißen soll, dass ich Lerke vergessen hätte – sie wird immer meine Herzensdame sein.

Ich hatte ein paar Tage Urlaub und habe es geschafft, meine Eltern zu besuchen – zum ersten Mal seit über einem Jahr. Sie lassen euch ganz herzlich grüßen.

(Später.) Eigentlich wollte ich diesen Brief gestern beenden, aber wir mussten zum Dienst antreten. Und ich dachte, ich würde heute dazu kommen, noch ein paar Zeilen zu schreiben, doch jetzt halten wir uns auf Abruf bereit, um ein paar Übungsflüge zu machen, also will ich hiermit schließen, die Post geht erst wieder in ein paar Tagen.

Alles Gute euch allen!

Euer Erwin

Es ist zwar nur ein höfliches und nicht besonders inspiriertes Dankesschreiben, das merkt sogar Gabi. Andererseits muss ein Ritter der Lüfte kein Dichter sein. Hauptsache, er ist ein anständiger Mensch. Und Gabi merkt, dass Erwin mit seinen Grüßen auch sie mit einbezieht, obwohl sein Vater in der Partei ist. *Sie lassen euch ganz herzlich grüßen. Alles Gute euch allen.* Kann sie das lesen und gleichzeitig glauben, Leute wie Erwin und sein Vater wären darauf aus, Leute wie sie und Tante Hedwig zu töten?

Vielleicht ja, aber die Verlockung ist groß, es lieber nicht zu tun.

Ein anderer Brief stürzt Gabi weitaus mehr in Verwirrung, und der stammt von Heinrich Schmidts Vater (Heinrich, mein Idol), der während des Weltkrieges ihr Arbeitskollege war und den sie zufällig in Plinden wiedergetroffen hatte. Dem armen Dr. Schmidt war damals gar nicht klar gewesen, dass Gabi Jüdin ist. Wie auch? Sie trug ein Kruzifix um den Hals und ging in die Kirche und schien sich durch nichts von den anderen deutschen Schwestern zu unterscheiden. Außerdem waren die Leute in jenen Jahren viel zu sehr damit beschäftigt, Arme und Beine abzusägen und die Soldaten wieder zusammenzuflicken, um sich mit der schlummernden Judenfrage auseinander zu setzen. Und als Gabi ihn vor der Zahnarztpraxis in Plinden traf, sah sie keinen Grund, es ihm plötzlich auf die Nase zu binden. Er freute sich, sie zu sehen, er wollte sie unbedingt seiner Frau vorstellen und bestand darauf, sie zum Kaffeetrinken nach Hause mitzunehmen, wo sie mit der wohlgenährten arischen Frau Schmidt und dem lächelnden jungen arischen Heinrich Bekanntschaft schloss und aufgefordert wurde, gerne wieder vorbeizuschauen. Wovon sie absah. Doch irgendwann auf dem Weg zum Bahnhof lief sie ihm ein zweites Mal über den Weg. Als Vorwand, sich nicht gemeldet zu haben, gab sie die bevorstehende Bergtour an. Der Doktor, selbst Bergsteiger, war entzückt und schlug spontan vor, seinen Sohn als Begleiter mitzuschicken. Wie hätte sie da nein sagen können? Nach der Bergtour machte sie mehrere Wochen lang einen großen Bogen um Plinden, in der Hoffnung, dass wir allmählich bei den Schmidts in Vergessenheit geraten würden. Aber Heinrich hatte nach seiner Rückkehr wohl irgendeine Bemerkung fallen lassen, und im hellhörigen Kopf seines Vaters hatten die Alarmglocken geschrillt, worauf er ein paar Erkundigungen eingezogen hatte.

Das Ergebnis war dieser Brief.

Frau Brinkmann,
aus Gründen, die Ihnen zweifellos klar sind, muss ich Ihnen leider mitteilen, dass unsere kürzlich wiederaufgenommene freundschaftliche Beziehung abgebrochen werden muss.

Ich bedaure das außerordentlich, muss aber auch meine Verblüffung darüber zum Ausdruck bringen, dass Sie es bei unserer ersten Begegnung in Plinden nicht für nötig hielten, mich von Ihrer Rassenzugehörigkeit in Kenntnis zu setzen. Wäre ich nicht zufällig darauf gestoßen, wäre ich womöglich noch monatelang im Unklaren geblieben, was für mich und meine Familie, von der Ihren ganz zu schweigen, verheerende Folgen hätte haben können. Ihr Versäumnis in dieser Sache betrachte ich als schweren Vertrauensmissbrauch.

G. Schmidt

»Heinrich«, ruft Martin enttäuscht, als Gabi ihn schuldbewusst informiert, dass der junge Heinrich nicht länger sein Freund sein wird, »Heinrich ist in der Hitlerjugend.« Das sagt er im gekränkten Ton eines Menschen, von dem sich Gott aus unerfindlichen Gründen abgewandt und nichts als einen Schatten auf der Landschaft hinterlassen hat. Gabi hingegen fürchtet, dass Heinrichs Vater zu den Behörden geht und die Sache meldet. Doch Dr. G. Schmidt hat gar nichts derart Böses oder Hinterlistiges im Sinn. Er ist nicht einmal Nazi, sosehr sein Sohn Heinrich auch Hitlerjunge sein mag. Er will einfach nur unbehelligt vorankommen und auf der Siegerseite stehen. Pech für ihn, dass er ausgerechnet auf der Zielgeraden stolpern wird.

Aber was hält Gabi von alldem? Der Nazi-Neffe ihres Mannes lässt sie grüßen, ein Bekannter, der kein Nazi ist, kündigt ihr die Freundschaft auf, und Tante Hedwig klagt in ihrem Brief, dass Menschen an einen Ort führen, für den man kein Visum bräuchte. Gabi weiß einfach nicht, was sie davon halten soll, und selbst wenn sie es wüsste, wüsste sie nicht, was sie dagegen tun sollte. Nach außen hin hofft sie das Beste, insgeheim rechnet sie mit dem Schlimmsten. Und sie lebt von einem Tag zum nächsten – was bleibt ihr auch anderes übrig? Ich hingegen habe das Gefühl, ich hätte wissen müssen, dass Heinrich Schmidt nicht von Dauer sein würde. Er war einfach zu gut, um wahr zu sein.

Auch Willibald schreibt Briefe, und zwar Feldpostbriefe. Nur sind wir nicht die Adressaten, sondern das Thema. Er hat Rudolf Heß, dem Stellvertreter des Führers, geschrieben und bittet ihn um die Erlaubnis, seinen Religionsunterricht wieder aufnehmen zu dürfen; dann schreibt er an das Reichssippenamt, um seine Frau und deren Kinder neu klassifizieren zu lassen.

Die Korrespondenz ist wenig ermutigend.

Jetzt, wo Polen und Frankreich besiegt sind, wird die Wehrmacht ihre ältesten Waffenträger entlassen, wobei der kürzlich zum Hauptgefreiten beförderte Willibald Brinkmann seiner Rückkehr ins zivile Leben mit Unbehagen entgegensieht. Wie soll er als Pastor seinen Lebensunterhalt verdienen, wenn er nach wie vor nicht in den Schulen unterrichten darf, wofür er ja schließlich bezahlt wird?

Während Sieg und Entlassung immer sicherer werden, wird Hauptgefreiter Brinkmann immer unsicherer. Er hat der Kirchenaufsicht geschrieben, die sich ihrerseits mit einem Schreiben an die Schulbehörde gewandt hat, worin sie ihre Hoffnung zum Ausdruck bringt, dass man Pfarrer Brinkmann gestatten werde, seine alten Pflichten wieder aufzunehmen. Aber die Kirchenaufsicht hat keine Antwort bekommen und will nicht recht mit der Sprache herausrücken, was zu tun wäre, falls der Antrag, wenn er denn überhaupt berücksichtigt wird, abschlägig beschieden würde. Willibald hat mit seinem Hauptmann gesprochen, dem genauso viel daran gelegen ist, dass sein gebückter Hauptgefreiter auf ein Feld zurückkehrt, das ihm mehr liegt, und der Hauptmann hat versprochen, ein gutes Wort für ihn einzulegen. Nebenbei hat er angedeutet, dass sich Willibald nur von seiner Frau scheiden lassen müsste, um den ganzen Ärger vom Hals zu haben. Doch als ihn der Hauptgefreite untertänigst auf die Kinder hinweist, auf welche er Rücksicht nehmen müsse, zumal seine Kirche ihren Pastoren die Ehescheidung nicht gestatte, zuckt der Hauptmann nur mit den Achseln, als wollte er sagen, wo gehobelt wird, da fallen Späne. Aber Willibald hat mit Spänen nichts am Hut. Sosehr ihm die Idee theoretisch gefällt, so ungehobelt bleibt sie in der Praxis. Es hilft alles nichts, er wird seinen steinigen Weg fortsetzen und darauf hoffen müssen, ihn selbst etwas breiter und weniger holprig zu gestalten.

Auch an Ortsgruppenleiter Franzi Wimmer hat Willibald geschrieben, und auch der verspricht, ein gutes Wort für ihn einzulegen. Sogar der Reichsgauleiter Oberdonau hat einen Brief erhalten, aber der hat zu viel um die Ohren, um Worte einzulegen, ob gute oder schlechte. Die ultimative Entscheidung in dieser Sache kann ohnehin nur der Führer beziehungsweise sein Stellvertreter treffen. Ja, der Führer oder sein Stellvertreter müssen persönlich entscheiden, wer in ein paar Schulen in einem ländlichen Bezirk der Ostmark evangelischen Religionsunterricht erteilen darf. So viel muss man ihnen lassen – die Führungsetage packt mit an. Ein Wunder, dass sie da noch Zeit findet, ihre großen Feldzüge zu planen. Oder ist das der Grund, weshalb es beim Luftkrieg über Großbritannien kriselt?

Also verfasst Hauptgefreiter Willibald einen Brief an

Rudolf Heß mit der finsteren Visage, auf der sich zu allen Tages- und Nachtzeiten ein Fünfuhrschatten zeigt, und der in Kürze ausrasten und auf eigene Faust nach England fliegen wird – und Willibald wird sich tatsächlich einbilden, sein Brief hätte etwas damit zu tun.

Herrn Rudolf Heß
Stellvertreter des Führers
Berlin

Sehr geehrter Herr Heß,
hiermit möchte ich höflich meine Wiedereinstellung als Religionslehrer für die evangelischen Schüler von Heimstatt und der benachbarten Dörfer im Reichsgau Oberdonau der Ostmark beantragen.

Aufgrund der nichtarischen Rassenzugehörigkeit meiner Frau wurde mir im Jahr 1939 vonseiten der Schulbehörde Unterrichtsverbot erteilt. Da der Religionsunterricht ein konstitutiver Bestandteil meiner Arbeit war, wurde es mir somit unmöglich, als lutherischer Pfarrer für Heimstatt und die Nachbargemeinden weiter tätig zu sein, und als Vater von vier Kindern, zu deren Unterhalt ich verpflichtet bin, drohte mir der Verlust meiner Existenzgrundlage. Durch den freiwilligen Eintritt in die Wehrmacht, aus der ich in Kürze aus Altersgründen entlassen werden soll, wurde dieser Umstand lediglich hinausgezögert.

Der Grund dieses Gesuchs ist RGBl. I. S. 607, dort heißt es: »Ausnahmsweise können mit Zustimmung des Stellvertreters des Führers oder der von ihm bestimmten Stelle im Dienste belassen werden: 1. Beamte, die mit einer Jüdin oder Mischling ersten Grades verheiratet sind.« Und: »(4) Weitere Ausnahmen kann der Reichsminister des Innern im Einvernehmen mit dem Stellvertreter des Führers zulassen.« Daher möchte ich den Stellvertreter des Führers bitten, eine derartige Ausnahme in meinem Fall geltend zu machen. Untertänigst möchte ich auf Nachfolgendes aufmerksam machen:

1. Meinen Dienst als Soldat des Deutschen Reichs
2. Den Dienst meiner Frau als Krankenschwester im Weltkrieg.

Zudem möchte ich darauf hinweisen, dass meine Frau lange vor unserer Eheschließung zum christlichen Glauben übergetreten ist, was bei ihrer Verwandtschaft auf wenig Gegenliebe stieß.

Anbei die notariell beglaubigten Dokumente

1. Abstammungsurkunde
2. Heiratsurkunde
3. Taufurkunde
4. Dienstbescheinigung der Wehrmacht.

In der Hoffnung, dass meinem Antrag stattgegeben wird, vor allem um meiner vier unschuldigen Kinder willen, und mit dem Versprechen, dass ich mich im Falle der wiedererstatteten Unterrichtserlaubnis als absolut vertrauenswürdig erweisen werde, verbleibe ich

Heil Hitler!
Ihr W. Brinkmann
Evangelischer Pfarrer
zz. Hauptgefreiter, Dienstnummer 13859

Über dieses Schreiben muss Heß nicht lange nachgrübeln. *Antrag abgelehnt* kommt postwendend die Antwort. Und auch die Unterlagen kommen postwendend zurück, ordentlich abgestempelt und mit Kürzeln versehen. Komme, was wolle, der Stellvertreter des Führers wird hart bleiben, was die Wahrung der Reinheit des deutschen Blutes angeht. Aber Willibald ist noch nicht fertig. Er verfasst einen weiteren, noch weniger vielversprechenden Brief an das Reichssippenamt. Sein fernes Ziel ist es, uns Kindern zu Ariern zu machen, aber zunächst geht es ihm um die Verdünnung unseres minderwertigen Blutes. Er will uns als Vierteljuden reklassifizieren lassen. Vierteljuden sind besser dran als Halbjuden, und durch verdienstvolle Taten für das Vaterland können sie sogar zu ehrenamtlichen Ariern werden. Man stelle sich vor! Sara und ich, die gut und gerne Volljuden sein könnten, wären dann echte – oder fast echte – Arier! Wenn man Willibalds Zweifel an unserer Ehelichkeit bedenkt, ist das wirklich großzügig von ihm. Doch um uns als Vierteljuden reklassifizieren zu lassen, muss er erst Gabi als Halbjüdin reklassifizieren lassen, was immer noch besser wäre als Volljüdin. Nicht nur wir, vor allem *er* hätte es dann sehr viel leichter. Die Mittel, auf die er dabei zurückgreift, lassen erkennen, wie sehr ihm die Vaterschaftsfrage am Herzen liegt. (Andererseits bleiben ihm wenig andere übrig.) Wenn er schon Gabi nicht öffentlich als Ehebrecherin bezichtigen kann, dann zumindest ihre Mutter.

An das
Reichssippenamt
Schiffbauerdamm 26
Berlin NW 7

Betr.: Klärung der Herkunft der Gabriele Brinkmann, geb. Brandt

Hiermit möchte ich die Überprüfung der Herkunft meiner Frau Gabriele Brinkmann beantragen.

Offiziell ist Gabriele Brinkmann als Volljüdin klassifiziert. Ihr Geburtsdatum lautet 29. August 1896. Demnach müsste das Datum ihrer Empfängnis zwischen dem An-

fang der letzten Novemberwoche und dem Ende der ersten Dezemberwoche 1895 liegen. In dieser Zeit jedoch befand sich der vermeintliche Vater, Textilkaufmann Friedrich Brandt, auf Geschäftsreise in Russland. Insofern kann ausgeschlossen werden, dass er der Vater meiner Frau ist. Dem Vernehmen des (inzwischen verstorbenen) vermeintlichen Vaters nach war die Ehe unglücklich, und es besteht Grund zu der Annahme, dass der echte Vater meiner Frau ein gewisser Herr Morning aus Stockholm war, ein schwedischer Geschäftsfreund des Herrn Brandt, der mit der Mutter meiner Frau ein intimes Verhältnis hatte und sich zur besagten Zeit in Berlin aufhielt. Herr Morning war nordischer Arier.

Dafür spricht des Weiteren, dass meine Frau noch vor unserer Begegnung freiwillig und gegen den Willen ihres Vaters zum Christentum übertrat. Es sollte ihr angerechnet werden, dass sie im Weltkrieg von 1914–18 dem Vaterland als Krankenschwester diente. Das äußere Erscheinungsbild unserer vier Kinder belegt zudem, dass meine Frau keine Volljüdin ist. Keines der Kinder weist die bekannten rassischen Merkmale auf.

Somit beantrage ich die Überprüfung der Herkunft meiner Frau mit der Zielsetzung einer Reklassifizierung ihrer Person als Halbjüdin. Ich hoffe, dass der von mir geleistete Militärdienst bei der Urteilsfindung mit berücksichtigt wird.

Heil Hitler!

Armer Willibald. Diese Kopfgeburt wird ihn nicht im Geringsten weiterbringen. Friedrich Brandt mag vieles nicht gewesen sein, aber dass er Gabis Vater ist, steht außer Frage. Hat sich Willibald sowohl den schwedischen Herrn Morning als auch den Ehebruch ausgedacht, oder gab es wirklich einen Geschäftsfreund diesen Namens? Gabi hat noch nie von ihm gehört, so wenig wie von der Filiale in Stockholm, und trotzdem spielt sie mit. Und was die angeblich fehlenden jüdischen Merkmale bei Willibalds Kindern angeht, möge man sich vertrauensvoll an den Schulleiter der Heimstätter Volksschule wenden. Wobei der Schulleiter den berüchtigten Schädelmessungen vermutlich selbst kaum standhalten würde – genauso wenig wie Hitler, Goebbels, Heß und die halbe Partei. Aber das verlangt ja auch niemand.

Man kann sich vorstellen, wie Willibalds Antrag im Reichssippenamt von Schreibtisch zu Schreibtisch wandert, wie das Hohngelächter immer lauter durch die heiligen Hallen der arischen Rasse schallt. Nachdem man sich hinlänglich amüsiert hat, wird man den abschlägigen Bescheid zurücksenden, und Willibald wird sich kopfüber in einen Sumpf der Verzweiflung stürzen. Das wiederum beschwört ein gedämpftes Echo Schillers herauf, jenes großen Dichters, der ihm bei all seinen literarischen Ergüssen Pate steht. Dieser Satz zum Beispiel stammt aus einem weiteren seiner Briefe an die Kirchenaufsicht:

Was immer geschehen soll, stets wird mich der Gedanke trösten und mit Stolz erfüllen: es war mir vergönnt, als Soldat an der Waffe meines Vaterlands zu dienen und seinem größten Siege beizuwohnen.

Ja, in Willibalds schmaler Brust schlägt noch immer ein patriotisches Herz, auch wenn seine Moral gerade im Keller ist. Dieser größte Sieg übrigens (von dem man gar nicht glauben mag, dass er einen Mann Gottes trösten oder mit Stolz erfüllen könnte) bestand aus zwanzig Tonnen schweren Panzern, die eine zahlenmäßig unterlegene, Lanzen schwingende Kavallerie überrollen, während die wehrlose Stadt Warschau von Stukas in Schutt und Asche gelegt wird.

Aber davon geht die Welt nicht unter. Willibalds Kinder werden nicht verhungern, seine Frau wird nicht ins KZ verschleppt. Zumindest noch nicht.

Im Herbst 1940 wird er aus der Armee verabschiedet. Er nimmt mich hoch in seine Arme, als ich nichtsahnend aus der Schule komme. Ich spüre den rauen, schweißdurchtränkten Stoff seiner Uniform an meiner Wange und rieche seine heiße Schnapsfahne, und ich wende den Kopf ab, um seinem feuchten Kuss auszuweichen.

»Willst du deinem Papa keinen Kuss geben?«

Ich schüttle den Kopf.

»Er fremdelt«, sagte Gabi rasch. »Du musst ihm etwas Zeit lassen, er muss sich erst wieder an dich gewöhnen.«

Doch Willibald hat mich schon wieder abgesetzt und sich weggedreht und irgendetwas von fremder Brut gemurmelt, während ihm Ilse, die gerade aufgetaucht ist, pflichtschuldig ihre keusche Wange darbietet, um den feuchten väterlichen Schmatzer in Empfang zu nehmen. Zumindest bei *ihr* hat er keine Zweifel, dass er der Erzeuger ist. Ich schäme mich, bin aber auch erleichtert. Ich hätte es nicht über mich gebracht, diesem fremden uniformierten Mann einen Kuss zu geben.

Willibald darf reinrassigen Arierkindern zwar keinen Religionsunterricht mehr geben, dennoch zahlt ihm die Kirche weiter ein reduziertes Gehalt, und die örtlichen Arierkinder kommen doch noch zu ihrem Unterricht, wenn auch nicht aus Willibalds beflecktem Mund. Das heißt, wir sind schlechter dran als zuvor, aber es ist nicht das Ende; das Schlimmste kommt noch.

Obwohl es noch nicht so schlimm ist, wie es hätte sein können und bald sein wird, ist mit Willibald etwas geschehen. Das bisschen Mut, was er jemals besaß, ist gänzlich von ihm gewichen. Er hat es aufgegeben, die Nazis austricksen zu wollen, und ab jetzt wird er mit dem Strom schwimmen, egal, in welche Richtung. Das heißt, wenn er sich nicht gerade gegen sein Schicksal auflehnt und die Frau, die ihm vom Schicksal auferlegt wurde. So viel Mut muss sein. Jetzt, wo es ihm nicht mehr vergönnt ist, an der Ostfront zu kämpfen (als hätte er das jemals getan), kann er neue Kräfte zum Kampf an der Heimatfront mobilisieren. Und so wird sich sein erster Feldzug, neben dem endlosen Guerillakrieg seiner Ehe, gegen

5

Jägerlein, Annerl und den französischen Kriegsgefangenen richten.

Gabis Lebensmittelkarten sind mit dem Stempel J versehen, und sie bekommt weniger zugeteilt als wir anderen. Goebbels hat verkündet, der Jude habe sich lange genug am deutschen Volk gemästet – eine seiner liebsten fixen Ideen. Doch auch so isst sie nie ihre ganze Ration. Sie gibt ihren Kindern und ihrem Mann davon ab. Aber Willibald ist immer noch nicht zufrieden. Er meint, er werde nicht richtig satt. Wie man klaut, hat er in der Offiziersmesse gelernt, die mit Sicherheit eine gute Schule war, und aus eigener einschlägiger Erfahrung ist er überzeugt, dass Jägerlein bei uns klaut. Die Ration Margarine und das Ei und die Fleischrationen, die auf den Küchentisch kommen, schaffen es irgendwie nicht zu Mittag auf die Teller, und er hat keinen Zweifel, dass Jägerlein dafür verantwortlich ist. Davon ist auch Gabi überzeugt, und zwar seit Jägerlein bei uns ist, aber sie hat dazu eine nachsichtige Haltung angenommen, wie man sie annimmt, wenn man mit Dienstboten aufwächst. »Das sind fixe Kosten«, sagt sie immer wieder zu Willibald. »Das muss man hinnehmen.«

Das ist auch die Philosophie der Offiziersmesse, nicht aber die Philosophie des Ordners der Offiziersmesse, und Willibald, der im Hinterhaus einer Berliner Mietskaserne groß geworden ist, will nichts davon hören. »Ich möchte, dass hier anständig Buch geführt wird«, verkündet er so, dass Jägerlein jedes Wort mitbekommt. »Ich durchsuche jetzt ihre Tasche.« Er knallt die Faust auf den Tisch und dann gegen die Tür zum Arbeitszimmer, von wo aus kurze Zeit später zufriedene kleine Kläffer davon zeugen, dass *König Saulus* nach der militärisch bedingten Auszeit wieder auf den Weg gebracht worden ist. Doch am nächsten Morgen taucht er auf der Treppe in einem Nachthemd auf, das gut einen halben Meter kürzer ist, als der Anstand gebietet, und das Jammern geht von vorne los.

»Wir haben eine Diebin im Haus ... Sie soll sich bloß in Acht nehmen, sonst hole ich die Polizei ... Man müsste nur mal einen Blick unter die Matratze werfen, ich bin sicher, da findet man mehr als nur schlechte Luft ... Kaum dreht man sich weg, verkommt der ganze Laden zu einem polnisch-jüdischen Saustall ...« Das ist die Formulierung Pfarrer Kretschmanns mit den hängenden Schultern, die damals zum Einsatz kam, um Brutus und die Kaninchen aus der Seuchengefahr unseres Hauses zu retten. Wenn man bedenkt, dass er mit einer Jüdin verheiratet ist, lässt sich Willibalds Ausdrucksweise – die er vermutlich bei den Soldaten aufgeschnappt hat – nicht gerade als freundlich bezeichnen. Aber immerhin klingt sie aus seinem Mund plausibler als aus dem Mund seines Kollegen, da Willibald zwar keinen polnisch-jüdischen, wohl aber einen polnischen Saustall zumindest schon von weitem gesehen hat, anders vermutlich als Pfarrer Kretschmann, der nicht sehr weit herumgekommen ist.

Jägerlein scheint dieses Donnergrollen gar nicht wahrzunehmen, obwohl meine Mutter die ganze Sache zusätzlich dramatisiert, indem sie Treppenstufe für Treppenstufe gackernd wie ein aufgescheuchtes Huhn hinter Willibald herunterkommt.

Aber das liegt vielleicht daran, dass Jägerlein gerade ganz andere Sachen im Kopf hat – zwei Sachen, um genau zu sein, nämlich Annerl, ihr Adoptivkind, und François, den französischen Kriegsgefangenen, in den sie sich verliebt hat. Abgesehen natürlich von den Gedichten, die sie andauernd vor sich hin zitiert, und die ganze Arbeit, die sie mit uns Kindern hat, die wir ihr ständig in die Quere kommen. Annerl wohnt zusammen mit Jägerlein im Zimmer, das von der Küche abgeht. François arbeitet bei Jägerleins Schwester auf dem Hof, der vier Kilometer weiter auf der anderen Seeseite liegt.

Ich finde es schön in unserer Küche. Sara auch. Die Küche ist das einzige Zimmer in unserem ganzen zugigen Haus, das im Winter richtig warm wird, aber es ist auch das einzige Zimmer, in dem das ganze Jahr über Fröhlichkeit herrscht. Manchmal sitzt Sara hinter dem großen grünen Kachelofen und kritzelt an ihren Geschichten und horcht auf, wenn Jägerlein urplötzlich stehen bleibt und versonnen in die Ferne blickt, um eines der Gedichte aufzusagen, die ihre vier Volksschuljahre ihr beschert haben, oder je nach Laune auch ein Gedicht aus dem Stegreif.

Heute haben wir April und es ist Führers Geburtstag, doch Jägerlein grüßt lieber den Kuckuck im Wald als den komischen Vogel in Berlin. Es wird ohnehin schon genug gegrüßt in unserem Dorf, bei all den Fahnen und dem Aufmarsch der Hitlerjungen in den quasimilitärischen Uniformen und den uniformierten BDM-Mädchen mit ihren Blumen für den Führer. Auch ich hatte heute Morgen in der Schule Gelegenheit dazu. Es wurde ein besonderes Geburtstagsgebet für Führer und Vaterland aufgesagt, und Fritzi Wimmer durfte auf dem Schulhof die Hakenkreuzflagge hissen. Dabei durchbohrte er mich mit seinen eisblauen Augen, als wollte er mir sagen, dass er mich nicht vergessen habe, aber ich wandte den Blick ab und machte Heil Hitler wie alle anderen auch.

»*Kuckuck, Kuckuck, ruft's aus dem Wald*«, singt Jägerlein und sieht in den leuchtend blauen Himmel jenseits der beschlagenen Scheibe. Dann erfindet sie das Lied weiter und wedelt mit ihren mehligen Händen in der Luft, als suchte sie zwischen all den Kuckuck-Rufen nach Inspiration.

Während sie so vor sich hin trällert, steht Annerl da und starrt sie ausdruckslos und mit aufgeklappter Kinnlade an, wobei ihr still und leise ein Rinnsal Rotz aus dem roten Näschen übers Kinn läuft und auf ihr Schürzenkleid tropft. Nicht der Gesang ist schuld an ihrem dumpfen Blick, sondern die Gene. Annerl ist geistig behindert, wie manch anderes Kind aus unserem Inzestdorf, und allein aus diesem Grund hat sich Jägerlein ihrer annehmen dürfen, wenn auch nur inoffiziell. Vor wenigen Monaten fand sie sie, das Jüngste von elf Kindern, ungewaschen und unterernährt beim Spielen vor dem Haus ihrer Eltern in der feuchtkalten Untergasse, wo im Winter der Schnee am längsten liegt und im Sommer die Sonne am kürzesten scheint. Sie nahm das Mädchen mit nach Hause (also mit zu uns), wusch sie und zog ihr etwas an; und schon wenige Wochen später galt es als abgemacht, dass Annerl fortan bei Frau Jäger aufwachsen würde. Vor einem knappen halben Jahr kam sie zu uns ins Pfarrhaus, eine ganze Weile vor Willibalds ruhmreicher Heimkehr, doch der will sie jetzt unbedingt zu ihrer Familie zurückschicken. Nicht einmal Lebensmittelkarten habe Jägerlein für das Mädchen, kein Wunder also, dass sie uns beklaut. Diese Sache müsse unbedingt aufhören. Jägerlein gibt nach und verspricht, Annerl zurückzubringen. Doch die Tage vergehen, und irgendwie schafft es Annerl nie wie versprochen zum Haus ihrer Eltern, das sie inzwischen kaum noch wiedererkennt, wenn sie an Jägerleins Schürze geklammert auf dem Weg zum Einkaufen daran vorbeikommt.

Jägerlein verstummt, als Willibald in die Küche stürmt und mit donnernder Stimme wissen will, wer den Füller von seinem Schreibtisch genommen habe. Niemand weiß es, aber er richtet seinen tadelnden Blick auf Annerl, und prompt bricht das Mädchen in Tränen aus. »Was macht dieses Kind überhaupt noch in meinem Haus? Hat sie keine Eltern? Muss sie sich bei fremden Leuten einnisten und Füller klauen?«

»Aber Herr Pfarrer«, sagt Jägerlein gelassen und rollt ihren Teig auf der Tischplatte aus. »Was soll das Annerl denn mit einem Füller, wo sie doch nicht einmal schreiben kann. Haben Sie in der Schublade nachgesehen?«

»Natürlich habe ich in der Schublade nachgesehen!«, brüllt Willibald. »Irgendjemand hat ihn mir weggenommen, nur um mich zu ärgern!« Er funkelt Annerl noch wütender an, die noch lauter schluchzt, was ihn umso sicherer macht, dass sie die Schuldige ist. »Wenn sie ihn nicht gestohlen hat, wieso heult sie dann?«

»Sie heult, weil Sie mit ihr schimpfen, Herr Pfarrer«, erwidert Jägerlein sachlich, während sie den Teig auf dem Blech verteilt. »Genau wie die Frau Pfarrer, wenn Sie mit der schimpfen!«

»Frechheit!«, kreischt Willibald, und seine Stimme rutscht vor lauter Wut ein paar Tonlagen höher in ein wenig vorteilhaftes Falsett. Die Augen quellen ihm aus dem Kopf, sein Gesicht ist fleckig, und er sieht aus wie ein gerupfter, zorniger Truthahn. »Wie können Sie es wagen, so mit mir zu reden, und das in meinem eigenen Haus!«

Sara hat ihr Heft zugeklappt, und ich ziehe mich jetzt zu ihr hinter den Ofen zurück. Es ist damit zu rechnen, dass Willibald als Nächstes anfängt, mit den Füßen zu stampfen und mit Gegenständen zu werfen. Da taucht Gabi auf, den Füller in der Hand. »Hast du den hier gesucht? Er lag auf dem Teppich neben deinem Schreibtisch.«

»Und wer hat ihn da hingetan?«, brüllt Willibald und reißt seiner Frau den Füller aus der Hand. »Welcher Trottel hat ihn da hingetan?« Aber das ist jetzt nur Getöse, denn ihm ist klar, dass er der Trottel ist. Langsam verebbt seine Wut, und er zieht sich grollend in sein Arbeitszimmer zurück.

Jägerlein wischt Annerls Gesicht mit ihrem Schürzenkleid ab und schiebt das Blech in den Ofen. Danach blickt sie hinaus auf die Berggipfel, die zum ersten Mal in diesem Jahr zu sehen sind, und murmelt wieder ein paar Verse vor sich hin. Ich aber starre auf Annerls Schürzenkleid, das vor wenigen Minuten noch dazu verwendet wurde, die Schälchen auszuwischen, aus denen sie und Jägerlein essen. Unser Geschirr schrubbt Jägerlein immer mit Heißwasser und Soda ab, anders als die Schälchen, die ihr und Annerl gehören. Die beiden lecken sie sauber wie zwei Katzen, auf und ab und im Kreis bewegen sich die eifrigen Köpfe hinter der glatten weißen Fläche. Dann wischt Jägerlein einmal mit Annerls Schürzenkleid die Schälchen aus und stellt sie zurück auf den Küchenschrank, wo sie auf die nächste Mahlzeit warten.

Nächste Woche will Jägerlein mich und Annerl zu ihrem französischen Kriegsgefangenen mitnehmen. Martin will auch mit, aber Jägerlein sagt nein. »Du sagst dann nur wieder irgendetwas, und er regt sich auf«, erklärt sie, und prompt regt sich Martin auf. Vor lauter Eifersucht sagt er schließlich etwas, das mich aufregt. »Weißt du eigentlich, wieso Jägerlein keinen Mann hat?«, fragt er in seinem höhnischen Tonfall, der bedeutet, dass man so etwas wissen muss, nur bin ich dafür natürlich viel zu dumm. Dass bei Jägerlein der Ehemann fehlt, war mir nie aufgefallen, geschweige denn, dass ich nach einer Erklärung dafür gesucht hätte, und ich schüttle den Kopf. »Er hat sich an der Gardinenstange aufgehängt«, belehrt mich Martin. »Und mit den Füßen die Scheibe zertreten. Sie haben ihn nie losgemacht. Wenn du da bist, siehst du ihn bestimmt, er hängt nämlich immer noch da, die Zunge aus dem Mund.« Ich bestaune Martins pantomimische Darstellung eines verdrehten Kopfes mit Glubschaugen und herausgestreckter Zunge, und ich stelle mir vor, wie Jägerleins Mann mit seinen zuckenden Stiefeln die Fensterscheibe zertrümmert. Es ist keine schlechte Imitation – wobei Martin eines Tages feststellen wird, dass die Wirklichkeit kaum zu übertreffen ist.

Ich glaube ihm zwar nicht, aber vielleicht ist ja doch etwas dran, und ich trödle vor mich hin, als wir uns dem Bauernhof in dem engen kleinen Tal auf der anderen Seeseite nähern, das als Einziges dem Ufer des endlos tiefen dunklen Gletschersees ein bisschen Ackerland abgetrotzt hat. Ich schaue mir alle sichtbaren Fenster genau an, aber in keinem baumelt eine verwesende Leiche. Aber was ist mit den Fenstern, die ich nicht sehen kann? Ich beschließe, auf keinen Fall alleine ein Zimmer zu betreten.

»Das ist also der kleine Mischling?«, fragt eine ältere Jägerlein-Version mit barscher Stimme an der Tür. Sie sieht mich von oben bis unten an wie ein fehlgezüchtetes Kalb, ehe sie die Tür aufmacht und mich reinlässt. »Geht ja noch. Sehen die anderen auch so aus?«

Am Küchentisch sitzt ein Mann mittleren Alters in einer alten Uniform mit abgewetzten, schmutzverkrusteten Stiefeln. Er hat die Schultern hochgezogen, als hätte er Angst, geschlagen zu werden, und als er uns an der Tür hört, wirft er uns einen nervösen Blick zu, bevor er seine Tätigkeit fortsetzt, die daraus besteht, geräuschvoll mit einem Holzlöffel einen Teller Eintopf in sich hineinzuschaufeln. Der Holzlöffel ist zu groß (ich kenne das Problem), also schlürft er ihn gierig und genüsslich ab.

Jägerlein zieht die Bank unter dem Tisch hervor und setzt sich daneben, um ihm beim Essen zuzusehen. »Ach herrje, du bist ja immer noch so dünn, François«, murmelt sie und greift in ihre Tasche. François schlürft unbeirrt weiter, während sie ihm etwas hinlegt, das in eines unserer Geschirrtücher eingeschlagen ist. »Mach auf«, drängt sie ihn, als er endlich seinen leeren Teller wegschiebt. »Mach schon auf.«

Er hat lange Finger mit schmutzigen abgebrochenen Nägeln, mit denen er nervös am Geschirrtuch zupft. Er schlägt eine verlockende Ecke nach der anderen zurück, und zum Vorschein kommt ein ganzes Viertel des Kuchens, den Jägerlein gestern von unseren Mehl- und Margarinerationen gebacken hat. »Danke«, murmelt er und stopft sich auch das in den Mund. Jägerlein stützt die Ellenbogen auf den Tisch, legt ihr Kinn auf ihre verschränkten Hände und beobachtet, wie unser Kuchen in aller Eile verschlungen wird.

»Das obere Feld hat er fast fertig«, verkündet Jägerleins Schwester in der Tür, doch Jägerlein nimmt kaum von ihr Notiz. Nachdem François die letzten Krümel vertilgt und sich die Finger und Handflächen abgeleckt hat, nickt er und sagt noch einmal »Danke«. Jägerlein schüttelt missbilligend den Kopf und schenkt ihm mit zärtlich leuchtenden

Augen einen Blick, den ich noch nie bei ihr gesehen habe, und ich bin etwas eifersüchtig. Doch François starrt einfach nur auf den Tisch, die Schultern ängstlich hochgezogen. »Ja, François«, sagt Jägerlein mit derselben beruhigenden Stimme, die sie benutzt, wenn sich Annerl wehgetan hat. »Bald ist der Krieg vorbei, und du kannst wieder nach Hause zu deinen Leuten, zu deiner Familie und deinen Freunden ...« Aber anstatt sich für François zu freuen, wirkt sie plötzlich traurig und stößt einen Seufzer aus.

Dies ist meine erste Lektion in Liebeskummer, aber ich bin noch nicht alt genug, um sie zu verstehen, und werde später, als ich sie verstehe, nichts mehr davon haben. Es gibt Lektionen, die uns erst nicht weiterbringen und später nichts mehr nützen. Für Schwimmen oder Mathe gilt das nicht, warum dann für die Liebe? Aber so ist es nun mal, und Jägerlein streicht François jetzt schüchtern über den Unterarm wie einem Hund, bei dem man damit rechnen muss, dass er gleich aufspringt und zuschnappt. Unterdessen frage ich mich, ob Jägerleins Mann vielleicht im Klo hängt, das ich bald werde aufsuchen müssen, wie mir meine Blase signalisiert.

»Er hat das obere Feld fast fertig«, sagt Jägerleins Schwester zum zweiten Mal. »Ein fleißiger Kerl ist das.«

»Du bist genau wie mein Hansi damals«, sagt Jägerlein zu dem Franzosen, ohne auf das Lob ihrer Schwester zu reagieren. »Der hatte auch immer Hunger.« Annerl sieht mit dumpfem Blick vom einen zum anderen und steckt sich den Daumen in den Mund. »Immer hatte er Hunger«, wiederholt sie, und ohne den Blick von François abzuwenden, sagt sie zu mir: »Du musst die Beine nicht so zusammenkneifen. Das Plumpsklo ist draußen im Hof.«

Plötzlich erhebt sich der Franzose, und Jägerlein zieht die Hand zurück, als hätte sie sich verbrannt. Er geht hinaus in den Hof, schnappt sich eine Hacke mit langem Stiel von der Wand und wirft sie sich über die Schulter. Den Daumen zwischen den Lippen, trottet Annerl leise schmatzend hinterher. Und ich trotte hinter Annerl her.

Wie ich feststelle, hat das Plumpsklo keine Fenster. Es ist ein kleiner Schuppen neben dem Haus, also muss ich mir keine Sorgen machen, dass an irgendeiner Gardinenstange eine Leiche hängt. Und da es taghell ist und die Sonne scheint, habe ich keine Angst, dass ein Ungeheuer unter der Holzplanke hervorkommt, um mich mit seinen Fangarmen zu umschlingen und mit sich in die Tiefe zu reißen.

Auf dem Bauernhof ist es fast so toll wie vorigen Sommer oben auf der Berghütte, nur gibt es keinen Heinrich Schmidt. Das Gras ist üppig und grün, es gibt zwei braunweiß gefleckte Kühe, und Jägerlein bereitet uns einen Imbiss aus frischer Milch und Brot mit echter Butter statt Margarine. Ich beobachte, wie der Franzose auf dem oberen Feld Kartoffeln erntet. Die blitzende Klinge scharrt beim Hineinstoßen in die Erdreihen, und dann liegt das geschlachtete Unkraut da und welkt in der warmen Sonne vor sich hin. Annerl läuft einem Kaninchen nach, das am unteren Rand des Ackers aus dem Gestrüpp gehüpft ist, doch schon blitzt sein weißes Stummelschwänzchen in der Hecke auf und ist nicht mehr zu sehen. Nachdem das Kaninchen weggezaubert ist, steht sie wieder still und stumpf wie gewohnt. Als ich selbst eine Harke finde und das tote Unkraut zusammenharken will, hält der Franzose inne, schaut mir zu und scheint drauf und dran, mir die richtigen Handgriffe zu zeigen. Doch dann besinnt er sich und wendet sich schweigend wieder seiner eigenen Arbeit zu, als wäre es die Mühe nicht wert, und am Ende würde er noch der Kollaboration mit dem Feind beschuldigt.

Gegen Abend fährt klappernd ein Militärlastwagen mit

Truppenzeichen auf den Kotflügeln in den Hof, und ein Soldat in Willibalds Alter steigt aus und schlendert auf François zu. Der Franzose sieht ihn kommen und stützt sich auf seine Hacke, bis der Soldat ihm etwas zuruft und mit dem Kopf in Richtung des wartenden Fahrzeugs deutet. Brav trottet François zurück zum Bauernhaus, lehnt die Hacke an die Hauswand und klettert wortlos über die Heckklappe des Lastwagens. Dort sitzen noch mehr Männer in farbloser Uniform und sehen zu uns hinaus, ähnlich wie die Leute hinter den Fenstern der Busse und Straßenbahnen in Plinden, die mit abwesendem Blick das Geschehen verfolgen, während hinter den Gucklöchern ihrer Augen ihr eigentliches Leben abläuft.

Zögernd winkt ihm Jägerlein zum Abschied, doch der Franzose reagiert nicht, und der Lastwagen fährt holpernd und klappernd über das Kopfsteinpflaster davon.

Kurz vor unserem Aufbruch bekommt Jägerlein von ihrer Schwester ein Stück Butter und ein halbes Dutzend Eier in einer alten Einkaufstasche geschenkt, und Jägerlein hängt Annerl die Tasche über den teilnahmslosen Arm. Auf dem Nachhauseweg frage ich Jägerlein, wer Hansi sei.

»Das war mein Mann.«

»Warum hast du gesagt, François wäre genau wie Hansi?«

»Weil es stimmt«, sagt sie sinnfällig.

Ich weiß, dass man Kindern ihre Ehrlichkeit nachsieht, anders als Erwachsenen. Kinder schnüffeln nicht. Sie haben keine Hintergedanken, sie wollen es einfach nur wissen. Also frage ich sie: »Ist dein Mann tot?«

»Ja«, sagt sie abwesend. Offenbar ist sie in Gedanken noch bei François.

»Wann denn?«

»Wann denn was?«

»Wann ist er gestorben?«

»Hansi?« Sie blickt hinauf in den Abendhimmel und rechnet nach. »Vor zehn oder elf Jahren. Jedenfalls lange vor deiner Zeit.«

Der Tod fängt an, mich zu interessieren, zumal er ja andauernd auftaucht, und ich ahne, dass er auch mir irgendwann bevorsteht. Doch als ich Jägerlein frage, woran Hansi gestorben sei, seufzt sie nur und zuckt genauso mit den Achseln wie letztes Jahr meine Mutter, als ich sie fragte, warum Tante Frieda gestorben sei. »Alle müssen mal sterben«, murmelt sie.

»War er denn krank?«

Wieder zuckt sie mit den Achseln. »Es wurde ihm alles ein bisschen zu viel.«

In meiner Unschuld erzähle ich abends zu Hause, unser Kuchen habe dem Franzosen gut geschmeckt.

»*Unser* Kuchen?«, wiederholt Willibald. »*Unser Kuchen?*«

Wieder einmal wird er tiefrot und wirft Jägerlein mit bebender Stimme vor, eine Diebin und Verräterin zu sein, den Feind mit unseren Lebensmitteln zu versorgen und am Ende auch noch (er schüttelt die Faust) mit ihm herumzuhuren. Gabi signalisiert ihm mit einem warnenden Blick, seine Zunge zu zügeln, was er sicherlich täte, wenn Fräulein von Kaminsky heute Abend hier wäre statt wieder einmal in Bad Neusee bei ihren Adligen. Dann bedeutet sie ihm zu schweigen, was ihn nur noch wütender macht. »Du also auch, ja?«, brüllt er. »Du nimmst sie auch noch in Schutz!«

»Sie hat uns Butter und Eier mitgebracht«, rufe ich mühsam dazwischen und riskiere um der Gerechtigkeit willen eine Ohrfeige.

»Von dir will ich nichts mehr hören!«, brüllt er und fährt den Arm aus, um mir die zu erwartende Ohrfeige zu verpassen. »Ach ja, natürlich hat sie das! Was sonst! Sie weiß doch ganz genau, dass ich sie auf dem Kieker habe! Sie will doch nur von sich ablenken!«

Er springt vom Tisch auf und stürzt zur Tür, und Gabi läuft mit dem obligatorischen Schluck Wasser im Mund hinterher, fuchtelt mit den Händen in der Luft und gibt verzweifelte Quieklaute von sich, die auf taube Ohren stoßen. Ilse sitzt mit Leidensmiene da, die Hände im Schoß wie zum Gebet gefaltet. Sara beobachtet ihre Mutter und scheint zu denken: Da kommt ja heute Abend noch einiges auf mich zu, und ich versuche erfolglos, so zu tun, als fände das alles nicht statt, oder zumindest, als wäre es nicht meine Schuld. Martin nutzt die Gelegenheit und nimmt sich das letzte Stück Kuchen.

Jetzt klammert sich Gabi an Willibalds Jacke, weil er droht, Jägerleins Kammer zu durchsuchen und die Diebin und Hure mitsamt ihrer Bagage aus dem Haus zu werfen. Das Balg, fügt er hinzu, sei nämlich keinen Deut besser als sie, und er werde es nicht zulassen, dass das Pfarrhaus zu einem Sündenpfuhl verkomme, auch wenn seine Frau offenbar nicht das Geringste dagegen habe. Mit ihrem Hintergrund sei es ihr vermutlich sogar noch recht.

Da vergisst Gabi die Kaminsky-Taktik, schluckt das Wasser hinunter und fängt selbst an zu schreien. »Ja, endlich ist es raus! Jetzt hast du endlich gesagt, was du wirklich denkst!« Doch er windet sich aus ihrem Griff und knallt die Tür gegen die Wand. Ilse hält es für ratsam, das Fenster zu schließen, während Gabi ihrem Mann bis in die Küche nachläuft, wo Jägerlein schon im Mantel dasteht und gerade dabei ist, ihr Kopftuch unter dem Kinn festzuknoten. Eine kleine braune Tragetasche steht auf dem Fußboden zwischen ihr und Annerl, die auch schon fertig angezogen in ihrem abgewetzten Jäckchen wartet.

»Ich gehe, Herr Pfarrer«, verkündet Jägerlein und hebt die Tasche hoch. »Wollen Sie hier vorher noch einen Blick hineinwerfen?«

»Ja!«, brüllt Willibald, und dann: »Nein!«

»Wo wollen Sie denn hin?«, sagt Gabi stöhnend. »Es ist spät, Sie können jetzt nicht gehen.«

»Zum Hof«, sagt Jägerlein. »Komm, Annerl.«

Annerl schnieft leise vor sich hin und verzieht den schlaffen Mund. Sie hat einen Zipfel von Jägerleins Mantel in der schmutzigen Faust und folgt ihr hinaus.

Wutschnaubend steht Willibald da und mimt den Entrüsteten, aber ich sehe, dass es ihm schon Leid tut. Dafür ist Gabi jetzt umso wütender und schreit Willibald an, er solle endlich den Mut haben und die Scheidung einreichen, damit er sie und die Kinder aus dem Haus werfen und seine Haut retten könne.

Genau darauf hat Willibald nur gewartet, um sich wieder von neuem aufzuregen. »Fragt sich nur, wessen Kinder es sind!«, donnert er, und sein Hals ist ganz steif und von Adern durchzogen, die jeden Moment zu platzen drohen, und die Augen quellen ihm aus dem Kopf wie bei einem Gehenkten (sofort muss ich wieder an Martins Pantomime denken), nur dass sie dabei aufblitzen vor Zorn. »Sag es mir! Von wem sind sie? *Von wem sind sie?*«

Jetzt bricht Gabi in Tränen aus und schlägt die Hände vors Gesicht. Er habe nichts mehr, wofür es sich zu leben lohnte, ruft Willibald und reißt ein Bild von der Wand – kein wertvolles, die gibt es nicht bei uns –, hebt es in die Höhe wie Moses seine Götzenbilder und schleudert es, wieder wie Moses, zu Boden. Dann stolziert er aus dem Haus und hält nur noch einmal inne, um eine Abschiedssentenz à la Schiller auszusprechen. Leider fällt ihm nichts anderes ein als: »Die Wogen tun sich über meinem Kopf zusammen. Nie wieder werde ich über diese Schwelle treten.« Sogar mich beschleicht das Gefühl, dass das kein echtes Schiller-Zitat ist, doch immerhin gibt er die Worte mit beachtlicher Inbrunst zum Besten, ehe er hinaus in die Nacht und auf den See zuschreitet.

Ilse folgt ihm unauffällig, um ihn an den Mantelschößen zu packen, falls er tatsächlich vorhaben sollte, sich in das eisige Wasser zu stürzen. Das Bild hat sie bereits aufgehoben und zum Reparieren auf den Tisch gelegt. Gabi sinkt auf ihren Stuhl und schluchzt in einem fort. Sara legt ihr behutsam die Hand auf den Unterarm wie Jägerlein kürzlich dem Franzosen, und genauso ergebnislos.

In der Speisekammer entdecke ich das Stück Butter und die sechs Eier vom Bauernhof.

Später versucht Martin, mir auf seine überhebliche Art zu erklären, was das Wort herumhuren bedeutet, aber danach bin ich auch nicht schlauer. Irgendwie kümmert's mich auch gar nicht. Eigentlich will ich nur wissen, warum Jägerlein uns verlassen hat. Ich glaube nicht, dass es daran liegt, dass ich etwas ausgeplaudert habe, oder an Willibalds Wutanfall – das kennt sie doch alles schon. Dann muss es wohl an ihrem Franzosen liegen. Sie mag den Franzosen lieber als uns. Wenn ich schon wüsste, was »Verrat« bedeutet, würde ich Jägerleins Weggang als den schlimmsten Verrat meines Lebens empfinden. Aber da ich es nicht weiß, leide ich einfach nur still vor mich hin. Es tut fast so weh wie damals, als ich erfahren musste, dass ich Halbjude, ein verhasster Untermensch bin. Ich bringe mich allein ins Bett, liege wach und starre ausdruckslos auf die immer dunkler werdenden Berge, bis der Schlaf mich hinterrücks überfällt und mit sich davonträgt.

Am nächsten Morgen höre ich beim Aufwachen das Klopfen des Hammers, mit dem Willibald den kaputten Bilderrahmen von gestern Abend wieder zusammennagelt. Ich gehe nach unten, und da steht er in seinem kurzen Nachthemdchen über den Tisch gebeugt und lacht in sich hinein und führt Selbstgespräche. Noch immer hat er eine Schnapsfahne. Doch als ich voller Hoffnung die Küche betrete, ist sie kalt, obwohl der Ofen brennt.

Jägerlein ist wirklich gegangen.

Und Fräulein von Kaminsky ist die Nächste, die gehen wird, wenn auch nicht deshalb, weil ihr irgendein Franzose besser gefällt als wir. Nein, der Wind der Schulgesetze hat sich gedreht, und Ilse, Martin und Sara brauchen ihren Unterricht nicht mehr. Streng genommen ist er jetzt sogar verboten. Sie müssen also wieder die Schulbank drücken,

6

wenn auch nur für kurze Zeit.

Vielleicht ist man in Wien dank Pfarrer Kretschmanns Wink mit dem polnisch-jüdischen Saustall hellhörig geworden. Vielleicht wollte aber auch nur irgendein neuer Beamter seine Autorität etablieren und den bierernsten Hintern so fest wie möglich in seinen Schreibtischstuhl quetschen. Jedenfalls geht das mit dem Hausunterricht dieser Mischlingskinder so nicht weiter, und sie müssen wieder die Schule besuchen. Nur daran, dass Halbjuden nicht bei Deutschen wohnen dürfen, ändert sich nichts – manche Gesetze sind eben heilig. Also was tun?

Gar nichts, meint Willibald und verabschiedet sich an der Fähranlegestelle mit Tränen in den Augen von Fräulein von Kaminsky. »›Lasset die Kindlein zu mir kommen‹ waren damals Ihre Worte«, beginnt er mit bebender Stimme, doch sie unterbricht ihn mit der sehr richtigen Bemerkung, dass es doch wohl eher umgekehrt der Fall gewesen sei, und von Kindlein könne nun wirklich keine Rede mehr sein.

Seit seiner Heimkehr von der Front ist sie hier nicht mehr glücklich gewesen. Vielleicht ist es sein kurzes Nachthemd, das ihr peinlich ist, oder der Anblick des Katzenfells vor seiner Brust. Oder die Lacher und Kläfflaute, die immer wieder aus dem Arbeitszimmer dringen, ganz zu schweigen von den häuslichen Dramen, die er veranstaltet, und die Lesungen aus *König Saulus,* die er ihr gelegentlich aufdrängt. Der Kontrast zu den Habsburger Sitten muss ihr immer extremer vorgekommen sein. Jedenfalls tut es ihr nicht Leid, uns zu verlassen. Aber vorher beugt sie sich dicht an Gabis Wange und flüstert ihr zu, sie solle Fräulein von Adler fragen, wie der Krieg läuft, denn die höre schwarz. Das bekomme ich zufällig mit, und ich frage mich, wie man es wohl anstellt, Farben zu hören. Vielleicht ist das mein erster philosophischer Gedanke, und wie die meisten dieser Gedanken hat er wenig mit dem wahren Leben zu tun.

Dann trägt die Fähre sie davon, und Willibald wischt sich mit seinem großen weißen Taschentuch die Augen, damit jeder sehen kann, wie sehr er leidet. Das nützt der schulischen Zukunft meiner Geschwister wenig, aber nachdem wir wieder im Pfarrhaus sind, verkündet er, dass die jetzt ohnehin abgehakt werden könne, um sich schließlich unter tiefen Seufzern der Verzweiflung in sein Arbeitszimmer zurückzuziehen.

Doch Gabi hat den Zugfahrplan studiert und sagt, es ginge, wenn die Kinder bereit wären, den Schulweg von drei Stunden hin und drei Stunden zurück auf sich zu nehmen. Und da die Kinder inzwischen älter sind, beschließt sie, dass sie sehr wohl dazu bereit sind. Also stehen die Kinder um vier Uhr morgens auf, essen ein Wurstbrot, trinken eine dünne Tasse Kaffee-Ersatz, rennen hinunter zur ersten Fähre, warten auf den ersten Zug, dösen im Zug vor sich hin und rennen die letzten vierhundert Meter zu ihren unterschiedlichen Schulen. (In Ilses Fall heißt das nicht rennen, sondern mühsam bergauf gehen.)

Täglich sechs Stunden Fahrt scheinen mir ein hoher Preis für höhere Schulbildung, und ich kann nur hoffen, dass der Krieg vorbei ist, bevor auch ich nach Plinden muss. Aber noch stehe ich drei Stunden später auf und komme drei Stunden früher als die anderen nach Hause. Dieses Mehr an Schlaf macht das Risiko, von Fritzi Wimmer verprügelt zu werden, allemal wett. Und bisher ist das noch nicht passiert. Noch immer bin ich in der Schule eher unsichtbar, ein Schatten in der letzten Bank, und ich denke mir, dass es bestimmt keinen Spaß macht, einen Schatten zu verprügeln. Ich hätte es besser wissen sollen, und bald weiß ich es besser.

Dass sie etwas schwerfällig sei, hat Ilse nun schon so oft gehört, dass sie beschlossen hat, diesen Umstand unter Beweis zu stellen, indem sie Monat für Monat noch ein bisschen schwerfälliger wird. Jetzt muss sie sogar ein Jahr wiederholen, also sitzt sie in derselben sechsten Klasse wie Martin, wenn auch nicht auf derselben Schule; er geht auf das öffentliche Lyzeum für Jungen, und weil die zukünftigen Mütter der zukünftigen Helden Haushaltskunde und Handarbeiten brauchen statt Mathe und Latein, geht sie auf die katholische Mädchenschule am anderen Ende der Straße, wo auch Sara gerade angefangen hat.

Sara schert sich nicht groß um den Katholizismus. Sie schert sich gerade um sehr wenig, außer um Gabis Sorgen und ihre eigene Seelenlandschaft. Ilse dagegen könnte mit der neuen Situation nicht glücklicher sein. Sie liebt die ruhigen, weltfremden Nonnen, sie hängt sich zu Hause ein Kruzifix übers Bett und nimmt an allen katholischen Riten teil, nur nicht am Abendmahl, obwohl das ihr innigster Wunsch ist. Während der Fastenzeit isst sie noch weniger von unseren mageren Rationen. (Willibald preist unsere vollen Teller, jetzt wo wir diese Frau Jäger los sind, und vielleicht gilt das für seinen Teller, aber bei meinem sehe ich keinen Unterschied.) Und zu Ostern trägt sie Schwarz und verhängt ihr Kruzifix mit einem durchsichtigen Schleier. Alles, was recht ist, um dem minderwertigen jüdischen Blut, dem Mühlstein ihrer jüdischen Herkunft zu entrinnen. Als Willibald mit gedämpfter Stimme und salbungsvollen Worten das Tischgebet spricht wie vor jeder Mahlzeit, bekreuzigt sie sich heimlich. Ich habe sie dabei gesehen, weil ich unauffällig aufgeschaut habe, obwohl wir eigentlich alle den Kopf beugen sollen. Sara hat es auch gesehen; auch sie beobachtet Ilse mit wachsamem, nachdenklichem Blick. Doch Sara schweigt dazu, genau wie ich; sie nimmt es einfach hin wie alles andere, was sie belastet. Vielleicht haben es sogar alle gemerkt, bis auf Willibald – der ist vollauf beschäftigt, seine eigene Frömmigkeit zur Schau zu stellen. Aber keiner sagt ein Wort. Wir alle haben unsere Geheimnisse, aber auch die der anderen behalten wir für uns; umso besser sind die eigenen aufgehoben.

Bald habe ich ein weiteres Geheimnis, und zwar das meiner Begegnung mit den Vertretern der Herrenrasse.

Eines Morgens kommt Fräulein Meissner mit verheulten Augen und bleichen Wangen in die Schule. Ihr Verlobter ist jetzt ein Gefallener des Deutschen Reichs, grausam ermordet von der feigen Hand eines aufständischen Franzosen. (Doch die Franzmänner mussten dafür zahlen, und nicht zu knapp – zehn willkürlich ausgewählte Dorfbewohner für einen Arier; wobei Fritzi Wimmer, von dem wir es wissen, der Meinung ist, zehn seien längst nicht genug. Diese Weisheit stammt mit Sicherheit direkt aus dem Mund seines Vaters. Dann imitiert er ein Maschinengewehr, mit dem er gleich hundert heimtückische Gallier niedermäht.) Jetzt wird das fruchtbare Fräulein Meissner auf einen neuen Besamer warten müssen, was gar nicht so einfach ist, solange die passenden arischen Männer in diesem Tempo verschlissen werden. Sie ist so verzweifelt, dass sie sogar vergisst, beim Betreten des Klassenzimmers Heil Hitler! zu sagen – oder ist ihre Loyalität ins Wanken gekommen und sie bringt es heute nicht über sich, den Führer zu grüßen? Wie auch immer, ich rechne fast damit, dass ich ihren Verlust ausbaden muss, als Schattenwesen und halber Vertreter jener Unterklasse, deren finstere Machenschaften zu bekämpfen ihr heldenhafter Verlobter ausgezogen war. Doch tapfer und schwermütig nimmt sie Haltung an und setzt wie gewohnt den Unterricht fort. Und sie hat nicht die Absicht, Rache an mir zu üben. Eigentlich ist sie sogar ungewöhnlich nett zu mir. Mit besonders sanfter Stimme ruft sie mich heute an die Tafel und lässt mich eine einfache Multiplikation vorrechnen, und als ich die Aufgabe richtig löse, sagt sie »gut!«, und es klingt sogar aufrichtig. Ahnt sie auf einmal, was Adolf mit uns vorhat, oder hat ihr der Tod ihres Helden durch die Hand eines Terroristen gezeigt, was es bedeutet, Opfer zu sein?

Fritzi Wimmer sieht die Sache natürlich anders. Offenbar ist Fräulein Meissners Trauertag der Tag, auf den er gewartet hat, sein Tag der Vergeltung. Obwohl ich wie üblich wachsam bin und auf Distanz gehe (auch zu der kleinen Resi Hofer, die mich hin und wieder schüchtern anlächelt, auch wenn sie noch nie ein Wort zu mir gesagt hat), steuert er in der Pause auf dem Schulhof auf mich zu, durchbohrt mich mit seinem eisigen Blick, und an der Stelle meines Herzens tut sich eine Kluft auf, und ich weiß, dass das jetzt die Szene ist, die wir am ersten Schultag geprobt haben, und nun werden wir sie dem ausgewählten Publikum vorführen. Wie vorauszusehen gewesen, ist er nicht allein. Mit von der Partie sind der rothaarige Heini Beranek und Joachim Kübler, der genauso braune Haare hat wie ich, dafür aber einen ordentlichen Stammbaum, und der charakterlose Freddi Bauer, der immer nur hinter den anderen hertrottet und alles nachmacht.

»He, Judenbub«, sagt Fritzi freundlich, klopft mir auf die Brust und schubst mich gegen die Mauer. »Auf welcher Seite stehst du?«

Ich bin unsicher, wie ich diese Frage beantworten soll, weil ich vor lauter Panik die Optionen aus dem Blick verloren habe. Geht es um irgendeine Clique in der Schule, von der ich logischerweise nichts weiß? »Was?«, murmele ich schwach, und mir stockt der Atem.

Dann schubst er mich wieder, und zur Bekräftigung schubsen mich auch Heini und Joachim. Als er meine Angst sieht, zieht sogar Freddi nach. »Auf welcher *Seite* du stehst«, wiederholt Fritzi und fühlt sich mit den drei Jungen im Rücken gleich zwei Nummern größer. »Bist du Deutscher oder Jude?«

Inzwischen hat sich eine aufgepeitschte Menge um uns versammelt, ähnlich einer Meute Dackel, die ein Kaninchen aufgespürt hat. Das Ende der Szene habe ich genauso klar vor Augen wie den Anfang, und ich wünschte, es wäre schon so weit, ahne aber dumpf und voller Verzweiflung, dass wir sie Zeile für Zeile durchexerzieren müssen, bevor wir den Höhepunkt erreichen und die Sache abschließen können. Ich sehe, dass es keine richtige Antwort auf Fritzis Rätsel gibt. Sage ich, ich sei Deutscher, verprügeln sie mich, weil ich lüge. Sage ich, ich sei Jude, verprügeln sie mich, weil ich die Wahrheit sage. So viel muss man Fritzi lassen – er mag vielleicht im Lesen, Schreiben und Rechnen nicht der Hellste sein, aber andere in Verlegenheit bringen, das kann er. Ich wähle den goldenen Mittelweg und sage, ich sei beides, aber das nützt mir natürlich gar nichts, denn wie kann ein Deutscher gleichzeitig Jude sein? Da kann man ja gleich behaupten, ein Mischlingsköter sei ein reinrassiger Dobermann.

Nun haben sie ihren Vorwand und schlagen voller Schadenfreude zu. Kleine Jungen haben zwar nur kleine Fäuste, aber in Heimstatt haben sie auch noch feste Schuhe an den Füßen, und es dauert nicht lange, und ich kauere vor der Mauer und versuche verzweifelt, die Fußtritte und Fausthiebe abzuwehren. Es tut weh, aber viel schlimmer noch ist es, derart gedemütigt zu werden, und zu meiner eigenen Verblüffung überkommt mich eine Entrüstung, die sich immer weiter steigert, bis ich plötzlich nicht mehr nur da hocke und die Hände schützend vors Gesicht halte, sondern blind und sinnlos mit Fäusten und Füßen um mich schlage und trete. Zwar gebe ich meine Reserve auf und die Schläge, die mich treffen, werden härter, dafür aber spüre ich mit Genugtuung, wie meine Faust gegen eine weiche Stelle in Fritzis verdutztem Gesicht knallt.

Inzwischen bin ich völlig k.o. Alles schreit und jubelt, und mein Stern vergeblicher Tapferkeit ist in sich zusammengesunken. Genau wie ich selbst. Ich hocke nur noch da, schütze so gut ich kann mit den Armen meinen Kopf und warte, bis ich sterbe, und gleichzeitig habe ich das Gefühl, die Schreie kommen von immer weiter weg, als hätten sie gar nichts mit dem zu tun, was sich hier auf dem Schulhof abspielt, sondern mit etwas ganz anderem, irgendwo ganz woanders. Ich schmecke salziges Blut und werde weiter geschlagen und getreten und gestoßen, aber selbst das scheint jetzt ganz weit weg, als hätte ich mich aus meinem Körper losgelöst, und eigentlich tut mir gar nichts mehr weh.

Wie das Gewitter vorigen Sommer auf dem Berg wird der Hagel aus Fausthieben immer schwächer, und dann ist er endlich vorbei. Auch das Jubeln verebbt, und es herrscht einen Augenblick lang Grabesstille, bevor eine Stimme sagt: »Was geht hier vor? Hört sofort damit auf!« Es ist Fräulein Meissners Stimme, doch sie klingt eher erschöpft als wütend. »Steh auf«, sagt sie jetzt. Und da sonst niemand auf der Erde sitzt, nehme ich an, dass ich gemeint bin. Langsam und beschämt rappele ich mich hoch, als wüsste ich schon, dass ich die Schuld in die Schuhe geschoben bekommen werde, und vielleicht sogar zu Recht.

»Bist du verletzt?«, fragt sie und schaut mir in die Augen, und durch einen Tränenschleier sehe ich ihr großes besorgtes Gesicht.

Natürlich bin ich das, aber ich schaue zur Seite und schüttle den Kopf.

»Geh und wasch dich. Du auch, Fritz. Du blutest aus der Nase. Los jetzt.«

Und durch das stumme Spalier der ergriffenen Zuschauer ziehen wir Seite an Seite in Richtung Jungentoilette. Wir sind allein, und wir beugen uns nebeneinander über zwei Waschbecken und klatschen uns kaltes Wasser ins Gesicht. »Jüdisches Blut«, sagt Fritzi naserümpfend und deutet mit dem Kopf auf das, was aus meiner aufgeplatzten Unterlippe tropft und im Waschbecken zerrinnt.

»Halb jüdisch«, entgegne ich, und mir geht auf, dass ich erst dreimal etwas zu ihm gesagt habe, und zwar ausschließlich heute. »Und halb deutsch.«

Das weckt sein ethnologisches Interesse, er grinst und zieht laut gurgelnd sein eigenes Blut durch die Nase hoch. »Kein Wunder, dass es so dünn ist«, sagt er nicht unfreundlich. »Schau dir mal meins an.« Er tupft etwas von seinem Blut an den Waschbeckenrand. Ich tupfe etwas von meinem daneben. Ich kann keinen Unterschied erkennen, er vielleicht auch nicht, denn er lässt schnell etwas Wasser darüber laufen, bis die Tupfer als kleines rosa Rinnsal zusammen im Ausfluss verschwinden.

Es klingelt. Er deutet mit dem Kopf nach hinten, und ich folge ihm hinaus. Und so gehen wir fast zusammen zurück in unser Klassenzimmer, nicht wirklich als Feinde und nicht wirklich als Freunde. Als die Schule aus ist, werfe ich mir den Ranzen über die Schulter und gehe zum ersten Mal einfach los, anstatt mich hastig davonzuschleichen. Und keiner sagt etwas. Als ich nach Hause komme, erzähle ich meiner Mutter, ich sei über meinen Schnürsenkel gestolpert und aufs Gesicht gefallen, daher das Veilchen und die aufgeplatzte Unterlippe. Falls sie ihre Zweifel hat, lässt sie sich nichts anmerken. Zum Glück wird erst Freitagabend gebadet, und bis dahin sind meine Prellungen bestimmt wieder weg.

Das kleine Drama nimmt eine erfreuliche Wendung. Ich bin kein Schatten mehr, ich bin da, ein Mensch aus Fleisch und Blut, ein anerkanntes Mitglied der Klassengemeinschaft. Ein Mitglied, das zwar niemand weiter kümmert, aber immerhin. Niemand außer Resi Hofer, die mich inzwischen nicht mehr ganz so schüchtern anlächelt, auch wenn sie noch immer nicht mit mir spricht. Und Fritzi nickt mir sogar zu, als ich am Tor an ihm vorbeigehe. Ich werde beinahe respektiert. Und das alles habe ich einem französischen Terroristen zu verdanken.

Aber ich bin nicht der Einzige, der ein ereignisreiches

Schuljahr verlebt. Auch bei Ilse geht es auf und ab, genau wie bei Martin, und zwar im wörtlichen Sinne. Aber alles der Reihe nach – angefangen mit Ilse, der Rassenkunde und den Behörden.

Was den Führer anbelangt, sind die Lehrerinnen der katholischen Mädchenschule durchaus unterschiedlicher Meinung.

Manche schließen ihn in ihre Gebete mit ein, und er kommt gleich an zweiter Stelle nach dem Papst, vielleicht sogar mit imaginiertem Heiligenschein. Andere sind eher kritisch. Wieder andere haben gar keine Meinung. Die Schulleiterin gehört der dritten Fraktion an; vielleicht auch der zweiten. Jedenfalls nicht der ersten, denn als Gabi untertänigst bei ihr vorspricht und um die Aufnahme ihrer beiden Töchter bittet, die leider Gottes halb evangelisch und halb jüdisch seien (wie gut sie inzwischen Klinken putzen kann!), hat Schwester Aquinas nichts weiter einzuwenden, als ihre blassblauen Hände zu falten, die Zeigefinger zum Kirchturm zusammenzulegen, hinter der kleinen randlosen Brille, die sie auf der Spitze ihrer Stupsnase trägt, ein paar Mal zu blinzeln und kopfschüttelnd zu seufzen: »Nun, wir müssen ihren Lehrerinnen ja nicht alles auf die Nase binden.«

Nicht alle Lehrerinnen sind Nonnen. Biologie und Geschichte wird von Laien unterrichtet. Vielleicht hat Schwester Aquinas das so angeordnet. Biologie und Geschichte sind ideologisch heikle Fächer, und es wäre nicht ratsam, Grundsatzdebatten unter den Nonnen loszutreten. Immerhin wohnen sie alle unter einem Dach, während die Laien unter den Lehrerinnen nach dem Unterricht zu ihren jeweiligen Familien und Freunden zurückkehren.

Die Biologielehrerin aber ist nicht nur Laie, sondern

auch glühende Nationalsozialistin. Die aus Bayern stammende Frau Professor Förster ist überzeugtes Mitglied der Partei und stößt bei jedem Einmarsch ins Klassenzimmer ein zackiges Heil Hitler! aus, ganz im Gegensatz zu Schwester Aquinas. (Und Schwester Aquinas marschiert auch nicht, sie rauscht ins Klassenzimmer. Sie ist zierlich und geht mit kleinen Schritten, ihr Habit flattert hinter ihr her und ihr Körper gleitet ohne zu schwanken vorwärts.) Frau Professor Förster ist vollbusig und blond; sie hat schon zwei Söhne fürs Vaterland produziert und sieht nicht aus, als würde sie's dabei belassen – umso besser für das Vaterland, wo doch jetzt der Russlandfeldzug begonnen hat. Ihr Mann ist SS-Offizier und ihr ganzer Stolz, aber was weiß sie schon über das, was er in den besetzten polnischen Gebieten treibt, wo er seit über einem Jahr postiert ist.

Und dann ist es irgendwann so weit und der Lehrplan sieht eine gründlichere Beschäftigung mit der Rassenkunde vor, als sie die Volksschule bieten kann. Die Rassenkunde ist eine Wissenschaft für sich und in vielerlei Hinsicht zu schwierig für Volksschüler, und die Jugendlichen müssen sich wirklich in die Materie vertiefen, wenn sie später in ethnischen Fragen nicht dumm dastehen wollen. In Ilses erstem Jahr auf der Schule ist die Zeit zur Vertiefung gekommen. Und keine Lehrerin kann das besser als Frau Professor Förster. Sie bezeichnet das Fach sogar als Königsdisziplin, und dass es die Nazis zur Religion erhoben haben, passt durchaus in Frau Professor Försters Konzept – da kann Schwester Aquinas sagen, was sie will.

Ja, Rasse für Frau Förster ist wie Sex für eine Nymphomanin – sie kann einfach nicht genug davon kriegen. Wen das Thema derart mitreißt, der wird es auch ordentlich unterrichten können, und genau das tut Frau Professor Förster. Bei ihr gibt es keine halben Sachen. Sie legt Ilses Klasse das ganze Werk vor – ein Kapitel von diesem, einen Absatz von jenem, Erläuterungen zu Eskimos und Nubiern, amerikanischen Indianern und den Eingeborenen Neu-Guineas, skandinavischen Sportlern und teutonischen Helden. Aber das ist nur das Vorspiel. Als Nächstes kommt die Klasse in den Genuss von Bildmaterial (wie ausgeklügelt dieser Unterricht ist, mit wie viel Liebe und Sorgfalt ersonnen). Herrliche Wanddiagramme von nordischen Ariern, frontal und im Profil (kerzengerade, intelligent, stark, der Inbegriff des Herrschers) und dann die verschiedenen Unterarten, vom servilen Slawen über die verschiedenen asiatischen und negroiden Typen bis hinunter zu den ultimativen Tiefen, dem Pygmäen und dem bösen Juden mit der Hakennase. Die Gesichtsausdrücke auf diesen sehr lebendigen Bildern entsprechen dem jeweiligen Charaktertypus, und Frau Professor Förster, die normalerweise auf diszipliniertes Verhalten größten Wert legt, erlaubt und ermutigt sogar die Ohs und Ahs, die die abstoßenden Gesichter der niederen Rassen bei den arischen Herrenschülerinnen auslösen. Der Jude, warnt Frau Förster, sei besonders gefährlich, weil er eine ganz eigene, niedere und skrupellose Form der Heimtücke besitze, die zum Beispiel dem Pygmäen und dem Zigeuner fehle. Während Letztere einfach nur primitiv seien, sei der Jude bis ins Mark verderbt. Aus diesem Grunde sei es dem Führer ja so wichtig, den Juden aus dem Volksleben zu beseitigen, da es sein Ziel sei (also das Ziel des Juden), das Volksleben zu zersetzen. Es folgt ein kurzer und andächtig vorgetragener Abschnitt aus *Mein Kampf*, den niemand versteht, aber die Mädchen lauschen so ergriffen wie der Offenbarung, und für Frau Professor Förster ist es wahrscheinlich genau das.

Das alles aber fällt noch unter Einleitung; jetzt kommt

das Wesentliche, eine Sternstunde der Wissenschaft! Sie klappt die Karte mit den Schädeln herum, dem Fundament der Gesichter, anhand deren sie bereits die unterschiedlichen Rassen identifiziert haben. Dies ist nun die Grundlage der Rassentheorie. Wie man deutlich erkennen kann, ist der arische Schädel hoch und breit, der jüdische dagegen schmal und mit nagetierartig fliehender Stirn. Die Augen und Augenhöhlen liegen tiefer und stehen enger zusammen. Frau Professor Förster, mit ihren blauen Augen, die in ihrem breiten, stolzen, arischen Antlitz weit auseinander stehen, blickt in die Runde der Schülerinnen und sichtet Reihe für Reihe auf der Suche nach einem passenden Beispiel die Bänke. Es reicht eben nicht, nur graue Theorie zu vermitteln; man muss sie auch auf die Praxis anwenden.

»Ilse Brinkmann!«, sagt sie und winkt gebieterisch mit der einen Hand, während die andere auf ihrer optimal zum Gebären zukünftiger Nachkommen der Herrenrasse ausgestatteten Hüfte ruht.

Auf ein Martyrium vorbereitet (nur dass es gar nicht *ihr* Glaube ist, für den sie sterben wird), erhebt sich Ilse langsam und stellt sich mit zitternden Knien vor die Klasse. Sie hat die Hände vor dem Körper verschränkt und lässt den Kopf hängen. Der Untergang der Welt könnte kaum schlimmer sein. Vielleicht *ist* das ja der Untergang der Welt.

»Haltung, Ilse! Stell dich gerade hin!«

Frau Professor Förster schnippt ein längliches schwarzes Kästchen auf ihrem Schreibtisch auf, und da sind sie auch schon, der funkelnde Greifzirkel und das glitschige Maßband, die noch eine Spur wissenschaftlicher wirken als diejenigen, die vor ein paar Jahren bei Sara in der Volksschule stumm und über jeden Zweifel erhaben ihren halbjüdischen Status bezeugt hatten. Jetzt ist Ilse an der Reihe, um zur Schau gestellt und verurteilt zu werden. Sorgfältig misst Frau Professor Förster das bebende halbwüchsige Mädchen aus: Schädeldurchmesser, Nasenlänge, Breite der Nasenlöcher, Stirnbreite, Abstand zwischen den Augen, Verhältnis Kinn zum Scheitel, Breite des Unterkiefers, Verhältnis Sinciput zu Occiput. So detailliert ist man in der Volksschule nicht vorgegangen. Aber genau das ist ja der Sinn der höheren Schulbildung: gründliche Wissensvermittlung.

»Jetzt seht ihr also, wie man wissenschaftlich arbeitet«, sagt sie schließlich triumphierend. »Sämtliche Messungen deuten auf einen arischen Kopf hin. Hätten wir hier eine Asiatin oder Jüdin vor uns stehen, wären die Ergebnisse ganz anders ausgefallen. *Ganz* anders.«

Vor lauter Verblüffung und Erleichterung ist Ilse zum ersten Mal in ihrem Leben nicht vollkommen ehrlich. Sie sieht davon ab, Frau Professor Förster die schreckliche Wahrheit zu beichten, die die Lehrerin mit Sicherheit auf ihre Weise so unerträglich fände wie Ilse selbst. Vielleicht glaubt Ilse auch gar nicht mehr, dass es überhaupt die Wahrheit ist. Vielleicht geht es ihr wie Martin, und sie denkt, der jüdische Makel sei durch irgendein Wunder getilgt worden, und sie sei tatsächlich zur Arierin mutiert. Vielleicht fängt sie an, davon zu träumen, einerseits in den Bund Deutscher Mädel einzutreten und andererseits das Abendmahl zu nehmen und somit endlich zu der Gemeinschaft zu gehören, aus der sie so lange ausgeschlossen war. Vielleicht denkt sie sogar, dass Saras Schädel deshalb in der Volksschule als halbjüdisch erkannt wurde (was Ilse übrigens nur durch einen Zufall erfuhr) – weil Saras Vater nicht Willibald der Arier, sondern Josef der Jude ist, wie es Willibald der Arier immer wieder angedeutet hatte.

Wissenschaft ist schließlich objektiv, die Instrumente lügen nicht, und sie beweisen doch, dass Ilse den Test bestanden hat und Sara nicht. In einem herrlichen Glücksrausch setzt sie sich wieder auf ihren Platz, doch es ist ein trügerisches Glück. Ilse glüht wie ein Mädchen, das endlich die ersten Wonnen der Liebe erfährt. Draußen vor dem Klassenzimmer mag es Herbst sein, aber in Ilse ist der Frühling ausgebrochen. Bestimmt wird der Sommer nicht mehr lange auf sich warten lassen!

Unterdessen haben in Wien die Bürokraten ihren Kaffee getrunken. Sie machen es sich mit ihrem fetten oder hageren Hintern in ihrem Schreibtischstuhl bequem und schlagen ihre üppigen Ordner auf. Und in ihren Akten entdecken sie eine Unregelmäßigkeit, eine Übertretung. Die Gesetze ändern sich aber auch wirklich am laufenden Band. Ein Wunder, dass die Bürokraten überhaupt noch mitkommen. Ja, diese Leute tun was für ihr Geld. Aber sie müssen hinterher sein, und sie geben sich alle Mühe. Und das neueste Gesetz, eine Abänderung des Arierparagrafen, besagt, dass Halbjuden nur noch bis zum Ende des sechsten Schuljahrs auf dem Lyzeum bleiben dürfen, normalerweise also bis zum Ende des sechzehnten Lebensjahrs. Und zwar ausnahmslos. Selbst wenn sie Klassenbeste sind – für sie ist das das Ende der Fahnenstange. Sie haben von der Schule abzugehen, in der Fabrik oder auf dem Feld zu arbeiten und das Denken der Herrscherklasse zu überlassen. Was nicht heißt, dass ihnen Fabriken und Felder lange sicher sein werden. Halbjuden bleiben nun mal Halbjuden, auch wenn sie halbe Arier sind. Aber alles schön der Reihe nach. Erst einmal muss in Wien die Schulfrage gelöst werden.

Und da ist sie auch schon, die Abweichung. Die arme Ilse, die so schwerfällig ist, sitzt mit ihren siebzehn Jahren noch immer in der sechsten Klasse. Eine Halbjüdin in der Schule, die wertvolle Ressourcen verschwendet, dabei ist sie schon über siebzehn Jahre alt! Das ist ein Skandal! Es geht ja nicht allein um das Schuljahr – es geht natürlich auch um das Alter! Am Ende bleiben diese hinterfotzigen Halbjuden einfach im sechsten Schuljahr, bis sie fünfundzwanzig sind! Das ist wirklich ein Paradebeispiel dafür, wie das heimtückische jüdische Blut den Charakter verdirbt. Die Halbjüdin Ilse Brinkmann muss sofort von der Schule genommen werden!

Als Ilse also in der Woche darauf in die Schule kommt, noch immer beseelt von ihren Arierträumen, wird sie gleich nach dem Morgengebet und dem strahlenden Heil Hitler! Frau Professor Försters in Schwester Aquinas' Büro zitiert.

Ein Mann im Anzug steht neben Schwester Aquinas' Schreibtisch, die Haare kurz und die Brille streng und akkurat auf dem Nasenrücken. Schwester Aquinas bildet wieder mit ihren blassen Händen den Kirchturm, oder besser, sie reibt die Handflächen aneinander, als würde der Kirchturm, zu dem sich ihre Zeigefinger kurz zusammenfinden, gerade bei einem Erdbeben einstürzen. Die randlose Brille sitzt wie üblich auf ihrer Nasenspitze, bis sie sie abnimmt und auf den Schreibtisch legt, entweder, um Ilse besser, oder schlechter sehen zu können. Und Ilse, die mit einem unguten Gefühl in der Magengegend wartet, denkt unwillkürlich, dass sie Schwester Aquinas noch nie ohne Brille gesehen hat, dass ihre Augen schwach und feucht wirken und dass sie bestimmt alles nur verschwommen sieht.

»Es ist uns leider nicht mehr möglich, dich weiter auf unserer Schule zu behalten«, verkündet Schwester Aquinas seufzend, und damit wirft sie dem Mann, der neben ihr steht, einen Seitenblick zu. »Offenbar hat man übersehen, wie alt du warst, als du zu uns auf die Schule kamst ...« Sie hebt die Hand, und der schwarze Ärmel fällt raschelnd nach unten wie ein Flügel. »Wie dem auch sei, die gegenwärtige Verordnung sieht nicht vor« – sie zögert; anscheinend schreckt sie vor dem Wort »Halbjüdin« zurück –, »sieht für Schülerinnen deiner Rassenkategorie nicht vor, nach dem sechzehnten Lebensjahr weiter die Schule zu besuchen.«

Die meist stille Ilse bleibt auch in diesem Fall still. Während sie sich alle Mühe gibt, die Neuigkeit zu verdauen, hört sie das unregelmäßige Pochen ihres Herzens und spürt den Verlust, der wie ein Senkblei durch ihren Körper fällt, und sie fragt sich vor allem, was sie jetzt tun soll. Soll sie Heil Hitler! sagen? Soll sie zurück in ihr Klassenzimmer gehen? Oder nach Hause? Muss sie jetzt auf eine andere Schule? (Wie sie es hasst, die Neue und immer älter als die anderen in der Klasse zu sein!) Oder ist es mit der Schule jetzt endgültig vorbei? Letztere Frage weiß der Mann neben Schwester Aquinas zu beantworten. »Mit deinem siebzehnten Geburtstag hast du die Altersgrenze überschritten«, sagt er streng. »Verstehst du? Du darfst hier gar nicht sein. Glaubst du, du könntest als Halbjüdin ewig zur Schule gehen?«

Bei dem Wort »Halbjüdin« (das mehr oder minder hingefaucht wird) fangen Ilses Lippen an zu beben, und sie spürt, wie das Blut aus ihren Wangen weicht, aber sie weiß immer noch nicht, was sie jetzt tun soll. Den Tränen nahe, sieht sie Schwester Aquinas an, deren Augen ohnehin schon feucht sind. Doch Schwester Aquinas sieht zu Boden und weicht Ilses flehendem Blick aus.

»Du kannst jetzt deine Sachen holen und nach Hause gehen«, sagt Schwester Aquinas leise und resigniert, wie ein Richter, der einen Angeklagten verurteilt, von dessen Unschuld er überzeugt ist. »Gib Frau Professor Förster bitte diesen Brief.« Erst scheint sie noch etwas hinzufügen zu wollen, doch dann setzt sie nur ihre Brille wieder auf die Spitze ihrer Stupsnase, rückt sich ihren Notizblock in die Mitte des Schreibtischs und schreibt mit kleiner, zierlicher Schrift drei Zeilen. Ilse sieht, wie die Hand übers Papier kriecht, sie sieht das umgekehrte Wort *Halbjüdin* wie eine Raupe über die Seite krauchen, sie sieht, wie Schwester Aquinas mit ihren blau geäderten Händen den Zettel faltet, sie sieht, wie sie ihn über den Schreibtisch reicht. Ihre Hände berühren sich kurz, als Ilse den Brief entgegennimmt. Schwester Aquinas' Hand ist kälter als ihre. Wieder scheint Schwester Aquinas etwas sagen zu wollen, wieder bleibt sie stumm. Stattdessen schenkt sie Ilse zum Abschied ein mattes Lächeln. Der Mann, der neben ihr steht, blickt Ilse nach. Seine Lippen sind geschürzt, und er reibt sich zufrieden die Handflächen wie ein Chirurg nach der gelungenen Entfernung eines bösartigen Tumors.

Fast noch schlimmer als die Schule mit ihren illusionären Hoffnungen zu verlassen, ist der Gang zurück in Frau Professor Försters Unterricht, um ihre Sachen zu holen. Heute geht es in Frau Professor Försters Stunde um die Überlegenheit des arischen Hirns, und wieder hängt zur Anschauung eine Tafel mit der Abbildung eines entsprechend vornehmen Schädels an der Wand. Ungeduldig runzelt sie die Stirn, als sie mitten im Vortrag innehalten muss, um Schwester Aquinas' Zettel zu lesen.

»Wie bitte?«, keucht sie fassungslos. Erst blickt sie zu Ilse hoch, als traute sie ihren Augen nicht, dann wieder nach unten, um den Zettel ein zweites Mal zu lesen. Sie runzelt ihre breite Arierstirn. In der Klasse fängt es leise an zu rascheln, behutsam werden Hefte zur Seite geschoben, und hier und da hört man ein unterdrücktes Gähnen und ein nicht ganz so unterdrücktes Flüstern.

Als Frau Professor Förster wieder aufblickt, steht ihr die Entrüstung und Kränkung ins Gesicht geschrieben, der Groll einer Verratenen. »Hol deine Sachen und geh«, sagt sie mit eisiger Stimme und wartet schweigend, und sie trommelt mit dem gefalteten Brief gegen ihre Handfläche. »Beeil dich, ja? Du hältst den Unterricht auf.« Die anderen Mädchen verfolgen gebannt, wie Ilse den Deckel ihrer Schulbank zuklappen lässt und wie ein Verbrecher aus dem Raum schleicht. Die Hälfte der Mädchen denkt bestimmt, sie sei schwanger – sie sind in dem Alter. Nachdem sie die Tür hinter sich zugemacht hat, hört sie Frau Professor Försters Stimme, die sich erst etwas unsicher anhört, als hätte sie den Faden verloren, als traute sie der Wahrheit nicht mehr recht, dann aber zunehmend energisch und autoritär klingt.

Ich werde nie wieder einen Fuß in diese Schule setzen, denkt Ilse, als sie durch den vertrauten, menschenleeren Flur läuft und hinter den geschlossenen Klassenzimmertüren gedämpfte Stimmen und vereinzeltes Gemurmel wahrnimmt. Die Bürde ihres Verlusts lässt sie noch langsamer gehen als sonst. *Ich darf hier nicht sein. Ich bin Halbjüdin. Ich darf hier nicht sein.*

Dann kommt der einsame Fußmarsch zum Bahnhof, die endlose Stunde Warten auf den nächsten Zug, die langsame, quietschende Reise, die Fahrt mit der Fähre über den See – sie ist sicher, alle starren sie an und wissen um ihre Schande – und dann das ängstliche Trödeln durch die Gassen zum Pfarrhaus. Frau Kogler, die Hebamme, auf dem Fahrrad unterwegs zu ihrer nächsten Entbindung, wirft ihr einen fragenden Blick zu. Dr. Großfurtners Mätresse, die ihr Baby in einem quietschenden Kinderwagen spazieren fährt, wirft ihr einen vieldeutigen Blick zu.

Als wäre das alles nicht schon schlimm genug – aber das Schlimmste wird sein, ihrer Mutter unter die Augen zu treten. Ilse weiß, sie wird jede Einzelheit immer wieder von vorne erklären müssen, sie wird das beschämende Erlebnis Schritt für Schritt Revue passieren lassen müssen. Ihr beschämendes jüdisches Blut, das nun doch nicht getilgt werden konnte. Wie hatte sie nur hoffen können, der Verseuchung entkommen zu sein! Sie sitzt in ihr, eine Erbkrankheit wie die Erbsünde. Nein, es ist die Erbsünde selbst. Immer wieder sieht sie die Plakate an den Häuserwänden von Plinden, die Karikaturen in den Zeitungen, und auch wenn wir kein Radio mehr hören dürfen, hat sie die Parolen aus dem Radio genau im Ohr und meint sogar, sie hinter ihrem Rücken zu hören, wenn sie über die Straße geht. Ihr Vater weiß es und ihre Mutter weiß es – das ist der Grund, weshalb sie sich andauernd streiten, abends, wenn sie glauben, niemand bekomme etwas mit. Wie konnte sie sich nur einbilden, sie wäre vom Makel ihrer Mutter verschont geblieben?

Wie fast ununterbrochen, seit Jägerlein weg ist, steckt Gabi bis zu den Ellenbogen im Waschzuber, als Ilse stumm und bedrückt nach Hause kommt. »Was machst du denn hier!«, ruft sie gereizt und wirft einen Blick auf die Uhr. »Warum bist du denn so früh aus der Schule zurück?« Schweigend geht Ilse hinauf in ihr Zimmer und kippt den Inhalt ihres Schulranzens auf ihrem Schreibtisch aus. Sie setzt sich auf die Bettkante und wartet, die Hände im Schoß gefaltet, bis das Gewitter losbricht. Als etwas Zeit verstreicht und noch immer kein Gewitter losgebrochen ist, löst sie die roten Schleifen von ihren dunklen Zöpfen und verstaut ihre Schulbücher ganz unten in ihrem Kleiderschrank, in der richtigen Annahme, dass sie sie nicht mehr brauchen wird. Jahre später werde ich zufällig darauf stoßen – auf Frau Professor Försters Fibel *Die Arische Rasse*, wahrhaftig ein hingebungsvolles Werk, und Ilses ordentliche Mitschriften und Lösungen und, welche Ehre für ihre Lehrerin, zwischen den Seiten die verblichenen Schleifen.

Erst als sie die Wäsche fertig hat, kommt Gabi darauf, noch einmal bei Ilse nachzufragen, warum sie so früh nach Hause gekommen sei. Nicht, dass es sie nicht interessieren würde, nur schwirrt ihr gerade selbst der Kopf. Auch sie ist gerade mit der Behörde zusammengeprallt und sieht Sterne.

Kleine gelbe, um genau zu sein, und obwohl sie nur aus Stoff sind, wiegen sie schwer, als wären sie aus Eisen. In ihrem Fall trat die Behörde in Gestalt des wohlgenährten Ortsgruppenleiters und Pensionswirts Franzi Wimmer auf, der in gebührendem Abstand auf der zweiten Treppenstufe vor unserer Haustür verharrte (was zumindest den einen Vorteil hatte, dass Gabi von seiner Bierfahne verschont blieb), um ihr mitzuteilen, dass alle Juden ab sofort verpflichtet seien, beim Verlassen des Hauses einen gelben Stern zu tragen, der in schiefen schwarzen, hebräisch anmutenden Buchstaben mit dem Wort »Jude« versehen war. Natürlich dürfe dieser Stern nicht in irgendeiner Weise die österreichische Tracht verunstalten, mit der Gabi ohnehin noch nie in engeren Kontakt gekommen war, vielmehr sei er deutlich sichtbar auf der linken Brust von Gabis angemessen unscheinbarer Kleidung zu befestigen. Und er reichte ihr vier gelbe Sterne (von leidlich guter Qualität, aber schließlich war Krieg), die sie bitte umgehend anzunähen habe. Wobei er sie ihr nicht einfach nur gab, sondern verkaufte. Mitsamt einer Empfangsbestätigung. Zehn Reichspfennig pro Stück. Macht zusammen vierzig Reichspfennig, wie er gewissenhaft und völlig korrekt errechnete.

»Und die Kinder?«, fragte Gabi mechanisch und fühlte den groben Stoff zwischen den Fingern. »Müssten die nicht eher einen halben Stern tragen?«

Der Ortsgruppenleiter, der Kinder mochte und eigentlich gar nichts gegen uns Halbjuden hatte (ähnlich wie sein Sohn, nachdem wir erfolgreich unsere Szene durchgespielt hatten), protestierte hastig, er mache die Gesetze nicht, es sei lediglich seine Pflicht, dafür zu sorgen, dass sie ausgeführt würden. Für Halbjuden sei bislang noch nichts dergleichen erforderlich, aber wenn es so weit sei, könne sie sich darauf verlassen, dass er ihr umgehend Bescheid geben werde. Und übrigens, fuhr er beleidigt fort, wenn sie es genau wissen wolle (was sie nicht wollte, aber hatte sie eine Wahl?), war es mit einigen Mühen verbunden gewesen, diese Sterne für sie zu besorgen. Eigentlich dürfe er gar nicht herumlaufen mit den Dingern, sie hätten nämlich von der Jüdischen Wohlfahrt ausgeteilt werden müssen. Aber da es im Dorf keine Jüdische Wohlfahrt gab (wozu auch – es gab im Dorf ja keine anderen Juden), hatte er höchstpersönlich die Sterne aus Linz kommen lassen. Was er ihretwegen für einen Aufwand betrieben habe! Da könne sie ihm ruhig ein bisschen dankbar sein. »Heil Hitler!«

Zu spät fiel ihm ein, dass man zu einem Juden nicht Heil Hitler! sagte; das war eine Abwertung der nationalen Grußformel. Aber sie war ihm schon genauso zur Gewohnheit geworden, wie vor dem Pinkeln die Hose zu öffnen. Verzweifelt überlegte er hin und her, wie er die Geste rückgängig machen könnte, doch da ihm nichts einfiel, drehte er sich bloß mit hochmütiger Miene auf dem Absatz um.

Gabi, die sich sowohl der unverdienten Ehre als auch der Unmöglichkeit, den Gruß zu erwidern, bewusst war, nickte, und der dienstbeflissene Ortsgruppenleiter marschierte unsicheren Schrittes mitsamt seiner Bierfahne davon, wobei er mit Sicherheit vor sich hin schimpfte, wie undankbar die Juden doch seien.

Daraufhin jedenfalls hatte sich Gabi ins Wäschewaschen gestürzt, und den ganzen Tag über spürte sie den handtellergroßen Stern wie ein Brennen auf der Brust, obwohl sie alle vier Stück in die Tasche ihrer fadenscheinigen Schürze gestopft hatte, um sie bloß nicht anschauen zu müssen. Es kostete sie einige Überwindung, Ilse nach dem Grund ihrer verfrühten Rückkehr aus der Schule zu fragen. Bestimmt war eine der Lehrerinnen krank geworden, oder es stand irgendeine katholische Veranstaltung auf dem Programm, bei der Ilse als Protestantin nicht mitmachen durfte. Doch kaum hat sie Ilse den wahren Grund aus der Nase gezogen, schnappt sie nach Luft und sackt nach vorn. »Das ist das Ende!«, ruft sie (womit sie Unrecht hat). Dann schreit sie plötzlich auf vor Schmerz – ihre erste Gallenkolik trifft sie wie ein Dolchstoß – und rutscht vom Stuhl auf den Fußboden.

Ilse glaubt, *das* sei das Ende. Ihre Mutter stirbt, man wird ihr die Schuld geben, und dazu wird sie den jüdischen Fluch auf sich ziehen. Sie wird noch ein bisschen stiller, was Gabi wiederum zu der Annahme verleitet, dass ihr sowohl ihr Rauswurf aus der Schule als auch ihre Mutter egal sind. Und vor lauter Schmerzen und Wut gibt sie tatsächlich Ilse die Schuld. Zitternd erwartet Ilse den jüdischen Fluch, doch Gott sei Dank bleibt er aus.

Ich übrigens auch. Zumindest trete ich nicht näher. Als ich aus der Schule nach Hause komme, höre ich erst Gabis Stöhnen, dann das tragikomische Schluchzen meines Vaters aus dem Arbeitszimmer (der selbst gerade erst nach Hause gekommen ist). Gabi schreit mich an, ihr bloß nicht zu nahe zu kommen, also flüchte ich mich in die Küche, verkrümle mich hinter den Ofen und wünsche mir zum hundertsten Mal, Jägerlein wäre hier. Natürlich ist es Sara, die Gabi später die heißen Wickel macht, als sie und Martin aus der Schule kommen, und dabei verbrüht sie sich auch noch die Hände an dem dampfenden Stoff. Martin, der sich umgehend seinem neuesten Panzerentwurf zuwendet, beschwert sich über den Waschzuber mit dem heißen Wasser und das feuchte Handtuch im Esszimmer. Er kann Unordnung nicht ausstehen.

Später am Abend wache ich auf und höre, wie meine Mutter nach unten ruft: »Ich werde ihn nicht tragen! Ich sage dir, ich werde ihn nicht tragen. Und wenn ich nie wieder aus dem Haus gehe, ich werde ihn nicht tragen! Niemals!« Dann sagt Willibald etwas mit ungewohnt tiefer, flehender Stimme, eine Stimme, die ich gar nicht an ihm kenne. Aber was er genau sagt, geht im Plätschern des Wassers unter, mit dem Sara erneut den Waschzuber füllt.

Am nächsten Tag ist auf der linken Brustseite von Gabis zerschlissenem schwarzem Mantel ein Stern angenäht. Ich finde ihn elegant, aber als ich das sage, schnauzt sie mich an: »Hast du 'ne Ahnung! Hör auf zu glotzen!«

Und am übernächsten Tag ist der Stern wieder ab. Franzi Wimmer hat ihn tatsächlich wieder zurückgenommen, nachdem er feststellen musste, dass er sich vertan hatte und Gabi den Stern gar nicht tragen muss. Noch bevor sie überhaupt die Chance hat, aus dem Haus zu gehen, steht er selbstherrlich, aber enttäuscht in aller Herrgottsfrühe auf der zweiten Treppenstufe vor unserer Haustür. Ihm sei da wohl ein Schnitzer unterlaufen, sagt er (oder vielmehr seine Körpersprache). Er habe sich die Verordnung noch einmal durchgelesen und festgestellt, dass Gabi aufgrund ihrer Ehe mit einem arischen Mann offenbar »privilegiert« sei, und privilegierte Juden müssten das Schandmal nicht tragen. Genau genommen aber – und das sei auch der Grund, warum er so früh schon hier sei – *dürfe* sie es nicht! Sie solle die Sterne sofort wieder herausrücken.

Was für ein Schlamassel! Was für ein Gesichtsverlust, was für eine Zeitverschwendung für den schlecht informierten, aber pflichtversessenen Mann! Kein Wunder, dass sein Atem in der kalten klaren Herbstluft dampft.

»Mir war gar nicht klar, dass ich privilegiert bin«, bemerkt Gabi in einer seltenen Anwandlung von Ironie. Die Anwandlung ist so selten wie wirkungslos; sie prallt an Ortsgruppenleiter Wimmers hartem Schädel ab wie an einem Granitblock.

»*Ihnen* vielleicht nicht«, verkündet er mit der stolzgeschwellten Brust eines Mannes, der seine Gesetze kennt, was ja inzwischen auch der Fall ist, nachdem er sich die halbe Nacht damit um die Ohren geschlagen hat. »*Ihnen* mag das nicht klar sein, aber *mir* ist es klar. Es wird Sie vielleicht interessieren, dass Sie nicht privilegiert wären, wenn Sie mit einer arischen *Frau* verheiratet wären.«

Auch Gabi ist der Meinung, dass sie nicht privilegiert wäre, wenn sie mit einer arischen Frau verheiratet wäre, zumal sie noch nie irgendwelche Neigungen in diese Richtung verspürt hat. Aber das ist es nicht, worauf Ortsgruppenleiter Franzi Wimmer hinauswill. Er meint, wenn sie ein *jüdischer Mann* wäre, der mit einer *arischen Frau* verheiratet wäre. Aber da er sie nicht aufklärt, fragt sich Gabi verdutzt, wo das nur hinführen soll mit der Herrenrasse und ihrem Ehegesetz. Und die Sache wird keinesfalls klarer, als Franzi ein wenig ausführlicher wird. »Wenn Sie nun mit einem Arier gleich welchen Geschlechts verheiratet wären und Kinder hätten, die getauft wären«, verkündet er, »wären Sie ebenfalls privilegiert. Es sei denn, die Kinder lebten im Ausland.« Was für ein begnadeter Kommentator der Mann ist – an ihm ist wirklich ein Anwalt verloren gegangen.

»Aber ich *bin* doch mit einem Arier gleich welchen Geschlechts verheiratet und *habe* Kinder, die getauft sind!« (Was meint Gabi eigentlich mit »gleich welchen Geschlechts«? Sind ihr inzwischen Zweifel gekommen, ob Willibald ein Mann ist? Und wäre es ihr zu verdenken? Besonders männlich ist er weiß Gott nicht.)

»Genau!«, ruft Franzi triumphierend. »Sie sind zweifach privilegiert! Es gibt zwei Gründe, weshalb Sie diese Sterne nicht tragen dürfen. Also her damit. Bitte«, fügt er hinzu, da ihm die Einsicht noch nicht völlig abhanden gekommen ist, dass sie zwar Jüdin, aber immer noch die Frau Pfarrer ist und daher ein Mindestmaß an Respekt verdient.

Gabi kommt seiner Bitte nach, und nachdem sie ihm die Aufnäher zurückgegeben hat, bittet sie ihrerseits um die Rückerstattung ihres Geldes. Franzi Wimmer betrachtet prüfend den obersten Stern in seiner Hand, um zu sehen, ob er während des Verweilens auf Gabis befleckter Brust (oder vielmehr auf ihrem Mantel, der ihre befleckte Brust bedeckt) weder beschädigt noch verseucht wurde, dann zahlt er ihr die vierzig Reichspfennig zurück, für die er wiederum auf dem offiziellen Vordruck, an den er klugerweise gedacht hat, eine Empfangsbestätigung verlangt und erhält. An seiner Buchhaltung kann wirklich keiner etwas aussetzen. Diesmal sieht er davon ab, Gabi mit Heil Hitler! zu verabschieden, und nuschelt stattdessen »Wiederschaun«. Worauf sie ein frostiges »Auf Wiedersehen« zurückgibt, und es knackt wie Eis an einem Herbstmorgen und führt dem armen Kerl doch irgendwie vor Augen, dass er bloß ein Bauer ist, der die Gesetze durcheinander bringt und obendrein einen Dialekt spricht, den kein echter Deutscher ernst nehmen kann.

So viel also zu den Sternen. So viel aber auch zu Ilses Schulunterricht. Und Martin wird der Nächste sein. Und dann

7

kommen nach und nach die anderen dran.

In der Woche darauf führen Gabi und Willibald im Arbeitszimmer ein sehr langes Gespräch.

Anfangs noch klingt ihre Stimme ruhig und vernünftig. Dann wird sie schrill, dann verärgert, dann erschrocken. Willibalds Stimme klingt erst leise, dann schroff, ehe ihn die Wut packt und er anfängt, hysterisch zu kreischen, falls man das von einem Wesen ohne Gebärmutter behaupten kann. Bücher knallen gegen die Tür, Füße stampfen.

Meine Eltern diskutieren, wie es mit der schulischen Laufbahn ihrer Kinder weitergehen soll.

Der Schock über Ilses Rauswurf sitzt Gabi noch immer in den Knochen. Auch Martin wird man am Ende des Schuljahrs, wenn er die sechste Klasse hinter sich hat, von der Schule verwiesen haben. Dann ist Sara an der Reihe, und irgendwann bin ich dran. Raus aus dem Unterricht, rein in die Unterschicht. Wir können Bäume fällen und Wasserlöcher graben fürs Dritte Reich, aber ein Leben als Dichter und Denker können wir uns abschminken. Ilse scheint sich mit der üblichen Resignation ihrem Schicksal zu fügen. Sie ist überzeugt, dass sie zum Leiden geboren ist, und bis jetzt war die Weltgeschichte auf ihrer Seite.

Martin hat sich mit dem Gedanken noch nicht auseinander gesetzt, aber es steht ihm bevor, genau wie ein paar andere Dinge, von denen er noch nichts ahnt. Für Sara und mich ist das alles noch zu weit weg.

Auch Willibald nimmt unser Schicksal hin, wo wir nun doch keine Arier werden. Nur in Gabi steckt noch jede Menge Kampfgeist. Wenn die beiden älteren Kinder nicht zur Schule gehen können, wird die Schule eben zu ihnen kommen müssen. Fräulein von Kaminsky muss wieder her. Oder Frau Doktor ehemals Saur, der das Eheleben doch nicht so zusagt wie erwartet. Und man könnte Gabis älteste und beste Freundin in Berlin, Maria Müllendorf, fragen, oder ihre zweitälteste Freundin, Frau Hoffmann. Oder die Damen von der Bekennenden Kirche. (*Die* haben sich übrigens in letzter Zeit auch rar gemacht. Genauer gesagt, seit Willibald aus dem Krieg zurück ist. Haben sie vielleicht das Gefühl, sie seien nicht mehr willkommen?) Der Unterricht muss weitergehen, egal, wie.

»Wozu brauchen sie jetzt noch Schule?«, fragt Willibald mit theatralischer Geste. »Um danach in irgendeiner Fabrik zu arbeiten oder auf irgendeinem Bauernhof die Ställe auszumisten? Was anderes wird nämlich nicht drin sein. Und dafür muss man nicht zur Schule gehen.« Es folgt ein ernsterer Einwand. »Es ist garantiert verboten. Glaubst du, die schmeißen unsere Kinder aus der Schule, damit sie dann eben Privatstunden nehmen? Es ist noch gar nicht lange her, da war es auf einmal verboten, Privatstunden zu nehmen, und sie wurden in die Schule geschickt.« (Immer wenn er »verboten« sagt, spricht er das Wort in Großbuchstaben aus.)

»Tja, dann ist es eben jetzt wieder umgekehrt«, erwidert Gabi sachlich.

Dann aber rückt Willibald mit seinem Hauptargument heraus. »Das können wir uns gar nicht leisten!«

Aber diesmal weiß Gabi genau, wie sie vorgehen muss. Unumwunden schlägt sie vor, ein paar Sachen zu verkaufen – Möbel, die sie mit in die Ehe gebracht hat, Schmuck und Spitzentischdecken, sogar die gute Bettwäsche, die sie von ihrer Schwester Frieda geerbt hat. Frieda hatte sie als Mitgift für Ilse vorgesehen, aber wer weiß, ob Ilse jemals heiraten wird.

Ab hier beginnt der Streit. Willibald weigert sich standhaft, irgendetwas herzugeben, selbst wenn es eigentlich seiner Frau oder Tochter gehört. Da fügt er sich lieber dem Willen Gottes oder Adolfs und erspart Ilse und Martin die überflüssige Lernerei. Wenn es so sein soll, dann müssen sie sich eben dran gewöhnen. Dann ist das eben ihr Schicksal, das Gott in seiner Unergründlichkeit für sie ausersehen hat. Und jetzt weint er bittere Tränen um das entbehrungsreiche Leben, das sie werden führen müssen, und vielleicht auch um ihren möglichen Lohn im Himmel. Aber der Familienschmuck bleibt, wo er ist! Ist es seine Schuld, dass die Kinder nicht zur Schule dürfen? Jetzt weint er um sich selbst, denn ginge es nach seiner Frau, würde er schon bald in einem zugigen Haus ohne Tische und Stühle, Betten und Bettzeug elendiglich verkümmern.

In Wirklichkeit hat Gabi die Damasttischdecken und das Bettzeug längst in Plinden und Bad Neusee verkauft, um zurückzuzahlen, was sie im Lebensmittelladen und im Milchgeschäft, beim Arzt und beim Zahnarzt hatte anschreiben lassen. Als Willibald das hört, fliegen Bücher und Bilder durch die Luft, was nur ihren Wert mindert und den geplanten Verkauf erschwert. Kein Wunder, dass Gabi neuerdings Gallenkoliken hat, und praktischerweise auch jetzt.

An diesem Punkt des Gesprächs verlagert sich Willibalds Wut, und er verflucht nicht länger seine Frau, sondern Rudolf Heß, den Stellvertreter des Führers, der ihm erstens nicht erlaubt hat, seinen Religionsunterricht zu geben, und zweitens (»dieser elende Verräter!«) vor ein paar Monaten durchgedreht und nach England geflogen ist, um irgendeinen schottischen Grafen aufzusuchen; dann verflucht er auch noch das Reichssippenamt für seine Weigerung, die Mutter seiner Frau als sittenlose Ehebrecherin anzuerkennen.

Ilse mag in der Schule etwas schwerfällig sein, aber wenn sich solche Szenen abspielen, schließt sie schnell und behutsam alle Fenster. Martin hält sich wie immer zurück. Er liest gerade ein Büchlein über die Helden der SS-Panzerdivision, unter denen ein gewisser Major Schulz eine so große Menge Gegner zur Strecke gebracht hat, dass die an einem einzigen Kriegsschauplatz zerstörten feindlichen Panzer genauso viel wiegen wie alle Fabriken in Coventry zusammen, jene Stadt, die unsere heldenhafte Luftwaffe, zu der auch der schneidige Erwin zählt, vor kurzem noch in Schutt und Asche gelegt hat. Coventry hatte, glaube ich, ziemlich viele Fabriken, und ich bin schwer beeindruckt. Martin nimmt sich vor, einen Panzer zu entwerfen, der alles in den Schatten stellt – zumal er ja nächstes Jahr nicht zur Schule gehen wird. Aber das scheint Martin nicht zu kümmern. Er ist absolut von sich überzeugt; und er hat da noch den einen oder anderen Trumpf im Ärmel. (Übrigens ist Major Schulz gerade in der nordafrikanischen Wüste in seinem Panzer ums Leben gekommen, und zwar vermutlich durch einen heimtückischen Schuss aus einer englischen Panzerabwehrkanone. Martin sollte sich besser ans Entwerfen halten und den anderen das Kämpfen überlassen.)

Kurz darauf tritt Willibald demonstrativ schluchzend aus seinem Arbeitszimmer und steuert auf die Haustür zu, dicht gefolgt von Gabi, die sich die Seite hält. Doch da er diesmal nicht mit Selbstmord droht, läuft Ilse ihm nicht nach, um das Schlimmste zu verhindern. Er will nur ein paar Schäfchen besuchen. Es ist kurz vor vier, Zeit zum Kaffeetrinken, und ein paar der Gemeindemitglieder haben noch echten Bohnenkaffee. Und wenn er Glück hat, fällt auch noch ein Stück Kuchen oder ein Gläschen Schnaps für ihn ab. Dann aber geht's wieder ran an *König Saulus* (das nächste Projekt heißt übrigens *König David* – die Bibel bietet ja unendliche Möglichkeiten), um einer Welt zu entfliehen, der sich zu stellen er unfähig ist.

Gabi hingegen hat in dieser Welt noch einiges zu erledigen. Eine Wärmflasche gegen die Seite gepresst, setzt sie sich an den Esstisch und schreibt an Maria Müllendorf in Berlin und an Fräulein von Kaminsky und an Doktor Helene ehemals Saur in Wien. Doch bevor sie auf Antwort hoffen kann, muss sie erst noch Martin als Hitlerjunge und das Auf und Ab der Bergexpedition erleiden.

Und er muss nicht minder leiden.

Martin hat die Sache selbst in die Hand genommen. Das heißt, die Sache mit der Hitlerjugend. Eine Aufforderung zum Eintritt in die noble Truppe hatte er nie erhalten. Warum sollte er auch? Er ist Halbjude. Doch sein übersteigertes Selbstbewusstsein hat ihn zu der Idee verleitet, aufgrund eines verwaltungstechnischen Fehlers lediglich übergangen worden zu sein – schließlich ist er ja auch Halbarier. Und so schreibt er einen Brief an das Hauptquartier in Plinden und beantragt seine Aufnahme bei der heiligen Bruderschaft. Die mütterliche Seite seiner Eltern hat er unter den Tisch fallen lassen, dafür umso mehr den nicht mehr ganz so kürzlich abgeleisteten Dienst seines Vaters bei der Wehrmacht sowie seine ausgeprägte Liebe zum Vaterland hervorgehoben – auch sein Interesse an Panzerfahrzeugen bleibt nicht unerwähnt. Er hat sich immer schwer getan mit der Wirklichkeit. Keiner von uns ahnt etwas von seiner kühnen Initiative, bis ein an ihn adressiertes Schreiben mit dem Briefkopf der Hitlerjugend eintrifft. Darin wird er aufgefordert, beim nächsten Treffen der Plindener Gruppe zu erscheinen, Essen und Kleidung für drei Tage mitzubringen, und zwar in einem wasserdichten Rucksack. Besonders zu achten sei auf warme Sachen, Regenzeug und zum Bergsteigen geeignetes Schuhwerk.

Willibald, der sich der Wirklichkeit meist durch Nichtachtung derselben entzieht, freut sich genauso darüber wie Martin, der wiederum genauso fatalerweise denkt, die Wirklichkeit werde sich seinen Wünschen schon anpassen. »Endlich kommen sie zur Vernunft!«, ruft er. »Bald erkennen sie auch die anderen Kinder als Deutsche an. Glaubt mir, es dauert nicht mehr lange, da drücken sie alle wieder die Schulbank. Ich wusste es von Anfang an. Irgendjemand aus den höheren Rängen muss ein Machtwort gesprochen haben!« Falls Gabi skeptisch ist, falls sie gemischte Gefühle hat, dass ihr Sohn zu den Nazipfadfindern geht, lässt sie sich nichts anmerken. In der Not frisst der Teufel Fliegen. Sie will Martin beim Rucksackpacken helfen, doch der selbstbewusste junge HJ-Anwärter verfügt sie kurzerhand aus dem Raum.

Ein herrlicher Morgen bricht an, und wenig später begleiten wir Martin hinunter zur Fähre. Mit seiner besten kurzen Hose und dem Hemd hat sich Martin bemüht, der HJ-Uniform so nah wie möglich zu kommen. »Da geht er, unser Hitlerjunge«, verkündet Willibald einer Hand voll pickender Spatzen, dem katholischen Priester, der ihm einen ziemlich verblüfften Blick zuwirft, sowie Frau Dr. Großfurtner, die gegen den auffrischenden Wind ihre Perücke festhalten muss und offenbar kein Wort versteht. Sie sind die einzigen anderen Passagiere auf der Fähre, und Martin nimmt von ihnen keine Notiz, genau wie sie voneinander keine Notiz nehmen. Dr. Großfurtner ist Agnostiker, und dasselbe wird von seiner Frau angenommen – wobei sie eher selten nach ihrer Meinung gefragt wird. Auch die Mätresse ist vermutlich Agnostikerin, da sie genauso selten in der Kirche gesehen wird wie die beiden anderen. Das Agnostische an der Ménage-à-trois in dem abseits gelegenen Haus hemmt den katholischen Priester in seiner üblichen Freundlichkeit (die Ménage-à-trois an sich ist weniger das Problem, damit kann er leben), folglich ignoriert er Frau Dr. Großfurtner, genau wie Martin sie ignoriert. Stumm und voller Unbehagen späht er stattdessen hinaus auf das zurückliegende Ufer, das er nach einer irreführenden Runde ums Deck aufgrund seiner Kurzsichtigkeit eine Zeit lang für das zu erreichende hält.

Als einsamer Streiter steht Martin am Bug, einen Fuß auf die Reling gestützt, die braunen Haare wehend in der Stirn. Woher kenne ich diese Pose? Die kenne ich doch irgendwoher! Natürlich! Es ist Heinrich Schmidts verwegene Haltung, das unbekümmert-überlegene Bild von einem arischen Mann. Genauso stand er an jenem Abend vor allzu langer Zeit im Anschluss an unsere nachsommerliche Bergtour auf der Fähre. Auch Martin erinnert sich, ich sehe es an seinem mutwilligen Blick. Er ahmt Heinrich nach, den einzigen Freund, den er je hatte, den Hitlerjungen schlechthin.

Martin nimmt den Zug nach Plinden, der katholische Priester ebenfalls, Frau Dr. Großfurtner aber löst eine Fahrkarte, um auf dem Bahnsteig zu warten, bis der Zug abgefahren ist, als hätte sie vergessen, was sie wollte, oder ihre Pläne geändert. Als der Fahrkartenschalter schließt, geht sie los, immer neben den Schienen her, als glaubte sie, den Zug noch einholen zu können. Wir sehen sie vom anderen Seeufer, eine kleine dunkle Gestalt, die langsam im Wald verschwindet, wobei sie sich immer wieder an die Perücke fasst, damit sie der Wind nicht davonträgt.

Diese Wendung zum Guten muss gefeiert werden, beschließt Willibald und verschleudert beim besten Konditor, der sich weigert, Gabi zu bedienen, für ein paar Stücke Apfelstrudel Geld und Lebensmittelkarten. (Gabi wartet brav vor der Tür wie ein Hund.) Der Konditor ist auch zu Willibald unfreundlich, doch der ist Schimpf und Spott schon lange gewohnt, warum also nicht auch heute, und so brabbelt er von Martins Eintritt bei der Hitlerjugend, als wäre die ungläubig-verächtliche Miene des Konditors in Wahrheit ein anteilnehmendes Lächeln.

Einstweilen hat sich Martin zu den restlichen HJ-Anwärtern hinzugesellt. Auf Befehl eines stocksteifen erwachsenen Anführers müssen sie hinter den Eingeweihten hergehen, und so marschieren sie den Berg hinauf und singen dabei *Wir fahren gegen England* und *Die Fahne hoch.* Und ist das nicht – doch! Da vorne ist Heinrich Schmidt, der Gesang und Truppe anführt! Heinrich Schmidt! Martins Herz schlägt höher!

Bis zum Gipfel ist es ein langer Aufstieg, so hoch oben war Martin noch nie, und hin und wieder müssen sie durch feuchte Nebelschleier und verlieren einander aus dem Blick. Mittags machen sie Rast, holen Käse- und Wurstbrote hervor, und Heinrich lacht und scherzt mit den anderen Jungen und sogar mit dem stocksteifen Erwachsenen, dessen Namen Martin noch nicht kennt. Aber nicht mit allen wird gescherzt. Nicht mit den Rekruten; auf die wird mit hochmütiger Miene herabgesehen. Es wäre aber auch zu viel verlangt von Heinrich, sich jetzt mit ihnen abzugeben. Erst mal abwarten, bis sie aufgenommen sind.

Dann heißt es weiter und höher hinauf, und es dauert nicht lange, da haben sie fast die Schneegrenze erreicht. Und knapp davor steht eine Hütte genau wie die über Heimstatt, nur flattert stolz vor dieser an einem hohen weißen Mast die Hakenkreuzflagge.

Rufend und lachend lassen die Eingeweihten ihre Rucksäcke in der Hütte zu Boden fallen, während die Kandidaten ein wenig zitternd (die Sonne geht gerade unter) und in gespannter Erwartung draußen stehen bleiben. Dies ist der große Moment vor dem Übergangsritus. In wenigen Minuten, erfährt Martin von einem der Jungen, werde die Zeremonie beginnen. Man werde sie einzeln aufrufen. Einer nach dem anderen werde den Schwur leisten und somit in den Bund aufgenommen. »Wie bei der Konfirmation«, sagt der Junge ehrfürchtig. »Nur dass das hier echt ist.« Er muss es wissen – sein Bruder ist letztes Jahr schon eingetreten. Martin versucht, eine selbstbewusste Heinrich-Schmidt-Pose einzunehmen, indem er einen Fuß auf seinen Rucksack stellt und über die fernen Berggipfel hinausblickt, doch der Rucksack sinkt in sich zusammen und fällt um, und er muss so tun, als hätte er ihm bloß einen lässigen Tritt verpasst.

Jetzt, wo endlich die Sonne hinter der westlichen Bergkette untergeht, kann die ehrwürdige Zeremonie beginnen. Die Hitlerjungen bilden drei einzelne Reihen rings um den Fahnenmast, und die Neulinge stellen sich zögernd neben ihren Rucksäcken auf und schließen etwas tiefer stehend das Viereck. Ein Horn wird hervorgeholt, und es ist Heinrich Schmidt – wer sonst? –, der es an die geschürzten

Lippen führt. Da schallt das edle Jagdlied über die dämmrigen Gipfel, und sein Widerhall ebbt langsam ab, bis es jenseits der schneebedeckten Felsen ausklingt. In drei Reihen stehen die Hitlerjungen da, den rechten Arm unbeugsam in die Höhe gereckt. Das schwindende Licht hebt wie eine Fackel das edle arische Antlitz mit der resoluten Stirn hervor. Und dann kommen echte Fackeln, rauchige, harzige Kiefernfackeln, die wie ein Leuchtfeuer in der kalten Bergluft brennen. Und die Arme, die die Fackeln in die Höhe halten, sind nicht weniger unbeugsam als beim Entbieten des deutschen Grußes vor der untergehenden Sonne.

Der stocksteife Erwachsene ruft jetzt die Rekruten zusammen, um den Treueeid auf den großen Führer Adolf Hitler zu schwören. Einer nach dem anderen werden sie aufgerufen, treten nach vorn, stellen sich mit ausgestrecktem Arm neben die Fahne und sprechen die heiligen Worte voller Inbrunst nach. Manch einem treten sogar die Tränen in die Augen. Sie sind wie Mönche, die ihr Gelübde ablegen – nein, es *sind* Mönche, die ihr Gelübde ablegen: die neuen teutonischen Ritter, Mönche des Blutes und des Krieges. Nachdem sie ihren Schwur geleistet haben, gehen sie hintereinander am Fahnenmast vorbei und reihen sich neben den eingeweihten Kameraden auf.

Wann kommen Martin die ersten Zweifel? Als er merkt, dass die Namen in alphabetischer Reihenfolge aufgerufen werden und diejenigen mit B schon lange durch sind, ohne dass seiner dabei war? Oder als er sieht, wie ihm Heinrich Schmidt im Licht der Fackeln ein ironisches Lächeln zuwirft? Spätestens, als er als Letzter neben seinem eingesunkenen Rucksack steht, beginnt sein Magen zu rumoren, und er ahnt, dass hier irgendetwas schief läuft.

Dann aber wird doch noch sein Name aufgerufen, nur in einem ganz anderen Tonfall. Die Stimme hat etwas Kaltes und Grausames, sie klingt gar nicht mehr stolz und einladend wie beim Aufrufen der anderen Jungen. Unsicher macht Martin einen Schritt auf den Fahnenmast zu.

»Martin Brinkmann, welcher Rasse gehört deine Mutter an?«

Martin Brinkmann schluckt. Er befeuchtet sich die Lippen. Aber er sagt nichts. Vielleicht kann er gerade nicht sprechen. Er hat das Gefühl, als würden ihm die Eingeweide aus dem Leib gerissen.

»Martin Brinkmann!«, befiehlt die Stimme in noch strengerem Ton. »Welcher Rasse gehört deine Mutter an? Antworte!«

Doch Martin Brinkmann antwortet nicht, denn er kann wirklich gerade nicht sprechen. Seine Wange zittert, doch seine Zunge ist wie gelähmt. Er sieht seinen Peiniger hilflos an, dann senkt er den Blick. Das Gesicht des Anführers ist hart wie Stein. Da ist nichts zu machen.

»Ist deine Mutter Jüdin, oder ist sie es nicht? Na?«

Martin lässt den Kopf hängen und nickt langsam.

»Ja, deine Mutter *ist* Jüdin! Sie heißt Gabriele Sara Brandt! Dein Vater ist einer dieser Deutschen, die sich mit Juden einlassen! Und du bist das Produkt, ein dreckiger Halbjude!« Jedes Mal, wenn der Anführer das Wort »Jude« ausspricht, verzieht er die Lippen und klingt dadurch noch giftiger, kälter und höhnischer. »Und jetzt willst du dich also bei der Hitlerjugend einschleichen, wie? Du glaubst wohl, ausgerechnet hier fändest du Unterschlupf, wie? Was für eine bodenlose Frechheit! Du glaubst wohl, wir wüssten nicht Bescheid über dich! Du glaubst wohl, wir führten keine Listen! Und selbst wenn nicht, wir riechen euch zehn Meter gegen den Wind! Geh! Hau ab! Verschwinde! Du verpestest uns die Luft! Geh zurück, wo du hingehörst!«

Einen Augenblick steht Martin fassungslos da, bis er merkt, dass er es doch fassen kann. Erneut hat sich Gott von ihm abgewandt! Plötzlich fühlt er sich müde und schwer, als trüge er die Last des ganzen Berges auf den Schultern. Und inmitten des Schweigens, das so tief ist wie der Heimstätter See, beugt er sich zitternd nach vorn, um seinen Rucksack aufzuheben. Er hat das Gefühl, im nächsten Moment vor aller Augen zusammenklappen und in Tränen ausbrechen zu müssen. Aber nein, er klappt nicht zusammen und bricht nicht in Tränen aus. Die Erde dreht sich weiter. Langsam richtet er sich auf und wirft sich den Rucksack über die Schulter. Doch irgendwie ist einer der Riemen verdreht und der Arm will nicht richtig durch. Verzweifelt zuckt Martin mehrmals mit der Schulter, um den Rucksack zu richten, und dieser kurze, ungeschickte, heftige und lächerliche Kampf löst ein unterdrücktes Kichern in den Rängen der lauteren disziplinierten Hitlerjungen aus – etwas so Würdeloses könnte *ihnen* natürlich nie passieren. Ein letztes Zucken der Schulter und der Rucksack sitzt endlich, wo er soll, und Martin schleicht sich unglücklich davon – die Fackeln, die Fahne, Heinrich Schmidt und jede Hoffnung auf Glück hinter sich lassend, stolpert er über die gnadenlosen Felsen hinein in die gnadenlose Dunkelheit.

Bald, denkt er, bald wird es wehtun, und er wird wissen, wie tief das Messer ins Fleisch gesunken ist. Doch im Augenblick gibt es nichts als die vom Schock betäubte Wunde. Die Schmerzen kommen später. Bevor er die Bergkuppe verlässt, wirft er einen Blick zurück und sieht, dass Heinrich Schmidt ein breites Grinsen im Gesicht hat und so aussieht, als würde er jeden Moment in schallendes Gelächter ausbrechen. Und dann brechen wirklich alle in Gelächter aus, ein Gelächter, wie man es hören würde, wenn ein Affe in ein Restaurant käme und versuchen würde, sich ein Essen zu bestellen.

Martin kennt den Weg nicht. Es ist dunkel und neblig. Ein paar Mal stürzt er und ein paar Mal muss er umkehren. Und noch lange hat er ein anderes Lied im Ohr. *Wenn's Judenblut vom Messer spritzt …* Als er endlich die Baumgrenze erreicht, macht das Rauschen der düsteren Tannen selbst sein halbarisches Herz beklommen. Es ist, als trieben die Geister jener vom Führer und seinem glubschäugigen Schergen Himmler so verehrten germanischen Helden in diesem finsteren Wald ihr Unwesen und könnten jeden Moment vor ihm auftauchen, gewaltige grausige Rächer des deutschen Blutes. Und wenn er hier nun sterben müsste, einsam und verlassen unter den kalten dichten Tannen? Zum ersten und nicht zum letzten Mal fragt er sich, ob es nicht besser wäre, hier und jetzt zu sterben, als weiterzumachen, und doch macht er weiter und stiefelt grimmig durch den schrecklichen finsteren Wald.

Als er endlich die Stadt erreicht, ist der letzte Zug vor Stunden abgefahren. An das Bahnhofsgebäude gekauert, verbringt er die Nacht und nimmt am Morgen den ersten Zug. Der Mann hinter dem Schalter, ein älteres Semester und Veteran des letzten Krieges, taxiert ihn mit kaltem Blick und fragt, warum er nicht mehr mit den Hitlerjungen oben auf dem Berg sei. Martin zieht die Schultern hoch und murmelt, dass er krank sei, was der Mann hinter dem Schalter weder richtig hören noch richtig glauben kann, und außerdem ist es ihm egal.

Im Zug findet Martin ein leeres Abteil und fläzt sich am Fenster in die Ecke. Schwindlig vor Erschöpfung, schließt er die Augen, findet aber keinen Schlaf. Hinter seinen roten, erschöpften Lidern sieht er noch immer den lachenden Heinrich Schmidt, und Dutzende Hitlerjungen stürmen mit gezückten Dolchen auf ihn ein und singen im Chor *Wenn's Judenblut vom Messer spritzt …*

Überall entlang der gewundenen Bahnstrecke trödelt der Zug vor sich hin, vor allem, je mehr er sich Heimstatt nähert. Dann aber quietschen unerwartet die Bremsen, der Zug kommt mitten auf der Strecke ruckelnd zum Stehen, und Martin blickt wieder hinaus in die Wirklichkeit. Unter den Bäumen, wo der glänzende Schienenstrang in einer scharfen Kurve am Seeufer entlangführt, sieht er, wie die sterblichen Überreste Frau Dr. Großfurtners in einen Leichensack geschaufelt werden. Sie liegt über die Schienen verteilt und hat unter anderem den Kopf verloren; der wiederum hat die Perücke verloren.

Als er von Martins Schmach erfährt, ist Willibald insgeheim erleichtert, dass der Dorftratsch gerade um die freiwillige Enthauptung Frau Dr. Großfurtners kreist und für Martins (und damit seine eigene) Blamage keinen Sinn hat. Dennoch droht er hinter verschlossenen Fenstern lauthals mit Klage und Polizei und sogar damit, den Hitlerjugend-Anführer unbekannterweise zur Rede zu stellen, denn die ganze Sache richte sich in Wirklichkeit doch wohl gegen ihn (also Willibald). Dann aber überkommt ihn Selbstmitleid, und er schließt sich in seinem Arbeitszimmer ein. *König David,* wie er später verkündet, als der Hunger den Kummer obsiegt, ist unter Tränen aus der Taufe gehoben. Ja, das ist der Tag, an dem *König David* an den Start geht, falls man einen Fortschritt von zwei Zeilen in drei Stunden auf derart sportliche Weise umschreiben möchte. Es ist ein wenig verheißungsvoller Start. Kein Wunder, dass die Strophen hinken und lahmen.

Auch Martins Kopfkissen wird unter Tränen aus der Taufe gehoben. Ich weiß es, denn als ich an seiner Zimmertür vorbeigehe, höre ich sein leises, aber nicht minder erbittertes Schluchzen. Die Bergtour mit der Hitlerjugend erwähnt er nie wieder. Aber er hat noch nicht aufgegeben. Eines Tages wird er sich Respekt verschaffen und dazugehören. Es geht gar nicht anders. Typisch Martin.

Gabi denkt das auch, und sie tut, was sie kann, um die Sache voranzutreiben. Fräulein von Kaminsky und Frau Doktor ehemals Saur haben zurückgeschrieben; hastig und heimlich ist Gabi nach Wien gefahren, wo sie verbotenerweise bei Frau Doktor Saur übernachtet hat, deren tyrannischer Ehemann nach Klagenfurt gefahren war. Helene ehemals Saur ist noch immer Nationalsozialistin, bezeichnet sich aber selbst als denkende – sie hat eine Schwäche für Widersprüche. Aber wie es heißt, hat jeder Jude einen arischen Schutzengel, und Gabis Schutzengel heißt Frau Doktor Helene ehemals Saur. Ein Glück für Gabi, dass sie dank ihres privilegierten Status ohne den gelben Judenstern reisen darf. Nicht einmal ihr Engel würde es wagen, eine unverkennbare Jüdin vom Bahnhof abzuholen und mit zu sich nach Hause zu nehmen. Dennoch ist die Sache riskant, und Willibald droht sorgenvoll mit dem Finger, als Gabi nach Wien aufbricht. »Sechs Wochen Gefängnis, wenn man dich in einem arischen Haus erwischt!«, ruft er. »Hundertfünfzig Reichsmark Strafe!« Mindestens. Wenn es nicht die Gendarmerie, sondern die Gestapo ist, die sie erwischt, könnte es richtig Ärger geben, und zwar auch für ihn.

Auch Helene ehemals Saur geht ein Risiko ein. Auch ihr drohen im Fall, dass sie erwischt wird, Geld- und Haftstrafe, ganz zu schweigen vom Ausschluss aus der Partei und der Züchtigung durch ihren Ehemann wegen gesetzeswidrigen Handelns. Sie aber schlägt das alles in den Wind. Gabis arischer Schutzengel – ein denkender Nazi.

Aber wirklich nur Gabis Schutzengel. Adolf Eichmann, kein geringerer Pedant als Helene ehemals Saurs Mann, hat mit eisernem Besen die Stadt ausgekehrt, und es gibt kaum noch Juden, die sie in Schutz nehmen könnte, selbst wenn sie es darauf anlegen würde. Hier und da sind noch welche übrig, die wie Gabi aufgrund ihrer Ehe mit einem Arier privilegiert sind. Noch. Aber sobald der Arier stirbt, verliert der Jude logischerweise diesen Schutz, und noch ehe er sein Taschentuch wieder eingesteckt hat, ist er schon verhaftet und deportiert, zur Not gleich bis vors Friedhofstor. Ist ja auch sinnvoller. Schließlich müssen die Räder weiterrollen für den Endsieg, wie Dr. Goebbels sich auszudrücken beliebt, und Adolf Eichmann tut das Seinige in Wien.

Irgendwann treffen Briefe von Maria aus Berlin ein. Es folgen mehrere Szenen in Willibalds Arbeitszimmer, die sich auf das übrige Haus ausweiten, als die Bücher zum Werfen und die Bilder zum Runterreißen und Zertrampeln knapp werden. Es folgen mehrere Tage, wo Gabi hauptsächlich auf dem Rücken liegt und stöhnt, während Sara die schmerzende Seite mit heißen Wickeln behandelt und Ilse in ihrem Zimmer sitzt und betet. (Martin und ich machen das, was wir immer machen, wenn es bei uns hoch hergeht. Er steht drüber und ich stehe drunter.)

Und dann senkt sich plötzlich ein düsterer Frieden über das Haus. Es werden wieder Mahlzeiten gekocht, es wird Geschirr abgewaschen. Vielleicht ist sogar *König David* ein paar Zentimeter weitergekommen. Es ist Weihnachten, und wir haben uns sogar vom Berg einen winzigen Baum geschlagen, und am Heiligabend gibt es ein paar billige Geschenke. Doch Weihnachten ist nicht der Grund für diesen Stimmungswechsel, sosehr sich die Jahreszeit auch dafür anbietet. Der Grund ist vielmehr, dass Gabi mit ihrem eisernen Willen über die sturen Einwände Willibalds gesiegt hat, und ihr neuester Plan in Sachen Schule steht kurz vor seiner praktischen Umsetzung. Am zweiten Weihnachtstag eröffnet sie Martin und mir die Neuigkeiten.

Wir werden ein Schulhalbjahr in Berlin verbringen.

Just zu der Zeit, als die deutschen Truppen ins Landesinnere Russlands vorgedrungen sind (na ja, fast) und die Briten aus Nordafrika rausgeschmissen haben (na ja, nicht ganz) und der Schlimmste unter den Schwadroneuren im Begriff ist, den endgültigen Bauplan zum grandiosen Wiederaufbau der judenreinen Stadt Berlin als Germania, Hauptstadt des Tausendjährigen Reichs, abzusegnen – just zu diesem Zeitpunkt beschließt Gabi, mich und Martin in ebenjene Hauptstadt zu schicken, um direkt unter der Rotznase des Führers unsere halbjüdische, in meinem Falle vielleicht sogar volljüdische Schullaufbahn fortzusetzen. Das nennt man Chuzpe – oder ist sie so verflucht naiv, dass sie gar keinen Begriff von der Ungeheuerlichkeit ihres Vorhabens hat?

Warum stehen mir eigentlich andauernd Überraschungen ins Haus? (Andauernd stimmt gar nicht, aber diese ist so gewaltig, dass es mir so vorkommt.) Wofür halten die mich eigentlich? Für einen Gummiball, den man gegen jede x-beliebige Wand werfen kann? Ich könnte mir Schöneres vorstellen, als mich jeden Tag auf dem Schulhof mit Fritzi Wimmer herumzuplagen, aber das ist mir immer noch tausendmal lieber, als in Berlin in eine neue Klasse zu kommen, wobei ich das Gefühl nicht loswerde, dass es da doppelt so viele Söhne des Ortsgruppenleiters geben wird, die dreimal so schlimm sind wie Fritzi – mit dem ich mich seit unserem kleinen Tête-à-Tête auf dem Schulhof inzwischen sogar ganz gut verstehe. Martin mag einverstanden sein mit der Idee, aber mir gefällt sie kein bisschen.

Doch dann wird mir etwas klar: Willibald gefällt sie auch kein bisschen. Er hat Angst, dass er am Ende noch tiefer in der Scheiße sitzt, auch wenn er das etwas anders formuliert, zumal er auch so schon tief genug drinsitzt mit seiner jüdischen Frau und seinen halb- (oder auch voll-) jüdischen Kindern. Und doch hat seltsamerweise seine Ablehnung bei mir genau den umgekehrten Effekt, und ich fange langsam an, mich mit der Idee anzufreunden. Ein neues Prinzip nimmt in meinem Kopf Gestalt an, ein Prinzip, das offenbar die Erfahrung lehrt: Wenn Willibald etwas nicht passt, dann ist damit alles in Ordnung.

»Und was ist mit den Luftangriffen?«, fragt er, während Gabi meinen Koffer packt. Endlich hat er die Entscheidung akzeptiert, was aber nicht heißt, dass er nicht trotzdem versuchen wird, sie zu sabotieren. »Die Briten machen uns die Städte kaputt! Dieser Unmensch Churchill will alles in Schutt und Asche legen!« Willibald hat sein Radio nicht zurück, aber man merkt, dass er immer noch Zeitung liest und im Grunde seines Herzens Patriot geblieben ist.

Gabi schluckt das Wasser hinunter, das sie nach der Kaminsky-Taktik seit einiger Zeit im Mund hat. »Maria meint, sie hätten seit Monaten keinen Fliegeralarm mehr gehabt«, erwidert sie und drückt probehalber den Kofferdeckel zu, um zu sehen, was noch hineingeht. Glaubt sie das wirklich oder will sie das nur unbedingt glauben?

»Und wenn die russischen Horden kommen ...?« Inzwischen ist Willibald den Tränen nahe, und seine Stimme wird von einem Schluchzer erstickt. Er kann wirklich von einer Sekunde auf die nächste auf die Tränendrüse drücken. Die Russen sind tausend Kilometer östlich von uns im Chaos versunken, doch Willibald ist so überzeugt wie jeder Nazi-

Ideologe, dass die bösen Bolschewiken unmittelbar vor der Tür stehen. Wie gesagt, schließlich liest er Zeitung. Jeden Tag geht er ins Dorf und kauft sich eine. Gebracht wird sie uns nicht mehr, mit unserem jüdischen Makel. Juden dürfen die gesunden Arierblätter nicht lesen, denn die gesunden Arierblätter könnten sich anstecken, wenn sie zu uns ins Haus kommen. Vielleicht sind sie doch nicht so gesund, wie sie tun.

»Berlin ist weiter von der russischen Front entfernt als wir hier«, sagt Gabi und quetscht ein extra Paar Socken in den Koffer. Später am Abend werfe ich einen Blick in meinen Schulatlas und stelle erleichtert fest, dass sie mit ihrer politischen Geographie zumindest annähernd richtig liegt.

Ich weiß noch immer nicht genau, was eigentlich los ist, nur dass Martin und ich nach Berlin sollen, und irgendwann geht mir auf, dass wir da im Grunde ja hingehören. Aber warum fahren nur wir beide und die anderen nicht? Willibald brauche ich gar nicht erst zu fragen – er ist viel zu beschäftigt mit seiner sentimentalen, gramgebeugten Selbstdarstellung. Und Martin sieht nur jedes Mal verärgert in den Himmel, wenn ich ihm eine Frage stelle. Das heißt, meine Mutter ist die einzige Informationsquelle. Aber sie ist plötzlich schweigsam und ruppig geworden, und ich sehe, wie sie sich mit dem Schürzenzipfel die Augen trocknet, als sie sich unbeobachtet glaubt. (Auch Sara sieht es, so wie sie alles sieht und alles in sich hineinfrisst.) Erst Wochen später füge ich die Bruchstücke jener Strategie zusammen, die sich Gabi gegen die Nazi-Bildungspolitik für Mischlinge ausgedacht hat.

Frau Doktor Helene ehemals Saur glaubt, im neuen Gesetz ein Schlupfloch entdeckt zu haben, durch das Martin hindurchklettern könnte, um in die Festung der höheren deutschen Schulbildung vorzudringen. Von diesem Jahr an werden Halbjuden mit Vollendung des sechsten Schuljahrs die Ziellinie erreicht haben. Aber wenn sie schon in der siebten Klasse sind, dürfen sie weitermachen. Natürlich nicht bis zur Universität – das ginge zu weit –, aber immerhin bis zum Abitur.

»Wissen Sie, die Nazis sind gerecht«, sagt Frau Doktor Helene ehemals Saur zu Gabi. »Sie sind hart, aber sie erlassen keine rückwirkenden Verordnungen.« Ja, auf dieses System kann selbst ihr Mann als Ordnungsfanatiker stolz sein. (Ihr fanatischer Mann hat ihr übrigens noch härtere Strafen auferlegt für ungekämmte Teppichfransen und nachlässig gefaltete Zeitungen – sie hat Gabi ihre wunden und schorfbedeckten Knie gezeigt, nachdem sie sich auf den Stapel Brennholz knien musste. Gabi hat ihr Zinksalbe empfohlen. Diese schmerzlindernde Salbe wird Frau Doktor ehemals Saur auch auf ihr Hinterteil auftragen – dass sich die Strafen des Ehemanns auch auf diese Körperregion ausgedehnt haben, weiß Gabi allerdings nicht.

Das heißt also, wenn es Martin gelänge, sich in einem halben Jahr den Lehrstoff für dieses *und* für das nächste Schuljahr einzupauken, könnte er im nächsten Jahr in die achte Klasse versetzt werden, als hätte er dieses Jahr bereits die siebte Klasse abgeschlossen. Und dann – wer weiß? – gibt es vielleicht schon wieder eine neue Verordnung. Diese Judenfeindlichkeit wird nicht von Dauer sein, davon ist Frau Doktor ehemals Saur überzeugt. (Hat sie eigentlich *Mein Kampf* gelesen? Hat *irgendeiner* das Buch gelesen? Kann man das überhaupt?) Der Führer sei viel zu schlau, um nicht zu sehen, was das für ein Fehler war. Der wahre Feind, das seien die Roten. Als sie vom Führer spricht, leuchten ihre Augen wie bei einer Nonne, die bei einem Disput über eine zweifelhafte Lehre, die mit Sicherheit bald widerrufen wird, die Unfehlbarkeit des Papstes anführt. Sie ist eine unverbesserliche Optimistin – anders ginge es auch gar nicht bei dem Ehemann. Wie könnte sie sonst morgens aufstehen, wenn sie nicht überzeugt wäre, dass es unmöglich noch schlimmer kommen kann als am Tag zuvor?

Sie selbst kann Martin natürlich keine Nachhilfe geben, bei aller Liebe – und sie weiß noch sehr gut, wie sein arischer Charme auf sie wirkte. Ihr fanatischer Mann würde eine solche Unregelmäßigkeit niemals dulden. Aber jemand anders vielleicht schon. Genug im Kopf hat Martin ja. Wenn er nur einen Lehrer fände. Schade ist es ja um Ilse, aber da haben wir's wieder, sie ist einfach zu schwerfällig.

Zuerst wendet sich Gabi an Fräulein von Kaminsky, doch bei aller aristokratischen Verachtung für die Nazis hat Fräulein von Kaminsky kein Verlangen, für Martin oder Willibald ihre Haut zu riskieren, zumal sie auf beide etwa in gleichem Maße herabsieht. Und so ist es Gabis älteste Freundin Maria, die sich einberufen lässt. Als Heranwachsende, die sie Gabi bei der Konversion zur Seite stand, wollte Maria Missionsschwester werden und träumte von einem Martyrium unter den Heiden Afrikas, doch nachdem ihr dominanter Vater dieser Idee ein Ende setzte, sehnt sie sich heute nach einem Martyrium infolge eines Akts der Rebellion gegen die Heiden ihrer Heimat. Zwar kein Freund der Nazis, würde er dennoch als kluger Mann auch diesem Wunsch einen Riegel vorschieben, aber er ist klapprig geworden und hat nur noch wenig Einfluss auf sie. Die Gleichgültigkeit des Alters hat sich über ihn gelegt wie die Asche eines sterbenden Vulkans, der zu einer fahlen grauen Kruste erstarrt ist. Es kümmert ihn nur noch wenig heutzutage, abgesehen von der Befriedigung seiner körperlichen Bedürfnisse. Das ist Marias Gelegenheit, und sie packt sie am Schopf – mit Unterstützung von Gabis zweitältester Freundin, Gerda Hoffmann. Nicht nur Martin geht nach Berlin und wird bei den beiden Nachhilfe bekommen, auch ich gehe nach Berlin und komme in eine Berliner Grundschule, von der alle überzeugt sind, dass sie um Längen besser ist als meine Heimstätter Bauernakademie.

Aber was ist mit Sara und Ilse? Bekommen auch sie eine Chance? Tja, wenn sich Gabi und Willibald noch in irgendeiner Sache einig sind, dann darin, dass Ilse ein hoffnungsloser Fall ist. Frau Doktor ehemals Saur hatte Recht; Ilse ist einfach zu schwerfällig. Sie könnte in einen evangelischen Orden eintreten, ein katholischer würde es auch tun, wenn man sie nähme, aber warum nicht, mit ihren päpstlichen Neigungen – oder aber sie bleibt einfach zu Hause, bis irgendetwas passiert, bis die Nazis das Zeitliche segnen oder sie selbst das Zeitliche segnet, oder bis einer auftaucht, der sie heiratet, oder … Na ja, wie auch immer. Die Zukunft ist dermaßen nebulös – wer blickt da überhaupt noch durch? Was übrigens auch für die Gegenwart gilt. Nur die Vergangenheit, die relativ ferne deutsche Vergangenheit vor der Machtergreifung der Nazis, lohnt noch der Betrachtung.

Meine Eltern haben Ilse wirklich aufgegeben, und offenbar hat sich Ilse auch selbst aufgegeben. Seitdem sie von der Schule musste, geht ihre Uhr noch langsamer, da kann Gabi sie noch so oft aufziehen, sie läuft keine Sekunde schneller. »*Sag* was, Ilse!«, drängt ihre Mutter hin und wieder. »Warum *sagst* du nichts!« Ilse überlegt einen Augenblick, dann murmelt sie bedächtig: »Was soll ich denn sagen?« Reden war noch nie ihre Stärke, aber inzwischen redet sie wirklich nur noch, wenn sie dazu gezwungen wird. Und so etwas kommt dann dabei raus. Außerdem antwortet sie meist so langsam, dass längst keiner mehr zuhört, wenn sie fertig ist, und so spart sie sich lieber die Mühe. Sie ist überzeugt, dass sie nichts zu sagen habe, außer vielleicht zu Gott, der aber offensichtlich auch nicht mehr zuhört. Sie hat sich damit abgefunden, ein halbjüdisches Relikt zu sein, das alle verachten und ablehnen, einschließlich sie selbst. (Nach jüdischem Gesetz wäre sie als Kind einer Jüdin sogar ganz jüdisch. Das macht die Sache keineswegs besser. Daran mag sie gar nicht erst denken.) Zur Betonung ihrer Unwürdigkeit geht sie noch langsamer als zuvor und zieht den linken Fuß nach, als wäre sie in Ketten gelegt. Sie isst auch langsamer, und wenn wir unsere spärlichen Kriegsportionen längst verzehrt haben, kaut sie noch immer mit ausdrucksloser Miene auf ihrem Essen herum wie eine traurige, wiederkäuende Kuh. Alle haben Ilse aufgegeben, und doch ist die Sache noch nicht besiegelt. Ilse hat noch etliche Kilometer vor sich, ehe sie schlafen kann.

Aber was ist mit Sara? Sie wird die Nächste sein, die von der Schule geworfen wird. Und zwar in drei Jahren, es sei denn, die Nazis ändern die Gesetze und verkürzen die Zeit – was sehr gut möglich ist, so wie sie an den Einzelheiten ihrer ethnischen Säuberung herumbasteln. Was soll dann aus ihr werden? Momentan ist Sara noch auf der sicheren Seite. Über katholische Nonnen kann man sagen, was man will – und Willibald sagt ziemlich viel, wenn er sich zum Vorbildlutheraner aufschwingt –, doch immerhin ist Sara auf einer guten Schule. Aber schließlich ist sie nur ein Mädchen, da ist Schule ja nicht so wichtig, oder? Viel wichtiger ist, dass Gabi jemand hat, bei dem sie sich ausheulen kann, und sie wird den Teufel tun, sich bei Willibald oder Ilse auszuheulen. So schnell wird Sara ihre Rolle also nicht los. Und damit

8

wechseln wir jetzt zum Salzburger Hauptbahnhof. Zwei Halbjuden, wenn nicht noch schlimmer, sind auf dem Weg in die heilige Festung der Herrenrasse. Wir wissen es noch nicht, aber wir haben uns für unsere Fahrt nach Berlin den Vorabend des Tages ausgesucht, an dem SS-Obergruppenführer »Bubi« Heydrich eine Konferenz eröffnen wird, die die Logistik der Liquidation meiner Mutter und womöglich meiner ganzen Rasse ausarbeiten wird. Wenn unser Zug in den Berliner Hauptbahnhof einfährt, werden Regierung, Partei und SS-Offiziere gerade vor einer reizenden Villa am Wannsee aus ihren Limousinen steigen, wo Willibald und Gabi vor ihrer Hochzeit oft am Ufer spazieren gingen. Und noch bevor wir gefrühstückt haben, werden sie Klartext reden.

Gabi hätte sich kaum einen besseren oder schlechteren Zeitpunkt aussuchen können, hätte sie von alldem gewusst. Aber zum Glück wusste sie nichts, und da sind wir nun, schlendern herrlich nichtsahnend vor dem Bahnhofslokal im Salzburger Hauptbahnhof auf und ab, das wir alle bis auf meine Mutter besuchen dürften (glaube ich zumindest – was für Halbjuden gilt, ist ja nie ganz eindeutig), also bleiben wir alle draußen. Nicht dass Willibald nicht versucht wäre, allein hineinzugehen und sich eine Bratwurst zu holen, aber an einem der Tische sitzen ein paar SS-Männer, und bei denen hat Willibald immer Schiss. Umso mehr im Angesicht der undeutschen Dreistigkeit, mit der sich Gabi in die Höhle des Löwen gewagt hat. Außerdem ist es ohnehin viel zu teuer. Also gibt er sich mit der Vorstellung einer Mahlzeit zufrieden, indem er die Speisekarte hinter der Glasscheibe mit ausgehungerten Augen unter die Lupe nimmt. Wir haben uns wie eine kunterbunte

Herde hungriger Schafe um ihn versammelt, der so hager und dünn ist wie ein Hirtenstab, und oben fast genauso krumm. Er schiebt sich die Brille in die Stirn, verrenkt sich den Hals, um die Karte zu lesen, schüttelt den Kopf und lacht in sich hinein über die unverschämten Preise, wobei er sich insgeheim die ganze Zeit den Kopf zerbricht, was nur aus ihm werden soll, wenn Gabis Plan von den Nazis durchkreuzt wird. Ein Glück übrigens, dass sie ihren Plan schon jetzt durchgesetzt hat. In wenigen Monaten hätte sie uns nicht mehr zum Bahnhof bringen können, um uns unmissverständlich auf dem Bahnsteig zu verabschieden. Der Zutritt sowohl zu Bahnhöfen als auch zu Restaurants wird dann selbst »privilegierten« Juden verboten sein, und die Benutzung von Bussen und Straßenbahnen erst recht. Es sei denn, sie haben mehr als fünf Kilometer bis zu ihrer unfreiwilligen Arbeitsstelle zurückzulegen, in diesem Fall dürfen sie hinten im Stehen mitfahren.

Ich habe einen kleinen braunen Koffer und einen kleinen braunen Rucksack. Martin hat einen großen schwarzen Koffer und einen riesigen grünen Rucksack. Eine Zeit lang hat er versucht, seine Haare zu glätten, um arischer auszusehen. Ein Wunder, dass er noch nicht versucht hat, sie blond zu färben. Doch von dem ganzen Flachbürsten und Glattstreichen und Festkleben sind sie nur noch lockiger geworden, und irgendwann hat er's aufgegeben. Es muss doch auch ein paar Lockenköpfe unter den arischen Helden geben, und er sieht sich nach den Soldaten und Gendarmen um, in der Hoffnung, irgendwo einen mit Locken zu entdecken. Da das nicht der Fall ist, wirft er die Schultern zurück, stolziert alleine auf und ab und versucht, sich den Anschein eines HJ-Anführers zu geben, der zu sein ihm bisher lediglich ein paar ungünstige Umstände und ungünstige Gene verwehrt haben.

»Und nicht vergessen, ihr müsst am Anhalter Bahnhof aussteigen, nicht am Zoo«, sagt Gabi und unterbricht ihn beim Gehen. Warum sollten wir auch am Zoo aussteigen, frage ich mich, obwohl mir die Idee eigentlich ganz gut gefällt. Ich stelle mir Elefanten und Löwen vor, die am Fenster des Zugwaggons vorbeiziehen. Aber offensichtlich meint Gabi einen Bahnhof diesen Namens, keinen Garten mit Tiergehegen, und Martin schickt einen gequälten Blick gen Himmel, oder vielmehr dorthin, wo der Himmel wäre, wenn die Überdachung des Bahnhofs ihm nicht die Sicht darauf versperren würde, um dann seinen quasi-mannhaften Gang fortzusetzen.

»Und nimm deinen Bruder immer an die Hand«, ruft sie ihm nach.

Wird sie's denn nie lernen?

»Herrgott noch mal!«, platzt Martin theatralisch heraus, und er blickt sich um, um die Wirkung seiner Führer-ähnlichen Ungeduld auf die Unmenge der Zuschauer einzuschätzen. Doch die Unmenge der Zuschauer nimmt davon keinerlei Notiz. Nur Gabi. Sie wirkt niedergeschlagen und blinzelt mit dem gesunden Auge. Sobald wir im Zug sitzen, werde ich das Ganze ausbaden müssen, davon bin ich überzeugt. Nicht zum ersten Mal beschleicht mich das Gefühl, dass es überhaupt keinen Spaß machen wird, mit Martin nach Berlin zu fahren, und ich bin mir ziemlich sicher, dass Martin umgekehrt genauso denkt.

Noch einmal werfe ich einen Blick ins Bahnhofslokal. Auf der Theke steht eine Vitrine, und darauf steht ein Teller mit einer dicken Wurst mit Kartoffelsalat, und dahinter an der Wand hängt ein noch dickeres Bild von Adolf mit energisch-zuversichtlichem Blick. (Wir haben 1942, und die schlechten Nachrichten beginnen erst allmählich durchzusickern.) Aus irgendeinem Grund bleibt mir diese

Zusammenstellung, wie ich sie vor mir sehe, unauslöschlich im Gedächtnis haften, und immer wenn ich danach an den Führer denke, sehe ich ihn unweigerlich als Herrscher über einen Teller mit cremigem Kartoffelsalat, auf dem sich eine dicke, braun glänzende Wurst wie ein frischer Bernhardinerhaufen häuslich niedergelassen hat (ich muss immer noch oft an Brutus denken).

Der Zug fährt pünktlich ab, und ich sitze am Fenster in Fahrtrichtung, bis Martin, der sorglos winkend den abreisenden Helden gegeben hat, sich umdreht und mich von meinem Platz verscheucht. Jetzt sitze ich auf dem mittleren Platz gegen die Fahrtrichtung zwischen einer dicken Frau, die mich nicht anlächelt, und einem SS-Soldaten, der gerade ins Abteil gekommen ist und mich sehr wohl anlächelt. Gegenüber sitzen drei unscheinbar gekleidete Männer mittleren Alters, die alles und nichts sein könnten.

»Na, Kleiner, wie alt bist du?«, fragt der SS-Soldat und setzt mir seine Mütze auf. Meine Ohren verhindern, dass sie mir über die Augen rutscht, und alle bis auf Martin verziehen das Gesicht zu einer Art Grinsen. Selbst die zusammengepressten Lippen der dicken Frau zucken nachsichtig, es sei denn, sie hat gerade einen Rülpser unterdrückt. Martin dagegen macht ein finsteres Gesicht und blickt energisch aus dem Fenster, frei nach dem Führerbildnis an der Wand des Bahnhofslokals.

Ich merke, dass ihm der SS-Soldat nicht ganz geheuer ist. Eigentlich sollen das doch Elitetruppen sein, hartgesottene Männer, die strengen und zielstrebigen Kämpfer des Reichs, die Beschützer von Ruhm und Ehre, Rasse und Reinheit und dem ganzen Zeug – was sollen also diese Spielchen mit einem Knirps wie mir? Dazu einem nicht ganz astreinen Knirps, denkt Martin bestimmt mit Unbehagen. Er wirft einen Blick auf die Uniform des Mannes und stellt fest, dass die Jacke keine Abzeichen hat, und ich sehe, wie er zu dem Schluss kommt, dass es sich wohl um einen jungen Rekruten handelt, dem die Haltung abgeht, die Martin an seiner Stelle mit Sicherheit an den Tag legen würde. Mit strenger Miene sieht Martin zur Seite, ein Inbegriff arischer Entschlossenheit und Disziplin.

Inzwischen nimmt der SS-Mann auf beunruhigende Weise seine Mütze von meinem unwürdigen Kopf, befördert sie mit einem lässigen Wurf aus dem Handgelenk auf die Gepäckablage (wo sie wie eine tote Krähe auf dem Koffer der dicken Frau landet), lockert den Hemdkragen, drückt sich in die Ecke und schließt die Augen, um ein Nickerchen zu machen.

Die Lichter werden gedimmt, die Verdunklung wird heruntergezogen, und ich sitze in der künstlichen Dämmerung und beobachte Martins erstarrtes Gesicht und die schattigen Gesichter der anderen. Irgendetwas stört mich, aber ich komme nicht darauf, was es sein könnte. Ich warte auf etwas, das mich an Einschlafen hindert. Vielleicht kann Martin aus demselben Grund nicht schlafen, nicht nur deshalb, weil er den wachsamen Arier mimen muss. Die dicke Frau neben mir nickt mit dem Kopf und quillt vor sich hin, der SS-Soldat schläft den Schlaf der Gerechten und die drei Gesichtslosen verschränken die Arme, lehnen sich zurück und dösen, und ihre Köpfe rollen und zucken hin und her wie bei kaputten Marionetten. Nur Martin und ich sind wach und unruhig, wie von einem Fieber gepackt. Ich weiß nicht genau, was los ist – dabei warte ich eigentlich nur auf den Moment –, bis der Schaffner die Tür aufschiebt.

Plötzlich ist mir alles klar. Aber nicht er ist das Problem. Das Problem ist die Stimme hinter ihm im Gang. »Ausweiskontrolle!« Jetzt sehe ich, wie auch Martin in die Richtung schaut, ehe er mit aufmerksamer, verschwörerischer Miene meinen Blick sucht. Das ist es, worauf wir die ganze Zeit warten, das ist es, was wir fürchten – den Augenblick, wenn unsere verräterischen Papiere begutachtet werden und unser Makel offenbar wird. Kaum ist der Schaffner verschwunden, tauchen zwei Soldaten in der offenen Tür auf und leuchten mit den Taschenlampen über die Gesichter der Fahrgäste. Und während der eine die Ausweise kontrolliert, späht ihm der andere über die Schulter und achtet darauf, dass nirgendwo gemauschelt wird.

Martin nimmt unsere beiden Ausweise aus der Tasche, und ich sehe ihm an, dass er genauso nervös ist wie ich. Werden wir jetzt mit einem Fußtritt in den Gang oder Gepäckwagen befördert, oder an der nächsten Station – oder auch sofort? – aus dem Zug geworfen, oder müssen die beiden Halbjuden nur den üblichen Spott einstecken? Was wird der nette SS-Soldat denken, der unwissentlich sein Bein gegen meins lehnt, wenn er erfährt, wer ich bin? Aus Achtung vor seinem bevorstehenden Sinneswandel ziehe ich verstohlen mein Bein weg. Da sind sie auch schon, die anderen Pässe, unbesorgt werden sie einer nach dem anderen hingereicht. Die dicke Frau zieht die Lippen über die Zähne und prüft im schwach beleuchteten Spiegel, ob ihr Lippenstift noch zu sehen ist. Ungezwungen lässt sie den Arm ausgestreckt, um ihre Papiere wieder in Empfang zu nehmen, was mit einem gemurmelten Dankeschön geschieht. Die drei Unscheinbaren sind nicht ganz so lässig. Höflich wenden sie das Gesicht ins Licht der Taschenlampe, warten, bis die Polizisten die Fotos mit den Gesichtern abgeglichen haben, und murmeln, als sie ihren Ausweis mit einem Danke wiederbekommen, ihrerseits ein leises Danke. Der SS-Soldat wacht nicht einmal auf, und die Polizisten zucken mit den Schultern und lassen den Helden weiterschlafen.

Jetzt nehmen sie Martins und meine Papiere an sich. Kurz leuchten sie mit der Taschenlampe drüber, dann leuchten sie über uns drüber, runzeln die Stirn, tauschen einen Blick aus und beratschlagen. Der eine ist schon älter und hat ein verhärmtes Gesicht mit eingefallenen Wangen, als hätte er sein Gebiss vergessen. Das ist der, der dem anderen wider das Mauscheln über die Schulter späht, und ich ahne schon, dass er von den beiden das Sagen hat. Erst versuche ich, ihm einen flehenden Blick zuzuwerfen, und als das überhaupt nichts bringt, versuche ich, unbesorgt zur Seite zu schauen. Irgendwann zuckt er mit den Schultern, genau wie bei dem SS-Soldaten, wenn auch sicherlich nicht aus demselben Grund, und nickt. Sie werfen uns einen strengen Blick zu und reichen uns die Papiere zurück, wobei nur das fehlende Danke auf ihre Missbilligung deutet, und schieben die Tür wieder zu.

Ich sehe, wie sich Martins Gesichtszüge entspannen, bestimmt genau wie damals bei mir, als Fritzi Wimmer seine Schikane einstellte. Er nimmt eines der Butterbrote aus der Tasche, die Gabi heute Morgen für uns geschmiert hat, und fängt langsam an zu essen, die Unterlippe vorgestreckt wie Mussolini. Nachdem ich ihm mit einem vielsagenden Nicken aufs Knie tippe, gibt er mir eins ab. Mit dem Hauch eines Lächelns sieht er mich an, was er, soweit ich mich erinnere, noch nie getan hat. Es muss für ihn so sein, als wäre er doch noch in der Hitlerjugend aufgenommen worden. Ich bekomme sogar alle Brote, die mir zustehen. Vielleicht wird's ja doch nicht so schlimm in Berlin, denke ich, kurz bevor ich einnicke. Wieder stößt mein Bein gegen das des SS-Mannes, aber ich habe das zufriedene Gefühl, dass es jetzt ruhig so bleiben kann. Selbst als mein Kopf gegen seine breite arische Schulter fällt, zucke ich nicht zurück. Wer weiß? Vielleicht wird es ja doch ganz lustig im tiefsten Herzen der Nazis.

Tante Maria und Frau Hoffmann, so soll ich sie nennen, scheinen ähnlicher Meinung zu sein. Tante Maria ist mütterlich mollig, aber kinderlos, Frau Hoffmann ist von Kopf bis Fuß dünn und kerzengerade, abgesehen von zwei Vorsprüngen am Kopf, einmal die Hakennase und einmal der dicke graue, altjungferliche Dutt im Nacken. Ihre übrige Gestalt ist glatt und gerade wie eine verwitterte Bohnenstange. Während Tante Maria sofort mit Martins Unterricht beginnt, trifft Frau Hoffmann die nötigen Vorbereitungen für mein schulisches Gedeihen. Sie geht mit mir in die Schule, die gleich in der Nachbarschaft liegt und ziemlich vornehm wirkt, und wo wir das übliche Formular ausfüllen und ein Kästchen ankreuzen müssen, ob ich arischer Herkunft sei oder nicht. Frau Hoffmann tauscht sich im Flüsterton mit der Sekretärin aus, und ich werde nie erfahren, was in das Kästchen kommt.

Und schon bin ich in der Schule angemeldet, und Frau Hoffmann sagt, es wisse niemand etwas davon, dass meine Mutter Jüdin ist. »Und du wirst dich unterstehen, es irgendjemand auf die Nase zu binden«, fügt sie hinzu. Ich frage mich, ob es wohl auf dieser Schule noch andere heimliche Halbjuden wie mich gibt. »Das kann dir egal sein«, erwidert Frau Hoffmann auf dem Weg zurück zu Tante Marias Wohnung. »Denk dran, du bist nicht anders als die anderen.« Eine Sache weiß ich: Würden sie mir zur Überprüfung die Hose runterziehen, hätten sie keinen Grund, daran zu zweifeln. Meine christianisierte Mutter hat die entsprechende Verstümmelung nie in Erwägung gezogen, und Willibald ist ohnehin der Ansicht, dass man jeden Millimeter gebrauchen kann – so der Tenor seines nichtjüdischen Denkens. Das zählt zu den wenigen Dingen, worin sie sich einig sind. Und natürlich, dass Ilse etwas schwerfällig ist.

Die Schule liegt im Bezirk Steglitz, wo Tante Maria und ihr Vater wohnen, und fast alle Schüler sind Kinder von Offizieren, Anwälten oder Ärzten. Und genau wie Maria prophezeit hat, hinke ich im Unterricht hinterher – nur den Morgengruß an den Führer kann ich, der aber je nach Lehrer eher heruntergeleiert wird oder sogar ganz ausfällt. Wenig erinnert an den Drill meiner linientreuen Dorfschule. Obwohl ich den Gruß fehlerfrei aufsagen kann, zeigen sich weder Frau Hoffmann noch Tante Maria davon beeindruckt, und auch davon nicht, dass ich den Soldateneid auswendig kann, den Willibald immer vor sich hin murmelt, wenn er sehnsüchtig seiner tapferen Soldatenzeit nachhängt: *Ich schwöre bei Gott diesen heiligen Eid, dass ich dem Führer des Deutschen Reiches und Volkes, Adolf Hitler, dem Oberbefehlshaber der Wehrmacht, unbedingten Gehorsam leisten und als tapferer Soldat bereit sein will, jederzeit für diesen Eid mein Leben einzusetzen.* Sie fallen mir sogar ins Wort, als ich einmal beim Mittagessen probehalber damit anfange, und ich ahne, dass selbst ein Jägerlein-Gedicht besser ankäme, nur fällt mir leider keines ein.

Bald darauf bekomme auch ich Nachhilfe in Mathe und Deutsch, die Fächer, in denen ich die größten Lücken habe. Dass ich als Pastorensohn bibelfest sei, setzen sie voraus. Zum Glück werde ich nicht auf die Probe gestellt. Ich war so gut wie nie in der Kirche, und die paar Mal habe ich meistens vor mich hin geträumt. Und Willibald ist immer viel zu beschäftigt mit seinen Dramen, um den eigenen

Kindern zu Hause das beizubringen, was er den Kindern in der Schule nicht mehr beibringen darf. Folglich kann ich kaum zwischen Saulus und Paulus unterscheiden oder zwischen Johannes dem Evangelisten und Johannes dem Täufer, obwohl ich das Tischgebet genauso fehlerfrei aufsagen kann wie den Soldateneid oder das Gebet für Führer, Volk und Truppen (*Und segne vor allem unseren Führer und Obersten Befehlshaber in allen Aufgaben, die ihm gestellt sind*), das ebenfalls zu Willibalds Favoriten zählt.

Frau Hoffmann gefällt mir, weil sie einen falschen Augenzahn hat, den sie mal einsetzt und mal nicht. Ich kann hinter diesen dentalen Erscheinungen kein Prinzip erkennen, aber allein die Verwirrung darüber versetzt mein Gehirn in Schwingungen. Tante Maria gefällt mir auch, weil sie nach Puder und Kölnischwasser duftet und beim Husten den Kopf zur Seite dreht und sich den ganzen Glibber weder zurück durch den Rachen zieht, noch geräuschvoll in ihr Taschentuch entleert wie Willibald. Ich würde doch hoffentlich nicht alles glauben, was ich zu Hause im Radio höre, sagt sie. Als ich ihr erzähle, das Radio habe man uns zusammen mit dem Hund und den Kaninchen weggenommen, schüttelt sie den Kopf und zuckt mit den Schultern. »Besser gar nichts hören als lauter Lügen.«

Den Vater von Tante Maria mag ich nicht so sehr. Er stinkt nach Zigaretten und nach etwas Undefinierbarem, das ich mit dem Alter in Verbindung bringe (Altmännerpisse, sagt Martin), und meistens hat er Ei oder Kaffee in seinem zotteligen weißen Bart hängen. Hinzu kommt, dass er völlig unberechenbar ist. Manchmal hat er richtig gute Laune, wenn er mir Bilder von Leuten zeigt, die Kaiser Willi oder Marschall von Hindenburg heißen, wobei Letzterer einen so dicken Bauch hat, dass ich mich frage, ob er im Liegen nicht noch größer wäre als im Stehen (und schon im Stehen ist er nicht gerade ein Zwerg). Manchmal ist Onkel Karl, wie ich ihn nennen soll, aber auch ruppig und gereizt, und ich mache einen großen Bogen um ihn. Aber das alles ist harmlos im Vergleich zu den Wutanfällen und Szenen, die ich aus Heimstatt kenne, und alles in allem habe ich den Eindruck, dass es hier relativ friedlich zugeht. Mir dämmert sogar noch etwas anderes (ich bin jetzt in dem Alter, wo es langsam dämmert). Nämlich, dass das Leben hier ziemlich normal ist, anders als das Leben in Heimstatt – das einzige, das ich bisher kannte. Diese Erkenntnis ist ähnlich verstörend wie die Feststellung, dass man eine falsche Abzweigung genommen hat und nicht mehr umkehren kann. Was mir alles entgangen ist! Was wird mir wohl noch alles entgehen? Auch diese Frage dämmert mir, doch sie verschwindet wieder hinter den Wolken des Alltags. Nur hin und wieder lösen sich die Wolken auf, und dann dämmert mir die Frage aufs Neue.

Eines Nachts werde ich von einem markerschütternden Heulen aus dem Schlaf gerissen, einem für meine Ohren völlig neuen Geräusch, gefolgt von einem Krachen, das ich erst für Donner halte. Aber dieser Donner ist noch lauter als damals vor zwei Jahren beim Sommergewitter auf der Berghütte, und hier gibt es keinen Heinrich Schmidt, um mich zu beruhigen. Stattdessen gibt es einen Martin, der mich informiert, dass die Engländer im Anflug seien und die Flugabwehrkanonen diesen Krach verursachten. Das klingt alles andere als beruhigend. Dann taucht Tante Maria in Morgenmantel und Lockenwicklern auf, und wir müssen alle herunter in den Luftschutzkeller.

Durch die verhängten und unbeleuchteten Fenster im Hausflur sehe ich ein tanzendes Gitter aus Suchlichtern und ein gewaltiges Feuerwerk in der Ferne. Martin bleibt stehen, um zu gucken, aber Tante Maria drängt ihn weiter und sagt das Wort »Lancaster«, womit ich nichts anfangen kann, und dann sagt sie mit trotziger arischer Stimme: »Diese verfluchten Engländer!«, womit ich schon ein bisschen mehr anfangen kann. Ich weiß, dass die Tommys unsere Feinde sind, doch dieses »unser« ist nicht ganz zu durchschauen, denn schließlich ist meine Mutter keine koschere Deutsche, aber auch keine koschere Jüdin, und die Tommys kämpfen ja eigentlich nur gegen die koscheren Deutschen. Also verschiebe ich die Frage nach Freund oder Feind auf später – es ist ja auch eher ein philosophisches Problem. Man denke nur an Fritzi Wimmer, und wie er mir genau in dieser Sache das Leben schwer machte.

»Los, beeil dich«, knurrt Onkel Karl auf einmal neben mir, der eine Taschenlampe, eine Kerze und aus irgendeinem Grund einen Regenschirm dabeihat. Im Keller sitzen alle möglichen Leute in allen möglichen Schlafgewändern und sind sehr still und aufmerksam. Manche tragen Hüte, andere haben Kaffeetassen und Thermoskannen dabei wie auf einem Picknick, und wieder andere stützen den Kopf in die Hände, als hätten sie Angst, dass ihnen die Decke auf den Kopf fällt. Onkel Karl spannt den Regenschirm auf und hält ihn über sich. »Es regnet durch!«, erwidert er auf meine stumme Frage und deutet mit dem Kopf zur Decke. *Es regnet durch!* Das alles finde ich faszinierend, bis der rebellische Martin eintrifft und verkündet, soeben sei ein feindlicher Flieger in Flammen aufgegangen. Er sagt es mit triumphierender Stimme, aber seltsamerweise scheint niemand seine Freude zu teilen. Maria schüttelt sogar den Kopf und murmelt hustend: »Diese armen Kerle.«

Dasselbe murmelt sie, ebenfalls hustend, als Vetter Erwin in der Woche darauf zusammen mit Lerke, seiner Verlobten, und Robert, seinem jüngeren Bruder, der gerade in die

Wehrmacht eingetreten ist, zu Besuch kommt – keinen davon habe ich je zuvor gesehen. Mit seinem Eisernen Kreuz und dem Eichenblatt sieht Erwin genauso aus, wie man sich einen Kampfflieger vorstellt, nur ist er nicht ganz so arisch-blond, wie ich gedacht hätte – eher hellbraun. Aber ein Ass, das ist er, schneidig und galant. Robert übrigens ist ebenfalls schneidig und galant, obwohl er nur ein einfacher Soldat ist. Trotzdem kann man sich in seinen Stiefeln spiegeln. Lerke ist erdbeerblond und lächelt mich und Martin mit tiefblauen Augen an, während sich Erwin nach der Familie erkundigt und sogar Tante Gabi mit Namen erwähnt, als wären die Nürnberger Gesetze nicht einmal ersonnen, geschweige denn erlassen worden. Liegt es an Erwins Charme oder an den braunen Haaren, die nur wenig heller sind als seine eigenen, dass Martin die Panzer zugunsten der Flugzeuge aufgibt und auf einmal zur Luftwaffe will?

»Zur Luftwaffe?«, wiederholt Erwin lächelnd, als ihm Martin seinen Wunschtraum anvertraut. Sein Lächeln ist eher reumütig als ironisch, wobei ihm sicherlich klar ist, dass Martins Chancen bei der Luftwaffe in etwa so groß sind wie seine Chancen, einen Blick auf Hitlers Schniedel zu werfen. »Das wollte Robert auch zuerst. Du bist verrückt, habe ich zu ihm gesagt.«

»Wieso verrückt?«

»Die Lebenserwartung eines Fliegers im Dienst beträgt in der Regel drei Monate.«

Dann dreht er sich zu Lerke um, macht eine gespielte Verbeugung und lächelt sie an. Diesmal ist es ein ironisches Lächeln. »Im Übrigen darf ich darauf hinweisen, dass ich selbst die unumstößliche Ausnahme zu dieser Regel bilde.«

Lerkes Blick hatte sich verdüstert, doch jetzt hellt ihre Miene auf, und sie schenkt ihrem Zukünftigen ein tapferes

Lächeln, wie es sich für ein treues und duldsames arisches Mädchen gehört.

Behutsam wirft Tante Maria ein, dass Gabi hier in Berlin noch einige Verwandte habe, nämlich Gabis Tante Hedwig und eine Kusine zweiten oder dritten Grades. Das höre ich zum ersten Mal, seit wir hier sind. Da ich sie nicht kenne, verbinde ich nichts mit ihnen, und meinetwegen müsste ich sie nicht unbedingt kennen lernen – zumal es vermutlich nicht ganz ungefährlich sein wird. »Vielleicht möchtest du sie ja mal sehen …?«, fragt Tante Maria zögerlich.

Erwin muss gar nicht erst zu Lerke oder Robert blicken, bevor er darauf reagiert, indem er sich mit dem kleinen Finger über die Augenbraue streicht. »Ein andermal vielleicht«, murmelt er in ruhigem, bedauerndem Ton. Trotzdem herrscht mehrere Minuten lang peinliches Schweigen, als hätte jemand einen Furz gelassen und als wüsste niemand die übelriechende Indiskretion zu überspielen.

Ein oder zwei Wochen, nachdem Erwin und Robert abgereist sind – Robert, um im Osten den Iwan niederzuwerfen, Erwin, um im Westen die Engländer zu bezwingen –, da schlagen Tante Maria und Frau Hoffmann vor, zum Sonntagsspaziergang in den Botanischen Garten zu fahren, einen Park, in dem, wie ich fürchte, überall Tommys lauern, denn ich weiß von Martin, dass einige Tommys von unseren tapferen Kriegern abgeschossen wurden und mit dem Fallschirm dort landen mussten. Martin reißt sich auch nicht darum (er wird doch wohl keine Angst vor den Tommys haben?), doch Tante Maria zeigt sich auffallend beharrlich, und so begleitet er uns demonstrativ ungeduldig und schmollend. Wir kommen ans Tor, gehen aber erstaunlicherweise nicht hindurch, wofür ich nicht ganz undankbar bin. Der Gedanke, im Gebüsch einen Tommy zu finden, gefällt mir gar nicht, auch wenn ich nicht wirklich daran glaube und nicht einmal weiß, ob er lebendig oder tot wäre – oder was ich schlimmer fände.

Stattdessen spazieren wir um den Park herum und ein Gässchen hinunter, bis wir wie aus Versehen auf drei Leute stoßen, einen Mann und zwei Frauen, die blass und erschöpft und heruntergekommen wirken. Alle tragen einen gelben Stern am Mantel. Wie es scheint, versuchen sie, den Stern so gut es geht mit ihrem Schal zu bedecken, ohne sich dem Verdacht auszusetzen, ihn vorsätzlich verstecken zu wollen. Das sind also Juden, denke ich, meine ersten überhaupt, abgesehen von meiner Mutter, die ich aus irgendeinem Grund nicht dazurechne. Ich frage mich, ob Gabi genauso aussehen würde, wenn Franzi Wimmer ihr den Stern nicht wieder abgenommen hätte. Er gibt den tristen und fadenscheinigen Kleidern etwas Farbe, aber irgendwie verstehe ich jetzt, was Gabi damit meinte, als sie verkündete, sie werde ihn niemals tragen. Der Mann lüftet seinen schäbigen Hut und spricht uns an, als müssten wir ihn kennen. Zufällig bin ich am dichtesten dran und will mich hastig an diesem dubiosen, befremdlichen Dreiergespann vorbeidrücken, da sagt Tante Maria mit leiser Stimme: »Das sind dein Onkel Salomon und deine Tante Lotte. Und das da ist Hedwig, deine Großtante.«

Großtante Hedwig sieht aus wie eine alte Frau, die in einer Haut steckt, die ihr zweieinhalb Nummern zu groß geworden ist. Man sieht ihr an, dass sie irgendwann mal dick und vergnügt war, aber jetzt ist sie welk, und ihre Haut hängt schlaff an ihr herunter wie ein zerstochener Luftballon. Sie mustert mich mit feuchten Augen und ernster Miene, und ich sehe mit Unbehagen zu den anderen beiden hoch, die einfach nur traurig, müde und elend wirken.

Ständig blicken sie sich unruhig um, schauen nach hinten über ihre Schulter das Gässchen hinunter und von einer Straßenseite zur anderen. Aber wenigstens sind ihre Augen nicht feucht oder auf mich gerichtet.

Nach kurzem Zögern schlägt Martin die Hacken auf eine Weise zusammen, die Erwin alle Ehre gemacht hätte, und wir stehen da und plaudern oder tun so als ob, damit alle sehen, dass wir uns nur zufällig über den Weg gelaufen sind und bald wieder auseinander gehen werden. Sie plaudern hauptsächlich mit Martin und Tante Maria. Frau Hoffmann und ich stehen ein bisschen abseits. Aber auch so begreife ich, dass sie sich eigentlich nicht unterhalten, sie bringen nur die Zeit bis zum Abschied herum. Unsere Schuhe knirschen auf dem Kies, und das Gespräch besteht aus Husten und Schweigen, und dazwischen fallen ein paar Worte – nicht umgekehrt. Hin und wieder sehen sie mich an, lächeln und stellen mir typische Erwachsenenfragen, aber da ich nicht weiß, was ich antworten soll, sehe ich einfach nur zu Boden und scharre schüchtern und etwas trotzig mit den Füßen.

Martin kann das besser – aber er ist ja auch älter, und außerdem ist er Martin –, und ein oder zwei Minuten läuft das Gespräch. Anscheinend wollen sie wissen, wie es den anderen geht, und Martin zeichnet ein solches Bild der Heiterkeit und des Frohsinns, dass mir der Atem stockt. Wenn man ihn so reden hört, könnte man meinen, Ilse wäre so gut wie immatrikuliert und Willibald stünde kurz vor seiner Ernennung zum Bischof. Er selbst (der sich natürlich nicht unerwähnt lässt) werde wahrscheinlich wie sein Vetter Erwin zur Luftwaffe gehen.

»Oh nein«, murmelt Großtante Hedwig erschrocken, die Tränen stehen ihr in den Augen, und es folgt ein ähnlich betretenes Schweigen wie nach Erwins ausweichender

Antwort auf das Angebot, sich mit Gabis Verwandten zu treffen. Dann schaltet sich Salomon ein, der Mann von Gabis Kusine zweiten oder dritten Grades, der aussieht, als wären ihm die Rasierklingen ausgegangen, die tatsächlich Mangelware sind in diesem Kriegsjahr. Er erkundigt sich nach Sara, worauf Martin versichert, auch Sara mache sehr gute Fortschritte – für ein Mädchen.

Nach etwa einer Viertelstunde biegen zwei Männer in die Gasse ein, und Gabis Verwandte ziehen den Kopf ein und gehen weiter. Noch immer kommen sie mir nicht wie Menschen vor – eher wie menschliche Schatten. Aber so scheinen sie sich auch selbst vorzukommen. Martin schlägt noch einmal vorbildlich die Hacken zusammen, doch während sie davonschlurfen, verdreht er die Augen gen Himmel, als wollte er sagen, ja, Adel verpflichtet, aber dieses Gesindel soll sich bloß nichts drauf einbilden. Mir scheint, die drei sind genauso enttäuscht wie wir, ähnlich wie ein paar Bettler, die noch immer mit leeren Händen dastehen und eine neue Masche aufziehen müssen. Dann dreht sich Tante Hedwig noch einmal um, und da ich direkt hinter ihr stehe, packt sie mich an den Händen. »Vergesst uns nicht«, bittet sie uns mit unsicherer Stimme und rot geäderten Augen, die geradewegs durch meine hindurchsehen und mich an einer dunklen, verborgenen Stelle im Kopf berühren, von der ich bis dahin noch nichts wusste. Fast fange ich selbst an zu weinen.

»Es muss furchtbar für sie sein«, murmelt Tante Maria zu Frau Hoffmann, und sie blickt ihnen nach, wie sie bis zum Ende der Gasse gehen und schließlich um die Ecke biegen, »zwölf Stunden am Tag müssen sie Bomben bauen, die dann über England abgeworfen werden, über ihrem eigenen Sohn …«

Frau Hoffmann seufzt.

»Ihr eigener Sohn?«, wiederhole ich, und meine Stimme klingt auf einmal unsicher.

Martin seufzt und verdreht wieder die Augen gen Himmel, als ob ich wirklich unglaublich naiv und er mit seiner Geduld am Ende sei.

»Ja, Wolfgang«, erwidert Tante Maria zerstreut und richtet den Blick auf die beiden Männer, die auf uns zukommen. »Der Sohn von Salomon und Lotte. Er ist vor dem Krieg ausgewandert. Er wollte Pianist werden.«

Obwohl Martin so genervt ist, wüsste ich gern noch mehr darüber, aber die beiden Männer sind nur noch wenige Meter von uns entfernt und sehen uns durchdringend an, und meine Neugier ist verflogen. Sie bleiben vor uns stehen, einer fördert ein funkelndes Abzeichen zu Tage, hält es Maria unter die Nase und murmelt: »Gestapo.«

Ich habe das Gefühl, als wäre ich gerade in einen leeren Fahrstuhlschacht getreten, ich scharre mit den Füßen auf dem Bordstein, während Frau Hoffmann und Tante Maria ihre Ausweise vorzeigen und beklommen Rede und Antwort stehen wie Schulkinder, die beim Schuleschwänzen erwischt worden sind. Dabei wird es nicht bleiben, so viel ist klar, und es herrscht angespannte Stille, als die beiden Gestapo-Männer ihren forschenden Blick jetzt auf Martin und mich richten. Die Selbstsicherheit, mit der Martin den beiden unsere Papiere überreicht, ist eindeutig gespielt und tut wenig für meine schwankende Selbstbeherrschung. Während unsere Ausweise skeptisch beäugt werden, erst von dem einen, dann von dem anderen geheimen Wächter des Reichs, habe ich Angst, dass gleich etwas weitaus Schlimmeres passiert, als ich mit Fritzi Wimmer erlebt habe. Doch irgendwann legen sie die Köpfe zu einem gemeinsamen Gehirn zusammen und stellen widerwillig fest, dass unsere Papiere in Ordnung sind. Mit einem Nicken bedeuten sie uns, dass wir weitergehen dürfen. Tante Maria (lechzt sie jetzt noch immer nach ihrem Martyrium?) sieht sich ermutigt, mit einem Hauch von Sarkasmus nachzuhaken, ob wirklich alles zur Zufriedenheit der Herren sei.

»Ihr kommt auch noch dran«, lautet die mürrische Antwort, worauf sie sich nervös und triumphierend zugleich abwendet.

Diese Stimmung hält an, bis wir schließlich doch noch in den Botanischen Garten gehen, wo weder lebende noch tote Tommys lauern, dafür umso mehr anständige Arier ihre trotz des Krieges elegante Kleidung spazieren führen und mit ihren anständigen arischen Kindern und anständigen arischen Hunden Ball spielen. »Lasst uns einen Kaffee trinken«, schlägt Tante Maria vor, die Stimme etwas unsicher und die Wangen leicht gerötet. »Maria«, sagt Frau Hoffmann vorwurfsvoll, »du solltest es wirklich nicht noch herausfordern.« Ich bin versucht zu fragen, was sie denn beim Kaffeetrinken herausfordert, obwohl ich genau weiß, dass etwas ganz anderes gemeint ist; dann aber sehe ich Frau Hoffmanns gerunzelte Stirn und Tante Marias zusammengepresste Lippen und kann der Versuchung ohne weiteres widerstehen.

Während ich den dünnen milchigen Kaffee-Ersatz trinke, der für mich bestellt wurde, fällt mir wieder ein, dass Großtante Hedwig in ihrem letzten Brief an Gabi einen Ehemann namens Moritz erwähnt hatte. »Warum ist Onkel Moritz nicht mitgekommen?«, frage ich Tante Maria.

Tante Maria zögert, wirft Frau Hoffmann einen Blick zu, und ich ahne, dass das wieder so eine Frage ist, die ich nicht hätte stellen dürfen. »Ich nehme an, Tante Hedwig wollte nicht darüber reden …«, beginnt sie mit Unbehagen in der Stimme.

»Über was?«

»Na ja, inzwischen wird sie's deiner Mutter wohl geschrieben haben ...«, fährt Tante Maria fort und wirft Frau Hoffmann einen flehenden Blick zu. »Weißt du, Onkel Moritz konnte nicht mitkommen, weil er, weil er ...«

»Weil er evakuiert wurde«, erklärt Frau Hoffmann mit fester Stimme. »In den Osten.«

»Ach ja, richtig, das war's«, stimmt ihr Tante Maria zu, als wäre es ihr kurzzeitig entfallen. »Richtig. So, jetzt sollten wir aber langsam nach Hause.«

Das ungute Gefühl in meiner Magengegend sagt mir, dass es mit dieser Evakuierung etwas auf sich haben muss, vor allem als ich Martins flackernde Lider und sein vielsagendes, überhebliches Grinsen sehe. Genauso ging es mir, als im vergangenen Jahr Tante Hedwigs Brief eintraf. Ich habe Angst, die Wahrheit zu entdecken. Außerdem sehe ich ja, dass weder Tante Maria noch Frau Hoffmann mich aufklären wollen. Also beschließe ich, nicht mehr darüber nachzudenken und zu hoffen, dass sich die Sache von selbst erledigt, was natürlich nicht passieren wird.

Onkel Karl stößt nur ein beiläufiges Grunzen aus, als Maria ihm nach unserer Rückkehr erzählt, wo wir gewesen sind und mit wem wir uns getroffen haben. Er wolle sein Abendbrot und er wolle nichts mehr davon hören, nörgelt er. Er habe die Nase gestrichen voll.

Im Radio begeistert sich eine Stimme darüber, dass täglich immer mehr Deutsche in den neuen Ostgebieten einträfen, um dem Führer beim Aufbau des neuen Europa zu helfen. Dazu hört man eine Frauenstimme, die voller Stolz verkündet, auch sie gehöre dazu und sei in ihrem Leben noch nie so glücklich gewesen.

»Macht endlich dieses verdammte Ding aus!«, befiehlt Onkel Karl mit vollem Mund und versprüht sein Essen über Serviette und Bart. Er scheint zu wissen, dass die Verwandten, die wir heute getroffen haben, Onkel Moritz bald in den Osten folgen werden, und als würde ihm das, was *deren* Beitrag zum neuen Europa ausmachen wird, den Appetit verderben.

Zum Abendbrot gibt es Kartoffelsalat mit Würstchen, und ich muss sowohl an Adolf als auch an Brutus denken. Trotzdem esse ich alles auf, auch wenn mir dabei etwas mulmig ist, denn ich schäme mich nachhaltig meiner unverkennbar armen und minderwertigen Verwandten, und ich schäme mich, weil ich mich ihrer schäme. Ich schätze, Martin geht es ähnlich (wobei *er* sich nur in erster Instanz schämt – sich seiner selbst zu schämen, käme ihm nie in den Sinn), denn er schwadroniert mit einer doppelten Portion seines üblichen Dogmatismus von der überlegenen Taktik des deutschen Luftkrieges, wann immer sich Tante Maria oder Frau Hoffmann auch nur andeutungsweise der Frage nähern, was wohl mit diesen »armen Menschen« geschehen werde.

Doch die Stimmung verfliegt wieder, oder vielmehr, ich verdränge sie, und am darauf folgenden Dienstag oder Mittwoch kann ich mich kaum noch an die drei gebrochenen, verängstigten und schäbig gekleideten Menschen erinnern, und an meinen Onkel Moritz, den ich nie kennen gelernt habe und auch nie kennen lernen werde, verschwende ich keinen Gedanken mehr. Und wenn doch, dann nachts im Bett, wenn im Schlaf die Kellertüren offen stehen und die gequälten hageren Schatten sich nach oben stehlen, um mich im Traum zu verfolgen. Außerdem wird mich in ein bis zwei Wochen Martins erste arische Romanze in Atem halten.

Dabei ist diese Romanze nur die erste von Dutzenden. Tante Maria hat eine Schwester, Elsa, die mit einem Anwalt verheiratet ist. Dieser Anwalt ist Mitglied der Partei.

Und Elsa hat eine Tochter, Eva, der Inbegriff eines deutschen Mädels – ihre Augen sind noch blauer als die von Erwins Lerke, sie ist noch blonder, selbstverständlich beim BDM und gehört zu den besten Turnerinnen ihrer Schule. Dass Martin und ich im Hause eines Parteimitglieds nichts zu suchen haben, ist klar, aber Elsa wird wohl hin und wieder ihren Vater besuchen dürfen, was sie auch tut, und Eva ist mit von der Partie. Elsa ist uns gegenüber eher kühl, wie es der Frau eines Parteimitglieds geziemt, Eva hingegen hat mit politischer Korrektheit nichts am Hut, und sie ist lustig und fröhlich. Sie hat einen Leberfleck auf der Wange, der mich fasziniert, und als sie das mitbekommt, erzählt sie mir, das sei ihr Schönheitsfleck. Aus irgendeinem Grund werde ich rot bis über beide Ohren.

Eva ist jünger als Martin, wovon man wenig merkt, und ihre Hormone sind genauso akrobatisch wie ihr restlicher Körper. Mit Kuchenkrümeln auf den wohlgeformten Lippen schlüpft sie hinter ihrer Mutter hervor, stopft sich den Rock in den Schlüpfer, macht auf dem frischen Frühlingsrasen Handstand und schlägt Räder und Purzelbäume, ehe sie sich hintenüber in die Brücke beugt und hin und her läuft wie ein Krebs, wobei sie uns – aber hauptsächlich Martin – ein keckes Grinsen schenkt, was ihren Schönheitsfleck noch besser zur Geltung bringt. Ich bin ungeheuer beeindruckt und versuche, auch wie ein Krebs zu gehen, breche mir dabei aber fast den Rücken. Martin ist auch beeindruckt, sieht aber klugerweise von der Nachahmung dieser halsbrecherischen Darbietung ab.

Auch ihre Mutter Elsa ist beeindruckt, als sie sieht, was Eva da treibt, und sie weist ihre Tochter zurecht, sich sofort ihren Rock zurechtzuziehen. Sie hat denselben Tonfall, denselben vielsagenden Blick, mit dem Gabi Willibald ermahnt, im Beisein der Mädchen sein Nachthemd zurechtzuziehen.

Doch Eva wirkt genauso unbesorgt wie Willibald. »Aber so machen wir's in der Schule immer«, erwidert sie frech, aber dann tut sie betont träge ihrer Mutter den Gefallen, was Willibald nicht einmal im Traum einfiele. Aber es ist zu spät, das Kind ist in den Brunnen gefallen. Auch Martins Hormone spielen jetzt verrückt, und er wird wochenlang davon träumen, in diesen Schlüpfer zu fassen, während er in seinem eigenen zugange ist.

Was sagt er wohl zu ihr, um sie bei ihrem nächsten Besuch in unser gemeinsames Zimmer zu locken? Muss er überhaupt etwas sagen? Wahrscheinlich ist sie es sogar, die ihn nach oben lockt. Onkel Karl döst in seinem Liegestuhl im Garten vor sich hin, den Bart über der eingefallenen Brust und dem kleinen Bauch wie ein räudiges, zum Trocknen ausgelegtes Schaffell. Tante Maria und Elsa sind in ein ernsthaftes Gespräch vertieft, wobei Maria immer wieder in ihr weißes Spitzentaschentuch hustet. Anhand vereinzelter Wörter und Seitenblicke reime ich mir zusammen, dass es dabei um Onkel Karls Gesundheitszustand geht, der sich immer mehr verschlechtert. Dann flüstert Martin Eva etwas zu, und Eva lacht lautlos, senkt den Blick und sieht mich von der Seite an, und ich fühle mich verpflichtet, so zu tun, als hätte ich nichts gemerkt. Dann auf einmal sitze ich ganz allein im Schatten der Ulme. Ich warte darauf, dass sie zurückkommen, aber sie kommen nicht zurück.

Mir ist langweilig. Irgendwann beschließe ich, sie suchen zu gehen. Erst suche ich den Rest des Gartens ab, dann das Haus. Irgendetwas rät mir – eine innere Stimme vielleicht, und zwar eine, die mir ausgesprochen unsympathisch ist –, erst ganz am Schluss in unserem Zimmer nachzuschauen. Sie rät mir, die Türklinke ganz leise herunterzudrücken und mich nicht zu wundern, dass die Tür von innen abgeschlossen ist. Im Zimmer wird geflüstert und gekichert, und danach herrscht bedeutungsschwangere Stille. Ich gehe weiter die Treppe hoch, die zu dem Zimmer führt, wo das Dienstmädchen wohnen würde, wenn es ein Dienstmädchen gäbe, kauere mich hin, umschlinge meine Knie und warte ab. Bald höre ich, wie Tante Elsa aus dem Garten nach Eva ruft. Kurz darauf höre ich sie auch im Haus rufen, sie klingt etwas beunruhigt oder auch misstrauisch. Da geht leise die Tür auf, und Martin kommt aus dem Zimmer, und er sieht aus, als wären seine Eier um das Dreifache angeschwollen. Was mit Sicherheit der Fall ist. Ich schmiege mich noch dichter ans Treppengeländer, wo er mich nicht sehen kann. Jetzt kommt auch Eva aus dem Zimmer, die Knöpfe ihrer zerknitterten weißen Bluse schließend. (Vorhin an der Haustür war die Bluse noch makellos.) »Ich komme!«, ruft sie, was sie vor wenigen Minuten auch schon gerufen haben könnte, streicht ihren knittrigen Rock glatt, wirft ihre beiden Zöpfe zurück und hüpft die Treppe hinunter. Martin folgt ihr kurze Zeit später, selbstgefällig und gemessenen Schrittes wie ein siegreicher römischer Feldherr.

»Och, wir haben nur Bauernskat gespielt«, höre ich Eva unbekümmert auf die ärgerliche oder auch vorwurfsvolle Frage ihrer Mutter erwidern, während erst Martin und dann ich dazukommen. »Wir haben dich gar nicht gehört.«

In den nächsten Wochen spielen Eva und Martin ziemlich oft zusammen Bauernskat, allerdings sehe ich kein einziges Mal ein Kartenspiel. Doch dann, als sie gerade anfangen, richtig Fortschritte zu machen, nehmen Martins vergnügliche Stunden mit Eva ein Ende, und es zerschlagen sich für ihn

9

sämtliche Hoffnungen, weiter zur Schule gehen zu können.

Anscheinend kriegen die Tommys den Hals nicht voll. Tante Maria, die hin und wieder schwarz hört (allmählich habe ich eine vage Vorstellung, was mit diesem Ausdruck verbunden ist), behauptet, wir würden mehr Flugzeuge der Royal Air Force abschießen, als die Tommys rüberschicken. Trotz dieser enormen Verluste kommen immer mehr britische Bomber. Zwei- bis dreimal die Woche sitzen wir jetzt unten im Keller, und wenn es dann so richtig kracht, bebt das Dach und der Putz rieselt auf Onkel Karls Regenschirm, nur Regen sehe ich noch immer nicht. Jedes Mal zieht sich mein Magen zusammen, und mir wird klar, dass ich zum deutschen Helden nicht geboren bin. Oder zumindest würde es mir spätestens jetzt klar, wenn ich's nicht schon wüsste – aber ich weiß es seit meinem ersten Schultag mit Fritzi Wimmer.

Selbst die Bonzen unter den Nazis kommen allmählich auf den Trichter, dass Vorsicht die Mutter der Weisheit ist, und man lässt alle Schulen evakuieren. Martin und Eva spielen ihre letzte Partie im Schlafzimmer, und Martin ist stoisch verzweifelt wie Tristan, der von Isolde scheiden muss. Dabei ist das noch gar nichts; es kommt noch einiges auf ihn zu.

An jenem Tag, an dem Eva im Hüpfschritt in den Zug steigt, der eine kostbare Fracht deutscher vermeintlicher Jungfern aufs Land befördern soll, schlitzt Tante Maria mit ihrem elfenbeinernen Briefmesser ein Schreiben aus Heimstatt auf. Es stammt von Willibald, ein Trauerspiel von einem Brief. Ein Wort ist sogar von einer Träne verwischt, aber glücklicherweise nicht so, dass es nicht mehr zu lesen wäre – wenn Willibald weint, dann mit Bedacht. Enthalten ist das offizielle Antwortschreiben der Schulbehörde auf seinen Antrag, Martin ein Schuljahr überspringen und an den Aufnahmeprüfungen für die achte Klasse teilnehmen zu lassen. Zwischen der üblichen bürokratischen Ouvertüre und dem Heil-Hitler-Schlussakkord ist der Tenor des Schreibens negativ. Laut Gesetz ist es nichtarischen Schülern nicht gestattet, eine Klasse zu überspringen. Ausschließlich reine Arierhirne dürfen zu derlei sportlichen Klassensprüngen ansetzen. Also ist das ganze Büffeln umsonst gewesen und Martins Schullaufbahn somit beendet. Zwischen den umständlich formulierten Zeilen hört man den kleinen Lacher heraus, den sich die phlegmatischen und kleinkarierten Bürokraten dabei gegönnt haben. »Fragen kostet nichts, was, Willibald?«

Welche Vorwürfe, welch verbitterte Besserwisserei, welche abermaligen Klagen über sinnlose Ausgaben Gabi an den Kopf geworfen werden, kann ich mir nicht einmal ausmalen, dazu bin ich zu jung. Nicht, dass ich es nicht trotzdem tue.

»Dabei bin ich überzeugt, dass du's geschafft hättest«, sagt Tante Maria bedauernd zu Martin.

Martin aber nimmt die Nachricht seines endgültigen Eintritts in die Unterklasse der Holzhacker und Wasserschlepper mit Gelassenheit auf. »Macht nichts, das Lernen hat mir trotzdem Spaß gemacht«, erwidert er mit der Anmut eines abgeschossenen Kampffliegers, der unerschrocken seinem Flugzeugwrack entsteigt. (Täusche ich mich, oder hat er sich gerade mit Erwins unterkühlt-eleganter Geste die Augenbraue glatt gestrichen?) »Ich werd's bestimmt noch mal gebrauchen können.« Vielleicht bezieht er den Satz auch eher auf das, was er von Eva gelernt hat, womit er sicherlich Recht hat.

Auch ich muss Abschied nehmen, da ich nicht mit meiner neuen Schule nach Ostpreußen ziehen werde. Der Schulleiter schlägt Frau Hoffmann vor, mich mitzunehmen, aber es scheint mein Schicksal zu sein, mit Martin nach Heimstatt zurückzufahren, wo es angeblich sicherer ist. Wie üblich finden diese Verhandlungen über meinen Kopf hinweg oder hinter meinem Rücken statt, und am letzten Schultag eröffnet Frau Stadler, die den morgendlichen Hitlergruß nie besonders ernst genommen hat, meiner Klasse, dass ich sie verlassen werde, und wünscht mir alles Gute. Der Junge, der die ganze Zeit unwissentlich neben einem Halb- oder auch Volljuden saß, schenkt mir seinen Bleistift, auf dem sein Name steht, und da mir nichts Besseres einfällt, schenke ich ihm meinen. »Mein Vater wurde in Afrika verwundet«, sagt Ulrich andächtig. »Er ist Oberst.«

Ich bin beeindruckt von diesen beiden Auszeichnungen und wünschte mir, Willibald hätte es wenigstens zu Letzterem gebracht. Außerdem wüsste ich gern, wie man sich verhält, wenn man mit so einer Heldengeschichte konfrontiert wird – soll ich ihm erst mein Mitgefühl und dann meine Glückwünsche aussprechen? Ich habe keine Ahnung, also nicke ich nur ehrfürchtig. Dann trennen sich unsere Wege.

Wenige Tage später bin ich wieder in Heimstatt, sitze in der Volksschule auf meinem alten Platz und genieße die unveränderte Aussicht auf Heini Beraneks ungewaschenen, pickligen Hals. Alles ist wie immer, sogar Fritzi Wimmers Sticheleien. »Na, Judenbub, zurück aus Berlin?«, fragt er freundlich und boxt mir auf dem Schulhof in die Schulter. »Und, wie war's?« Fräulein Meissner formuliert dieselbe Frage etwas höflicher, nachdem wir Adolf unseren steifen Arm dargeboten haben. (Offenbar hat sie zum

Glauben zurückgefunden.) Ich lasse mich zur Schilderung eines Luftangriffs hinreißen und schließe mit einem kreativen Augenzeugenbericht von der Vernichtung eines englischen Kampfflugzeugs, wobei ich in Wahrheit natürlich nichts dergleichen gesehen habe. Andächtige Stille breitet sich über die Klasse aus wie frischer Schnee auf einem Acker voller Disteln, und einen Augenblick lang koste ich das Gefühl aus, anerkannt, sogar bewundert zu werden. Dann meldet sich Fritzi zu Wort und will wissen, ob in dem Flugzeug Freunde von mir gesessen hätten. Und obwohl ihm die freche Bemerkung Fräulein Meissners Tadel einbringt, erkenne ich am komplizenhaften Kichern ringsum, dass ich damit in aller Deutlichkeit zurück in meine halbjüdischen Schranken verwiesen worden bin.

Also hat sich doch nichts geändert, bis auf den Umstand, dass ich jetzt dank meiner Berliner Schule Klassenbester bin. Zumindest wäre ich es, wenn der neue Schulleiter nicht etwas dagegen unternommen hätte. Der alte Schulleiter wurde eingezogen. Es sind die Russen, denen er jetzt eine Lektion erteilen soll, wobei ich mich frage, ob seine Rassenkunde an der Ostfront so gut ankommen wird. Von dem, was ich in Berlin gehört habe, tun sich die Russen etwas schwer mit dieser Theorie. Der neue Schulleiter ist gut über fünfzig und daher oder zumindest vorerst vom Dienst an der Waffe befreit. Zum Endsieg trägt er jedoch sein Scherflein bei, indem er meine Noten niedermacht. Er geht davon aus, dass ich in Berlin gemogelt habe oder irgendwie bevorzugt worden sei, denn ein Halbblut kann schließlich nicht mehr als halb so gut sein wie ein Vollblut. Folglich werden meine guten Zensuren abgeändert (»angepasst«, wie es heißt), und was dabei herauskommt, ist wenig mehr als guter Durchschnitt.

Dies ist meine erste Erfahrung mit »offizieller« Diskriminierung, und sie gefällt mir genauso wenig wie alle anderen, die das Pech haben, auf der falschen Seite zu stehen. Aber so wichtig sind mir Zensuren nicht, und anders als Willibald sehe ich das Ganze nicht als Skandal und Katastrophe. Gabi übrigens auch nicht – sie weiß schon lange, dass man als Jude besser nicht zu sehr auffällt, und dass dasselbe für Halbjuden gilt. Während Willibald also gegen den dummdreisten Schulleiter wettert, der das ehrwürdige deutsche Schulwesen korrumpiert, und Jägerlein, die rätselhafterweise mit Annerl zurückgekehrt und wieder im Einsatz ist, diejenigen Fenster schließt, die Ilse wegen ihrer Langsamkeit nicht schafft, sitzt Gabi am Esstisch und brütet über einer neuen Strategie, um die Bildungspolitik des Dritten Reichs zu unterlaufen. Kann es sein, dass das Dritte Reich einen ebenbürtigen Gegner in ihr hat? Jedenfalls dauert es nicht lange, und Gabis Strategie schlüpft aus dem Ei.

Einige Schalen brechen so schnell auf, dass man meinen könnte, sie brüte schon seit Monaten. Die schwerfällige Ilse zum Beispiel, die alle aufgegeben haben, fährt jetzt zweimal in der Woche nach Plinden, angeblich um einzukaufen – was sollte sie auch sonst dort anfangen, da sie ja nicht mehr zur Schule geht. (Wobei man sich fragen muss, was sie einkaufen, und erst recht, womit sie es bezahlen sollte.) Doch sie kommt nach Hause und hat nicht mehr in ihrem Rucksack als das, womit sie losgezogen ist, nur im Kopf hat sie ein bisschen mehr. In ihrem Rucksack stecken Schulbücher und im Kopf steckt neues Wissen. Sie nimmt nämlich Unterricht bei zwei Lehrerinnen, beides Laien von ebenjener Schule, die sie hinausbefördert hat. Die glühende Nationalsozialistin Förster weiß nichts davon – so steht zumindest zu hoffen –, dass Ilse bei Frau Professor Lambach und Frau Professor Zauner in ihrer gemeinsamen Wohnung am Seeufer Privatstunden nimmt. Die beiden wohnen zusammen, weil sie verwitwet sind, nachdem ihre Männer ihr Leben für das Vaterland geopfert haben, oder vielmehr, weil das Vaterland die Männer dem Führer geopfert hat. »Das Tausendjährige Reich hält bestimmt nicht ewig«, sagt Frau Professor Zauner, bei der Ilse Englisch und Französisch lernt. »Und dann gehst du wieder zur Schule.« Tausend Jahre sind natürlich keine Ewigkeit, aber der schwerfälligen Ilse scheinen sie doch recht lang. Zumal sie an ihrem nächsten Geburtstag schon achtzehn wird.

In den Pausen zwischen der Arbeit an *König David* oder *König Salomon,* zwei Titel, die im Dritten Reich nicht gerade der Publikumsrenner zu werden versprechen, lobt Willibald den Großmut der beiden Lehrerinnen, um im selben Atemzug die mangelnde Geschwindigkeit zu beklagen, mit der Ilse ihre geistige Nahrung verdaut. »Alles geht im Schneckentempo«, seufzt er hin und wieder, was sich sowohl auf Ilses körperliche als auch geistige Entwicklung bezieht. Dann schüttelt er den Kopf, und gebeugt vor den Mächten des Schicksals schwillt seine Stimme an. »Sie wird es nie zu etwas bringen.«

Ilses Unterricht wurde von Fräulein von Adler organisiert, die Pfeife rauchende, schwarz hörende Katholikin. Sie ist es auch, die darauf besteht, dass Ilses Schulbildung keinesfalls vernachlässigt werden dürfe. Ja, sagt sie, das Mädchen *sei* etwas schwerfällig, aber sie werde ihren Weg schon machen. Jetzt zeigt sie mit dem feuchten Mundstück ihrer Pfeife in Willibalds zurückweichendes Gesicht und verkündet mit heiterem Gackern, das im ganzen Haus zu hören ist, dass Rommel in Nordafrika von den Tommys und von Paulus in Stalingrad von den Russen einen auf den

Deckel bekommen habe und die Amis noch nicht einmal angefangen hätten. Wenn das so weiterginge, könne Hitler bald einpacken. Dasselbe gilt für sie, wenn sie weiter so den Mund aufreißt, obwohl Jägerlein gleich die Fenster zugemacht hatte, als sie sah, dass die kernige alte Dame im Anmarsch war. Dennoch grinsen ihr Gabi und Willibald zu, verziehen die Augenbrauen und schauen zu mir herüber, wie Elsa damals schaute, als Eva mit entblößtem Schlüpfer über den Rasen turnte. Und ich sehe schon, dass das wohl wieder etwas ist, das nicht für meine Ohren bestimmt ist. Allmählich lerne ich, was Verschwiegenheit heißt. Und von Sara, die in der Schule Französisch hat, habe ich auch ein paar Brocken gelernt, und als Fräulein von Adler zum ersten Mal die Amis erwähnt, denke ich erst, sie meint Freunde, wobei mir nicht klar ist, *wessen* Freunde. Ich habe jede Menge Fragen, aber mein neues Gefühl für Verschwiegenheit verbietet sie mir. Erst später klärt sich die Sache auf, als Sara mir erläutert, dass »Ami« kein schlechtes Französisch sei, sondern die Abkürzung für »Amerikaner«.

Fräulein von Adler ist nicht die Einzige, auf deren Hilfe Gabi zurückgreift. Fräulein von Kaminsky will zwar selbst nicht riskieren, wegen Martin oder Willibald – oder sonst wem, wie zu vermuten steht – ins KZ zu kommen, aber sie kennt eine pensionierte jüdische Gymnasiallehrerin in Bad Neusee, eine Frau Professor Goldberg, die genau die Richtige ist, uns ein paar Privatstunden zu geben. Einer Jüdin zu helfen kann schließlich nicht schlimmer sein, als selbst Jüdin zu sein.

Und dann wäre da noch Tante Helga, eine Bekannte Fräulein von Adlers. Die kennen wir schon. Bis sie blind wurde, war Tante Helga Erdkundelehrerin in Wien. Auf Fräulein von Kaminskys Empfehlung ist sie nach Heimstatt gezogen, um von ihrer Pension zu leben. Offenbar hat Fräulein von Adler ihr vorgeschwärmt, wie schön gelegen das Dorf sei, wobei ausgerechnet das als Vorteil anzupreisen schon ungewöhnlich ist, wenn man bedenkt, dass die Frau nicht sehen kann. Aber Tante Helga weiß offenbar, was gemeint ist, denn sie geht jeden Morgen mit ihrem weißen Stock aus dem Haus und wendet sich mit schlafwandlerischer Sicherheit der attraktivsten Aussicht zu, selbst wenn die Aussicht von Regen und Schnee verhangen ist. Auf jeden Fall findet sie auf einer Landkarte, die sie nicht sehen kann, London oder Paris noch immer schneller als ich, der ich die Landkarte sehr wohl sehen kann. Tante Helga macht es nichts aus, uns Stunden zu geben. Ihr Bruder war Sozialist und saß vor dem Krieg in einem Konzentrationslager, aber sie ist der Meinung, mit ihr werde sich niemand so viel Mühe machen. Zudem gibt es kein Gesetz, das verbietet, Halbjuden Privatstunden zu geben, oder? (Dieser Punkt ist nicht ganz geklärt. Wie Willibald bereits angemerkt hat, hilft sie doch damit den Kindern, die nicht weiter als bis zur sechsten Klasse zur Schule gehen dürfen, das Gesetz zu umschiffen. Aber das überlässt sie den Behörden, was Gabi nur recht sein kann.)

Und schließlich wären da noch Pfarrer Hertl, der kurzsichtige katholische Priester, sowie unser Kirchenorganist. Sie werden uns Latein- respektive Musikunterricht geben, Letzteres auf einer Geige, die für mich zu groß und für Sara zu klein ist (Martin und Ilse sind über solche Oberflächlichkeiten hinaus).

Das wären sie also, die Krieger, die Gabi gegen die Nazis ausgehoben hat. Nicht alle sind im strengen Sinne Freiwillige. Frau Professor Goldberg zum Beispiel, die pensionierte Lehrerin, würde lieber wie ein verhuschtes Mäuschen in ihrer kleinen Wohnung in Bad Neusee hocken und darauf hoffen, so lange vom ethnischen Säuberungstrupp verschont zu bleiben, bis der Tod in seiner natürlicheren Form an ihre Tür klopft. Und der Organist macht ständig einen Rückzieher und weigert sich, Sara und mich zu Hause zu unterrichten, wobei er uns auch nicht in sein Haus lassen will. Wir weichen also auf neutralen Boden aus, und zwar in die Sakristei der Kirche, wo es im Sommer feuchtkalt und im Winter eiskalt ist. Kein Wunder, dass aus unserer Fingerfertigkeit nichts wird. Er behält während der Stunden seine Handschuhe an und demonstriert fast nie etwas. Manchmal taucht er nicht einmal auf, und wir warten mit steif gefrorenen Händen und Füßen in der Sakristei. Für mich ist klar, dass er's nur deswegen macht, weil er nicht den Mumm hat, sich zu weigern. Und Gabi ist unerbittlich, wenn es um das geht, was sie für das Wohl ihrer Kinder hält. Sie drängt und hofiert und scheucht ihre kleine Armee, um sie bei der Stange zu halten. Widerstand ist beinahe zwecklos. Sie hat die Wehrpflichtigen wie die Freiwilligen fest im Griff.

Fragt sie sich eigentlich nie, ob sie nicht vielleicht zu viel verlangt von den Leuten, die sie um ihrer Mischlingskinder willen einspannt? Anscheinend nicht. Natürlich ist ihr klar, dass sie damit einiges aufs Spiel setzt, und das als Volljüdin, die von Rechts wegen einen Arier nicht einmal ansprechen dürfte, es sei denn in einem offiziellen Zusammenhang.

Aber dass die anderen, Arier wie Juden, ebenfalls etwas aufs Spiel setzen, kommt ihr gar nicht erst in den Sinn; und wenn ja, beeindruckt sie das wenig. Würde sie diese Leute um ihrer Kinder willen opfern? Ja, und zwar ohne mit der Wimper zu zucken.

Natürlich gibt es eine Ressource, auf die sie nicht zurückgreifen kann, eine Zivilperson, die sie nicht rekrutieren kann. Willibald war schon für die deutsche Wehrmacht ein Flop. Nicht mal im Traum würde Gabi daran denken, ihn um Hilfe zu bitten.

Auch nicht bei der Suche nach Arbeit für Martin. Trotz aller Bemühungen füllt der Unterricht nur einen Teil seiner Zeit aus, und anders als Ilse steckt er voller Kraft und Tatendrang. Irgendwie muss das Geld ja reinkommen, die Kerzenleuchter sind alle verkauft. Warum soll sich Martin keine Arbeit suchen? Und im Grunde will er auch. Vorzugsweise etwas mit Technik, bis er alt genug ist, sich als Freiwilliger bei der Luftwaffe zu melden. Wenn er jetzt zeigt, was er draufhat, werde man ihn später bestimmt mit Kusshand bei der Luftwaffe nehmen, denkt er. Und dann wird er sich als Jahrhundert-Kampfflieger erweisen, und bestimmt wird man ihn mit Eisernen Kreuzen überhäufen, genau wie Erwin. Vielleicht sogar mit noch mehr Eisernen Kreuzen als Erwin. Und er malt sich aus, wie sie ihm der Führer persönlich an die stolzgeschwellte Brust heftet. Den kleinmütigen Weg zu gehen wie sein Vetter Robert, nein, das ist nichts für Martin. Er wird sich nicht beim Marsch durch den russischen Schlamm die Stiefel dreckig machen. Er wird über alldem durch die Lüfte schweben und mit dem Kondensstreifen vor dem lichten Blau des Himmels seinen Namen schreiben. Er sieht Heinrich Schmidts betretene Miene schon vor sich, wenn sie sich wiedersehen, er mit dem Eisernen Kreuz an der Jacke, Heinrich als armer undekorierter Fußsoldat. Dann kann sich Heinrich sein arrogantes Grinsen, das Martin schon beim bloßen Gedanken daran noch immer einen Stich versetzt, auf immer und ewig abschminken. Oh ja, Heinrich Schmidt, der sein Freund war, um ihn dann auf der Bergtour auf übelste Weise zu demütigen – Heinrich Schmidt wird vor *ihm* den Hut ziehen müssen!

Dergestalt sind Martins Träume, aber wer ist es, der durch die umliegenden Dörfer stiefelt, verzweifelt bemüht, wenigstens Ersteres zu verwirklichen und Arbeit für ihn zu finden? Bestimmt nicht Willibald. Eigentlich müsste doch *er* den Jungen mitnehmen und allen erklären, dies hier sei der Sohn eines waschechten Ariers, der in Polen und Russland und so weiter fürs Vaterland gekämpft hat – hätten Sie nicht bitte irgendeine Beschäftigung für ihn? Doch dafür ist Willibald nicht zu haben. Nie im Leben. Er sitzt gemütlich in seinem Arbeitszimmer, und es ist *König Salomon* oder *König David*, dem er auf die Sprünge hilft, nicht seinem Sohn Martin. Hin und wieder ringt er sich die arischen Hände über das Schicksal des armen Jungen, doch Gabi, die Jüdin, ist es, die ihre Runden dreht und bei den Leuten anklopft und alles tut, was in ihrer Macht steht, um Martin zu vermitteln. Aber wer will schon einen sechzehneinhalbjährigen Halbjuden einstellen? Vor allem, wenn es seine volljüdische Mutter ist, die mit ihm von Tür zu Tür zieht und schon damit gegen das Gesetz verstößt, da kann sie noch so »privilegiert« sein. Gabi findet niemanden – bis ihr Jägerlein rät, beim Besitzer der Ziegelei in Plinden nachzufragen. »Der ist doch selbst einer, zumindest teilweise«, sagt sie, womit sie meint, er ist teilweise Jude, nicht teilweise Ziegeleibesitzer. »Sagen zumindest die Leute.«

Am nächsten Morgen steigen Gabi und Martin in den Zug nach Plinden, mit Martins Schulzeugnis und Willibalds Entlassungsschreiben bewaffnet. Ersterem ist zu entnehmen, dass Martin Brinkmann (Mischling ersten Grades) einigermaßen gute Noten hat (für einen Halbjuden), Letzterem, dass Willibald zwar kein Kriegsheld, aber immerhin ein ehrenhaft entlassener Hauptgefreiter ist – womit er dem Führer in nichts nachsteht. Und Gabis Papiere beweisen, dass sie zwar Jüdin, aber als Frau eines koscheren deutschen Ariers privilegiert ist, auch wenn das Wort koscher nicht buchstäblich da steht. Das ist alles, was sie an Waffen aufzubieten hat. Dagegen steht eine Front aus Dumpfheit, Aberglaube, Rassismus, Arroganz, Bürokratie, Angst und nochmals Dumpfheit.

Die Ziegelei liegt in der Nähe des Bahnhofs. Die drei hohen Schornsteine erinnern Gabi an Verbrennungsanlagen, obwohl sie angesichts dessen, was sie inzwischen von Fräulein von Adler weiß, eigentlich nicht darüber nachdenken will. Ruhig geht sie darauf zu. Martin trödelt, er spielt den Beleidigten, denn dies ist mit Sicherheit nicht der Ort, wo er mit seinen herausragenden Fähigkeiten glänzen kann. An der Pforte fragt Gabi nach Herrn Ziegler, dem Besitzer und Fabrikdirektor. Der ältliche Pförtner beäugt sie einen Moment skeptisch, und Gabi stockt das Herz. Doch die Stimme des Mannes klingt neutral, und er fordert sie lediglich auf, in einem kleinen, gemauerten Büro zu warten, das sich irgendwie wie eine Gefängniszelle anfühlt.

Ein Mann mit zementgrauem Haar kommt herein und sagt mit einer Stimme, die an eine alte Zementmischmaschine gemahnt, Heil Hitler! Immerhin streckt er den Arm nicht hoch. Dann merkt er, dass Gabi bloß mit sehr schwacher Stimme guten Morgen gesagt hat.

Gabi betrachtet ihn unsicher. Er richtet zwei starr blickende, strenge braune Augen auf sie, und sie hat das Gefühl, auf zwei flache Steine zu schauen. Mit einem Zucken im Auge, oder zumindest mit der Andeutung eines Zuckens, wendet er den Blick ab. Und anstatt ihm wie geplant das Rührstück vom patriotischen deutschen Sohn aufzutischen, der durch die Herkunft der schuldbewussten Mutter leider benachteiligt sei, aber dennoch den innigen Wunsch hege, dem geliebten Vaterland zu dienen, legt sie einfach wortlos ihr gesamtes trauriges Arsenal auf den Tisch und fragt unsagbar kleinlaut: »Hätten Sie vielleicht Arbeit für meinen Sohn? Bitte. Irgendeine Arbeit.«

Herr Ziegler nimmt beiläufig die Papiere in die Hand. »Halbjude, ja?«, murmelt er, ehe er Martin noch einmal mustert. »Hm!«

Martin schaut noch beleidigter drein als zuvor. »Halbarier«, entgegnet er. Das ist natürlich wahr, wenn auch in diesem Fall wenig zweckdienlich.

»Tja! Das gute Geld wird vom schlechten verdrängt, sagt man.« Herr Ziegler legt die anderen Papiere auf den Schreibtisch und wirft mit vorgestreckter Unterlippe und gerunzelter Stirn einen Blick auf Martins Schulzeugnis. »Ähnliches gilt fürs Blut, nicht?«

Das war bestimmt nicht politisch korrekt (wie könnte gutes deutsches Blut schlechter sein als minderwertiges jüdisches?), doch Herr Ziegler scheint es nicht auf eine Grundsatzdebatte anzulegen, und da Gabi ihrem Sohn die ganze Zeit über mit dem guten Auge zublinzelt, die Lippen schürzt und die Wangen aufbläht, begreift Martin, dass er sich hüten solle, eine solche anzuregen.

Nach einiger Zeit lässt Herr Ziegler das Zeugnis sinken, um erneut in Martins Gesicht zu sehen, wohl um sich zu vergewissern, dass dieser Halbjude kein Klugscheißer ist. Dann legt er es zu den anderen Unterlagen auf seinem Schreibtisch. »In Chemie scheinst du ja ganz gut zu sein«, sagt er zögernd. »Im Labor hätten wir eine Vakanz. Du kannst damit anfangen, Reagenzgläser zu spülen und Ähnliches. Dann wollen wir mal sehen, ob du noch mehr kannst. Eine Woche Probezeit. Wenn wir dich nicht gebrauchen können, bist du raus. Ich nehme dich auch nur deshalb, weil wir zurzeit unterbesetzt sind.«

Gabi ist so dankbar, dass sie ganz vergisst, nach dem Lohn zu fragen. Martin denkt da etwas praktischer. Aber es spielt ohnehin keine Rolle. Ob er will oder nicht, er weiß, es ist seine einzige Chance. Den lächerlichen Betrag, den Herr Ziegler nennt, nimmt er gar nicht wahr. Herr Ziegler ruft eine dicke Sekretärin ins Zimmer, die durch Gabi und Martin hindurchsieht, als wären sie aus Glas, und er diktiert ihr ein paar Zeilen, in denen es um Martin geht. Gabi blickt durch das vergitterte Fenster auf die rauchenden Schornsteine und sagt sich: Es ist noch nicht sicher, es ist noch nicht sicher, es kann immer noch schief gehen. Sie hört, wie der Stuhl der Sekretärin zurückgeschoben wird, blickt aber unverwandt auf die Schornsteine, als ginge eine magische Kraft von ihnen aus, als dürfe sie sie nicht aus den Augen lassen, bis die Tür zugeht.

»Wie die Krematorien, was?«, sagt Herr Ziegler mit seiner heiseren Stimme, während die Sekretärin das Zimmer verlässt. »Unsere Ziegel gehen da übrigens mit rein.«

»In die Krematorien?«, wiederholt Gabi verblüfft und stellt sich einen Sarg voller Ziegelsteine vor, der zum Klang von tröstlichen Kirchenliedern in einen Verbrennungsofen rutscht.

Dass hier jemand naiv ist, hat Herr Ziegler schon gemerkt. »In die *Produktion*«, krächzt er ungeduldig. »Für den Osten«, fügt er mit einem schiefen Grinsen hinzu, worüber Gabi lieber nicht weiter nachdenken möchte.

Eine Woche später fängt Martin an zu arbeiten. Um fünf Uhr morgens geht er aus dem Haus und um acht Uhr abends kommt er zurück. Er ist sehr geschickt mit den Reagenzgläsern und dem Mischen von Chemikalien, und schon bald assistiert er bei den Versuchen, bei denen es darum geht, die Hitzebeständigkeit der Ziegel zu verbessern. Auch dabei stellt er sich geschickt an. Schnell hat er bei den Kollegen den Spitznamen »Mischling« weg, was seine familiäre Situation und seine Arbeit in der Fabrik ganz gut zusammenfasst. Andere dagegen, wie die dicke Sekretärin, ignorieren ihn komplett. Zweimal die Woche stattet er vor seiner Rückfahrt Frau Professor Goldberg in ihrer kleinen Wohnung in Bad Neusee einen Besuch ab, um Unterricht in Mathe und Physik zu nehmen. Sonntags geht er die Stufen zu Tante Helgas Hütte hinauf, um sich bei der blinden Landkartenexpertin eine Dosis Erdkunde abzuholen. Es folgt eine Sitzung mit Pfarrer Hertl, um das Latein des Tacitus zu entziffern. Ilse geht gesondert zu ihren Lehrerinnen, denn obwohl sie älter ist als Martin, kann sie mit ihm nicht mithalten. Und so bugsiert Gabi ihre beiden Ältesten durch den Lehrplan, den ihnen die Nazis per Gesetz verwehrt haben.

Und wie geht es den anderen? Auch Sara und ich brauchen Hilfe, aber nicht in schulischer Hinsicht. Was uns offenbar fehlt, ist ein bisschen Schliff. Dabei dachte ich eigentlich, ich hätte an meiner Berliner Schule anständigen Umgang gepflegt, bei alldem Offiziers- und Anwaltsnachwuchs, und zum Beweis habe ich ja noch den Bleistift, das Abschiedsgeschenk von Ulrich, dem Sohn des verwundeten Oberst. Aber das ist gar nichts im Vergleich zu dem, was sich Fräulein von Kaminsky für die beiden Jüngsten hat einfallen lassen. Wir sollen nämlich mit entfernten Sprösslingen der Habsburger auf Tuchfühlung gehen.

Rolf und Elisabeth heißen sie, und sie wohnen in einer prächtigen alten Villa zwischen unzähligen Hektar Land an der Peripherie von Bad Neusee, in geographischer Nähe zu Frau Professor Goldbergs bescheidener Wohnung, aber ansonsten meilenweit von ihr entfernt. Der Vater ist ein Graf und steht in etwa neunundzwanzigster Reihe in der österreichischen Thronfolge, aber da Österreich die Thronfolge abgeschafft hat, könnte er genauso gut der dreizehnte Enkelsohn eines türkischen Paschas sein. Den Nazi-Emporkömmlingen ist die Familie dennoch suspekt, die ihrerseits für die Nazis nichts als vornehme Verachtung übrig hat. Das heißt, wir haben etwas gemeinsam, sagt Fräulein von Kaminsky zu Gabi, und sie rät ihr, Sara und mich einzupacken und der ganzen adligen Bande den Hof zu machen. »Die freuen sich bestimmt, Sie kennen zu lernen«, versichert sie der zögernden Gabi.

»Eine Jüdin kennen lernen?«, fragt Gabi skeptisch und überlegt, welche Strafe diesen Leuten und welche noch viel schlimmere Strafe ihr blühen könnte. Es macht ihr nichts aus, ihr eigenes und anderer Leute Leben aufs Spiel zu setzen, um ihren Kindern Bildung oder Arbeit zu sichern. Aber das alles nur für einen Freundschaftsbesuch und ein bisschen guten Umgang?

Verächtlich schlägt Fräulein von Kaminsky Gabis Zweifel in den Wind. »Die mütterliche Linie sind Habsburger«, verkündet sie pompös. »Außerdem wird es den Kindern gut tun.« Gabis Kindern, meint sie natürlich. Habsburger Kindern kann man nur Gutes tun, wenn man selbst Habsburger ist. Oder wenigstens eine von Kaminsky.

Leider bin ich wie üblich in diese vorbereitenden Maßnahmen nicht eingeweiht, also weiß ich nur, dass wir uns jetzt in Schale werfen, weil wir eine adlige Familie besuchen fahren. Wir haben Mitte August und den schweißtreibenden knappen Kilometer zwischen dem großen schmiedeeisernen Tor und der Villa zurückgelegt, um in unseren besten alten Stadtklamotten erstmals vorbeizuschauen. (Bei unserem endgültigen Besuch wird der schmiedeeiserne Zaun verschwunden sein, beschlagnahmt wie Willibalds Kirchenglocken, um zu Waffen eingeschmolzen zu werden.) Seine Exzellenz Graf von Haltenstein ist nicht zugegen, dafür aber die Gräfin, eine unscheinbare Mutter von sechs weiteren von Haltensteins. Sie empfängt uns mit würdevoller Lässigkeit und drei Schalen saurer Milch mit Zucker und Zimt, dargereicht von einem Dienstboten, von denen noch gut ein halbes Dutzend durch die Gegend schwirren. Ich nehme einen Schluck und muss mich fast übergeben. Wie ich sehe, geht es Sara genauso. Gabi aber signalisiert uns, das eklige Zeug nur ja runterzuwürgen, indem sie uns strenge Blicke zuwirft und Grimassen schneidet, die die Gräfin sowie die meisten anderen im Haus, allenfalls der Fahrer in der Garage nicht, zu entschlüsseln und höflich zu übergehen verstehen. Wir gehorchen, aber es fällt uns nicht leicht. Wenn es das ist, wovon sich die königlichen Habsburger ernähren, dann ist es kein Wunder, dass sie den Thron verloren haben.

Die restliche Nachkommenschaft der Haltensteins ist entweder zu jung oder zu alt für uns, aber Rolf ist mehr oder weniger in Saras Alter und Elisabeth mehr oder weniger in meinem (in beiden Fällen eher mehr als weniger). Als sie gerufen werden, um uns Gesellschaft zu leisten, machen sie eine Verbeugung beziehungsweise einen Knicks, schütteln uns Kindern formvollendet die Hand (meine ist total verschwitzt, aber Elisabeth zuckt nicht mal mit der Wimper), um sich dann auf ihre eigene saure Milch mit Zucker und Zimt zu stürzen und ohne den geringsten Widerwillen, ja sogar mit dem Anschein von Genuss, zu trinken. Jetzt bin ich geneigt, meine Theorie zum Niedergang der Habsburger Monarchie zu revidieren – denn wer das schlucken kann, kann alles schlucken. Andererseits wirkt Rolf auf den zweiten Blick mager und blutleer, ähnlich wie eine Pressblume. Beide Kinder haben die gleichen blassblauen Augen und feinstes helles Haar, und mich streift der Gedanke, dass sie im Grunde die furchterregende Quintessenz der arischen Rasse darstellen.

Mit zarten Schluckbewegungen verputzen sie die saure Milch, während ich meiner Mutter lausche, die mit der Gräfin gepflegte Konversation betreibt, wobei sie einen Ton anschlägt, den sie vor Jahren gelernt haben muss, als sie in ihren Jugendtagen eine Gouvernante hatte. Ein Ton, den ich in meinem ganzen Leben noch nicht bei ihr gehört habe, glöckchenartig hohl wie die hohen Töne auf dem Klavier. Erstaunlich, wie lange diese beiden Erwachsenen höchst souverän und vollkommen teilnahmslos über das Wetter, die örtliche Topographie und die Flora und Fauna plaudern können. Erst als Rolf und Elisabeth aufgefordert werden, mit uns in den Garten zu gehen, kommt ein natürlicher Ton aus meiner Mutter, und tatsächlich sehe ich ein natürliches und seltenes Lächeln in ihrem strapazierten Gesicht. Die Gräfin hat ganz leise etwas auf Französisch zu ihr gesagt, von dem Sara später meint, es habe wohl etwas geheißen wie »Wenn die Kinder draußen sind, können wir frei reden«. Ich kann kaum Französisch, aber das scheint mir einleuchtend, dem Tonfall und Seitenblick nach zu urteilen, den sie uns dabei zuwirft. *Diese* Sprache verstehe ich durchaus.

Im aufdringlichen Sonnenschein schlendern wir über das gehegte Grundstück, erst als unbeholfene Vierergruppe, dann als zwei mal zwei Pärchen. Elisabeth ist elfeinhalb und ich erst neundreiviertel, wodurch sie zusätzlich im Vorteil ist, abgesehen davon, eine von Haltenstein zu sein, und ich balle nervös die verschwitzten kleinen Hände zur Faust und versuche auf ähnliche Weise Konversation zu machen wie ihre Mutter mit meiner.

»Wo wohnst du?«, fragt Elisabeth mit einer Stimme, die so klar ist wie ein Gebirgsbach in einem Bett aus Kieselsteinen.

»Heimstatt«, erwidere ich wahrheitsgemäß.

»Ach so.«

»Da ist es anders als hier«, versichere ich ihr, um die ausgedehnte Gesprächspause zu überbrücken.

»Ja?«

Aus Angst, einen falschen Eindruck erweckt zu haben, sage ich: »Hier ist es schöner.«

Erst reagiert Elisabeth nicht auf diese kleine Exegese, und einen Augenblick lang frage ich mich, ob sie gerade die Kaminsky-Taktik für unerträgliche Gespräche anwendet und einen Schluck Wasser im Mund hat. Immerhin ist sie im weitesten Sinne Habsburgerin, und die haben die Taktik schließlich erfunden. »Ja, das kann wohl sein«, sagt sie kühl und ohne das geringste Anzeichen einer plötzlichen Schluckbewegung. Nachdem sie sich einmal umgesehen hat, als wollte sie sich vergewissern, dass ihre Zustimmung berechtigt war, scheint für sie das Thema erledigt, und ich wage einen neuen Vorstoß. »Wo gehst du zur Schule?«

»In Plinden. Da sind fast alle Nazis.«

Mir ist nicht ganz klar, wie sie die politische Gesinnung ihrer Schulkameraden einschätzt, also schweige ich, bohre meine Fingernägel in die Handfläche und wünschte, wir könnten Sara und Rolf einholen, die etwas unbeholfen, aber vergleichsweise entspannt nebeneinanderher schlendern und sich unterhalten, die Köpfe einander zugeneigt wie zwei verliebte Tulpen.

Na ja, er ist sechzehn, sie knapp fünfzehn. Da hat man's natürlich leichter.

»Deine Mutter ist Jüdin, nicht?«, fragt oder vielmehr verkündet Elisabeth in einem Ton, den ich, hätte ich dazu die Worte, als kalt und bedrohlich beschreiben würde.

Ich bin zu beschämt, um zuzugeben, dass meine Mutter Jüdin ist, und habe zu viel Angst, es abzustreiten. Genau wie Martin bei der HJ. Also reagiere ich genau wie er damals: Ich sage überhaupt nichts.

»Sie darf eigentlich gar nicht hier sein, nicht?«, fährt Elisabeth mit strenger Stimme fort, nachdem sie mein Schweigen als Zustimmung gedeutet hat. »Bei uns Ariern.«

Von Adligen ganz zu schweigen. Als wäre mir das nicht auch klar. Werde ich jetzt genauso durch den Fleischwolf gedreht wie Martin von den Hitlerjungen?

»Wegen der Nazis«, erklärt sie überflüssigerweise. Und gerade als ich denke, dieses höflich-frostige Verhör ist schlimmer als zehn Fritzi Wimmers auf einen Schlag, und überzeugt bin, dass meine Handflächen schon blutig gekratzt sind, offenbart sie mir in aller Seelenruhe: »Wir mögen sie auch nicht.«

Wen mögen sie auch nicht?, frage ich mich fieberhaft. Die Juden oder die Nazis?

Nach ein paar weiteren, sanft knirschenden Schritten über den ebenen Kiesweg fügt sie hinzu: »Das ist ein ganz übler Haufen, sagt mein Vater. Aber *uns* würden sie nie etwas antun.«

Mir ist auch schon ganz übel. *Wen* bezeichnet ihr Vater als üblen Haufen? *Wer* würde ihnen nie etwas antun? Sonst heißt es doch immer, die Juden seien die Bösen. Ich weiche ein Stück von ihrer Seite, um ihr zu zeigen, dass auch von einem Halbjuden keine Gefahr ausgeht. Oder meint sie etwa die Nazis? Wann hat diese Marter endlich ein Ende?

»Also mach dir keine Sorgen, wir sagen's nicht weiter«, sagt sie endlich mit gönnerhafter Anmut. »Sprichst du Englisch?«

Nein, ich muss zugeben, ich spreche kein Englisch. Zum Glück. Es ist schon anstrengend genug, ihr auf Deutsch zuzuhören. Aber wenigstens glaube ich jetzt zu wissen, woran wir sind, und ich bin genauso erleichtert, wie ich in der Schule war, als Fritzis finsterer Blick zum frostigen Grinsen wurde.

»Wir nehmen Englischstunden bei einem Privatlehrer. Er kommt zweimal die Woche. Ich finde ihn nicht sehr nett.« Dann sagt sie einen Satz auf Englisch, der angeblich so viel heißt wie: »Der Pilot hat den feindlichen Flieger abgeschossen.« Kann sein, dass sie ihren Lehrer nicht mag, aber immerhin scheint er zu wissen, wo's langgeht.

Tut sich Sara mit Rolf genauso schwer? Die zugeneigten Tulpenköpfe sprechen dagegen. Und es stimmt, sie tut sich nicht schwer. Ganz im Gegenteil. Sie glaubt, einen Seelenverwandten gefunden zu haben, und vielleicht geht es ihm ähnlich. »Ich habe die Bleichsucht«, ist das Erste, was er zu ihr sagt, ein deutlich prickelnderer Gesprächseinstieg als die Frage: Wo wohnst du? Die Bleichsucht sei in allen Königsfamilien Europas verbreitet, erklärt er. »Das liegt am Inzest. Siehst du, wie blass ich bin? Ich werde nicht lange leben.« Er hält ihr seine bleiche, hagere Hand unter die Nase, die beinahe durchscheinend wirkt. »In Amerika gibt es ein Medikament. Aber das kriegen wir hier natürlich nicht, und deswegen …« Er scheint seinen unmittelbar bevorstehenden Tod mit derselben Fassung zu tragen wie ich den bevorstehenden Schulanfang nach den Ferien. Unangenehm, aber nicht zu ändern. Und am Ende vielleicht gar nicht so schlimm. »Du wirst wahrscheinlich auch nicht lange leben, als Halbjüdin«, fügt er hinzu. »Deine Mutter auch nicht. Die Nazis wollen euch alle umbringen.«

So offen und wahrheitsgemäß seine Äußerung auch sein mag, trägt sie nicht unbedingt dazu bei, Sara für ihn einzunehmen, aber es sind nur Fernschüsse. Die schweren Salven gehen erst später auf sie nieder, nachdem sie von Rolf erfährt, dass auch er in seiner Freizeit schreibe. Ja, auch er schreibt Geschichten. »Worüber denn?«, fragt sie. »Na ja, du weißt schon«, erwidert er lässig. »Über Liebe und Tod und solche Sachen.« Dann erst gibt Sara schüchtern zu, dass auch sie sich im Schreiben versuche, und es dauert nicht lange, da beschließen sie, einander ihre Geschichten zu zeigen. »Vielleicht kann ich dir ja helfen«, erklärt er gnädig. »Dir ein paar Tipps geben.«

In meinem Alter interessiere ich mich für andere Dinge als Rolfs und Saras literarische Bemühungen. Aber ich sehe, wie Sara vor unserem nächsten Besuch eines ihrer Schreibhefte einsteckt. Natürlich genauso heimlich wie alles andere. Jetzt weiß ich auch, wo sie ihre Geschichten versteckt. Früher lagen sie unten in ihrem Kleiderschrank, aber jetzt liegen sie unter ihrer Matratze. Sie denkt wahrscheinlich, dort wären sie sicherer.

Sara will Rolf auf keinen Fall beim Lesen zusehen, also reicht sie ihm schüchtern das Heft erst bei unserem Abschied, um ein oder zwei Wochen später sein Feedback zu bekommen, das daraus besteht, dass er langsam, aber entschieden den Kopf schüttelt. »Undiszipliniert«, bemerkt er und reicht ihr das Heft zurück. »Übertrieben. Zu viel des Guten.« Man merkt, sein Deutschlehrer ist Purist.

Rolf geht auf dasselbe Lyzeum in Plinden, auf dem Martin war, bevor er von der Schule geworfen wurde, und er gesteht Sara, dass er ihren Bruder immer für ein Ekel gehalten hat, auch wenn er ihn jetzt bedauere. Sara kann diese Kritik an ihrem Bruder nachvollziehen, wahrscheinlich ist sie sogar derselben Meinung. Mit der Kritik an ihrer literarischen Arbeit sieht es allerdings anders aus – die geht ihr wirklich an die Nieren. Sie kommt sich vor wie der Zöllner Rousseau, der in der Sonntagszeitung von einem Mitglied der Akademie niedergemacht wird, aber da sie noch nie vom Zöllner Rousseau gehört hat, kann sie natürlich nicht wissen, dass sie sich so vorkommt.

»Sieh doch mal bei mir«, sagt Rolf und reicht ihr mit gönnerhafter Geste seine neueste Geschichte. »Vielleicht hilft dir das weiter.«

Ich werde nie erfahren, was sie von Rolfs Geschichte über Liebe und Tod und solche Sachen hält. Sie schweigt sich darüber aus. Ich weiß nur, dass sie sie in seinem Beisein liest – mit falscher Bescheidenheit hat er nichts am Hut und zweifelt nicht einen Augenblick, dass seine Geschichte bei ihr ankommt. Er beobachtet sie gelassen lächelnd und gespannt, in etwa so, wie ein Kaiser einen Höfling betrachtet, der bestellt worden ist, um ein Geschmacksurteil abzugeben – doch was sie anschließend zu ihm sagt, verrät sie mir nicht. Vermutlich findet sie die Geschichte genauso blutleer wie ihren Verfasser, aber ich kann mich auch irren. Es spielt keine Rolle; Rolf ist sowieso gegen jede Kritik immun. Schließlich ist er ein Spross der Habsburger.

Was immer sie von seiner Geschichte hält, seine Kritik an ihrer nimmt sie sich zu Herzen. Den ganzen Heimweg über schweigt sie auf eine Art, wie wir sie nur von Ilse kennen. Und obwohl wir Hochsommer haben, zieht sie sich in die Küche hinter den grünen Kachelofen zurück, wo wir sonst immer Zuflucht suchen, wenn Willibald mit Gegenständen wirft, und hinter dem wir erst dann wieder hervorkommen, wenn Gabi eine ihrer Gallenkoliken hat.

Ein bis zwei Wochen darauf zeigt sie Rolf eine andere Geschichte. Diese ruft eine ähnlich gönnerhafte Reaktion hervor wie die erste, und danach wird sie ihm nie wieder etwas zeigen. Weder ihm noch sonst einem Menschen. Trotzdem schreibt sie weiter – sie kann nicht anders. Ihre Geschichten, so glaubt sie, sind einfach nicht für ein Publikum gedacht, und es kann gut sein, dass sie sie einem Publikum auch gar nicht aussetzen will. Vielleicht sind sie eher wie ein Tagebuch, das besser ungelesen bleibt.

Ungelesen bleiben wird auch Rolf, wenn auch wider Willen. Seine Bleichsucht stellt sich als Leukämie heraus, und noch bevor das Jahr zu Ende geht, wird er tot sein. Rolf ist wahrscheinlich Saras erster Freund und in gewissem Sinne ihre erste platonische Liebe, wenn so etwas denkbar ist zwischen einem Mädchen und einem Jungen. Nach seinem Tod wird sie einen kleinen Trauerflor tragen, aber verstohlen, so wie sie ihr Gefühlsleben unter Verschluss hält. Ich sehe ihn ab und zu, wie er unter dem Revers ihres abgewetzten schwarzen Mantels hervorschaut.

Aber Rolf ist nicht der Einzige, der krank ist. Ilse hat sich mit Tuberkulose infiziert, und man hält es für ratsam, mit Rücksicht auf seine vornehm-zarte Verfassung, die Besuche fürs Erste einzustellen. Wie sich zeigen soll, steht uns eine ziemlich turbulente Zeit bevor, doch weder die von Haltensteins noch wir können etwas dafür. Schon ist es Herbst und

10

der Tod liegt in der Luft.

Dr. Danninger, der aus rassehygienischen Gründen meine Mutter nicht behandeln darf, stattet immerhin dem Pfarrhaus einen Besuch ab, was er meines Wissens noch nie getan hat, um Ilses halbjüdische Brust abzuhören. Bei seinem Besuch überredet ihn Gabi, uns reihum zu untersuchen. Alle, das heißt bis auf Gabi selbst – und zaudernd erklärt er uns allesamt für gesund, natürlich bis auf Ilse, die von anhaltendem Fieber und Müdigkeit geplagt wird, wobei Gabi nichts davon sagt, dass die Symptome bereits von einem Spezialisten in Plinden, der von der jüdischen Mutter nichts wusste oder wissen wollte, diagnostiziert worden sind. Auch Dr. Danninger tippt auf Tuberkulose und rät, sie ins Krankenhaus nach Bad Neusee zu schicken – wo der junge Rolf von Haltenstein in Kürze dahinscheiden wird –, wenn er auch gestehen muss, dass er nicht weiß, ob halbjüdische Patienten überhaupt aufgenommen werden, und wenn ja, welcherart Behandlung auf sie wartet. Gabi aber will ihre Tochter zu Hause gesund pflegen, und sie versichert Dr. Danninger, dass sie genauso gut in der Lage sei wie jedes Krankenhaus, Arzneien zu verabreichen. Sie verschweigt ihm den zusätzlichen Vorteil, nämlich, dass Ilse auf diese Weise mit ihren Privatstunden weitermachen kann – zumindest die eine oder andere ihrer Lehrerinnen könnte man überreden, zur Abwechslung zu uns zu kommen.

Offenbar hat Ilse nur eine milde Form der Krankheit, und Dr. Danninger gibt seine Zustimmung. Das tut er meistens. Seine vorrangige Funktion als Arzt ist es, zuzustimmen – der Selbstdiagnose seiner Patienten zum Beispiel, oder im Fall einer Geburt der Hebamme, Frau Kogler. Jägerlein sagt, das liege daran, dass er damals, als er vor dreißig Jahren nach Heimstatt kam, einmal eine Fehldiagnose stellte und einen tödlichen Fall von Diphtherie als harmlose Mandelentzündung auslegte, worauf der Patient zwei Tage später gestorben war. Seitdem hat er genauso wenig Vertrauen in seine Diagnostik wie die Dorfbewohner. Sie ziehen ihn lieber als Apotheker und Echo ihrer persönlichen Meinung heran.

In unserem Fall gibt er Gabi nicht nur seine Zustimmung, Ilse zu Hause pflegen zu dürfen, er rät ihr auch bei den Medikamenten. Sie beteuert, sie habe während ihrer Zeit als Krankenschwester weitaus schlimmere Fälle gehabt und wisse, worauf es bei diesem ankomme. Ilse werde in kürzester Zeit wieder gesund, erklärt sie. Bei ihrer Prognose atmet Dr. Danninger auf. Er hat es nicht gern, wenn ihm die Patienten wegsterben, und würde sie, egal in welchem Zustand, allemal lieber ins Krankenhaus verfrachten, um sie jemand anderem wegsterben zu lassen. Und so wird einer der wenigen Tode, den er jemals begleitet, sein eigener sein.

Ilse gefällt es, krank zu sein. Es kommt ihrem Temperament entgegen. Weniger gefällt ihr, von ihrer Mutter gepflegt zu werden, sosehr sie auch darauf angewiesen ist. Gabi stellt ein belebendes Kurprogramm zusammen: Aufstehen, frische Luft schnappen auf dem Balkon, zurück ins Bett, aufstehen, wieder raus auf den Balkon. Das Ganze einmal morgens und einmal abends pünktlich auf die Minute, und streng nach Zeitplan Medikamente einnehmen und Fiebermessen und jede Menge gesundes Essen (relativ gesprochen), was wiederum heißt, dass Gabi von ihren ohnehin knappen jüdischen Rationen noch weniger isst.

So viel Disziplin ist nichts für Ilse. Sie würde viel lieber im Krankenhaus liegen – falls man sie aufnähme –, die Hände falten und alles andere dem Herrn überlassen, und man muss sagen, mehr als Letzteres tut Willibald jedenfalls nicht für sie. Doch ein jüdischer Fluch ist giftig, und sie hat genau gehört, wie ihre Mutter ihren Vater verflucht hat. Zumindest bildet sie sich ein, spätabends nebenan aus dem Schlafzimmer mitbekommen zu haben, wie er bei einem dräuenden Streit herausplatzte, er habe es satt, für ihre jüdischen Bastarde aufzukommen, worauf sie mit kreischender Stimme etwas entgegnete, was Ilse für einen Fluch auf Jiddisch hielt. Sie hatte sich ihr Kopfkissen über die Ohren gezogen, aber es folgte ohnehin nur betretenes Schweigen, als hätte es ihrem Vater die Sprache verschlagen. Als hätte ihn der Blitz getroffen. Was ein jüdischer Fluch durchaus bewirken könne, glaubt Ilse.

Sosehr sie lieber in Ruhe im Krankenhaus liegen möchte, sie weiß genau, ihre Mutter würde es niemals zulassen. Ihre Überredungsversuche würden Anschuldigungen und bittere Bemerkungen nach sich ziehen. Und zur Krönung einen jüdischen Fluch – das Allerschlimmste überhaupt! Also stimmt auch Ilse Gabis Behandlung zu und fügt sich ihren eisernen Maßnahmen.

Ob's passt oder nicht – Gabis Kur schlägt an, und ein paar Monate später stellt Dr. Danninger fest, dass sich Ilse auf dem Weg der Genesung befindet, oder vielmehr, Gabi stellt es fest und Dr. Danninger gibt seine Zustimmung. Auch an der Schulfront ging es weiter, und die ängstliche Frau Professor Goldberg, die blinde Tante Helga und die beiden verwitweten Plindener Lehrerinnen sind ins Haus gekommen, um Ilse weiter Stunden zu geben. Keine Ahnung, was Ortsgruppenleiter Franzi Wimmer davon hält, dass jemand wie Frau Professor Goldberg, die den Stern trägt, eine halbarische Familie besucht. Er denkt vielleicht, sie komme wegen der jüdischen Hälfte.

Vielleicht kommt aus demselben Grund auch Lisl Wimmer immer öfter bei uns vorbei. Lisl ist Ortsgruppenleiter Wimmers fünfzehnjährige Tochter. Streng genommen taucht sie immer dann auf, wenn Ilses Lehrerinnen da sind, und dann fragt sie mit scheinheiligem Lächeln, von dem sich aber niemand (inzwischen nicht mal mehr Gabi) blenden lässt: »Könnten Sie uns bitte eine Schachtel Streichhölzer ausborgen?« oder: »Hätten Sie bitte eine Kerze? Unsere sind aus.« Willibald weiß genau, dass sie geschickt worden ist, um uns auszuspionieren, aber er setzt jedes Mal sein schmeichelndstes Pastorenlächeln auf und sorgt persönlich dafür, dass sie eine ganze Schachtel Streichhölzer oder gleich mehrere Kerzen mit nach Hause nimmt – und wenn man bedenkt, wie schwer man an beides herankommt und wie schwer es ihm fällt, sich überhaupt von seinen Sachen zu trennen, erkennt man, wie viel Ehrfurcht er vor Franzi Wimmers Autorität hat. Dennoch muss dieser Schmach und, schlimmer noch, der Verzweiflung über den Verlust seines Eigentums Luft gemacht werden, und kaum ist Lisl aus der Tür, schließt Jägerlein auch schon die Fenster in Erwartung einer Sturmbö wütender, vulgärer Verwünschungen, die Willibald über sein Haus und gelegentlich auch über die erschrockene Frau Professor Goldberg hinwegfegen lässt.

Ich persönlich finde Lisl nett, die ihre BDM-Uniform ausfüllt wie eine dicke wohlgeformte Taube ihr Federkleid. Martin übrigens auch. Ich weiß, dass er sie nett findet, weil ich die beiden neulich hinten auf dem Pfad am Wildbach angetroffen habe. Martin kam gerade von der Arbeit und war mit Mörtelstaub bedeckt, und Lisl war in einer frisch gestärkten weißen Bluse auf dem Weg zu ihrem BDM-Treffen, zumindest behauptete sie das. (Martin behauptete gar nichts; er sah mich nur wütend an.) Aber sie hatte Mörtelstaub in den Haaren und auf der Brust ihrer Uniform, und erstaunlicherweise standen die zwei obersten Knöpfe ihrer Bluse offen, und Martin war dabei, ihr in aller Eile die Kleider abzuklopfen. Bei Sara oder Ilse hätte er das nicht getan. Und jedes Mal, wenn sie auf geheime Mission zum Pfarrhaus geschickt wird, blicken Lisls leuchtende glockenblumenblaue Augen, rund wie kleine Untertassen, eher in Martins Richtung als in die der fremden, zweifelhaften Gäste (wobei die Arier unter ihnen instruiert worden sind, zu sagen, sie seien nur hier, um Willibald in seiner Doppelfunktion als Arier und Prediger zu besuchen).

Ja, Ilse ist auf dem Weg der Genesung. Was man von Maria Müllendorf nicht behaupten kann. Zwei Tage vor Weihnachten trifft ein Brief aus Berlin ein, darauf eine Marke mit dem dringenden Aufruf: *Frauen und Mädel! Meldet euch beim nächsten Postamt!* Gabi fühlt sich nicht angesprochen, denn sie ist ja auch nicht angesprochen, und sie öffnet den Brief und freut sich auf tröstende Worte und Weihnachtsgrüße von ihrer besten Freundin. »Um Gottes willen, nein!«, keucht sie und bestätigt damit der allzeit wachsamen Sara, die inzwischen aus Erfahrung klug ist, dass das Weihnachtsfest dieses Jahr alles andere als fröhlich ausfallen wird.

Liebste Gabi,
wenn du diese Zeilen liest, wirst du sehr traurig sein. Aber das musst du nicht – ich bin bloß vor dir gegangen, und da wir wissen, dass Jesus den Tod überwunden hat, wissen wir auch, dass es ein Wiedersehen gibt. Also sei nicht traurig, liebe Gabi – freu dich!

Unsere Freundschaft hat unser beider Leben unendlich bereichert. Wir können für so vieles dankbar sein – unsere Kindheit, unsere Jugend und selbst diese schweren Zeiten, die uns zusammengeschweißt haben. Auch deine Kinder sind ein Teil unserer Freundschaft.

Geh den Weg, der dir vorbestimmt ist, liebe Gabi. Du bist nie allein. Der König der Könige, unser Bruder, wird stets seine Hand über dich halten.

Gottes Segen euch allen. Mögen deine Kinder lernen, stets zwischen den wichtigen und unwichtigen Dingen zu unterscheiden. Weiter zur Schule zu gehen und dann zu studieren ist eigentlich nicht so wichtig, auch wenn es schön wäre, wenn sie eines Tages wieder die Möglichkeit dazu hätten. Dann könnte Ilse Ärztin oder Pflegerin bei den Missionsschwestern werden – aber erst muss sie wieder gesund werden. Ich hoffe, dass sich Martin für einen anderen Beruf entscheidet als für einen, der nichts als Tod und Schrecken bringt. Für die anderen beiden kann man sich noch nichts wünschen, und so bleibt mir die Hoffnung, dass sie in ihrem Leben etwas Sinnvolles finden, das sie glücklich macht.

Solltest du Hilfe brauchen, Gabi, wende dich bitte an meinen Vater oder Gerda. Sie sind immer für dich da. Aber vor allem vertraue dich unserem Herrn Jesus an. Über ein paar Zeilen von den Jungs würde sich Gerda sehr freuen.

Alles Liebe, Maria

Und so starb Maria im festen Glauben – wozu sonst die Predigt –, dass Gabi wahrscheinlich verloren sei oder bald verloren sein würde. Maria hatte sich ins Krankenhaus begeben, um sich einer Lungenoperation zu unterziehen, von der sie wusste, dass sie auch tödlich verlaufen könnte, und einen Stapel Abschiedsbriefe in Gerda Hoffmanns Obhut hinterlassen.

Den Vorschlag, dass Ilse Missionsärztin werden soll, höre ich zum ersten Mal. Ich weiß nicht einmal genau, was eine Missionsärztin überhaupt macht. Vielleicht hört Ilse den Vorschlag auch zum ersten Mal. Dennoch greift sie den Vorschlag auf. Die kränkliche, etwas schwerfällige Ilse, kaum wiederhergestellt von ihrem Kampf gegen dieselben bösen Mikroben, die soeben Maria in den Tod gerissen haben, beschließt, die Fackel zu ergreifen, die Maria nicht tragen durfte und deshalb an sie weiterreicht. Ja, erklärt Ilse, sie wolle Medizin studieren und Licht und Pillen ins dunkelste Afrika tragen – *wenn* sie ihre Krankheit und *wenn* sie den Krieg überlebt, und das sind in der Tat zwei wichtige Bedingungen. Nicht *was* sie sagt – denn davon nimmt kaum einer Notiz –, sondern dass sie überhaupt etwas sagt, ist das Erstaunliche, so schweigsam wie sie inzwischen geworden ist. Und diese Ambition unterstützt Ilses Genesung, ähnlich wie Maria vom Glauben getröstet sterben konnte.

Schade, wenn beides nur eine Illusion wäre.

Kaum haben Martin und ich pflichtschuldig unsere Zeilen an Frau Hoffmann verfasst (Martin schüttelt sie in wenigen Minuten aus dem Ärmel, während ich einen ganzen Nachmittag brauche, dafür sind es aber auch doppelt so viele), kaum hat Gabi den ersten Schock über Marias Tod überwunden, was sich für sie anfühlt, als wäre ein Feuer in ihr erloschen, da klingelt auch schon der Postbote mit einer weiteren Todesnachricht. Diesmal kommt sie in Form einer Postkarte, die in feierlicher Handschrift an Willibald adressiert ist, eine Handschrift, die er sofort wiedererkennt. Der Tod liegt dieser Tage wirklich in der Luft. Und zwar im buchstäblichen Sinne, wie sich zeigen wird.

»Die Karte ist von Harald«, murmelt Willibald, und da Maria schon ihren Tod persönlich angekündigt hat, denkt er vielleicht, das sei jetzt so üblich und Harald gehe mit der Mode. »Mein Bruder.«

Zweiter Irrtum. Es ist Haralds Sohn Erwin, das Fliegerass. Ein britischer Hurrikan hat seine Dornier über dem Ärmelkanal erwischt, und jetzt liegt er im nassen Grab seiner Pilotenkabine, und sein hellbraunes Haar wird sanft wie Seetang im Gezeitenwechsel des eisigen englischen Wassers hin und her gewiegt. Wäre das Leben ein Roman, hätte er eigentlich von Wolfgang abgeschossen werden müssen, um die Geschichte ordentlich zu mythologisieren: Wolfgang, der Sohn von Gabis Kusine Lotte und ihrem Mann Salomon, Wolfgang der Klavierspieler, der noch vor Kriegsausbruch nach England ging. Aber so ist es nicht und so war es nicht. Zufällig lernt Wolfgang gerade, wie man aus Flugzeugen springt – weniger, wie man sie abschießt. Nein, es war eine sehr Englisch klingende Fuchsjagdstimme, deren »Tally-ho!« über Funk zu vernehmen war, und eine zweite, etwas ältere, aber keineswegs weniger jagderprobte Stimme, die das Ganze mit »Genialer Schuss!« kommentierte. Was schließlich dem Mann vom deutschen Geheimdienst, der den Austausch abhört, auf die Idee bringt, die Briten hätten womöglich eine neue Wunderwaffe entwickelt.

Ich inspiziere die Postkarte mit der Briefmarke, die Willibald aus seinen zitternden Händen gefallen ist. *Der Führer kennt nur Kampf, Arbeit und Sorge,* steht da. *Wir wollen ihm den Teil abnehmen, den wir ihm abnehmen können.*

Wieder einmal stoße ich mich an diesem Personalpronomen, und dazu empfinde ich ein dumpfes, deprimierendes Gefühl von Verlust. Wer ist dieses »wir«, die wir dem Führer die Last abnehmen sollen? Erwin gehörte bestimmt dazu, aber was ist mit uns? Wo stehen wir? Es ist und bleibt ein Rätsel. Fest steht jedenfalls, dass Willibald lauthals Erwins Tod zu beklagen beginnt und dass Erwin, der offensichtlich das seine getan hat, um Adolf zu entlasten, jetzt nichts mehr dergleichen tun wird. Mit zitternder Stimme und zitternden Händen nimmt er die Postkarte wieder an sich. »Jetzt haben uns die Engländer unseren guten Erwin genommen«, dröhnt er, und wenn man ihn so reden hört, klingt es, als hätte jeder einzelne englische Flieger *Schnapp dir den Erwin!* als Motto auf der Schutzbrille stehen gehabt. »Das ist ein herber Schlag fürs Vaterland.«

Jetzt bin ich vollkommen durcheinander. Zum einen war mir gar nicht klar, dass das Schicksal unseres Vaterlands so sehr von Erwin abhing; zum anderen weiß ich ja nicht, ob es sich überhaupt um *unser* Vaterland handelt. Diese zweite, seit langem bestehende Ungereimtheit ist es, die mir jetzt Kopfzerbrechen bereitet. *Unser* Vaterland? Müssten wir uns nicht eher insgeheim freuen, wenn Hitler eins aufs Dach bekommt? Das zumindest suggeriert uns Fräulein von Adler, wenn sie uns erzählt, was sie schwarz in den Nachrichten gehört hat, wovon ich nichts wissen darf. Aber inzwischen verkneife ich mir die Frage, wen ich denn eigentlich anfeuern soll in diesem Krieg, vor allem jetzt, wo Willibald in ein Seufzen und Stöhnen ausgebrochen ist und den gramgebeugten Kopf in die gramgebeugten Hände und die gramgebeugten Ellenbogen auf den gramgebeugten Schreibtisch stützt. Erwins Tod scheint ihm näher zu gehen als Marias Tod, obwohl Maria mit Sicherheit auf *unserer* Seite war, welche immer das sein soll, während Erwin …, tja, was eigentlich?

Aber vielleicht liegt es sowohl an Willibalds Begeisterung für Uniformen als auch an der ideologischen Zwickmühle, in der er steckt. Ich weiß, dass er hin und wieder seine alten Wehrmachtsklamotten aus dem Schrank holt, die Schutzhülle abnimmt und die Sachen liebevoll mit der Kleiderbürste bearbeitet. Und ich weiß auch, dass Erwins Uniform weitaus schicker ist, während Maria überhaupt keine Uniform trug. Also leuchtet es ein, dass Willibald traurig ist, denn Erwins Uniform ist genauso über den Jordan wie Erwin selbst. Mir ist klar, dass das noch nicht alles sein kann, aber weitere Spekulationen würden mein knapp zehnjähriges Hirn überfordern, und ich verzichte vorerst darauf.

Übrigens ist Willibalds Kummer ziemlich schnell wieder vergessen. Wenige Stunden später hat er einen Beileidsbrief verfasst, der Schiller zur Ehre gereicht hätte –

jedenfalls ist er ungemein stolz auf sich, denn er liest ihn der ganzen Familie vor und zieht dabei alle Register. Und das leise Lachen, das noch vor dem Abend aus seinem Arbeitszimmer dringt, liefert den Beweis, dass ihn keine noch so schlimme Trauer von der Arbeit an *König David* abhalten kann, der inzwischen wirklich Gestalt annimmt. Ich habe den Eindruck, dass Erwins Tod ihn sogar inspiriert hat.

Am nächsten Tag bringt die Post einen Brief von Erwin persönlich. Nein, es ist nicht seine eigene Todesanzeige, sondern ein Weihnachtsgruß, der am Tag seines Todes verfasst und aus unerfindlichen Gründen erst mehrere Tage später aufgegeben worden war. Die Leute auf diesen Feldpostämtern scheinen wirklich zu schlafen.

Lieber Onkel Willibald,
hab Dank für deinen Brief vom 24. November. Mir geht es nach wie vor gut, ich habe viel um die Ohren. Anfang November wurde ich zum Major der Luftwaffe befördert, eine ziemliche Herausforderung für einen Offizier in meinem Alter, wie du dir vorstellen kannst. Aber ich habe mich recht gut eingearbeitet. Die Weihnachtsfeiertage werde ich hier mit den Männern verbringen.

Wie geht es euch allen in Heimstatt in eurem Pfarrhaus? Hoffentlich sind die beiden Tüten Mehl angekommen, die ich euch geschickt habe. Frohe Weihnachten dir und der ganzen Familie, und alles Gute fürs neue Jahr.

Dein Erwin

Irgendwie berührt mich dieser postmortale Brief noch mehr als die eigentliche Nachricht von Erwins Tod. Bestimmt wird mir Erwin fehlen. Auch sein Mehl wird mir fehlen, denn es kommt nie an, und das heißt, dass es keinen Kuchen geben wird. Nicht, dass wir viel davon gehabt hätten bei den vielen Trauerfällen, aber dennoch. Mein schneidiger Vetter wird mir fehlen, er fehlt mir sogar jetzt schon. Andererseits ist er nicht meine Mutter oder Sara. Schließlich habe ich ihn nur ein einziges Mal in meinem Leben gesehen. Tante Maria fehlt mir mehr, und immer wieder muss ich an ihre parfümierten Taschentücher und ihr zartes Husten denken. Das verleidet mir die Vorfreude auf Weihnachten mehr, als es Erwins Tod allein getan hätte.

Gabi geht es genauso. Die winzige Tanne, die wir auf dem steinigen Hügel hinterm Haus geschlagen haben, steht an Heiligabend noch immer ungeschmückt da, und das einzig Feierliche ist eine einzelne Kerze unter dem Christbaum. Mir kommt es eher vor wie Karfreitag als Heiligabend, und der Baum könnte genauso gut ein nacktes Kreuz sein. Keiner hat richtig Lust, Weihnachtslieder zu singen, und die billigen kleinen Geschenke, die Gabi heimlich besorgt hat, liegen uneingepackt in kümmerlichen Häuflein auf dem Boden.

Kaum verwunderlich das alles, wenn man bedenkt, dass Maria und Gabi beste Freundinnen und beider Leben so verschlungen waren. Ohne Maria wäre Gabi niemals Christin geworden, und dann hätte sie niemals Willibald kennen gelernt und geheiratet (auch wenn ihr das damals mehr bedeutet haben wird als heute). Trotz Marias Aufruf kann man von Gabi nicht erwarten, dass sie deren Tod einfach hinnimmt und weitermacht, als wäre nichts gewesen. Ihre stille, verschlossene Trauer hält noch zwei Tage an, das Haus ist so düster wie eine Höhle, und nicht einmal Jägerleins Geschäftigkeit und Fabuliererei (sie sagt andauernd Gedichte auf in letzter Zeit) und Annerls hohle Fröhlichkeit spenden genug Wärme. Doch dann tritt plötzlich eines

Morgens ein emotionaler Wetterumschwung ein, das Knistern von frischer Energie. Das Haus fühlt sich wärmer an, obwohl es draußen noch genauso kalt ist. Ja, Gabi hat sich wieder etwas ausgedacht.

Sie wird es nicht zulassen, dass Marias Tod einfach so an ihr vorbeigeht. Das wäre ja wie Verrat, als würde sie ihr halbes Leben einfach auslöschen. Nein, wieder einmal hat sie die Zugfahrpläne studiert und ihren Kreditrahmen überprüft (es gibt doch noch ein paar Kristallgläser, die man verkaufen kann). Sie hat beschlossen, zu Marias Beerdigung zu fahren und mich und Martin mitzunehmen. Immerhin haben wir ein halbes Jahr bei Maria gewohnt, wir sind es ihr schuldig. Fällt das nun unter atemberaubende Chuzpe oder sensationelle Naivität?

Ich kann's nicht sagen, mit meinen knapp zehn Jahren. Am nächsten Tag, glücklicherweise ein Sonntag, als Willibald erschöpft ist vom Predigen, stellt sie ihm den Plan vor und gleich daneben ein randvolles Glas Wasser, um sich selbst in Schach zu halten, denn sie rechnet mit heftigem Protest. Aber eigenartigerweise hat er gar nichts dagegen einzuwenden. Er ruft ihr lediglich mit strenger Miene ins Gedächtnis, dass man von der örtlichen Behörde eine Bescheinigung bräuchte, wenn man als Jude verreisen will. Vielleicht spekuliert er darauf, dass die örtliche Behörde, das heißt also Ortsgruppenleiter Franzi Wimmer, diese Bescheinigung ohnehin nicht ausstellen wird. In dem Fall hat er sich getäuscht. Inzwischen müsste er eigentlich wissen, dass er sich meistens täuscht. Alle anderen wissen es doch auch.

Aus Gründen, die wir nie erfahren werden, hat Ortsgruppenleiter Franzi Wimmer nichts dagegen, dass die Jüdin Gabriele Sara Brinkmann, Ehefrau des arischen Pfarrers Willibald Brinkmann (so steht es in ihrem Ausweis), nach Berlin fährt, um auf eine Beerdigung zu gehen, solange sie sich während dieser Zeit nicht in einem arischen Haus aufhält – aber dafür sollen die Berliner selbst sorgen, er hat schließlich nicht überall Augen. Wird Franzi auf seine mittleren Jahre nun religiös oder hat ihm Lisl ein bisschen Honig ins Ohr geträufelt – wie es Martin mit Sicherheit bei ihr getan hat? Wahrscheinlicher ist, dass er in letzter Zeit wie Fräulein von Adler schwarz gehört hat und sich jetzt mit ein paar Prämien seine Zukunft sichern will. Immerhin sieht es im Moment an der Ostfront nicht gerade rosig aus, Nordafrika im Süden ist schon verloren, und jetzt steht auch noch Italien auf der Kippe.

Als Willibald erfährt, dass Gabi ihre Bescheinigung bekommen und vom Postamt aus bereits mit Gerda Hoffmann telefoniert hat (was man streng genommen als Jüdin gar nicht darf – liegt's an Weihnachten oder hören die Leute da etwa auch schwarz?), fallen ihm plötzlich doch noch ein ganzer Haufen Gründe ein, vor allem finanzieller Art, weshalb Gabi doch nicht fahren sollte, und Gabi muss zweimal die Kaminsky-Taktik anwenden (erst schluckt sie das Wasser hinunter und will schon anfangen zu zetern, fängt sich aber gerade noch mal und nimmt schnell einen zweiten Schluck). Aber Willibalds Kampf ist ein halbherziger. Kein einziges Buch wird zu Boden geworfen, kein einziges Bild von der Wand gerissen und weder ich noch Sara müssen hinter dem Küchenofen Zuflucht suchen. Ein letzter weinerlicher Appell geht an Ilses Gesundheitszustand, aber Ilse geht es in Wirklichkeit besser als seit Jahren, und außerdem freut sie sich schon darauf, Gabi ein paar Tage los zu sein. Trotz seiner schauspielerischen Begabung ist Willibald nicht in der Lage, ein Todesszenario heraufzubeschwören, und der Appell verhallt so unvollendet wie unbeachtet. Ilse freut sich wirklich darauf, Gabi ein paar Tage nicht zu sehen, und Willibald nicht minder. Also gibt er sich geschlagen, und der Streit ist vorbei. Es ist ohnehin nur ein Scheingefecht. Die düstere Weihnachtszeit ist überstanden, und wir fahren für eine Woche nach Berlin.

Willibalds Zugeständnis ist genauso verwunderlich wie das von Franzi Wimmer. Kann es sein, dass Willibald milde wird? Hat auch er das Gefühl, Marias Beisetzung dürfe nicht ohne die Anwesenheit eines Brinkmanns stattfinden? Oder will er gar (natürlich nur andeutungsweise) seine Auflehnung gegen die Nazis unter Beweis stellen?

Aber nein. Nichts von alledem. Willibald ist froh, dass wir fahren, aber seine Gründe sind eher persönlicher Natur. Pfarrer Willibald Brinkmann, rechtschaffener lutherischer Geistlicher und glühender Moralprediger, Pfarrer Willibald Brinkmann hat sich eine arische Freundin zugelegt, eine verständnisvolle arische Seele, der er sich anvertrauen kann, einen weichen arischen Busen, auf den er seinen erschöpften oder gar wollüstigen Kopf betten kann. (Da können wir nur hoffen, dass sie tote Katzen mag oder besser, totes Katzenfell.) Und außerdem ist sie auch noch Nationalsozialistin und Untergauführerin des BDM. Folglich hat er ganz andere Dinge im Kopf als Marias Beisetzung, und wenn's nach ihm ginge, kann Gabi so weit weg fahren und so lange wegbleiben, wie sie will.

Aber davon weiß ich noch nichts, außer Willibald weiß keiner etwas davon. Ich weiß nur, dass das Jahr zu Ende geht, dass wir seit Monaten keine Sonne mehr gesehen haben, dass der See zugefroren ist, die Fenster vereist sind und der Schnee dick und schwer wie ein Leichentuch über uns liegt – und Gabi, Martin und ich sind – wieder einmal – unterwegs in die judenreine Stadt Berlin. Das zumindest glaubt der kleine Dr. Goebbels und stolziert auf einer Versammlung der hohen Nazi-Tiere vor dem Führer auf und ab wie ein gackerndes Zwerghuhn mit Hinkebein. Doch er täuscht sich, nicht mal das kriegt er hin. Kein Wunder, dass Adolfs magnetisch-finsterer Blick allmählich etwas Trübsinniges annimmt.

Was man von Frau Hoffmann beim besten Willen nicht behaupten kann, als sie Gabi und uns Jungen verbotenerweise bei sich im wohlhabenden Steglitz aufnimmt, das Viertel, das mir inzwischen so vertraut ist. Im Gegenteil, wenn ihr schwarzes Kleid nicht wäre, könnte man meinen, sie ginge auf eine Hochzeit statt auf eine Beerdigung. Mit den anderen Trauergästen, die wir am nächsten Morgen bei Onkel Karl antreffen, ist es ähnlich. Sie sind alle von der Bekennenden Kirche, und sie lächeln und lachen und erzählen sich Anekdoten aus Marias Leben und führen Onkel Karl an der Hand herum. Auch er wirkt glücklich mit seinem zugeklappten Regenschirm, den er ständig bei sich hat, um gewappnet zu sein für den nächsten Fliegeralarm.

»Wo ist denn die Maria?«, fragt er seine andere Tochter Elsa, die als Einzige etwas niedergeschlagen wirkt – als wäre sie lieber ganz woanders. Als ich seine Frage höre, sehe ich mich besorgt um. Ich habe noch nie einen Toten gesehen und bin seelisch nicht darauf vorbereitet, Maria als Leiche wiederzubegegnen. Aber Martin murmelt mir ungeduldig zu, mir bloß nicht in die Hose zu machen, der Alte habe nicht mehr alle Tassen im Schrank. Er habe einen Schlaganfall gehabt und sei nicht mehr ganz da.

Denkt Gabi eigentlich noch an Marias Worte, den lieben Herrgott und Onkel Karl um Hilfe zu bitten, wenn sie in Not sei? Onkel Karl ist aber offensichtlich viel zu geistesabwesend, um sie noch wahrzunehmen, falls er das überhaupt je getan hat. Kommt es ihr trotz der vielen Damen von der Bekennenden Kirche gar in den Sinn, dass der liebe Herrgott genauso geistesabwesend sein könnte?

Bei Elsa, deren Nazi-Ehemann angeblich verhindert ist, legt Martin seine besten Manieren an den Tag, er verbeugt sich und schlägt die Hacken zusammen, dass ein von Haltenstein oder der tote Erwin seine helle Freude gehabt hätten. »Und wie geht's Eva?«, fragt er höflich und erfährt, es ginge ihr gut. Hat Elsas Stimme einen frostigen Unterton? Jedenfalls wendet sie sich ab, und Martin ist ziemlich vor den Kopf geschlagen. Nach einer kurzen peinlichen Begrüßung wendet sie sich auch von Gabi ab und nimmt steif und angespannt neben ihrem fügsamen Vater Platz.

Gabi möchte das Zimmer sehen, in dem wir während unseres Bildungsurlaubs vor ein paar Monaten gewohnt haben. Es ist sauber und geräumig und die Wintersonne wirft ihr fahles Licht durchs Fenster in einen Raum, der um Längen komfortabler und geschmackvoller ist als alles, was Heimstatt zu bieten hat. »Da hattet ihr's aber schön«, sagt sie etwas wehmütig, und vor allem Martin nickt eifrig mit dem Kopf.

Später gehen wir in Marias Zimmer, das noch genauso ist, wie sie es verlassen hat. Auch hier wird viel gelächelt, auch hier werden glückliche Erinnerungen ausgetauscht, und ein paar Damen, die nach Parfüm und gutem Stall riechen, wollen sich an mich erinnern, was ich umgekehrt nicht behaupten kann. Gabi flüstert mir zu, sie seien alle von der Bekennenden Kirche – ob ich das denn nicht mehr wisse? – und hätten uns damals immer in Heimstatt besucht, als Willibald weg war, um die niederträchtigen Polen zu bezwingen – wobei das eher Willibalds Wortlaut ist als ihrer. Ich weiß es nicht mehr, nicke aber dennoch und wende mich mit Unbehagen ab, um den gestickten und eingerahmten Spruch über ihrem Bett zu lesen. Ich kenne den Spruch schon, aber richtig verstanden habe ich ihn nie:

Wir Toten sind nicht tot, wir sind an Deiner Seit',
Gar still und unsichtbar, doch bei Dir allezeit.

Aus irgendeinem Grund, der jenseits meiner Achtung vor der Logik liegt, gibt mir dieses ganze Gerede von Glaube und Hoffnung das sichere Gefühl, dass Maria nie und nimmer an meiner Seite ist. Und als ich später in der nahe gelegenen Kirche sehe, wie der mit Blumen bedeckte Sarg von Marias religiösen Mitstreiterinnen besungen wird *(Jesus meine Zu-versicht / Und mein Heiland ist im Le-ben / Die-ses weiß ich; sollt ich nicht da-rum mich zufrieden geben)* und anschließend zum Grab getragen und in die Erde hinabgelassen wird, bin ich überzeugt, dass sie sich jetzt nirgendwo anders als dort befindet und auch dort bleiben wird, bis sie verwest ist und überhaupt nicht mehr sein wird. An diesem Tag stelle ich fest, dass der Tod etwas Greifbares ist, das die Maden fressen, und ganz plötzlich ist nichts mehr, wie es war. Am 2. Januar 1944, um genau zu sein.

Auch Gabi macht heute eine Erfahrung. Kurz nachdem wir wieder bei Onkel Karl zu Hause sind und die Sirenen losheulen und das Radio von großen feindlichen Bomberverbänden berichtet, die sich auf Berlin zubewegen, macht sie die Erfahrung, dass es Luftangriffe wirklich gibt. Und wieder geht's runter in den Luftschutzkeller, wo Frau Hoffmann mit gefasster Flüsterstimme auf Gabi einredet, während Onkel Karl grollend den Schirm auf- und zuspannt, als der Boden von den Gewehrsalven und dem dumpfen Aufprall ferner Bomben vibriert und der weiße Putz auf unsere Köpfe regnet wie gesiebtes Mehl aus Erwins verloren gegangenem Päckchen. »Wo ist denn die Maria?«, fragt er Gabi zerstreut. »Wann kommt sie endlich?«

Sie sagt nichts. Sie sagt auch nichts über ihr Vorhaben, gleich am nächsten Tag weiterzufahren zur nächsten

11

Totenfeier.

Ja, schon am nächsten Tag verkündet sie, dass wir auch noch nach Lüneburg fahren, um an Erwins Gedenkfeier im Haus seiner Eltern teilzunehmen. Nachdem wir nun Maria das letzte Geleit gegeben haben, fühle sie sich auch Erwin gegenüber verpflichtet. Gerecht ist sie, das muss man ihr lassen. Oder einfach nur verrückt.

Frau Hoffmann ist höchst erstaunt und beunruhigt, und sie fragt sich laut, ob das eine gute Idee sei. Dasselbe frage ich mich auch, während sich Martin von der Idee begeistert zeigt. Die Beisetzungsfeier eines Helden mitzuerleben und – wer weiß? – auf Tuchfühlung zu gehen mit dem einen oder anderen Flieger-Ass? Ist doch allemal besser, als Tante Maria zu beerdigen und anämische Steglitzer Bekennende-Kirche-Damen zu unterhalten!

»Aber Gabi, deine Rassenzugehörigkeit!«, protestiert Frau Hoffmann endlich offen. »Denk an die Gesetze …!«

Aber es ist zwecklos. Die »privilegierte« Gabi wird doch wohl an der Totenfeier für den Sohn ihres Schwagers teilnehmen dürfen! Falls Gabi Zuspruch brauchte, hat sie ihn von Martin bekommen, und jetzt ist sie nicht mehr zu bremsen. Das hat sie Ortsgruppenleiter Wimmer natürlich nicht aufs Brot geschmiert, als sie ihn um die Erlaubnis bat, nach Berlin zu einer Beerdigung zu fahren. Sie hat keine Bescheinigung, sie fährt mit uns in die Nähe von Hamburg, eine Stadt, über der die Amis und Tommys regelmäßig blühende Bomben aussäen, sie kann kaum damit rechnen, mit offenen Armen empfangen zu werden (sie fragt auch nicht groß, sondern ruft einfach am Abend vorher an und sagt, dass sie kommt), und streng genommen bringt sie sowohl Onkel Haralds Familie als auch uns in Gefahr.

Und so landen wir am nächsten Tag auf der Beisetzungsfeier eines Mannes, der den deutschen Heldentod gestorben ist.

Und ich sehe zum ersten Mal in meinem Leben meinen Onkel Harald. Er ist der dicke, nervöse Mann mit der schwarzen Armbinde und dem Nazi-Abzeichen am Revers. Und da ist Robert, auf Sonderurlaub aus dem Osten. Willibald wäre begeistert gewesen von der schicken Wehrmachtsuniform und den blank polierten Stiefeln, auf denen nicht der winzigste Spritzer Schlamm aus Russland klebt. Ich frage mich, ob Robert froh ist, auf Erwin gehört und die Luftwaffe sausen gelassen zu haben – aber ist er besser dran, durch die russische Steppe zu stapfen? Und das runzlige Gesicht da hinten gehört Tante Erika, die ich auch zum ersten Mal sehe, die Mutter, die voller Stolz den Sohn für Vaterland und Führer geopfert hat. So steht es zumindest in der Todesanzeige in der Zeitung, ein schwarz umrandetes Ding, das mit den Worten *»In tiefer Trauer und voller Stolz …«* beginnt. Trauer kann ich bei ihr schon erkennen, aber Stolz? Sie erinnert mich eher an Fräulein Meissner damals, und daran, wie sie morgens in der Schule Adolfs Morgengebet vergaß. Stolz und traurig im besten arischen Sinn wirkt immerhin Lerke, die Verlobte. Wie hoch sie den Kopf trägt, wie tief die Trauer aus den Augen mit den langen Wimpern spricht! Man sieht, sie hat beim BDM gut aufgepasst.

Es ist eine private Totenfeier, nachmittags in Onkel Haralds luxuriösem Haus, bei der Erwin bedauerlicherweise weder persönlich noch eingesargt teilnehmen kann, weil ihn dreißig Klafter Ärmelkanal daran hindern – was ganz schön tief ist, wie ich aus der Schule weiß. Und zum Glück sind die Alliierten so freundlich, Lüneburg heute nicht in ihr Visier zu nehmen, wobei ihre Nachsicht wohl weniger mit Erwins Beerdigung zusammenhängt. Dafür, dass es sich um eine Privatveranstaltung handelt, gibt es jede Menge Hakenkreuze (das heißt Leute mit Hakenkreuzen) und so viel Arme-in-die-Luft und Heil-Hitler-Sagen, dass man meinen könnte, man wäre im Marionettentheater, was nicht heißt, dass das nicht der Fall ist. Die Leute jagen mir kalte Schauer über den Rücken, aber wieder murmelt mir Martin zu, ich solle mich nicht so anstellen, das seien alles harmlose Kollegen aus Onkel Haralds Büro. Da ich aber keine Ahnung habe, woher er das weiß, bin ich nur ansatzweise beruhigt. Ein riesiges Hakenkreuz hängt von der Decke, vor dem die Grabreden gehalten werden. Davor steht ein mit Hakenkreuztuch behängtes Tischchen, auf dem stellvertretend Erwins Mütze und sein Eisernes Kreuz liegen, wenn er schon nicht selbst hier sein kann. Keine Ahnung, was diese Leute von Gabi halten, aber ich vermute, Onkel Harald wird allen erzählt haben, sie sei die Frau seines Bruders und komme gerade von einer anderen Beerdigung, und sie nimmt ein paar Verbeugungen und Handküsse und gemurmelte Beileidsbekundungen von Leuten entgegen, die sich ganz schnell den Mund ausspülen würden, wenn sie wüssten, was sie da gerade getan haben. Kein Wunder, dass Onkel Harald so nervös aussieht.

Was Gabi selbst davon hält, geht über meine Vorstellungskraft hinaus. Soweit ich erkennen kann, fühlt sie sich außerordentlich unwohl. Streng genommen wirkt sie wie versteinert vor Angst, wie ein Hase, der mitten durch eine Meute erschöpfter Jagdhunde spaziert, nur mit dem Unterschied, dass ein Hase einem Jagdhund nicht die Pfote reicht und sich nach seinem Befinden erkundigt. Warum *tut* sie das, frage ich mich aus meiner Ecke, in die ich mich zurückgezogen habe. Ist es wirklich nur, um Erwin ihre letzte Aufwartung zu machen? Oder will sie Martin und mir das

Gefühl geben, wir seien deutsch genug, um hocherhobenen Hauptes überall aufkreuzen zu können? Wenn ja, schlägt ihr Rezept bei mir nicht an, bei ihr selbst übrigens auch nicht, und bei Martin ist es überflüssig – er hält sich ohnehin für deutsch genug. Während sie also mit einem Flieger-Ass und zwei (hoffentlich) harmlosen Nazi-Kollegen gequälte Konversation macht, kauere ich in meiner Ecke und bete, dass mich niemand anspricht, und zum Glück wird mein Gebet erhört. Martin dagegen ist ganz in seinem Element. Wenn jemand Heil Hitler! zu ihm sagt, heilt er zurück, als hätte er sein Leben lang nichts anderes getan, und zufällig bekomme ich mit, wie er einem der Hakenkreuzträger erzählt, er wolle auch zur Luftwaffe, sobald er alt genug sei, worauf der ihm anerkennend in die Schulter boxt, was für Martin den absoluten Höhepunkt darstellt. Hat er je darüber nachgedacht, dass die meisten Helden der Luftwaffe wie Erwin enden, und dass ihn wahrscheinlich dasselbe Schicksal ereilen würde? Natürlich nicht – typisch Martin.

Anders als bei Maria gibt es auf dieser Feier nichts zu lachen. Ernste Mienen beherrschen das Bild. Wir sitzen auf Stühlen aus dem Wohnzimmer, aus dem Esszimmer und womöglich auch noch aus dem Rathaus, während Ernsthaftigkeit, Patriotismus, Treue zum Führer und Glaube an den Endsieg von einem andächtigen Redner nach dem anderen beschworen werden, wobei jeder auf seine Art (Frauen kommen natürlich nicht zu Wort) zum Ausdruck bringt, wie sehr sich Erwin in diesen Tugenden hervorgetan habe. Vor der Feier hat mir Gabi zugeraunt, dass Onkel Harald Anthroposoph sei, was wir aber keinesfalls zur Sprache bringen sollen, weil's der Partei nicht gefällt. Als sie mir erklärt, dass diese schräge Sekte glaubt, der Mensch sterbe gar nicht wirklich, sondern tauche fröhlich in einer

Geisterwelt wieder auf, gefällt's mir auch nicht, glaube ich. Für mich klingt das genauso albern wie die widersinnige Stickerei an der Wand über Marias Bett. Ich habe die Würmer durch Marias schlammiges Grab schlängeln sehen und ich weiß, dass inzwischen bestimmt schon Heringsbabys durch Erwins Augenhöhlen schwimmen. Das reicht mir vollkommen.

Jetzt liest Onkel Harald einen Brief von Erwins Befehlshaber in Frankreich vor. Dem wohlbeleibten Harald treibt der Brief manch mannhafte Träne in die Augen. Na ja, um ehrlich zu sein, mir auch, nur mit dem Unterschied, dass sie bei mir nicht mannhaft sind.

Auch ich habe Ihren Erwin gern gehabt, heißt es darin, *und bin mir außerordentlich bewusst, dass er alles getan hat, um ein so tugendhafter und vollendeter Offizier zu sein, wie es nur ein Deutscher sein kann. Schon früh erkannte ich, dass Ihr Sohn der Inbegriff jener Werte war, die den deutschen Offizier ausmachen, denn wie Bismarck schon erkannte: Andere Länder können uns vielleicht alles andere nachmachen, aber den preußischen Leutnant, das schaffen sie nicht! Es ist zutiefst bedauerlich, dass Erwin, trotz seiner jungen Jahre bereits Major der Luftwaffe, uns nicht erhalten blieb, um seine herausragenden Qualitäten in den höheren Rängen unter Beweis zu stellen, in die er ohne Zweifel aufgerückt wäre. Erwins Laufbahn wurde im Keim erstickt, darum gilt es umso mehr auf die unzähligen erfolgreichen Einsätze hinzuweisen, die er in so kurzer Zeit gegen einen so erbitterten Feind wie den Engländer geflogen ist. Stets trug Erwin Walter Flex' Büchlein* Der Wanderer zwischen beiden Welten *bei sich. Auf seinem letzten Flug ließ er es zurück. Beim Zusammentragen seiner Habe, die mittlerweile hoffentlich bei Ihnen eingetroffen ist, ent-*

deckte ich, dass er die folgenden Textstellen angestrichen hatte:

Hier unterbricht Onkel Harald seinen Vortrag und hält besagtes abgewetztes Lederbändchen in die Höhe, das unverkennbar bei ihm eingetroffen ist, und liest zur Abwechslung daraus vor.

»*Leutnantsdienst tun heißt: seinen Leuten vorleben … das Vor-Sterben ist dann wohl einmal ein Teil davon.*«

Er holt tief Luft, sammelt sich, blättert ein paar Seiten weiter und fährt vor der andächtig schweigenden Versammlung fort:

»*Totenklage ist ein arger Totendienst, Gesell! Wollt ihr eure Toten zu Gespenstern machen oder wollt ihr uns Heimatrecht geben? … Wir möchten gern zu jeder Stunde in euren Kreis treten dürfen, ohne euer Lachen zu stören … Weint uns nicht nach, dass jeder Freund sich scheuen muss, von uns zu reden! … Macht, dass die Freunde ein Herz fassen, von uns zu plaudern und zu lachen, gebt uns Heimrecht, wie wir's im Leben genossen haben!*«

Diese Idee, die Maria durchaus unterschrieben hätte, scheint beim Publikum genau das Gegenteil zu bewirken. Onkel Harald versagt die Stimme, und Erika und Lerke ersticken fast an ihrem Schluchzen. Auch vielen anderen geht es so – auch Gabi, der man eine etwas andere Sicht auf den deutschen Offizier zugetraut hätte, ob tot oder lebendig. Auch Martin – obwohl er möglichst streng und stolz erscheinen will, wirken seine Augen, wie ich finde, doch etwas feucht. Und auch ich verdrücke eine Träne beim Gedanken daran, wie sich der heitere Erwin mit dem vornehm gebogenen kleinen Finger geschmeidig über die Augenbraue strich. Was Onkel Haralds verkappten anthroposophischen Glauben anbelangt – im Moment benimmt er sich nicht wie jemand, der überzeugt ist, dass Erwin aus seiner sterblichen Hülle geschlüpft sei, um in irgendeiner Geisterwelt wieder aufzutauchen. Er benimmt sich wie jemand, der vernünftigerweise glaubt, dass sein Sohn für immer verschwunden ist.

Nein, trotz der Aufforderung im Text herrscht wenig Frohsinn auf Erwins Totenfeier. Bei Maria, die kein deutscher Offizier war, geschweige denn, den Heldentod gestorben ist, ging es weitaus lustiger zu – obwohl, wenn man's recht bedenkt, eine Heldin war sie doch.

Am selben Abend sitzen wir wieder im Zug nach Berlin. Onkel Harald und Tante Erika küssen Gabi zum Abschied auf beide Wangen. Tante Erika hatte Gabi auch schon zur Begrüßung geküsst, während Onkel Harald ihr nur förmlich die Hand gab. Vielleicht hat Erwins Totenfeier etwas Positives in seinem Kopf bewirkt – oder wenigstens in der Hirnregion, die für seine Nazi-Gesinnung zuständig ist.

Auch Lerke gibt Gabi einen Kuss. Und Martin. Und mir. Sie riecht gut – ein betörendes Duftgemisch aus feuchter Mädchenhaut (der Raum ist überheizt), Zahnpasta mit Minzgeschmack, Veilchenduft und Tränen. Ich sehe, dass Martin ihr den Arm drückt, während sie ihn küsst, ich hingegen lasse die Hände baumeln. So weit bin ich dann doch noch nicht. Sie erzählt Gabi, und Gabi erzählt es uns weiter, dass sie sämtliche Reden aufgehoben habe, die heute Nachmittag gehalten wurden, und sämtliche Briefe, die ihr Erwin geschrieben hat, von denen sie jeden Tag bis zum Ende ihres Lebens einen am Herzen tragen werde. Gabi wird rot, als sie »am Herzen« sagt. Ich erinnere mich vage, dass Erwin vor ein paar Jahren in einem seiner Briefe eine französische Mademoiselle erwähnte, und ich frage mich, ob auch sie ein paar seiner Briefe am Herzen tragen wird. Mir wird jedenfalls warm ums Herz, wenn ich mir vorstelle, wie sich das zusammengefaltete Blatt Papier an Lerkes warmen üppigen Busen schmiegt. Und wenn *mir* schon warm wird, kann man darauf wetten, dass Martin ordentlich schwitzt.

Unser Zug hat sehr viel Verspätung. Während unseres Ausflugs zu Onkel Harald haben die Amis und Tommys ihrerseits einen Ausflug nicht etwa nach Hamburg, sondern nach Berlin unternommen und eine ganz eigene Feier mit riesigem Feuerwerk steigen lassen. Es dauert Stunden, um in den Bahnhof einfahren zu können, denn von dem ist kaum noch etwas übrig. Da wir in einem der hinteren Wagen sitzen, müssen wir schließlich aussteigen und das letzte Stück zu Fuß über die Gleise zurücklegen, und wir stolpern im kalten trostlosen Morgengrauen über Backsteine und Glas. Als wir den Bahnhof erreichen, stelle ich fest, dass bis auf ein paar verdrehte Stahlträger das Dach nicht mehr da ist, und überall liegen Glassplitter und Schutthaufen und Eisenpfeiler in gequälten, verrückten Formen.

Aber das ist noch nicht alles. Auf einer frei geräumten Fläche liegen in langen Reihen friedlich schlafende Menschen, von Polizisten bewacht, damit sie nicht gestört werden. Gabi zieht mich am Arm und drängt uns an den Leuten vorbei, und da begreife ich, dass sie gar nicht schlafen. »Nicht hingucken«, sagt Gabi, aber ich habe schon hingeguckt und kann nicht mehr weggucken. Manche dieser Leute haben keine Arme und Beine mehr und manche haben nicht mal mehr ein Gesicht. Bei einigen sieht man an den Kleidern, falls sie noch welche anhaben, welchen Status sie im Leben hatten. Manche sind, oder waren, Männer, oder Frauen, ein paar Kinder sind auch dabei. Manche sind, oder waren, Offiziere, oder einfache Soldaten, oder gut gekleidete, wohlgenährte Männer wie Onkel Harald, oder schlaksige Arbeiter in einfacher Kluft. Einer hat zwar keinen Kopf mehr, aber wenigstens Handschellen an – oder ist es eine sie? Ich weiß noch nichts davon, dass man sagt, vor dem Tod seien alle gleich, aber wenn ich den Spruch schon mal gehört hätte, würde ich ihn jetzt begreifen. Aber so kann ich nur noch daran denken, wie froh ich bin, bald wieder in Heimstatt zu sein, und daran denke ich mit aller Macht. Martin betrachtet die Reste der Alliiertenfeier mit derselben Mischung aus Ekel und Faszination wie ich, aber was er denkt, weiß ich nicht. Vielleicht überlegt er sich, wie viel Kilogramm Sprengstoff nötig wären, um in Londen dieselbe Verwüstung anzurichten.

Ja, hier in Berlin bekommen wir ein Gespür für den Tod. Und der wird uns noch einige Male begegnen.

»Kommt!«, drängt Gabi und zieht mich weg. »Wir müssen sehen, was mit den Steglitzern ist!«

Aber den Steglitzern geht es gut. Den Angriff selbst haben sie natürlich mitbekommen, doch dass der Bahnhof zerstört ist, wissen sie noch nicht. Onkel Karl sieht aus wie ein pensionierter Müller, bei all dem Mörtelstaub, der in dieser Nacht im Keller heruntergeregnet ist, da hat ihm sein fleißiges Hantieren mit dem Regenschirm wohl nichts genützt. Noch immer fragt er gelegentlich nach Maria, doch die Antwort scheint ihn nicht zu interessieren. Die Bomben haben zwar jede Menge Putz von den Wänden bröckeln lassen, aber das Haus ist unversehrt. Frau Hoffmann hat uns Frühstück gemacht, was den doppelten Vorteil hat, dass das Dankesgebet kürzer ausfällt und die Mahlzeit etwas länger dauert, denn offenbar gibt es hier mehr zu essen als in Heimstatt.

Am Nachmittag verkündet Gabi im Beisein von Frau Hoffmann den nächsten Plan. Diesmal will sie ihre Kusine

Lotte und Salomon sowie die leicht verlotterte, einst vergnügte Tante Hedwig besuchen, »solange es noch geht«.

Frau Hoffmann wird blass. »Ich glaube nicht, dass …, das heißt, ich weiß nicht, wo sie jetzt sind«, sagt sie, wirft mir einen Seitenblick zu und sieht Gabi nachdrücklich an.

»Ich habe doch hier ihre Anschrift«, sagt Gabi und wühlt selbstvergessen in ihrer großen schwarzen Handtasche. Dafür, dass sie selbst die Angewohnheit hat, Signale auszusenden wie der Fahnenmast der *Bismarck,* ist sie alles andere als schnell, wenn es darum geht, die gehissten Signale ihrer Mitmenschen wahrzunehmen. Frau Hoffmann wirft ihr einen fassungslosen mitleidig-besorgten Blick zu, während Gabi den Zettel mit Großtante Hedwigs Anschrift auseinander faltet. *Weißt du's etwa noch nicht?,* sagt dieser Blick. *Mein Gott, wie soll ich's dir bloß sagen?*

»Aber sie sind umgezogen«, wiederholt Frau Hoffmann und wirft mir erneut einen Seitenblick zu, ehe sie Martin verzweifelt ansieht. »Sie sind … sie sind nicht mehr hier.«

»Nicht? Wo sind sie denn jetzt?« Gabi sieht Frau Hoffmann mit großen Augen an, und dann endlich, wie die Wintersonne, die durch einen bleiernen Himmel dringt, beginnt sie zu verstehen.

»Hat es dir etwa niemand gesagt?« (Natürlich nicht – Maria war zu sehr mit Sterben beschäftigt, und sonst hatte niemand daran gedacht, den Heimstättern zu schreiben.) »Sie wurden … letzten Monat evakuiert.«

»Evakuiert?«, wiederholt Gabi mit einer Stimme, die ausgehöhlt klingt. Seit sie von Onkel Moritz' Evakuierung weiß, ist ihr endlich klar geworden, dass Evakuierung nichts anderes als Deportation heißt. Davor hatte sie sich etwas wie ein ländliches Refugium mit Blockhütten, Tannenbäumen und literweise frischer Kuhmilch vorgestellt. In den frühen Morgenstunden, wenn die Welt nach dem Bild ihres naiven Optimismus neu geboren wurde, waren ihr schon seltsamere Gedanken durch den Kopf gegangen. Aber das war jetzt vorbei. »Das heißt also, es ist zu spät?«, fragt sie, lässt sich mit vollem Gewicht auf den Stuhl fallen und klammert sich an den Tischrand, als wäre ihr schwindlig geworden. »Evakuiert.«

»KZ«, knurrt Martin mit seiner typischen brutalen Direktheit.

Und bei Frau Hoffmann, die Marias Tod so gelassen hingenommen hatte, zeigen sich plötzlich Tränen in den Augenwinkeln.

Notgedrungen muss ich auch weinen, ich weine um das traurige Dreiergespann, das wir letztes Frühjahr vor dem Botanischen Garten trafen. In dieser Nacht träume ich von Großtante Hedwig, die sich in ihren schäbigen Kleidern mit dem gelben Stern auf der Brust nach mir umdreht, das Gesicht zwei Nummern zu klein für die verhärmte Hülle aus Haut. Ich sehe, wie sie die Hände nach mir ausstreckt, ich sehe, wie sie mich mit feuchten Augen fixiert und mich mit tränenerstickter Stimme beschwört. »*Vergesst uns nicht!*«, höre ich sie rufen. »*Vergesst uns nicht!*«

Und das werde ich auch nicht.

Am nächsten Morgen, am Tag unserer Rückkehr nach Heimstatt, setzt es sich Gabi in ihren sturen Kopf, vor unserer Abreise wenigstens zur Wohnung ihrer Großtante Hedwig und ihrer Kusine zu fahren. Hofft sie vielleicht, sie doch anzutreffen? Dabei ist ihr klar, dass sie nicht mehr da sind, und eigentlich müsste ihr auch klar sein, dass sie inzwischen wahrscheinlich nirgends mehr sind. Oder will sie vielleicht nur mit eigenen Augen sehen, ob nicht von ihrer Kusine und ihrer Lieblingsgroßtante irgendetwas übrig geblieben ist in dem jüdischen Haus, in das sie hatten umziehen müssen? Ein Brief, eine alte Mütze oder ein abgewetztes, leeres Portemonnaie.

Frau Hoffmann legt die Hände wie zum Gebet zusammen, oder tatsächlich zum Gebet, und protestiert erneut und genauso erfolglos. »Da läuft überall die Gestapo herum«, sagt sie warnend. »Was machst du, wenn sie dich anhalten? Es ist viel zu gefährlich.« Aber Gabi, die gesegnet oder geschlagen ist mit Optimismus, und dazu mit einer ordentlichen Portion Sturheit und Naivität, entgegnet nur, sie habe eine Bescheinigung, um sich hier in Berlin aufzuhalten, und sei außerdem privilegiert. Noch immer hat sie volles Vertrauen in die deutschen Gesetze und glaubt, dieselbe Gründlichkeit, mit der dafür gesorgt wird, dass die Viehwaggons weiter in den Osten rollen, werde sie davor bewahren, genau in einem solchen Waggon zu landen, solange sie keinen rechtmäßig erworbenen und gültigen Fahrschein hat. Und in gewisser Weise hat sie Recht. Die Liquidierung der Juden ist ein Massaker, aber dabei hat alles seine Ordnung.

Martin hält genauso wenig von Gabis Plan wie Frau Hoffmann. Das Letzte, das er nach seinem Auftritt auf Erwins Totenfeier will, wäre, vor einem jüdischen Haus erwischt und gar für einen Juden gehalten zu werden. Also bleibt er zu Hause, um Frau Hoffmann Gesellschaft zu leisten, wobei er auch davon wenig hält. Natürlich ist sie kein Ersatz für die gelenkige Eva, das letzte weibliche Wesen, mit dem er allein in Berlin in einem Raum war.

Gabi kannte die Stadt mal sehr gut, und auch ich glaubte, mich ein bisschen auszukennen, aber seit unserem letzten Besuch ist alles anders, weil so viel zerbombt wurde, und wir brauchen eine gute halbe Stunde, um Großtante Hedwigs letzte Bleibe in Prenzlauer Berg ausfindig zu machen. »Da hat mal dein Großvater gewohnt«, sagt Gabi zu mir und zeigt auf ein schmales Grundstück voller Geröll, wo nur noch Unkraut wächst. Und kurz darauf sagt sie: »Das war Josefs Klinik.« Ich sehe sie staunend an. Zum ersten Mal heißt der geheimnisvolle Dr. Stern schlicht und einfach Josef. Und nicht, wie sonst, Dr. Stern oder Onkel Josef. Wäre ich alt genug, um auf so etwas zu kommen, käme ich vielleicht jetzt darauf, dass es für sie einen Grund geben könnte, mir diese Klinik zu zeigen und in diesem sanften, melancholischen Ton von einem Josef zu sprechen. Aber ich starre nur unbeeindruckt auf ein hässliches, halb zerbombtes Gebäude mit verbretterten Fenstern, das aussieht wie ein altes, blindes, bandagiertes Gesicht.

Unweit davon stoßen wir schließlich auf Tante Hedwigs Haus. Es steht in einer tristen Querstraße, die von einer Hauptstraße abgeht, auf der man eine einsame Straßenbahn vorbeirattern hört. Das Haus ist noch unbeschädigt, aber dermaßen heruntergekommen, dass man denkt, dass ihm nichts Besseres passieren kann als ein Volltreffer des nächsten alliierten Bombers. Während wir auf der anderen Straßenseite darauf zugehen, hält ein buckliges und sehr lautes schwarzes Auto. Zwei Männer mit Hut und langen glänzenden Regenmänteln steigen aus. Ungeduldig klingeln sie ein paar Mal an einer Haustür, und während wir auf sie zugehen, beginnen sie an die Tür zu hämmern.

Plötzlich habe ich mehr Angst als je zuvor bei einem Luftangriff, sogar noch mehr Angst als vor Fritzi Wimmers Belästigungen auf dem Schulhof. Und ich weiß, dass auch Gabi Angst hat, weil sie meinen Arm packt und ihn fast zerquetscht. Die beiden Männer machen einen Schritt zurück und verrenken sich den Hals, um hochzusehen, dann klingeln und hämmern sie weiter. Endlich wird die Tür von einem Mann mittleren Alters in schäbigen Kleidern geöffnet, der sich für die Verzögerung entschuldigt und prompt geohrfeigt wird. Die beiden Männer schubsen ihn hinein, und die Tür fällt träge hinter ihnen ins Schloss, als hätte sie das alles schon hundertmal erlebt und wäre des Ganzen überdrüssig.

Warum bleibt Gabi wie angewurzelt stehen? Warum hält sie meinen Arm so fest gepackt und starrt wie gebannt hin, während sie doch eigentlich viel lieber weglaufen würde, wie ich an ihrem Zittern merke? Hat sie den Mann wiedererkannt? Ist es vielleicht jemand, den sie kennt? Oder hat sie nur das Verlangen nach einem Vorgeschmack auf das, was auch ihr eines Tages blüht? Ich werde es nie erfahren, ich werde sie nie danach fragen.

Dann kurbelt der Fahrer des Wagens, der mit leerem Blick auf die Straße gestarrt hat wie ein wartendes Pferd, sein Fenster hinunter, beugt den Kopf hinaus und ruft leise und drängend: »Verschwindet! Los, verschwindet von hier!«

Ich bin mir nicht sicher, ob das ein Befehl oder ein Ratschlag ist, auf jeden Fall ist Gabi plötzlich hellwach und stellt fest, dass sie sich sehr wohl bewegen kann. Sie lässt meinen Arm los, packt mich stattdessen an der Hand und wendet sich ab, ohne ein einziges Wort an den Fahrer zu richten, der den Kopf jetzt wieder eingezogen hat und geduldig in seinem Auto vor sich hin nickt. Und wir gehen hastig weiter, aber nicht so schnell, dass es aussieht, als liefen wir davon, und immer geradeaus. Die Straße könnte eine Sackgasse sein, aber wir werden so lange gehen, bis wir gegen irgendeine Wand knallen. Weiter, weiter, zitternd am ganzen Leib.

Nach knapp dreißig Schritten hören wir die Männer wieder aus dem Haus kommen, und wieder fällt die Tür zu. Beide riskieren wir einen Blick zurück – wir können nicht anders. Gefügig steigt der Mann ins Auto und nimmt dabei seinen Homburg ab. Es wird jetzt weder geohrfeigt noch geschubst, es wird keinerlei Gewalt angewendet. Es wäre unnötig. Man könnte meinen, er ginge freiwillig mit, so ruhig und gelassen geht die Szene vonstatten. Es wirkt geradezu, als hätten sie ihn abgeholt, um ihn zum Essen auszuführen. Einer der Männer steigt neben ihm ein, der andere geht nach vorn auf den Beifahrersitz. Die Türen werden zugeworfen, und das Auto fährt mit diesem eigenartigen Knattern davon, das mich mein Leben lang vom Kauf eines VW-Käfers abhalten wird.

Und das Eigenartigste daran ist, dass ich nicht nachfrage, was los war, und dass Gabi mir auch nichts erklärt. Als wir zurückkommen, erzählen wir nicht einmal Frau Hoffmann und Martin etwas davon. Wir erzählen keinem etwas davon. Wir wissen einfach nur, was wir gesehen haben, und wenn sich hin und wieder unsere Blicke begegnen, wissen wir Bescheid.

Wir hüten unsere Geheimnisse, sogar vor uns selbst.

Als wir wieder bei Frau Hoffmann sind, wartet Martin schon mit den Koffern im Flur, und wir schaffen es gerade noch zum Zug. Die ersten paar Stunden der Reise verlaufen schweigend. Martin isst mehr als seinen Anteil der Butterbrote, die Frau Hoffmann netterweise für uns vorbereitet hat, aber ich habe ohnehin keinen Hunger und Gabi auch nicht – das hat sie in Martins Beisein nie. Immer wieder frage ich mich, was ist, wenn man unsere Papiere sehen will. Bisher auf der Reise waren wir verschont geblieben, also ist die Wahrscheinlichkeit hoch, dass es uns jetzt erwischt. Und da mir der Glaube an die teutonische Ordnung und Franzi Wimmers rustikale Autorität abgeht, sehe ich immer wieder vor mir, wie wir aus dem Zug geworfen und in ein finsteres, buckliges schwarzes Auto gesteckt werden wie der Mann in Berlin.

Doch der Zug wird mehrere Male in der Nacht auf ein Nebengleis geleitet, um ein paar SS-Jungs auf Russenjagd durchzulassen – so behauptet zumindest der abgekämpfte Schaffner, als er schließlich auftaucht, um unsere Fahrkarten zu entwerten –, und niemand hat Lust, unsere Ausweise zu kontrollieren. »An der Ostfront werden alle waffenfähigen Soldaten gebraucht«, schnauzt er Gabi an, nachdem sie höflich fragte, ob sie die Papiere noch griffbereit halten müsse oder ob sie sie wieder einstecken dürfe. »Für so was ist jetzt keine Zeit.« Und mit säuerlicher Miene schiebt er die Tür zu, um die waffenfähigen Soldaten an ihr Ziel zu schaffen, solange sie noch waffenfähig sind.

Dann schlafe ich endlich ein und träume von Tante Maria und Erwin, die wir nie wiedersehen werden. Und von Großtante Hedwig und Gabis Kusine Lotte mit ihrem Mann Salomon, und von dem Mann in Prenzlauer Berg. Die wir allesamt

12

nie wiedersehen werden.

Aber es verschwinden nicht nur unsere Verwandten. Millionen andere verschwinden, wovon wir aber erst später hören werden. Aber ich weiß wohl, dass unsere Jungs an der Ostfront und in Italien auch verschwinden. Sie haben an Gelände verloren und Blut vergossen, und dann verschwinden sie monatelang, obwohl die Zeitung, die Willibald noch immer ab und zu in unser halbjüdisches Haus bringt, behauptet, jede verlorene Stadt sei eine gewonnene Schlacht. Fräulein von Adler nuckelt am schwarzen Mundstück ihrer Stummelpfeife, die sie mit Teeblättern füllt, wenn sie keinen Tabak auftreibt, und erklärt mit sardonischem Lächeln, dass man doch dann ruhig gleich morgen Berlin verlieren solle, und schon wäre der Krieg gewonnen. Ich habe das Gefühl, auch sie verschwindet noch, wenn sie nicht aufpasst. Die Episode vor dem schäbigen Haus in Berlin hat mir wirklich die Augen geöffnet.

Das gilt auch für Gabi, denke ich, denn seit unserer Rückkehr ist sie ziemlich gedämpfter Stimmung und verschlossen. Als wäre ihr klar geworden, dass auch ihre Zeit bald gekommen sein könnte, und dass sie auf alles gefasst sein muss. Eines Nachmittags finde ich sie mit Sara in der Küche, nachdem Willibald auf eine seiner ausgedehnteren Runden durch die Pfarrgemeinde aufgebrochen ist. So behauptet er, aber vor allem ist es eine verständnisvolle mollige Arierin in Plinden, der er heimlich Gutes tut, und sie womöglich auch ihm. Gabi liest ihre alten, vergilbten Briefe, ehe sie einen nach dem anderen in den Ofen wirft, während ihr Sara dabei zusieht wie ein Messdiener beim Opferritus, und genau das ist es vermutlich. Gabi schüttelt den Kopf und trocknet sich das hängende Auge mit dem Schürzenzipfel, und das feine Papier verkohlt vom Rand her und rollt sich zusammen und verbrennt mit einem Knistern wie bei einer Einäscherung. »Was willst *du* denn schon wieder?«, fragt sie gereizt und knallt die Ofentür zu, als sie mich sieht. Eigentlich wollte ich mich am Ofen etwas aufwärmen, aber jetzt bin ich mir nicht mehr so sicher und zucke schuldbewusst mit den Schultern, obwohl ich mir auch nicht sicher bin, was ich eigentlich verbrochen habe. Dann scheint sie mich total zu vergessen, setzt sich neben Sara und starrt auf den Ofen. Es ist, als würde sie noch immer in den Briefen lesen, deren Asche wie flüchtige schwarze Schmetterlinge durch den Schornstein wirbeln.

Es ist nicht der optimale Zeitpunkt, den sich Ortsgruppenleiter Franzi Wimmer ausgesucht hat, um im Pfarrhaus vorbeizuschauen, aber er kommt dennoch und unterbricht Gabi bei ihren melancholischen Träumereien. Er ist gerade beim Geldeintreiben für warme Sachen für unsere Jungs an der Ostfront, die Europa vor den internationalen jüdischen kapitalistisch-bolschewistischen Horden retten müssen. Er bitte den Herrn Pfarrer um einen kleinen Beitrag, sagt er in gewichtigem Tonfall zu ihr – das heißt, er bittet nicht *sie* – und wahrt genauso unbeugsam die Stellung auf der zweituntersten Treppenstufe wie unsere Jungs in der russischen Steppe – zumindest diejenigen, die noch nicht verschwunden sind. Oder sind sie schon wieder zurück in Polen?

Gabi wirkt noch immer etwas abwesend. »Der ist nicht da.«

»Jeder Haushalt sollte seinen Beitrag leisten«, sagt Franzi beharrlich und späht mit getrübtem und doch wachsamem Blick an ihr vorbei, ob da vielleicht irgendwo ein Halbarier steckt, den er stattdessen anschnorren kann. Vielleicht spioniert er aber auch nur ein bisschen an Lisls Stelle, nachdem sie nicht mehr mit dem Herzen dabei ist, falls das überhaupt jemals der Fall war. Vielleicht glaubt er ja, es lägen irgendwo stapelweise gelber Antinazi-Flugblätter voller plutokratisch-kommunistisch-vergiftender jüdischer Lügen herum.

Gabi macht die Tür etwas weiter auf und bittet ihn kühl und wortlos ins Haus. Peinlich berührt, schüttelt er den Kopf, entweder darüber, dass er als Ortsgruppenleiter in ein halbjüdisches Haus gebeten wird, oder aber sich herablässt, bei der Frau des Pfarrers herumzuschnüffeln. Oder vielleicht über beides, da ihm ohnehin der Kopf schwirrt. Andererseits riecht sein röchelnder Atem schon von weitem unverkennbar nach Bier, und er wankt auch ein wenig. Vielleicht will er einfach nur nicht riskieren, über die nächste Treppenstufe oder die Fußmatte zu stolpern.

Jetzt nimmt Gabi demonstrativ eine Reichsmark aus ihrem Portemonnaie und lässt sie kurzerhand in die mit Hakenkreuz geschmückte Sammeldose des Ortsgruppenleiters fallen.

Jüdische Hilfe zur Bekämpfung der internationalen Verschwörung der Juden? Das Dilemma ist Franzi ins Gesicht geschrieben. »Hier unterschreiben«, murmelt er, nachdem er einen Augenblick stirnrunzelnd in sich gegangen ist, und er deutet auf die Liste, die er ihr hinhält. »Brinkmann passt schon.«

Doch nachdem sie die Summe eingetragen hat, unterschreibt Gabi in ihrer größten und leserlichsten Handschrift mit Gabriele Sara Brinkmann und verankert den Widerspruch in Franzis offiziellen Unterlagen, indem sie fein säuberlich den Namen Sara unterstreicht. »Ich bin gesetzlich verpflichtet, so zu unterschreiben«, erklärt sie höflich.

Wer sollte das besser wissen als Franzi! »Nun ja«, murmelt er voller Unbehagen und stapft unsicheren Schrittes über den knirschenden glitzernden Schnee, wobei er sich gerade noch ein Heil Hitler! verkneifen kann. Wahrscheinlich ist das wieder so ein Tag, an dem er wünscht, er wäre nicht Ortsgruppenleiter geworden. In dem Fall wird es nicht der letzte sein.

Wir haben jetzt keine Fotos mehr in unserem Album und keine Einträge mehr in unserem Gästebuch. Das liegt daran, dass Franzi vor einiger Zeit unsere alte Leica beschlagnahmt hat, und die Schreibmaschine hätte er fast auch mitgenommen, wenn Willibald nicht darauf bestanden hätte, dass er sie für seine Arbeit als Pastor benötigt. Die Leica wurde nicht für den Krieg gebraucht wie Willibalds Kirchenglocken, die etwa zur gleichen Zeit aus dem Kirchturm verschwanden wie das Eisentor vor der Haltenstein'schen Villa. Die Glocken und das Tor sind in Geschütze für unsere Jungs an der Front geflossen, die Kamera aber musste weg, weil man einem Juden so etwas nicht überlassen kann – könnte ja sein, dass Gabi heimlich unsere militärischen Anlagen fotografiert und dem Feind zuspielt.

Willibald protestierte schwach, die Kamera gehöre nicht seiner Frau, sondern ihm, aber darauf wollte sich Ortsgruppenleiter Wimmer gar nicht erst einlassen. Wenn Willibald schon einer Jüdin seinen Schwanz überließ, dann würde er bei seiner Kamera erst recht keine Skrupel haben, schien der offizielle Tenor zu sein. Da Gabi seit Jahren weder den einen noch den anderen Apparat angefasst und den fotografischen ohnehin nie ergründet hatte – sie neigte dazu, das Auge vor dem Sucher zu schließen und Füße oder Köpfe abzuschneiden –, war die Befürchtung grundlos. Außerdem gibt es in unserer Nähe keine militärischen Anlagen, bis auf die Amtsstube des Ortsgruppenleiters natürlich, mit den drei Gewehren aus dem Weltkrieg und einer Blechdose Munition. Aber Gesetz ist nun mal Gesetz in Deutschland, im Dritten Reich allemal, und weg ist die Leica. Ganz offiziell mit Empfangsbestätigung. Dass er die Vorschriften vernachlässige, kann man Franzi Wimmer bestimmt nicht unterstellen.

Übrigens ist nicht nur das Tor der Haltenstein'schen Villa in Bad Neusee verschwunden, sondern auch die von Haltensteins sind weg – Rolf, der leukämiekranke angehende Autor ist im Himmel, und wo der Rest steckt, wissen wir nicht. Fräulein von Kaminsky schrieb vor kurzem aus Wien, sie würden wohl so schnell nicht wiederkommen. Der Tod des jungen Rolf habe dem Grafen und der Gräfin schwer zugesetzt (wie auch Sara – noch immer trägt sie ihre schwarze Schleife am Mantel). Möglicherweise, wie sie verschwommen andeutet, hätten sie »Schwierigkeiten« bekommen. Was denn für welche?, fragt sich Gabi. Doch nicht etwa dieselben wie wir? *Aber uns würden sie nie etwas tun,* höre ich Elisabeth wieder sagen und sehe sie verächtlich das vornehme kleine Kinn nach vorne strecken. Jetzt frage ich mich, ob sie sich damals nicht geirrt hat. Erstaunlich, wie zwei Männer und ein dunkles Auto die Sicht auf die Dinge verändern können. Von Tante Hedwig und den anderen Verschwundenen ganz zu schweigen.

Doch all das Verschwinden, so schrecklich es sein mag, ist nichts gegen das, was uns bevorsteht.

Es ist wieder April und die Sonne hat es pünktlich zum Frühjahr über die Berggipfel geschafft. Der letzte Schnee im Dorf ist geschmolzen, die Tage sind kalt und klar und die Kriegssirenen und das Verschwinden von Menschen werden durch das Plätschern von Ruderbooten auf dem stillen, frühlingshaften See in den Schlaf gelullt. Wieder einmal ist Führers Geburtstag, und wir haben ihn wie immer in der Schule mit gereckten Armen gefeiert, die wir dem Oberwichser an der Wand wie symbolische Phalli darbieten. Ich gehöre jetzt zu den ältesten Schülern und vermisse Fräulein Meissner, deren enttäuschter Mutterinstinkt bei den Kindern der unteren Klassen ersatzweise Zuflucht sucht, wo er bestimmt nicht halb so sehr geschätzt wird wie von mir. Sie lächelt mich jetzt kaum noch an. Vielleicht liegt es daran, dass ich an der Reihe war, bei der Volksschulrassenkunde wie Sara damals als mustergültiger Halbjude herzuhalten, und sie weiß, dass ich im Grunde der Mühe nicht wert bin. Vielleicht ist sie aber auch in Gedanken woanders, denn sie hat sich wieder mit einem Soldaten verlobt, diesmal an der russischen Front – was für mich klingt wie rausgeschmissenes Geld.

Nach dieser Rassenkunde-Lektion übrigens fragte mich Fritzi mit boshaftem Grinsen, wann eigentlich meine Mutter von der Gestapo abgeholt werde. Aber ich sagte, sie sei privilegiert, und außerdem hätte ich in Berlin gesehen, wie wirklich jemand von der Gestapo abgeholt worden sei, was er von sich wohl nicht behaupten könne. Da war er erst mal sprachlos. Es gab sogar etwas Beifall aus der Klasse. Keiner hat gesehen, was ich gesehen habe. Nicht mal einen Luftangriff hat hier jemand erlebt. Fritzis böse Bemerkungen und Sticheleien sind jedenfalls inzwischen fast wohlwollend geworden. Ich bin so etwas wie der Dicke oder der Streber, eher die gewohnte und duldsame Zielscheibe allgemeinen Gespötts denn eines tief verwurzelten Rassenhasses.

Auch Annerl ist keine Zielscheibe eines tief verwurzelten Rassenhasses, trotzdem fällt sie ihm zum Opfer. Wo Hass ist, da ist auch Liebe, und in diesem Fall heißt das, dass die Arier ihre arische Rasse so sehr lieben, wie sie die jüdische Rasse verabscheuen. Und die Qualität der arischen Rasse muss sowohl vor eigenen Fehlern bewahrt werden als auch vor der Bösartigkeit des Juden.

So auch in Annerls Fall.

Es ist der Morgen nach Führers Geburtstag. Kleine Wölkchen spielen mit der Sonne Versteck, und das unbeholfene Annerl sitzt im Schneidersitz im Garten, der Rock ist über die dicken Knie hochgerutscht, und zupft eifrig an einem Löwenzahn, der es irgendwie geschafft hat, im steinigen Boden zu überleben. Da ist ihr Stupsnäschen, der offene Mund, die schlichte Freude, die aus ihren kleinen blauen Augen spricht, während sie das Blümchen zerrupft. Aber die Blume muss einem nicht Leid tun. Es ist ja nur Unkraut, das ohnehin gejätet und beseitigt worden wäre. Und wie sich zeigen soll, wird es Annerl genauso ergehen.

Und da ist Dr. Danninger, ein seltener Gast im Pfarrhaus, der, jetzt, wo Ilse auf dem Weg der Genesung ist, mit zerknirschter Miene den Garten betritt und meine überraschte Mutter dort antrifft. Da kommt auch schon Jägerlein, die derben Bauernhände an der makellosen Schürze abwischend, ein verblüfftes, stolzes und zugleich skeptisches Lächeln in ihrem derben Bauerngesicht. Der Doktor ist wegen Annerl hier – das macht sie stolz –, obwohl sie ihn gar nicht gerufen hat – das macht sie skeptisch. Kein Wunder, dass sie vor allem verblüfft wirkt. An diesem Morgen sind Sara und ich und das staunende Annerl mit einem Stegreifgedicht über die weißen Wolken, den blauen Himmel und die hohen Gipfel beglückt worden, das Jägerlein vor dem Küchenfenster aufsagte, während das Bügeleisen heiß wurde.

Morgen früh wird es keine Gedichte geben.

»Komm mal her, Anna«, sagt Dr. Danninger mit derart schwerer Stimme, dass man sich fragen muss, wie er es nur schafft, sie aus der Tiefe seiner Kehle hinaufzubefördern.

Doch Annerl ist mit einem kleineren Mord beschäftigt und hat keine Zeit, am Vorspiel ihrer eigenen Ermordung teilzunehmen.

Da Annerl nicht zu ihm kommt, folgt Dr. Danninger schließlich dem Prinzip des Mohammed und begibt sich zu ihr. Er fragt: »Was ist zehn mal zwölf?« und: »Kannst du das Wort *Berlin* buchstabieren?« Da jeder im Dorf weiß, dass das neunjährige Annerl weder lesen, schreiben noch rechnen kann, sind diese Fragen mehr als überflüssig. Das sieht Annerl wohl genauso, denn sie geht nicht im Geringsten darauf ein. Doch Dr. Danninger hat seine Vorschriften, und welcher Deutsche, selbst als Österreicher, wollte diese missachten? Jetzt holt er ein offizielles Schreiben hervor, faltet es auseinander und legt es umständlich auf seine Tasche. Dann nimmt er seine randlose Brille; er klappt sie auf und setzt sie sich umständlich auf die Nase. Dann kommen Stift und Instrumente, und es kann losgehen.

Wieder sehr umständlich späht er Annerl mit einer kleinen Taschenlampe in die Augen und Ohren, als glaubte er, irgendwo da drin die Lösungen zu seinen Rechenaufgaben und die richtigen Schreibweisen zu finden. Er hat sogar den gleichen Greifzirkel wie der, mit dem vor kurzem in der Schule mein vermeintlich halbjüdischer Schädel ausgemessen wurde, nur dass diesmal Annerls degenerierter arischer Schädel zur Debatte steht. Eingetragen werden die urteilskräftigen Einzelheiten, während sich Annerl geduldig inspizieren und ausmessen, hin und her drehen, anstupsen und abhorchen lässt. Während der ganzen Prozedur starrt sie unverwandt auf den blütenlosen Löwenzahn zwischen ihren dicken Fingerchen; trotz seines desolaten Zustands fesselt er sie nach wie vor.

»Nun, ich …, ich fürchte, es sieht so aus«, sagt Dr. Danninger mit merklichem Unbehagen und schaut genau zwischen Gabi und Jägerlein hindurch, »es scheint mir, dass Annerl, nun, in eine Einrichtung kommen muss.«

»In eine Einrichtung«, wiederholt Jägerlein genauso ausdruckslos, wie es Annerl zuzutrauen gewesen wäre, während Letztere selbstvergessen den saftigen Löwenzahnstängel um einen ihrer dicken Fingerchen wickelt.

»Es ist besser für sie«, sagt Dr. Danninger und schaut

wieder an den beiden vorbei. »Will sagen, es würde dort für sie gesorgt. Ich denke, nächste Woche wird man sie abholen. Das heißt, sobald man alles in die Wege geleitet hat …«

»Und wie lange muss sie da bleiben?«, fragt Gabi, die in ihrer Naivität tatsächlich glaubt, selbst im Dritten Reich seien medizinische Einrichtungen ausschließlich dazu da, Menschen zu heilen und geheilt zu entlassen.

»Sie abholen?«, sagt Jägerlein, der allmählich ein Licht aufgeht, oder besser, das Licht ist gerade im Begriff zu verlöschen.

»Ja, so genau kann ich das nicht sagen«, sagt Dr. Danninger – zu Gabi, nicht zu Jägerlein. »Man wird sie wohl erst einmal untersuchen müssen.«

»Aber *ich* sorge doch schon für sie!«, sagt Jägerlein zu Dr. Danninger.

»Ja, nun«, sagt Dr. Danninger wie ein Junge, der vor einer zerbrochenen Fensterscheibe erwischt wird. »Ich fürchte nur, Sie sind nicht der gesetzliche Vormund.«

Gesetzlich? Das klingt nicht gut. Dr. Danninger mag sich herumkommandieren lassen, aber das Gesetz ist etwas anderes, und Gabi ist nachdenklich geworden. Jägerlein hingegen kann das Gesetz nicht schrecken. Sonst würde sie nicht für uns arbeiten. »Ich lasse sie nicht gehen!«, sagt sie trotzig.

Jetzt hat Dr. Danninger seinen Zettel zusammengefaltet und packt seine Instrumente weg. »Ich fürchte, da kann man nichts machen, Frau Jäger«, sagt er bedauernd, noch immer wie ein Junge vor einer kaputten Fensterscheibe. »Sie haben sie ja bloß inoffiziell adoptiert, sozusagen, verstehen Sie? Und ihre Eltern können nicht für sie sorgen, das heißt also …« Seine Stimme verliert sich, oder besser, wandert davon, denn auf einmal scheint er sich ungemein für seine Tasche zu interessieren und beugt sich über sie, um den Verschluss unter die Lupe zu nehmen, als hätte sie ein verdächtiges Symptom, das noch größere Aufmerksamkeit erfordert als das arme Annerl. Dann richtet er sich auf. »Nächste Woche also werden die Leute von der …, nun …, von der Einrichtung kommen und sie abholen, oder …, nun, jedenfalls, sobald ein Platz frei wird. Da wird sie's ganz bestimmt besser haben«, fügt er eher zu seiner eigenen als Jägerleins Beruhigung hinzu. Aber keiner von beiden scheint überzeugt.

»Welche Einrichtung? Wo?«, fragt Gabi.

»In Gallneukirchen«, murmelt Dr. Danninger ausweichend. »Oder Hartheim, glaube ich … Ich bin mir nicht ganz sicher …« Und dann ist er weg, mit verlegenem Lächeln und zerknirschter Miene. Er habe noch weitere Visiten, erklärt er und stellt seine Tasche in den Beiwagen, wobei man nichts davon erfährt, ob sie ähnlich geartet sind wie dieser Besuch. Dabei gibt es in Heimstatt und den umliegenden Dörfern jede Menge Kinder wie Annerl. Knatternd verschwindet das Motorrad in der Ferne, und auf einmal kommt es mir nicht mehr vor wie April, sondern eher wie November.

Jägerlein nimmt das brave Annerl wortlos an die Hand und führt sie in die Küche. Willibald wundert sich als Einziger, dass die Sachen ungebügelt bleiben, das Mittagessen nicht anständig gekocht und das Geschirr noch schmutzig ist. Annerl hingegen bekommt pünktlich ihr Essen und leckt wie immer genüsslich ihr Schälchen sauber.

»Natürlich hat sie's in einer Einrichtung besser«, erklärt Willibald, nachdem er sich ausgiebig über sein miserables Essen beschwert hat. »Und wir haben eine weniger, die uns die Haare vom Kopf frisst.«

Jägerlein und Annerl sind zwar wieder da, aber Willibald hat sie nach wie vor im Verdacht.

»Ach, Willibald«, sagt Gabi, wirft einen Blick auf die offene Tür und will protestieren. Doch als sie sieht, wie die Adern im Hals ihres Mannes hervortreten, wie seine Wangen rot anlaufen und seine Augen vor selbstgerechtem Zorn blitzen, nimmt sie einen Schluck wässrigen Tee, und obwohl sie sich die Zunge verbrüht, behält sie den Schluck so lange im Mund, bis Willibald seine Schmährede, die er mit schweren Faustschlägen auf den Tisch begleitet, zu Ende geführt hat. Werde ich nur älter oder lassen Willibalds Kräfte allmählich nach? Seine Szenen scheinen mir weniger stürmisch als früher. Oder ist es die mollige arische Dame, von der wir noch nichts wissen, die seine Seelenqualen mildert und zerstreut?

Aber Willibald hätte sich am Abend kaum so aufgeregt, wenn er gewusst hätte, was ihn am nächsten Morgen erwartet. Jägerlein ist weg, und Annerl ebenfalls. Auf dem Tisch, wo eigentlich altes Brot und Kaffee-Ersatz hätten stehen sollen, liegt ein mit Bleistift beschriebener Papierfetzen, der Willibalds Ansicht nach in keiner Weise das nicht gemachte Frühstück entschuldigt.

Liebe Frau Pfarrer,
tut mir Leid, das ich das Frühstük nicht Gemacht habe. Ich bringe das Annerl fort und werde eine Weile weg sein. Bitte entschuldigen Sie vielmals.
Ihre M. Jäger

Ihr kleines Zimmer hinter der Küche ist sauber gefegt und die beiden Betten sind abgezogen. Jeweils am Ende der Matratze liegen ordentlich zusammengelegt unsere alten Decken. Es ist wieder ein sonniger Frühlingstag, aber Jägerlein und Annerl sind weg, und der Tag fühlt sich kalt und regnerisch an.

Willibald, der meistens lange schläft, ist heute mit dem ersten Hahnenschrei aufgestanden – er hat eine frühe Beerdigung und eine Hochzeit und hätte dringend ein ordentliches Frühstück gebraucht. »Jetzt heißt es bestimmt, wir hätten ihr zur Flucht verholfen!«, ruft er bestürzt, kaum dass er die erste Enttäuschung überwunden hat.

»Sie sind bestimmt auf dem Hof ihrer Schwester«, erklärt Martin mit vielsagender Miene, während Gabi in der Küche das Kaffeewasser aufsetzt und Ilse, die von den Mühen ihrer Tuberkulosekur zu kaum weniger mühsamen Alltagsübungen übergegangen ist, schweigend an dem harten Laib Brot säbelt, den sie an den Tisch getragen hat.

»Ich melde es der Behörde!«, ruft Willibald und stopft den Zettel in die Tasche seines Pastorengewandes. »Uns derart in die Bredouille zu bringen! Damit kommt sie nicht durch. Als hätten wir nicht schon genug am Hals!«

»Weiß man eigentlich, was in dieser Einrichtung mit Annerl passiert?«, fragt Martin unbekümmert, nimmt sich ein Stück Brot, schnuppert daran und rümpft die Nase. In der Ziegelei hat er das eine oder andere Gerücht aufgeschnappt.

»Was auch immer, da gehört sie jedenfalls hin! Na, auch schon da?« Das gilt Sara, die schreibend in ihrer Ecke hinterm Ofen gesessen hatte. Dann kommt er wieder auf Jägerleins Verschwinden zurück. »Wie kann sie es wagen, einfach abzuhauen, ohne unser Frühstück zu machen?«

»Eigentlich müsstest du doch froh sein, dass sie weg ist«, sage ich betrübt. »Wo sie uns doch immer beklaut.« Der Kummer hat vorübergehend die Oberhand über meinen gewohnten Überlebensinstinkt gewonnen.

»Unverschämtheit!«, brüllt Willibald und holt nach mir

aus. »Ab in den Keller!« Vielleicht ist sein Feuer doch nicht erloschen. Jedenfalls verpasst er mir eine gesalzene Ohrfeige, die noch brennt, während ich ohne Frühstück in den Keller geschubst werde, wo es kein Licht gibt und meine einzigen Gefährten aus einem schwindenden Haufen Kohle und einer steigenden Anzahl Ratten bestehen, die ich, falls mich mein dröhnendes Ohr nicht täuscht, quiekend hin und her huschen höre. *Lieber Gott, dass mir bloß keine Ratte über die Füße läuft!*, bete ich mit jenem religiösen Eifer, den die Not gebiert, während ich von oben mitbekomme, wie Gabi laut aufheult und Willibald immer lauter brüllt. Die Szene wird von mehreren dumpfen Schlägen untermalt, aus denen ich schließe, dass ein paar dicke Bücher durch die Luft geflogen sind. Wenn der Streit in dieser Form weitergeht, wird gleich das Krachen zersplitternder Bilderrahmen und das Klirren von Glas zu hören sein. Aber nein, Willibalds Wutanfall ist schon beim Rallentando und Diminuendo; dann kommt ein letzter, einsamer Schlussakkord, der bedeutet, dass Gabi wahrscheinlich gerade die Kaminsky-Taktik anwendet, und ich weiß, dass die Oper gleich zu Ende sein wird.

Ich sitze hier nicht zum ersten und sicherlich nicht zum letzten Mal, und diese Erkenntnis macht mir den Aufenthalt keineswegs schmackhafter, vor allem, als mich ein dicker feuchter Spinnweben wie ein Fledermausflügel an der Wange streift und an meiner Augenbraue kleben bleibt. Aber wenigstens weiß ich, womit zu rechnen ist, und ich setze mich hin und warte unruhig auf das Zuknallen der Haustür, das Willibalds Aufbruch zu seiner Gemeinde und meine Entlasssung aus dem Gefängnis signalisiert. Sobald er weg ist, wird Gabi leise den Schlüssel umdrehen. Irgendwie wird mir klar, dass wohl doch etwas dran sein muss an Religion, und ich danke Gott im Stillen dafür. Ohne seine

Gemeinde würde Willibald den ganzen Tag im Haus hocken und ich den ganzen Tag im Keller.

Willibald behält Jägerleins Fahnenflucht für sich – schon beim Gedanken an die Behörde schlottern ihm die Knie –, wobei die Behörde auch so dahinterkommt. Es dauert nicht länger als einen Briefwechsel, da hält auch schon ein Krankenwagen mit Milchglasscheiben vor dem Pfarrhaus, ein Mann in einem gut sitzenden Anzug mit Parteiabzeichen am Revers steigt aus, gefolgt von einer netten blonden, wenn auch etwas übermäßig gestärkten Schwester, einem der drei Dorfgendarmen und einem zaudernden Dr. Danninger, der aussieht, als würde ihm gleich jemand eine Spritze verpassen. Aber sie sind nicht hinter *ihm* her, sondern hinter dem harmlosen Annerl, dem Unkraut im arischen Garten.

»Wo ist Keller, Anna?«, fragt der Mann, wedelt mit einem offiziellen Schriftstück und sieht Gabi mit kaltem Abscheu an. Die Schwester trottet schon mit forschen Schritten und prüfendem Blick in den Flur wie ein munterer Terrier auf Hasenjagd. Hätte sie einen Schwanz, würde sie ihn aufstellen und damit wedeln.

»Ich weiß es nicht«, sagt Gabi. »Sie ist weg.«

Der Mann wirft einen Blick auf seine Verfügung, oder wie immer sein Schriftstück genannt wird. »Wann? Wohin?«

Gabi zuckt mit den Achseln und dreht bei ihrer Antwort die Folge der Fragen auf eigenwillige Weise um. »Haben sie nicht gesagt. Letzten Freitag.«

»Wer, sie?«

»Jäger, Mitzi«, bemerkt der Gendarm leise und wirft Dr. Danninger einen Blick zu, der missmutig mit dem Kopf nickt. Der Gendarm heißt Bolzner und hat fünf Kinder, und eines davon ist bei mir in der Klasse.

Jetzt taucht Willibald aus seinem Arbeitszimmer auf, wo *König Salomon* – oder *König David*? – nach mehreren Fehlstarts wieder im Rennen ist.

Der Mann beäugt Willibald so wenig wohlwollend wie Gabi kurz zuvor.

»Heil Hitler!«, grüßt Willibald mit gefälliger Rechtschaffenheit, reißt den Arm hoch und schlägt die Hacken zusammen wie ein Aufziehspielzeug. »Brinkmann.«

Mit träger Verachtung hebt auch der Mann seinen Arm und sieht Dr. Danninger und Gendarm Bolzner fragend an. Inzwischen hat die Schwester begonnen, durch Wohnstube und Esszimmer zu rennen. Bestimmt wird sie gleich in der Küche Witterung aufnehmen.

»Der Herr Pfarrer«, sagt Gendarm Bolzner ehrfürchtig zu den anderen. Wieder nickt Dr. Danninger missmutig. Wie es scheint, hat er in diesem Akt des Dramas nur eine Statistenrolle. Und bald schon wird er ganz von der Bühne abtreten, wenn man das von einem Motorradfahrer so sagen kann.

»In der Tat«, bestätigt Willibald beiden, zu Recht und ein klein wenig stolz. »Ich bin der lutherische Pfarrer. Stets zu Diensten.«

Der Mann macht einen Schritt nach vorn. Jetzt trennen ihn und Willibald ein knapper halber Meter. Zudem ist er eher klein geraten und reicht Willibald gerade mal bis zum Kinn. Aber das, was ihm an Körpergröße fehlt, macht er durch Kampflust wett. Erneut wirft er einen Blick auf sein Schreiben und wendet sich schließlich an Willibalds Hühnerbrust. »Wo sind Keller, Anna, und Jäger, Mitzi?«, fragt er und kurbelt die Worte hervor wie eine rostige Wurstschneidemaschine. Noch bevor Willibald antworten kann, wendet er sich mit nicht weniger schneidender Stimme an den Dorfgendarm und fragt: »Und was haben eine deutsche Frau und ein kleines deutsches Mädchen, ob geistesgestört oder nicht, in einem halbjüdischen Haushalt zu suchen?«

Gendarm Bolzner verlagert das Gewicht und verweist murmelnd auf den Ortsgruppenleiter, was ihm Franzi Wimmer bestimmt nicht danken wird, doch der Mann winkt ungeduldig ab und dreht sich wieder zu Willibald. Inzwischen ist die Schwester in die Küche vorgedrungen, doch sie muss die Witterung verloren haben, denn sie fängt weder an zu bellen noch zu jaulen.

»Ich habe Grund zur Annahme, dass die beiden zum Hof von Frau Jägers Schwester gegangen sind«, sagt Willibald über den Kopf des Mannes hinweg, stramm wie ein Soldat, der die Ehre hat, seinem Befehlshaber zu berichten, wo sich die feindlichen Stellungen befinden.

Der Mann beäugt Willibalds Adamsapfel, der zweifellos exponiert genug ist, um Anerkennung zu verdienen, ehe er sich erneut mit scharfem Blick nach Gendarm Bolzner umdreht wie ein Falke, der einen einsamen Spatzen gesichtet hat.

Wieder murmelt Gendarm Bolzner etwas mit kleinlauter Stimme, das in meinen Ohren ganz nach der Lage des Bauernhofs klingt. Der Falke im dunklen Anzug zuckt mit seinem Raubtierkopf wieder in Richtung Adamsapfel, und mit der Kralle seines angewinkelten Zeigefingers tippt er Willibald zweimal hintereinander auf die Brust. »Das will ich hoffen, lieber Freund«, sagt er. »Das will ich schwer hoffen.«

Und schon sind sie weg. Die Schwester lächelt recht freundlich und hüpft sozusagen schwanzwedelnd die Treppe hinunter. Sie ist so nett, dass man ihr am liebsten einen kleinen Klaps geben möchte.

»Willibald«, beginnt Gabi vorwurfsvoll, als die Tür zu

ist, »warum hast du das gesagt ...?« Aber auch sie ist eingeschüchtert, und ihr Ton ist nicht mehr das, was er mal war oder was er eines Tages wieder sein wird.

»Du hast es doch gehört«, fällt ihr Willibald mit ängstlicher Stimme ins Wort. »*Das will ich hoffen.* Hast du's nicht mitbekommen? *Das will ich schwer hoffen, lieber Freund.* Er droht mir, und da willst du, dass ich ...? Da wären sie doch sowieso hingefahren. Wo sonst hätten sie suchen sollen?« Doch diese Mischung aus schlechtem Gewissen, Nüchternheit und Angst sind zu viel für ihn, und er fängt stattdessen fürchterlich an zu stöhnen. Er schlurft zurück in sein Arbeitszimmer und wirkt dabei genauso niedergeschmettert und von Selbstvorwürfen zerfressen wie der unglückselige Dr. Danninger beim Einsteigen in den Krankenwagen. Ich weiß nicht, ob er sich jetzt wieder an *König David* oder *König Salomon* setzen kann, aber wenn nicht, kann man's ihm kaum verdenken, so wie die Dinge in letzter Zeit laufen.

Zumindest hat er Recht mit seiner These, genau wie Martin mit seiner. Jägerlein ist tatsächlich mit Annerl zum Hof ihrer Schwester gelaufen. Noch am selben Tag werden sie gefunden, in der Scheune unter dem Rest Heu vom vorigen Jahr, das der Kriegsgefangene François freundlicherweise über sie gestreut hat. Strampelnd und jaulend wie ein Hund wird Annerl zum Krankenwagen gezerrt, während Jägerlein vom unglücklichen Gendarm Bolzner der Kindesentführung bezichtigt wird. Irgendwie gelingt es der gestärkten, lächelnden Krankenschwester, Annerl still genug zu halten, damit ihr der Falke eine Spritze in den Arm jagen kann, und dann fahren sie leise wie ein Leichenwagen davon.

Jägerlein hat einen nachsichtigen Richter und bekommt mildernde Umstände, und so muss sie nur für einen Monat ins Gefängnis. Aber ein Monat ist lang genug, um Annerls Asche ins Dorf zurückzuschicken, mitsamt dem offiziellen Vermerk, sie sei an einer Blutvergiftung infolge von Warzen an der Lippe gestorben und wegen der Ansteckungsgefahr eingeäschert worden. Die Urne wird an ihre Eltern geliefert, aber die schicken sie an Jägerlein weiter. Es falle ihm nicht leicht, so die resoluten Worte des Führers zu diesem Aspekt seiner Rassenpolitik, aber spätere Generationen würden es ihm danken. Vielleicht hat er ja Recht, wer weiß? Jägerlein dankt es ihm allerdings weniger. Sie bewahrt Annerls Urne in ihrem Zimmer auf dem Bauernhof auf, wo sie jetzt arbeitet, nachdem François wieder abgezogen wurde. Offenbar hat die Wirtschaft auch mit ihm noch etwas vor, und Jägerlein wird ihren Franzosen nie wiedersehen.

Dr. Danninger, dem sie gehörig die Meinung gesagt hätte, sieht sie übrigens auch nie wieder. *Sie hätten sie retten können,* hätte sie zu ihm gesagt. *Sie hätten doch einfach irgendetwas in dieses Formular eintragen können. Sie hätten schreiben können, Annerl wäre sehr wohl in der Lage gewesen,* Berlin *zu buchstabieren. Sie hätten schreiben können, sie wäre sehr wohl imstande gewesen, die Rechenaufgabe zu lösen, die ich übrigens nicht mal selbst hätte lösen können …*

Aber auch Dr. Danninger ist inzwischen nicht mehr greifbar, er ist genau wie Annerl in einem anderen Element. Kurz nachdem Annerls Asche zurückgebracht wurde, hören wir mitten in der Nacht den Doktor auf seinem Motorrad am Seeufer entlangrasen, als hätte er es furchtbar eilig, an den Schauplatz eines schrecklichen Unfalls zu gelangen. Was so gesehen auch der Fall ist, nur steht der

Unfall noch bevor. Als er die Haarnadelkurve erreicht und halbwegs umrundet hat, gibt er, anstatt die Geschwindigkeit zu drosseln, aus unerfindlichen Gründen sogar noch Gas, segelt mitsamt seinem Beiwagen über den Hang und stürzt in den tiefsten Teil des Sees.

Der See gibt seine Toten nicht her, sagen die Dorfbewohner, und in Dr. Danningers Fall behalten sie Recht. Weder er noch sein dreirädriges Gefährt tauchen jemals wieder auf.

Willibald hingegen sieht Jägerlein wieder. Aber nicht ein einziger Vorwurf kommt ihr über die Lippen. Was nicht weiter verwunderlich ist, denn sie wird nie erfahren, inwieweit er zu Annerls Tod beigetragen hat. Sie wird nie erfahren, was Pfarrer Brinkmann dem Mann im dunklen Anzug gesagt hat, am allerwenigsten von Pfarrer Brinkmann selbst.

Ja, in diesem Jahr verschwinden allerhand Leute. Aber es gibt noch ein Verschwinden, das in diesen Monaten nicht minder gründlich geplant und geprobt wird und am Ende fehlschlägt. Schade, denn dieses Verschwinden

13

hätten wir am nötigsten gehabt.
Der Mai ist vorüber und der Sommer endgültig ins Land gezogen. So wie die Tommys und die Amis – sie sind in der Normandie gelandet und scheinen trotz des fanatischen Widerstands unserer Jungs immer weiter in die Festung Europa vorzudringen. Zu den Tommys gehört auch Wolfgang, der Sohn von Lotte und Salomon, obwohl wir es noch nicht wissen und die beiden es nie erfahren werden.

Er ist zusammen mit einem jüdischen Sonderkommando bei Caen vom Himmel gefallen. Dort wird tatsächlich fanatischer arischer Widerstand geleistet, aber offenbar vergebens, denn unsere Jungs sterben wie die Fliegen und verlieren immer mehr Gelände an die Tommys.

Der Führer versichert der Welt mit markigen Worten, er habe genau auf diese Gelegenheit gewartet, auf die alles entscheidende Schlacht, bei der er zum ultimativen Vernichtungsschlag gegen die Alliierten ausholen werde. Wenn das so sei, gackert Fräulein von Adler und stopft sich seelenruhig mit dem geschwärzten Daumen sandig feine Teeblätter in ihren Pfeifenkopf, warum hat er sie dann erst nicht reinlassen wollen? Aber natürlich fehlt ihr das strategische Denken des Führers. Und sie weiß auch nichts von der neuen Wunderwaffe V1 (und erst recht nichts von der V2; hier ist jede Menge Vergeltung im Spiel), die schon bald die Städte der Tommys ausradieren werden.

Fast als wollten sie das Verschwinden der beiden – Annerl und Jägerlein – wettmachen, sind zwei Neue aufgetaucht: Fräulein Hofer, die Näherin, und ihre Nichte Resi. Fräulein Hofer kommt einmal die Woche, um unsere abgewetzten Sachen zu stopfen und an unseren zerschlissenen Hemden und Hosen die Knöpfe anzunähen. Fräulein Hofer ist katholisch, was sie aber nicht davon abhält, in das Haus des evangelischen Pfarrers zu kommen. Vielleicht ist sie unwissentlich eine der ersten Ökumeninnen überhaupt. Es macht ihr auch nichts aus, sich in einem halbjüdischen Haus aufzuhalten, obwohl ihre Mutter, vor der ich mich grusele, weil ihr ein Finger fehlt, überzeugtes Parteimitglied ist.

Wogegen sich Fräulein Hofer allerdings sträubt, ist das Wäschewaschen. Gabi hat sie gebeten, auch da mit anzupacken, doch die Vorstellung, dass eine Arierin jüdische Kleider wäscht, ist für ihre Mutter zu viel – man denke nur an die Ansteckungsgefahr, die von einem Paar jüdischer Socken oder Unterhosen ausgeht –, hier zieht Fräulein Hofer also die Grenze, aus Rücksicht auf die alte Frau, die mir auf dem Nachhauseweg von der Schule hin und wieder einen bösen Blick zuwirft und mir mit ihrer verstümmelten Hand droht. Nähen hingegen ist vertretbar oder zumindest nicht ganz so schlimm. Also wird unsere dreckige Wäsche jetzt achtzig Kilometer mit dem Zug nach Pels geschickt, wo sie einfach nur als Wäsche von Pfarrer Brinkmann gilt, und kommt etwa zwei Monate später von unschuldigen arischen Händen gewaschen und ordentlich gebügelt zurück, und bis dahin sehen wir alle ziemlich zerlumpt aus. Das sei nicht billig, wendet Willibald ein. Er hat aber ebenso Einwände, wenn seine Hemden nicht gestärkt und gebügelt sind, und Gabis Bemühungen auf diesem Gebiet, wenn sie überhaupt dazu kommt, sind mit Jägerleins nicht zu vergleichen. Und so geht der letzte Rest von Tante Friedas unbenutzter Mitgift drauf, die elf Jahre lang zusammen mit ihrer Schwesterntracht in einer Truhe auf dem Speicher lag, und wird Stück für Stück im Dorf verkauft. Zehn Jahre später werden die Touristen hier von Tischtüchern essen, die Frieda eigenhändig mit ihrem Monogramm bestickt hat. Wenn Willibald gegenüber seiner molligen arischen Freundin bitterlich die gnadenlose Verschwendungssucht seiner Frau beklagt, geschieht das in schlabbrigen Wollunterhosen und einem gestärkten Hemd (falls er es noch anhat), die frisch aus der Pelser Wäscherei kommen.

Stopfen ist also statthaft – und allen Vorschriften zum Trotz, die Dienstleistungen bei Juden verbieten, bearbeitet Fräulein Hofer mit arischer Nadel unsere frisch gewaschene gemischte Kleidung, und zwar in Gesellschaft ihrer Nichte Resi, die zehn Jahre alt ist und meist nur dabeisitzt und zuguckt, auch wenn sie mir hin und wieder dasselbe schüchterne Lächeln schenkt wie zum ersten Mal vor drei Jahren in der Schule. Wie Fräulein Hofer ihre Tätigkeit mit den Überzeugungen ihrer Mutter zur Rassenhygiene und dem Gesetz in Einklang bringt, bleibt mir ein Rätsel, aber Rätsel gibt es viele im Dritten Reich, und dieses ist bestimmt nicht das größte. Immerhin hat Jägerlein mit Ortsgruppenleiter Wimmers Segen all die Jahre in unserem halbjüdischen Haushalt arbeiten dürfen, also glaubt vielleicht auch Fräulein Hofer, es sei die arische Hälfte, für die sie arbeite. Das Geld braucht sie jedenfalls dringend genug.

Resi ist eine Art Waisenkind. Ihre Mutter war so rücksichtslos, bei Resis Geburt zu sterben, und der Vater, seines Zeichens Soldat, zeigte sich so erbost über die Fahnenflucht seiner Frau, dass er das Kind zu seiner unverheirateten Schwester gab und stehenden Fußes zu seinem Artillerieregiment zurückkehrte. »Hier, nimm du sie«, sagte er, als wäre es ihre Schuld. »Du wirst ohnehin nie heiraten, dann kannst du wenigstens ein Kind großziehen.« Und in beiderlei Hinsicht sollte er Recht behalten. Fräulein Hofer, unscheinbar und geschlechtslos wie eine Nonne, wird nie heiraten, aber sie kümmert sich ganz ordentlich um Resi. Wenn ihr Vater auf Heimaturlaub ist, essen sie alle zusammen zu Abend, aber er bleibt nicht lange, denn er hat in Bad Neusee eine Freundin.

Fräulein Hofer und Resi kommen jeden Samstagmorgen um Punkt neun. Fräulein Hofer sitzt an der Nähmaschine und Resi hockt daneben und baumelt mit den Beinen. Fräulein Hofer sagt nie ein Wort, außer grüß Gott, oder sie fragt nach Anweisungen, aber das nur ganz selten. Sie greift mit der Hand in den Korb, zieht ein Hemd oder

Laken hervor, tritt auf den Fußhebel, und die Maschine surrt anderthalb Stunden lang vor sich hin. Oft hat sie ein Stück Garn zwischen den Lippen, und ich stelle mir vor, wie ich dran ziehe und feststelle, dass sie eine ganze Spule im Mund hat. Vielleicht hat sie sie verschluckt, denke ich manchmal. Vielleicht hat sie ein ganzes Dutzend Spulen im Bauch.

Um halb elf kommt der Fußhebel zur Ruhe, und die beiden nehmen eine Tasse Kaffee-Ersatz mit Milch (von Gabi gebracht) und eine dicke Scheibe Brot mit Butter (selbst mitgebracht) zu sich. Wenn die Standuhr in Willibalds Arbeitszimmer zwölf schlägt, kommt der Fußhebel endgültig zur Ruhe, Fräulein Hofer packt den Korb weg und sie verlassen schweigend das Haus.

Für Jägerleins Singsang und Annerls zufriedenes Grunzen gibt es keinen Ersatz, dennoch verbreiten sie immer eine friedliche Atmosphäre, und ich freue mich auf die Tage, wenn sie kommen. Gabi schlägt mir jedes Mal vor, mit Resi zu spielen, was mich natürlich erst recht davon abhält. Obwohl sie in meiner Klasse ist und mich hin und wieder flüchtig anlächelt, ist und bleibt sie ein arisches Mädchen, während ich weder das eine noch das andere bin, und da wir noch nie ein Wort gewechselt haben, sehe ich keinen Grund, jetzt auf einmal damit anzufangen. Es braucht schon etwas mehr als Gabis Ermunterung, um Resi und mich zusammenzubringen. Dennoch zieht es mich jedes Mal, wenn sie hier sind, in die Stube.

An einem Samstag im Juli, kaum dass die Sommerferien begonnen haben, bricht Fräulein Hofer etwa eine Stunde nach ihrem Eintreffen das Schweigegelübde und erwähnt beiläufig, auf das Leben des Führers sei ein Anschlag verübt worden. Ihre Mutter habe es in der Frühe im Radio gehört, sagt sie beim Einfädeln. Es seien wohl Offiziere gewesen. Das gibt sie in einem ähnlich neutralen Tonfall von sich, mit dem sie darauf hinweist, dass sie erst nächstes Mal Zeit haben wird, das Tischtuch zu stopfen; man kann nicht sagen, was sie von der Nachricht hält. Nach einer Kunstpause, in der sie den weißen Faden aus dem Mund nimmt, fährt sie mit derselben ausdruckslosen Stimme fort: »Ist offenbar fehlgeschlagen.«

Vielleicht liegt es an ihrer Unaufgeregtheit, dass mir die Brisanz dieser Neuigkeit entgeht, dennoch spüre ich, dass irgendetwas Wichtiges passiert sein muss. Dagegen besteht kein Zweifel, welche Wirkung sie auf Gabi und Willibald hat. Gabi sieht aus wie ein zum Tode Verurteilter, dem man gerade mitgeteilt hat, er sei begnadigt worden, nur um im nächsten Moment zu erfahren, dass die Begnadigung ein Irrtum war. Aber ungefähr so verhält es sich ja auch. »Oh nein!«, ruft sie mit derselben Mutlosigkeit, die ich inzwischen so gut kenne.

Willibald indessen ist kaum zu bremsen. Er ist noch in seinem kurzen Nachthemd, immerhin frisch gewaschen aus Pels, das Resi schon gewohnt ist und daher kaum noch zur Kenntnis nimmt. Da sie selbst keinen richtigen Vater hat, glaubt sie vielleicht, alle richtigen Väter würden zu Hause so herumlaufen. Vielleicht glaubt sie sogar, alle richtigen Väter würden sich ein Katzenfell um die Brust binden, denn hin und wieder schaut Miezes schlaffe Pfote hinter Willibalds Nacken hervor und winkt ihr zu. Doch jetzt, als Willibald nach Luft schnappt und nach oben rennt, flattern die kurzen Schöße seines Hemdchens hinter ihm her wie die Flügel eines aufgescheuchten Huhns und geben den wenig erbaulichen Blick auf seine welke Männlichkeit frei. Resis Interesse hält sich auch bei dieser Zurschaustellung in Grenzen, dennoch eilt Gabi ihm nach, um mit leidlichem Erfolg als Sichtblende zwischen ihn und das unschuldige Kind zu treten. Im Schlafzimmer findet ein angespannter, wenn auch in gedämpftem Tonfall ausgetragener Austausch statt, worauf Gabi mit gerötetem Gesicht nach unten kommt und mich mit mechanischer Stimme auffordert, mit Resi spielen zu gehen, eine Verfügung, die wir beide peinlich berührt zur Kenntnis nehmen und prompt ignorieren. Kurz danach taucht auch Willibald auf, diesmal in seinem ehrwürdigen geistlichen Gewand, und eilt zum Marktplatz, um zu hören, was es Neues gibt.

Erst nach zwölf, als Fräulein Hofer und Resi gegangen sind, kommt Willibald wieder nach Hause. Ja, es sei wahr, verkündet er in der Küche. Es habe einen Anschlag auf das Leben des Führers gegeben. In seinem Bunker sei eine Bombe platziert worden, und nur durch die schützende Hand der Vorsehung sei er am Leben geblieben. Die meisten Verschwörer seien festgenommen und ein paar bereits exekutiert worden, die anderen würden bald vor Gericht und danach an den Galgen kommen.

Der *Völkische Beobachter*, Willibalds Informationsquelle, vertritt die Meinung, das Deutsche Reich habe einen großen Sieg errungen, weil Adolf göttergleich dem Volk erhalten geblieben sei.

Willibald verflucht die Verschwörer, und zuerst denke ich, er sei wütend auf sie, weil sie die Sache vermasselt haben. Das denken Sara und Ilse anscheinend auch, denn sie gehen durchs Haus und schließen die Fenster, obwohl wir einen dieser schwülen Tage haben, an denen es für Heimstätter Verhältnisse viel zu warm ist. Aber weit gefehlt, er hält sie tatsächlich für Verräter, die ihren Soldateneid gebrochen haben (den sowohl er als auch ich noch immer auswendig können), und dafür könne keine Strafe schlimm genug sein – die daraus besteht, wie ich mir später von

Fritzi Wimmer sagen lasse, an Klaviersaiten erhängt zu werden, die an Fleischerhaken befestigt sind.

»*Wie bitte?*«, schreit Gabi fast. »*Wie bitte?* Ist dir eigentlich klar, was du da sagst?«

Anscheinend schon, denn er wiederholt es mit kriegerischem Funkeln in den Augen. »Ein Eid ist ein Eid!«, ruft er. »Ein heiliges Versprechen! Soldatenehre!«

Ich frage mich, ob das eine Strophe aus *König Salomon* ist. Oder aus *König David*? Schwer zu sagen. Ich weiß weder etwas über die Bibel im Allgemeinen noch über das Alte Testament im Besonderen, das im Dritten Reich als verworrenes und degeneriertes Judengeschwätz gilt. »Ein Soldat, der seinen Eid bricht, ist ein Verräter und ein Verbrecher!«, ruft Willibald mit voller rhetorischer Kraft. Also, wenn das nicht *König Salomon* ist, dann wohl doch *König David*. So viel weiß ich immerhin, dass David mit einer Steinschleuder umgehen konnte und sich gern prügelte. »*Fiat iustitia*«, ruft Willibald, um zur Abwechslung mal seine humanistische Bildung ins Spiel zu bringen, »*ruat caelum!*«

Gabi kennt nicht mehr als zwei lateinische Begriffe, und die gehören nicht dazu, aber sie ahnt in etwa, worauf er hinauswill. Sie schenkt sich aus dem Krug auf der Kommode ein Glas Wasser ein, aber nicht ohne vorher im Vorbeigehen noch eine Breitseite abzufeuern. »Hast du deine Kinder völlig vergessen?«, fragt sie. »Dass du mich vergisst, versteht sich ja von selbst!« Dann bläht sie die Wangen auf und zur Anwendung kommt, wenn auch mit Verzögerung, die Kaminsky-Taktik.

»Davon verstehst du nichts. Mit dem Begriff der Ehre hast *du* doch noch nie was anfangen können!«

Sara und ich bewegen uns langsam in Richtung Ofen. Sieht aus, als würde es gleich gewaltig krachen. Offenbar haben Willibalds Kräfte doch noch nicht nachgelassen.

Und dann sieht es aus, als würde es noch gewaltiger krachen, als Gabi auf einmal das Wasser hinunterschluckt und losplatzt: »*Ehre?! Ehre?!* Hier geht's um das Leben deiner *Familie*, Herrgott noch mal!«

»Ja, du hast keinerlei Ehrbegriff, das weiß ich schon lange! Deswegen haben wir auch einen Riesenberg Schulden! Und deswegen führst du den Namen Gottes unnütz ...«

»Du sturer deutscher Trottel!«, schreit Gabi jetzt und hält sich die Seite in der Erwartung der nächsten Gallenkolik. »Dich auf die Seite dieses ... dieses *Mörders* zu schlagen! *Das* nennst du Ehre?!«

»Wann kriegst du es endlich in deinen jüdischen Schädel, dass ein deutscher Offizier niemals seinen Eid bricht?« Willibald sieht wirklich überzeugend aus in seiner Rolle – als kümmerlicher Ex-Hauptgefreiter, der einen trotteligen preußischen General mimt.

»Ja, jetzt ist es endlich raus!«, schreit Gabi. »Mein jüdischer Schädel also! Du hasst mich dafür, weil ich Jüdin bin, stimmt's? Genau wie alle anderen!«

»Habe ich dir nicht von Anfang an zur Seite gestanden?«, fragt Willibald, was zwar einen Gesprächsbeitrag darstellt, aber nicht das Geringste mit Gabis Frage zu tun hat.

»Zur Seite gestanden? Du bist doch nur zu feige, um mich rauszuschmeißen! Du wärst mich doch am liebsten los, hab ich Recht?«

»Das ist also der Dank!« Wieder eine Bemerkung, die sich kaum auf Gabis Frage bezieht. Er hat jetzt einen Teller in beiden Händen und hält ihn sich über den Kopf, damit ihn alle anschauen und erbeben.

»Dann verlass mich doch!«, schreit Gabi. »Wenn dir das lieber ist! Verlass mich doch! Schick mich ins KZ, damit's mir so geht wie meinen Verwandten! Darauf läuft's doch sowieso hinaus!«

»Darf ich dich daran erinnern, dass einer deiner Verwandten nicht nur *nicht* im KZ sitzt, sondern auch noch das Land verlassen hat!«, sagt er kalt und grimmig. Gemeint ist Wolfgang, der Pianist, dessen Eltern im vorigen Jahr nach Osten deportiert wurden. »Und während wir hier sitzen, verrät er womöglich gerade sein eigenes Vaterland!« Da kracht der Teller zu Boden, und Willibald stolziert aus dem Raum. Da er nicht mit Selbstmord droht, wird er weniger den See als seine mollige arische Freundin aufsuchen, aber woher sollen wir das wissen?

Das Scheppern des Tellers und das Zuknallen der Tür löst bei Gabi eine ihrer bislang heftigsten Gallenkoliken aus, und Sara setzt sofort Wasser für heiße Wickel auf, während sich Ilse stumm in ihr Zimmer zurückzieht, wobei sie sich Stufe für Stufe die Treppe hinaufschleppt wie eine erschöpfte Nonne auf dem Weg in ihre Zelle. Sara hat ihr Heft neben dem Ofen liegen lassen, aber ich schlage es nicht auf. Zum einen fehlt mir in diesem Moment die Lust. Zum anderen weiß ich ja ungefähr, was drinsteht, und es interessiert mich nicht besonders. Zumindest noch nicht. Außerdem weiß ich schon lange, dass sie ihre Schreibhefte unter ihrer Matratze versteckt, so wie Martin das eine oder andere unter seiner Matratze versteckt hat. Ich könnte sie jederzeit lesen. Martins Sachen habe ich mir auch schon heimlich angesehen. Sehr seltsam. Warum waren diese Frauen alle halb nackt? Wie lächerlich! Dennoch beschäftigten mich die Bilder nachhaltig. Ich nahm mir vor, bei Gelegenheit noch mal einen Blick darauf zu werfen – bei Saras Schreibheften bin ich erst lange Zeit später auf diese Idee gekommen.

Kaum dass Martin wieder zu Hause ist (wer weiß, wo er sich wieder herumgetrieben hat; er hat heute seinen freien Tag und wird es mit Sicherheit keinem auf die Nase binden, aber wo immer er war, man kann darauf wetten, dass Lisl Wimmer auch da war), klopft Frau Wimmer an die Tür, was sie seit mehreren Jahren nicht mehr und in meiner begrenzten Erinnerung überhaupt noch nie getan hat. »Haben Sie schon gehört, was mit dem armen Führer passiert ist?«, fragt sie Gabi leise mit zuckersüßer Stimme. Hat *sie* jetzt den Spionagedienst übernommen, wo Lisl nicht mehr das Herz und Franzi nicht mehr den Mut dazu hat?

»Ja«, erwidert Gabi. Sie ist inzwischen aufgestanden und humpelt herum, eine Wärmflasche an die Seite gepresst. »Schrecklich«, stimmt sie zu, wobei ihr *schrecklich* durchaus anders gemeint ist als Frau Wimmers *schrecklich*.

»Hätten Sie nicht zufällig eine Schachtel Streichhölzer?«, fährt Frau Wimmer scheinheilig fort. Besonders erfindungsreich ist sie ja nicht, wenn diese alte Leier alles ist, was ihr einfällt.

»Ein paar Streichhölzer kann ich Ihnen geben«, entgegnet Gabi wachsam und denkt dabei an das, was die Nazis den Juden unterstellen, nämlich, dass sie all die schönen Sachen horten würden, die zurzeit Mangelware sind. »Aber leider keine ganze Schachtel. Wir haben selbst nur noch die eine. Mein Mann meint, es wären schon seit Wochen keine mehr zu haben.«

»Passt schon«, sagt Frau Wimmer und späht an Gabi vorbei in den Flur. »Aber für Sie ist es doch bestimmt nicht so schlimm, gell? Ihnen macht's doch nicht so viel aus wie uns, gell?«

Gabi verzieht vor Schmerzen das Gesicht und drückt sich die Wärmflasche gegen die Seite. »Streichhölzer brauchen wir genauso«, sagt sie abwehrend.

»Nein, das mit dem Führer, meine ich«, sagt Frau Wimmer und lächelt auf einmal breit. »Es wäre ja auch verständlich. Ihnen würde er doch viel weniger fehlen als uns. Ich meine, wenn ihm etwas zustoßen würde ...«

Gabi zögert. Ist sie noch übermütig von ihrem Streit mit Willibald? Ich habe das Gefühl, dass jeden Moment eine Sicherung durchbrennen könnte, und ein einziger falscher Schritt würde fatale Folgen haben. Sara ist in der Küche und füllt eine neue Wärmflasche, Martin ist genau wie Ilse nach oben gegangen (obwohl er wahrscheinlich nicht zu Gott betet, allenfalls zur Göttin der Liebe), und ich weiß, dass *ich* meine Mutter bestimmt nicht von einer Kurzschlussreaktion abhalten kann. Ich kann mir nur inständig wünschen, Gabi hätte noch etwas Wasser im Mund. Aber es geht alles gut, sie reißt sich zusammen. »Wo wäre das Vaterland ohne den Führer?«, fragt sie schließlich mit sanfter Stimme.

Mit ihren leuchtenden Knopfaugen und der spitzen Nase im Gesicht, das sie ständig neugierig nach vorne streckt, wirkt Frau Wimmer enttäuscht wie ein Wiesel, das aus einem leeren Kaninchenbau kriecht. Mit einem erstaunten Lächeln weicht sie langsam zurück.

»Sie wollten doch Streichhölzer«, sagt Gabi, um ihr auf die Sprünge zu helfen. Nicht schlecht für jemand, der von Natur aus keinerlei Sinn für Ironie hat.

Aber am besten ist immer noch Fräulein von Adler, die bei ihrem nächsten Besuch, als Zeitungen und Radio noch immer von Adolfs glücklicher Rettung berichten, verlauten lässt, ganz Deutschland stehe trauernd an Hitlers leerem Grab. Sie sagt es so andächtig und fromm, dass sich Gabi erst genauso wundert wie ich, während Willibald sofort den ironischen Unterton heraushört, aufsteht und wortlos und würdevoll das Zimmer verlässt, ganz der edle Offizier, der er gern wäre, verfolgt von Fräulein von Adlers gnadenlosem Hohngelächter.

»Wenn wir's nur schaffen, den Krieg auszusitzen«, murmelt Gabi zu Fräulein von Adler, und ich verstehe mal wieder gar nichts. Gibt es noch etwas anderes als Krieg? Was Frieden bedeutet, weiß ich nicht. Heißt das, dass wir dann wie alle anderen zur Schule gehen dürfen und nicht mehr allein sitzen müssen und nicht schon mit sechzehn fertig sind? Was *Krieg* bedeutet, weiß ich. Abgesehen von den Luftangriffen in Berlin bedeutet Krieg, dass Leute reihenweise verschwinden. Inzwischen verschwinden sie so schnell, wie im Herbst die Blätter fallen, obwohl wir gerade mal August haben. Ich frage mich, was dann erst im Oktober und November sein wird. Und die Antwort lautet: Es kommt noch schlimmer.

Das Bombenattentat wurde von einer Gruppe adliger Wehrmachtsoffiziere geplant, von denen jetzt so mancher auf der Abschussliste steht, da die Vorsehung den Führer dazu bestimmt hat, seinen fanatischen Kampf gegen die Juden fortzusetzen. Die ihrerseits natürlich die ganze Verschwörung angezettelt haben, da die Juden schließlich hinter allem Übel stecken, und deswegen kommen die wenigen, die noch übrig sind, ebenfalls auf die Abschussliste, egal ob sie bisher privilegiert waren oder nicht. Hinzu kommen die Gewerkschaftler und Sozialdemokraten, die Leute von der Bekennenden Kirche und im Grunde alle, die noch etwas wie ein Gewissen haben. Auch die werden abgeschossen, wenn sie nicht aufpassen. Oder besser, *wenn* sie aufpassen.

Und so fallen weiter die Blätter in der milden Hitze des Sommers.

Zunächst wäre da Ulrich, mein Schulfreund aus Berlin, wenn man das von jemandem behaupten kann, dessen einzige Freundschaftsbekundung daraus bestand, mir einen

Bleistift mit seinem Namen zu schenken. Er selbst verschwindet zwar nicht – zumindest nicht, soweit ich weiß. Aber sein Vater steht auf der Liste der Verschwörer, die Willibald eines Tages im *Völkischen Beobachter* mit nach Hause bringt, und es gibt ein unscharfes Bild von ihm in Zivil (für hinterhältige Schlangen ist es aus mit der Uniform), aufgenommen bei seinem Prozess. Er wirkt gebrechlich und wie ein gebrochener Mann, und das ist er vermutlich auch, er hat keinen Gürtel und hält sich mit beiden Händen die Hosen hoch, und er steht mit gebeugtem Kopf da und muss sich anhören, wie er vom Femegericht zum Tode verurteilt wird. »Das ist bestimmt Ulrichs Vater«, sage ich mit einer Mischung aus Stolz und Verzweiflung, und ich hole den Bleistift mit Ulrichs Namen. »Guck mal, den Bleistift hat er mir geschenkt, und ich habe ihm meinen geschenkt.«

»Etwa mit deinem Namen drauf?«, ruft Willibald empört. »Stell dir vor, man verfolgt ihn zurück! Warum hast du nicht nachgedacht? Einem Verschwörer deinen Bleistift zu schenken! Wie konntest du so dumm sein?« Und so landet mein einziges und geschätztes Andenken im Feuer, und ich lande zur Strafe wegen unbedachten Austauschs von Bleistiften im Keller. Ich muss an Ulrich denken und frage mich, wie es wohl sein mag, das Bild seines eigenen Vaters in der Zeitung zu sehen und zu wissen, dass er zum Tode durch den Strang verurteilt wird. Auf jeden Fall lenkt es mich von den Ratten ab.

In unserer unmittelbaren Nähe (vierzig Kilometer, um genau zu sein) verschwinden Ilses Plindener Lehrerinnen, jene Soldatenwitwen, deren Männer fürs Vaterland geopfert wurden, als Erste. Ilse geht es inzwischen so gut, dass sie wieder zu ihnen fahren und ihre Stunden nehmen kann, doch eines Montagmorgens Ende August, als sie sich die Treppe zur gemeinsamen Wohnung der beiden Frauen hochschleppt, den Rucksack halb voll mit Büchern, sieht sie einen Gendarm vor der verschlossenen und versiegelten Wohnungstür stehen.

Dass sie so langsam geworden ist, hat ihr nie sonderlich gefallen, aber jetzt ist sie dankbar, denn dadurch gewinnt sie Zeit zum Überlegen. Sie ist zwar auch darin nicht gerade schnell, doch die Angst verleiht lahmen Gedanken Flügel. Mühsam steigt sie die Treppe hoch, vorbei an dem Gendarm, der ihr unbeteiligt nachsieht, und klingelt eine Etage höher an der Tür.

Als eine füllige herrische Frau die Tür aufmacht, fragt Ilse, ob hier eine Frau Schmidt wohne, wobei das der erste Name ist, der ihr einfällt, und sie nur hoffen kann, dass die Frau nicht wirklich so heißt. »Nein«, entgegnet die Frau und zeigt auf das Namensschild an der Tür. Sie hat das Auftreten einer Gauführerin des BDM, was nicht verwunderlich ist, denn genau das ist sie. Ilse murmelt, sie habe sich im Haus geirrt, während die Frau vor ihr steht und sie wortlos von oben bis unten ansieht, als wüsste sie genau, was hier gespielt wird. Sie sieht aus, als würde sie Ilse am liebsten in die Zange nehmen. Zum Glück kommt es nicht dazu. Sie wirft einen kurzen Blick zu dem Gendarm hinunter und macht die Tür zu.

Zitternd am ganzen Leib dreht Ilse sich um und geht langsam wieder die Treppe hinunter. Vorbei an der bewachten Tür, auf der ein offizielles Siegel mit den Worten »Deutsches Reich« prangt. Auf dem Treppenabsatz merkt sie, wie der Gendarm nachdenklich den Blick auf ihrem Rucksack ruhen lässt. Stufe für Stufe geht sie weiter die Treppe hinunter, und sie weiß, dass sie auf gar keinen Fall losrennen darf, und dann fällt ihr ein, dass sie seit Jahren nicht mehr gerannt ist und es nicht einmal beim besten Willen fertig brächte. Sie tritt hinaus in den hellen, lauen

Spätsommertag und sieht die Einer und Segeljachten auf dem See, als ob es ewig Sommer wäre und ewig Sommer bliebe.

Nie wieder fährt sie zu Frau Professor Lambach und Frau Professor Zauner. Die beiden haben nämlich nicht nur der Halbjüdin Ilse Privatstunden gegeben, sie waren noch etwas umtriebiger. Dummerweise standen sie mit einem der Mitwisser der Verschwörung in Kontakt, und man fand in dessen Unterlagen ihre Briefe. Als politische Gefangene sitzen sie eine Zeit lang in Haft, wo es immerhin ein bisschen zu essen gibt, bis sie schließlich ins KZ Bergen-Belsen kommen, wo es nicht mal ein bisschen gibt.

Willibald und Gabi verbringen eine angespannte Woche, in der sie sich auf Waffenstillstand einigen und jedes Klopfen an der Haustür als Zeichen deuten, dass sich das Plindener Netz auch über ihnen zuzieht. Vielleicht hat Willibald auch noch die eine oder andere geheime Unterredung mit seiner Freundin, aber wenn ja, erfährt Gabi natürlich nichts davon. Aber es tut sich nichts, und die beiden entspannen sich wieder, die eheliche Waffenruhe wird aufgehoben und es wird von neuem scharf geschossen.

Ilse wird immer stiller und langsamer und beginnt den Fuß noch mehr nachzuziehen. Ist es ein Rückfall ihrer Tuberkulose oder etwas Schlimmeres? Von Letzterem ist Gabi überzeugt, aber sie äußert sich nicht dazu. Wie auch immer, Ilse muss weiter ihre Stunden bekommen und jetzt, wo Frau Professor Zauner und Frau Professor Lambach nicht mehr da sind, bleibt es der armen Frau Professor Goldberg überlassen,

das Seil zu straffen.
Zumindest so lange, bis sie selbst verschwindet. Sie kommt also jetzt zweimal die Woche, mittwochs und samstags, ins Haus und unterrichtet Sara gleich mit, da sie und Ilse inzwischen auf ein und derselben Stufe sind, mit anderen Worten, Ilse müsste eigentlich schon viel weiter sein. Frau Professor Goldberg wäre es lieber, sie kämen wie Martin zu ihr nach Hause, aber mit Ilses Gesundheit geht es wieder bergab, also fasst sich Frau Professor Goldberg ein Herz. Sie kommt durch die Tür wie ein braunes Mäuschen mit runden braunglänzenden Augen und sieht sich hastig um, ob nicht irgendwo eine Katze lauert. Aber es gibt hier keine Katze – wir dürften ja gar keine halten –, und Fräulein Hofer und Resi sagen am Samstagmorgen grüß Gott, als wäre sie ein ganz normaler Mensch und keine böse, degenerierte Jüdin mit dem gelben Schandmal auf der Brust.

Aber da sie nun mal eine böse und degenerierte Jüdin ist, steht ihr Name auf der Liste. Und das, obwohl dem Führer bei seinem großen Gegenangriff im Westen allmählich die Luft ausgeht und obwohl seine geheimen Vergeltungswaffen die britischen Städte noch nicht dem Erdboden gleichgemacht haben und obwohl die Russen im Osten Knochenmehl aus unseren Jungs machen (von den heimtückischen Italienern unten im Süden mit ihrem Seitenwechsel ganz zu schweigen); das heißt also, obwohl es für Adolf wirklich alles andere als rosig aussieht, organisiert er mit Hilfe seiner Gefolgschaft die endgültige Ausrottung der europäischen Juden, anstatt die blutenden Truppen zusammenzuflicken oder strategisch umzudenken. Logisch also, dass die verbleibenden Juden, die nicht »privilegiert« sind wie Gabi, die Ersten sind, die entwurzelt werden müssen. Allein in Ungarn leben noch Hunderttausende Juden, vom okkupierten Westen ganz zu schweigen.

Und dann wäre da noch Frau Professor Goldberg in Bad Neusee.

Die ungarischen Juden müssen unter dem unermüdlichen Adolf Eichmann von der örtlichen Polizei und der SS zusammengetrieben und deportiert werden, weil es undisziplinierte Ungarn sind, die versuchen könnten zu fliehen, wogegen die Juden des Deutschen Reichs Gehorsam gelernt haben, und daher erfordert es nichts weiter als eine schriftliche Aufforderung, sich mit einem Koffer und etwas Proviant für die Reise im Gestapo-Hauptquartier in Linz einzufinden, und schon haben sie Frau Professor Goldberg genau da, wo sie sie haben wollen. Wohin die Reise geht? Das steht nicht in dem Schreiben, aber Frau Professor Goldberg rechnet nicht damit, dass sie zurückkommt. Wie gewohnt, wenn auch etwas gedämpfterer Stimmung, kommt sie an einem Mittwoch im November ins Pfarrhaus und gibt Ilse und Sara wie üblich ihre Stunde. Dann zeigt sie Gabi und Willibald die Vorladung, die sie soeben erhalten hat. »Ich möchte Ilse gern meine goldene Brosche schenken«, sagt sie teilnahmslos. »Warum sollte sie denen in die Hände fallen? Und Sara kann meinen Verlobungsring mit dem Diamanten haben.« Martin erwähnt sie mit keinem Wort.

»Ihren Verlobungsring?«, sagt Gabi, die die beunruhigende Angewohnheit hat, staunend zu wiederholen, was sie sehr wohl verstanden hat, aber nicht glauben kann. Sie wirft einen Blick auf Frau Professor Goldbergs nackten Ringfinger.

»Ach, den trage ich schon lange nicht mehr. Mein Verlobter ist im letzten Krieg gefallen.« Frau Professor Goldberg lächelt gequält. »Gefallen für Deutschland.« Und plötzlich sind es Gabis Augen, die feucht sind, nicht die der scheuen Frau Professor Goldberg. »Ich bin nicht als alte Jungfer zur Welt gekommen, wissen Sie«, fügt sie hinzu.

»Schrecklich, schrecklich«, murmelt Willibald, während Gabi den Schmuck in ihr Taschentuch wickelt und in ihre Schürzentasche steckt. »Aber vielleicht wird's in Linz ja nur halb so schlimm. Vielleicht will man ja nur …« Aber er hat keine Ahnung, was man vielleicht nur wollen könnte, und seine Worte zockeln davon wie ein Haufen Deserteure, die gerade einen Blick aufs Schlachtfeld geworfen und sich's anders überlegt haben. In Wirklichkeit ist er einfach nur froh, dass *er* es nicht ist, der nach Linz muss. Vielleicht ist er sogar froh, dass es nicht Gabi ist, obwohl man das nie wissen kann. Vor allem aber ist er herrlich erleichtert, noch einmal davongekommen zu sein. Aber genau da täuscht er sich, zumindest teilweise. Die scheue und doch tapfere Frau Professor Goldberg wird ihn sogleich in Verlegenheit bringen.

»Herr Pfarrer«, sagt sie zu ihm. »Wären Sie vielleicht so gut und würden mich mit dem Zug begleiten? Nur bis zum Linzer Bahnhof«, fügt sie rasch hinzu, als sie sieht, wie sich sein unglückliches Gesicht vor Entsetzen verzerrt. »Nicht bis zur Gestapo. Nur wäre es unglaublich tröstlich, wenn ich die Reise nicht allein machen müsste, ich meine, wenn mich jemand begleiten würde. Oder auch nur ein Stück. Wissen Sie, ich war immer auf mich selbst angewiesen, aber dieses letzte Mal …« Sie wirft mir einen Seitenblick zu.

»Selbstverständlich, Frau Professor Goldberg«, entgegnet Gabi an Willibalds statt. »Ich komme auch mit.« Sie sieht darin keine Gefahr. Noch immer glaubt sie, in Deutschland hielte man sich an die Regeln, das heißt, solange ihr Name nicht auf der Liste steht, wird ihr niemand auch nur ein

Haar krümmen. Vielleicht hat sie ja Recht, aber Frau Professor Goldberg will kein Risiko eingehen.

»Nein, nein, auf keinen Fall!«, sagt sie und hält eine zarte Hand hoch, die kaum größer ist als die Pfote einer Maus. »Es wäre viel zu gefährlich für Sie, Frau Pfarrer. Und wenn Ihnen dabei etwas zustoßen würde, könnte ich mir das nie ... Das möchte ich nicht auf mich nehmen. Aber als Arier und Mann Gottes ...« Wieder blickt sie Willibald inständig an.

Und obwohl Willibald eigentlich der Mut fehlt, nickt er benommen mit dem Kopf, und schon ist er zu einem kleinen Helden geworden. Wie gesagt, vielleicht wird's ja nur halb so schlimm. Zumindest was ihn anbelangt. Und er wird natürlich keinen Schritt weiter gehen als bis zum Bahnsteig 3 des Linzer Hauptbahnhofs. Frau Professor Goldberg würde sich gerne noch von Ilse und Sara verabschieden, aber die beiden arbeiten in verschiedenen Zimmern an ihren Übungen, und sie lässt es bleiben. Es könnte die beiden zu sehr belasten, denkt sie. Sie verabschiedet sich nur von mir und bittet mich, Grüße zu bestellen. Auch ich nicke benommen und sage mir wie Willibald, es wird bestimmt nur halb so schlimm werden in Linz. Aber ich sehe den finsteren käferförmigen schwarzen Wagen in Berlin noch genau vor mir, und irgendwie habe ich das Gefühl, dass es doch schlimm wird.

Gabi und Willibald begleiten Frau Professor Goldberg ein paar Meter die Straße hinunter, wobei Willibald in gebührendem Abstand hinterhergeht, damit bloß keiner auf die Idee kommt, er wäre gleich mit zwei Jüdinnen unterwegs. Kaum dass sie weg sind, kommt Sara nach unten.

»Sie kommt nicht wieder, stimmt's?«

Es ist ein warmer Tag, aber mir ist kalt, und ich habe mich hinter den Ofen verkrochen. »Ich soll dir auf Wiedersehen sagen«, murmele ich. Und tue so, als wäre ich sehr damit beschäftigt, imaginäre Bilder auf die Kacheln zu malen. »Woher wusstest du das? Übrigens, sie hat Mutti etwas für dich gegeben.«

Sara verrät nicht, woher sie Bescheid wusste. Aber dass sie Bescheid wusste, war bestimmt kein Zufall. Auch das nächste Mal wird sie wieder Bescheid wissen.

Willibald zieht seine Nummer tatsächlich bis zum Ende durch. Zwei Tage später sitzt er neben der gelbbestirnten Frau Professor Goldberg, die das offizielle Schreiben vorzeigen muss, um überhaupt in den Zug einsteigen zu dürfen, und weil sie den Stern trägt, haben die beiden das ganze Abteil für sich. Auf der Reise sei Frau Professor Goldberg nicht besonders gesprächig gewesen, erzählt er uns später, und auch er wird wenig zu sagen gehabt haben. Aber er steht die Sache durch und reicht ihr sogar den Koffer hinunter, nachdem der Zug in Linz auf Gleis 3 eingefahren ist.

Trockenen Auges bedankt sich Frau Professor Goldberg bei ihm und schüttelt ihm die Hand. Ihre zarte Hand ist zittrig, denkt Willibald, andererseits könnte es auch seine eigene hagere Hand sein, die zittert – er hätte sich niemals auf eine Fahrt mit einer Jüdin einlassen dürfen, und einer Jüdin die Hand geben hätte er erst recht nicht sollen. Dann nimmt sie ihren ordnungsgemäß gepackten und mit einem Namensschildchen versehenen Koffer und ihren ordnungsgemäß gepackten Imbiss, um den Koffer langsam den Bahnsteig hinunter und in Richtung Ausgang zu tragen. Einige blicken mitleidig auf ihren Stern, andere bemerken ihn nicht oder wollen ihn nicht bemerken, und diejenigen, die ihn doch sehen, drehen den Kopf weg. Im Schutz eines Stahlträgers beobachtet Willibald unruhig, wie sie unentschlossen am Ende des Bahnsteigs stehen bleibt und ausgerechnet einen SS-Offizier nach dem Weg fragt – andererseits muss er es natürlich wissen. Sie hält ihm ihr Schreiben hin. Er nimmt es und wirft einen Blick darauf. Er zeigt ihr den Weg und reicht ihr das Schreiben zurück. Offenbar dankt sie ihm, worauf er kurz und schroff mit dem Kopf nickt. Und dann ist sie weg, ohne sich noch einmal umzudrehen. Man hätte sie genauso gut für eine Oma halten können, die in den Herbsturlaub fährt.

»Vielleicht wird ja alles gut«, sagt Willibald zu Gabi bei seiner Rückkehr. »Vielleicht ist ja alles nur …« Aber wieder verlassen ihn die Worte, und wie Frau Professor Goldberg kommen sie nicht zurück.

Dasselbe gilt für die Leute, die aus anderen Gründen verschwinden. Die meisten meiner Lehrer zum Beispiel, die zum Dienst in die Fabriken oder zur entscheidenden Schlacht an die Waffen gerufen werden, diejenige Schlacht, die immer nach der soeben verlorenen Schlacht kommt – nur, dass unsere Jungs keine Schlachten verlieren, sie treten nur strategische Rückzüge an und formieren sich neu. Der Schulleiter, der den Schulleiter ersetzt hatte, ist selbst ausgetauscht und an die Ostfront geschickt worden, obwohl er so kurzsichtig war, dass er kaum die hintere Bankreihe erkennen konnte. Viele Russen wird er wohl nicht abschießen, eher umgekehrt. Seine Nachfolge angetreten hat eine siebzigjährige Junggesellin wie Frau Professor Goldberg, nur dass sie keine degenerierte Jüdin ist. Man hat sie von ihrem Altenteil geholt, worauf sie offenbar gut hätte verzichten können. Sie vergisst jedes Mal Heil Hitler! zu sagen und meistens auch die Namen ihrer Schüler. Und auch das mütterliche Fräulein Meissner ist weg, um Munition zu fabrizieren oder so etwas, oder vielleicht doch zu heiraten und schwanger zu werden, bevor sie ihren derzeitigen Verlobten auch noch verliert. (Fritzi Wimmer behauptet, sie hätte schon einen Braten in der Röhre, aber das sieht ihm ähnlich.) Fräulein Meissner geht, ohne sich von uns zu verabschieden, und ich glaube, das verzeihe ich ihr nie. Unsere Lehrer verschwinden von einem Tag auf den anderen und werden durch Flüchtlinge aus Wien ersetzt, denen der Iwan eine Spur zu dicht auf den Pelz rückt und die die Nähe der Amis suchen. Eine pensionierte Opernsängerin namens Frau Trifallner bringt uns Mathe bei, und Tante Helga übernimmt trotz zweifelhafter Gesinnung und fehlender Sehkraft das Fach Erdkunde.

Ich dachte, Frau Trifallner würde ihren Unterricht vielleicht singend abhalten, aber offenbar gehen Rechnen und Musik für sie nicht zusammen, und das Einzige, was bei ihr an die Oper erinnert, ist der enorme Busen, auf dem man, wie Fritzi behauptet, ein Stück Kreide ablegen könnte, ohne dass es abrollt, sowie ihre kräftige Stimme, die jedes einzelne Wort mit Liebe artikuliert und dann in die empfängliche Luft entlässt. Anscheinend ist man als Sängerin nicht automatisch zur Mathelehrerin geeignet, denn sie verrechnet sich ziemlich oft.

Tante Helgas Stimme ist eher schütter als kraftvoll. Dafür macht sie nie Fehler. »Schlagt eure Atlanten auf«, befiehlt sie, wobei sie aus ihrem Stuhl quillt wie ein üppiges Daunenbett und genüsslich Daumen und Zeigefinger zusammenreibt. »Schlagt die Großbritannien-Karte auf. Seht mal her« – und damit fährt sie mit den Fingerspitzen am Rand ihres eigenen Atlas entlang, beschreibt Kreise und fährt kreuz und quer über die Seiten, eine Art taktiles Triangulieren. Ihr Gesicht ist verschlossen und sie blickt konzentriert zur Decke, dennoch hört sie nicht nur das leiseste Flüstern aus dem hinteren Teil des Klassenzimmers, sie weiß auch, wer der Flüsterer ist. Ihre blinden Augen sind halb geöffnet. Wie klein sie wirken, versunken, geschrumpft und starr unter den runzligen Lidern. »Wie viele Kilometer nördlich von London liegt Coventry?«, fragt sie. Vielleicht hätte sie lieber *lag* sagen sollen – wie ich weiß, hat Erwin die Stadt vor knapp vier Jahren in Schutt und Asche gelegt. »Wie viele Kilometer östlich von London liegt Cardiff? Wie viele Kilometer südlich liegt Portsmouth?« Vielleicht hätte sie auch bei Cardiff und Portsmouth *lag* sagen müssen. Wie ich höre, haben unsere Jungs auch diesen Städten eine Abreibung verpasst. Sie kennt alle Antworten, sie könnte sogar problemlos den Ärmelkanal an die Tafel malen. Mit ihr als Navigatorin wäre Erwin heute vielleicht noch am Leben. Auch sie sagt niemals Heil Hitler!, genauso wenig wie Frau Trifallner. Eigentlich tut das kaum noch jemand, und wenn doch, gibt er den geweihten Worten nicht denselben andächtigen Beiklang wie Fräulein Meissner damals, ehe der hinterlistige Gallier ihren ersten tapferen arischen Verlobten niedermähte. Im Gegenteil, die Stimmen klingen alle etwas müde und hohl. Ich glaube, allmählich ist die Luft raus.

Gabi glaubt das auch. Jede Woche würden die Rationen knapper, sagt sie. Vor allem ihre Rationen, die mit dem beschämenden Buchstaben J gestempelt sind. Der Jude dürfe dem Deutschen eigentlich gar nichts wegessen dürfen, soll das Zwerghuhn Goebbels kürzlich ausgerufen haben. (Er wirkt selbst ein wenig ausgezehrt auf dem grauen Papier des *Völkischen Beobachters,* den Willibald noch immer gelegentlich von seinen Gemeindebesuchen – oder seiner arischen Freundin – in unser Haus schmuggelt.) Er – also der Jude – könne sich glücklich schätzen, wenn er die Hälfte der deutschen Rationen bekomme.

Ja, allmählich ist die Luft raus, das sieht Gabi auch. Aber sie fragt sich, ob es für uns schnell genug gehen wird. Eines

Abends treffe ich sie in der Küche im Gespräch mit Sara, oder besser, in Saras Beisein im Selbstgespräch, bei dem sie sich fragt, mit wem es wohl zuerst vorbei sein werde, mit dem Krieg oder mit uns, und was sie täte, wenn man käme, um sie zu holen. Ich weiß nicht, wie es Sara geht, aber mir dreht sich der Magen um, und ich muss ganz schnell auf andere Gedanken kommen.

Und plötzlich steht Weihnachten vor der Tür. Die Blätter sind gefallen und verschwunden, wie die Leute verschwunden sind, auch die Sonne ist hinter den Bergen verschwunden (aber die wird wohl hoffentlich wiederkommen), der See ist zugefroren und der Schnee liegt einen Meter hoch. Auch der Iwan steht vor der Tür – das heißt kurz vor der Donau. Und die Amis und die Tommys stehen auch vor der Tür – sie haben fast den Rhein erreicht. Wenn das so weitergeht, sagt Fräulein von Adler und reibt sich vor dem Ofen voller Schadenfreude die blau gefrorenen Hände, steht der Endsieg unmittelbar bevor. Aber wessen Endsieg meint sie damit? *Deren* Endsieg oder *unseren*? Und noch immer bin ich zu durcheinander, um den einen von dem anderen unterscheiden zu können. »Werden wir ihn überhaupt erleben?«, fragt Gabi besorgt, eine dieser leisen, beiläufigen Bemerkungen, die nicht für meine Ohren bestimmt sind, die mich aber inzwischen umso hellhöriger machen. Wieder sind uns die Rationen gekürzt worden, und es gilt schon als Hamstern, wenn man nur ein Stückchen Fleisch mehr hat. Dafür könne man standrechtlich erschossen werden, sagt Fritzi Wimmer, vor allem wenn die Marken mit einem J gestempelt seien, das heißt also, dass es gar kein Fleisch gibt – und in Gabis Fall stimmt das. Kein Wunder, dass sie sich fragt, wie lange sie noch durchhält.

Selbst Fräulein von Adler mit ihren Beziehungen meint,

sie komme schon seit zwei Wochen an keinen Tabak mehr heran, von Kaffee ganz zu schweigen, und wenn sie ihren Tee raucht, was soll sie dann trinken? Aber sie hört immer noch fleißig schwarz und hält uns auf dem Laufenden. Die schwarzen Nachrichten machen Willibald alles andere als glücklich, während Gabi ihren Ohren nicht traut. »Dieser barbarische Churchill – macht uns unsere schönen deutschen Städte kaputt!«, ruft Willibald und schüttelt beide Fäuste gen Himmel, aus dem – oder vielmehr aus dem ihrer nördlichen und westlichen Nachbarn – die Tommys ihre Bomben abwerfen. Und in der Kirche spricht er nach wie vor das Gebet für Führer, Volk und Wehrmacht: *Segne unser deutsches Volk in Deiner Güte und Kraft und senke uns tief ins Herz die Liebe zu unserem Vaterlande ... Segne besonders unseren Führer und Obersten Befehlshaber in allen Aufgaben, die ihm gestellt sind ...* Denkt er inzwischen auch darüber nach, welcherart Aufgaben dem Führer jetzt gestellt sind? Wenn ja, hält es ihn nicht davon ab, sie segnen zu lassen. Willibald ist wirklich ein unverbesserlicher Patriot. Nach wie vor hängt seine Uniform wie ein Brautkleid sorgsam gepresst und abgestaubt im Kleiderschrank. Wie ich bald entdecken werde, nimmt er sie sogar hin und wieder aus dem Schrank und zieht sie an, ähnlich wie eine Frau, die zur Erinnerung an den schönsten Tag ihres Lebens nach langer Zeit mal wieder ihr Brautkleid anprobiert.

Hungrig setzen wir uns an den Esstisch und hungrig stehen wir wieder auf. Dennoch murmelt Willibald ein Tischgebet und dankt Gott für die reduzierten Rationen, die uns vergönnt sind, was ziemlich großzügig von ihm ist (das heißt von Willibald). Gabi will wissen, was wir uns zu Weihnachten wünschen, aber die Frage ist genauso wenig ernst gemeint wie das »Heil Hitler!« unserer Lehrer in der

Schule. Ich hätte gern etwas mehr zu essen, aber *das* wird es nicht geben. Manchmal denke ich, wir verhungern, aber das ist der beste Beweis, dass ich keine Ahnung habe, was Verhungern heißt. Noch nicht. Nur Martin scheint genug zu essen zu haben, dank Lisl Wimmer. Ihr Onkel ist Fleischer, und die Wimmers kommen nicht zu kurz – na ja, nicht so kurz wie wir jedenfalls. Oft fängt sie Martin ab, wenn er aus der Ziegelei nach Hause kommt, und da es nun keine Frau Professor Goldberg mehr gibt, die ihm Physik beibringt, hat er mehr Zeit für Anatomiestunden mit Lisl. Ihren Vater scheint's nicht zu stören. Offenbar hört er tatsächlich schwarz und glaubt wohl, es sei an der Zeit, die Friedensfühler auszustrecken. Und das kann Lisl ganz vortrefflich. Hinten in der Gasse habe ich sie dabei beobachtet. Sie ist vielleicht nicht so gelenkig wie Eva, aber genauso willig. Ihre Mutter ist die unbeugsame Ideologin. Inzwischen kommt sie sogar zum Schnüffeln vorbei, wenn wir beim Essen sind, um rauszufinden, ob wir wie sie unsere Lebensmittel auf dem Schwarzmarkt kaufen, aber woher wir ihrer Meinung nach das Geld dafür nehmen sollten, sagt Gabi, sei ihr ein Rätsel.

Wünschen können wir uns zu Weihnachten vieles, was wir jedenfalls bekommen, sind Kriegsflüchtlinge. Die Natur kann wirklich keine Leerstellen ertragen, zumindest nicht in Heimstatt – für jeden Verschwundenen sucht sie sofort Ersatz. Und auf einmal tauchen jede Menge Leute in unserem verwinkelten alten Pfarrhaus auf – Leute, die Gabi und Willibald vor der Machtergreifung gekannt haben und sich urplötzlich wieder an sie erinnern. Fast jede Woche erhält Willibald einen Brief mit der Anfrage, ob in Heimstatt noch Platz sei, denn man sei von den Amis oder Tommys ausgebombt worden oder schon beinahe in Schussweite der Russen. Und ein oder zwei Wochen nach diesen Briefen, manchmal auch früher, stehen die Briefeschreiber mitsamt ihrem Koffer mit Namensschild, wie bei Frau Professor Goldberg, persönlich vor der Tür. Nur ist es für diese Leute wirklich wie Urlaub – sie erholen sich vom Krieg. Keine Bomben, keine Gewehre, keine marodierenden Horden. Zumindest noch nicht. Dass unser Haus halb jüdisch ist, scheint sie, im Gegensatz zu früher, nicht zu stören. Wie großzügig von ihnen. Nur Onkel Karl und Gerda Hoffmann, die einzigen Menschen, die es wirklich verdient hätten, bei uns unterzukommen, tauchen nicht auf. Onkel Karl nicht, weil er gestorben ist, ohne je zu begreifen, dass Maria vor ihm gestorben war, und Frau Hoffmann nicht, weil sie zusammen mit ihrer Schule nach Bayern evakuiert wurde.

Ja, nach so vielen Jahren der Leere könnten die Seiten in Willibalds Gästebuch randvoll sein, wenn er sich die Mühe machen würde, das Buch rauszulegen, und wenn sich die Besucher die Mühe machen würden, sich einzutragen. Was er natürlich nicht tun würde, und die anderen erst recht nicht. Es wäre ja möglich, dass unsere Jungs durch irgendeinen Zufall doch noch das Ruder rumreißen, wie der Führer ständig verspricht, und das Tausendjährige Reich noch ein oder zwei Jahre durchhält.

Ich finde jedenfalls, dass es bei uns ziemlich voll geworden ist, auch wenn die Seiten des Gästebuchs leer sind. So geräumig das Pfarrhaus ist, wir müssen uns zurückziehen wie unsere Jungs im Osten und Westen und unsere Kräfte konsolidieren. Erst wird ein Zimmer an einen Kriegsflüchtling abgegeben, dann ein zweites. Sara muss mit Ilse in ein Zimmer ziehen und ich mit Martin. Es ist fast wie damals in Berlin, nur dass sich Martin noch nichts ausgedacht hat, um Lisl in unser Zimmer zu locken und mich auszuschließen. Dann geben wir die Stube und das Esszimmer ab und ziehen uns zu den Mahlzeiten in die Küche zurück. Willibald trägt mit Herrn Schumacher, einem pensionierten Lehrer von seiner alten Berliner Oberschule, einen höflichen Zweikampf um sein Arbeitszimmer aus. Ortsgruppenleiter Wimmer, der immer netter wird, je näher die Russen kommen, verspricht uns zwischen bierseligen Rülpsern, ein paar Betten für die Flüchtlinge zu organisieren, die ja ohnehin nicht lange bleiben würden, es sei ja nur eine Übergangslösung, bis sich die Fronten stabilisieren. Kein Wort über das Gesetz über Arier und Juden. Er hat sogar seinen Posten auf der zweiten Treppenstufe aufgegeben und betritt freundlich, wenn auch vorsichtig unser Haus, als ein eindeutig ideologischer Rückzieher. Er hält sein Wort, und tatsächlich treffen auf der Pritsche eines Militärlasters am Morgen des Heiligabend zehn Betten ein. Den wir mit nichts weiter feiern als einem langen Tannenzweig, der in einem Becher mit Sand steckt. Zu essen gibt es nichts Besonderes, es gibt ja ohnehin kaum etwas, und auch keine Geschenke.

Ja, die Luft ist raus. »Vielleicht nächstes Jahr«, sagt Gabi wehmütig, als ob erst noch hundert Jahre vergehen müssten bis dahin. Sara hat ihre kleine Schleife zum Gedenken an den angehenden Schriftsteller Rolf von Haltenstein aufgegeben, sie hat sie am Jahrestag seines Todes vom Revers abgenommen. Sie hätte sie ruhig dranlassen können; es hätte ihr später Mühe erspart.

Die Kriegsflüchtlinge haben alle ihre eigenen Lebensmittelkarten mitgebracht (lieber haben sie ihre Kleider zurückgelassen), um sich im Dorf Essbares zu besorgen, wobei sie einander eifersüchtig beobachten und misstrauische Blicke auf alles werfen, was die anderen anschaffen, ob offen im Einkaufsnetz oder im Rucksack versteckt. Alle bis auf Herrn Schumacher mit den Goldfüllungen, Willibalds früheren Lehrer, der sich bereit erklärt, Martin ein paar Unterrichtsstunden zu geben, wenn Gabi für ihn kocht. Jeden Morgen geht er auf den Markt und kommt zurück, ohne jemand anzusehen, um Gabi sofort seinen Einkauf zu überreichen.

Sie ist es, die das Geschäft arrangiert hat. Sie selbst erwartet vielleicht nicht mehr, den Krieg zu überleben, hofft es aber wenigstens für ihre Kinder, deren Bildung ihr nach wie vor am Herzen liegt. Zumindest in dieser Hinsicht will sie den Nazis ein Schnippchen schlagen, was immer sie sonst für Siege davontragen. Und Herr Schumacher lässt sich überreden, Martin im Tausch gegen Kaffee und Backkartoffeln in die Feinheiten der Integralrechnung einzuweihen. Ich weiß nicht, wie es an der Mathefront läuft, in der Küche jedenfalls tauchen Schwierigkeiten auf. Herr Schumacher gibt Gabi jeden Tag einige halb gefrorene Kartoffeln und ein paar Kaffeebohnen, die sie ihm zubereiten soll. Als guter Mathematiker zählt er jedes Mal die gleiche Anzahl ab und bittet Gabi, die Kartoffeln zu backen und aus den Kaffeebohnen zwei Tassen Kaffee zu kochen. Ich muss mir die Kaffeemühle zwischen die Knie klemmen und kurbelnd die Kaffeebohnen mahlen. Das ist so ähnlich, wie kleine Kieselsteine zu mahlen. Die Menge Pulver, die dabei herauskommt, passt locker auf einen Teelöffel. Herr Schumacher beschwert sich, dass das blasse Gebräu, das er später vorgesetzt bekommt, zu dünn sei, womit er andeuten will, er werde um die volle Ausbeute seiner Bohnen geprellt (die Kartoffeln auf seinem Teller sind auch jedes Mal abgezählt, aber da gibt es meist keine Klagen). Er droht sogar, Martins Unterricht abzubrechen. Als Gabi schließlich dazu übergeht, die Pelle seiner Ofenkartoffeln heimlich mitzumahlen und zum Kaffeepulver hinzuzugeben, beruhigt sich Herr Schumacher wieder.

Martin ist nicht der Einzige, der den Kriegsflüchtlingen etwas von ihrer Bildung abtrotzt. Da wäre noch eine Musikerin aus Wien, Frau Pritschneg, Gesangslehrerin und Freundin unserer nationalsozialistisch gesinnten Frau Doktor ehemals Saur, die behauptet, von Frau Trifallner, der Opernsängerin, die bei uns an der Schule unterrichtet, noch nie gehört zu haben. Zu Herrn Schumachers größter Empörung übt sie jeden Morgen im Wohnzimmer ihre Tonleitern. Frau Pritschneg sitzt unten an unserem verstimmten Klavier und lässt ihren durchdringenden Tönen freien Lauf, egal, wer sich sonst gerade im Raum aufhält und was er gerade macht. Wenn Herr Schumacher protestiert, wirft sie bloß den Kopf zurück, murmelt etwas nicht ganz Unhörbares von philisterhaften deutschen Mathematiklehrern und trällert seelenruhig weiter. Gabi hat sie überredet, Sara und mir ein paar Geigenstunden zu geben, die ja seit der Einberufung unseres unwilligen Organisten ausfallen mussten. (Mit fünf abgefrorenen Zehen wird er von der Ostfront heimkehren. Seine Finger werden aber noch dran sein, gerettet durch die Handschuhe, die er schon beim Unterricht in der Sakristei anhatte.) Frau Pritschneg ist keine große Geigerin und hält uns beide für nicht sonderlich begabte Schüler, doch zum Ausgleich für ihre allabendliche Beschlagnahmung des Klaviers und die Tonleitern zieht sie den Unterricht durch.

Und dann auf einmal brechen im neuen Jahr die Flüchtlinge alle auf und ziehen wie durch magnetische Abstoßung weiter westwärts, ähnlich wie der Iwan hundertfünfzig Kilometer östlich von uns. Offenbar sind wir hier doch nicht so sicher, der Krieg könnte uns überrollen, und man munkelt sogar, ein SS-Regiment wolle in Heimstatt sein

Hauptquartier aufschlagen. Dann hätten wir auf jeden Fall die blutrünstigen Bolschewiken am Hals – die bekanntlich nichts lieber tun, als Herrenmenschen abzuschlachten. Und natürlich unsere Frauen zu vergewaltigen, wie uns Herr Schumacher und Frau Pritschneg unabhängig voneinander gewarnt haben. Zuerst denke ich, vergewaltigen heißt Gewalt antun, und ich frage mich, warum es nur Frauen sind, denen die Bolschewiken Gewalt antun, bis mich Fritzi Wimmer eines Besseren belehrt.

Herr Schumacher und Frau Pritschneg sind die Letzten unserer Flüchtlinge, die uns verlassen. Aufgrund ihrer musikalischen Differenzen reden sie nicht miteinander, aber was die Gefahren für Ilse und Sara anbelangt, die von den russischen Horden ausgehen, denen unsere Jungs so fanatischen Widerstand leisten, um die Zivilisation der Welt im Allgemeinen und Europas im Besonderen zu retten, sind sie vollkommen einer Meinung. Plündern und Schänden, das ist alles, was sie können, murmelt Herr Schumacher mit zusammengebissenen Goldzähnen (er meint die russischen Horden, nicht unsere Jungs), und er wirft Ilse und Sara einen derart bedeutsamen Blick zu, dass die beiden Mädchen zu Boden sehen müssen. Mit kehliger zitternder Stimme erzählt Frau Pritschneg, sie habe von ganzen Straßenzügen gehört, die übersät gewesen seien mit den Leichen geschändeter Mädchen, und sie beschwört Gabi, ihre Töchter ins sichere Landesinnere zu schicken, wohin sie selbst unterwegs sei und wo die Mädchen bestimmt besser aufgehoben wären. Und damit verschwanden sie, unabhängig voneinander, mitsamt ihren Rucksäcken, Koffern und Lebensmittelkarten. Allmählich frage ich mich, wieso wir nicht mitgehen. Es hört sich nicht so an, als wäre mit dem Iwan gut Kirschen essen. Willibald fragt sich vielleicht dasselbe, nicht aber Gabi. Was sollte man auch als Jüdin im Innern des Reichs? Oder auch als Halbjude? Andere finden dort vielleicht irgendwo Unterschlupf, aber doch keine Jüdin, selbst eine privilegierte, und genauso wenig deren halbjüdische Brut.

Sie gibt aber auch nicht viel auf diese schrecklichen Geschichten. Sie meint, ihre Mädchen und erst recht sie selbst, die Herr Schumacher und Frau Pritschneg bei ihrer Warnung wohl übersehen haben, hätten bei den Deutschen schon wenig genug zu lachen gehabt, als dass sie nicht auch noch ihr Glück bei den Russen probieren könnten. Willibald dagegen zeigt sich verständnisvoller. Vielleicht haben ihn die Geschichten seiner arischen Freundin aufgerüttelt – als Untergauführerin des BDM wird sie wissen, wovon sie spricht. Ist das der Grund, warum ich Willibald ein paar Abende später in seiner Wehrmachtsuniform erwische, als Gabi schon im Bett liegt und ich unterwegs in die Kälte zum Pinkeln bin? Schwingt er sich in Gedanken zum tapferen Beschützer des heimischen Herdes auf, der sich todesmutig im Alleingang den rasenden Kosaken entgegenstürzt, oder will er uns im Stich lassen, um sich unseren Jungs anzuschließen und zu der alles entscheidenden Schlacht um das Herzstück des Reichs anzutreten, die offenbar nicht hier in Heimstatt anberaumt ist? Oder schwelgt er nur in Erinnerungen an seine ruhmreiche Zeit in Polen? Wie auch immer, da steht er nun in voller Montur in seinem Arbeitszimmer vor dem Spiegel, Bauch rein, Brust raus. Aber er kann einziehen und rausstrecken, so viel er will, er hat einfach nicht das Format eines tapferen Kriegers.

»Gehst du jetzt wieder zur Wehrmacht?«, frage ich ihn, als er sich umdreht und meinen schlaftrunkenen Blick sieht.

Er scheint hin- und hergerissen zu sein zwischen Wut und Scham und beschuldigt mich, ihm aufzulauern, und ermahnt mich, Mutti kein Wort davon zu erzählen, weil sie sich sonst nur wieder aufregt. Das beantwortet zwar nicht meine Frage, aber ich bohre lieber nicht nach und gehe pinkeln, und der Gedanke an Willibald in seiner Uniform lenkt mich von meiner Angst ab, die mich noch immer in dem kalten, dunklen Plumpsklo mit der endlos tiefen Grube überkommt. Als ich ins Haus zurückkomme, sehe ich, dass die Tür zum Arbeitszimmer geschlossen ist.

Am nächsten Tag werden sämtliche Krankenhausbetten demontiert und in ein Militärkrankenhaus nach Bad Neusee geschafft, wo sie die Last und das Blut unserer verwundeten Helden tragen werden, und wir sind wieder ganz unter uns. Die Hälfte der Lehrer ist mit den Flüchtlingen mitgezogen, und die Schule hat dichtgemacht. »Für die Dauer des Notfalls«, erklärt Ortsgruppenleiter Wimmer und sieht aus, als fürchtete er, der Notfall könnte noch ewig so weitergehen.

Martin arbeitet noch immer in der Ziegelei, die noch immer ihre feuerfesten Ziegel produziert, Gabi versucht, uns mit aller Mühe über die Runden zu bringen, und Willibald, der seine Uniform weggehängt, aber keineswegs vergessen hat, verbringt lange Stunden angeblich bei seiner Gemeinde. Der Rest hat nichts zu tun. Was ganz gut passt, denn wir haben ja auch nichts zu essen. Ilse schleicht durchs Haus wie der Geist einer hinkenden Nonne, Sara hat ihr Schreibheft aufgeschlagen vor sich liegen und starrt stundenlang ins Leere und ich versinke in Lethargie.

Die Luft ist wirklich raus, wie's scheint – Frau Wimmer spioniert nicht mehr, und da kaum noch Züge fahren, kommt Fräulein von Adler nicht mehr aus Graunau zu Besuch. Doktor ehemals Saur hat aus Wien geschrieben (der Brief war zwei Wochen unterwegs) und behauptet, im Frühjahr wäre alles vorbei, aber was sie damit sagen will, weiß kein Mensch – meint sie den Krieg oder Gabis Status oder ihre unglückliche Ehe? Der Schnee fällt in dichten nassen Flocken, als hätte auch er von allem genug und würde sich am liebsten hinwerfen und schlafen. Fräulein Hofer und Resi kommen noch immer jeden Samstag vorbei, und Gabi gesteht, dass sie ihnen leider keinen Milchkaffee mehr bringen kann, da wir weder Milch noch Kaffee haben. Nicht einmal Milchpulver oder Kaffee-Ersatz. Ich sehe, wie sie klaglos ihr altes trockenes Brot essen, das neuerdings mit Sägemehl gestreckt wird, wie ich mir von Fritzi habe sagen lassen, und dazu ein Glas warmes Wasser trinken. Fräulein Hofer wirkt blass und zuckt ständig zusammen, aber wenn Gabi fragt, was ihr fehle, schüttelt sie nur den Kopf. Alle warten auf das Ende des Krieges.

Oder fast alle. Die Gestapo in Linz hingegen zeigt

15

Interesse an Gabi.

Die schreckliche Zahnschmerzen hat. Also beschließt sie wohl oder übel, trotz der Kosten zum Zahnarzt nach Plinden zu fahren, der schon geahnt hat, dass sie Jüdin ist, sie aber dennoch behandelt, nachdem seine Sprechstundenhilfe nach Hause gegangen ist. Natürlich kostet das extra – Gefahrenzulage, wie er sagt, und er hat ja Recht. Er könnte dafür ins Gefängnis wandern und Gabi nach Auschwitz, wohin sie die Gestapo ohnehin schicken will, wie sich bald zeigen wird.

Also ist sie nicht im Pfarrhaus und nicht im Dorf, als Gendarm Bolzner, der Gendarm, der Jägerlein wegen der Entführung ihres Adoptivkinds Annerl festnehmen musste, mit zerknirschter Miene durch den Schnee gestiefelt kommt, um Gabi festzunehmen, weil sie Jüdin ist. Ja, für ein paar Eiferer geht es jetzt einzig und allein noch um die totale Ausrottung der europäischen Juden. Ganz gleich, ob unsere Jungs bei aller fanatischen Tapferkeit den Krieg nicht gewinnen, ganz gleich, ob die Mauern bröckeln und der Iwan an einem Tor rüttelt und die Tommys am anderen – darum geht es am Ende nicht. Es geht darum, die bösen Juden auszumerzen und ruhmreich in die Geschichte einzugehen! Der Sieg mag uns abhold sein, die Ehre aber ist uns gewiss! Und so haben die methodisch arbeitenden Bürokraten, die die Listen zusammenstellen, sich endlich Gabi herausgepickt, damit sie in Frau Professor Goldbergs Fußstapfen tritt und in der Versenkung verschwindet. Es wird Zeit, die heilige Mission zu beenden und sich auch der privilegierten Juden zu entledigen, jetzt, wo alle anderen erledigt sind.

Willibald ist zu Hause. Er fährt nie gleichzeitig mit Gabi nach Plinden. Das wäre ja die reinste Marter, seiner molligen arischen Freundin so nah zu sein, ohne sie sehen zu können. Man stelle sich nur vor, er liefe ihr an Gabis Seite über den Weg! Da wäre er ja vollkommen innerlich zerrissen! Also ist es Willibald, der aus dem Arbeitszimmer tritt, wo *Samson und Delilah* soeben ihre vier Füße am Start platziert haben, um Gendarm Bolzner zu begrüßen, nachdem ich ihm aufgemacht habe und sorgenvoll zurückgewichen bin und er sich höflich den Schnee vom Mantel geschüttelt und die Stiefel auf der Fußmatte abgetreten hat. Ich mag Polizisten nicht, nicht einmal Gendarm Bolzner, auch wenn er mir nie etwas zu Leide getan hat, außer dadurch, dass er das unfreiwillige Beiwerk zu Jägerleins und Annerls Verschwinden darstellt. Auch Willibald mag jetzt keine Gendarmen, grüßt aber dennoch mit strengem Heil

Hitler! und nachgiebigem Lächeln, wobei das eine das andere zu neutralisieren scheint.

Gendarm Bolzner erwidert eher flüchtig den ersten Gruß, den zweiten übergeht er. Er sieht ziemlich betrübt aus, und so wie's aussieht, hat er auch allen Grund dazu. Er wirft einen Blick über Willibalds Schulter und fragt unbeholfen, ob die Frau Pfarrer zu Hause sei. »Bedaure sehr«, erklärt er, als er vernimmt, dass sie außer Haus sei, »aber ich habe einen Haftbefehl. Also, nicht von der Gendarmerie«, fährt er hastig fort und weist damit sowohl die Verantwortung als auch jedes persönliche Interesse von sich. »Sie hat nichts verbrochen, meine ich. Es geht um …, wie soll ich sagen … Nun ja, es ist … die Gestapo in Linz.«

Auf einmal fegt ein eiskalter Wind durch meine Gedärme, wo reichlich Platz ist, so leer, wie sie sind. Und Willibald muss es ähnlich gehen, denn er taumelt einen Schritt zurück. Das wird *Samson und Delilah* heute mit Sicherheit aus der Bahn werfen. Rücksichtsvoll nimmt Gendarm Bolzner den Herrn Pfarrer am Arm und führt ihn zu einem Stuhl. »Es kann natürlich sein, dass man sie nur verhören will«, sagt er in demselben wenig überzeugten und wenig überzeugenden Tonfall wie Willibald, als es damals um Frau Professor Goldberg ging.

Jetzt aber mal zur Sache. »Wann wird sie denn zurückerwartet, die Frau Pfarrer?«

Willibald muss erkannt haben, dass es sich bei dem Schreiben in Gendarm Bolzners Hand um Gabis Todesurteil handelt, dennoch will er ihm nicht verraten, dass sie verbotenerweise nach Plinden zu einem arischen Zahnarzt gefahren ist – als könnte er sie in Gefahr bringen, gleich noch ein zweites Mal zum Tode verurteilt zu werden. Vielleicht hat er aber auch Angst, sich selbst in Gefahr zu bringen. Von dem Zahnarzt ganz zu schweigen. »Erst spät«, stößt er mühsam hervor. Dabei ist es schon vier Uhr nachmittags und fast dunkel.

Gendarm Bolzner macht Anstalten, sich hinzusetzen und auf Gabi zu warten. Er nimmt die Mütze ab und mustert die anderen Stühle in der Wohnstube, als wüsste er nicht genau, ob er erst um Erlaubnis fragen oder sich einfach irgendwo hinfläzen soll.

»Sehr spät«, sagt Willibald. Aber dann fällt ihm wieder die Ausgangssperre ein, nach der Juden nach acht Uhr abends nicht mehr draußen herumlaufen dürfen, und er sagt: »Gegen halb acht, meine ich.«

Gendarm Bolzner wirft einen Blick auf seine Uhr. Dreieinhalb Stunden noch, und er isst gern früh zu Abend. Man sieht ihm förmlich an, wie er hin und her überlegt, ob er nicht nach dem Essen noch mal vorbeikommen und sie dann erst mitnehmen soll. Unentschlossen steht er eine Zeit lang da, betrachtet die verblichene Reproduktion eines Caspar David Friedrich über dem Kaminsims und fragt sich offenbar, wie er ein taktvolles Kompliment darüber äußern kann, ohne unsensibel zu wirken gegenüber dem Drama, das sich jenseits des Rahmens anbahnt.

»Sehr schön«, sagt er schließlich. »Sehr schön. Hübsches Bild.«

Kunstgenuss ist aber das Letzte, wonach Willibald in diesem Moment der Sinn steht, und seine Antwort ist eher praktischer Natur. »Wollen Sie sie heute noch nach Linz bringen?«, fragt er mit zitternder Stimme.

Gendarm Bolzner wendet sich von dem Bild ab und schüttelt den Kopf. »Es fährt doch gar kein Zug mehr«, bemerkt er fast vorwurfsvoll, als hätte Willibald mit seiner Frage dem etwas gefühllosen Begehr Ausdruck verleihen wollen, die ganze Geschichte möglichst schnell über die Bühne zu bringen. »Wir werden sie, nun, über Nacht in Gewahrsam nehmen müssen, bis zum Frühzug um 6 Uhr 35.« Er entfaltet das Schreiben und beäugt es stirnrunzelnd, wobei er die Unterlippe nach vorn schiebt und die gründliche hermeneutische Zuwendung aufbringt, die einem offiziellen deutschen Schriftstück gebührt. »Um 14 Uhr muss sie in Linz sein«, fügt er abschließend hinzu.

Willibald muss wieder daran denken, wie Frau Professor Goldberg am Bahnhof von Linz aus dem Zug stieg, um den hoch gewachsenen SS-Offizier höflich nach dem Weg in die Hölle zu fragen. »Kann sie nicht alleine fahren?«, fragt er vorsichtig. »Ohne dass es jemand mitbekommt? Bei Frau Professor Goldberg ging das doch auch.«

»Leider nicht«, erwidert Gendarm Bolzner. »Wir haben Anweisungen, sie bis ins Gestapo-Hauptquartier zu begleiten.«

»Bei Frau Professor Goldberg war das aber nicht so«, wendet Willibald zaghaft ein.

»Goldberg?«, entgegnet Gendarm Bolzner. »Und wann genau war das? Ah ja, nun, seitdem sind die Verordnungen etwas strenger geworden. Vermutlich hat es irgendwelche Juden, irgendwelche Personen gegeben«, verbessert er sich feinfühlig, »die nie aufgetaucht sind. Das wird wohl der Grund sein.« Er macht einen Schritt in Richtung Tür. »Womit natürlich nicht unterstellt werden soll, dass die Frau Pfarrer nicht auftauchen wird«, fügt er hastig hinzu, um sie nicht mit dem Makel der Ungesetzlichkeit zu behaften. »Aber Sie wissen ja, wie's ist, Herr Pfarrer, Gesetz ist Gesetz, nicht wahr? Gesetz ist nun mal Gesetz.« Diese Tautologie wird Willibald in Zukunft noch öfter hören, wobei er ja eigentlich durchaus damit einverstanden ist. Nur in diesem Fall kann er sie nicht unterschreiben, obwohl er ja die Möglichkeit hätte, und so macht Gendarm

Bolzner nach kurzem peinlichem Schweigen enttäuscht einen weiteren Schritt in Richtung Tür. »Dann schau ich später noch mal rein. Halb acht, sagten Sie? Sagen Sie ihr, sie braucht einen kleinen Koffer, Kleider zum Wechseln und Seife und derlei Dinge. Und etwas Proviant.« Jetzt, wo's raus ist, scheint die Verlegenheit von ihm abzufallen. Die heilende Kraft der Bürokratie hat alles Unbehagen zerstreut. *Reiß dich zusammen*, hört man ihn fast zu sich sagen. *Es ist doch nur ein Job.*

Jetzt aber bietet ihm Willibald die Stirn. »Gendarm Bolzner«, sagt er in schmeichelndem und zugleich düsterem Ton, »Gendarm Bolzner, könnten Sie nicht eine Ausnahme machen und sie morgen früh allein zum Bahnhof kommen lassen? Oder wenigstens zur Anlegestelle?«

Gendarm Bolzner zögert. »Zur Anlegestelle?«, wiederholt er skeptisch. Der Bahnhof steht wohl gar nicht zur Debatte.

»Was glauben Sie, wie ich mir vorkomme, wenn sie heute Abend ins Gefängnis kommt und morgen durchs ganze Dorf geführt wird wie ein Verbrecher. Die Frau eines lutherischen Pastors! Wie soll ich je wieder meiner Gemeinde unter die Augen treten?«

Ist das Willibalds Ernst? Ich starre ihn ungläubig an. Aber Gendarm Bolzner zeigt sich verständnisvoll. Er selbst ist Katholik und sähe es auch nicht gern, wenn die Frau des katholischen Priesters durchs ganze Dorf geführt würde wie ein Verbrecher. Nicht, dass Pfarrer Hertl eine Frau hätte, aber immerhin eine Haushälterin, und die hat eine Tochter, die genauso aussieht wie Pfarrer Hertl.

»Dann bräuchten Sie heute Abend auch nicht noch mal vorbeizuschauen«, fügt er listig hinzu. »Sie haben doch bestimmt viel zu tun, jede Menge Verpflichtungen …«

»Das können Sie mir glauben«, sagt Gendarm Bolzner

mit eifrigem Nicken. »Und nicht alle sind angenehm.« Er hebt das Schreiben hoch, um anzudeuten, dass diese kleine Sache mit Gabi zu den weniger angenehmen Verpflichtungen zählt.

»Sie könnte dann in Ruhe packen und sich von ihren Kindern verabschieden«, fährt Willibald mit tränenerstickter Stimme fort, die sowohl gespielt als auch echt ist. Er versteht sein Handwerk, das muss man ihm lassen.

Gendarm Bolzner ist einverstanden. Er verstaut das Schreiben wieder in seiner Innentasche und setzt sich die Mütze auf den Kopf. »Hab ja selber Kinder«, murmelt er. »Sie soll mich um sechs Uhr früh an der Anlegestelle treffen, ja? Wenn sie nicht da ist, muss ich sie holen kommen.« Und so geht er mit der erleichterten und selbstzufriedenen Miene eines Mannes davon, der sich selbst einen Gefallen getan und damit der Sache sogar noch gedient hat.

Ich weiß nicht, was Willibald als Nächstes tut. Ich vermute, er läuft nach oben und informiert Ilse und Sara. (Martin ist noch nicht zurück vom Herumexperimentieren in der Ziegelei oder mit Lisl Wimmer.) Ich selbst gehe in die Küche, kauere mich mit angezogenen Knien neben den Ofen, starre dumpf vor mich hin und in mich hinein auf etwas, das so dunkel und leer ist wie eine Höhle. Und obwohl der Ofen aus Ermangelung an Kohle das letzte bisschen Holz verbrennt, das wir finden können, ist mir so kalt und klamm, als säße ich draußen im Schnee. Ich weiß nicht, wie lange ich dort gekauert habe, aber irgendwann kommt Sara und setzt sich neben mich, und dann steht sie auf und sitzt nicht mehr neben mir. Ilse geht langsam in der Küche hin und her, und ich weiß, dass sie dabei ist, unser Abendessen zu machen, wobei ich keine Ahnung habe, wer jetzt noch Appetit hat. Martin kommt nach Hause und ist etwas schlecht gelaunt – hat er sich mit Lisl gestritten oder ist das bloß die postkoitale Tristesse? Dann aber verstummt er genau wie Ilse und Sara. Willibald hat mit feuchten, rot geränderten Augen Gabis gelben Koffer hervorgeholt und mit aufgeklapptem Deckel auf den Küchentisch gestellt wie einen kleinen Sarg ohne Leiche. Ilse nimmt stirnrunzelnd den Koffer vom Tisch und stellt ihn auf einen Stuhl, als wollte sie sagen: Es nützt jetzt auch nichts, wenn wir alles durcheinander bringen.

Es ist nicht wahr, denke ich immer wieder. *Es kann nicht wahr sein.* Aber das Problem ist, ich muss immer wieder an Berlin und das bucklige Auto denken und wie die beiden Männer an der Haustür klingelten und wie sie den gebückten Mann mit Homburg in ihre Mitte nahmen und wie der Mann mit Homburg widerstandslos in das Auto eingestiegen war. Und ich weiß sehr wohl, wie wahr das alles ist, ich weiß, dass das alles sehr wohl sein kann. Ich wünschte, Gabi käme zurück, und gleichzeitig wünschte ich, sie käme nicht zurück. Ich will sie sehen, aber ich will nicht, dass sie uns verlässt. Da ist sie wieder, die Flucht ins Religiöse, und ich fange an zu beten, dass Gott das alles nicht zulassen soll, oder dass er es wenigstens schon zugelassen hätte, damit ich es nicht erst noch erleben muss. Ich habe nämlich keine Ahnung, wie ich das alles durchstehen soll.

Und dann kommt Gabi mit einer dicken Backe nach Hause. Ein einziger Blick genügt, und sie weiß Bescheid, aber natürlich fragt sie trotzdem nach. Und dann setzt sie sich auf den nächsten Stuhl und hält sich die Backe, und man könnte meinen, das wäre ihre einzige Sorge. »Morgen früh?«, fragt sie nur. Und dann sagt sie nachdenklich: »Morgen früh also.« Als rechnete sie schon lange damit, als wäre es endlich so weit.

»Vielleicht wollen sie dir ja nur ein paar Fragen stellen.

Vielleicht wird's ja nur halb so schlimm«, sagt Willibald ohne Hoffnung.

»Wie bei Frau Professor Goldberg, meinst du?«, sagt Gabi erschöpft, und Willibald schrumpft zusammen und verstummt.

Nachdem sie sich ein paar Minuten lang die Backe gehalten und in ihre eigene dunkle Höhle gestarrt hat, schüttelt Gabi den Kopf und dreht sich zu Sara, ihrer Vertrauten, um. »Nimm dir deinen Bruder und geh mit ihm zu den Nonnen«, sagt sie gefasst. »Vater wird sie fragen, ob ihr dort übernachten könnt.«

Gemeint sind die pensionierten evangelischen Nonnen, die in Schlesien ausgebombt wurden und seitdem am anderen Ende des Sees in einer Einsiedelei leben. Aber was sollen wir da? Und vor allem, was macht *sie* so lange? Die zweite Frage könnte ich mir selbst beantworten, aber die Antwort will ich weder aussprechen noch wahrhaben.

»Nur bis morgen«, sagt Gabi und sieht mich an, als könnte sie Gedanken lesen.

»Fährst du nach Linz?«, frage ich, und ich weiß, wenn sie fährt, wird sie nicht zurückkommen. Und wenn sie nicht fährt, wahrscheinlich auch nicht. Aber daran will ich gar nicht denken.

Wieder schüttelt sie den Kopf. »Keine Sorge. Es wird alles gut.«

»Du fährst nicht nach Linz?«, frage ich beharrlich. Ich muss wissen, woran ich bin. Denn aus irgendeinem Grund weiß ich, dass Linz das Allerschlimmste wäre.

»Keine Sorge, ich fahre nicht nach Linz. Und jetzt packt eure Sachen zusammen.«

Ich gehorche. Ich bin sogar ganz froh, nicht hier sein zu müssen. Was immer geschieht, ich werde es nicht erleben müssen, es wird nicht vor meinen Augen ablaufen. Ich danke Gott, dass er mein Gebet erhört hat. Ich verspreche ihm sogar im Stillen, nicht nur dann mit ihm zu reden, wenn's gerade brennt.

»Ich will da nicht hin«, sagt Sara plötzlich und fügt aufsässig hinzu: »Ich will hier bleiben.« Sie ist mutiger als ich, andererseits ist sie ja auch älter. Ich würde am liebsten nach der Vogel-Strauß-Methode bis morgen früh den Kopf in den Sand stecken, bis alles, was passieren muss, passiert sein wird. Aber Sara will die ganze Vorstellung sehen, von Anfang an und bis zum bitteren Ende.

»Nein, Sara«, sagt Gabi und wirft erst mir, dann ihr einen Blick zu. Und am Ende lässt sich Sara überzeugen und fügt sich. Es scheint fast, als hätten die beiden den Plan längst ausgeheckt und jedes Detail schon einmal durchgespielt, und als hätte Gabi sie nur wieder an ihre Rolle erinnern müssen.

Ich weiß nicht wie oder nach wie langer Zeit, aber irgendwann geht Willibald dick eingemummelt in Mantel, Mütze und Schal zum Postamt, ruft von dort aus die Nonnen an und bittet sie, uns für die Nacht aufzunehmen. Und irgendwann danach laufen Sara und ich schweigend zu ihrem Haus, ähnlich gekleidet und mit unseren Schlafanzügen im Rucksack, den sich Sara über die Schulter wirft, obwohl sie ein Mädchen ist. Gabi macht wenig Aufhebens um den Abschied, als wollte sie zeigen, dass es gar kein richtiger Abschied ist. Sie gibt uns nur einen kleinen Kuss auf die Wange wie vor dem Schlafengehen. Vielleicht drückt sie uns auch noch sanft die Schulter. Ich könnte es nicht sagen, ich bin viel zu durcheinander. Es ist ein klarer Nachthimmel, der Mond ist draußen, die Sterne funkeln, auch wenn der Schnee hier auf der Erde schon matschig wird, und ich versuche mir einzureden, dass in einer so friedlichen Nacht unmöglich etwas Schlimmes passieren kann und Gabi bestimmt am nächsten Morgen kommen wird, um uns abzuholen, und dann wird alles wieder gut.

Das ist natürlich ein Irrtum.

Im Haus der Nonnen riecht es nicht gut. Es riecht nach unterschiedlichen Dingen, nach Reinlichkeit und Karbol, nach vertrockneten alten Jungfern wie totes Laub, nach verbitterten Träumen und langjähriger Enttäuschung, nach kleinkarierter knauseriger Frömmigkeit. Nur nicht in der Toilette, da riecht es nach etwas Fauligem, übertüncht vom Duft von getrocknetem Lavendel, und im kargen, schummrigen Speisesaal riecht es nach gedämpftem Kohl und Schinken (für die Nonnen anscheinend noch immer zu haben). Nicht dass ich all diese Gerüche damals hätte einordnen können. Aber sie werden mir im Gedächtnis bleiben und darauf warten, zu einem späteren Zeitpunkt identifiziert zu werden. Und noch Jahre danach brauche ich nur einen Hauch eines dieser Dinge wahrzunehmen, und schon habe ich wieder das ganze widerliche Bukett in der Nase.

Die Nonne mit den runden Schultern und dem grauen Damenbart an der Tür wirkt nicht gerade begeistert, als sie uns sieht. Ich tue das nur für den Herrn Pfarrer, scheint sie beim Öffnen der Tür zu sagen, wobei sie uns mit ihrer näselnden Stimme auffordert, unsere Schuhe abzutreten. In einer Mischung aus Schwesterntracht und katholischem Nonnenhabit führt sie uns schweigend durch einen trüben Korridor, und ich höre sie vor sich hin schlurfen und die Nase hochziehen. Immer wieder heult der kalte Wind, den Gendarm Bolzner in unser Haus brachte, durch meine Eingeweide, und mein Magen schnürt sich jedes Mal zusammen, wenn ich daran denke, dass Gabi gerade ihren gelben Koffer packt oder auch nicht. Ob nun so oder so, ich fühle mich elend und benommen, und ich bete zu Gott, dass er schnell macht, oder dass er mich wenigstens einschlafen lässt, damit ich nicht mehr dran denken muss, denn sonst fange ich gleich an zu schreien. Was Sara gerade denkt, weiß ich nicht. Sara ist auf ihre Art so still wie Ilse. Aber Sara grübelt vor sich hin, während Ilse einfach nur passiv und resignativ ist. Ich höre ihre Schritte neben mir und die schlurfenden Schritte der Nonne. Aber ich werde mich hüten, Sara auszufragen, wenn wir gleich alleine sind. Ich weiß, dass sie mehr weiß als ich, aber was sie weiß, will ich gar nicht wissen. Mir ist es lieber, im Unklaren zu bleiben.

Wir betreten ein karges Zimmer mit zwei Betten und einem hölzernen Kreuz an der weiß getünchten Wand. Die ältere Nonne zieht die Nase hoch, eine Adlernase mit geplatzten Äderchen unter der Haut, und lässt uns allein. Sara legt den Rucksack auf eines der Betten und beginnt ihn auszupacken. Ich lege mich in voller Bekleidung auf das andere Bett und drehe mich zur Wand. Die Wand ist kalt, das Zimmer ist kalt. Sara deckt mich mit ein paar Decken zu. Ich höre noch immer, wie sie den Rucksack auspackt. Ich bereite mich innerlich darauf vor, müde zu werden. Wenn ich Glück habe, wird es nicht lange dauern und ich werde wirklich müde und schlafe ein. Es muss mir nur gelingen, den Gedanken an Gabi und ihren gelben Koffer auszublenden.

Irgendwo in der Ferne schleift ein langer Rock über den Boden und ich höre schnelle, lebhafte Schritte. »Ich bringe euch etwas zu essen«, sagt eine junge Frauenstimme fröhlich, aber nicht *zu* fröhlich. »Ach, dein Bruder schläft schon?« Ich schließe ganz fest die Augen, während sich jemand über mich beugt und mir behutsam die Decke über die Schultern zieht. »Ich bin Schwester Maria«, murmelt die Frau mit der fröhlichen Stimme zu Sara. »Lass ihn nur schlafen und versuch du wenigstens etwas zu essen. Ich bin gleich wieder da.«

Im Zimmer riecht es nach gedämpftem Kohl, aber ich höre kein Klimpern von Besteck und schließe daraus, dass Sara nicht isst.

Ich weiß, dass die Nonne wiedergekommen ist, weil ich sie mit Sara flüstern höre. Später höre ich Saras Bett ächzen, als sie sich hinlegt. Dann bin ich wirklich eingeschlafen, bis ich viel später aufwache und pinkeln muss. Eingehüllt in ihre Decke, sitzt Sara auf ihrem Bett und starrt auf das gegenüberliegende Fenster, das auf den See hinausgehen würde, wenn es nicht verdunkelt wäre.

»Ich muss mal«, sage ich.

Wortlos zeigt sie den Flur hinunter, wo ein gelber Lichtschein schräg über den Boden fällt. Wie ich sehe, scheint an dieser Stelle Licht durch für den Feind, wer immer das sein mag, und automatisch drücke ich gewissenhaft den Rand des schwarzen Stoffs zurück gegen den Fensterrahmen. Zu einem Plumpsklo wie bei uns hätte ich es nicht mehr geschafft, ich hätte mich einfach vor die Tür gestellt. Aber dies ist eine richtige Toilette mit Spülung und Kacheln und allem Drum und Dran, und in jeder anderen Nacht wäre sie mir trotz des fauligen Lavendeldufts eine helle Freude gewesen. Immerhin muss ich dort etwas Zuversicht gesammelt haben, denn als ich zurück ins Zimmer komme, sage ich mir, morgen wird alles wieder gut, das Ganze wird sich als Irrtum herausstellen, und die Gestapo ist gar nicht hinter Gabi her, sondern hinter einer Frau mit demselben Namen, die nicht wie Gabi privilegiert ist. Ja, Gabi ist privilegiert, sage ich mir immer wieder, sie ist privilegiert – das macht einen Unterschied. Jedenfalls ist es immer noch stockdunkel, das heißt, es kann noch Stunden dauern bis zum Morgen, und ich kann mich noch eine ganze Weile im weichen Kokon der Nacht verstecken.

Sara sieht, wie ich mich noch immer in voller Bekleidung zurück ins Bett lege.

»Sie ist weg«, sagt sie ausdruckslos.

Ich vermute, sie meint Schwester Maria. »Wie spät ist es?«, frage ich.

Sara wirft einen Blick auf den Wecker, den sie aus dem Pfarrhaus mitgebracht hat und der mir die Tränen in die Augen treibt. »Zehn nach zwölf. Mutti ist weg.«

Der kalte Wind in mir bläst sofort Sturm, und ich nehme es Sara übel, dass sie davon angefangen hat. »Geht doch gar nicht«, murmele ich unwirsch. »Der Zug fährt doch erst um 6 Uhr 35.«

»Sie ist weg«, sagt Sara entschieden. »Ich hab sie gehört.« Und dann legt sie sich endlich hin, als hätte sie all diese langen kalten Stunden nur auf diesen Moment gewartet.

Ich will das alles gar nicht wissen. Es jagt mir kalte Schauer über den Rücken. Ich will das nicht akzeptieren. Ich ziehe mir das Kissen über den Kopf. Aber der Schaden ist irreversibel. Ich kann nicht mehr einschlafen, ich höre den Rest der endlosen Nacht meinen Puls in den Ohren wummern, und Bilder von Zügen, die aus dem Bahnhof fahren, und Männer mit Homburg, die widerstandslos in bucklige schwarze Autos einsteigen, fahren in meinem Kopf Karussell. Ich überschütte Gott mit Beschwörungen, das alles nicht zuzulassen oder die Zeit schneller zu drehen, bis das alles in der Vergangenheit liegt, oder mich gnädigerweise einschlafen zu lassen, bis alles vorbei ist, aber er scheint mir nicht zuzuhören. Vielleicht hat er sich selbst schlafen gelegt. Oder ist wütend auf mich. Jedenfalls warte ich vergeblich auf Antwort.

Noch bevor es hell ist, steht Sara auf und packt unsere Sachen. Ich stelle mich schlafend, damit ich mir nicht wieder anhören muss, dass sie weg sei, obwohl Sara mit jeder ihrer langsamen und schwerfälligen Bewegungen davon zeugt. Ihre Trauer hat schon begonnen. Ich glaube sogar, sie hat schon auf dem Weg hierher begonnen.

»Du solltest dich jetzt waschen«, sagt sie.

Kaum dass ich aus dem Waschraum zurück bin, taucht Schwester Maria wieder in unserem Zimmer auf – ich erkenne sie am geschäftigen Rascheln ihres Rockes und an ihrer fröhlichen Stimme. »Frühstück!«, verkündet sie, als könnten wir es kaum erwarten. Sie ist viel jünger als die Nonne, die uns gestern Nacht ins Haus gelassen hat, überhaupt ist sie jünger als die anderen Nonnen. Wahrscheinlich weil sie noch nicht im Ruhestand ist, denke ich, während sie uns in den Speisesaal führt. Und daraus ziehe ich den verschwommenen Schluss, von dem ich bis heute überzeugt bin, dass der Ruhestand eine Art chronische Krankheit ist.

Im Speisesaal deutet nichts darauf hin, dass ich Unrecht habe. Nachdem eine der Nonnen mit uralter, schütterer Stimme das Tischgebet aufgesagt hat, sitzen die anderen schweigend da und knabbern an ihrem Essen, kauen freudlos vor sich hin und werfen misstrauische Blicke in alle Richtungen, um zu sehen, wer mehr als seinen Anteil auf dem Teller hat oder nicht fromm genug wirkt. Schwester Maria ist die Einzige, die noch nicht verbittert ist – vielleicht bleibt ihr das erspart –, und sie weist uns am Ende eines der langen Tische zwei Plätze zu, wo ein paar verwelkte Nonnen wortlos von uns abrücken, als wären wir Leprakranke, was wir als Gabis Kinder in gewisser Weise ja auch sind. Ich stelle fest, dass ich doch essen kann, und das frische Brot und der Bohnenkaffee mit Milch sind schnell verspeist. Wie kommt es, dass die Nonnen solche Lebensmittel im Haus haben? Wann dürfen wir endlich nach Hause? Dann fällt mir schlagartig wieder ein, dass es da vielleicht noch etwas gibt, das *wir* nicht im Haus haben. Nämlich unsere Mutter.

Sara hat keinen Appetit, und obwohl sie von Schwester Maria gedrängt wird, rührt sie keinen Bissen an. Sie schiebt ihr Brot zu mir rüber, und nach kurzem Kampf mit meinem inneren Schweinehund, von dem ich weiß, dass ich ihn verlieren werde, greife ich zu. Dann gibt es keinen Grund, nicht auch noch ihren Kaffee zu trinken. Besser fühle ich mich danach nicht. Mir ist sogar etwas übel. Aber ich trinke ihn trotzdem. Und während ich mich schadlos halte, sehe ich die ganze Zeit, wie Gabi ihren gelben Koffer packt, wie Gabi tot im Bett liegt und wie Gabi zusammen mit Willibald oder auch ohne ihn durchs Dorf geht, um sich auf der Fähre in Begleitung Gendarm Bolzners ihrem Schicksal zu fügen.

Auf der Uhr ist es halb acht, als sich die Nonnen erheben und wie ein räudiger Schwarm Krähen den Raum verlassen. Der Zug ist vor einer Stunde abgefahren, denke ich. Sitzt Gabi drin oder nicht? Schwester Maria führt uns zurück in unser Zimmer. »Ich weiß was«, sagt sie munter. »Wir spazieren ein bisschen durch den Garten. So kalt ist es gar nicht. Ich zieh mir nur rasch etwas über, und dann kann's losgehen.« Doch während wir stumm auf unseren Betten sitzen und wie benommen auf sie warten und der frostige Wind trotz meiner doppelten Frühstücksportion noch immer Platz genug hat, durch meine Eingeweide zu pfeifen, geht die Tür auf und Willibald steht vor uns.

Sein Gesicht ist um zehn Jahre gealtert, und er sieht so verheult aus, dass mir bei seinem Anblick die Tränen in die Augen steigen. Er schaut uns nacheinander an, macht den

Mund auf und schließt ihn wieder, holt sein Taschentuch hervor und trocknet sich die Augen.

»Sie ist weg«, verkündet Sara genauso tonlos wie letzte Nacht. Ich muss dabei an das Läuten der Kirchenglocken denken, wenn jemand gestorben ist.

Willibald nickt. »Eure Mutter hat sich, sie ist ... sie ist ...« Er stammelt, schluckt und fährt fort: »Eure Mutter, sie ... sie ist in den See gestürzt.«

Er trocknet sich weiter die Augen, aber meine sind jetzt nicht mehr feucht, da ist nicht mal die Spur einer Träne. Nur ein schwerer stoffumhüllter Hammer, der leise von innen gegen meine Brust schlägt und meinen Körper vibrieren lässt. Es dauert einen Moment, bis ich merke, dass es mein Herz ist. Ist sie in den See gefallen oder hat sie sich in den See gestürzt?

»Wann?«, fragt Sara.

»In der Nacht.« Er spricht jetzt mit einem Schluchzen in der Stimme und schlägt sich das Taschentuch vors Gesicht, das, wie ich sehe, nicht sehr ordentlich gebügelt ist. Es war wohl nicht in Pels. »Sie hätte es nicht ertragen ...«

»Ich wusste es«, sagt Sara. »Um zehn nach zwölf.«

Willibald schneuzt sich, trocknet sich die Augen und steht auf.

Ich schließe daraus, dass wir jetzt ins Pfarrhaus zurückgehen werden, wo die tote Gabi in ihren nassen Sachen auf dem Bett liegen wird. Irgendwie finde ich das beruhigend.

»Wir nehmen das Boot zurück«, murmelt Willibald, womit geklärt wäre, was mich beunruhigt, seit er den Raum betreten hat: die nassen Manschetten seines Mantels. Also ist er über den eisigen See hierher gerudert und wird jetzt mit uns wieder zurückrudern, und wir werden dasitzen und zusehen, wie er mit seinen schmächtigen Armen die tröpfelnden Ruder bewegt. Heißt das, er hat nach Gabis

Leiche gesucht? Heißt das, sie liegt gar nicht oben auf dem Bett, sondern treibt noch irgendwo zwischen den dicken Eisschollen? Das kann ich nicht glauben. Mann *muss* sie doch aus dem Wasser gezogen haben! Sie *muss* doch jetzt auf dem Bett liegen, damit wir Abschied nehmen können! Nein, beschließe ich, Willibald ist mit dem Ruderboot gekommen, um nicht zu Fuß durchs Dorf gehen zu müssen und in seinem Kummer womöglich von den Dorfbewohnern gesehen zu werden. Aber irgendeine leise Stimme sagt mir, dass das auch nicht sein kann – Willibald liebt es, seine Gefühle vor Publikum auszuleben, egal ob sie echt sind oder nicht. Oder, wie so oft, beides zugleich. Das heißt also, er schämt sich. Er schämt sich, weil seine jüdische Frau eine solche Schande über ihn gebracht hat.

Da taucht Schwester Maria wieder auf. Sie hat sich ihren Mantel nicht übergezogen, dafür hilft sie mir in meinen, obwohl ich das auch alleine kann. Trotzdem hat es etwas Beruhigendes, wie sie den Stoff über meinen Schultern glatt streicht, denn es erinnert mich daran, wie Gabi mir gestern beim Abschied die Schulter gedrückt und getätschelt hat. Schweigend begleitet sie uns zum Boot und umarmt uns, einen nach dem anderen. Sie ist nicht fröhlich, aber ruhig und tröstlich, und sie sieht uns nach, wie wir davonrudern und die Ruder klatschend und krachend in das schwappende Eiswasser eintauchen, und in ihrem langen schwarzen Gewand sieht sie aus wie ein sanfter Tod. Während wir uns langsam entfernen, lasse ich sie nicht aus den Augen vor lauter Angst, unter dem Eis auf einmal Gabis Leiche zu entdecken, und ich stelle mir vor, wie Schwester Maria Gabi auf ähnliche Weise umarmt, wie sie ihr den Arm um die Schulter legt und sie in aller Ruhe wegführt. Aber sie hat sie gar nicht weggeführt, genauso wenig wie der echte Tod. Gabi treibt nicht wie ein toter Fisch im eiskalten Wasser. Sie wird zu Hause auf dem Bett liegen, als wäre sie gerade eingeschlafen, und ich werde sie ansehen und mich von ihr verabschieden können, jetzt, wo alles vorbei ist. Ich bin auf schmerzliche Weise dankbar, dass Gott am Ende doch für Glück im Unglück gesorgt hat, obwohl mich gleichzeitig der Verdacht beschleicht, dass er mit Leichtigkeit von Anfang an einfach nur für Glück hätte sorgen können – aber es nicht getan hat.

Woran ich nicht gedacht habe, ist, dass der See seine Toten nicht hergibt. Kaum sind wir zu Hause, gewinnt mein Kummer die Oberhand, und ich renne hoch ins Schlafzimmer, wo ich Gabi wie friedlich schlafend anzutreffen hoffe. Aber da ist keine Gabi. Das Bett ist leer und sieht unbenutzt aus, und plötzlich geht mir auf, dass ich mich nicht von ihr werde verabschieden können. *Sie ist nicht hier,* denke ich immer wieder, während ich das schrecklich leere Zimmer verlasse und wieder nach unten laufe. *Sie ist nicht hier.*

Aber dafür ist Gendarm Bolzner hier, und er wirkt fast so unglücklich wie Willibald. Auch Martin und Ilse sind hier, blass und stumm. Und ein Zettel liegt auf dem Tisch, den Gendarm Bolzner jetzt zur Hand nimmt und sich vermutlich inzwischen zum zehnten Mal durchliest.

Es ist ein hingekritzelter, aber darum nicht weniger aussagekräftiger Brief. *Ich habe beschlossen, es ist besser, wenn ich mir das Leben nehme, als in einem KZ ermordet zu werden. Gabriele Brinkmann.* Bei der Unterschrift hat sie das gesetzlich vorgeschriebene *Sara* weggelassen. Das hätte ganz schön Ärger geben können.

»Was wisst ihr davon?«, fragt Gendarm Bolzner mich und Sara, und in seiner Stimme schwingt sowohl Beileid als auch Misstrauen mit.

Sara zuckt mit den Achseln. »Zu mir hat sie gesagt, wenn sie sie abholen kommen, ertränkt sie sich vorher«, sagt sie mit jener unerträglich tonlosen Stimme, die sie seit gestern Abend angenommen hat.

Gendarm Bolzner seufzt. »Und wann soll das gewesen sein?«

Wieder zuckt Sara mit den Achseln. Ihre Augen sind trocken, und sie wirkt so gefasst, dass man meinen könnte, Gabis Tod wäre ihr egal. Natürlich stimmt das nicht. Stille Wasser sind tief. »Ganz oft«, sagt sie einfach zu Gendarm Bolzner. »Sie hat oft gesagt, ehe sie sich abholen lässt, geht sie lieber ins Wasser.« Also gehen, sage ich zu mir, nicht fallen oder sich stürzen. Als käme dabei nicht am Ende dasselbe raus.

Gendarm Bolzner scheint zu überlegen, ob diese Aussage ausreichen würde, um Sara der Beihilfe zum Selbstmord anzuklagen. Aber im Moment liegt ihm mehr daran, seinen eigenen Hals aus der Schlinge zu ziehen, als andere an den Galgen auszuliefern, also lässt er den Gedanken fallen. Irgendwie tun wir ihm ja auch Leid. »Und du?«, fragt er mich, der ich mir gerade ausmale, wie Gabi über das knirschende Eis geht, und wie die Eisschollen langsam aufklappen und sie verschlucken und sich wie ein Sargdeckel über ihr schließen. »Mal ganz ehrlich, wo ist eure Mutter wirklich hin? Hat sie euch gesagt, was sie vorhat?« Dass er Gabis Tod anzweifelt, bringt mich völlig aus der Fassung. Als wäre sie in der Lage, mich so zu täuschen, mir weiszumachen, sie wäre tot, und wäre in Wirklichkeit noch am Leben! Ich schüttele den Kopf und fange an zu weinen. *Sie ist nicht hier* – mehr kann ich im Moment nicht denken. *Sie ist nicht hier.*

Nichts rührt Gendarm Bolzner mehr als ein weinendes Kind. Unbeholfen wendet er sich ab und tut so, als würde er noch einmal Gabis Zettel begutachten. Aber wegen seiner Gutherzigkeit sitzt er jetzt in der Scheiße, und er wird bald darüber nachdenken müssen, wie tief – und feststellen, dass es verdammt tief ist. Er hat Gabis Fußstapfen bis hinunter zum See verfolgt, er hat ihren Mantel am Ufer liegen sehen, er hat einen Blick auf die schmelzenden Eisschollen geworfen, die sich wie balgende Seehunde in der träge wechselnden Strömung krachend gegeneinander werfen. Willibald schluchzt, ich schniefe vor mich hin. Martin und Ilse sind bleich wie Gespenster, und Sara ist vor Kummer wie erstarrt. Und dann zur Krönung dieser Abschiedsbrief, den er in der Hand hält. Es sieht wirklich ganz danach aus, als hätte sich die Frau Pfarrer das Leben genommen, und er ist schuld. Hätte er sie gestern Abend doch bloß eingesperrt. Die Beförderung kann er jetzt vergessen. Gesetz ist Gesetz und Dienst ist Dienst, wird man ihm sagen. Ein Standpunkt, den er, wie er sich vermutlich mit mulmigem Gefühl vor Augen halten wird, erst gestern noch Willibald gepredigt hat. Ein Standpunkt, den Willibald ja selbst im Grunde hätte begrüßen müssen – man denke nur an seine unnachgiebige Haltung gegenüber der Verschwörung gegen den Führer.

Aber Willibald hat jetzt ganz andere Sorgen. Martin und Ilse genauso. Während ich auf dem Balkon des Pfarrhauses stehe, langsam vor Kälte blau anlaufe und verzweifelt über den eisgrauen See nach einem Anzeichen der Leiche meiner Mutter Ausschau halte und Sara mit trübem Blick in der Küche sitzt, die Hände im Schoß gefaltet, und Gendarm Bolzner mit unglücklicher Miene aufbricht, um seinen Polizeibericht zu schreiben – während all das vonstatten geht, fragen sich die anderen drei im Stillen, jeder auf seine Art und jeder mit unterschiedlich großer Angst, wo Gabi wohl inzwischen steckt, ob sie tot oder am Leben ist, und ob es ihr gelingen wird, das falsche Spiel bis zum Ende zu spielen.

Ja, das falsche Spiel. Denn Gabi ist gar nicht tot. Sie spielt nur toter Mann, wobei das, was sie da macht,

16

mit Spielen wenig zu tun hat.

Während Sara und ich uns ausmalen, wie sich ihre Lungen mit Wasser füllen und wie sie immer tiefer ins schwarze Grab des Sees hinabgezogen wird, rattert sie in Wirklichkeit gänzlich überirdisch in einem Bummelzug in Richtung Graunau zu Fräulein von Adler – gesund und munter wäre übertrieben, aber zumindest ist sie noch in einem Stück. Sie hat sich in ein U-Boot verwandelt, wenn auch keines, das im Wasser unterwegs ist. Sie hat sich den Blicken entzogen, um als eine andere wieder aufzutauchen, und zwar als ihre lang verstorbene ältere Schwester Frieda.

Als sie Sara und mich zu den Nonnen schickte, hatte sie noch nichts dergleichen vor. Sie hatte tatsächlich vor, sich das Leben zu nehmen, wie sie Sara gegenüber immer wieder angekündigt hatte. Aber sie wollte erst, dass Sara mich wegbringt. Ich sei zu klein und dürfe nicht mit ansehen müssen, wie sie ihre letzten Stunden verbringt. Sara wusste schon seit Monaten von diesem Plan, während die anderen urplötzlich damit konfrontiert wurden. Wer hätte auch sonst mit mir zu den Nonnen gehen und auf mich aufpassen sollen? Bestimmt nicht Ilse, bei aller Affinität zu Betschwestern, ob nun katholisch oder evangelisch. Mit ihrer soeben geheilten Tuberkulose und ihrem neuen unklaren Leiden und dem hinkenden Fuß hätte sie unmöglich durch den Schnee laufen können. Und Martin noch viel weniger – das wäre gar nichts für ihn gewesen. Stattdessen musste Sara wieder einmal die Last der Verantwortung tragen. Sie war Gabis Vertraute und Gehilfin, und dies würde ihr letzter Auftrag sein. Kein Wunder, dass Sara ihre späteren Jahre damit zubringen wird, verzweifelt nach einer Kindheit zu suchen, die sie nie hatte.

Willibald und Martin indessen schmiedeten jeweils einen eigenen Plan für Gabi. Willibald hätte sie am liebsten genauso brav wie Frau Professor Goldberg nach Linz fahren lassen. »Sie können dir ja nichts tun, du bist doch privilegiert, du bist mit einem Arier verheiratet.«

Ob Willibald glaubte, was er sagte, sei dahingestellt, Gabi glaubte es jedenfalls nicht. Martin übrigens auch nicht. Der Möchtegern-Hitlerjunge, Möchtegern-Panzerführer und Möchtegern-Kampfflieger war sehr viel besser imstande, die Denkart der Nazis nachzuvollziehen als sein Vater. Vielleicht hatte er aber auch nur weniger Gründe, sich etwas vorzumachen. Jedenfalls schoss er den lahmen Vorschlag seines Vaters ab wie die neueste Messerschmitt einen uralten russischen Doppeldecker. »Du darfst auf keinen Fall fahren«, sagte er zu Gabi. »Privilegiert hin oder her. Dann kommst du nämlich nicht zurück.«

»Ich fahre ja nicht«, versicherte Gabi. Noch immer hielt sie sich den Unterkiefer und dachte dabei, *das Geld für den Zahnarzt hätte ich mir sparen können.* »Das habe ich schon vor Monaten beschlossen.«

»Du musst weglaufen«, sagte Martin. »Dich irgendwo verstecken.«

»Ich laufe auch nicht weg.« Sie klang genauso sachlich wie Sara später, aber unter der Oberfläche brodelte es.

Willibald wusste genau, was sie meinte, sagte aber nichts. Selbstmord war schlimm, weglaufen aber womöglich noch schlimmer. Erstens könnte man sie schnappen. Zweitens könnte die Gestapo auf die Idee kommen, ihn zu verhören. Und was wäre mit den Kindern? Und seiner arischen Freundin in Plinden? Und so zuvorkommend wie Gendarm Bolzner wäre die Gestapo mit Sicherheit nicht. Natürlich findet er die Vorstellung, dass Gabi Selbstmord begeht, schrecklich. Aber nicht halb so schrecklich wie den Gedanken an die Gestapo. Ihm wäre es lieber, sie würde das Risiko auf sich nehmen, nach Linz fahren und sich schön unauffällig und mit Anstand von den Mühlen des Systems verarbeiten lassen, denn so war es schließlich von den Behörden vorgesehen. Immerhin war sie »privilegiert«. Wenn sie sich hingegen das Leben nähme wie damals ihre Schwester, würde wenigstens die Gestapo keinen Ärger machen, und dann hätten weder er noch die Kinder noch sonst wer irgendwelchen Ärger am Hals. (Und er wäre irgendwann sogar frei für seine mollige arische Freundin – ob ihn dieser Gedanke auch gestreift hat?)

»Natürlich musst du weglaufen!«, sagte Martin inständig. »Irgendwohin, wo dich keiner kennt!« Verwegene Idee, aber wie sollte man sie in die Praxis umsetzen?

»Aber was ist, wenn sie geschnappt wird!«, rief Willibald schrill. »Was wird dann aus *uns*?« Es war eine rhetorische Frage. Er wusste genau, was aus ihnen würde. Sie kämen ins KZ. Martins Idee war nicht durchdacht, und der sicherere Weg war Willibalds Vorschlag oder auch Gabis. Führe sie nach Linz oder nähme sich das Leben, hätte der Rest der Familie eine Chance. Versuchte sie zu fliehen, würde sie bestimmt geschnappt, und das wäre für alle das Ende. Als Kosten-Nutzen-Rechnung war Martins Plan mangelhaft, und Willibalds Plan ging auf. Aber nicht alle Menschen sind zum Buchhalter geboren.

»Wir sagen einfach, wir wüssten von nichts!«, gab Martin zurück. »Und sie tut so, als hätte sie sich umgebracht.« Den Nazis ist wirklich etwas entgangen, so jemand nicht in ihre Reihen aufzunehmen. Genau diese Art antizyklisches Denken hätten sie jetzt bitter nötig gehabt. Aber wie kommt Martin überhaupt dazu, sich gegen dasselbe System aufzulehnen, dem er bis dahin ums Verrecken hatte dienen wollen? Na ja, jede Loyalität hat ihre Grenzen, und Martin ist soeben an seine gestoßen. Führer und Vaterland, ja. Aber irgendwo war da auch noch seine Mutter. Und die Gestapo – die konnte ja nun keiner leiden.

Was trieb eigentlich die traurige Ilse währenddessen? Sie betete, wie immer. Es bestand auch kein Zweifel, zu wem sie betete, in welcher Sache hingegen ist schwerer zu ermitteln. Am Ende natürlich für Frieden, wobei schwer zu sagen war, wo er hätte stattfinden und wie er hätte aussehen sollen. Oder sie betete dafür, dass Gott ihr den rechten Weg weist. Denn sie selbst würde in Kürze den anderen den rechten Weg weisen, auf den sie ja schwerlich allein käme.

Minuten vergingen, und Gabi hatte immer weniger Lust, in das eiskalte Wasser zu gehen. Martin hatte Recht. Wenn ihr noch vor morgen früh die Flucht gelänge und wenn sie es fertig brächte, so zu tun, als gehörte sie zu den ausgebombten Kriegsflüchtlingen aus Schlesien oder sonst wo, dann wäre es doch möglich, die letzten Kriegsmonate irgendwie über die Runden zu bringen – es konnte sich doch nur noch um wenige Monate handeln, nicht wahr? Deutschland war wie eine Nuss in einem Nussknacker, eingequetscht zwischen den Russen auf der einen Seite und den Amis und Tommys auf der anderen. Es konnte nicht mehr lange dauern, bis das Dritte Reich wie eine faulige Walnuss geknackt wäre! Und sobald der Krieg vorbei war, könnte sie wieder für ihre Kinder da sein. Konnte sie sich diese Chance entgehen lassen?

Dagegen sprach Willibalds Einwand, dass sie alle draufgehen würden, wenn Gabi geschnappt würde, *da*gegen wiederum sprach ihre plötzliche Gier nach Leben. Oder besser gesagt, ihre Angst vor einem nassen Grab. Hätte sie wie ihre Schwester Frieda damals Tabletten und eine Spritze zur Hand, wäre sie vielleicht später am Abend hochgegangen und hätte sich ruhig aufs Bett gelegt. Tabletten zu schlucken ist einfach, genauso einfach, wie es ist – zumindest als Krankenschwester –, sich eine Nadel in den Arm zu jagen. So hatte es Frieda gemacht, nachdem sie damals von den Nazis Berufsverbot bekam. Aber Gabi hat keine Tabletten, Gabi hat auch keine Spritze. Als Jude durfte man so etwas gar nicht im Haus haben, selbst wenn es zu haben gewesen wäre. Aus Ermangelung gewaltsamerer Mittel müsste sie also mit Hilfe des Sees aus dem Leben scheiden. Und das hieße, sich zu zwingen, nicht zu schwimmen, sich unter die Eisschollen sinken zu lassen, Wasser statt Luft in die Lungen zu saugen – dazu noch so schwarzes und eiskaltes Wasser voller Fische und Algen! Sie sah sich schon wild mit den Armen rudern und das Wasser aufwühlen und keuchend nach Luft schnappen, sie sah ihren Körper, der sich retten, und ihren Kopf, der töten wollte. Die Angst, am Ende irgendetwas falsch zu machen und im letzten Moment die Nerven zu verlieren, begann sie zu entmannen, wenn man das von einer Frau sagen kann, auch wenn diese Frau mehr Mut besaß als die meisten Männer. Aber wenn sie wirklich nur so täte, als hätte sie sich umgebracht, und wenn sie damit durchkäme …

»Und was ist, wenn sie kontrolliert wird?«, will Willibald wissen. »Auf allem, was sie hat, steht ein J. Man würde sie sofort festnehmen! Und dann ginge es *uns* an den Kragen.« Ein Buchhalter durch und durch.

»Sie könnte doch den Pass von Tante Frieda nehmen«,

meldete sich Ilse leise aus der Küche zu Wort. Sie war noch immer sehr langsam mit der Zubereitung des Essens beschäftigt, in Gedanken aber noch lange nicht beim Letzten Abendmahl. »Tante Friedas Pass hat kein J. Der ist doch noch aus der Zeit davor.« Aus der Zeit vor den Nazis, meinte sie. »Und Mutti sieht ihr doch ziemlich ähnlich.« Ilse hatte Angst vor ihrer Mutter, vor deren ungestümer Art, dem minderwertigen Blut und ihren vermeintlich unheilvollen jüdischen Flüchen. Aber sie war weder bereit, sie ans Messer zu liefern, noch ins Wasser gehen zu lassen. Und wie auch immer ihre Mutter ihren Zustand einschätzte – nicht ihre Tuberkulose, die war ja geheilt, sondern ihre Langsamkeit und das Hinken –, Ilse war ohnehin überzeugt, dass sie bald sterben würde. Falls Gabi geschnappt würde, stellte sich für sie also nicht die Frage nach Leben oder Tod. Es ging nur um Tod oder Tod – das heißt, entweder gleich zu sterben oder in naher Zukunft. »Die Sachen von Tante Frieda sind immer noch in dem Koffer auf dem Speicher«, sagte sie jetzt und trug eine Schüssel aufgewärmte Suppe ins Zimmer, dazu einen Korb mit altem Brot. So viel hatte sie seit Wochen nicht mehr gesagt.

»Na ja«, sagte Gabi zögernd. »Ich kann sie mir ja mal ansehen.« Sie machte gerade die Entdeckung, wie schwer es ist, die flackernde Kerze des Lebens einfach auszupusten.

Stillschweigend einigten sie sich darauf, dass Gabi in die Haut ihrer toten Schwester schlüpfen würde. Klaglos trug Ilse das Essen zurück in die Küche und holte Tante Friedas Sachen aus dem Koffer, in dem sie seit Jahren gelegen hatten, Martin dachte sich den Fluchtplan für seine Mutter aus und Willibald ließ geschehen, was er nicht verhindern konnte, um sogleich einen Abschiedsbrief à la Schiller zu verfassen – er war wirklich unverbesserlich.

»Was sagen wir den beiden Kleinen?«, fragte er, sorgenvoll hochblickend.

»Wir sollten sie in dem Glauben lassen, sie hätte sich wirklich umgebracht«, sagte Martin. »Sie sind noch zu klein, und je weniger Leute davon wissen, desto besser …« Er hätte wirklich einen vortrefflichen General abgegeben. Er hatte sich inzwischen einen ausgesprochenen Sinn für diese Dinge angeeignet. Endlich zahlten sich die jahrelangen virtuellen Panzerangriffe und Fliegereinsätze aus. Sein Plan war ein Glanzstück strategischer Improvisationskunst, wobei sich auch Ilses langsamer Begleitkommentar als durchaus hilfreich erwies.

Gabi sollte einen eigenen Abschiedsbrief hinterlassen. (Willibalds wurde rasch entsorgt, denn er war viel zu literarisch und hätte nur von ihm stammen können.) Sie würde über die frische Schneedecke des Gartens bis zum See hinunterlaufen. Dort würde sie ihren Mantel ablegen und rückwärts in ihren eigenen Fußstapfen zum Haus zurückgehen. Sie würde sich Friedas Sachen anziehen, Friedas alten Pass einstecken und Friedas Identität annehmen. Sie würde tun, als wäre sie in Dresden ausgebombt worden und hätte nur die paar Sachen retten können, die sie bei sich trug. Niemand würde in Dresden bei der Behörde ihre Identität überprüfen können, denn die Behörde gab es nicht mehr. Die Stadt war gerade von den Amis und Tommys komplett zerstört worden. (Das gehörte zu den postkoitalen Neuigkeiten, die Martin just an diesem Tag von Lisl Wimmer erfahren hatte. Offenbar hörte ihr Vater tatsächlich schwarz.) Martin würde sie durch die matschigen Gassen begleiten, wo sie keine Spuren hinterlassen würde, und dann über den Berg bis nach Habersdorf zur nächsten Bahnstation, wo es weniger wahrscheinlich war, dass sie jemand erkannte. Dann würde sie den ersten Zug nach Graunau nehmen und zu Fräulein von Adler fahren. Sie würde sich Arbeit in einem Graunauer Krankenhaus suchen – das war Martins größter Coup. In einem Krankenhaus so dicht an der Front wäre man garantiert unterbesetzt, und niemand würde sie für eine geflüchtete Jüdin halten. Sie wäre so sicher wie im Führerbunker – da würde ja schließlich auch keiner nach einer Jüdin suchen.

»Und was ist, wenn sie von einem der Dorfbewohner gesehen wird?«, fragte Willibald mit gebrochener Stimme und zerstörten Hoffnungen. »Was ist mit Friedas Papieren? Die sind doch mindestens zehn Jahre alt. Was ist, wenn sie kontrolliert wird?«

»Die sind alle viel zu beschäftigt mit dem Krieg. Die Amis sind gerade mal sechzig Kilometer entfernt.« (Auch eine postkoitale Neuigkeit von Lisl Wimmer. Zumindest hatten die beiden danach ein Gesprächsthema.)

Hastig machte sich Ilse daran, Friedas Uniform für die schmalere Gabi enger zu nähen. Sie leerte Gabis Handtasche und warf alles weg, was sie mit Heimstatt in Verbindung bringen könnte – Adressen, Quittungen, Fahrkarten. Sie trennte sogar die Etiketten aus Gabis zerschlissener Wollunterwäsche heraus und kratzte den Namen des Plindener Optikers von ihrem Brillenetui. Gabi schrieb ihren aussagekräftigen Abschiedsbrief und war verblüfft, wie wenig ihre Hand dabei zitterte. Willibald rang sich die Hände und war überhaupt nicht verblüfft, wie sehr sie zitterten. Dann war Gabi fertig zum Aufbruch. Es war zwanzig nach zehn, als sie zum See hinunterging, Viertel nach elf, als sie, rückwärts laufend wie ein Höfling, der sich vom Angesicht des Kaisers entfernt, zurückkam – und sie schuldete dem See ja tatsächlich einen kleinen Tribut; wo wäre sie schließlich ohne ihn hingekommen?

»Hat dich jemand gesehen?«, fragte Martin.

Woher sollte sie das wissen? Sie hatte viel zu viel Angst, um darauf zu achten, und war so nervös, dass sie einmal stolperte und aus Versehen fast wirklich in den See gefallen wäre. Das wäre vielleicht das Beste gewesen, dachte sie. Aber es war noch mal gut gegangen, und sie hatte den Weg fortgesetzt, denn das schien ihr jetzt die einzige Möglichkeit.

Ein dreistündiger Fußmarsch über den Berg stand ihnen bevor, und Martin würde zweieinhalb Stunden für den Rückweg benötigen, wobei hoffentlich in Heimstatt noch keiner auf den Beinen war und ihn sah. Nach einem denkbar kurzen Abschied gingen sie los. Auf dem Weg kamen sie an vier Friedhöfen vorbei, dem lutherischen, dem katholischen, dem katholischen für Kinder und dem Friedhof für die Selbstmörder, wo auch die zerstückelten sterblichen Überreste der Frau von Dr. Großfurtner begraben lagen. Gabi fragte sich, ob auch sie dort gelandet wäre, wenn sie sich das Leben genommen hätte – oder wäre selbst das für Juden verboten gewesen?

Von einem Bergsattel fünfhundert Meter über dem Dorf blickte Gabi keuchend auf den See hinunter, und sie entdeckte das vom Mondlicht angestrahlte Dach der Einsiedelei. Es war kurz nach Mitternacht. Das Haus lag im Dunkeln, nur bei einem Fenster schien ein gelber Lichtstreifen unter der Verdunklung hervor, die sich offenbar an einer Stelle vom Fensterrahmen gelöst hatte. Sie stellte sich vor, das sei das Zimmer, in dem Sara und ich liegen und friedlich schlafen. Wie sie auf die Idee kommen konnte, dass wir friedlich schliefen, ist mir schleierhaft. Sie täuschte sich ohnehin. Es war nicht unser Zimmer, sondern die Toilette, in der ich stand und in deren Kloschüssel ich just in diesem Augenblick im Begriff war zu pinkeln.

Wie konnte sie uns einfach im Stich lassen!

Was hätte sie anderes tun sollen?

»Geh weiter!«, drängte Martin leise. »Wir haben nicht viel Zeit.«

Der Lichtstreifen verschwand, und Gabi wandte sich ab.

Auf überfrorenen Pfaden kraxelten und schlitterten sie auf Habersdorf zu. Und die ganze Zeit wiederholte Gabi atemlos die Eckdaten ihrer neuen Identität, während sich über ihnen in den Bergen mit drohendem Grummeln kleinere Lawinen lösten. *Ich heiße Frieda Brandt*, flüsterte sie vor sich hin. *Ich habe als Krankenschwester im Dresdener Zentralkrankenhaus gearbeitet. Ich bin vierundfünfzig Jahre alt, ledig, wohnhaft Hauptstraße 45. Meine Wohnung wurde komplett zerstört. Ich heiße Frieda Brandt.*

Aber was wäre, wenn sie zufällig jemand begegnete, der das Dresdener Zentralkrankenhaus kannte?

Der Bahnhof von Habersdorf lag, wie noch heute, ein Stück außerhalb des Dorfes, und sie konnten unbemerkt darauf zugehen. Der Schalter hatte geschlossen, der Bahnsteig war leer. So weit, so gut. Hier wurde Martins Plan zum ersten Mal auf die Probe gestellt. Es gab Leute in Habersdorf, die Gabi kannten und von denen sie im Wartebereich oder beim Kauf einer Fahrkarte am Schalter hätte gesehen werden können. Es wäre also besser, am Ende des Bahnsteigs hinter dem letzten Schild zu warten und dann so schnell wie möglich in den Zug zu steigen.

»Ohne Fahrschein?« Schon bei der Vorstellung hatte Gabi ein mulmiges Gefühl, ganz abgesehen von der reellen Gefahr, vom Schaffner erwischt zu werden. Kein anständiger Mensch reist ohne gültige Fahrkarte, nicht mal auf der Flucht vor der Gestapo.

»Im Frühzug wird noch nicht kontrolliert«, flüsterte Martin gereizt. Er hatte wenig Geduld mit Frauen, sobald er sich ihrer sicher war, und es gab keine Frau, deren er sich sicherer sein konnte als seiner Mutter. Außerdem muss man sagen, Meistertaktierer hin oder her, seine Nerven waren im Moment genauso dünn wie Gabis. »Kauf dir eine, wenn du in Pauchen umsteigst.«

»Von Pauchen nach Graunau?«, fragte Gabi sorgenvoll, in Gedanken noch bei der Strecke Habersdorf–Pauchen, die sie als Schwarzfahrerin würde zurücklegen müssen.

»Ja, Herrgott noch mal, von Pauchen nach Graunau!«, zischte er. »Wohin denn sonst?«

Gabi kramte in ihrer Handtasche nach der Geldbörse, um erneut nachzusehen, ob sie auch genug Geld eingesteckt hatte.

»Bleib nicht so lange bei Fräulein von Adler. Kann gut sein, dass sie observiert wird. Du musst da so schnell wie möglich wieder weg.«

Und dann war es an Martin, zu gehen und sie allein zu lassen. Gabi gehörte nicht zu den Müttern, die sich ihre Kinder ständig ans Herz drücken, aber diesmal klammerte sie sich an Martin, bis er sich von ihr befreite und, zugegeben, mit tränenerstickter Stimme murmelte, er müsse jetzt wirklich los. Sie sah ihm so lange nach, bis er in der Dunkelheit verschwand. Eine Zeit lang glaubte sie, noch immer das Knirschen seiner Stiefel im Schnee zu hören. Dann war es still, bis auf das Summen der Telefonleitung entlang des leeren glänzenden Schienenstrangs.

Sie wartete und wartete, und ihre Füße und Hände wurden taub vor Kälte. *Ich heiße Frieda Brandt, ich bin Krankenschwester im Dresdener Zentralkrankenhaus gewesen. Ich bin vierundfünfzig Jahre alt und ledig, wohnhaft Hauptstraße 45 …*

Um sieben Uhr kam der erste Zug. Gabi stieg ein wie ein verhuschter Geist und schlüpfte in den letzten Wagen, während der schläfrige Bahnhofsvorsteher mit dem schläfrigen Zugführer einen Plausch hielt. Beim Einsteigen erkannte sie zu ihrem Entsetzen, dass es derselbe Zug war, in dem sie in Begleitung von Gendarm Bolzner hätte sitzen sollen, derselbe Zug, der um 6 Uhr 35 in Heimstatt abfuhr. So gesehen war es also nicht sie, sondern Gendarm Bolzner, der die Verabredung nicht eingehalten hatte. Auch wenn Gendarm Bolzner die Sache bestimmt etwas anders gesehen hätte.

Der Zug fuhr los und Gabi drückte sich in die dunkelste Ecke des letzten Wagens. Während der Zug vor sich hin ratterte, horchte sie ängstlich nach der Stimme eines möglichen Schaffners, der ohne Hast und mit routinierter Unausweichlichkeit den Gang hinunterkäme. Jedes Mal, wenn der Zug hielt, horchte sie noch ängstlicher nach den disziplinierten Stimmen der Gendarmerie und dem gemessenen Scharren von Stiefeln auf den Stufen des Waggons. Bei jedem Laut spielte sie mit dem Gedanken, auszusteigen, und mehr als einmal hatte sie die Hand am Türgriff. Aber Martin sollte Recht behalten; es wurde nicht kontrolliert. Und warum hätte die Polizei ausgerechnet in dem Zug nach ihr suchen sollen, von dem sie wussten, dass er in Heimstatt ohne sie losgefahren war?

Die Sonne schleppte sich hoch und warf einen trüben teilnahmslosen Blick auf die Welt. Als das kalte weißliche Licht in den Wagen sickerte, zog Gabi behutsam die Verdunklung hoch und starrte hinaus auf desolate schneebedeckte Felder und schwarze, blattlose Bäume.

In Pauchen stieg sie aus dem Zug. Ein älterer Schaffner, der sie auch nach ihrem Fahrschein hätte fragen können, half ihr stattdessen mit ihrem Gepäck und nannte sie »Schwester«. Sie dankte ihm mit furchtsam krächzender Stimme und wartete, bis er sich abgewandt hatte, ehe sie an den Fahrkartenschalter ging. Hier würde sie niemand erkennen, dachte sie. Aber sie irrte sich. Seppi Holzinger, ein Heimstätter Bursche, der der Aushebung entgangen war, da er einer kriegsrelevanten Tätigkeit als Lokomotivführer bei der Reichsbahn nachging, beugte sich gerade aus seiner mollig warmen Führerkabine und musterte erst mit zufriedener Miene den Dampf, der gelassen aus dem Kessel seiner Lok entwich, und dann die morgendlichen Passagiere auf dem Bahnsteig, die mit den Füßen stampften und ebenfalls kleine Dampfwölkchen ausstießen. Er sah Gabi auf dem gegenüberliegenden Bahnsteig stehen und fragte sich flüchtig, was sie so früh am Morgen wohl dort zu suchen habe, dazu in diesem komischen Aufzug, bevor er in seine gewohnte Lethargie zurückfiel.

Mit einiger Verspätung und nachdem sie sich zitternd von einer ungepflegten grauhaarigen Schaffnerin kommentarlos den Fahrschein hatte abstempeln lassen, ist Gabi inzwischen am späten Nachmittag in Graunau angekommen, wo gleichzeitig zwei Truppenzüge im Bahnhof einfahren, einer aus dem Osten, der andere aus dem Westen. Der Zug aus dem Osten ist voll mit blutüberströmten Soldaten, der Zug aus dem Westen voll mit Soldaten, die bald blutüberströmt sein werden. Im Krankenhaus dürfte es an Arbeit nicht mangeln. Als Gabi mit ihrem Koffer langsam über den Bahnsteig geht, fährt ein weiterer Zug ein. Er entlässt einen Haufen Flüchtlinge aus dem Osten, die genauso verstört und mitgenommen wirken wie die blutüberströmten Soldaten, die jetzt auf Tragbahren geladen werden. Sie mischt sich darunter, während die Menge den Bahnsteig hinunterströmt. Die beiden Soldaten, die den Eingang des Bahnhofs bewachen, sehen unbesorgt an ihr vorbei. Sie interessieren sich nur für Männer im wehrfähigen Alter. Sie suchen nach Deserteuren, nicht nach Jüdinnen mittleren

Alters. Zum ersten Mal seit Heimstatt hat Gabi das Gefühl, dass ihr die Flucht tatsächlich gelingen könnte, und sie richtet ihre Angst stattdessen auf ihre Kinder und (wenn auch nicht ganz so verzweifelt) auf ihren Mann. Waren sie nach ihrer Flucht verhaftet worden? Je selbstsicherer sie wird, desto schuldiger fühlt sie sich und desto mehr fürchtet sie um ihre Familie. Am Ende hatte Willibald mit seiner Buchhaltermentalität doch Recht.

In den Straßen der Stadt drängen sich Militärlaster, Panzer und Krankenwagen, und während sie ihren Koffer durch den aufgewühlten Straßenschlamm zum Haus von Fräulein von Adler schleppt, geht ihr auf, dass sie mit dieser Qual und dieser Angst so lange wird leben müssen, bis sie entweder selbst nicht mehr am Leben ist oder bis sie sie alle wiedersieht. Sie würde sich ja hier und jetzt stellen, würde den erstbesten Gendarm, der ihr über den Weg läuft, anhalten und ihm kleinlaut eingestehen: »Ich bin eine von denen, ich bin eine Jüdin auf der Flucht« – wenn sie nicht erkannt hätte, dass es dafür zu spät ist. Sich jetzt zu stellen, würde die anderen nur in Gefahr bringen – Martin, Ilse, Willibald, sogar die beiden Kleinen, die ja von nichts wissen. Und das wäre für alle das Ende.

Ja, Willibald hatte Recht, dennoch gibt es jetzt kein Zurück mehr.

Von Fräulein von Adlers Haus aber gibt es ein Zurück, als Gabi sieht, dass das Haus von Soldaten nur so wimmelt. Sie marschieren hinein und hinaus, wuchten Zubehör und Vorratskisten von einem Pritschenwagen und tragen die Sachen vorbei an einem Wachmann, der mit seinem Gewehr im Anschlag vor der Tür steht. Mit flauem Magen wendet sich Gabi ab. Während sie zitternd weggeht, wirft sie einen Blick über ihre Schulter zurück auf das große Fenster im ersten Stock, wo ein grauhaariger Offizier ohne

Kopfbedeckung müßig aus dem Fenster schaut und dabei mit Fräulein von Adlers Apparat telefoniert.

Eine Dreiviertelstunde und viele höfliche Anfragen später hat Gabi das Büro der Oberschwester in einem Graunauer Krankenhaus betreten und sitzt jetzt vor dem Schreibtisch einer wohlgenährten Mutter Oberin, die ein Kruzifix auf dem üppigen Busen balanciert. Die Mutter Oberin klemmt sich ihren Zwicker auf die Nase und liest sich Friedas zwanzig Jahre alte Referenzen durch.

»Ich fürchte, alles andere ist beim Luftangriff verloren gegangen«, sagt Gabi schüchtern. »Mehr habe ich nicht.« Wobei ihr aufgeht, dass das inzwischen durchaus der Wahrheit entsprechen könnte.

Die Mutter Oberin mustert Friedas Pass, nimmt ihren Zwicker ab und betrachtet Gabis Gesicht. Gabis Magen ist leer, andernfalls hätte er sich spätestens jetzt entleert. »Ja«, sagt die Oberschwester und senkt erneut den Blick. »Wir haben gehört, was in Dresden los war. Schrecklich. Natürlich können wir Sie gebrauchen, mit Ihren Qualifikationen. Wir sind extrem unterbesetzt. Sprechen Sie irgendwelche Fremdprachen – Französisch oder Englisch? Vielleicht sogar Russisch? Wir haben eine ganze Station voller Kriegsgefangener.«

»Französisch und etwas Englisch«, sagt Gabi atemlos.

Die Mutter Oberin nickt. »Auf der Station haben wir gerade eine Schwester verloren, da können Sie anfangen. Sie werden mit Schwester Brigitte zusammenarbeiten. Sie ist …« Sie bricht ab, und Gabi hofft, die Mutter Oberin habe Schwester Brigitte das Attribut *nett* oder *freundlich* oder vielleicht sogar *unpolitisch* zuordnen wollen. »Aber Sie sind sicher erschöpft, nach allem, was Sie durchgemacht haben.«

»Ich habe die ganze Nacht nicht geschlafen«, erwidert

Gabi. Es tut gut, endlich die Wahrheit zu sagen, als würden dadurch auch die Lügen wahr.

»Dann ruhen Sie sich jetzt erst mal aus. Sie können morgen anfangen. Wie ich sehe, steht hier nichts zu Ihrer Konfession.«

»Arierin«, platzt Gabi viel zu hastig heraus.

Die Mutter Oberin blickt fragend zu ihr auf und zieht die Augenbrauen bis an den Rand ihres makellosen Nonnenschleiers hoch. »Ich habe Sie nach Ihrer Konfession gefragt, Schwester Frieda.«

Gabi errötet. »L-Lutheranerin, leider«, stammelt sie mit so unsicherer Stimme, als beichtete sie gerade ihre Rassenzugehörigkeit und nicht bloß ihren vermeintlichen Glauben.

»Lutheranerin«, wiederholt die Mutter Oberin mit tonloser Stimme, in der weder Überzeugung noch Zweifel mitschwingen. »Wir sind hier fast alle katholisch, aber das spielt keine Rolle. Das heißt alle bis auf Schwester Brigitte. Sie …« Aber wieder muss Gabi wohl selbst darauf kommen, was Schwester Brigitte ist, während die Mutter Oberin Friedas Referenzen in ihren Pass legt und in ihrer obersten Schreibtischschublade verstaut. »Hier sind Ihre Unterlagen so lange in Sicherheit«, sagt sie und dreht den Schlüssel um. »Und jetzt zeige ich Ihnen Ihr Zimmer …«

Wieso hat sie sie dabehalten?, fragt sich Gabi, und wieder überkommt sie eine Welle der Angst, während sie der Mutter Oberin durch den Korridor folgt. *Wieso? Will sie gleich noch mal einen genaueren Blick darauf werfen? Um sie dann der Polizei zu zeigen?*

Die Mutter Oberin führt Gabi in ein kleines Zimmer mit zwei Betten, die durch einen dicken grauen Vorhang getrennt sind. »Sie wohnen hier mit Schwester Brigitte«, sagt sie. »Die Gefangenenstation ist am Ende des Korridors. Schwester Brigitte wird Ihnen alles erklären, wenn sie morgen früh Dienstschluss hat.«

Raschelnd entfernt sie sich, und Gabi stellt sich vor, wie sie wieder an den Schreibtisch geht, die Schublade aufschließt, Friedas Pass herausnimmt und ihn misstrauisch beäugt, um schließlich zum Telefonhörer zu greifen … Sie kommt sich vor wie eine Inhaftierte, die verzagt, aber schicksalsergeben nach dem Prozess auf ihr Urteil wartet. Wenn es so sein soll, dann soll es eben so sein. Sie kann jetzt nichts mehr daran ändern. Eines der Betten ist gemacht. Es wird das von Schwester Brigitte sein. Gabi schließt die Tür, setzt sich auf das unbezogene Bett, zieht sich die Decke um die Schultern und wartet.

Während sie da sitzt, fallen ihr unwillkürlich die glasigen Augen zu, und sie sieht, wie Gendarm Bolzner die Tür aufmacht und Willibald, Ilse, Martin, Sara und mich ins Zimmer führt, Hand in Hand wie bei einem Totentanz. »Jetzt muss ich euch alle festnehmen«, sagt Gendarm Bolzner vorwurfsvoll. »Glaubt ihr etwa, mir macht das Spaß? Warum haben Sie sich auch nicht umgebracht, wie Sie's gesagt haben?«

»Nein, tun Sie ihnen nichts«, schreit sie mit erstickter Stimme. »Ich bin schuld! Die anderen können nichts dafür!«

Sie erwacht von ihrem eigenen Schrei. Das Zimmer ist leer, die Tür noch immer zu. Die Decke ist ihr von den Schultern und aufs Bett gerutscht. *Ich muss mich ausruhen,* denkt sie zitternd in dem dämmrigen Raum. *Sonst verrate ich mich am Ende noch selbst.* Sie bezieht das Bett und legt sich in Kleidern unter die Decke. Aber jetzt kann sie nicht einschlafen. *Ich bin Frieda Brandt,* sagt sie sich gebetsmühlenartig. *Krankenschwester aus Dresden. Gabi Brinkmann? Wer soll das sein? Ich bin Frieda Brandt, ledig, wohnhaft Hauptstraße 45. Ich bin ausgebombt worden und nach Graunau gekommen, um hier zu arbeiten …* Sie steht auf und geht ans Fenster, um sich vor Augen zu führen, wo sie ist, um sich ihre neue Identität in den Kopf zu hämmern.

Unten im Innenhof sind ein paar Wachen, zwei Krankenwagen und ein schwarzes Militärfahrzeug mit Wimpeln an der Motorhaube zu sehen. Zwei Sanitäter tragen gerade einen Patienten auf einer Bahre über den Hof. Der Arm des Patienten hängt steif von der Bahre herunter, und Gabi fragt sich teilnahmslos, warum es ihm die Sanitäter auf der Bahre nicht bequemer gemacht haben. Dann geht ihr auf, dass sein Gesicht zugedeckt ist. Ach so, er ist tot. In ihrer Distanz ist sie seltsam erleichtert, dass es kein Lebender ist, den man so nachlässig behandelt. Als wäre das ein gutes Omen für ihr eigenes Schicksal. Sie sieht, wie die Sanitäter die Bahre an den Wachen vorbei und durch die Schwingtüren tragen. Hinter den Türen geht eine Lampe an, schwaches Licht scheint wie ein gelblicher Nebel in den Hof. Eine der Wachen murmelt der anderen etwas zu. *Ich bin Frieda Brandt,* klackert es wieder wie auf einer Schreibmaschine durch Gabis Kopf. *Vierundfünfzig Jahre alt, ledig. Wohnhaft Hauptstraße …* Und diese beständige Angst, die sich leise in ihrer Magengrube regt wie ein lebender Tümpel.

Sie isst das letzte der Butterbrote aus Heimstatt, die ihr die stille Ilse mitgegeben hat, und trinkt einen Schluck Wasser aus der Karaffe auf dem zerkratzten Nachttisch. Als sie sich endlich wieder hinlegt, stopft sie sich ein Taschentuch in den Mund, eine Version der Kaminsky-Taktik, um nicht noch einmal im Schlaf etwas auszuposaunen.

Lange bevor Schwester Brigitte um sechs Uhr früh ins Zimmer kommt, ist sie wach, fertig gewaschen und angezogen.

Schwester Brigitte ist jung und kräftig, mit dicken blonden Locken unter ihrer gestärkten weißen Kappe, die keck auf ihrem Kopf sitzt wie eine Möwe auf den Wellen. »Sie glauben ja gar nicht, wie ich mich freue, Sie zu sehen, Schwester Frieda!«, ruft sie. »Hat Ihnen die Oberschwester gesagt, dass wir total unterbesetzt sind? Das kommt daher, dass ich die letzte Schwester wegen wehrzersetzender Bemerkungen melden musste. Sie hätten mal hören sollen, was die von sich gegeben hat, nicht zu fassen! Das hat den Kriegsgefangenen nicht gut getan. Die machen mir fast ein bisschen Angst. Nein, nein, so schlimm ist es auch wieder nicht, keine Sorge. Ich übertreib nur, ich übertreib immer ein bisschen, das sagen alle. Außerdem haben wir eine Truppeneinheit gleich nebenan. Die Jungs greifen sofort ein, wenn's brenzlig wird. Das werden Sie übrigens gleich merken – ich übertreib immer ein bisschen. Also was die Schwester – Astrid hieß sie, Schwester Astrid – da losgelassen hat, man hätt fast meinen können, die wär gar keine echte Deutsche! Und das bei so einem Namen! Eine Schande ist das! Kommen Sie, ich führ Sie ein bisschen rum, aber dann brauch ich meinen Schönheitsschlaf. Ich bin völlig kaputt!«

Gabi gefriert das Herz in der Brust. Das ist es also, was Schwester Brigitte ist – eine unverdrossene Gefolgsfrau der Nazis, die wehrzersetzende Bemerkungen meldet! Und ihre Betten stehen kaum zwei Meter auseinander! Benommen folgt sie Schwester Brigitte – ins Sterbezimmer nebenan und in den großen, schäbigen Krankensaal, wo die Kriegsgefangenen so dicht an dicht liegen, dass man kaum zwischen den Betten hindurchpasst, und in die primitiven Latrinen und schließlich ins Behandlungszimmer, wo die Medikamente und Spritzen inzwischen knapp sind. »Wir haben hier alles durch die Bank weg«, sagt Schwester Brigitte in nachsichtigem und zugleich verächtlichem Ton. »Russen, Polen, Engländer, Franzosen … Viel können wir nicht für sie tun. Entweder sie rappeln sich von allein wieder auf, oder sie sterben.«

»Das heißt, wir sind die einzigen Schwestern hier auf der Station?«, fragt Gabi und lässt den Blick über die gut vierzig Männer schweifen, die mit stumpfen, fiebrigen Augen ihren Blick suchen.

Schwester Brigitte nickt. »Und wir wechseln uns mit der Nachtschicht ab, also sind wir eigentlich sogar allein. Die sterben ja gerne nachts. Gestern auch wieder einer. Wenn wir Glück haben, hilft mal ein Sanitäter beim Essenausteilen, aber die Hälfte von denen ist sowieso zu krank, um zu essen. Unter uns gesagt, ich würd das Zeug auch nicht anrühren, da würd ich lieber verhungern – aber wir haben ja schließlich Krieg, gell? Für *unsereins* gibt's übrigens Truppenrationen«, versichert sie Gabi mit dem Lächeln des glücklichen Kriegers. »Wir kriegen dasselbe wie unsere Soldaten. Richtiges Pumpernickel und Wurst. An manchen Tagen sogar Bohnenkaffee.«

Heute ist so ein Tag. Sie frühstücken, wie Gabi schon seit Jahren nicht mehr gefrühstückt hat, und dazu trinken sie echten dampfenden Bohnenkaffee. »Wo kommen Sie noch mal her?«, fragt Schwester Brigitte. »Aus Dresden? War das nicht einfach barbarisch? Es muss schrecklich für Sie gewesen sein. Wie es heißt, erschießen unsere Männer jetzt alle Piloten, die sie gefangen nehmen. Kann man ihnen nicht verdenken, gell? Wenn man sich vorstellt, man wär da Soldat gewesen. Ich selbst stamm ja aus München. Hört man mir schon an, gell? Jetzt muss ich mich aber hinlegen. Wir sehen uns in ein paar Stunden, in Ordnung?«

Schwester Brigitte zieht sich zum Schlafen zurück, und Gabi bleibt allein auf der Station. Zwei Männer im Sterbezimmer sterben an Blutvergiftung, und wie's aussieht, warten schon die Nächsten. Einige murmeln ihr etwas auf Russisch, Französisch oder Englisch zu. Andere in gebrochenem Deutsch. »Vous êtes aussi Nazi, comme l'autre?«, fragt ein junger Franzose mit unregelmäßigem Puls und hohem Fieber. Sie reagiert nicht. Dennoch fühlt sie sich besser – es ist, als hätte sie endlich ein paar Freunde gefunden.

Kurz vor zwölf taucht mit lautem Heil Hitler! ein SS-Arzt auf. Er stellt sich als Major Friedländer vor und mustert Gabi von Kopf bis Fuß, als wäre sie ein neuer Rekrut auf einer Militärparade. »Wie ich an den Namen gekommen bin, weiß ich nicht, meine Vorfahren sind seit zehn Generationen reine Arier. Den Namen müssen sich irgendwann mal die Juden untern Nagel gerissen haben. Wie ich sehe, heißen Sie Brandt. Den haben sich auch einige Juden untern Nagel gerissen. Aber was haben die sich *nicht* untern Nagel gerissen?«

Gabi nickt und murmelt: »Jawohl, Herr Major.« Sie kennt diese Militärärzte noch aus dem Ersten Weltkrieg, und ihre Reaktion scheint diesen hier so weit zufrieden zu stellen. »Also gut, Schwester Frieda«, fährt er fort, »bei den meisten Gefangenen lohnt sich die Behandlung nicht, weil sie ohnehin zu krank sind. Oder sie sind nicht krank genug. Die wirklich Kranken lassen Sie sterben. Diejenigen, die nur ein bisschen krank sind, sollten so bald wie möglich zurück ins Lager, anstatt sich hier am Krankenhausessen zu mästen. Manchmal frage ich mich, was die überhaupt hier verloren haben. Wir sind hier kein Pflegeheim für Simulanten. Die wenigen dazwischen sind für mich allenfalls von wissenschaftlichem Interesse. *Die* haben Sie anständig zu versorgen. Schwester Brigitte wird

Ihnen zeigen, wen ich meine. Aber machen Sie sich nicht verrückt. Am Ende sind alle entbehrlich. Feind ist Feind, das dürfen wir nicht vergessen. Also dann, auf gute Zusammenarbeit.« Mit Augen, die nicht arisch blau sind, sondern braun wie Gabis, sucht er einen Moment lang ihren Blick, ehe er sie mit einem Kopfnicken entlässt. »Heil Hitler!«

Gabi hebt die Hand zum verbotenen Gruß auf halbe Höhe, das Wort aber bringt sie nicht über die Lippen. Ja, denkt sie, als hinter Major Friedländer die Tür zufällt, hätte sie sich mal umgebracht. Aber dazu ist es jetzt zu spät. Dieser Gedanke begleitet sie bis ins Sterbezimmer, wo es kein Morphium gibt (nur für die deutschen Helden reserviert), dafür riecht es nach Blut und Fäule, aber vor allen Dingen nach Schmerzen. Automatisch tut sie mit den wenigen Mitteln, was sie kann, und ist selbst verblüfft, wie leicht es ihr fällt, sich wieder in die Welt der Kranken und Verwundeten hineinzufinden. Aber die ganze Zeit fragt sie sich,

17

was wohl in Heimstatt los ist.

Wo gerade die Gestapo zu Besuch war, um uns auf den Zahn zu fühlen. Genau genommen waren es zwei Schlägertypen aus Linz, die genau wie damals in Berlin gegen die Haustür hämmerten, an der zurückweichenden Ilse vorbei ins Haus stürmten, Willibald gegen die Wand drängten und anfingen, seine Schubladen zu durchwühlen. Gendarm Bolzner stand betreten daneben und begegnete hin und wieder Willibalds furchtsamem Blick mit einer Miene, die zu sagen schien: *Das haben Sie jetzt davon. Ich kann nichts dafür.* Willibald machte ihm aber gar keinen Vorwurf, er machte niemand einen Vorwurf, allenfalls Gabi, weil sie versäumt hatte, das zu tun, was jeder anständige Mensch getan hätte. Er war schlichtweg wie gelähmt vor Angst, in den schwarzen Mercedes da draußen einsteigen zu müssen, der schon das halbe Dorf auf sich aufmerksam gemacht hatte. Und selbst wenn nicht, wie sollte er je wieder seiner Gemeinde unter die Augen treten? Von seiner molligen arischen Freundin ganz zu schweigen.

Nachdem die beiden Schläger im Arbeitszimmer durch waren, nahmen sie sich den Rest des Hauses vor. Jeder Schrank wurde geplündert, jedes Bücherregal geleert, jede Schublade herausgezerrt und umgedreht. Das Haus sah aus wie nach einer der bewegteren ehelichen Unstimmigkeiten, nur dass Gabi nicht da war, um daran teilzunehmen, und die Bilder an der Wand blieben. Zum Glück war auch Martin noch in seiner Fabrik, als sein Zimmer durchsucht wurde. Am Ende hätte er noch gegen die Durchsuchung seiner Schreibtischschubladen Einspruch erhoben und sich eine Ohrfeige zugezogen. Zum Glück warfen sie auch keinen Blick unter seine Matratze, wo nach meinem Wissensstand noch immer die halbnackten Damen seiner nächtlichen Schaulust harrten – es sei denn, Lisl Wimmer hatte inzwischen diese Rolle übernommen. Aber gut möglich, dass die Gestapo weder nach dieser Art Material suchte, noch irgendetwas daran auszusetzen gehabt hätte.

Vielleicht suchten sie auch gar nichts Bestimmtes und wollten nur ein bisschen Chaos stiften? Nicht dass es Sara und mich besonders gekümmert hätte. Wir hatten mit Gabis Tod schon genug zu tun, wir waren apathisch und stumm und sahen noch immer alle paar Stunden hinaus auf den See, als würde sie plötzlich wie Aphrodite aus den Eisschollen auftauchen, nur nicht nackt und nicht schön, wobei Aphrodite ohnehin ein Fremdwort für mich war. Die beiden Rowdys kümmerten uns also kaum – warum auch? Das Schlimmste war ja schon passiert – und wir konnten die Angst, die Ilse und Willibald vor ihnen hatten, nicht verstehen, vor allem, als sie irgendwann nach draußen gingen, um zusammen mit Gendarm Bolzner an die Stelle am Ufer hinunterzugehen, wo Gabis Mantel gelegen hatte. Akribisch untersuchten sie die Stelle, ohne weiter zu berücksichtigen, dass es inzwischen schon wieder kräftig geschneit hatte, und sie blickten sich um, als könnte Gabi jeden Moment hinter dem nächsten Baum auftauchen und einen Sprint übers Eis hinlegen, um ihnen eine kleine Schießübung zu bescheren. Aber es hatte wieder angefangen zu frieren, und sie wurden der Sache bald überdrüssig. Sie schlugen mit den Armen und stampften mit den Füßen in Schuhen, die für Tiefschnee in den Bergen denkbar ungeeignet waren, und dann stiegen sie in ihr schwarzes Auto und fuhren davon. Aber nicht bevor sie Gendarm Bolzner ordentlich zusammengestaucht hatten.

Übrigens hatte ich an dem Tag Geburtstag. Ich wurde elf Jahre alt, aber mir war nicht nach feiern zu Mute.

Jetzt fängt sich der arme Gendarm Bolzner eine Erkältung ein und verschwendet kostbare Arbeitszeit, indem er durch die Schneisen im zugefrorenen See rudert und seinen wenig zuversichtlichen Blick über die schwerfällig wogenden Eisschollen schweifen lässt, die einen halben Meter dick sind, auf der Suche nach Gabis Leiche. Und Willibald bekommt überraschend Besuch von Ortsgruppenleiter Wimmer, der ihm mit Bierfahne sein Beileid ausspricht und ihn darauf hinweist, dass der gestrige Gestapobesuch nicht auf seinem Mist gewachsen sei. Die schwarz gehörten Nachrichten müssen wahrhaft schwarz sein. Noch überraschter und panischer wäre Willibald allerdings, wenn er wüsste, dass der junge Lokführer Seppi Holzinger am Tag nach Gabis Verschwinden bei Franzi zu Besuch war.

»Ich hab sie in Pauchen gesehen!«, sagte Seppi, um das Gespräch einzuläuten. »Gleis fünf! Punkt 11 Uhr 20.«

Franzi wusste genau, um wen es ging, aber er stellte sich dumm. »Wen gesehen?«, fragte er. »Da hat's jede Menge Leute in Pauchen, meinst du nicht auch, Seppi?«

»Die Frau Pfarrer! In einer Schwesterntracht. Um 11 Uhr 20. Ich fuhr den Frühzug aus Salzburg.«

»Die Frau Pfarrer Brinkmann? Unmöglich.«

»Aber ich hab sie gesehen, ich sag es Ihnen doch! So wahr ich vor Ihnen steh!«

»Wie soll denn das gehen, Seppi. Sie liegt seit gestern früh im See.«

Da Seppi noch immer nicht aufgeben wollte, verlegte sich Franzi auf einen onkelhaften Ton. »Schau her, Seppi, du kannst sie nicht gesehen haben, denn die Frau ist tot, verstehst du? Wie soll sie da eine Schwesterntracht angehabt haben?«

»Die Frau sah ihr jedenfalls ähnlich«, sagte Seppi beharrlich.

»Schon möglich. Aber sie kann es nicht gewesen sein. Schau her, an deiner Stelle würde ich die Sache jetzt einfach vergessen. Mit solchen Märchengeschichten kannst du dir richtig Ärger einhandeln, verstehst du mich? Damit verschwendest du nur meine Zeit. Das kannst du doch nicht wollen, gell?«

Nein, das wollte Seppi Holzinger ganz bestimmt nicht. Er hatte darauf spekuliert, sich als patriotischer Spitzel ein paar Lorbeeren zu verdienen, aber jetzt, wo er sah, dass er sich nur in Komplikationen verstrickte, rückte er hastig seine Erinnerung zurecht und stellte fest, dass sie ihm wohl einen Streich gespielt hatte. »Vielleicht hab ich mich wirklich geirrt«, gab er widerwillig zu, um nicht ganz und gar das Gesicht zu verlieren.

Reden ist Silber, Schweigen ist Gold – diesem Sprichwort verschrieb sich Seppi nun anstandslos. Später dann, nach Kriegsende, sollte er den Spieß umdrehen und überall herumerzählen, wie er der Pfarrersfamilie das Leben gerettet habe, indem er der Gestapo jedwede Antwort über das, was er an jenem Tag im Februar 1945 um 11 Uhr 20 in Pauchen gesehen hatte, schuldig geblieben sei. Nun, Franzi Wimmer wird nicht dazu aufgelegt sein, die Sache richtig zu stellen. Hat Franzi den Seppi aus reiner Menschenliebe davon abgehalten, die Sache mit Gabi zu melden, oder wollte er sich nur noch ein paar Vorteile verschaffen? Auch das zu verraten, wird er nicht aufgelegt sein, selbst wenn er es zu sagen gewusst hätte. Er wird überhaupt nicht aufgelegt sein, irgendeinem Menschen auch nur irgendetwas zu verraten.

Kurz nachdem die Gestapo da gewesen ist, kommt Martin von seinen Bemühungen in der Fabrik und mit Lisl Wimmer nach Hause und verkündet, die Krise sei erreicht. Die letzte verzweifelte und alles entscheidende Schlacht stehe nun endlich unmittelbar bevor: die Schlacht, bei der der Führer seine neueste und tödlichste Waffe zum Einsatz bringen wird – wobei kein Mensch weiß, wie diese Waffe eigentlich aussehen soll. Das alles verkündet er voller Triumph, als käme er direkt aus der Generalstabsbesprechung im Führerbunker statt vom Fummeln mit Lisl Wimmer.

Sara und ich sind entsetzt über die Gefühlskälte, die er an den Tag legt. Er erwähnt Gabi mit keinem Wort, es scheint ihm egal zu sein, dass seine Mutter sich gerade das Leben genommen hat – er scheint es gar nicht zur Kenntnis zu nehmen, trotz der schwarzen Armbinden, die er,

Willibald und ich tragen, und trotz der schwarzen Kleider von Ilse und Sara, allesamt von der stummen, melancholischen Ilse an ihrer Nähmaschine hastig zusammengenäht oder mit Hilfe Fräulein Hofers geändert, die eigens dafür ins Haus gekommen ist, obwohl es gar nicht ihr Tag war.

Resi war auch dabei und brachte ein abgewetztes Kartenspiel mit, und zum ersten Mal in all diesen Jahren sprach sie mich an. Sie wollte wissen, ob ich nicht Lust hätte, mit ihr Bauernskat zu spielen. Nicht dass ich geglaubt hätte, sie böte mir jene Art von Bauernskat an, wie ihn Eva mit Martin in Berlin gespielt hatte. Obwohl ich ihre Geste zu schätzen wusste, brachte sie mich beinahe wieder zum Weinen, und ich ging hinaus auf den Balkon, um erneut nach Gabi Ausschau zu halten und meinen Tränen freien Lauf zu lassen. Aber das ging nicht, weil Resi mir folgte, um zu fragen, ob ich stattdessen lieber schwarzer Peter spielen wolle. Ich schüttelte stumm den Kopf, und sie stand hinter mir und ich spürte zwischen meinen hängenden Schultern ihre stillen Wogen des Mitgefühls. Dann murmelte sie mit tiefer Stimme: »Mein Vater ist auch tot. In Stalingrad gefallen.« Ich rührte mich nicht, zog allenfalls die Schultern ein wenig hoch. »Sie sagen, er sei vermisst«, fuhr sie fort. Und dann entfernte sie sich leise. Es war die erste zärtliche Geste eines Mädchens, die mir jemals zuteil wurde, und jetzt tat ich mir nicht nur selbst Leid, jetzt tat auch noch sie mir Leid. Aber ich selbst tat mir immer noch mehr Leid, denn ihr Vater konnte ihr ja nicht so viel bedeutet haben, wo er sie doch als Baby zu Fräulein Hofer gegeben hatte. Und außerdem galt er ja nur als vermisst, während Gabi definitiv und unwiderruflich tot war.

In diesen letzten Wochen weinte ich viel, und ich verbrachte mehr Zeit auf dem Balkon als Sara, um auf den See zu blicken und nach meiner Mutter Ausschau zu halten. Ich hoffte sogar, Gendarm Bolzner würde sie beim Herumstochern im Eis finden, auch wenn die Vorstellung, wie er sie hinter seinem Bötchen ans Ufer zieht, der reinste Albtraum für mich war.

Sara ist da anders. Sie ist so still wie Ilse und hat, soweit ich weiß, noch kein einziges Mal geweint. Jede Szene im Theater ihres Lebens findet auf ihrer inneren Bühne statt, und die Vorstellung läuft unter Ausschluss der Öffentlichkeit. Sie sitzt hinter dem Küchenofen, der jetzt nicht besonders heiß wird, weil wir kaum Brennholz haben, Kohle schon gar nicht, und sie starrt auf die Kacheln, als würden sie zu ihr sprechen und irgendeine tiefgründige Botschaft vermitteln. Ich werde aber nie erfahren, welche. Ihre Schreibhefte bleiben beinahe unangetastet unter ihrer Matratze.

Ilse übrigens habe ich in meinem ganzen Leben nicht weinen sehen. Sie ist durchgehend traurig, so dass Tränen zu einem bestimmten Anlass überflüssig wären. Außerdem weiß ich ja, dass sie ein anderes Verhältnis zu Gabi hat; sie kann sie also gar nicht so sehr vermissen wie Sara und ich.

Es vergeht eine weitere Woche, wir haben Tauwetter, und da taucht ein Gendarm aus Plinden auf, der den ganzen See mit dem Schleppnetz absuchen lässt, das weder Essbares noch sonst irgendetwas von Interesse hervorbringt. Eine Untersuchung zu Gendarm Bolzners Dienstverhalten in Bezug auf das Verschwinden der Jüdin Gabriele Sara Brinkmann wird einberufen, in deren Folge Gendarm Bolzner aus dem Polizeidienst entlassen und übergangslos bei der Wehrmacht eingezogen wird. Für Frau Bolzner und ihre fünf Kinder ist das keine gute Nachricht, denn sie werden zur Räumung ihrer schönen Dienstunterkunft gezwungen und werfen Willibald Blicke zu, als hätte er ihre missliche Lage zu verantworten, was ja so gesehen auch stimmt. Aber zurzeit hagelt es ja überall schlechte Nachrichten, und Willibald lächelt nur milde, um sein Unbehagen zu überspielen, und wendet schnell den Blick ab. Was sollen einem ausgerechnet die Bolzners besonders Leid tun, wo die Nachrichten für alle weitaus schlimmer sind, als sie erwartet haben? Es sei denn, man ist auf der Seite der Alliierten, was in Heimstatt niemand ist – es sei denn, es stellt sich am Ende heraus, dass in Wirklichkeit alle von Anfang an auf ihrer Seite waren. Man könnte sogar behaupten, die Bolzners hätten noch Glück gehabt; als der Exgendarm an die Ostfront kommt, wird sich die Ostfront bereits aufgelöst haben, und das Einzige, was er im nächsten halben Jahr zu tun haben wird, ist, irgendwie wieder nach Hause zu finden. Nur seinen Job als Dorfgendarm ist er endgültig los. Befehl ist Befehl, wird man ihn erinnern – als wüsste er das nicht selbst! –, und Vorschrift ist Vorschrift, wie falsch sie auch sein mag.

Dass Gabi nicht mehr da ist, merken wir zuerst daran, dass das Haus immer aufgeräumter und immer kälter wird und dass es noch weniger zu essen gibt. Dieser Zustand macht sich bereits nach einer Woche bemerkbar. Ilse bringt Stunden bis zur Erschöpfung damit zu, in den unbeheizten Räumen Staub zu wischen und zu putzen, aber sie sind jetzt so leblos, wie sie früher chaotisch und voller Leben waren, wenn auch voller unglücklichem Leben. Und was das Essen anbelangt – es gibt einfach keins, nicht mal mehr ein Minimum wie vorher. »Es gibt kein Brot«, sagt Ilse resigniert, nachdem sie sich vom Einkaufen in den paar Läden, in denen wir noch bedient werden, zurückgeschleppt hat. Oder: »Sie sagen, sie hätten keine Kartoffeln mehr.« In Wirklichkeit hat Gabi die Leute in diesen Läden bezirzt und gedrängt und angefleht, größere Summen anschreiben zu lassen, hat Friedas schwindende Mitgift und ihre eigenen Möbel als Bürgschaft angeboten. Aber jetzt, wo Gabi nicht mehr da ist, fürchten die Ladenbesitzer noch mehr als zuvor um ihr Geld und weigern sich, uns weiter Kredit zu gewähren. Außerdem kommen die Lieferungen wirklich kaum noch zu uns durch – unsere Jungs an der Front haben Vorrang –, und die Kaufleute behalten das, was sie kriegen, lieber für sich, oder zumindest für diejenigen Kunden, die in der Lage sind, Schwarzmarktpreise zu zahlen. Von diesen Dingen versteht die weltfremde Ilse nichts, und sie stellt sich darauf ein, entweder am Hungertuch zu nagen oder zu sterben.

Willibald, der sich früher immer über die mageren Rationen beschwerte, isst jetzt klaglos das Wenige, was ihm vorgesetzt wird. Hin und wieder vergisst er sogar das Tischgebet, und Ilse vergisst, ihn daran zu erinnern. Es gibt ja auch nicht viel, für das man dankbar sein müsste. Nach den Mahlzeiten schlurft er in sein Arbeitszimmer, aus dem nicht mehr das Bellen und freudige Jauchzen dringt, das für mich untrennbar mit der Entstehung von Dramen verbunden ist. Und als ich zu ihm ins Zimmer gehe, sitzt er mit einem zugeklappten Buch an seinem Schreibtisch und starrt genauso stumpf auf das Fenster, wie das Fenster stumpf zurückstarrt. Irgendwie habe ich das Gefühl, mit der Trauer um Gabi hat das nichts zu tun, aber wie soll ich wissen, dass es die blanke Angst davor ist, dass sie erwischt wird, und er somit auch. Seine Angst ist so groß, dass er seine Gemeindebesuche in Plinden aufgibt, wo seine arische Freundin unbekannterweise wohnt. Wenn sie auch nur halbwegs in derselben Lage ist wie wir, wird sie nicht mehr ganz so schön mollig sein.

Einen Monat später gibt es noch weniger zu essen. Die

Vorräte sind aufgebraucht, und die entscheidende Schlacht hat noch immer nicht stattgefunden, wobei Martin meint, es könne sich nur noch um Wochen handeln. Bis zum Sommer sei der Krieg vorbei, verkündet er. Ich frage gar nicht erst, wer siegen wird. Ich kann mir nicht einmal vorstellen, wie so ein Sieg aussehen soll, ganz gleich, wer ihn davonträgt. Heißt das, die Schulen machen wieder auf? Gibt es dann wieder mehr zu essen, oder überhaupt etwas zu essen? Oder gibt es dann ganz viele Siegerparaden und noch mehr Diskriminierung? Letztes Jahr konnte ich mich nie an etwas anderes erinnern als Krieg, und dieses Jahr genauso. Der Frieden, in den ich hineingeboren wurde, so trügerisch er gewesen sein mag, liegt weit hinter meinem Erfahrungshorizont. Ich kenne nichts als Krieg, und allmählich habe ich das Gefühl, es wird immer so weitergehen, egal, ob wir gewinnen oder verlieren.

Und wenn der Krieg schon für den Führer nicht gut läuft, läuft er für uns erst recht nicht gut. Sara geht es immer schlechter, seit meine Mutter verschwunden ist, und allen anderen auch, bis auf Martin. Ilse putzt und wäscht nach Leibeskräften, und Sara und ich helfen ihr mit langsamen Bewegungen. Sie kocht, was es zu kochen gibt, aber viel ist es nicht. Kampfflieger dröhnen über unsere Köpfe hinweg, werden aber nicht angegriffen und bleiben so hoch oben, dass wir sie kaum erkennen können, und wir schauen nur träge hinauf und dann wieder weg. Manchmal ziehen sie lange wattige Kondensstreifen wie himmlische Bahngleise hinter sich her, manchmal blitzen sie kurz in der Sonne auf. Apropos Sonne – obwohl sie gerade wieder hinter den Bergen aufgetaucht ist und der letzte Schnee zu schmelzen beginnt und wir unzweifelhaft Frühling haben, flicht niemand Kränze aus Gänseblümchen, und niemand pflückt die ersten Blumen.

Dafür sammeln wir Nesseln vom Seeufer, ganze Arme voll davon – Ilse, die jetzt kaum noch laufen kann, Sara und ich, die wir auch nicht viel schneller sind. Wir sind dazu übergegangen, Nesseln zu essen und zu trinken, Nesseln sind heute unser täglich Brot. Eine große Pfanne voll Nesseln ergibt im gekochten Zustand ein paar Löffel grünliche Suppe, die genauso schmeckt – nach Nesseln. Das Zeug geht runter wie essbarer Durchfall. Was wir noch kriegen, sind ein knappes Kilo gefrorene Kartoffeln und hin und wieder ein Laib altes Brot, und selbst wenn es ausnahmsweise nicht mit Sägemehl gestreckt ist, schmeckt es so. Ilse schneidet andächtig den Laib in so viele kleine Würfel wie möglich und verteilt sie zu den Mahlzeiten. Jeder bewacht seine Würfel und schielt stumpf und trotzdem gierig hinüber zu seinem Nachbarn, um zu sehen, ob er mehr bekommen hat. Würfel mit Kruste sind besonders beliebt. Wir halten sie für nahrhafter. Auf jeden Fall muss man länger kauen, und das wiederum hält die Verdauungssäfte ein Weilchen länger auf Trab.

Mir fällt es nicht auf, dass ich immer dünner werde, aber die anderen merken es an sich. Wir schwindeln uns gegenseitig darüber hinweg, weil uns zu allem anderen die Kraft fehlt. Saras neuestes Schreibheft liegt manchmal herum, aber sie schreibt nur noch ganz selten. Wahrscheinlich liegt es nur zur Beruhigung da.

Verhungern ist eine seltsame Sache. Man merkt gar nicht, dass man viel mehr als nur sehr hungrig ist, bis es zu spät ist und man sich aufgegeben hat und zu einem gequälten, hohläugigen, lethargischen Zuschauer seines eigenen Lebens geworden ist, einer, der nicht mehr am Leben teilhaben will. Erst denke ich, unsere Augen werden größer, in Wirklichkeit aber schrumpfen unsere Gesichter.

Ja, ganz allmählich verhungern wir – Willibald, Ilse, Sara

und ich. Nur Martin nicht. Da seine Ziegelei keine Rohstoffe mehr geliefert bekommt, produziert sie nichts mehr, und so hat auch Martin nichts mehr zu tun. Herr Ziegler, sein bärbeißiger Chef, ist jetzt, wo sich der Krieg dem Ende neigt, ziemlich freundlich zu Martin geworden und hat ihm eine neue Stelle zehn Kilometer weiter auf dem Bauernhof eines alten Bekannten verschafft. Bauernhöfe bedeuten, dass die Leute genug zu essen haben, und Martin verbringt die ganze Woche und meist auch die Wochenenden dort und hält sich an Fleisch, Butter, Eiern und Käse schadlos – zumindest ist das unser Eindruck. An den Sonntagen, an denen er uns besucht, scheint er zu übersehen, dass wir am Verhungern sind, wobei er uns immerhin einmal ein Stück Käse mitbringt. Ja, beim Bauern kriegt er genug zu essen, und der Bauer hat eine Tochter, die ihm wahrscheinlich auch das eine oder andere überlässt. Martin geht es gut, und es wird ihm auch weiterhin gut gehen, bis das Vaterland endlich auch ihn zu »Ruhm und Waffen« ruft.

Ilse sieht, dass er seine schwarze Armbinde abgenommen hat. Er behauptet, sie irgendwo auf dem Hof verloren zu haben, doch als sie ihm anbietet, eine neue zu nähen, schweigt er, und sie belässt es dabei. Hartnäckigkeit war noch nie ihre Stärke, und das Hungern macht die Sache nicht besser. Ich hingegen trage meine Armbinde ununterbrochen, genau wie Willibald, obwohl man sie kaum erkennen kann auf seinem schwarzen Gewand, in dem er aussieht wie ein Bestatter. Wir werden ein ganzes Jahr lang Schwarz tragen; Ilse und Sara auch. Das habe ich zumindest so verstanden, wobei mir ein Jahr unsagbar lang erscheint und ich mir gar nicht vorstellen kann, dass es jemals vorbeigeht.

Dennoch muss ich sagen, dass ich mich allmählich an Gabis Tod gewöhne. Ich starre nicht mehr auf den See, um ihre Leiche zu finden, und will sie auch gar nicht mehr finden, zumal mir klar ist, dass sie nach zwei Monaten im Wasser kein schöner Anblick sein wird. Sara hat das Ausschauhalten längst aufgegeben – aber sie ist ja auch älter. Offenbar empfinden wir nichts mehr und tun auch nichts mehr, abgesehen davon, uns hinunter zum See zu schleppen und Nesseln zu sammeln und an den kleinen Brotwürfeln zu knabbern, die wir zu unserer wässrigen Suppe gereicht bekommen. Sara ist überzeugt, dass wir alle bald sterben werden, und bittet mich, ihre Schreibhefte zu verbrennen, falls sie zuerst stirbt, wobei ich mir sicher bin, dass ich nicht mal mehr die Kraft haben werde, ein Streichholz anzuzünden. Ich selbst denke nicht, dass ich sterben werde – aber das liegt daran, dass ich mehr oder minder aufgehört habe, überhaupt zu denken.

Manchmal sieht Ilse Sara und mich mit ihren traurigen braunen Augen an, als läge ihr irgendetwas auf der Zunge und als wäre sie drauf und dran, es auszusprechen, aber dann dreht sie sich weg. Nur einmal, als wir unten am See mal wieder beim Nesselnsammeln sind, fragt sie uns: »Glaubt ihr eigentlich wirklich, dass Mutti im Himmel ist?« Es hört sich fast so an, als hätte sie ihre Zweifel, ob Gabi diese Auszeichnung verdient. Sara und ich ärgern uns darüber und entgegnen trotzig, soweit wir dazu imstande sind: »Natürlich!« Obwohl ich spätestens seit Tante Marias Beerdigung nicht mehr an den Himmel glaube, bin ich mir doch ziemlich sicher, wenn es einen gibt, hat Gabi einen Platz darin verdient. Ich weiß nicht, ob Sara an den Himmel glaubt oder nicht, auf jeden Fall reagiert sie auf Ilses Andeutung genauso unwirsch wie ich. Ilse lässt sich von unserer unvermutet heftigen Reaktion nicht beeindrucken und murmelt nur zerstreut: »Tja, ja«, dann seufzt sie, sagt wieder »Tja« und betrachtet den Haufen Nesseln in ihren Armen. Glaubt doch, was ihr wollt, wenn's euch glücklich macht, scheint sie zu denken.

Sie hat eingesunkene Wangen, und ihr olivfarbener Teint ist inzwischen blassgelb, als wäre alles Blut unter der Haut versickert. Trotzdem wirkt sie ruhiger als zuvor. Habe ich deswegen das Gefühl, als würde sie Gabi gar nicht richtig vermissen? Es ist nicht nur ihre Frage; ich habe den Eindruck, dass sie bei allem Hunger befreit ist. Befreit von der Last der nervösen Energie, der Geschäftigkeit, der beständigen Sorge, dem unaufhörlichen Schwanken zwischen Hoffnung und Verzweiflung, die fortwährend ihre innere Ruhe und Schweigsamkeit erschüttert hatte. Den jüdischen Fluch nicht mitgezählt.

Im Dorf trägt Franzi Wimmer seine Ortsgruppenleiter-Uniform nur noch bei offiziellen Anlässen, und davon gibt es zurzeit nicht viele. Er versucht sich wieder in der Rolle des jovialen Pensionswirts, wobei es momentan weder einen Grund gibt, jovial noch Pensionswirt zu sein. Selbst seine eifernde Frau, deren Gesicht zunehmend spitz und kantig wird, hat aufgehört, uns auszuspionieren, und statt Heil Hitler! zu bellen, murmelt sie nur noch grüß Gott, wenn sie Bekannten in der Gasse begegnet. Heil Hitler scheint langsam aus der Mode zu kommen. Man hört es kaum noch dieser Tage. Und Lisl lässt uns sogar einen halben Laib Brot da, als sie eines Nachmittags bei uns aufkreuzt, bedrückt und blass und ganz wild auf Neuigkeiten von Martin, der jedoch, seit er auf dem Hof ist, jedwedes Interesse an ihr verloren zu haben scheint.

Aber sie wird bald andere Sorgen haben. Die entscheidende Schlacht steht unmittelbar bevor, und Martin wird endlich seine glorreiche Soldatenkarriere aufnehmen.

Führers Geburtstag steht vor der Tür, genau wie die Alliierten aus dem Osten und Westen vor der Tür stehen, auch wenn sie nicht ausdrücklich zur Feier eingeladen sind (die übrigens für Franzi Wimmer die letzte Gelegenheit darstellt, in seine Ortsgruppenleiter-Uniform zu schlüpfen, wobei auch er nicht zur Feier eingeladen ist). Es wird Zeit, dass Adolf etwas unternimmt und endlich dem Frevel Einhalt gebietet, und so ergeht der Aufruf an jeden Deutschen, der auch nur halbwegs eine Mistgabel halten kann, in der ultimativ letzten wahren und alles entscheidenden Schlacht dieses Krieges fanatisch zu kämpfen bis aufs Blut. Obwohl er kein ganzer Arier ist, steht Martin in der Rangordnung immer noch hoch genug, um beim Volkssturm als Kanonenfutter zu dienen, und zu diesem Zweck wird endlich auch er an die Waffen gerufen. Endlich ist Martin ein Soldat der deutschen Wehrmacht! Die barbarischen Horden in die Flucht schlagen, unbeugsam an der Seite der arischen Kameraden kämpfen! Was könnte das Leben Schöneres bieten?

Nichts, denkt Martin, und Willibald scheint ganz seiner Meinung zu sein, als er die Neuigkeiten vernimmt. Martin macht es nichts aus, dass es nicht die Luftwaffen- oder Panzerdivision ist, die ihn zum Dienst einberufen hat. Hauptsache, er kann sich endlich als Held erweisen und der Herrenrasse beitreten. Und dann wird man sogar seiner geflüchteten Mutter gegenüber Toleranz aufbringen (Akzeptanz wäre zu viel verlangt, das sieht sogar er ein). Der Heilige Gral ist in Reichweite, und durch den romantischen Nebel der Selbsttäuschung greift Martin nach seinem flackernden Glanz.

Willibald geht es nicht anders. Am Morgen von Martins Abreise schwingt er eine inbrünstige Rede über die heilige Pflicht des deutschen Soldaten, Heim und Herd zu verteidigen, wie er seinerzeit und andere Männer in ihrer Zeit getan hätten. Wäre er nicht im Augenblick so geschwächt, würde er Seite an Seite mit seinem Sohn mitmarschieren. Er nennt erst seinen eigenen Namen, dann Hindenburg und Friedrich den Großen. Martin ist also in bester Gesellschaft (und umgekehrt). Dann umarmt er seinen Sohn mit großer Geste vor der Haustür und wischt sich eine mannhafte Träne aus dem Auge, damit Ortsgruppenleiter Wimmer sieht, was wir für Patrioten sind, nur leider ist Ortsgruppenleiter Wimmer gar nicht in der Nähe. Für Willibald ist das alles schon wieder zu viel, und er taumelt kraftlos winkend zurück, während Martin seinem ruhmreichen oder auch tödlichen Ende entgegenmarschiert. Der unbeugsame Martin blickt nicht mehr zurück auf den zu beschützenden heimischen Herd, und so entgeht ihm, wie sein Vater mehr oder minder kollabiert und rückwärts in Ilses Arme sinkt, die selbst in keinem Zustand ist, den schlaksigen Körper ihres Vaters zu stützen, so abgemagert dieser auch sein mag.

Die Volkssturmtruppen haben noch keine Waffen und noch keine Uniformen und eine Ausbildung schon gar nicht, aber sie haben zu essen und werden den internationalen, jüdisch finanzierten mongolisch-slawisch-bolschewistischen Horden durch schiere deutsche (oder halbdeutsche) Unbeugsamkeit und Tapferkeit ein für alle Mal das Handwerk legen. Jetzt, wo alles den Bach runtergeht, scheint niemand mehr darum besorgt, die Halbjuden in ihre Schranken zu weisen, die wiederum vor nicht allzu langer Zeit weit jenseits der Streitkräfte des Dritten Reichs angesiedelt waren. Andererseits galten Halbjuden selbst im besten Fall als schwierige Kategorie, da sie außerdem auch noch halbe Arier waren. Und im schlimmsten Fall sieht es noch mal schwieriger aus. Also lautet die Devise jetzt: Rein mit den Halbjuden.

Wenige Wochen zuvor hatte Martin im Plindener Kino in der Wochenschau gesehen, wie der Führer eine Reihe blonder Jungen in seinem Alter abschreitet und ihnen väterlich den Rücken tätschelt, bevor er sie mit ihren Mistgabeln und Spaten auf die russischen Panzer loslässt. Wie hatte sich Martin danach gesehnt, dazuzugehören und vom Führer den ultimativen Segen zu erhalten. Jetzt kann er es der bevorstehenden Niederlage danken, dass er endlich seine Chance bekommt. Kann schon sein, dass der Führer etwas Verzagtes im Blick hatte, als wüsste er längst, dass das Spiel verloren ist. Kann schon sein, dass seine Wangen schlaff waren und ein Arm an ihm herunterhing, als wäre er die ganze Sache leid, und dass ihm in den kurzen Pausen zwischen der Verabschiedung des einen und der Begrüßung des nächsten jungen Helden die Gesichtszüge entglitten, als wäre er mit den Gedanken ganz woanders, und zwar bestimmt nicht bei Eva Braun. Aber er war immer noch der Führer, Beschützer des Vaterlandes, schicksalhafte Gestalt, Verteidiger der Festung Europa, Retter der Welt und womöglich des ganzen Universums.

Die jungen Helden durchlaufen eine hastige Grundausbildung bei ehemaligen Unteroffizieren, die sich vor allem fragen, was sie mit ihren Uniformen und Abzeichen machen sollen, wenn die Russen kommen. Sie erteilen ihre Befehle in überdrüssigem zynischem Tonfall, es sei denn, einer der jungen Offiziere (die rar geworden sind) kommt gerade vorbei, dann drehen sie ein bisschen auf. Danach werden die Rekruten auf Militärlaster geladen und irgendwo in die Nähe der Front gebracht. Sie wissen, dass es die Front ist, weil sie ununterbrochen das Donnern der Geschütze hören und die Kolonnen siegreicher Deutscher sehen, die ihnen seltsamerweise eilig entgegenkommen. Unsere Jungs werden sich doch wohl nicht verirrt haben?

Nein, nein, es handelt sich lediglich um einen strategischen Rückzug nach dem Abknallen unzähliger Russen, denen ein vorübergehender, aber unbedeutender Vorstoß gelungen ist. Zweifellos wird der Iwan in Kürze unter dem Joch sein – wobei die ausgemergelten Gesichter der triumphalen, im Rückzug befindlichen Truppen nicht ganz in das Bild passen, das sich unsere jungen Helden von einem strategischen Rückzug machen, und manch tapferer Recke hat plötzlich ein flaues Gefühl in der Magengegend. Wenn sich unsere Jungs an der Westfront mit derselben Eile strategisch zurückziehen, kann's nicht mehr lange dauern und sie stoßen Hintern an Hintern zusammen.

Bald darauf werden unter den jungen Helden Gewehre und ein paar Runden Munition verteilt, und sie erhalten ein paar Anweisungen, wie man die Dinger benutzt. Die überdrüssigen Unteroffiziere sind inzwischen abgeklärt, ähnlich einem Boxtrainer, der seinen Boxer in den Ring schickt, obwohl er keine Chance hat, und dann auf den Gegner setzt.

Allmählich versickert die Zuversicht, mit der Martin dieser bunten Truppe beigetreten ist. Und sie versandet endgültig, als sie acht Kilometer vor der Front durch eine zerstörte Ortschaft kommen, wo Soldaten eines SS-Regiments gewütet und ein paar Deserteure in Martins Alter am nächstbesten Laternenmast aufgehängt haben. Eine der Leichen kommt Martin bekannt vor, obwohl sie schon halb verwest ist – der hänge da bestimmt schon seit Tagen, murmelt eine ehrfürchtige Stimme. Martin fühlt sich verpflichtet, genauer hinzusehen, trotz eines nicht weniger starken Drangs, Reißaus zu nehmen. In der lauen Frühlingsluft baumelt der Leichnam hin und her wie ein Sack oder eine Stoffpuppe – aber am ehesten sieht er einfach nur aus wie ein sehr toter junger Mensch. Solch hellblaue

Augen, solch helles Haar, das lässig in eine breite arische Stirn weht, hat Martin zuletzt bei Sonnenuntergang auf dem Berg gesehen. Aber da quollen ihm die Augen nicht aus dem Kopf, und der Kopf hing nicht vollständig zu einer Seite. Er streckte damals auch nicht die Zunge heraus.

Zwei Tage lang bewegt sich Martins Einheit in gedämpfter Stimmung nach vorn, zurück und manchmal zur Seite wie Figuren in einem schlampigen Schachspiel, während irgendein General überlegt, welches Loch in der porösen Front er damit stopfen kann. Einmal passiert ihr Laster in der Dämmerung eine Gruppe bis auf die Knochen abgemagerter Gestalten in dreckigen gestreiften Uniformen und Holzschuhen. Angetrieben von SS-Wachen, marschieren oder vielmehr stolpern sie dahin. Wenn einer der marschierenden Kadaver stürzt und nicht mehr aufsteht, schießt ihm eine der Wachen in den Hinterkopf.

Inzwischen hat Martin das Gefühl, dass er mehr als genug über das arische Heldentum gelernt hat, und den anderen geht es ähnlich, während sie nun durch die drückende Stille marschieren, vorbei an verkohlten und zertrümmerten stummen Zeugen des Krieges. Sie alle wissen genau, dass sie bei der nächstbesten Gelegenheit das Weite suchen werden, aber Martin hat immer wieder das Gefühl, ein grobes Hanfseil zöge sich um seinen Hals zusammen, wenn er an die baumelnde Leiche denkt, deren Besitzer ebenfalls das Weite gesucht hatte, nur nicht rechtzeitig oder schnell genug. Er drückt sich heimlich Finger und Daumen gegen die Luftröhre und findet das noch schmerzhafter, als er befürchtet hatte. Was ist schlimmer, russische Panzer oder die Schlingen der SS? Sein Magen zieht sich zusammen. So sollte Krieg eigentlich nicht sein, es sollte doch ein schmerzloser Sieg sein, bei dem nur die andere

Seite verwundet wird – *Peng! Peng! Du bist tot!* –, gefolgt von Trommelwirbel und wehenden Flaggen.

Doch er kommt gar nicht in die Verlegenheit, sich qualvoll einen Ausweg aus diesem Dilemma suchen zu müssen. Die Lösung kommt von selbst. Noch bevor sie sehr viel weiter vorgedrungen oder auch seitwärts ausgewichen sind, schwer zu sagen, findet Martin, kommt ihnen die schlammige Flut einer ganzen Armee im Rückzug entgegen – Bataillon für Bataillon erschöpfter, elender, verstümmelter, verwundeter Männer mit finsterem Blick, verfolgt von dem, was sie gesehen oder getan haben. Die noch unerprobten Soldaten sehen ihren gebrochenen, aber erfahrenen Kameraden mit Verzweiflung eher denn Verachtung nach, und fast wie ein Mann halten sie inne, drehen sich um und schließen sich der Menge an. Sie ähneln enttäuschten und ungebärdigen Fußballfans, die nach einer Niederlage ihrer Mannschaft aus dem Stadion strömen, nur dass sie nicht nur enttäuscht, sondern verzweifelt sind, und dass das, was sie verloren haben, mit Sicherheit kein Spiel ist.

Zu den Soldaten gesellen sich bald flüchtende Zivilisten hinzu, die Rucksäcke und Koffer schleppen und Kinderwagen schieben. Und die überdrüssigen Unteroffiziere selbst haben sich in ranglose, undekorierte und bisweilen auch zahnlose alte Männer in Zivil verwandelt, die in der immer breiteren Flüchtlingsflut untergehen. Dicht hinter ihnen hört man Artilleriefeuer und das furchterregende Heulen der russischen Raketen. Manchmal hört man in der Ferne das Klappern kleiner Handfeuerwaffen, worauf die Fließgeschwindigkeit erst abnimmt, dann wieder zunimmt. Martin kennt das Surren und Klappern russischer Panzerketten noch nicht, dennoch horcht er ständig danach und schnappt immer wieder panisch nach Luft, weil er sie fast ununterbrochen zu hören glaubt.

Aber es sind nicht die Panzer, die kommen, es sind Tiefflieger aus der Ferne, summende Marienkäfer, die sich schließlich in zornige Wespen verwandeln. Sie stoßen herab, es hagelt Kugeln und Granaten, und schon sind sie wieder auf und davon, noch ehe man weiß, ob man etwas abbekommen hat. Aber sie kehren zurück, um aufs Neue herabzustoßen. Martins Magen rebelliert, ihm zittern die Knie, als die Erde bebt und die Leute ringsum vor Angst und Schmerzen aufschreien. Wie alle anderen wirft er sich auf die Erde und betet ächzend zu Gott, einer Instanz, auf die er sich bislang noch seltener als ich berufen hat.

Dieses Erlebnis führt ihm vor Augen, dass er doch nicht zum arischen Helden geboren ist, und er fasst den Entschluss, lieber Opfer der Nazis zu sein, was zumindest der Realität entspricht. Doch die Heldenrolle reizt ihn noch immer von Zeit zu Zeit.

Aber das ist nicht der einzige Kampf, der im Gange ist.

Die Belagerung von Graunau zum Beispiel steht noch bevor. Und sogar das verschlafene, träge Heimstatt soll ein kleines bisschen Aufregung abbekommen.

Denn so wie's aussieht, soll Heimstatt tatsächlich von einem SS-Bataillon verteidigt werden, tapfer und natürlich fanatisch bis zu seinem und wahrscheinlich auch unserem letzten Atemzug. Erst tauchen ein paar Motorräder im Dorf auf, dann eine Kolonne gepanzerter Autos und Militärfahrzeuge. Es sind waschechte SS-Leute mit Totenkopf am Helm, und Fritzi Wimmer versichert mir, als ich welche vor dem Pfarrhaus anhalten sehe, jeder habe mit bloßen Händen hundert Russen umgelegt. Was nicht gerade beruhigend klingt. Falls es stimmt, werden sich die überlebenden Russen mit Sicherheit dafür rächen wollen, sobald sie hier aufkreuzen, und zum Weglaufen fehlt mir die Kraft.

Ein paar Soldaten marschieren zu uns ins Haus, und ein Oberst sagt Heil Hitler!, er schlage hier sein Hauptquartier auf und wo, bitte schön, die Küche sei. Willibald, der Adressat dieser kurzen Anrede, ringt sich ein schwaches Heil Hitler! ab und heißt sie mit mattem Lächeln willkommen, nicht ohne Martins Aufenthalt an der Front sowie seine eigene Rolle im ruhmreichen Polenfeldzug hervorzuheben. Doch der Oberst wirkt nicht allzu interessiert und schickt seinen Burschen in brüskem Ton zum Kaffeekochen. Demütig zieht sich Willibald ins Arbeitszimmer zurück, wird aber kurz und schroff darauf hingewiesen, dass es beschlagnahmt sei und er solange das Mädchenzimmer zu benutzen habe, wo immer das sei. Soldaten rollen Telefonkabel herein, stellen ein Radio in die Stube neben das Klavier und verteilen Landkarten auf Willibalds Schreibtisch. Der Bursche des Oberst bringt fast umgehend den Kaffee, der im ganzen Haus einen paradiesischen Duft verbreitet und sogar Saras und Ilses trübe Augen zum Leuchten bringen. Die Tasse in der Hand, schreit der Oberst in den Hörer, setzt sich an Willibalds Schreibtisch, beugt sich über die Landkarten, geht ans Radiomikrofon, um in hohem Singsang hineinzusprechen, und später lässt er müßig die Hände übers Klavier gleiten. Von ihrem zweideutigen Status nichts ahnend, spricht er Ilse mit »Gnädige Frau« an, während er uns andere gar nicht wahrzunehmen scheint.

Willibald ist inzwischen so geschwächt, dass er es nur mit Mühe die Treppe hinunter bis in die Küche und Jägerleins leeres Zimmer schafft, wo er auf der nackten Matratze erst sitzt und dann liegt, die Hände über der Brust gefaltet, die Augen geschlossen. Das hat aber nichts mit Tod oder Resignation zu tun, nur mit Kraft sparen, und als es Zeit wird für Nesselsuppe und Brotwürfel, setzt er sich mit erschöpfter Eilfertigkeit auf, die sich als berechtigt herausstellt, da Ilse vom Oberst eine halbe Wurst geschenkt bekommen hat, die sie mühsam in dünne, fast durchsichtige Scheiben geschnitten hat. Die Wurst hält drei Tage, etwa halb so lange, wie das SS-Bataillon bei uns zu Besuch bleibt, macht den Hunger aber nur noch schlimmer. Wir haben jetzt alle dieselbe Art Kopfschmerzen, die Sara später Hungerkopfschmerzen tauft. Wir haben alle das Gefühl, wir hätten fünf Zentimeter hinter den Augen ein winziges Loch, das jemand mit Hammer und Brecheisen langsam zu öffnen versucht. Bei jeder Bewegung wird uns schwindlig, also bewegen wir uns so wenig wie möglich.

Inzwischen sind die tapferen und relativ kräftigen Soldaten mit Feuereifer dabei, die Bäume auf den Straßen dorfeinwärts zu fällen und an jeder Ecke MG-Nester aufzustellen. Die Panzerfahrzeuge knurren auf der einzigen passierbaren Straße auf und ab, verschlingen die Oberfläche und spucken mit den schweren Hinterrädern Steinchen und Schlamm aus. Im Pfarrhaus schreit der Oberst in den Hörer, und das Radio knistert in seiner Ecke in der Stube vor sich hin. Spätabends lässt er nach getaner Arbeit wieder die Finger übers Klavier gleiten, und durch die düsteren Räume zieht ein Klimpern, wie wir es nicht mehr gehört haben, seit Gabi vor Jahren aufgehört hat zu spielen.

Als ich eines Abends, die Arme voll spät gesammelter Nesseln, auf dem Heimweg bin, sehe ich, wie Franzi Wimmer, der sich rar gemacht hat, seit die SS bei uns wohnt, auf den Oberst zugeht, der draußen auf dem Marktplatz seine Abendzigarette raucht. Franzi trägt weder seine Ortsgruppenleiter-Uniform, noch scheint er ein Hehl daraus zu machen, dass er einen über den Durst getrunken hat. »Wien is gfallen, Herr Obers«, lallt er in kameradschaftlichem Ton.

Der Oberst dreht sich um und mustert Franzi von oben bis unten, mit einem Blick, der sofort ernüchternde Wirkung haben müsste, was aber leider nicht der Fall ist.

»Und wer sind Sie?«, fragt er mit monotoner Stimme, die mich an ein Bajonett erinnert, das aus der Scheide gezogen wird, ein Geräusch, wie es mir in letzter Zeit recht vertraut geworden ist.

»Die Russen hom Wien besetst!«, erwidert Franzi undeutlich. Er gibt sich alle Mühe, nicht zu schwanken, was ihm aber nicht gelingt, dafür artikuliert er jedes Wort so angestrengt wie möglich. »S' is vorbei, gell? S' is alles vorbei.«

»Ich habe Sie gefragt, wer Sie sind«, sagt der Oberst mit einer ganz eigenen Artikuliertheit, die überhaupt nicht angestrengt, aber umso bedrohlicher wirkt.

»Wimmer. Orsgruppenleiter Wimmer. Stes su Diensten.« Und Franzi macht eine schiefe Verbeugung, begleitet von einem schlaffen, hämischen Grinsen. »Nutzt nix mehr, gell, aber wassoll's.«

Der Oberst mustert das glühende Ende seiner Zigarette und kommt offenbar zu dem Schluss, dass *die* auf jeden Fall nichts mehr nützt. Er lässt die Zigarette auf die Erde fallen, zerdrückt sie mit dem Absatz seines blitzblanken Stiefels, dreht den Kopf kaum merklich und bellt: »Herr Feldwebel!« Dann dreht er sich wieder zu Franzi um und sagt mit kalter Liebenswürdigkeit: »So, dann haben Sie also beim Feind mitgehört, ja? Und diese Lügen verbreiten Sie im Ausland?«

»Aber geh«, erwidert Franzi und winkt ab. »Wien is' verloren, i weiß's ganz genau. Wieso kapituliert's net einfach? Und wassi noch sagen wollt, wissen Sie denn gar net, in was für eim Haus Sie wohn?«

Der Feldwebel kommt angelaufen und bleibt krachend

vor dem Oberst stehen. »Zu Befehl, Herr Oberst«, ruft er wie ein Peitschenhieb.

Allmählich habe ich genug gehört und eile mit meinen Nesseln durch die Hintertür ins Pfarrhaus. Davon wird mir schwindlig, aber das bin ich inzwischen gewohnt.

Es scheinen Stunden zu vergehen, da schallt auf einmal eine Gewehrsalve über den See und wird zurückgeworfen. Doch dann dauert es nicht lange, und der Oberst zieht leise die Haustür hinter sich zu, und wieder hören wir das langsame, bedächtige Klimpern des Klaviers vor dem Hintergrund des stotternden und knisternden Radiogeräts. Ich entnehme daraus, dass Franzi nicht mehr dazu gekommen ist, dem Oberst zu sagen, dass er in einem Haus von minderwertiger Rasse wohne, und so habe ich das Gefühl, ich kann in Ruhe einschlafen.

Offenbar hat der Oberst auf Franzis Rat nichts gegeben, denn schon am nächsten Morgen veranlasst er einen weiteren heldenhaften Rückzug. Die Telefonkabel werden wieder auf ihre kleinen Trommeln gewickelt, das Radio wird in ein Militärfahrzeug geladen, die Landkarten werden wieder verstaut. Der Oberst schlägt die Hacken zusammen und verbeugt sich vor Ilse, verabschiedet sich und bittet wegen der Unannehmlichkeiten um Entschuldigung. »Der Krieg, gnädige Frau«, murmelt er bedauernd. »Heil Hitler!« Der Bursche lässt zwei Scheiben altes Pumpernickel auf dem Küchentisch zurück.

Die Schlagbäume werden zur Seite geschoben, die MG-Nester abgebaut, und bald sind die Motorräder, Militärfahrzeuge und gepanzerten Autos verschwunden. Einerseits ist auch Franzi Wimmer verschwunden. Andererseits liegt er noch immer zusammengekrümmt vor der durchlöcherten Wand seiner Amtsstube.

Wie kommt es wohl, dass ich denken kann: *Das hast du*

jetzt davon, und gleichzeitig aufrichtiges Mitleid empfinde mit Fritz und Lisl und sogar mit Frau Wimmer, die alle drei heulend und schluchzend daneben stehen, während die Nachbarn ihren toten Vater und Ehemann wegtragen. Vielleicht liegt es daran, dass ich Gabi ebenfalls für tot halte, und dass die Wimmers verdient haben, was passiert ist, im Gegensatz zu uns. Dabei ist Gabi in Wirklichkeit gar nicht tot, sie

18

hält noch immer in Graunau die Stellung.
Und wenn sie sich auf Erwins Totenfeier schon wie ein Hase inmitten von Jagdhunden vorkam, fühlt sie sich hier wie ein Schaf im Wolfspelz, umringt von einer Meute langbeiniger Wölfe. Jede Nacht stopft sie sich ein Taschentuch in den Mund, damit sie nicht im Schlaf laut aufschreit. Und jede Nacht träumt sie denselben Traum, in dem Gendarm Bolzner ins Zimmer kommt und alle ins Gefängnis und in den Tod führt. *Warum haben Sie sich nicht das Leben genommen?,* fragt Gendarm Bolzner jede Nacht in vorwurfsvollem Ton, und jede Nacht wird sie von ihrem eigenen erstickten Schrei geweckt, ein dumpfes Gurgeln in ihrer trockenen Kehle.

Tagsüber geht es besser. Da hat sie sich mehr unter Kontrolle. Und dann sind da die Kriegsgefangenen, die sie auf Trab halten, Schafe im Schafspelz unter Wölfen, wie sie einer ist. Ahnen sie, dass sie und Gabi am selben Strang ziehen? Wittern sie das gejagte Schaf in der wölfischen Kleidung? Sie weiß es nicht. Manche spüren zumindest, dass sie kein Nazi ist: John, der englische Kaplan, der in irgendeiner Schlacht einen Arm verloren hat, Alain, der Franzose, der an Blutvergiftung stirbt, und Roger, sein älterer Freund. Sie gehörten zu den freien französischen Streitkräften, und Major Friedländer weigert sich, sie zu behandeln – seiner Meinung nach gehören sie erschossen. Dann sind da noch ein paar Russen, die Major Friedländer nicht nur nicht behandelt, sondern nicht einmal wahrnimmt. Wenn Schwester Brigitte gerade nicht hinsieht, packen sie Gabi manchmal am Ärmel, flüstern ihr etwas zu, was sie nicht versteht, und nicken ängstlich in Richtung Tür, als könnte jeden Moment Hitler persönlich hereinspazieren – oder Stalin? Ein Einbeiniger, der über den Polstern seiner Krücken hängt, flüstert andauernd »Deutschland kaputt!«, nickt wie ein Verrückter mit dem Kopf und humpelt davon.

Als ein einsamer amerikanischer Bomber sowohl die Baracken als auch das Krankenhaus unter Beschuss nimmt (dass die Amis allzu wählerisch sind, kann man nicht von ihnen erwarten), ist es John, der englische Kaplan, der Gabi ihre erste Lektion in Luftangriffsmaßnahmen erteilt. Major Friedländer ist gerade auf Urlaub und ein anderer Arzt hat Dienst, ein junger Mediziner frisch von der Universität, und er hat Alain Morphium verschrieben, Alain, der Gabi mit heiserer Stimme ins Ohr geflüstert hat, er sei Poet. Zumindest hat sie das so verstanden. Oder hat er »Pilot« gesagt? Der Fliegeralarm geht los, als Gabi gerade zur Krankenhausapotheke unterwegs ist, um rasch das Medikament zu holen, bevor jemand den Befehl zurücknimmt. In dem kleinen Fenster unterschreibt sie mit *Schwester Frieda Brandt*, während gleichzeitig aus der Ferne die Luftabwehr schon den Himmel durchlöchert. Wieder einmal wundert sie sich selbst, wie schnell sie sich in die Rolle der arischen Krankenschwester hineingefunden hat. Auf dem

Rückweg mit den kostbaren Röhrchen erreicht sie die Mitte des Hofes genau in dem Moment, als der amerikanische Pilot sechzig Meter über der Anlage auftaucht und ohne Rücksicht auf das rote Kreuz auf dem Dach auf den Abzug drückt. Sie presst sich schützend das Morphium gegen die Brust und steht wie angewurzelt da, während ringsum die Erde aufgeworfen wird, der Putz aus der Wand fliegt und eine Reihe gezackter Löcher sich ins Dach eines leeren Krankenwagens frisst. Gleichzeitig schießt mit einem Luftzug ein dunkler Schatten über den Innenhof, und kaum eine Sekunde später hört sie das Knattern und Dröhnen der davonfliegenden Mustang.

Der englische Kaplan, der hinter einer Mauer in Deckung gegangen war, springt hervor und zerrt sie mit einer einzigen Hand zu sich in Sicherheit. »Man muss es ihnen ja nicht auch noch leicht machen!«, ruft er, und sie ahnt, was er sagen will, ohne seine Worte wirklich zu begreifen. »Vorsicht, er könnte noch mal umkehren!« Ihre Finger klammern sich fest um die Morphiumfläschchen, und auf einmal zittert sie am ganzen Leib, ihr Herz hüpft in ihrer Brust wie ein Springbock auf der Flucht vor einem Rudel Löwen.

Das Morphium hält noch so lange wie Alain, denkt sie später (ein Irrtum, wie sich herausstellen wird); der andere Patient ist nämlich gestorben. Es sei denn, Major Friedländer kommt zurück und bricht die Behandlung ab. Aber er wirft nicht einmal im Vorbeigehen einen Blick ins Sterbezimmer, egal, wie es den Patienten geht. An denjenigen, die ihn interessieren, erprobt er Medikamente. Es scheint ihnen damit nicht besser zu gehen. Tatsächlich verschlechtert sich sogar ihr Zustand, was ihn aber nicht davon abhält, weiterzuexperimentieren. »Die Wissenschaft lernt aus ihrem Scheitern genauso wie aus ihren Erfolgen«, sagt er zu Schwester Brigitte, die verwirrt und fast beklommen wirkt, die angeordneten Medikamente dennoch weiter verabreicht. Der Doktor wird schon wissen, was richtig ist, vor allem, wo er doch zur SS gehört.

Seltsam, dass die Wochen vergehen und Gabi noch immer unentdeckt bleibt. Sie hat zwar nicht das Gefühl, sie sei in Sicherheit, fühlt sich aber zunehmend sicher in ihrer Rolle. Sie zögert nicht mehr, wenn jemand »Schwester Frieda!« ruft, sie schreckt nicht mehr jedes Mal zusammen, wenn die Mutter Oberin ihre Runden macht, das Kruzifix auf dem üppigen Busen wiegend, raschelnde Unterlagen in der Hand. Es ist fast, als hätte sich Gabi gehäutet wie eine Schlange und besäße jetzt nur noch diese eine Haut. Manchmal stellt sie sich vor, wie es wäre, jahrelang, womöglich für den Rest ihres Lebens, so weiterzumachen und irgendwann auf irgendeinem lutherischen Friedhof als zweite Frieda Brandt begraben zu werden. Dennoch weiß sie, dass ihre Sicherheit zerbrechlich und zeitlich begrenzt ist, früher oder später wird die Wahrheit ans Licht kommen, und je sicherer sie sich fühlt, desto größer ist das Risiko, dass sie ihre Reserve aufgibt, dass ihr irgendetwas herausrutscht und sie sich plötzlich verrät. Also schläft sie nach wie vor mit einem Taschentuch im Mund, und ihre Kehle wird rau und trocken wie Schmirgelpapier.

Noch immer träumt sie fast jede Nacht ihren Traum. Doch inzwischen ist er anders. Diesmal marschiert Gendarm Bolzner an ihr vorbei, weil er sieht, dass sie nicht da ist. Keine Schuldzuweisungen, keine Vorwürfe. Nur die vier gehen Hand in Hand hinter ihm her und verschwinden hinter einer Eisentür, die krachend ins Schloss fällt und sie aus dem Schlaf reißt wie schon ihr früherer Traum. Was sie jetzt fürchtet, ist nicht ihre Entdeckung, sie fürchtet um das Schicksal ihrer Familie. Haben Polizei und Gestapo ihre

Selbstmordgeschichte geschluckt? Wurden Willibald und die Kinder verhört? Oder gar gefoltert? Wurden sie deportiert? Was, wenn sie nun als Einzige überleben sollte und die anderen nicht? Jedes Mal, wenn sie darüber nachdenkt, also ungefähr zehnmal am Tag, ziehen sich ihre Eingeweide zusammen, und sie erkennt, dass es besser gewesen wäre, in den Tod zu gehen wie ihre Schwester Frieda, oder brav nach Linz zu fahren wie Frau Professor Goldberg.

Wüsste sie doch nur, wie es ihnen geht! Könnte sie sich doch nur irgendjemandem anvertrauen! Wäre doch nur Sara hier, ihre Vertraute, denkt sie manchmal fieberhaft. An jedem ihrer freien halben Tage geht sie an Fräulein von Adlers Haus vorbei, aber noch immer stehen Wachen vor der Tür, und kein Zivilist ist weit und breit zu sehen. Und sie wagt es nicht, nach Fräulein von Adler zu fragen, denn es könnte ja sein, dass sie verhaftet wurde und das Haus observiert wird. Außerdem löst sich jedes Mal die Selbstsicherheit, mit der sie im Krankenhaus als Schwester Frieda auftritt, draußen vor der Tür in nichts auf, wo ständig die Gefahr besteht, einem Bekannten aus Heimstatt oder Umgebung in die Arme zu laufen, oder von jemand erkannt zu werden. Den Blick zu Boden, eilt sie zurück ins Krankenhaus.

Wo sie an ihrem siebten freien Tag von der Mutter Oberin abgefangen wird, die noch immer ihre Unterlagen und ihren Ausweis (das heißt Friedas Unterlagen und Ausweis) in ihrer Schreibtischschublade hat. *Oh Gott, das war's,* denkt Gabi, als die Mutter Oberin sie in ihr Büro bittet. Sie haben's rausgefunden. Gabi schnappt nach Luft wie eine Ertrinkende. Doch die Mutter Oberin ist allein – das ist schon mal beruhigend – und schließt die Tür, bevor sie anfängt zu sprechen. »Schwester Frieda, Sie sehen so traurig aus, Sie müssen sehr einsam sein. Haben Sie keine deutschen Freunde hier in Graunau? Nein? – Sie haben doch in Dresden alles verloren, sagten Sie – vielleicht möchten Sie sich mal mit Pater Johannes unterhalten?«

»Pater Johannes?«

»Wenn einem etwas auf der Seele lastet, hilft es manchmal, darüber zu reden«, sagt sie mit der Gelassenheit eines Menschen, der weiß, dass jedes Klischee einen wahren Kern hat. »Pater Johannes ist unser Beichtvater. Er ist natürlich absolut verschwiegen«, fügt sie hinzu und sieht Gabi fest in die Augen. »Es ist eine Sache zwischen Ihnen und Gott.«

»Aber ich bin keine Katholikin.«

»Ich weiß«, sagt die Mutter Oberin und sieht aus, als wüsste sie noch einiges mehr. »Das spielt keine Rolle. Es ist nur, falls Sie mit jemandem reden wollen. Sie müssen nicht … Aber Sie könnten ihm erzählen, was Sie bedrückt. Es bedrückt Sie doch etwas, habe ich Recht? Pater Johannes ist Deutscher, aus Litauen, wissen Sie. Auch die Russen kommen zu ihm. Er ist kein …« Sie zögert einen Augenblick, nicht als fehlten ihr die Worte, vielmehr als überlegte sie, ob sie es wagen soll, die Worte auszusprechen. »Er ist nicht wie Schwester Brigitte«, sagt sie schließlich und sucht wieder Gabis Blick. »Er teilt nicht ihre … Anschauungen.«

Gabi verspricht, sich die Sache durch den Kopf gehen zu lassen, und das tut sie wirklich. Inzwischen weiß sie zumindest ansatzweise um Schwester Brigittes Anschauungen, aber sicherlich kann es nicht das sein, auf was die Mutter Oberin anspielt. An ihren freien Tagen legt Brigitte, wie sie dann genannt werden möchte (entsprechend sagt sie zu Gabi nur noch Frieda), leuchtend roten Lippenstift auf, pudert sich das Gesicht und lackiert sich sogar die Nägel knallrot, was wenig zu tun hat mit Hitlers Idealbild der natürlich-gesunden arischen Frau. Dasselbe gilt an den

Samstagen, von denen sie jeden zweiten frei hat – mit Sabbat heiligen hat sie nichts am Hut. Und wenn sie spätnachts wiederkommt, sieht sie ganz verändert aus, mit rosigen Wangen und einem Leuchten in den schieferblauen Augen. Mit rätselhaft zufriedener Miene und verträumtem Lächeln liegt sie auf ihrem Bett, und Gabi muss an längst vergangene Sonntagnachmittage mit einem Mann namens Josef Stern denken.

Vermutlich ist das eine der Anschauungen, die Pater Johannes nicht mit Schwester Brigitte teilt. Aber Gabi kann sich denken, dass es nicht sein Keuschheitsgelübde war, worauf die Mutter Oberin anspielte. Es ging dann wohl doch eher um politische Anschauungen. Nachdem sie an zwei Nächten hintereinander träumt, wie sich die Eisentüren hinter uns vieren schließen, zwingt sich Gabi, am ganzen Leibe zitternd, Pater Johannes in seinem Zimmer im deutschen Soldatenflügel einen Besuch abzustatten. Die es in ihren Krankenzimmern doch deutlich besser haben als die Kriegsgefangenen, wie sie im Vorbeigehen feststellt. Aber das, denkt sie, ist natürlich auch Sinn der Sache.

Gabi muss warten. Nach gut fünf Minuten kommt ein junger Soldat mit verbundenem Auge aus dem Zimmer. Er schnieft und wischt sich mit dem Handrücken über das gute Auge, und man hätte fast denken können, er habe eine Träne verdrückt, wenn man nicht wüsste, dass ein deutscher Soldat niemals weint. Mit eingezogenem Kopf geht er an ihr vorbei. Schon setzen sich die nächsten beiden mit gebührendem Abstand zu der Schwester auf die Wartebank. »Sie sind dran, Schwester«, sagt der eine höflich und nickt in Richtung Tür.

Pater Johannes hat einen Samowar im Zimmer, wie ihn Gabis Vater im alten Berlin der glorreichen Vorkriegszeit besaß. Irgendwie macht ihr das Mut. Noch nie hat sie für längere Zeit etwas für sich behalten können, und jetzt muss Pater Johannes für sie sein, was Sara in Heimstatt für sie war. Und dann sprudelt die ganze angestaute Geschichte aus ihr heraus. Und während sie ziemlich unzusammenhängend erzählt und erzählt, steht Pater Johannes, der kahler nicht sein könnte, dafür aber einen dichten grauen Bart im Gesicht hat, von seinem Schreibtisch auf und setzt sich neben sie, die buschigen Augenbrauen wie zwei romanische Rundbögen. Zu guter Letzt bricht sie in Tränen aus und gesteht schluchzend, am Ende womöglich auch noch ihren eigenen Mann und ihre Kinder auf dem Gewissen zu haben.

Der alte Priester nimmt und tätschelt ihre Hand, ehe er sie hastig wieder hinlegt, als wäre ihm plötzlich wieder sein Gelübde eingefallen. »Vielleicht ist ja alles nur halb so schlimm«, sagt er schnaufend. »Vielleicht geht es ihnen ja gut.«

Das beruhigt sie nicht. Im Gegenteil, dieser Satz erinnert sie nur allzu lebhaft an Willibald. »Aber wovon sollen sie sich denn bloß ernähren, wo ich nicht da bin?« Der Sinn fürs Praktische ist ihr keineswegs abhanden gekommen. »Könnten Sie ihnen nicht schreiben und sie fragen, was inzwischen in Heimstatt passiert ist?«

Pater Johannes betastet nachdenklich seinen Bart, als wunderte er sich ein wenig über den haarigen Auswuchs an seinem Kinn. »Es kann aber sein, dass ihre Post geöffnet wird«, sagt er mit Blick zum Himmel, oder auch nur zur Decke.

»Vielleicht sollte ich einen Lutheraner fragen«, schlägt Gabi unsicher vor. »Vielleicht hat man ja hier etwas gehört.«

»Tun Sie das bloß nicht! Unter denen sind jede Menge Deutsche Christen!«, gibt Pater Johannes hastig und mit

Betonung auf »Deutsche« zurück, und es klingt geradezu blasphemisch. »Außerdem könnte man Sie erkennen. Nein, Sie müssen unbedingt hier im Krankenhaus bleiben. Sie müssen sogar jeden Sonntag in die Messe kommen.«

Gabi fragt sich, ob das nicht vielleicht ein subtiler Versuch ist, sie zum Pfaffentum zu bekehren, und sie ist kurz davor, Pater Johannes zu informieren, dass sie an keinen Gott mehr glaube, ob katholisch oder evangelisch. Denn sie ist der Meinung, wenn es einen Gott gäbe, hätte er Hitler nicht zugelassen.

»Es ist nur zu Ihrem Besten«, fährt er fort. »Gott wird Ihnen vergeben. Sie dürfen nur nicht aus der Reihe tanzen, wissen Sie. Sie müssen sich anpassen. Sonst machen Sie sich verdächtig. Wer vermutet beim heiligen Abendmahl schon eine Jüdin?«

Gabi weiß seit frühester Kindheit, wie wichtig es ist, nicht aus der Reihe zu tanzen, und was Pater Johannes sagt, leuchtet ihr völlig ein. Im Prinzip ist sein Vorschlag ja nichts weiter als die Verfeinerung von Martins Plan. »Aber meine Familie!«, schluchzt Gabi von neuem los. »Ich muss unbedingt wissen, was mit ihr ist!«

»Ist ja gut«, murmelt Pater Johannes und wirft einen Blick zur Tür. »Wir finden schon einen Weg.«

»Außerdem habe ich der Mutter Oberin doch schon gesagt, ich sei Lutheranerin!«

»Die Mutter Oberin wird das verstehen. Ich glaube, sie versteht es ohnehin schon.«

Und so empfängt Gabi zum ersten Mal in ihrem Leben das heilige Abendmahl, Seite an Seite mit den anderen Schwestern und den Soldaten in einer improvisierten katholischen Kapelle im Militärflügel des Krankenhauses, von dem die Amerikaner keine zehn Kilometer entfernt sind (man hört die Kanonen). Indem sie die anderen aus dem Augenwinkel beobachtet, gelingt es Gabi glücklicherweise, dem Ablauf der Messe zu folgen. Und die Oblate und der Wein schmecken eigentlich auch nicht schlecht. Sogar das Bekreuzigen kriegt sie einigermaßen hin.

Doch die katholische Liturgie ist nicht alles, was Gabi heute lernen muss. Sie muss auch lernen, wann Schluss ist mit dem Gesang.

Zurück auf der Gefangenenstation stellt sie fest, dass John, der englische Kaplan, gerade seinen eigenen sonntäglichen Gottesdienst abhält, wobei sich aus irgendeinem Grund ein paar der atheistischen Russen hinzugesellt haben. Das heißt ein paar von den wenigen, die noch auf den Beinen sind. Sie stehen am Rand und verfolgen das sonderbare Ritual ihrer kapitalistischen Verbündeten mit dunklen wachsamen Augen. Und beim stockenden, eher tonlosen Kirchenlied »Bleib bei mir, Herr«, mit dem der Gottesdienst abgeschlossen wird, fangen einige an, die Melodie mitzusummen, und zwar mit Stimmen, die vermuten lassen, dass die Männer zum Militärchor gehört haben.

Bald schon ist ein regelrechtes Verbündetenkonzert im Gange, und jede Nation singt ein paar ihrer Volkslieder. Auf *Frère Jacques,* ein Lied, das alle gut zu kennen scheinen, folgt ein monotones englisches Klagelied über einen Junggesellen und den nebligen Tau, bei dem John demonstrativ nicht mitsingt. Ohne etwas von dem Lied zu verstehen, kommt Gabi ihren Schwesternpflichten nach. Sie vermutet, dass es in dem Lied um die notorisch feuchte englische Witterung geht. Was die Franzosen und Russen davon halten, kann sie nicht sagen, aber sie wirken nicht minder ratlos. Anschließend stimmen die Russen wie vorauszusehen ein melancholisches Lied an, von dem sich zwei Chorsänger mitreißen lassen wie die Stars einer tragischen Oper.

Plötzlich fliegt krachend die Tür auf und Major Friedländer landet seinen ganz eigenen lautstarken Auftritt, nur ist der alles andere als melodiös. Die anderen Stimmen verebben wie die Gewehre am Gedenktag zum Ende des Ersten Weltkriegs, aber Frieden ist das Letzte, woran Major Friedländer im Augenblick denkt. »Schwester Frieda! Das ist ein Skandal! Wie können Sie es zulassen, dass diese Kriegsgefangenen hier ihre Nationalhymnen singen? Wissen Sie denn nicht, dass das vom Führer ausdrücklich verboten wurde?«

»Aber es sind doch gar keine Nationalhymnen, Herr Major«, erwidert Gabi schüchtern. »Es sind doch nur Volkslieder.«

»Woher wollen Sie das wissen? Solche Lieder werden hier jedenfalls nicht gesungen, ist das klar? Das nennt man Feindbegünstigung! Wenn die schon wieder singen können, dann können sie auch arbeiten.«

Gabi nickt ergeben. »Tut mir Leid, Herr Major.«

Major Friedländer tritt auf sie zu und sagt mit tiefer, grimmiger Stimme: »Ich werde Sie von jetzt an sehr genau beobachten, Schwester Frieda. Und so etwas schimpft sich deutsche Krankenschwester. Mir fehlen die Worte.« Zur Bekräftigung nickt er zweimal mit dem Kopf, dreht sich um und verlässt die Station. Er ist so wütend, dass er sogar vergisst, Heil Hitler zu sagen.

Und Gabi erkennt, dass sie unvorsichtig war und sich um ein Haar verraten hätte. Major Friedländer muss jetzt nur nach ihren Papieren fragen, und schon ist es um sie geschehen. Mechanisch setzt sie ihre Arbeit fort, liest Thermometer ab und zählt Pulsschläge und spürt dabei ununterbrochen das leise, rhythmische Pochen der Angst in ihrer Magengrube. Aus den Blicken der Gefangenen sprechen Reue und Mitgefühl, als wären sie in Gedanken bei ihrer Vorgängerin, Schwester Astrid, die jetzt selbst Gefangene ist, allerdings im KZ.

Die Volkslieder verstummen, doch das jeweils landestypische Ächzen und Stöhnen der Sterbenden geht weiter. *Das* hat der Führer nicht verboten – im Gegenteil, dafür ist er durchaus zu haben. Das schlimmste Ächzen und Stöhnen stammt von Alain, dem Poeten oder Piloten, der aus seinen morphiumgetränkten Träumen erwacht, nur um festzustellen, dass es mit dem Morphium und somit auch mit den Träumen vorbei ist.

»Ich will ein französisches Gedicht hören«, fleht er Gabi an, die Stimme dumpf vor Schmerz – zumindest ist es das, was Gabi versteht, und sie soll Recht behalten. »Wenn ich schon nie wieder nach Frankreich komme, will ich wenigstens ein französisches Gedicht hören.«

Die Tränen treten ihm in die Augen, laufen über und rinnen langsam auf das schmutzige Kopfkissen (gewaschen wird inzwischen nur noch alle vierzehn Tage, wenn überhaupt). Er versucht, sich aufzusetzen. Roger, sein älterer Freund, hilft ihm dabei. Auch andere versammeln sich um das Bett und helfen mit. Dann sagt Roger ein Gedicht auf, von dem er sagt, es trage den Titel *L'Automne.* Er trägt es mit tiefer Stimme vor, die nur hin und wieder etwas zittert. Gabi hat das Gefühl, dieses Gedicht einmal in der Schule auswendig gelernt zu haben – zumindest kommt es ihr bekannt vor.

Noch vor der letzten Strophe schließen sich Alains Augen und Tränenkanäle. Dasselbe gilt für den Rest seines Körpers, nur nicht für seinen Verdauungstrakt. Als hörte Alain noch immer zu, fährt Roger bis zur allerletzten Zeile fort: *Der Sommer scheidet wie ein guter Freund.*

Behutsam betten sie Alain auf den Rücken, und Gabi schließt ihm die Lider, wobei sie mit professioneller Distanz gegen den Fäulnisgeruch seiner Blutvergiftung und den Gestank seiner Exkremente die Luft anhält. Dann trägt sie die Sterbezeit in seine Krankenakte ein, ruft die Sanitäter und lässt ihn wegtragen. Roger begleitet ihn, bis ihm die Wachen am Eingang zum Innenhof den Weg versperren. Niemand weiß, wo Alain begraben wird oder ob er überhaupt begraben wird, aber das ist nicht verwunderlich – die Totengräber kommen gar nicht mehr hinterher, als die Luftangriffe ernsthaft losgehen und das Grollen der Artillerie wie ein Gewitter aufzieht, nur dass der Himmel dabei klar ist. Klar bis auf die amerikanischen Tiefflieger, die jeden Tag und fast jede Nacht die Stadt bombardieren.

Die Gefangenen sind zwar eingeschlossen, aber diejenigen, die laufen können, taumeln hinunter in den Keller, als in der Nähe die Bomben zu fallen beginnen. Die Bettlägrigen sind oben ihrem Schicksal ausgeliefert. »Sie haben ohnehin so gut wie keine Chance«, sagt Schwester Brigitte und zuckt resigniert mit den Schultern. Ihre Ausflüge haben ein Ende gefunden, dennoch ist sie fast so glücklich wie zuvor. Als sie zusammen im Keller sind, beugt sie sich dicht zu Gabi heran und flüstert ihr zu, ihr Freund sei an die Front geschickt worden. »Aber sobald er wieder daheim ist, wollen wir …« Der Rest des Satzes geht im Krachen einer Detonation unter, die die Wände erbeben lässt, und Gabi schlägt sich schützend die Hände über den Kopf.

Gabi hat Angst während dieser Luftangriffe, die weitaus schlimmer sind als das, was sie in Berlin erlebt hat. Das Herz schlägt ihr bis zum Hals, und sie versucht, sich zu beruhigen, indem sie sich sagt, die Angriffe bedeuten, dass der Krieg bald zu Ende sein wird. Aber was nützt ihr das, wenn sie vorher draufgeht? Sie will diese Bomben, aber müssen sie ihr unbedingt auf den Kopf fallen? Sie ist drauf und dran, Gott zu bitten – ja, auch sie beruft sich auf einmal wieder auf den großen Mythos –, die Angriffe zu beenden, oder sie zu verschlimmern, damit alles vorbei ist, bevor Major Friedländer hinter ihr Geheimnis kommt.

Nach dem nächsten Luftangriff brennt das Dach. Es sind die Gefangenen, die das Feuer löschen. Die Wachen sind zu sehr mit ihren eigenen Wunden beschäftigt, um auf die Gefangenen zu achten, es sei denn, es versuchte einer zu fliehen. Der einbeinige Russe führt eine Art Tänzchen auf seinen Krücken auf, als er das verkohlte Loch in der Decke der Hauptstation sieht. Zwei der Bettlägrigen tragen Schnittwunden und Verbrennungen davon, aber die beiden sind ohnehin dem Tod geweiht. Roger treibt etwas Farbe auf, um ein noch größeres rotes Kreuz auf die Plane zu malen, die sie über die verkohlten und zertrümmerten Dachziegel spannen. Das findet Major Friedländer nicht gut – wahrscheinlich wäre es ihm lieber gewesen, sie wären alle bei lebendigem Leibe verbrannt –, doch da die Mutter Oberin selbst Leitern und Plane organisiert hat, schnaubt er bloß und zieht ein finsteres Gesicht. Zum Glück hat Gabi gerade frei, als Major Friedländer seinen Kontrollgang macht, also sieht er nur Schwester Brigitte, die Roger mit erhobener Stimme und wild gestikulierend zur Eile antreibt. Vielleicht stimmt der Anblick einer arischen Frau beim Gängeln eines Mannes von minderwertiger Rasse den SS-Offizier milde.

Die Gewehrsalven kommen langsam näher, und die Flüchtlinge auch – endlose Kolonnen geschundener Gestalten, die auf der Flucht vor den anrückenden Amerikanern durch Graunau zockeln. Die Männer sind alt und gebeugt, die Frauen hager und gehetzt, die Kinder jammern verängstigt vor sich hin. Alle sehen völlig heruntergekommen aus. Von der Herrenrasse scheint wenig übrig geblieben zu sein. »Deutschland kaputt!«, flüstert der einbeinige

Russe, klopft schadenfroh mit seiner Krücke auf den Boden, zwinkert Gabi wie ein Verrückter zu und schwingt sich davon. »Deutschland kaputt!«

Unter den Flüchtlingskindern bricht die Grippe aus, und sechs davon müssen von ihren verstörten Müttern im Krankenhaus zurückgelassen werden, während sie selbst von Amtspersonen weitergedrängt werden, damit sie aus dem Weg sind, bevor die Belagerung beginnt – es gibt so schon für diejenigen zu wenig zu essen, die gebraucht werden, um den Feind von der stolzen Reichsstadt der drei Flüsse zurückzuschlagen. Die Kinder dürfen nicht in den Soldatenflügel – das Letzte, was die Kommandeure wollen, ist eine Grippeepidemie unter dem genesenden Kanonenfutter, das ja schließlich noch für die nächste Schlacht gebraucht wird. Also müssen die kranken Kinder mit auf die Kriegsgefangenen-Station. Wenn sie da ihren Bazillus verteilen, spielt es keine Rolle. Im Gegenteil, es könnte durchaus von Vorteil sein.

Die Kinder werden im hinteren Teil der Station untergebracht, möglichst weit weg von den ansteckenden Gefangenen und der kaputten Decke, aber manch ein Gefangener hat seit vier Jahren kein Kind mehr gesehen, und die Verwundeten scharen sich um die Kleinen wie Eisenspäne um eine Ansammlung hübscher Magneten. Schwester Brigitte und Gabi versuchen, sie zu verscheuchen, aber es ist zwecklos, immer wieder werden sie magisch angezogen, und irgendwann kommen die beiden Schwestern auf die Idee, die Gefangenen einfache Aufgaben erledigen zu lassen, für die ihnen selbst die Zeit fehlt. John, der Kaplan, leert einen Nachttopf aus, Roger bezieht ein Bett, einer der russischen Sänger tupft den Kindern den Schweiß von Gesicht und Händen.

Nach und nach erholen sich die Kinder von der Grippe,

und nach und nach sterben sie an Unterernährung und der Lungenentzündung, die sich als Komplikation aus der Grippe entwickelt. Und im Sterbezimmer gibt wieder einer den Geist auf, weil seine Blutvergiftung nicht behandelt wird.

Während die Kinder immer schwächer und fiebriger werden, denken sich die Gefangenen allerhand aus, um sie zu unterhalten. Sie bilden mit den Händen Schattentiere an der Wand und erzählen ihnen in ihrer Muttersprache Geschichten. Die Russen albern herum, die Engländer versuchen ihr Glück mit dem Bindfaden-Spiel. Der Franzose Roger sagt französische Kinderreime auf. Einige Kinder lächeln, andere blicken sie nur verloren an, die Gesichter von Angst und Kummer gezeichnet. Als gar nichts mehr geht, halten die Gefangenen den Kindern die Hand und streichen ihnen übers Haar. Erst als Major Friedländer auftaucht, treten sie wohl oder übel den Rückzug an, doch kaum dass er weg ist, sind sie schon wieder im Anmarsch. Sogar Schwester Brigitte macht mit ihnen gemeinsame Sache; den Kindern tut die Zuwendung gut, das kann sie nicht leugnen. Mitleid und Bestürzung spiegeln sich in Major Friedländers Gesicht, als er sich über die sterbenden Jungen und Mädchen beugt, und Gabi meint sogar, in seinem gesenkten Blick endlich etwas wie Zweifel zu erkennen. Die Vorsehung dürfte eigentlich nicht zulassen, dass arische Kinder so leiden müssen, denkt er bestimmt. Vor allem nicht, wenn zur gleichen Zeit die Vertreter minderwertiger Rassen nicht kleinzukriegen sind.

Sogar Nazis hadern gelegentlich mit ihrem Glauben.

Die Lungen der Kinder verstopfen, das Fieber steigt, und sie ringen nach Luft. Roger ist der Geschickteste unter den Gefangenen, und Gabi und Brigitte erlauben und danken es ihm, die heißen Wickel vorzubereiten und den Kindern um die magere Brust zu legen. Aber es nützt alles nichts.

Ihr Atem geht immer schneller und flacher, ihre Wangen werden röter, die Augen glasiger. Major Friedländer kommt jetzt zweimal täglich vorbei, und die Gefangenen wissen, wann sie ihren strategischen Rückzug antreten müssen. »Herr Major«, schlägt Gabi vorsichtig vor, und dabei denkt sie an ihre Kinder und die Krankheiten, durch die sie sie begleitet hat, »wäre es nicht vielleicht möglich, etwas Sauerstoff zu besorgen?«

»Meinen Sie, daran hätte ich nicht auch schon gedacht, Schwester Frieda?«, erwidert Major Friedländer barsch. Von Tag zu Tag wirkt er angespannter. »Unser Sauerstoff ist ausschließlich für die Truppen reserviert.« Dennoch bricht oder umgeht er das Gesetz und bestellt ein paar Sauerstoffzylinder aus dem Lager, wo sie auf die Wiederbelebung des erwachsenen arischen Kanonenfutters warten. Er hat es sich in den Kopf gesetzt, diesen Kindern das Leben zu retten, als hinge die Zukunft der arischen Rasse davon ab, wobei ihn seine Mission auf unwahrscheinliche Weise nicht nur mit seinen beiden Krankenschwestern verbindet, sondern auch mit den verhassten Kriegsgefangenen. Er verfolgt kaum noch, wie es seinen Versuchskaninchen geht, von denen die meisten schneller sterben als diejenigen Patienten, die gar keine Medikamente bekommen.

Von Schwester Brigittes Sorglosigkeit ist nichts mehr zu spüren, und sie arbeitet sich halb tot, um die sterbenden Kinder zu pflegen. Doch wie Major Friedländer feststellt, ist es Schwester Frieda, die das bessere Händchen hat. »Mit Kindern scheinen Sie besser umgehen zu können als mit den Kriegsgefangenen«, sagt er unvermittelt zu Gabi. »Haben Sie in Dresden auf der Kinderstation gearbeitet?«

»Ich … ich weiß nicht genau«, murmelt Gabi nervös. »Ich meine …, ich erinnere mich nicht.«

»Ach nein?« Major Friedländers müde Augen verhärten

sich. »Sie erinnern sich nicht?« Er wirft ihr einen frostigen Blick zu und wendet sich ab. Gabi dreht sich der Magen um. Sie denkt an Friedas Papiere in der Schreibtischschublade der Mutter Oberin. Sie sieht den vor ewigen Zeiten abgelaufenen Ausweis mit dem Foto, das ihr nicht wirklich ähnelt. Sie sieht Major Friedländer genau vor sich, halb sitzend auf dem Schreibtisch der Mutter Oberin, und wie er seine Schirmmütze hochmütig auf den leeren Stuhl wirft, um das Foto eingehend zu mustern. Sie sieht genau vor sich, wie er zum Telefonhörer greift …

Aber der Major hat gerade ganz andere Sorgen. Trotz des Sauerstoffs sterben ihm die Kinder weg. Erst erwischt es die jüngeren, dann einer nach dem anderen auch die älteren. Sie sind zu mager, zu schwach, vielleicht auch zu verängstigt, um länger durchzuhalten. Selbst Hansi, mit sechs Jahren der Älteste, stirbt langsam und qualvoll. Roger ist sein liebster Freund geworden. Hansi hat Angst vor der Sauerstoffmaske und setzt sie nur auf, wenn Roger ihm die Hand hält. Als Major Friedländer den Franzosen auf Hansis Bettkante entdeckt, schickt er ihn verärgert und argwöhnisch weg. Was will dieser heimtückische Franzose mit einem arischen Kind? Sicherlich nichts als Unfug treiben. Doch kaum ist der Franzose weg, will sich Hansi wimmernd die Maske vom Gesicht reißen. »Das, was Sie da sehen, ist ein Mensch, der sich dem Leben verweigert«, bemerkt Major Friedländer grimmig. »Binden Sie ihn fest.« Stattdessen aber marschiert Schwester Brigitte direkt vor Major Friedländers Nase los, um Roger zurückzuholen und die verbrannte und verstümmelte Hand des Franzosen in Hansis Hand zu legen. Jetzt nimmt Hansi den Sauerstoff an, aber das Leben selbst ist ihm einfach zu viel geworden. Major Friedländer schnaubt und wendet sich ab, das eigene Gesicht zur Maske erstarrt, und was dahinter vor sich geht, weiß keiner. Genauso wenig, wie man weiß, was hinter Schwester Brigittes verengten Augen abläuft.

Friedlich zischend strömt der Sauerstoff in Hansis Nase, aber Hansis Lungen haben genug – und Hansi auch. Wenige Stunden später stirbt er, das Händchen noch immer in Rogers Hand, ohne etwas mitzubekommen vom unablässigen Krachen der Granaten, bei denen diejenigen Gefangenen, die noch bei Bewusstsein sind, die Ohren spitzen, um abzuschätzen, wann die Amis endlich da sein werden.

Während die Sauerstoffzylinder zurück ins Lager gerollt werden, werden die Kinder in weißen (oder zumindest annähernd weißen) Krankenhauskitteln aufgebahrt, um zum Friedhof oder wohin auch immer gebracht zu werden. In jede erstarrende Hand wird ein improvisiertes Holzkreuz gelegt, die ausgerechnet die atheistischen Russen aus herabgestürzten Dachbalken zusammengezimmert haben. Und John, der Kaplan, hält einen Arm über sie und überantwortet ihre Seele dem Herrn, der für ihren Leib nicht allzu viel getan hat.

Komische Sache, dieser Krieg, würde Gabi vielleicht denken, wäre sie mit etwas mehr schwarzem Humor gesegnet und hätte sie nicht ganz andere Sorgen, zu denen die Überlegung gehört, wie es uns allen geht

19

daheim in Heimstatt.

Vorausgesetzt, wir sind noch da, oder besser gesagt, wir sind überhaupt noch irgendwo. Sie besucht Pater Johannes nach der nächsten Sonntagsmesse, bei der sie sich inzwischen schon fast heimisch fühlt. So heimisch, dass sie sich, während sie sich hinkniet und das Abendmahl empfängt, tatsächlich fragen muss, warum sie in ihrer Jugend bloß so erpicht darauf gewesen war, mit Maria Müllendorfs Hilfe zum Christentum überzutreten. Sind nicht alle Religionen irgendwie gleich, denkt sie und nimmt einen Schluck Wein. Ein paar Riten, ein paar Gebete. Ein paar Kirchenlieder und ein mysteriöses heiliges Buch. Die Entscheidung für die eine oder andere Religion ähnelt der Wahl seiner Kleidung, und für Kleidung hat sie sich auch nie wirklich interessiert. Hätte sie Zeit oder Lust, die Analogie noch weiter zu spinnen, würde sie sich inzwischen wohl am ehesten als Nudistin bezeichnen.

Pater Johannes' Samowar blubbert vor sich hin, und er bietet ihr zwar eine Tasse Tee an, aber keine Neuigkeiten. Er zupft lediglich an seinem Bart wie an einer haarigen Harfe und murmelt, dass es zu gefährlich sei, Erkundigungen einzuholen, zumal er gehört habe, die ganze Gegend sei inzwischen Kampfzone. Das ist alles andere als beruhigend, und dann hat sie jetzt hier in Graunau auch noch mit Major Friedländers Misstrauen zu kämpfen.

Wenige Tage später wird sie erneut ins Büro der Mutter Oberin gebeten, und wie jedes Mal dreht sich Gabi sofort der Magen um. Sie rechnet eigentlich damit, Major Friedländer anzutreffen, der gerade mit arrogantem und grausamem Lächeln ihren (also Friedas) Ausweis inspiziert. Aber wieder ist die Mutter Oberin allein und die Gelassenheit in Person. »Sollte Sie jemand nach Ihren Papieren fragen, Schwester Frieda, dann sagen Sie einfach, Sie hätten sie bei mir abgegeben. Dummerweise habe ich sie irgendwo verlegt.« Sie hebt die Hand. »Ja, ich weiß. Major Friedländer. Er hat ein paar Fragen gestellt, aber ich denke, ich habe ihn fürs Erste beruhigen können. Mit dem Krieg, wissen Sie, läuft nicht alles nach Plan. Nicht einmal die Kinder …«

»Wir haben für sie getan, was wir konnten«, sagt Gabi entschuldigend, und sie hat das ungute Gefühl, dass die Mutter Oberin sie für den Tod der Kinder verantwortlich machen will. Sie weiß, dass sie ihr lieber danken sollte für ihre subtile Botschaft und für den ihr zugesicherten Schutz, aber sie hat den Eindruck, dass es besser ist, gar nichts zu sagen, zumindest nichts, was sie belasten oder in eine schwierige Lage bringen könnte.

»Ja, ich weiß«, erwidert die Mutter Oberin und blickt aus dem Fenster, während sie gedankenverloren das Kruzifix auf ihrer Brust betastet. »Manchmal denke ich, Sie haben vielleicht sogar zu viel getan. Ich meine, in so einer Welt wäre es vielleicht besser gewesen, sie wären früher in den Himmel gekommen.«

Glaubt sie tatsächlich an den Himmel?, fragt sich Gabi. *Was sie wohl für eine Vorstellung davon hat?* Sie betrachtet die mandelförmigen Druckstellen, die der Kneifer auf der Nase der Mutter Oberin hinterlassen hat, findet aber auch darin keine Antwort.

Seufzend schiebt die Mutter Oberin den Stuhl zurück, um sich einen der Schlüssel zu angeln, die an einem Ring von ihrer fülligen Taille hängen. »In dem Schrank dort in der Ecke bewahre ich die wichtigsten Medikamente auf«, sagt sie jetzt etwas lebhafter. »Ich möchte, dass Sie einen Ersatzschlüssel haben, falls mir etwas zustoßen sollte. An so etwas müssen wir jetzt denken. Verstecken Sie ihn irgendwo und sagen Sie dem englischen Kaplan, wo er ist, falls Ihnen etwas zustoßen sollte. Aber sagen Sie ihm nicht mehr als das. Je weniger Personen darüber Bescheid wissen, desto besser.«

Als sie das Büro der Mutter Oberin verlässt, weiß Gabi erst nicht, ob ihre Ängste geschürt oder zerstreut worden sind. Major Friedländer hat einige Fragen gestellt, aber die

Mutter Oberin hat sie ihm ausgeredet. Er könnte genauer nachfragen, aber mit dem Krieg läuft es nicht nach Plan. Die Mutter Oberin hat ihr einen Schlüssel zum Arzneischrank anvertraut, falls der Mutter Oberin etwas zustoßen sollte, aber sie soll John, dem Kaplan, Bescheid sagen, falls ihr selbst etwas zustoßen sollte – also *wird* ihr vielleicht bald etwas zustoßen! Nein, sagt sie sich beim Überqueren des Hofes, ihre Ängste sind nicht zerstreut worden. Das flaue Gefühl in ihrer Magengegend zeugt davon, dass die Ängste sogar noch schlimmer geworden sind. Es ist nur noch eine Frage der Zeit, bis man ihre wahre Identität entdeckt, und dann … Sie wirft einen Blick auf die untätigen Wachen an der Tür, die ihr wie gewohnt zunicken. Es sei denn, die Amis nehmen Graunau rechtzeitig ein. Sie betet zu Gott, an den sie nicht mehr glaubt, dass die Amis so schnell wie möglich einmarschieren.

Als sie die Gefangenenstation betritt, fragt sie sich nervös, wie sie die Worte der Mutter Oberin für John, den Kaplan, übersetzen soll. Dafür reicht ihr Englisch nicht. »There are many medicines in the box in the room of the mother« – mehr als das bekommt sie nicht zusammen. »The key stands in my yellow case. The yellow case is in the room of the nurses.«

Dennoch scheint John, der Kaplan, zu verstehen, was sie meint. Zumindest nickt er ein paar Mal mit dem Kopf und murmelt: »Oh yes, very good.«

Aber das reicht Gabi nicht. Sie muss auf Nummer sicher gehen. Also führt sie ihn in das Zimmer und zeigt auf ihren gelben Koffer unter dem Bett. John, der Kaplan, murmelt wieder »very good«, aber seine Miene verrät Verwirrung, sogar ein wenig Unruhe, als frage er sich, was sie eigentlich im Schilde führt. Deutet sie vielleicht auf das Bett anstatt auf den Koffer darunter? Aber es bleibt Gabi nicht genug Zeit, die Sache in ihrem hinkenden und stockenden Englisch zu klären, weil die Sirenen losheulen und das Dröhnen der Ami-Bomber schon zu hören ist.

Also rennen sie in den Keller und lassen die bettlägrigen Patienten zurück, dort werfen sie einen besorgten Blick auf die bebende Decke, die ihnen jeden Moment auf den Kopf zu fallen droht.

Die Mutter Oberin muss einen besonderen Draht zu Gott haben, oder sie hat schwarz gehört, denn dieser Angriff ist der Beginn der Schlacht um Graunau, und die Stadt wird jetzt fast ununterbrochen bombardiert.

Bald beschießen die Amis auch die Stadtmauern. In den kurzen Pausen laufen Gabi und Schwester Brigitte hinauf, um nach den Bettlägrigen zu sehen und sie mehr schlecht als recht zu versorgen. Die Wände beben, grauer Putz rieselt von der Decke auf die Patienten in ihren Betten, und die Mahlzeiten sind unregelmäßig und knapp, wogegen regelmäßig und reichlich gestorben wird. Und doch bleibt das Krankenhaus wie durch ein Wunder intakt. Wird es freundlicherweise von den Amis verschont? Oder nur durch Zufall?

Draußen in der Stadt stürzen die Gebäude ein, die Leichenberge wachsen bis in den Himmel. Für einzelne Begräbnisse sei keine Zeit, meldet eine der Wachen; die Leichen werden mit Paraffin übergossen und auf den Schutthalden verbrannt. Der russische Krückentänzer scheint vollends den Verstand verloren zu haben, er schreit jetzt ununterbrochen »Deutschland kaputt! Deutschland kaputt!«, und seine Chor-Kameraden müssen ihm die Krücken wegnehmen, damit er nicht mitsamt seinem Schlachtruf in den Innenhof hüpft und von der Wache erschossen wird.

Schwester Brigittes hübsches Gesicht wirkt Tag für Tag angespannter und ausgezehrter, die glatte Haut ist grau und verschmiert. Ihre arische Zuversicht ist völlig dahin, und sie sitzt im abgedunkelten Keller, den Kopf in die Hände gestützt, während unter ihr die Erde bebt, und schickt leise Gebete zu Gott anstatt zu Adolf Hitler. Und Gabi? Gabi hat sich in ihre eigene tiefe Höhle zurückgezogen, wo es feuchtkalt ist und nach Angstschweiß riecht. Sie horcht auf das Klopfen ihres Herzens, ein Widerhall des Donnerns der Geschosse und Bomben, sie befeuchtet sich die Lippen und schluckt und wartet, am ganzen Leibe zitternd, auf das Ende.

Aus den Krankenhauslautsprechern schallen unaufhörlich patriotische Lieder, und in regelmäßigen Abständen kommen bewegende Meldungen von erneuten siegreichen deutschen Rückzügen und neue Beschwörungsformeln, die zu noch größerer deutscher Entschlossenheit aufrufen. Die letzte dieser Meldungen erfolgt eine Woche später, als am Abend *Deutschland über alles* aus den Lautsprechern dröhnt und Major Friedländer mit andächtiger Stimme verkündet:

»Trotz des erbitterten Widerstands unserer Truppen ist der Feind vorübergehend gegen unsere Stellungen vorgerückt. Doch seine gewaltigen Verluste werden ihn ohne Zweifel geschwächt haben, und die bevorstehende Gegenoffensive wird ihn ins Chaos zurückwerfen. Bis dahin aber muss sich Graunau auf eine Belagerung einstellen. Brücken und Straßen stadteinwärts werden gesprengt, um das weitere Vorrücken des Feindes zu verhindern. Unsere Truppen werden mit fanatischer Entschlossenheit kämpfen, um die Stadt zu verteidigen. Bitte begeben Sie sich sofort in Ihre Luftschutzräume und warten Sie auf weitere Anweisungen. Graunau bleibt deutsch! Heil Hitler!«

Doch Schwester Brigitte hebt kein einziges Mal den energischen arischen Kopf, um der kühnen Rede zu lauschen. Stattdessen lässt sie ihn nur noch mehr hängen wie eine weiße Fahne. Muss sie an ihren unbeugsam kämpfenden und womöglich sterbenden Freund an der Front denken oder an Schwester Astrid, die sie wegen ihrer wehrzersetzenden Bemerkungen angeschwärzt hatte?

Zwei Tage lang gibt es nichts zu essen und kaum Wasser, aber umso mehr Granaten und Bomben. Zwei weitere Bettlägrige sterben und müssen im Stockdunkeln von den letzten vier Männern, die noch Kraft haben, im Karren in den Innenhof hinuntergebracht werden. Was danach mit ihnen passiert, weiß keiner, am nächsten Morgen sind sie jedenfalls nicht mehr da. In einer kurzen Feuerpause kommt Pater Johannes wie ein staubbedeckter Dachs aus seinem Bau im anderen Flügel und verkündet, dass auch Major Friedländer verschwunden sei.

»Wo ist er denn hin?«, fragt Gabi, und ein kleiner Hoffnungsschimmer leuchtet am Horizont auf.

Pater Johannes zuckt mit den Achseln. »Einfach weg«, sagt er und zieht sich in seinen Bau zurück, als die markerschütternden Sirenen aufs Neue losheulen.

Schon wieder ein Verschwundener.

Am nächsten Morgen aber breitet sich eine Stille aus, die gar nicht mehr aufhören will und fast noch bedrohlicher wirkt als der inzwischen gewohnte Dauerbeschuss. Niemand kann sagen, wann sie begann, aber der Morgen bricht an, und alle horchen mit erhobenem Kopf und warten, dass sie von einem neuen Dauerbeschuss abgelöst wird, der bestimmt noch schlimmer sein wird als alles bisher Erlebte, oder wenigstens vom Rattern der Maschinengewehre und den Schreien der angreifenden Amis. Doch die Stille hält an. Und hält an. Und hält immer weiter an.

Irgendwann geht der Franzose Roger hinauf und betritt den Innenhof, der in grelles Licht getaucht ist. Die Wachen sind verschwunden. Mit schwachen, unsicheren Schritten geht er vorsichtig zum Eingang des Krankenhauses, tritt hinaus und sieht überall auf den zerstörten Gebäuden der Stadt wehende weiße Flaggen und nirgends auch nur einen Soldaten.

»C'ést fini! C'ést fini«, ruft er mit krächzender Stimme in den Keller hinunter. Und dann kommen sie einer nach dem anderen blinzelnd hinaus in die helle Sonne des Maimorgens, um das verwüstete Antlitz des Friedens zu schauen.

Unsicher und voller Unbehagen stehen sie im Innenhof herum.

»Wo bleiben sie denn nun, die Amis?«

»Warum kommen sie nicht?«

»Wollen sie uns hier stehen lassen, bis wir verhungert sind?«

»Die denken doch nur an sich selbst.«

Einige wollen in die Stadt gehen, um Lebensmittel aufzutreiben, aber sie waren so lange eingesperrt, dass sie mit ihrer Freiheit gar nichts anzufangen wissen, und außerdem sind sie viel zu geschwächt, um allzu weit zu laufen, und sie könnten sich ja verirren oder gar von irgendeinem Idioten, von welcher Seite auch immer, erschossen werden. John, der Kaplan, betritt vorsichtig die deutsche Soldatenstation, wo lauter hungrige, verwundete Männer liegen, die schon jetzt wie Besiegte und Gefangene wirken, obwohl sie es noch gar nicht sind. Im hinteren Teil der Station steht eine Schwester von ihrem Schreibtisch auf und setzt sich wieder. Da sie den Verhaltenskodex nicht kennt, fährt sie fort, abgezählte Pillen in gleich große Häufchen auf ein Metalltablett zu legen, als wäre alles wie immer. »Very good, very good«, murmelt John, der Kaplan, beruhigend, und da er genauso verunsichert ist wie sie, dreht er sich wieder um und geht.

Dann werden seine Dienste bei einem der Patienten im Sterbezimmer in Anspruch genommen. Es ist ein englischer Flieger mit einem gebrochenen Rücken, der seit seiner Einlieferung kein Wort gesprochen hat und jetzt mit fiebrigem Blick und hektischem Röcheln aus dem Leben scheidet. John, der Kaplan, murmelt ein Gebet, das so allgemein ist, dass es für jeden Glauben sprechen könnte, und Gabi hört, wie Schwester Brigitte ein Schluchzen unterdrückt, als sie dem Engländer die Augen schließt. Ist es der Engländer, die Niederlage ihres Vaterlandes, ihr Verhalten von damals, das wahrscheinliche Schicksal ihres deutschen Geliebten oder bloß die ganze verfluchte perverse Welt im Allgemeinen, die sie zum Weinen bringt? Vielleicht alles zusammen. Und das muss man erst einmal verkraften.

Gabi aber gibt unvermittelt auf. Sie sitzt draußen im Innenhof auf den Stufen, und ihr Bein zittert unkontrolliert wie bei einer Parkinson-Patientin. Und irgendein Muskel in ihrer gelähmten Wange zuckt sinnlos im Einklang mit ihrem Bein. Seit zweieinhalb Tagen hat sie nichts mehr gegessen, fühlt sich aber schwer wie eine Tote. *Sie werden alle tot sein,* denkt sie. *Ich werde hinfahren und die Tür aufmachen und reingehen, und sie werden alle tot sein.* Und jedes Mal, wenn sie im Kopf diese Worte hört, sieht sie ein anderes Todesszenario vor sich. Sie sieht uns erschossen, sie sieht uns erhängt, sie sieht unsere ausgezehrten Leichen auf den nackten Dielen, sie sieht uns einzeln auf unseren Betten im Pfarrhaus. Sie schließt ganz fest die Augen, um die Bilder aus ihrem Kopf zu verbannen. Aber es ist, als würde sie im Wasser eine Faust machen. Die Bilder spritzen hoch und regnen sofort wieder auf sie herab. Sie wünscht sich fast, der Krieg wäre noch im Gange, denn dann könnte sie um ihr eigenes Leben bangen und müsste nicht diese unerträgliche Angst um uns erleiden.

Ihr allererster Amerikaner ist ein riesenhafter schwarzer Soldat im Tarnjeep um elf nach zwölf an jenem Morgen (sie wirft einen Blick auf die Uhr, die sie sich an die Uniform gesteckt hat). Daneben sitzt ein weißer Offizier, der an sich schon wie ein Riese erscheinen würde, wäre da nicht der Schwarze an seiner Seite. Kaum dass der Offizier aus dem Jeep gestiegen ist, sich aufgerichtet und die Glieder gestreckt hat, folgt ein zweiter Jeep, aus dem mit lässigen Bewegungen vier weitere riesige Ami-Soldaten aussteigen, die ihre Karabiner wie Golfschläger tragen, als wären sie losgezogen, um eine Runde zu spielen. Sie schultern ihre Waffen, lehnen sich gegen den Jeep, schieben sich die Helme verwegen in den Nacken, und nachdem sie sich einen Kaugummistreifen aus einer bunten Papierhülle in den Mund geschoben haben, mustern sie die schweigenden Gefangenen, und die Gefangenen schauen bedächtig zurück. Der Offizier zieht eine Zigarre aus der Tasche seiner Uniformjacke, inspiziert sie, rollt sie zwischen den Fingern hin und her, schnuppert daran, beißt die Spitze ab und spuckt sie auf den Boden, dann endlich zündet er sie mit einem schweren Metallfeuerzeug an. Er zieht ein paar Mal, betrachtet das glühende Ende, um sich zu vergewissern, dass es richtig brennt, und entlässt eine dicke blaue, duftende Rauchsäule. »Spricht hier jemand Englisch?«, fragt er mit langgezogenem amerikanischem Akzent.

John, der Kaplan, räuspert sich und sagt ja.

»Sie sind Brite, was?«, fragt der Offizier, und seine Augen verengen sich hinter der blauen Rauchwolke vor seinem Gesicht. Es klingt fast wie eine Anspielung auf den amerikanischen Unabhängigkeitskrieg.

John, der Kaplan, bejaht. Als der Ami nicht reagiert, weist John ihn darauf hin, dass er Kaplan sei.

»Kaplan?«, fragt der Ami. »So heißen Sie?«

»Das ist mein Beruf«, korrigiert John nachsichtig, und dann korrigiert er sich selbst. »Meine Berufung.«

»Ihr Beruf«, wiederholt der Ami, ohne Johns Differenzierung zur Kenntnis zu nehmen. Er mustert John, den Kaplan, einige Sekunden lang und stößt sich mit einem Seufzer von seinem Jeep ab. »Okay, Herr Kaplan, wie wär's, wenn Sie uns ein bisschen rumführen?«

Obwohl als Frage formuliert, deutet John diesen Satz als Befehl, und er beginnt seine Führung.

»Was ist denn mit Ihrem Arm passiert?«, fragt der Ami auf dem Weg in den Gefangenenflügel. »Abgehackt von den Krauts, was?«

Erst am nächsten Tag trifft eine Gruppe von amerikanischen Ärzten ein, um im Krankenhaus die Regie zu übernehmen. Inzwischen ist der russische Krückenmann gestorben, nachdem er rückwärts die Treppen heruntergefallen ist und sich den Schädel zertrümmert hat. »Deutschland kaputt!« hatte er triumphierend gekrächzt und sich schwankend auf seinen Krücken die Treppe hochgezogen. »Deutschland kaputt!« Doch kaum dass er auf der obersten Stufe angelangt war, rutschte er mit einer Krücke auf einer Pfütze aus, die dadurch zustande kam, dass es durch das Dach geregnet hatte.

Der Ärztetrupp behauptet sich sogleich als Sieger und lässt die deutschen Patienten in den Gefangenenflügel schaffen, während die Gefangenen in den geräumigeren deutschen Flügel verlegt werden. Niemand erhebt Einspruch; Schwester Brigitte und ein paar der bewegungsfähigen Patienten, die inzwischen schon drei volle Ami-Mahlzeiten vertilgt haben, verbringen vorher den halben Tag damit, eigens für die deutschen Patienten die Fußböden zu schrubben und die Betten neu zu beziehen. Die

Aktion geht über Gabis Menschenliebe hinaus, zumal sie einiges mehr zu verzeihen hat als die Gefangenen, und sie weigert sich standhaft, mitzumachen. Außerdem denkt sie die ganze Zeit an Heimstatt.

»Sie könnten ruhig auch mithelfen, Frieda«, sagt Brigitte tadelnd. »Es ist doch für unsere Jungs.«

»Es sind nicht meine Jungs«, entgegnet Gabi frostig.

»Was soll das heißen, es sind nicht Ihre Jungs ...«, hebt Brigitte entrüstet an.

»Das soll heißen, ich bin Jüdin. Und wenn Sie's genau wissen wollen, heiße ich auch nicht Frieda.«

Die arme Brigitte. Jetzt ist sie ganz und gar von den Socken.

Am nächsten Tag taucht ein gewisser Hauptmann Morris auf. Pater Johannes und die Mutter Oberin haben sich mit dem katholischen Priester der Amis unterhalten, der vor dem Krieg in Heidelberg studiert hat und Deutsch mit starkem Akzent spricht. Der Padre wiederum hat mit Hauptmann Morris ein paar Worte gewechselt. »Als politisch Verfolgte haben Sie höchste Priorität«, sagt Hauptmann Morris zu Gabi, der dem Akzent nach aus der tiefsten Bronx stammt.

Gabi versteht ihn nicht mit seiner schnellen nasalen Redeweise, ganz zu schweigen von den einzelnen Worten, die er damit dekoriert, und sie lächelt nur und zuckt mit den Achseln.

»Wir bringen Sie morgen nach Heimsdäd«, fährt Captain Morris fort.

»Heimsdäd tomorrow« versteht sie dann doch mit einiger Mühe, und auf einmal spürt sie wieder, wie sich die Angst vor der Rückkehr in ihr Herz krallt. Was wird sie bei ihrer Ankunft vorfinden? Sie ist drauf und dran, Hauptmann Morris um eine Woche Aufschub zu bitten, um sich seelisch vorzubereiten, aber sie hat keine Ahnung, wie das gehen soll, und außerdem ist ihr klar, dass das ohnehin unmöglich wäre, ganz egal, wie lange sie die Sache hinauszögert.

Am nächsten Morgen schüttelt ihr Pater Johannes die Hand und zupft sich mit der anderen Hand am Bart, während die Mutter Oberin mit beiden Händen ihre beiden Hände umfasst und zu ihr sagt, sie müsse unbedingt so bald wie möglich wieder vorbeischauen. John, der Kaplan, der ja nur eine Hand hat, reicht sie ihr in aller Form und sagt, sie sei ihm von Anfang an irgendwie komisch vorgekommen, eine Bemerkung, die Gabi in ihrer Verwirrung dem exzentrischen englischen Humor zuschreibt. Hauptmann Morris wirft ihren abgewetzten Koffer in den Kofferraum des Jeeps, und als sie durch die Schlaglöcher und das aufgeworfene Pflaster des Innenhofs holpern und sie unbeholfen zum Abschied winkt, fühlt Gabi, wie ihr die Tränen in die Augen steigen. Bedauert sie es, die Leute zu verlassen – sogar Brigitte, die zwischen den Exgefangenen steht und andeutungsweise zurückwinkt, stumm und fassungslos blinzelnd, nachdem sie es nicht einmal wagte, Gabi die Hand zu geben, und vielleicht noch lange nicht dazu bereit wäre? Oder quält Gabi nur die Angst vor dem, was sie erwartet? Sie haben den ausgebombten Bahnhof hinter sich gelassen, da fällt ihr wieder der Schlüssel der Mutter Oberin ein, der noch immer im Seitentäschchen ihres Koffers steckt. Jetzt hat sie wirklich einen Grund, wiederzukommen, und irgendwie spendet ihr dieser Gedanke Trost. Eigentlich auch logisch, überlegt sie. Vielleicht ist es das Letzte, was ihr bleibt auf der Welt.

Die Straße zurück nach Heimstatt führt vorbei an Szenen der Verwüstung und dann wieder an friedlichen Sommerlandschaften, je nachdem, wo der Krieg seine Schneise geschlagen hat. Ein Dorf ist zum grimmig rauchenden Trümmerfeld geworden, das nächste strahlt in der Maisonne vor sich hin, und friedliche Frauen führen friedliche Kühe von den friedlichen Weiden nach Hause. Kinder winken oder starren ihnen nach oder lachen höhnisch. Nur die Männer fehlen. In den Ortschaften sind die Straßen von den Militärlastwagen der unterschiedlichen Armeen verstopft, wobei die Russen zumeist nach Osten wollen und die Amis nach Westen. Hin und wieder aber drängen die Laster mit aller Macht entgegen ihrer heimatlichen Richtung wie hektische Ameisen, die vom Weg abgekommen sind. Die rivalisierenden Alliierten beäugen sich misstrauisch wie Bären und Büffel, die an derselben Wasserstelle die Köpfe zum Trinken neigen.

In diesen Ortschaften und Städten sieht Gabi den wahren Ertrag des Krieges. Schützend über ihre geretteten Habseligkeiten gebeugt, sitzen obdachlos gewordene Leute apathisch an den Straßenecken auf dem Geröll und verfolgen mit dumpfem hungrigem Blick die Siegerprozession. Einige der Älteren betteln, doch sichtlich beschämt und ohne Ausdauer. Sie sind neu in der Branche und noch unerfahren. Vielleicht werden sie sich nie daran gewöhnen. Am geschicktesten sind immer noch die jungen Mädchen in ihren zerschlissenen Kleidern, die sich um jedes haltende Ami-Auto scharen und kichernd um Zigaretten und Schokolade betteln. Manche werden schroff zurückgewiesen. Andere kriegen alles, sogar Nylonstrümpfe, und geben dafür vielleicht selbst das eine oder andere her. Bei den Russen aber bettelt fast keine.

Am Abend erreichen sie Linz. Hauptmann Morris fährt beim besten Hotel vor, aus dem Gabi vor wenigen Wochen noch unverzüglich vor die Tür gesetzt worden wäre, hätte sie es als Jüdin gewagt, auch nur einen Blick hineinzuwerfen, und er beugt sich über den Empfangstresen, bläst eine blaue Säule Zigarrenrauch in das ältliche Gesicht des Hotelangestellten und bringt Gabi im besten Zimmer des Hauses unter. Im gedehnten weichen Abendlicht steht sie auf dem Balkon und sieht hinaus über die Stadt, wo der einstmals reinrassige Eingang des ehemaligen Gestapo-Hauptquartiers von jungen schwarzen Soldaten kontaminiert wird, die tiefe brummende Lacher ausstoßen, während sie beschwingt ein und aus gehen, um kistenweise Gestapo-Akten in einen wartenden Militärlaster zu laden. Darunter befindet sich auch Gabis Akte, die, wie sie hätte ahnen können, noch offen, und Frau Goldbergs Akte, die geschlossen ist. Da ist auch die Akte Fräulein von Adlers, die gerade aus dem KZ Mauthausen befreit wurde, da ist die Akte der blinden Tante Helga, die nie erfahren wird, wie knapp sie dem Tod entronnen ist – ein paar Wochen noch, und auch sie wäre im KZ gelandet. Und da sind die Akten von Ilses Kriegerwitwen, Frau Professor Zauner und Frau Professor Lambach, die von den Tommys halb tot aus Bergen-Belsen herausgeholt wurden. Bei aller Naivität könnte Gabi die Ironie des Schicksals begreifen, wenn sie einen Begriff von alldem gehabt hätte. Stattdessen lässt sie entrückt und ahnungslos den Blick über die Stadt schweifen und denkt voller Sorge an Heimstatt, wo sie morgen eintreffen wird.

Wo wir vor einer Woche erwacht sind, um festzustellen, dass überall in der milden Luft die österreichische Flagge wehte, und mein erster Gedanke war: *Heißt das, dass ich jetzt wieder zur Schule gehen kann?* Und viel mehr dachte ich nicht, denn ich war viel zu geschwächt. Den anderen ging es ähnlich – sogar Martin, der soeben zur Krönung seiner glorreichen Soldatenkarriere ohne zu essen und ohne zu schlafen einen Marsch von 65 Kilometern hinter sich gebracht hat. Er liegt im Bett und gönnt seinen wunden Füßen und seiner wunden Seele Ruhe, während Ilse, Sara und ich uns zum See schleppen und zurück, die Arme voll Nesseln für unsere tägliche Suppe. Daran hat der Frieden nichts geändert. Auch sonst haben wir keine Ahnung, was er überhaupt an Veränderungen gebracht hat. An Gabi denke ich nicht mehr. Sara auch nicht. Soweit wir wissen, gibt es sie nicht mehr. Was die anderen denken, weiß ich nicht.

Als wir uns langsam mit unserer Nesselration auf den Rückweg machen, bemerke ich in meiner Lethargie, wie ein Ami-Jeep (von denen ich schon einige gesehen habe) die Straße entlangholpert. Er hält vor dem Pfarrhaus. Ein Ami-Offizier steigt aus (auch von denen habe ich schon einige gesehen), zusammen mit einer Krankenschwester. *Vater ist krank*, denke ich. Oder vielmehr, da ich ja weiß, dass er krank ist, *Vater liegt im Sterben*. Irgendetwas hält mich davon ab, Sara und Ilse Bescheid zu sagen, die im Schneckentempo ein Stück hinter mir herkommen. Vielleicht ist es die diffuse Angst, der Bote einer schlechten Kunde zu sein. Oder aber die Angst, etwas in Worte zu fassen und es dadurch wahr zu machen. Wir stapfen weiter, und ich lasse die beiden überholen. Ich will nicht der Erste sein, der meinen Vater tot oder im Sterben sieht. Oder vielleicht ist es nur Martin, denke ich jetzt etwas zuversichtlicher. Er hätte bestimmt nichts gegen eine Krankenschwester für seine wunden Füße. Inzwischen haben auch Sara und Ilse den Jeep bemerkt, in dem sich der Offizier jetzt in seinem Sitz zurücklehnt und eine Zigarette raucht. Aber die Krankenschwester haben sie nicht gesehen, was auch gar nicht geht, weil sie nicht mehr zu sehen ist.

Sie ist im Haus, sie geht von der Wohnstube ins Esszimmer in die Küche. Überall ist es leer und still. Still wie in einer Gruft, denkt sie fieberhaft. Endlich schiebt sie die Tür zum Arbeitszimmer auf und sieht Willibalds gealterten Geist am Schreibtisch sitzen, den schweren Kopf auf die mageren Arme gestützt. »Ilse?«, fragt der Geist kraftlos und wendet langsam den Kopf. »Du!«, ruft er plötzlich hellwach – wenn auch nicht gerade überglücklich.

»Lebt ihr?«, fragt Gabi angespannt, aber nicht ohne ihren Sinn fürs Praktische. Erst als sie sein schwaches Nicken sieht, beginnt sie am ganzen Leib zu zittern und die Haltung zu verlieren. Für dieses eine Kopfnicken könnte sie den Mann beinahe wieder lieben. Sie unternimmt sogar den Versuch, ihn zu umarmen, aber sie haben sich so lange nicht mehr berührt, dass sie sich vorkommen wie zwei nackte Äste im Wind, die aneinander schlagen, und sie ist genauso erleichtert wie er, sich wieder trennen zu können, als von draußen Lärm ins Zimmer dringt. Eine Menschenmenge hat sich versammelt, durch die Ilse, Sara und ich uns jetzt langsam und beunruhigt hindurchdrängen. Fritzi Wimmer, der wie ich eine schwarze Armbinde trägt, sagt: »Es ist eure Mutter«, was für mich überhaupt keinen Sinn ergibt. Dann taucht die Krankenschwester in der Tür auf. »Ich bin wieder da«, sagt sie und hält die Arme auf.

Ich bin wie erstarrt vor Angst. Ich habe Angst vor Gespenstern. Ich weiß nicht, wie es Sara geht, aber ich weiß wohl, dass sich niemand von uns vom Fleck rührt. Auf so etwas sind wir nicht vorbereitet. Wir wissen nicht, was wir tun sollen. Die stille Ilse erweist sich schließlich als Rettung in der Not. Hinkend tritt sie nach vorn und sagt mit tiefer, ausdrucksloser Stimme: »Wir haben Nesseln gesammelt.« Sie sagt nichts davon, dass sie beim ersten Anblick ihrer Mutter auf dem linken Auge blind wird.

Gabi nimmt sie unbeholfen in den Arm – immerhin hat sich inzwischen eine beträchtliche Menschenmenge versammelt –, ehe sie die Stufen hinuntergeht und auf Sara und mich zukommt. Was mit Sara ist, weiß ich noch immer nicht, ich selbst aber habe nicht weniger Angst als vor zehn Sekunden. Ich lasse mich in den Arm nehmen und drücken, aber dann murmele ich »Pass auf, die Nesseln« und folge Ilse in die Küche. Kurz darauf gesellt sich auch Sara zu uns, und wir brauchen länger als nötig, um sie auf dem Tisch auszubreiten. Weder Sara noch ich brennen darauf, zurückzugehen und der Wiederauferstehung ins Gesicht zu sehen, und keiner von uns spricht darüber. Sind wir schüchtern oder einfach nur ungläubig? Natürlich beides. Wir erleben dasselbe wie die Jünger in der Bibel, und ich muss sagen, einfach ist was anderes.

»Dann koch ich mal die Suppe«, sagt Ilse und beginnt die Nesseln zu waschen. Damit ist sie aus dem Schneider, im Gegensatz zu uns. Wir wissen genau, dass wir eigentlich wieder hinausgehen und ein bisschen Gefühl zeigen sollten, aber in Wirklichkeit stehen wir schlicht und ergreifend unter Schock. Ich bin mir nicht einmal sicher, ob ich jetzt meine schwarze Armbinde abnehmen darf. Wie soll ich wissen, ob das die echte Gabi ist, die da aus dem Nichts aufgetaucht ist, und nicht irgendeine Schwindlerin, die nur genauso aussieht? Werde ich es jemals wissen?

Unterdessen verabschiedet sich Gabi mit einer Mischung aus Zeichensprache, Deutsch und Englisch von Hauptmann Morris. »War mir ein Vergnügen«, sagt er und lässt den Motor des Jeeps an. »Man sieht sich.« Wer weiß, vielleicht hat er ja Recht.

Hier wäre die Geschichte eigentlich zu Ende. Und ich glaube, bei einem Roman wäre das wirklich so. So ordentlich geht es im Leben aber nicht zu. Die Gewehre sind zwar verstummt und die Toten begraben (oder in mindestens zehn Millionen Fällen auch nicht). Aber unter den Überlebenden laufen immer noch die Verwundeten herum, deren

20

Narben niemals verheilen werden.

Es stimmt schon, wir haben den Krieg überlebt, aber erstens sind wir – bis auf Gabi, die sich seit Monaten von anständigem deutschem Soldatenessen ernährt hat – auf dem besten Wege, zu verhungern. Und zweitens ist sie zwar soeben von den Toten auferstanden, und wir sind noch völlig benommen und fassungslos. Erst ist sie tot, und plötzlich lebt sie. Das muss man erst mal verdauen.

Nur Martin geht lässig über die Sache hinweg, wenn man das von jemandem sagen kann, der kaum stehen kann vor lauter Blasen. Nicht unlogischerweise schreibt er Gabis glückliche Rückkehr einzig und allein seiner Planung zu; womit er im Grunde sogar Recht hat. Und nicht untypischerweise nimmt er an, dass sie jetzt, wo sie zurück ist, wieder all seinen Bedürfnissen nachkommen wird, abgesehen von denjenigen, die nur blonde arische Mädchen befriedigen können; auch das ist mehr oder weniger richtig. Ja, auf seine typische trotzige Art ist er froh, dass sie wieder da ist, während Ilse hin- und hergerissen ist. Sie *will* sie eigentlich nicht – ob sie sie braucht, steht auf einem anderen Blatt –, und Willibald geht es ähnlich. Keiner von beiden will diesen Wirbelsturm wieder im Haus haben, dieses Energiebündel, das seine Lieben behütet und gleichzeitig aufzehrt. Abgesehen davon, dass er eigentlich nur seine

Ruhe will, hat Willibald natürlich noch einen anderen Grund, weshalb er auf ihre Rückkehr hätte verzichten können, nämlich seine inzwischen nicht mehr ganz so mollige arische Freundin in Plinden, mit der er in seinen ausgehungerten Träumen jeden Tag kommuniziert. Aber das ist ein Grund, von dem wir noch nichts wissen.

Sara und ich hingegen sind einfach nur wie betäubt. Wir sind die Einzigen, die nie daran gezweifelt haben, dass sie tot ist, und am Anfang will es uns einfach nicht in den Kopf, dass sie es *nicht* ist. *Ist sie das wirklich?*, frage ich mich ein oder zwei Tage lang. Und als die Frage geklärt ist, frage ich mich weiter: *Wird sie jetzt wieder verschwinden?* Nach ungefähr einer Woche bin ich überzeugt, dass sie nicht wieder verschwinden wird, außer auf die übliche Art, indem man krank wird und stirbt, aber danach sieht es im Moment nicht aus. Also wird sie nicht eines Morgens einfach nicht mehr da sein, wenn ich aufwache. Sara, die Ältere von uns beiden, wird von anders gearteten, komplizierteren Zweifeln geplagt. Nicht das körperliche Verschwinden beschäftigt sie, sondern das psychologische. Für Sara ist Gabi eigentlich gar nicht wirklich zurückgekommen. In der Einsiedelei am Ende des Sees hat sie sie verloren, und in jenen langen letzten Kriegsmonaten hat sie sie betrauert, und irgendwann hat sie den Verlust akzeptiert. Was da war, ist weg und kann durch nichts ersetzt werden, und daran ändert auch Gabis Rückkehr nichts. Denn es ist einfach nicht mehr so wie früher. Es kann nicht mehr so sein wie früher. Jesus mag auferstanden sein, aber die Welt hat sich weitergedreht und hat keinen Platz mehr für Jesus. Irgendwo im Grunde ihres Herzens ist sie zu dem Schluss gekommen, dass das Gute nicht von Bestand und das Leben eine Aneinanderreihung von Verlusten ist. Also Heraklit, aber ohne das Gequatsche. Ja, Sara trägt ihre Verluste mit sich herum wie Ilse ihre Gebrechen, wie eine aufzehrende Krankheit, einen Schatten auf der Lunge des Lebens.

Also muss Gabi schon enttäuscht sein über ihren wenig herzlichen Empfang. Aber sie hat bald schon wieder ganz andere Sorgen, denn wir alle sind dem Sterben nahe. Es ist, als hätte sie das eine Krankenhaus verlassen, um übergangslos im nächsten anzufangen. Wobei das schlimmste Problem noch immer die Lebensmittelknappheit ist. Die Schießerei ist zwar vorbei, aber das Hungern geht weiter. Wir haben keine Verwandten mit Bauernhof, und Geld haben wir erst recht nicht, und kaum noch Kraft. Aber der Hunger ist nicht alles. Willibalds Herz schlägt so unregelmäßig, dass es manchmal fünf bis sechs Takte aussetzt, bevor es auf einmal losrast, als wollte es um jeden Preis die Zeit wieder aufholen. Und Ilse sieht auf einem Auge nichts und zieht noch schlimmer als früher den Fuß hinterher, als hätte sie einen Schlaganfall erlitten. Frühestens im Herbst oder Winter sei wieder mit Lebensmitteln und Medikamenten zu rechnen, heißt es; die Frage ist nur, werden wir diese Kalkulation überhaupt noch erleben? Nicht, dass wir die Einzigen wären. Tausende von Flüchtlingen aus den Lagern, aus dem Osten oder auch nur aus den zerstörten Städten suchen in ganz Europa nach Nahrung und einem Dach über dem Kopf, und viele von ihnen werden umsonst suchen.

Ob mein Gedächtnis von der vielen Nesselsuppe vernebelt ist oder ob ich die Sache verdränge – jedenfalls kann ich mich kaum entsinnen, wie oder wann Gabi uns von ihrer Flucht und ihrem Leben in Graunau erzählte. Die Geschichte wird mir zwar immer vor Augen sein, nur kann ich mich nicht im Geringsten erinnern, unter welchen Umständen sie mir mitgeteilt wurde. Hat sich Gabi eines Tages hingesetzt und uns alles erzählt? Ich weiß nicht – ich kann mir nicht vorstellen, dass sie dazu die Zeit gehabt hätte. Hat sie hier und da mal was erzählt? Ich kann mich nicht erinnern. Später wird sie nie wieder darüber sprechen. Sie wird die Rollladen herunterlassen und nie wieder in dieses Zimmer sehen. Die Geschichte ist mir in Fleisch und Blut übergegangen, aber ich habe keine Ahnung, wie sie da hineingekommen ist.

Jedenfalls liegen wir lustlos herum, während Gabi den letzten Rest Möbel, Glas und Porzellan taxiert und überlegt, wie und wo sie die Sachen an den Mann bringen kann. Noch immer in Friedas Uniform, die für sie zu einer Art Talisman geworden ist, marschiert sie um vier Uhr morgens los, um im Umkreis von mehreren Kilometern von einem Hof zum nächsten zu ziehen und Teller und Tassen gegen Butter, Weingläser aus Kristall gegen Käse und Eier einzutauschen. Zunächst nimmt sie nur diejenigen Ortschaften ins Visier, die sie zu Fuß erreichen kann, denn der Verkehr ist noch immer lahm gelegt. Doch kaum dass die Züge wieder fahren, fährt auch sie weiter weg. Bald ist unsere Anrichte leer, und auch die bietet sie zum Tausch, ebenso wie die Standuhr und das Klavier aus der Wohnstube. Da sie sich nicht vorstellen kann, wie sie die Sachen aus dem Haus schaffen soll, ohne dass Willibald einen Herzinfarkt bekommt, nimmt sie Anzahlungen entgegen, um die Möbel später zu liefern. Sie spielt sogar mit dem Gedanken, ein paar Bücher aus Willibalds Bibliothek mitgehen zu lassen, aber irgendwie ahnt sie, dass auf Bauernhöfen der Bedarf für ledergebundene Schiller- und Hegel-Ausgaben eher gering sein wird. Außerdem würde Willibald die Bücher mit Sicherheit sofort vermissen.

Der erste Herbstfrost stellt sich ein und gleichzeitig eine Art Lebensmittelvorrat bei uns zu Hause, und das

Schlimmste ist überstanden. Doch noch immer verkauft Gabi, was sie kann, für die zusätzlichen Vitamine, die vor allem Willibald und Ilse so dringend brauchen. Einmal kurz vor Schulbeginn begleite ich sie – Frieden bedeutet tatsächlich, dass wir wieder zur Schule gehen können –, weil sie die vielen Waren einfach nicht alleine tragen kann. Martin ist stärker als ich und könnte natürlich viel mehr tragen, aber er ist zu sehr mit sich selbst beschäftigt, um sich um andere zu kümmern. Bettzeug und Decken bieten wir dem Bauern an, dessen Felder Martin bestellt hatte, bevor er zu seiner kurzlebigen Soldatenkarriere bei der zerlumpten Volkssturmtruppe antrat – die er übrigens (die Karriere meine ich; die Volkssturmtruppe kümmert ihn nicht mehr) genau wie sein Vater rückblickend mit den verschiedensten selbstlosen Heldentaten ausschmückt.

Die Augen der Tochter des Bauern machen einen Freudensprung, als sie Martins Namen hört, doch bevor Gabi überhaupt die Chance hat, ihr Zeug auszupacken, schüttelt der Vater den Kopf. Dennoch gibt er uns sechs Eier und ein Stück Käse mit. Es könnte – neuerdings wieder – von Nutzen sein, Gabi zu kennen. Seine Tochter bittet mich, Martin auszurichten, er könne gern mal wieder auf dem Hof vorbeischauen. Inzwischen bin ich alt genug, um zu begreifen, dass »auf dem Hof« eigentlich »bei mir« heißt, und dass ich Martin die Botschaft möglichst ausrichten soll, wenn er allein ist. Aber dieses pikante Begehr beeindruckt Martin überhaupt nicht. Er wirft lediglich den Kopf zurück und stößt einen spöttischen Lacher aus.

Und auch Willibald zu kennen lohnt sich mittlerweile. Es sind sage und schreibe gut zweihundert Personen, die plötzlich entdeckt haben, wie sehr es sich lohnt. Alle sind plötzlich ganz wild darauf, ihn kennen zu lernen, was vor wenigen Monaten noch undenkbar gewesen wäre. Fast jeden Tag kommen sie aus Plinden, Salzburg und Wien, und sogar aus den Trümmern von Berlin und Leipzig. Alle wollen, dass er ihnen ein Zeugnis ausstellt, und viele haben es selbst aufgesetzt und Willibald muss nur noch unterschreiben. Manche kommen sogar mit Schreibmaschine im Rucksack, das Durchschlagpapier schon eingespannt, falls er noch irgendetwas hinzuzufügen hat. Alle lächeln über Gebühr, verbeugen sich vor der Frau Pfarrer und betonen, wie froh sie seien, dass sich alles zum Guten gewendet habe. Sogar Pfarrer Kretschmann aus Wien, der die Beschlagnahmung unseres Bernhardiners und der Kaninchen veranlasst hatte, und sogar Ortsgruppenleiter Franzi Wimmers Witwe, die Spionin – auch sie bitten Willibald, eine Erklärung abzugeben, welch ehrenwerte Bürger sie gewesen seien und wie sehr sie sich ins Zeug gelegt hätten, um uns während des Krieges zu helfen. Geschickterweise richtet Pfarrer Kretschmann seinen Besuch so ein, dass sich Gabi gerade auf einer ihrer Verkaufstouren bei den örtlichen Bauern befindet, und er verschwindet rechtzeitig vor ihrer Rückkehr. Die schlaue Frau Wimmer schickt Lisl, hübsch zurechtgemacht in Schwarz, um Fürbitte zu leisten, und Lisl verdrückt auch hübsch ein paar Tränen, um Willibald zu erinnern, wie hingebungsvoll sich ihr Märtyrer-Vater für uns eingesetzt hat. »Na, Martin, wie geht's?«, fragt sie fröhlich, nachdem ihr Zeugnis unterschrieben ist. Aber jetzt, wo Martins Blasen verheilt sind, juckt es ihn in den Füßen, und er kann es kaum erwarten, in neue Gefilde aufzubrechen, um reifere Blüten zu pflücken. Er antwortet ihr mit dem leicht verächtlichen Tonfall, mit dem man etwas Gebrauchtes ablehnt.

Das viele Unterschreiben strengt Willibald an. Er muss dabei auch wieder daran denken, wie er seinerzeit die Abschriften der Taufurkunden für Ariernachweise absegnen musste, die so mancher gegenwärtige Bittsteller damals brauchte, um in jener Partei etwas zu werden, deren Namen inzwischen niemand mehr in den Mund zu nehmen wagt. Schwach wie er ist, unterschreibt er genauso bereitwillig wie damals. Er genießt es nun mal, wenn ihm die Leute Honig ums Maul schmieren.

Auch Doktor Helene ehemals Saur und ihr Mann sind aus Wien gekommen, um sich jeweils ein Zeugnis abzuholen. Sie ist inzwischen keine Nationalsozialistin mehr (wer ist das schon noch?), macht aber kein Hehl daraus, dass sie mal eine war. Sie weiß noch nicht genau, ob sie den Berichten der Alliierten über die Vernichtungslager glauben soll. Könnte das nicht auch Propaganda sein? Und wohin, glaubte sie, seien während des Krieges all die Wiener Juden verschwunden? »Zum Arbeitsdienst in den Ostgebieten«, erwidert sie tonlos. »Habt ihr das etwa nicht geglaubt?« Manche Irrtümer halten sich hartnäckig.

Ihr Mann ist hoch gewachsen und hält sich sehr gerade, und Martin beneidet ihn um seinen fünf Zentimeter langen Schmiss. Er ist auf distanzierte Weise korrekt, ja höflich, und er scheint der Ansicht zu sein, er sei es, der uns den Gefallen tut, und nicht umgekehrt. Immerhin lässt er sich zu der Bemerkung herab, wie sehr seine Karriere darunter gelitten habe, dass er nie in die Partei eingetreten sei, und dass er sich aus rechtlichen und verwaltungstechnischen Gründen (von moralischen ist keine Rede) immer gegen die Deportation der Juden ausgesprochen habe. Diese sei, in seinen Worten, »nicht statthaft« gewesen. Ein Pedant vor dem Herrn.

Frau Doktor Helene ehemals Saur ist nach außen hin so heiter und fröhlich wie immer. Aber nicht in ihrem Innern. Sie habe sich nun endlich entschlossen, ihren Mann zu verlassen, sagt sie vertrauensvoll zu Gabi und fragt sie darüber hinaus, ob sie nicht noch etwas Zinksalbe übrig habe. (Gabi hat keine Zinksalbe übrig. Genau genommen hat sie überhaupt nichts übrig.) Trotz der teuflischen Winkelzüge ihres Mannes glaubt die geschlagene Frau, dass die neue Regierung eher als die alte dazu bereit sein wird, die Scheidung zu ermöglichen und ihr das Sorgerecht für ihre neugeborene Tochter zuzusprechen. Bestärkt wird sie darin beim Gedanken an dieses Kind, für das sie immer sorgen und mit dem sie ihrer Ansicht nach bis ans Ende ihrer Tage zusammen sein wird. Wieder wurzelt ein Irrtum.

Auch Herr Ziegler, der Besitzer der Ziegelei in Plinden, fährt eines Morgens im eigenen Auto vor, was selten ist in diesen Tagen. Dass er jede Menge dicke Aufträge für feuerfeste Ziegel zum Bau der Krematorien in den Ostgebieten hatte, spricht gegen ihn, für ihn spricht jedoch, dass er zu einem Achtel jüdisch ist. Also würde eine Beglaubigung, dass er Martin in notleidenden Zeiten Arbeit und Brot verschafft hat, wieder als Plus zu Buche schlagen – zumal er jetzt bei den Amis unter Vertrag steht. Auch die brauchen Ziegel, wenn auch mit Sicherheit nicht zum Bau von Krematorien.

Und dann wäre da noch Willibalds Bruder Harald, der seit mehreren Monaten nichts von seinem jüngeren Sohn gehört hat und befürchtet, Robert sei in die Fußstapfen des schneidigen Kampffliegers Erwin getreten. Onkel Harald kann nicht persönlich nach Heimstatt kommen, um sich sein Zeugnis abzuholen, da er gerade in einem Internierungslager schmachtet, doch er schreibt einen Brief, in dem er seinen jüngeren Bruder zu schreiben bittet, wie gut er immer zu Gabi und den Kindern gewesen sei. Na ja, es stimmt, er hat uns immer Grußkarten zu Weihnachten und zum Geburtstag geschickt, und Gabi durfte sogar bei Erwins Totenfeier dabei sein. Wobei ihn das nicht vor den

Mühlen der Entnazifizierung und einer gesalzenen Ladung *Civics 102* bewahrt, dem hastig ersonnenen Erstsemesterkurs der Amis in Staatsbürgerkunde, zu dem alle Nazis mittleren Alters eiligst verpflichtet werden.

Alle anderen Bittsteller sind ungefähr so anbiedernd wie Willibald gegenüber einem Feldmarschall, was an sich kaum zu überbieten ist. Die einzige Ausnahme bildet Dr. Schmidt, der inzwischen erfahren hat, dass sein Sohn Heinrich an einem Strick mit herausgestreckter Zunge den Krieg unrühmlich beendet hat. De facto kommt Dr. Schmidt nicht zu uns, obwohl er es nicht weit hat aus Plinden. Nein, Gabi fährt zu ihm. So gesehen ist er also gar kein Bittsteller. Es ist Martin, der Gabi zu diesem Schritt bewegt. Ein ganz bestimmtes Gesicht schwingt in Martins Erinnerung immer noch hin und her, die hellen Haare sorglos flatternd in der milden Aprilluft, als hätten sie noch gar nicht mitbekommen, dass der Kopf, aus dem sie wachsen, kalt und tot ist wie Stein. Wenn es je einen Menschen gab, den Martin – außer sich selbst – als Helden verehrt hat, dann war es Heinrich Schmidt, und jetzt ist die Zeit gekommen, um ihm die letzte Ehre zu erweisen.

Dr. Schmidt wirkt verschüchtert, besiegt und beschämt, als Gabi ihn in seinem Krankenhaus besucht. (Was für ein Gefühl, das Gebäude betreten zu können, ohne vor Angst zu schlottern!) Sie spricht ihm höflich, aber kühl ihr Beileid aus und bietet ihm an, ein paar wohlwollende Worte aufzusetzen. Was sie schreibt, ist alles gelogen, aber auf diese Weise kann er seine Stelle behalten, und Gabi braucht dringend Medikamente für Willibald und Ilse. »Am Ende tat er mir sogar Leid«, gibt sie zu, als sie mit einer neuen Wunderdroge namens Penizillin und der Aussicht auf Nachschub nach Hause kommt. »Außerdem wollte es Martin so.« Noch immer kann sie ihm keinen

Wunsch abschlagen, das war früher so und wird auch so bleiben.

Still und heimlich stellt Willibald auch seiner arischen Freundin in Plinden ein Zeugnis aus. Viel zu verbergen hat sie nicht, aber sie ist immerhin in der Partei und obendrein Untergauführerin des BDM gewesen. Aber ein paar nette Worte aus Willibalds Feder können nicht schaden. Zumindest übertreibt er nicht, als er erklärt, dass sie ihm in den Zeiten des Krieges ein Trost war. Überhaupt gibt es niemand, dem Willibald ein Zeugnis ausschlägt, und manchmal denke ich, er hätte dem Führer persönlich eins ausgestellt, wenn Adolf nur recht freundlich darum gebeten hätte.

Dann versinkt die Sonne hinter den Bergen und schlummert wie jedes Jahr ein, und der Winter bringt seinen frostigen Zuckerguss nach Heimstatt. Mit ihm kommen schwere Kisten aus Amerika, auf denen in säuberlich schablonierter Schrift das Wort CARE steht. In den Kisten befinden sich Milchpulver, Trockenei, Butter und Wurst in Dosen, und all diese Waren stammen von gütigen älteren Damen, Episkopalistinnen oder Presbyterianerinnen, aus fremd klingenden Gegenden wie Oregon und Ohio, Memphis und Minnesota. Wir sind die Einzigen im Dorf, die sie bekommen, weil wir die einzigen Opfer der Nazis und obendrein Lutheraner sind. Jedes dieser Pakete verlangt nach einem ausgiebigen Dankesbrief, den Sara schreiben muss, weil sie diejenige ist, die inzwischen bei weitem am besten Englisch kann. Gabi möchte unbedingt, dass die Pakete weiterhin eintreffen – sie sind es nämlich, die Willibald und Ilse zur Genesung verhelfen, und auch Sara und ich bekommen endlich wieder etwas Fleisch auf die Rippen. Jedes Mal, wenn Gabi mit dem Küchenmesser ein solches Paket aufschlitzt, stellt sie sich vor, wie ein Dutzend reicher, älterer

Damen in einer großen, heiteren Kirche die Leckereien einpacken, die uns in unserem finsteren, vom Krieg verwüsteten Europa am Leben erhalten. Das Dutzend multipliziert sie mit hundert Millionen (Demographie ist nicht ihre Stärke) und kommt zu dem Schluss, dass Amerika ein Land sein muss, wo Milch und Honig fließen, ein Land, das nur so wimmelt von einer Milliarde großzügiger Menschen, die versessen darauf sind, den Rest der Welt an ihrem Glück teilhaben zu lassen. So beginnt für sie der amerikanische Traum.

Im Augenblick sind wir in unserem Dorf König. Gabi kann in jedem Laden einkaufen (oder vielmehr, sie könnte, wenn sie das Geld dazu hätte), sie kann auf jeder Bank sitzen und jedes Wirtshaus betreten. Es ist ein schwindelerregendes Gefühl nach den letzten sieben Jahren, auch wenn sie dem Frieden anfangs noch nicht traut. Wie lange wird das gut gehen? Dass Menschen aus ihrer Haut können, glaubt sie eigentlich nicht. Ich dagegen habe das Gefühl, wenn ich nachtragend wäre, könnte ich Fritzi Wimmer mit voller Wucht in seine arischen Eier treten und ungeschoren davonkommen, obwohl er im Gegensatz zu mir noch immer die schwarze Armbinde trägt. Aber eigentlich mag ich Fritzi Wimmer ganz gerne, und er mich auch. Ich habe ihm sogar etwas Dosenwurst aus unserem CARE-Paket mitgebracht, und er sagt, sie schmecke genauso gut wie normale Wurst. Also bin ich nicht nachtragend, sondern eher froh, dass ich wieder zur Schule darf – ich bin nämlich gerade aufs Lyzeum gekommen. Auch Sara ist wieder auf ihrer katholischen Schule. Zugegeben, die dreistündige Fahrt nach Plinden müssen wir noch immer zurücklegen. Wenn wir wollten, könnten wir jetzt unter der Woche auch irgendwo in der Nähe unserer Schulen wohnen, aber es wäre zu teuer, und Gabis Vertrauen in die neue

Ordnung reicht noch nicht so weit. Sie scheint zu glauben, dass jederzeit ein Plindener Nazi aus dem Nichts auftauchen könnte, um sie in die Gaskammern zu schicken.

Martin und Ilse gehen nicht wieder zur Schule. Dafür sind sie inzwischen zu alt, also bekommen sie jetzt vorbereitenden Unterricht, um die Aufnahmeprüfung an der Universität abzulegen. Ilse kann zwar wieder richtig sehen, aber sie hat immer noch ein lahmes Bein und liegt gerade in Bad Neusee im neurologischen Institut, in dem gut hundert verworrene, konvulsivische und traumatisierte Soldaten liegen, wo aber auch sie mit offenen Armen empfangen wird, als wäre sie plötzlich die Arierin schlechthin. Nicht, dass es ihr besser ginge. Es besteht der Verdacht auf multiple Sklerose, aber niemand weiß genau, was das für eine Krankheit ist oder wie man sie feststellen, geschweige denn behandeln soll. Gabi besucht sie jeden Tag, bringt ihr Schulbücher und pflegt sie praktisch im Alleingang, obwohl jede Menge Schwestern zur Verfügung stehen und Ilse viel lieber einfach nur ihre Ruhe hätte. Auf ihre unaufdringliche Art versucht sie Gabi zu überreden, in Heimstatt zu bleiben, aber natürlich ohne Erfolg. Fast alles, was Ilse in Angriff nimmt, ist von Misserfolg gekrönt, und sie geht davon aus, dass das so bleiben wird. Die Vermutung liegt natürlich auch nahe.

Aber all das kostet Geld, und da sind die vielen Schulden, die Gabi in den Läden gemacht hat. Mag sein, dass sie jetzt überall willkommen ist (auch wenn sie keine Ahnung hat, was in den Köpfen der Leute wirklich vorgeht), dennoch wollen die Ladenbesitzer ihr Geld zurück. Und jetzt, wo wir keine Außenseiter mehr sind, denken sie bestimmt erst recht, dass wir genauso zur Zahlung verpflichtet sind wie alle anderen auch. Mit schöner Regelmäßigkeit landen die Rechnungen auf Willibalds Schreibtisch, und er fängt jedes Mal von neuem an zu zetern, dass Gabi sie bezahlen müsse. (Der Frieden hat auch den Vorteil, dass wir nicht mehr die Fenster schließen müssen, wenn Willibald seine Wutanfälle bekommt.)

»Aber wie denn, von deinem Gehalt?«, fragt Gabi.

»Ja, ganz recht, schieb du mir deine Verschwendungssucht in die Schuhe!«

Man sieht, es geht ihm schon wieder besser. Es geht ihm sogar so gut, dass er aus beruflichen Gründen die eine oder andere Fahrt nach Plinden unternehmen kann, obwohl Plinden gar nicht zu unserer Pfarrgemeinde gehört.

Während sie sich über ihre anhaltenden Geldprobleme den Kopf zerbricht, fällt eines Tages Gabis Blick auf die CARE-Pakete, die ordentlich gestapelt an der Küchenwand stehen. Zurzeit bekommen wir mehr, als wir brauchen, und Gabi hebt sie auf für die Zeit, wenn sie irgendwann mal nicht mehr kommen, womit ja, bei aller Großzügigkeit der reichen Episkopalistinnen und Presbyterianerinnen, zu rechnen ist. Und dann hat sie einen Geistesblitz, eine Erleuchtung wie Paulus in der Bibel. Wir haben etwas, das den Dorfbewohnern fehlt – ausländische Lebensmittel. Und sie haben etwas, das uns fehlt – Geld. Ideale Voraussetzungen also, um ins Geschäft zu kommen.

Und so wird in dem leer stehenden Nebengebäude hinter der Küche ein Laden eröffnet, so weit weg von Willibalds zartfühlender Seele wie möglich. Wir denken uns Preise aus, Sara und ich spielen Verkäufer – und siehe da, schon läuft der Betrieb! Kaum zu glauben, was die Leute heutzutage bereit sind, für Dosenwurst und Milchpulver hinzublättern! Für eine einzige Dose Butter! Und das Rausgeben von Kleingeld wirkt sogar noch Wunder für mein Kopfrechnen. Die Woche ist noch nicht vorbei, da haben fast alle Dorfbewohner bei uns eingekauft, sogar die ehemalige

Mätresse und jetzt Ehefrau von Dr. Großfurtner, und Pfarrer Hertls Haushälterin mit dem kleinen Mädchen, das Pfarrer Hertl so ähnlich sieht. Solange die CARE-Pakete reinkommen, klingelt die Kasse.

Und Gabi tut alles in ihrer Macht Stehende, um dafür zu sorgen, *dass* sie reinkommen. Die Briefe, die Sara in ihrem Auftrag schreiben muss, sind der Inbegriff der Schmeichelei, was immer man von solchen Inbegriffen halten mag. Jedes Mal, wenn Sara versucht, sie abzumildern, besteht Gabi auf die demütigen Superlative, von denen sie glaubt, dass sie bei den reichen Episkopalistinnen und Presbyterianerinnen runtergehen wie Öl – und Sara denkt, was soll's. Die Briefe tun vielleicht etwas für Saras Englisch, aber mit Sicherheit wenig für ihr Selbstvertrauen. Sie hat das Gefühl, sie wird ihr Leben lang unfähig sein, Dankbarkeit zu bekunden, ohne sich dabei in Grund und Boden zu schämen. Aber dafür reißt der Strom der CARE-Pakete nicht ab und der Handel floriert.

Willibald ist das alles nicht recht. Er weiß, dass es unlauter ist, Spenden weiterzuverkaufen, andererseits profitiert er von den Medikamenten und allem, was Gabis Geschäfte mit sich bringen, und dazu gehört, dass die Ladenbesitzer keine Mahnungen mehr schicken. Hin und wieder beschwört er mit düsterer Stimme die Geschichte, wie Christus die Geldwechsler aus dem Tempel vertrieb, unternimmt jedoch selbst in dieser Richtung wenig. Grundsätzlich schnaubt er, um seine Verachtung kundzutun, leckt sich aber die Lippen, sobald ein Gläschen Schnaps oder sonst eine Leckerei auftaucht, mit der ihn Gabi besticht. Er hat sich seinen moralischen Standpunkt gesichert, indem er vorgibt, über all dieser schändlichen Geldschneiderei zu stehen und nichts damit zu tun zu haben, aber als sich in den ersten Winterwochen eine Bronchitis auf seiner geschwächten Lunge niederlässt, ist das Penizillin schneller weg, als man gucken kann.

Rudi Fischer, ein Mann, den ich meines Wissens noch nie in meinem Leben gesehen habe, ist der erste Kriegsheimkehrer. Auch er ist fast verhungert, denn er behauptet, die Amis, bei denen er in Gefangenschaft war, hätten die Gefangenen nicht ausreichend mit Lebensmitteln versorgt (vielleicht hatten sie aber auch nie vor, überhaupt Gefangene zu nehmen) und hätten keinerlei Anstalten gemacht, den Gefangenen etwas von ihrem eigenen Essen abzugeben. Doch der Hunger scheint sowohl seinen Trieb als auch seinen Geist geschärft zu haben, es sei denn, er war an Kopf und Lenden schon immer etwas großzügiger bestückt als der durchschnittliche Heimstätter. In null Komma nichts hat er dem Pfarrhaus einen neuen Namen aufgedrückt: *Kaufhaus zum Guten Hirten*. Als Fritzi Wimmer die Geschichte zum Besten gibt, weiß ich nicht genau, was ich davon halten soll, Willibald ist jedenfalls alles andere als begeistert, als er es von mir erfährt. Mit schrillem Geschrei verflucht er erst Rudi, einen solchen Frevel zu begehen, und anschließend Gabi, den Anlass für einen solchen Frevel gegeben zu haben. Zum Glück ist Rudi katholisch, also wird ihm ein evangelischer Fluch nichts anhaben können. Und Gabi ist seine Wutanfälle in dieser Sache inzwischen gewohnt, und auch sie nimmt nicht weiter davon Notiz. Und später am Abend sitzt Willibald friedlich mit einem Schnaps in seinem Arbeitszimmer – jetzt, wo das Penizillin seine Lungen wiederhergestellt hat – und bellt freudig wie ein Welpe, während *Samson und Delilah* auf ein Neues in die literarischen Startlöcher gehen.

Kriegsgefangene und CARE-Pakete sind jedoch nicht alles, was uns die Amis schicken. Sie schicken uns außerdem schwarze und weiße Soldaten.

Die schwarzen Soldaten postieren sich an einem Ende des Dorfes, die weißen am anderen. Dafür, dass sie doch alle Amis sind, scheinen sie sich ziemlich aus dem Weg zu gehen. Eigentlich ist es fast ein bisschen wie bei uns damals mit den Ariern und Halbjuden. Ist das vielleicht der Grund, warum die mittlerweile verpönte Rassentheorie der Nazis auf den Kopf gestellt wird und es nicht die weißen, sondern die schwarzen Soldaten sind, um die sich die Kinder und jungen Mädchen aus dem Dorf scharen? Adolf würde sich jedenfalls im Grabe umdrehen. Oder zumindest sein Gebiss, denn mehr ist wohl nicht von ihm übrig.

Auch Sara ist dieser polaren Anziehungskraft erlegen und hat sich in einen schwarzen Sergeant verliebt, der sie hin und wieder in seinem Jeep spazieren fährt. Dieser Sergeant ist Kriegsfotograf und macht Fotos von Sara für seine Zeitung. Er erzählt ihr auch von seinem Geburtsort New Orleans und seinem Wohnort New York. Saras Interesse an diesem Amerikaner ist nicht mit Lisls Interesse an Martin zu vergleichen, noch hat sein Interesse an ihr auch nur die geringste Ähnlichkeit mit Martins Interesse an Lisl. Nie sind ihre Haare zerzaust, nie ist ihre Bluse offen. So ein Mädchen ist Sara nicht, und so ein Mädchen wird sie auch nie sein. Sie erinnert den Sergeant offenbar an seine eigene Tochter zu Hause in Harlem, aber was bedeutet er ihr? Erzählt sie *ihm* in ihrem gebrochenen Englisch, was sie uns nicht erzählen kann oder will? Sara hüllt sich in Schweigen, und keiner kommt auf die Idee, sie zu fragen. Mir fällt auf, dass er etwas Melancholisches im Blick hat, auch wenn ich diesen Umstand in andere Worte fasse (»Er sieht ziemlich runtergekommen aus«, sage ich), und dass er ihr Schokolade schenkt, die sie oft an mich weiterverschenkt.

Ihre Briefe an die Episkopalistinnen/Presbyterianerinnen werden vernachlässigt, die Hausaufgaben nur noch hingepfuscht, und ihre Geschichten, die bislang Stütze und Heilmittel ihres Lebens waren, liegen unangetastet unter ihrer Matratze wie Puppen, denen sie entwachsen ist, nur weniger sperrig. Eines Tages werfe ich einen Blick darauf. Mein Interesse an den Geschichten ist inzwischen gewachsen, wobei ich die Zeitschriften unter Martins Matratze doch noch ein bisschen interessanter finde. Ich sage mir immer wieder, dass man das alles wissen muss, weil es zum Erwachsenwerden dazugehört. Aber ich weiß, selbst wenn nicht, würde ich's wissen wollen.

Aber Saras Geschichten – mein Gott, eine davon ist sogar auf Englisch! Ich weiß noch, wie sie damals mit Rolf von Haltenstein – der nach dem Krieg, falls er dann noch am Leben wäre, nach Amerika auswandern wollte – ernsthaft anfing, Englisch zu lernen. Und mir war klar, dass sie ganz gut geworden war – wie hätte sie sonst die vielen Dankesbriefe für die CARE-Pakete schreiben sollen? Aber dass sie schon so weit war, hätte ich nicht gedacht. Sie hatte tatsächlich eine ganze Geschichte in dieser umständlichen Sprache geschrieben, wo das Verb immer an der falschen Stelle steht! Warum sie sich die Mühe mache, frage ich sie, als sie mich beim Lesen erwischt.

Sie wirkt nicht einmal verärgert. Es scheint, als hätte sie all ihre Geschichten verworfen, da sie diesen schwarzen Amerikaner gefunden hat, und als wäre es ihr egal, was jetzt daraus wird. »Damals, als Mutti starb (so nennt sie Gabis Verschwinden), habe ich mir vorgenommen, richtig Englisch zu lernen, damit ich eines Tages nie wieder Deutsch sprechen muss.«

Übrigens sind es nicht nur die Amis, die in Heimstatt eingetroffen sind. Hinzu kommen noch die

21

Soldaten der anderen Armeen.

Erst taucht Vetter Robert in Zivilkleidern bei uns auf, die er irgendwo auf seiner qualvollen Odyssee von der Ostfront erbettelt oder gestohlen hat. Ein oder zwei Tage später steht Vetter Wolfgang in britischer Fallschirmjägeruniform vor der Tür. Er hat eine Woche Urlaub aus Berlin, wo er den Nazi-Verhören beisitzt und nebenbei nach seinen Eltern sucht. Immer wieder stößt er auf Parteimitglieder, die noch nie etwas von den Vernichtungslagern gehört haben oder haben wollen, und von seinen Eltern hat er bisher nur einen früheren Nachbarn ausfindig gemacht, der noch immer ihre versilberte Kaffeekanne aufbewahrt, und die Quittungen für den Schmuck, den sie aufgeben mussten, bevor sie sich selbst aufgeben mussten. Ringe, Armbanduhren, Halsketten, Armbänder und Broschen, jedes Stück fein säuberlich in der entsprechenden Kategorie eingetragen. Und in den offiziellen Akten steht das Datum, an dem sie und Großtante Hedwig nach Theresienstadt deportiert wurden – der 14. Dezember 1943.

Die vier Kriegsveteranen (Willibald zählt sich dazu) sitzen oben auf dem Balkon mit Blick auf den stillen, frühlingshaften See und tauschen Kriegsgeschichten aus, die auszuschmücken oder zu verfälschen vielleicht nur Wolfgang keinen Grund hat. Ich sitze dabei und schaue hin und wieder durch die bewölkten Fenster ihrer Seelen. Willibald, der wieder mal zum Besten gibt, wie er seinen deutschen Offizier in Polen in die Schranken gewiesen hat, schaut so theatralisch in die Fenster der anderen, dass man sich mit Unbehagen abwenden möchte. Robert, der erzählt, was er gesehen, aber nicht erzählt, was er getan hat, blickt starr über den See hinaus, als wollte er nicht, dass ihm die anderen durch sein Fenster sehen. Martin, der uns irgendein Märchen von einem verwundeten Kameraden auftischt, den er vor russischem Gewehrfeuer rettete und dabei selbst fast erschossen worden wäre, blickt hoffnungsvoll in alle Fenster, außer Roberts, um darin einen Abglanz jener Bewunderung zu finden, die er zu verdienen meint und die für ihn lebensnotwendig ist. Der klavierspielende Fallschirmjäger Wolfgang erzählt nur davon, wie schauerlich es sei, aus einem Flugzeug zu springen, den Fallschirm auf den Rücken und das Gewehr nutzlos ans Bein geschnallt, während die Leute am Boden drauflosballern wie beim Tontaubenschießen. Doch er meidet keines der Fenster und lacht immer wieder, als wäre das alles nur ein Scherz. Und ich erkenne, dass die Fenster seiner Seele so klar sind wie seine Seele selbst.

Dann wird die Schnapsflasche herumgereicht, die Willibald eigentlich alleine trinken wollte. Ich will wissen, was Tontaubenschießen ist, aber Wolfgang sagt gerade zu Robert, wie sehr ihm die Sache mit Erwin Leid tue, und Robert sagt zu Wolfgang, dass seine Eltern bestimmt bald wieder auftauchen. Die Lager seien unheimlich voll gewesen, sagt er, und es werde sicherlich eine Weile dauern, bis alle Insassen wieder zu Hause seien, vor allem aus der russischen Zone.

»Ja, ja«, sagt Wolfgang zuversichtlich, und es entsteht eine kleine Pause, in der ich meine Frage nach dem Tontaubenschießen unterbringen könnte, aber dann muss ich wieder an die klägliche Dreiergruppe denken, mit der Martin und ich drei Jahre zuvor vor dem Botanischen Garten zusammengetroffen waren. Irgendwie scheinen mir ornithologische Fragen hier fehl am Platz. *»Vergesst uns nicht!«*, höre ich wieder Tante Hedwigs flehende Stimme, und plötzlich weiß ich, dass Roberts Ermutigung sinnlos ist und Wolfgangs Zuversicht für die Katz. Martin und ich, die wir Wolfgangs Eltern und Tante Hedwig zuletzt gesehen haben, sind die Letzten, die sie lebend gesehen haben.

Nach einer zweiten Runde Schnaps setzt sich Wolfgang an das verstimmte Klavier, von dem im Moment nur Gabi weiß, dass es an den Metzger verpfändet ist, und er erzählt, dass er kein Pianist mehr werden könne, weil ihm die Technik fehle und es inzwischen zu spät sei, um sie sich noch anzueignen. Aber was soll's, stattdessen werde er vielleicht komponieren, und er spielt uns ein Stück namens *Träumerei* vor, an dem er in seiner Freizeit gearbeitet hat. Seit der SS-Oberst, der Franzi Wimmer erschoss, mit dem Handrücken über die Tasten strich, habe ich niemand mehr Klavier spielen hören, und obwohl ich das Stück überhaupt nicht verstehe, finde ich, dass Wolfgang wundervoll spielen kann. Wolfgangs Lied treibt mir die Tränen in die Augen, und ich muss wieder an Lotte und Salomon und Großtante Hedwig denken. Vielleicht geht es Gabi ähnlich, denn sie kommt mit bemehlten Händen aus der Küche und setzt sich einen Moment ruhig hin, was völlig untypisch für sie ist, und als sie das Zimmer verlässt, trocknet sie sich mit den unbemehlten Knöcheln ihrer Handgelenke die Augen.

Bald darauf ist Wolfgang in seiner Khakiuniform mit dem aufgeblähten kirschfarbenen Barett zurück in Berlin, und Robert hat sich auf die nächste Etappe seiner Odyssee begeben, die er etwa zur selben Zeit zu Ende gebracht haben wird, als sein Vater entnazifiziert und aus der öden Staatsbürgerkunde entlassen worden ist.

Es dauert nicht lange, da brechen auch die Amis auf, um sich Wien mit dem Iwan aufzuteilen, der sich plötzlich nicht mehr ganz so freundlich gibt. Das heißt, dass Sara ihren schwarzen Sergeant verlieren wird, genau wie sie Rolf und Gabi verloren hat. An einem Morgen im April setzen sich die Amis in Bewegung, und Sara steht heimlich auf, um Abschied zu nehmen. Traurig steht sie vor dem Pfarrhaus, um dem Sergeant zu winken, aber der Sergeant lässt ziemlich lange auf sich warten.

Ein Militärauto nach dem anderen rollt vorbei, erst die weißen Truppen, dann die schwarzen, und wie erstarrt und mit Tränen in den Augen will Sara schon aufgeben, als endlich der Jeep mit dem Sergeant auftaucht. Sie fürchtet schon, dass er vorbeifährt, ohne sie zu bemerken, aber im letzten Moment bleibt der Jeep stehen und lässt die anderen Fahrzeuge vorbeirumpeln. Und da steigt er aus, der Sergeant, macht ein letztes Foto von dem jungen österreichischen Dorfmädchen, und dann hilft er ihr in den Jeep, fährt einmal langsam mit ihr durchs Dorf und ist ihr am Ende wieder beim Aussteigen behilflich. Bevor er davonfährt, schenkt er ihr eine letzte Tafel Schokolade und kritzelt seine Harlemer Anschrift auf das Papier. Verzweifelt steht sie da und sieht den roten Rücklichtern des Jeeps nach, die wie die sterbende Glut einer Zigarette immer schwächer werden und schließlich in der Ferne verschwinden.

Neuer Abschied, neuer Verlust.

Mit tieftraurigen Augen kommt sie nach Hause, und Gabi ist fuchsteufelswild. Und Willibald nicht minder, als er drei Stunden später aufsteht. Also gibt es doch noch etwas, worüber sie sich einigen können. Sara bleibt stumm – zu gesättigt ist sie von ihrem Verlust, falls man von einer Leere satt werden kann. Die Schokolade isst sie auch nicht. Aber sie sagt, ich könne sie haben, wenn ich vorher das Papier abmache, ohne es zu zerreißen, und ihr zurückgebe. Nicht zum ersten Mal bin ich der Nutznießer ihres schlechten Appetits. Sie streicht das Papier glatt und legt es zwischen die Seiten ihres Schreibhefts, das sie jetzt wieder aufgreift wie ein desillusionierter Heimkehrer.

Wenige Wochen später trifft mit der Post ein Brief mit einem Foto ein. Da steht sie vor der Tür des Pfarrhauses, klein und dünn für ihr Alter, traurig und verloren. Und sie blickt erschrocken, denn der Sergeant hatte sie mit Blitzlicht fotografiert. Sie steckt das Foto zusammen mit dem Schokoladenpapier in ihr Schreibheft, um es beim Schreiben daneben zu legen. Als Andenken an das, was sie mal war und niemals wieder sein wird.

Und dann, eines Morgens im Mai – am Jahrestag der Kapitulation der Nazis, wie es heißt –, höre ich Jägerleins Stimme. Sie ist wieder da und singt *Kuckuck, Kuckuck, ruft's aus dem Wald,* das Lied, das ich aus Zeiten kenne, als Annerl noch lebte und ich neun oder zehn Jahre alt war. Fast könnte man auf die Idee kommen, alles wäre wieder ganz normal, wobei ich nach wie vor nicht weiß, was das eigentlich bedeutet.

Jägerlein zieht zurück in ihr altes Zimmer hinter der Küche, und sie gesteht uns, wie sehr ihr das dicke Annerl und der dünne François fehlen. Gabi muss für sie sogar alle französischen Kriegsgefangenen genau beschreiben, die in Graunau auf ihrer Station lagen, weil Jägerlein wissen will, ob nicht ihrer vielleicht darunter war. Aber die Beschreibung französischer Kriegsgefangener liegt Gabi nicht besonders, und sie kann sich an keinen François erinnern.

Jägerlein macht sich ans Waschen, Putzen und Kochen. Jeden Sonntagmorgen geht sie los, um sich Willibalds Predigt anzuhören, oder sagen wir, um körperlich anwesend zu sein, wenn er predigt. »Wer soll denn sonst hingehen?«, fragt sie Gabi, die aus irgendwelchen Gründen selbst nie die Zeit dazu findet. Acht oder neun Leute, lautet die Antwort. Ich frage mich, ob sie dasselbe täte, wenn sie wüsste, wie es dazu kam, dass Annerl auf dem Hof ihrer Schwester gefunden wurde.

Auch Fräulein Hofer näht wieder für uns, obwohl sie inzwischen dermaßen dünn und zart aussieht, dass ihr Gabi hin und wieder zur Aufmunterung eine Dose Eier mit Wurst schenkt. Resi kommt nicht mehr mit. Sie bleibt bei ihrer siebenfingrigen Großmutter (Daumen nicht mitgerechnet), die den Verstand verloren hat, weil ihr Sohn – Resis Vater – nicht mehr aus dem Krieg zurückgekommen ist. Die alte Frau geht jeden Tag zur Anlegestelle und wartet, bis die Fähre am Abend ihre letzte Fahrt gemacht hat, und dieses Ritual wird sie bis an ihr Lebensende durchhalten. Resi muss für sie kochen und sie immer wieder mühsam zurück ins Haus locken.

Ich habe Schuldgefühle wie jemand, der im Lotto gewonnen hat. Resis Vater ist nicht aus Russland zurückgekehrt, während meine Mutter aus dem Grab gestiegen ist. Warum ausgerechnet ich? Warum ausgerechnet sie? Wer immer dafür verantwortlich ist, von Gerechtigkeit hat er keine Ahnung. Dennoch bin ich froh, dass Resi nicht mehr dabei ist, wenn Fräulein Hofer zu uns kommt. Ich wüsste gar nicht, was ich mit ihr reden soll, bis auf »Hast du Lust, Bauernskat zu spielen?«. Aber inzwischen sind wir zu alt für Skat mit Karten, wobei wir für Martins und Evas Skatspiel noch zu jung sind. Sara hat Recht: Die Zeiten ändern sich.

Auch andere Dinge ändern sich. Jetzt, wo die Sommersonne durchs Fenster flutet, verebben allmählich die CARE-Pakete. Die Episkopalistinnen und Presbyterianerinnen in Omaha und Idaho haben andere Bedürftige gefunden, und davon gibt es weiß Gott genug. Unsere CARE-

Pakete kommen allenfalls noch als Rinnsal, und trotz Gabis Bemühungen und Saras fließendem Englisch versanden sie nach und nach. Folglich versandet auch unser Geschäft. Dem *Kaufhaus zum Guten Hirten* gehen die Vorräte aus, und wir können bald dichtmachen.

Dafür steigen Gabis Ausgaben. Martin hat die Prüfung bestanden und ist nach Wien gezogen, um Maschinenbau zu studieren, womit er die Basis für eine glänzende Karriere zu legen glaubt. Und mit ein wenig Unterstützung und zur größten Überraschung aller hat auch Ilse ihre Prüfung bestanden. Und zwar in der Neurologie der Klinik Bad Neusee, wobei es ihrem Vater und Mentor Willibald gelungen ist, ihr die Lösungen für das Lateinexamen zuzuspielen. Ohne gründliche Kenntnisse dieser klassischen Sprache bringt man es offenbar nicht weit in der modernen Medizin – jener Fachrichtung, der sich Ilse auf Marias postmortalen Rat hin mit traurigem Ehrgeiz widmen wird. Sie will heilen lernen, um vielleicht die Heiden heilen zu können.

Wenn Willibald für eines seiner Kinder etwas tut, dann seit jeher für die stille Ilse. Sie teilen dasselbe Schicksal, allzu lange in der Nähe eines züngelnden Feuers gelebt zu haben, das verbrennt, anstatt Wärme zu spenden – und das verbindet die beiden. Außerdem ist sie die Einzige seiner Brut, die den Glauben ernst nimmt. Sonntags geht sie sogar zweimal am Tag mit ihm in die Kirche und trägt dazu bei, dass die Zahl der Kirchgänger zweistellig wird. Willibalds Unterstützung gestaltete sich so, dass er die Lateinlösungen in der Toilette hinter dem Wasserkasten deponierte, wohin sich Ilse folglich im Verlauf ihrer drei- bis vierstündigen Klausur hatte schleppen müssen. Auf diese Weise haben sich Ilse, die nicht lügen kann, und ihr Vater, der sehr wohl lügen kann, aber eigentlich nicht lügen soll, durch die Prüfung gemogelt, und jetzt ist sie in Innsbruck zum Medizinstudium zugelassen, auch wenn kein Mensch weiß, wie sie das dortige Pensum bewältigen soll. Am allerwenigsten sie selbst, verängstigt und verblüfft und wahrscheinlich auch noch schuldbewusst, wie sie ist.

Doch das alles kostet Geld, und zwar jede Menge Geld, mehr, als wir haben. Ilse wird in Innsbruck leben müssen, Martin in Wien. Sie werden Geld brauchen für die Fahrten, für Essen, Wohnen und Bücher. Mit den CARE-Paketen ist es vorbei, und wir haben kaum genug, um in Heimstatt satt zu werden. Wie soll das nur gehen? Gabi lebt ausschließlich in der Gegenwart, doch wenn die Ausbildung ihrer Kinder auf dem Spiel steht, sieht sie alles ganz genau, und sie sieht, dass es so nicht gehen wird.

Und genau in diesem Moment rückt die Aussicht auf ein Amt in einer Wiener Pfarrgemeinde in greifbare Nähe.

An einem Nachmittag im August rollt ein schwarzer Mercedes durchs Dorf; ähnlich demjenigen, in dem im vorigen Jahr nach Gabis Verschwinden die Gestapo vorfuhr. Unheilverkündend hält das Auto vor dem Pfarrhaus, und leise dreht sich mir der Magen um, und es hätte mich kaum gewundert, wenn im nächsten Moment die beiden Schlägertypen ausgestiegen wären. Doch als der Fahrer die Wagentür öffnet, steigen stattdessen zwei steifbeinige Kirchenmänner aus, die in den schwarzen Hosen und Gehröcken aussehen wie von einem Bestattungsunternehmen. Zuerst denke ich, sie *sind* von einem Bestattungsunternehmen, bis ich ihre weißen Krägen entdecke. Möglich wäre es gewesen, denn Willibald hat an diesem Morgen eine Beerdigung abgehalten.

Mit gefälliger Miene staksen die beiden Raben auf die Haustür zu, und es ergibt sich, dass ich ihnen öffne. Irgendein Schmachtfetzen von Bing Crosby auf dem amerikanischen Militärsender schallt aus unserem rückerstatteten Radio, bei dem Martin vor einiger Zeit eine Röhre ersetzt hat, die freundlicherweise Saras schwarzer US-Sergeant organisiert hatte. »Bischof Schmiedinger«, verkündet der kleine dicke Rabe und zeigt auf den langen dünnen, und dann zeigt er auf sich selbst und sagt: »Superintendent Schwartz.« Er schließt mit onkelhaftem Lächeln.

Da wir den Besuch von Geistlichen nicht gewohnt sind, starre ich die beiden nur an, während hinter mir Bing Crosby mitten im Lied der Hahn abgedreht wird.

»Aus Linz«, erklärt Superintendent Schwartz und zeigt diesmal auf sich selbst. Und dann zeigt er auf Bischof Schmiedinger: »Aus Wien.« Und da ich sie immer noch unverwandt anstarre, fährt er fort: »Bist du der Sohn von Pfarrer Brinkmann?«

Jetzt fühle ich mich etwas sicherer, obwohl das vielleicht unklug ist, und ich nicke stumm.

»Wir wollen zu deinem Vater«, erklärt Superintendent Schwartz mit der Miene eines Erzengels, der Manna vom Himmel auf die Kinder Israels regnen lässt, und so kommt er sich wahrscheinlich auch vor. »Könntest du uns bitte sagen, wo wir ihn finden?«

Ich könnte schon, aber ich komme gar nicht erst in die Verlegenheit, denn auf einmal spüre ich Gabis Hand auf meiner Schulter, und sie schiebt mich energisch zur Seite.

»Ah, Frau Brinkmann!«, flötet das strahlende Paar, und kurz darauf flöten sie noch ein wenig verzückter »Ah, Bruder Brinkmann!«, als Willibald auftaucht und die beiden mit einer unterwürfigen Verbeugung begrüßt. Auch er ist kirchlichen Besuch nicht gewohnt und stößt ein schwaches, albernes Kichern aus. Zum Glück war am Morgen die Beerdigung, sonst hätte er die beiden am Ende noch in seinem Nachthemdchen empfangen.

Zunächst richten die Raben einige höfliche, ja ehrerbietige Worte an Gabi, in etwa, wie schön es sei, sie zu sehen, und hoffentlich sei sie wohlauf. (So begeistert sind sie von Gabi, dass man sich fragt, warum sie sich diese Freude während der langen Kriegsjahre nicht öfter gegönnt haben.) Aber auch wenn sie ausschließlich Gabis wegen gekommen sind, ist es doch Pfarrer Brinkmann, mit dem sie etwas zu besprechen haben.

Mit freundlicher Unterstützung der schwindenden CARE-Pakete bereitet Gabi Kaffee und Kuchen, und Sara hilft ihr, die Sachen ins Arbeitszimmer zu tragen, wo die heilige Dreifaltigkeit Konversation macht. Auch ich werfe einen Blick hinein, und Gabi will uns beide sanft aus dem Zimmer weisen, da donnert der Bischof: »Aber nicht doch, Frau Pfarrer. Nicht doch. Lasset die Kindlein zu mir kommen« – wobei man uns kaum noch als Kindlein bezeichnen kann. Er unterbricht sich, entweder weil er genau das erkennt, oder weil er Angst hat, es könnte so aussehen, als würde er nicht nur seines Herren Stimme, sondern auch noch dessen Funktion übernehmen, obwohl der hastig gesenkte Blick des Superintendenten darauf schließen lässt, dass es ohnehin zu spät ist.

Sara und ich bekommen auch ein Stück Kuchen und eine Tasse wässrigen Kaffee, und nachdem sich die beiden Gäste die Krümel von den Lippen getupft und versichert haben, wie gut es ihnen geschmeckt habe, steht der Bischof auf, wirft die Schöße seines Gehrocks nach hinten, setzt sich und steht wieder auf. Ich schätze, das bedeutet, er kommt jetzt zur Sache und verrät uns den Grund für seinen Besuch. Unterdessen verschränkt der Superintendent die Hände über der sanften Wölbung seines stattlichen Bauches und blickt erwartungsvoll zu seinem Vorgesetzten hoch.

»Bruder Brinkmann«, beginnt der Bischof, »vielleicht

können Sie sich denken, was uns zu Ihnen nach Heimstatt verschlägt.« Er hält inne, um Bruder Brinkmann zu Wort kommen zu lassen, doch Bruder Brinkmann lächelt nur in etwa so verwirrt, als würde der Bischof Serbokroatisch sprechen. »Nun, während der Kriegsjahre haben Sie aufgrund der … nun ja, der Politik in Bezug auf die … nun … auf die Nichtarier ja doch einiges durchmachen müssen.« Mit diskretem Nicken sieht er Gabi an. »Vor allem natürlich Sie, Frau Pfarrer. Wobei Sie durchaus nicht die Einzige sind.«

Gabi wirkt etwas schuldbewusst, als wäre sie mit ihrer Opferrolle hausieren gegangen, und blickt zu Boden.

»Aber jetzt können wir den Schaden wieder gutmachen«, fährt der Bischof mit breitem Lächeln fort. »Was würden Sie sagen, Bruder Brinkmann, zu einem Pfarramt in Wien?«

»Wien?«, wiederholt Bruder Brinkmann verdutzt, als hörte er den Namen dieser Stadt zum ersten Mal in seinem Leben.

»Ja, Wien.« Der Bischof lässt das Wort wie einen Leckerbissen über seine Zunge rollen. »Wien, Bruder Brinkmann. Wien.« Man hört ihm an, dass er sich gern reden hört. Zu Recht – er hat wirklich ein gewaltiges Organ. Ich kann mir vorstellen, wie gut sich dieser Mann vor einer voll besetzten Kathedrale macht. Da kann Willibald nicht mithalten, nicht mal, wenn er auf Hochtouren ist, und das will schon etwas heißen. »Das Amt ist gerade frei geworden, nachdem Bruder, äh … Bruder …?« Er wirft dem Superintendenten einen bittenden Blick zu, der mit den Lippen einen Namen formt, nur kommt der Name nicht ganz an. »Ja. Und Ihr dortiges Gehalt würde sich auf … auf …« Wieder sendet er ein stummes SOS an den Superintendenten, der wiederum mit selbstzufriedener Miene vier dicke

Finger in die Luft hält. »… auf das Vierfache Ihres Heimstätter Gehalts belaufen. Das Vierfache, Bruder Brinkmann! Das ist eine große, einkommensstarke Gemeinde – Ärzte, Lehrer, Anwälte und so weiter. Sie braucht dringend einen Prediger von Ihrem Format. Und die Ausbildung Ihrer Kinder, die doch, nun ja, bedauerlicherweise während des Krieges vernachlässigt wurde – wie bei so vielen«, fügt er in munterem Ton hinzu und mit Blick in Gabis Richtung, die daraufhin bescheiden zu Boden sieht, »– könnte dort optimal wieder aufgenommen werden, während Sie hier in Heimstatt – nun, die Gemeinde hier ist doch wirklich eher etwas für allein stehende Männer, nicht wahr? Nicht für jemand mit einer so großen Familie. Nun, Bruder Brinkmann«, sagt er und reibt sich die Hände, als wollte er sich nun eine zweite Runde Kaffee und Kuchen einverleiben, »was sagen Sie dazu?«

Was sagt Bruder Brinkmann dazu?

Zunächst sagt er gar nichts. Der Mittelpunkt des Interesses wirkt noch immer reichlich perplex. Wir nehmen ein leichtes Beben der Lippen wahr, aber es ist nicht die Art Rührung, die man erwartet hätte. Der Bischof und der Superintendent blicken ihn versonnen an, wie zwei wohlwollende Onkel, die soeben ihren peinlichen, spindeldürren Neffen mit einem großartigen Geburtstagsgeschenk überrascht haben. Gabi sieht Willibald beinahe freundlich an. Sara und ich denken: *Wien! Dann müssen wir nicht mehr jeden Morgen um vier Uhr aufstehen!* Gleichzeitig beobachte ich den kleinen Schnitt an Willibalds Adamsapfel, den er sich beim Rasieren zugezogen hat und der sich beim Schlucken mitbewegt. Ein Stück Schorf klebt am makellosen weißen Kragen seines Hemdes, das jetzt, da Jägerlein wieder bei uns ist, nicht mehr in die Wäscherei nach Pels geschickt werden muss. Schade, dass Ilse nicht hier ist, denke ich. Sie steckt noch immer in Bad Neusee, aber in einer Woche soll sie aus der Klinik entlassen werden. Schade auch, dass Martin nicht hier ist. Er steckt wahrscheinlich noch in einer der Dorfschönheiten.

Nein, die beiden sind nicht anwesend, um diesem historischen Augenblick beizuwohnen. Es wird ihnen noch Leid tun.

Die gespannte Stille wird in die Länge gezogen, bis sie kurz vor dem Zerreißen ist. »Ach, wissen Sie«, sagt Willibald endlich bebend, und er sieht dabei überallhin, nur nicht in Gabis Richtung. »Mir liegt eigentlich nichts daran, aus dem politischen Klimawechsel Profit zu schlagen. Ich glaube, ich möchte lieber hier in Heimstatt bei meinen Leuten bleiben. Ich kann sie doch jetzt nicht im Stich lassen, nach allem, was sie für uns getan haben …«

Es folgt betretenes Schweigen, und Sara und ich tauschen einen verblüfften, fragenden Blick aus. *Nach allem, was sie für uns getan haben?* Uns fallen beim besten Willen nicht mehr als zwei oder drei Leute ein, die irgendetwas für uns getan hätten, auch wenn diese wenigen Leute umso mehr getan haben. Wie sollen wir wissen, dass Willibald überzeugt ist, das politische Klima werde erneut wechseln und die Nazis wieder an die Macht bringen – und wo säße er dann? Oder dass er schreckliche Angst vor den Roten hat, vor dem Iwan in Wien? Oder dass sich seine Verpflichtungen in der Wiener Gemeinde kaum auf den Besuch einer gewissen, inzwischen wieder molligen ehemaligen Nationalsozialistin in Plinden ausdehnen lassen würden? Nein, von alledem wissen wir nichts. Wir denken nur betrübt an den endlosen Schulweg mit der Fähre und dem Zug, im Dunkeln hin und im Dunkeln zurück.

Doch in unsere Gedanken und in unser betretenes Schweigen mischen sich schlaganfallähnliche Geräusche und Gesten aus der Ecke, wo Gabi auf dem Rand ihres Stuhls sitzt und die Kaffeetasse erst halb zum Mund führt, dann halb zu Boden fallen lässt. Soeben hat sie einen Schluck des dampfenden Getränks genommen, um à la Kaminsky den Schrei der Entrüstung zu ersticken, der sich in ihrer Kehle aufbäumt, aber jetzt steht sie vor der Wahl, sich entweder die Kehle zu verbrühen oder den Kaffee zurück in ihre Tasse zu spucken. Sie entscheidet sich für das, was zwar die höflichere, dafür auch die heißere Alternative darstellt, und zischt vor sich hin wie ein Mensch, der in siedendem Öl ertrinkt.

Willibald ist der Einzige, der nichts davon mitbekommt, oder zumindest tut er so. Wieder stößt er ein albernes, gekünsteltes Kichern aus, und Sara und ich schließen aus Erfahrung daraus, dass er sich vor dem Geistlichenduo nicht nur zu Tode schämt, sondern auch entsetzliche Angst hat vor dem, was ihn erwartet, sobald sie weg sind, und gleichzeitig empört ist, *dass* es ihn erwartet.

Der Bischof und der Superintendent tauschen einen verwirrten und bestürzten Blick aus. Die Geburtstagsüberraschung der beiden Onkel ist gründlich in die Hose gegangen.

»Aber Willibald, die Kinder müssen doch zur Schule!«, krächzt es schließlich gequält aus Gabis verbrühter Kehle.

Willibald hört auf zu kichern und schaltet auf stur. »Wir wollen doch aus dem politischen Klimawechsel keinen Profit schlagen«, erklärt er streng, und zwar so, dass es alle hören können. Er sagt diesen Satz jetzt schon zum dritten Mal, also ist es ihm offenbar ernst. Vielleicht war er sich anfangs noch nicht richtig sicher, vielleicht hätte er sich sogar überreden lassen. Aber nachdem Gabi vor den beiden Geistlichen kein Hehl aus ihrem Entsetzen gemacht hat, fühlt er sich gedemütigt, und schwach, wie er ist, weigert er sich jetzt mit umso größerer Sturheit.

Trotzdem will der Bischof wissen, ob das sein letztes Wort sei. Willibalds kichernde Lippen verziehen sich zu einem trotzigen, törichten Grinsen, aus dem der Bischof die Schlussfolgerung zieht, dass es wohl so sei.

Schließlich flattern die beiden Raben enttäuscht mit den Schößen ihres Gehrocks und brechen auf. Noch immer hat es Gabi die Sprache verschlagen, aber sobald sie weg sind, wird sich das schnell ändern. Willibald begleitet die beiden zu ihrem Auto, wo der Fahrer, der heimlich eine geraucht hat, die Kippe in der hohlen Hand versteckt, bis er hinter den beiden die Tür zugeschlagen hat und den Stummel unauffällig zu Boden fallen lassen kann. Willibald winkt so lange wie möglich brüderlich zum Abschied, um den gefürchteten Augenblick hinauszuzögern, wenn er seiner verletzten und gekränkten Frau unter die Augen treten muss.

»Bist du völlig verrückt geworden?«, fragt sie heiser, kaum dass er widerwillig ins Haus zurückgekommen ist. »Denkst du überhaupt nicht an deine Kinder? Wie sollen sie denn jetzt studieren?«

Willibald winkt kraftlos ab und erklärt nun schon zum vierten Mal, dass er aus dem politischen Klimawechsel keinen Profit zu schlagen gedenke. Allmählich können wir's auswendig. Sie würden schon irgendwie über die Runden kommen, sagt er und tritt mit würdiger Miene den Rückzug in Richtung Arbeitszimmer an. Und Gabi solle ein bisschen besser wirtschaften, fügt er hinzu, sie sei schon immer viel zu verschwenderisch gewesen. Aber sie ist ihm dicht auf den Fersen.

»*Ich* und verschwenderisch! Dass ich nicht lache!«

»Wenn's hart auf hart kommt, müssen Martin und Ilse eben arbeiten gehen, anstatt zu studieren.« Das klingt eine Spur selbstgerecht, als hätte er bisher die ganze Drecksarbeit gemacht, während die anderen das Geld mit offenen Armen zum Fenster hinausgeworfen hätten.

»Sie sollen nicht studieren? Du willst nicht, dass sie studieren?«

»So habe ich das nicht gesagt.«

Man sieht, dass Willibald am liebsten selbst aus der Haut fahren würde, doch seine Beschämung oder sein schlechtes Gewissen zwingen ihn zu sanftem Protest, und erst als Gabi ihn als herzlose und selbstsüchtige Karikatur eines Vaters beschimpft, kann auch er sich endlich in Rage reden. Er hebt die Stimme und seine Augen beginnen zu funkeln.

»Herzlos, ja?«, brüllt er. *»Selbstsüchtig, ja?«* Und dann am lautesten: *»Vater, ja?«*

Es dauert nicht lange, und man hört Bücher und Bilder auf den Boden des Arbeitszimmers knallen. Jägerlein, die auf dem Weg in die Küche mit der Wäsche vorbeikommt, bemerkt in einer kurzen Feuerpause gelassen, wie laut doch der Herr Pfarrer immer werde, wenn er sich aufregt.

Die Schlacht nimmt erst ein Ende, als Gabi auf einmal einen ganz anders gearteten Schrei ausstößt, keuchend aus dem Arbeitszimmer taumelt, die Hand auf ihre Seite presst und sich in einen Stuhl fallen lässt. Es ist wieder ihre Gallenblase – und zwar, wie ich feststelle, die erste Kolik seit ihrer Rückkehr von den Toten. »So kann's doch nicht weitergehen«, stöhnt sie unter Qualen. *»So kann's doch einfach nicht weitergehen!«*

Jetzt taucht auch Willibald wieder auf, starrt uns fieberhaft an und formt mit den Lippen Sätze, die er nicht aussprechen kann oder nicht auszusprechen wagt, und er ballt die Fäuste und schlägt sich damit gegen den Kopf wie ein verrückter Schlagzeuger, ehe er sich in sein Refugium zurückzieht.

Bei solchen Anlässen suchen Sara und ich nicht mehr hinter dem Küchenofen Schutz. Wieder eine Phase in unserem Leben, die vorbei ist. Doch während sie für Gabis heiße Wickel Wasser aufsetzt, wirft mir Sara einen dumpfen, verzweifelten Blick zu, der wohl heißen soll, dass Gabi Recht hat und es wirklich so nicht weitergehen kann – aber wahrscheinlich weitergehen wird.

»Was ist mit deinen Hausaufgaben?«, stößt Gabi japsend zwischen Schmerzenslauten hervor. Nicht einmal in so einem Moment verliert sie unsere Bildung aus dem Blick. »Hast du schon Latein gelernt?«

Während ich brav die Treppe hochstapfe, entdecke ich Saras Schreibheft noch an derselben Stelle, wo sie es hingeworfen hatte, um Gabi zu Hilfe zu eilen. Das Foto des schwarzen Sergeant schaut heraus, sowie das Papier von dem Schokoriegel, den sie mir vor kurzem überließ. Ich nehme das Heft und lege es auf den Schreibtisch neben die öden Annalen des Livius. Aber ich schlage den Livius nicht auf, sondern Saras Schreibheft, und zwar an der Stelle mit dem Foto, und ich fange an zu lesen. Bin ich jetzt endlich alt genug für Saras düstere Dichtungen?

Es war einmal eine Mutter, und die hatte eine Tochter. »Hör zu«, sagte eines Tages die Mutter zu dem Mädchen, »ich erzähle dir jetzt eine Geschichte, eine sehr alte Geschichte. Du bist jetzt alt genug dafür. Es ist nur eine Geschichte, und dennoch ist sie wahr. Man erzählt sie sich, und dann wird man sie vergessen. Und irgendwann fällt sie den Leuten wieder ein – aber immer erst dann, wenn es zu spät ist.«

Das Mädchen hörte zu. Und währenddessen fing sie an, ihre langen schwarzen Haare zu flechten.

»Es begann vor langer Zeit«, hob ihre Mutter an. »Und doch ist es gar nicht lange her. Und es geschah an einem

fernen Ort, der gar nicht so weit weg war. Es geschah in einem Dorf, das anders als unseres war und doch Ähnlichkeit mit unserem hatte …«

Ihre Mutter hatte plötzlich einen eigenartigen Klang in ihrer Stimme, und dem Mädchen war unheimlich zu Mute. Sie hörte auf zu flechten, und die Haare fielen ihr offen über die Schultern. Sie stand auf und berührte die Hand ihrer Mutter. Die Hand war kalt wie Stein.

Ihre Mutter regte sich von der Berührung und fuhr mit merkwürdig heiserer Stimme fort. »Eines Tages begannen im ganzen Dorf die Kirchenglocken zu läuten, genau wie jetzt bei uns, und die Leute in den Straßen waren alle in heller Aufregung. Die Leute ließen die Arbeit ruhen und versammelten sich auf dem Marktplatz. Sie hatten gehört, dass an diesem Tag ein Fest angekündigt war, ein wunderbares Fest, um alles Gute im Dorf zu erneuern und alles Schlechte zu beseitigen.«

Plötzlich weiteten sich die Augen ihrer Mutter, und sie blickte sich erschrocken um, als hätte sie ein Geräusch gehört. Wieder berührte das Mädchen ihre Hand. »Es sind doch nur die Kirchenglocken«, sagte sie zu ihrer Mutter.

»Ja«, fuhr die Mutter fort. »Die Leute waren alle furchtbar aufgeregt. Dicht gedrängt standen sie auf dem Marktplatz, Schulter an Schulter, und sie plauderten und warteten ungeduldig auf den Auftakt zu den Festlichkeiten.«

Wieder stockte ihre Mutter, und das Mädchen blickte hoch. Ihre Mutter lächelte nicht mehr über die Freude der Leute in der Geschichte, sie blickte starr in alle Richtungen, sie blickte starr und ängstlich mit offenem Mund, die Lippen bleich und spröde.

Dann auf einmal hörte das Mädchen neben den Kirchenglocken ein Geräusch, es war dasselbe Geräusch, das die Mutter vorhin schon gehört hatte. Es waren rhythmi-

sche Schritte, die Schritte marschierender Soldaten, fremde Männer mit blitzblanken Stiefeln und funkelnden Gewehren. Ihre Mutter schauderte und gab einen erstickten Laut von sich.

Plötzlich waren sie von Soldaten umringt. Jetzt hatte das Mädchen Angst und wollte weglaufen. Doch ihre Mutter saß da und konnte sich nicht rühren. Ihr Blick war voller Entsetzen, doch sie versuchte nicht zu fliehen. Zwei Soldaten packten ihre Mutter, und das Mädchen konnte nur zusehen, denn sie wurde von den anderen Soldaten festgehalten. Dann wurde auch sie zum Marktplatz geschleppt. Dort war eine große Menschenmenge versammelt, nur vor der Kirche hatte man etwas Platz gelassen, und alle schwiegen und sahen hin. Die großen alten Holztüren der Kirche waren verschlossen und die Glocken waren verstummt.

»Sieh hin!«, sagte einer der Soldaten und schob sie vor die Menge. Und sie sah hin und sah ihre Mutter, die ganz allein vor der Kirche stand. Ganz allein stand sie da, die Hände hinterm Rücken, den Blick zu Boden, als schämte sie sich. Ihre Lippen schienen sich zu bewegen, aber niemand konnte sie verstehen. Mit gebeugtem Kopf stand sie zwischen Kirche und Brunnen, als wüsste sie, dass sie schuldig sei, aber nicht, welches Verbrechen sie begangen hatte.

»Mutter!«, rief das Mädchen, doch ihre Mutter nahm keine Notiz von ihr. Vielleicht hörte sie die Tochter nicht. Das Mädchen versuchte, sich zu ihrer Mutter durchzudrängen, doch der Soldat packte sie fest am Arm und hielt sie zurück. Dann ging ein anderer Soldat zu ihrer Mutter. Er hatte eine Pistole in der Hand.

Sämtliche Dorfbewohner hielten den Atem an und sahen hin, und man hörte einen einzelnen lauten Schuss.

Der Kopf ihrer Mutter wurde nach hinten gerissen, sie taumelte zurück und fiel zu Boden. Reglos lag sie da, die Lippen bewegten sich nicht mehr. Kurz darauf lief ihr das Blut aus dem Mund. Jetzt ließ der Soldat das Mädchen los. Er stieß sie weg, und sie rannte hinüber zu ihrer Mutter, kniete sich neben sie und flüsterte ihr ins Ohr.

»Steh auf!«, flüsterte sie. »Steh auf! Lass uns nach Hause gehen.« Doch ihre Mutter stand nicht auf. Sie sah sie auch nicht an. Der Blick war fest auf das Kopfsteinpflaster gerichtet, wo ihr Blut versickerte, als wäre das ihre einzige und letzte Sorge.

Alle schauten auf das Mädchen, als wären auch sie wie gelähmt, und das Schweigen schien gar nicht mehr aufhören zu wollen. Dann aber fingen plötzlich die Soldaten an zu jubeln, und es jubelte jemand aus der Menge, und dann wieder einer und wieder einer. Und bald darauf jubelten und schrien alle. Das Jubeln wogte durch die Menge. Erst ganz zum Schluss stimmten auch die Leute in den Fenstern ein, aber ihr Jubeln war am lautesten, als wollten sie beweisen, dass sie mindestens genauso froh und glücklich waren wie die anderen.

Nach einiger Zeit – vielleicht einer Stunde, vielleicht mehreren Stunden – verließen die Leute nach und nach den Marktplatz. Die Dorfbewohner gaben sich alle die Hand und wünschten einander gute Nacht. Was das doch für ein wunderbares Fest gewesen sei, sagten sie, und wie viel besser es jetzt im Dorf sein würde. Das Mädchen aber kniete noch immer neben ihrer Mutter.

Dann kamen ein paar Männer mit einer Schubkarre und brachten die Tote weg. Als das Mädchen mitgehen wollte, stießen sie sie zu Boden und traten auf sie ein. Sie fiel hin und blieb liegen, und sie starrte auf das getrocknete Blut ihrer Mutter vor ihr.

Bald war Abendbrotzeit in dem kleinen Dorf, und hinter den Fensterläden duftete es nach Suppe und Knödeln. Als sich alle satt gegessen hatten, gingen die Dorfbewohner zu Bett und schliefen gemütlich ein. Das Mädchen aber lag noch immer auf dem Kopfsteinpflaster vor der Kirche, halb schlafend und halb wachend, und konnte sich nicht rühren.

Stunde um Stunde lag sie da, bis der Mond am Zenit stand und die zusammengekauerte Gestalt in bleiches Licht tauchte, und da erschien ein hoch gewachsener Mann in einem langen schwarzen Umhang auf dem Marktplatz, das Gesicht so ruhig und dunkel wie die Nacht. Er ging zu dem Mädchen hin und nahm sie in seine Arme. Er wickelte sie in die Falten seines Umhangs und trug sie langsam von der verschlossenen Kirche weg. Er trug sie durch die krummen Gassen und hinaus auf die Straße, die über friedliche Wiesen und durch die Landschaft zum nächsten Dorf führte. Durch dieses Dorf trug er sie, und durch das nächste Dorf, und das nächste, und wieder das nächste.

Die große dunkle Gestalt zog von einem Dorf zum nächsten, Nacht für Nacht, Monat für Monat, Jahr für Jahr, immer auf der Suche nach einem Ort, um das Mädchen sicher abzusetzen, einem Ort, wo sie in Frieden leben könnte.

Er ist noch immer unterwegs.

»Die Romane von Adam Thorpe sind ohne Einschränkung brillant.«
Guardian

Adam Thorpe
Die Regeln der Perspektive
Roman
Aus dem Englischen von
Matthias Müller
464 Seiten
ISBN 3-85535-975-X

Es ist der 3. April 1945. Das kleine Städtchen Lohenfelde steht unter Beschuss der Alliierten. Während sich im Keller des Kaiser-Wilhelm-Museums vier Deutsche verstecken, durchquert ein junger amerikanischer Corporal den Ort. Als er bei dem nunmehr zerstörten Museum ankommt, findet er ein fast unversehrtes Gemälde aus dem 18. Jahrhundert, das die Geheimnisse der Versteckten enthüllt und seine eigene Geschichte mit diesen Menschen verknüpft.
Ein Roman über Kunst, Krieg und menschliches Verhalten in dunklen Zeiten, der die Ereignisse eines einzigen Tages aus verschiedenen Perspektiven schildert.

ATRIUM

»Ein ergreifendes, absurdes, lustiges, tobendes, trauriges Buch … Lesen Sie es!«
Aftonbladet

Marie Peterson
Du denkst, du weißt alles
Roman
Aus dem Schwedischen von
Angelika Kutsch
160 Seiten
ISBN 3-85535-973-3

Zunächst will es die Tochter nicht wahrhaben, aber es ist die bittere Wahrheit: Ihre Mutter hat Alzheimer. Während die Mutter noch versucht, ihre Geschichte mit Hilfe von Fotos zu erinnern und zu bewahren, bemüht sich die Tochter, eine Beziehung zu der Mutter aufzubauen. Ein später Versuch, denn die Mutter hat ihre Tochter schon früh verlassen. Doch die Krankheit schreitet unaufhaltsam voran und schließlich muss die Tochter eine schwere Entscheidung fällen…
Eine tragische, aber manchmal auch unfreiwillig komische Geschichte über den Weg einer Frau in das Vergessen.

ATRIUM